DAS
VERLORENE
KIND

WEITERE TITEL VON PATRICIA GIBNEY

DETECTIVE-LOTTIE-PARKER-SERIE

Die vergessenen Kinder

Die geraubten Mädchen

Das verlorene Kind

Nie in Sicherheit

Sag Nichts

Tödlicher Verrat

Zerrissene Seelen

Begrabene Engel

Schweigende Stimmen

IN ENGLISCHER SPRACHE

DETECTIVE-LOTTIE-PARKER-SERIE

The Missing Ones

The Stolen Girls

The Lost Child

No Safe Place

Tell Nobody

Final Betrayal

Broken Souls

Buried Angels

Silent Voices

Little Bones

PATRICIA GIBNEY

DAS VERLORENE KIND

bookouture

Herausgegeben von Bookouture, 2022

Ein Imprint von Storyfire Ltd.
Carmelite House
50 Victoria Embankment
London EC4Y 0DZ

www.bookouture.com

Eine erste Übersetzung dieses Buches aus dem Englischen ins Deutsche wurde mit DeepL erstellt und der daraus resultierende Text von einer erfahrenen Übersetzerin und Lektorin bearbeitet.

Patricia Gibney hat ihr Recht geltend gemacht, als Autorin dieses Buches genannt zu werden.

ISBN: 978-1-80314-452-8
eBook ISBN: 978-1-80314-451-1

*Kathleen und William Ward, meinen Eltern, für ihre Liebe,
Unterstützung und Ermutigung*

DIE SIEBZIGERJAHRE
DAS KIND

»Du musst still sein. Bitte. Hör auf zu weinen.«

»Aber ... aber sie hat mir wehgetan. Ich will zurück zu unserer anderen Mummy.«

»Pst. Pst. Ich auch. Aber wenn wir brav sind, tut uns diese Mummy nicht weh. Du musst ganz, ganz brav sein.«

Das Weinen wurde lauter. »Kann nicht brav sein. Ich hab solchen Hunger ... Hicks ... Hicks.«

»Krieg jetzt bloß keinen Schluckauf. Sonst wird sie noch wütend.«

Ich schlinge die Arme um den kleinen, dünnen Körper meines Zwillings und starre in die Dunkelheit. Um uns herum ist alles vollständig schwarz. Seitdem die Mummy-Frau das Licht im Flur ausgeschaltet hat, gelangt nicht einmal mehr durch das Schlüsselloch Licht hinein. Ich lehne mich an den Beutel des Staubsaugers und versuche, ihn als Kissen zu nutzen, aber er ist zu klumpig und mein Körper zu knochig. Mein Arm ist an der Stelle eingeschlafen, wo der Kopf meines Zwillings ruht.

Ich bin zu eingezwängt, um mich zu bewegen. Für einen

großen Menschen wäre das Gewicht meines Zwillings, das auf mir liegt, kein Problem, aber für mich schon.

Eine Spinne seilt sich aus ihrem Netz auf meine Nase ab und ich schreie auf. Mein Zwilling rutscht von meinem Arm. Ein Kopf knallt geräuschvoll gegen die Wand. Jetzt schreien wir beide auf.

Im engen Flurschrank klingen unsere Schreie laut und schrill. Keiner von uns weiß, warum der andere schreit. Keiner von uns kann den anderen vom Schreien abhalten. Keiner von uns weiß, wann das Grauen enden wird.

Und dann ... das Geräusch des sich im Schloss drehenden Schlüssels.

Carrie King hält sich die Ohren zu. Warum halten sie nicht endlich die Klappe? Immer dieses Schluchzen, Weinen, Schreien. Diese kleinen Gören. Nach allem, was sie für sie getan hat. Die Drogen hat sie aufgegeben. Das Trinken. Sie ist zu jemandem geworden, der sie nicht ist. Nur für die beiden. Um sie zurückzubekommen. Das musste sie tun, besonders nachdem ihr die anderen weggenommen worden waren. So hart hat sie für sie gekämpft.

»Haltet die Klappe!«

Sie entkorkt die Whiskyflasche und schenkt sich ein Glas ein. Zwei Schluck später spürt sie, wie die Wärme sich in ihren Adern ausbreitet. So ist es besser. Aber sie hört sie immer noch. Noch ein Schluck.

»Das reicht jetzt!« Sie rennt aus der Küche und hämmert an die Tür des Flurschranks.

»Ich sagte, ihr sollt die Klappe halten! Wenn ich noch ein Wort höre, bringe ich euch beide um«, schreit sie.

An die weiße Spanplatte gelehnt, hebt und senkt sich ihre Brust angestrengt. Sie lauscht an ihrem Herzschlag vorbei. Sie weinen zwar immer noch, aber jetzt immerhin leiser. Es ist nur noch ein Wimmern zu hören.

»Gott sei Dank«, seufzt sie. »Endlich Ruhe.«

Sie schlurft zurück in die Küche. Schmutz und Krümel kleben an ihren nackten Fußsohlen. Sie steht am verstopften Spülbecken und späht durch das verschmierte Fenster hinaus. Dann schluckt sie eine LSD-Pille, muss jetzt aber eigentlich wirklich dringend was rauchen. Sie zieht einen kleinen Baggie Gras aus der Rocktasche, baut sich einen Joint und zieht zweimal direkt hintereinander daran.

Ihre Knie werden weich. Sie kann zwei Fenster sehen, oder sind es drei? Der Brotkasten hüpft über die Fensterbank und der Kehrbesen bittet um eine Tanzpartnerin.

Sie lacht und zündet eine Kerze an. Das ist wirklich gutes Zeug, oder ist es das LSD? Sie dreht sich um, schnappt sich die Whiskyflasche und trinkt direkt daraus. Jetzt brennt er nicht mehr so sehr im Mund. Sie öffnet das Buch, das neben ihrer Hand liegt, und schließt es sofort wieder. Sie kann sich nicht erinnern, wann sie das letzte Mal gelesen hat, aber das Buch hatte ihr gefallen – wegen der kleinen Bilder. Jetzt jedoch scheint es sie zu verspotten.

Der Lärm aus dem Flur hat aufgehört und sie hört die Engel singen. Da oben liegen sie in weißen, flauschigen Wolken an ihrer Decke. Sie sehen irgendwie niedlich aus. Nicht wie die Bastarde von Zwillingen, die sie so viel von ihrem Leben gekostet haben. Wenigstens hat sie sie zurückbekommen. Ihrer Pflegemutter weggenommen. Das war vielleicht witzig. Diese Frau hat keine Ahnung, wie man Kinder großzieht.

»Hallo, kleine Engelsfreunde«, zirpt sie gen Decke mit einer Stimme, die eine Oktave höher ist als sonst. »Seid ihr gekommen, um die Gören zum Schweigen zu bringen?«

Da hört sie Schreie. Verwirrt verzieht sie das Gesicht und schaut sich in der Küche um. Die Engel sind geflohen.

Carrie King trinkt einen weiteren Schluck Whisky, zieht

danach an ihrem Joint und greift nach dem Holzlöffel. Als sie aus der Küche rennt, bemerkt sie nicht, dass sie die Kerze und die Flasche umstößt.

»Ich gebe euch beiden jetzt einen Grund zum Weinen. So wahr mir Gott helfe!«

TAG EINS

ANFANG OKTOBER 2015

EINS

Der Abend war die beste Zeit zum Lernen. Neben ihr stand ein Glas Wein, das Smartphone in der Dockingstation spielte leise Musik, die Jalousien waren halb heruntergezogen und die Felder hinter dem Haus lagen im Dunkeln. Das Licht spiegelte sich in der Fensterscheibe und sie konnte alles um sich herum deutlich sehen. Sie war allein mit ihren Büchern. Bei sich zu Hause. In Sicherheit.

Marian Russell musste zugeben, dass Soziologie nicht ihr Lieblingsfach war, aber das Modul Ahnenforschung mochte sie. Alles andere war für ihr dummes Gehirn zu anspruchsvoll. Und sie *war* dumm. Das hatte Arthur ihr immer wieder gesagt, sodass sie es jetzt fast selbst glaubte. Aber eigentlich wusste sie, dass es nicht wirklich stimmte.

Sie lächelte in sich hinein, steckte sich zwei Pillen in den Mund, spülte sie mit einem Schluck Wein herunter und zündete sich eine Zigarette an. Seit sie die einstweilige Verfügung gegen ihren Mann erwirkt hatte, konnte sie ihr Leben endlich wieder selbst in die Hand nehmen. Ihr Halbtagsjob mit fünfundzwanzig Wochenstunden im Supermarkt half ihr dabei, und außerdem hatte sie das Familienauto. Das Arschloch hatte seinen Führerschein verloren, weshalb er nicht lange darum gestritten hatte. Und sie hatte ihre Mutter dazu bringen können, ihr das Haus zu überschreiben, bevor sie sie in eine Wohnung einquartierte. Endlich hatte sie ihre Ruhe! Und sie hatte ihr Studium. Und ihren Wein. Und ihre Pillen.

Die Haustür wurde geöffnet und anschließend zugeknallt.

»Emma, bist du das?«, rief Marian über ihre Schulter. Sie musste sich mit ihrer Tochter zusammensetzen. Mit ihren siebzehn Jahren dehnte Emma die Ausgangsregeln immer weiter aus. Sie schaute auf die Uhr. Noch nicht einmal neun.

Marian nippte an ihrem Wein. »Wo bist du hin?«

Stille. Egal was Emma auch ausgefressen hatte, sie stand immer dazu. Hatte sie das von ihrem Vater geerbt? Nein. Marian wusste, woher sie das hatte.

Sie stand auf und drehte sich zur Tür. Dann fiel ihr das Glas aus der Hand.

»Du!«

ZWEI

Carnmore war eine ruhige Gegend am Stadtrand von Ragmullin. Einst hatte die Hauptstraße hindurchgeführt, aber nach dem Bau der Ringstraße war sie von der Außenwelt abgeschnitten und wurde hauptsächlich von Anwohnern befahren und von Leuten, die von ihrer Existenz wussten, als Schleichweg genutzt. Fast fünfhundert Meter trennten die beiden dortigen Häuser und nur jede dritte Straßenlaterne brannte. In einer Nacht wie dieser, in der ein Gewitter tobte, war es hier trostlos und leer. Bäume schüttelten die restlichen Blätter von ihren nassen Ästen und der Boden war schlammig und schwarz.

Das Absperrband war bereits angebracht, als Detective Inspector Lottie Parker und Detective Sergeant Mark Boyd eintrafen. Zwei Streifenwagen schirmten das Haus vor den Blicken neugieriger Gaffer ab. Aber bis auf das Gewusel der Polizisten war es in der Gegend vollkommen ruhig.

Lottie sah zu Boyd hinüber. Der schüttelte den Kopf. Er war über einen Meter achtzig groß, schlank und durchtrainiert. Sein einst schwarzes Haar war inzwischen grau meliert und kurz geschnitten, sodass seine leicht abstehenden Ohren gut zu sehen waren.

»Na komm«, sagte sie, »wir sollten raus aus dem Regen. Ich hasse diese nächtlichen Anrufe.«

»Und ich hasse häusliche Gewalt«, sagte Boyd und schlug den Kragen seines Mantels hoch.

»Könnte Hausfriedensbruch sein. Ein Einbruch, der schiefgelaufen ist.«

»Zum jetzigen Zeitpunkt könnte es alles Mögliche sein, aber Marian Russell hatte seit zwölf Monaten eine einstweilige Verfügung gegen ihren Ehemann Arthur«, las Boyd von einem regennassen Blatt Papier ab. »Und gegen diese Verfügung hat er bereits zweimal verstoßen.«

»Was nicht heißt, dass er es war. Wir müssen erst den Tatort begutachten.« Sie zog ihre schwarze Steppjacke eng am Hals zusammen und hoffte, dass dieser Winter nicht so schlimm werden würde wie der letzte. Eigentlich könnte es im Oktober recht schön sein, aber aktuell gab es eine Sturmwarnung, Warnstufe Orange, und die Meteorologen gingen davon aus, dass sie jederzeit auf Rot wechseln könnte. Da Ragmullin von Seen umgeben war, war es anfällig für Überschwemmungen, und Lottie hatte genug vom Regen der letzten zwei Wochen.

Nach einem flüchtigen Blick auf das Auto in der Einfahrt näherte sie sich dem Haus. Die Tür stand offen. Ein uniformierter Garda versperrte den Eingang. Als er sie erkannte, nickte er.

»Guten Abend, Inspector. Es ist kein schöner Anblick.«

»Ich habe im letzten Jahr so viel Gemetzel gesehen, dass ich bezweifle, dass mich noch irgendetwas schockieren kann.« Lottie zog ein Paar Schutzhandschuhe aus der Jackentasche, blies hinein und versuchte, sie über ihre feuchten Hände zu ziehen. Dann nahm sie Einweg-Überschuhe aus ihrer Umhängetasche und zog sie an.

»Wie ist er reingekommen?«, fragte Boyd.

»Die Tür ist nicht gewaltsam aufgebrochen worden, insofern könnte er einen Schlüssel gehabt haben«, antworte Lottie. »Und wir wissen noch nicht, ob es sich um einen ›Er‹ handelt.«

»Gegen Arthur Russell lag eine einstweilige Verfügung vor. Er dürfte also gar keinen Schlüssel haben.«

»Boyd ... darf ich mal?«

Lottie bückte sich und inspizierte eine Spur blutiger Fußabdrücke, die den Flur entlang dorthin führten, wo sie stand. »Die Blutspuren führen bis nach draußen.«

»In beide Richtungen.« Boyd zeigte auf die Abdrücke.

»Ist der Täter zur Tür zurückgekommen, um etwas zu überprüfen oder jemand anderen reinzulassen?«

»Die Spurensicherung soll die Abdrücke aufnehmen. Pass auf, wo du hintrittst.«

Lottie warf Boyd einen bösen Blick zu und ging dann vorsichtig den schmalen Flur entlang. Er führte zu einer kleinen, altmodisch eingerichteten Küche, obwohl es sich um einen relativ neuen Anbau zu handeln schien. Ohne einzutreten, schauderte es ihr bei dem sich ihr bietenden Anblick. Es war ihr ganz recht, dass Boyd dicht hinter ihr stand. Angesichts der Unmenschlichkeit vor ihr fühlte sie sich so menschlicher.

»Hier hat es einen Kampf gegeben«, stellte er fest.

Ein Holztisch war umgeworfen. Zwei Stühle waren dagegen geschleudert worden, und bei einem waren drei Beine abgebrochen. Bücher und Papiere lagen auf dem Boden verstreut, ebenso ein Handy und ein Laptop, beide mit zerbrochenem Display, so als wäre jemand darauf getreten. Jedes einzelne bewegliche Objekt war von der Arbeitsplatte gefegt worden. Ein Gemisch aus Soßen und Suppen tropfte an den Schranktüren herunter und der Wasserhahn der Spüle lief.

Lottie riss ihren Blick von dem Chaos los, das definitiv von einem heftigen Kampf stammte, und betrachtete die Leiche. Sie lag mit dem Gesicht nach unten in einer kleinen Blutlache. Das kurze braune Haar klebte am Kopf an der Stelle, wo eine klaffende Wunde aus Blut, Knochen und Gehirn deutlich sichtbar war. Das rechte Bein stand in einem unnatürlichen Winkel zur Seite ab, ebenso wie der linke Arm. Der Rock war zerrissen und die rote Bluse am Rücken hochgezogen.

»Auf ihrem Rücken sind erkennbare blaue Flecken«, berichtete Boyd.

»Sie wurde furchtbar zugerichtet«, flüsterte Lottie. »Ist das Erbrochenes?« Sie deutete auf einen Spritzer Flüssigkeit fünf Zentimeter von ihren Füßen entfernt.

»Marian Russells Tochter war ...«, begann Boyd.

»Nein. Sie konnte nicht reinkommen. Sie hatte den Schlüssel für die Haustür vergessen und keinen zur Hintertür. Also hat sie durch den Briefkasten nach ihrer Mutter gerufen. Ist um das Haus gelaufen. Und dann die Straße entlang zum Haus ihrer Freundin, von wo aus sie den Notruf getätigt hat. So steht es im Bericht.«

»Wenn sie nicht hier drinnen war, dann hat einer von unseren Leuten seinen Mageninhalt nicht bei sich behalten können«, sagte Boyd.

»So deutlich musst du das nicht ausdrücken. Immerhin kann ich es *sehen*.« Lottie wollte sich mit den Fingern durchs Haar fahren, doch die Handschuhe störten. »Wo ist die Tochter jetzt?«

»Emma? Bei einem Nachbarn.«

»Das arme Mädchen. Das sehen zu müssen!«

»Aber sie hat nichts gesehen ...«

»Im Bericht steht, dass sie durch das Fenster der Hintertür geguckt hat, Boyd. Und so hat sie genug gesehen, um für den Rest ihres Lebens keine Nacht mehr ruhig schlafen zu können.«

»Wie schläfst *du* so? Ich meine, mit allem, was du im Job so siehst. Ich reagiere mich beim Fahrradfahren ab, aber wie kommst du damit klar?«

»Für diese Unterhaltung ist jetzt kaum der richtige Zeitpunkt.« Lottie mochte Boyds bohrende Fragen nicht. Er wusste schon genug über sie.

Als sie die Küche betrat, wurde ihr klar, dass sie einen Tatort kontaminierten, der bereits von den Ersthelfern durcheinandergebracht worden war. »Ist die Spurensicherung unterwegs?«

»Die sind in fünf Minuten oder so da«, sagte Boyd.

»Während wir warten, sollten wir versuchen herauszufinden, was hier passiert ist.«

»Der Ehemann ist eingebrochen ...«

»Meine Güte, Boyd! Wirst du wohl aufhören? Wir wissen nicht, ob es der Ehemann war.«

»Natürlich war er es.«

»Okay, nehmen wir mal an, dass ich dem zustimme. Die große Frage ist: warum? Was hat ihn dazu getrieben? Er darf das Haus der Familie seit zwölf Monaten nicht mehr betreten, und jetzt dreht er plötzlich durch? Warum ausgerechnet heute Nacht?« Lottie sog die Unterlippe ein und dachte nach. Irgendetwas an der Szene vor ihr stimmte nicht, aber sie konnte nicht genau sagen, was. Zumindest jetzt noch nicht. »Wissen wir, wo Arthur Russell ist?«

»Keine Spur von ihm. Wir haben Straßensperren aufgestellt und jeder Verkehrspolizist kennt sein Autokennzeichen. Laut Akte hat er ein Fahrverbot, aber da das Auto nicht hier ist, können wir wohl davon ausgehen, dass er es genommen hat. Wir finden ihn schon«, sagte Boyd.

»Wenn deine Hypothese richtig ist, wem gehört dann das Auto in der Einfahrt?«

»Das Kennzeichen wird gerade geprüft.«

Lottie hörte einen Tumult hinter sich und drehte sich um. Jim McGlynn, der Leiter der Spurensicherung, war in zwei Schritten neben ihr. Der schwere forensische Koffer in seiner Hand ließ ihn schief stehen.

»Gehen Sie beide nicht bald mal in Rente?«, fragte er.

Lottie drückte sich gegen die Wand und ließ ihn passieren. »Nein, wieso?«

»Der Tod scheint Ihnen auf Schritt und Tritt zu folgen. Bleiben Sie draußen, bis ich sage, dass Sie reinkommen dürfen.«

Mit zusammengebissenen Zähnen schluckte Lottie die Worte, die sie sagen wollte, herunter und wartete, während McGlynns Team fußförmige Stahlpaletten ablegte, damit sie den Tatort nicht noch weiter kontaminierten. Dabei beobachtete sie Boyd, der sich Mund und Kiefer rieb. Er brannte darauf, etwas zu sagen. Sie legte einen Zeigefinger an ihre Lippen und bedeutete ihn so zu schweigen.

»Für wen hält der sich denn?«, flüsterte Boyd ihr ins Ohr. »Im Moment ist er unser bester Freund«, antwortete Lottie leise.

Schweigend standen sie da und schauten zu, wie das forensische Team den Tatort nach Beweisen absuchte. Nach fünfundzwanzig Minuten traf Jane Dore, die Rechtsmedizinerin ein, und McGlynn drehte die Leiche um.

Erst jetzt erkannte Lottie, was hier nicht stimmte. Das konnte unmöglich Marian Russell sein. Diese Frau war viel älter.

»Wer zum Teufel ist das?«, fragte Boyd.

DREI

»Stumpfe Gewalteinwirkung auf den Hinterkopf.« Jane Dore zog ihren Einwegoverall aus und stopfte ihn in die Papiertüte, die ihr die Assistentin hinhielt. Mit ihren knapp über einem Meter fünfzig machte die Rechtsmedizinerin in Expertise wett, was ihr an Körpergröße fehlte. »Finden Sie die Waffe und ich kann sie der Wunde zuordnen.«

»Irgendeine Ahnung, was die Waffe sein könnte?«, fragte Lottie.

»Etwas Hartes mit runden Kanten.«

»Können Sie uns sonst noch etwas sagen?« Lottie versuchte, nicht zu betteln. »Wir müssen sie noch identifizieren.«

»Na ja, *ich* habe keine Ahnung, wer das Opfer ist. Aber ich plane die Obduktion für morgen früh um acht Uhr ein. Vielleicht gibt uns die Leiche weitere Hinweise. Kommen Sie doch dazu, dann können Sie selbst gucken.«

»Mach ich. Danke.« Lottie schaute der Rechtsmedizinerin hinterher, wie sie in den Regen hinausging. Ihr Fahrer hielt ihr einen großen Regenschirm über den Kopf.

»Am Treppenpfosten hängt ein Damenregenmantel. Er ist

feucht«, sagte sie zu Boyd, der vor der Haustür stand. Er zündete zwei Zigaretten an und reichte ihr eine.

»Und?«, fragte er.

Sie nahm einen Zug. Dabei rauchte sie gar nicht. Eigentlich. Nur wenn Boyd ihr eine gab. Ein doppelter Wodka würde ihr jetzt guttun, dachte sie. So oft hatte sie versucht, mit dem Trinken aufzuhören, doch in den letzten Monaten war sie wieder in alte Gewohnheiten zurückgefallen. Sie zog zweimal an der Zigarette und hustete den Rauch aus.

»Wer auch immer die Frau war, sie kam vorbei und hat vielleicht einen Einbrecher gestört. Insofern ist es bestimmt ihr Mantel da drinnen«, sagte Lottie.

»Kein guter Abend für einen Besuch«, meinte Boyd.

»Es gibt keine Handtasche. Nichts, was uns verraten könnte, wer sie ist.«

»Irgendjemand wird sie schon kennen.«

»Wo ist Marian Russell? Laut ihrer Tochter war sie hier, als Emma zu ihrer Freundin gegangen ist.«

»Wo wohnt die Freundin?«

»Im nächsten Haus die Straße runter.«

»Das ist ungefähr einen Kilometer entfernt«, sagte Boyd.

»Eher einen halben«, korrigierte ihn Lottie.

»Es ist dunkel und nass. Warum hat sie ihr Kind nach Hause laufen lassen?«

»Emma Russell ist siebzehn.« Lottie zwirbelte die inzwischen recht kurze Zigarette zwischen den Fingerspitzen, sodass sie Glut abfiel, und reichte sie Boyd. Er steckte beide Stummel in die Zigarettenschachtel. »Wir müssen Marian Russell finden«, sagte sie.

»Kirby arbeitet daran.«

»Lass uns einen Blick hinter das Haus werfen.«

»Ich sage McGlynn Bescheid, dass er die Außenbeleuchtung einschalten soll.« Er ging ins Haus.

Der Regen ließ inzwischen etwas nach, dennoch trat Lottie immer wieder in Pfützen, als sie um das Haus herumging. Es handelte sich wohl um ein umgebautes Bauernhaus, doch von einem Bauernhof war schon lange nichts mehr zu sehen. Eine breite Hecke markierte die Grundstücksgrenze, so weit sie sehen konnte, was im Dunkeln nicht weit war.

Hinter dem Haus angekommen, ging die Außenbeleuchtung an und tauchte alles in ein orangefarbenes Licht.

»O mein Gott«, stieß sie aus. Boyd kam durch die Hintertür hinaus. »Was hast du gefunden?«

Auf dem Boden direkt vor der Tür lag ein Baseballschläger, von dem der Regen gerade das Blut abwusch. Daneben stand eine altmodische schwarze Lederhandtasche, deren Messingverschluss geöffnet und deren Inhalt quer über die gepflasterte Fläche verteilt war.

»Die Tatwaffe«, stellte Boyd fest. »Jemand hatte es eilig.«

»Und wenn das nicht Marians Handtasche ist, muss sie dem Opfer gehören.«

Lottie ging in die Hocke und drehte mit behandschuhten Fingern vorsichtig eine Plastikkarte um, die auf dem nassen Boden lag.

»Ein Blutspendeausweis. Tessa Ball«, verkündete sie. Der Name sagte ihr irgendetwas. Gleichzeitig war sie jedoch überzeugt, Tessa Ball noch nie begegnet zu sein.

»Was machen Sie mit meinem Tatort?« McGlynn stand in der offenen Hintertür und blickte auf sie herab. »Fassen Sie bloß nichts an! Das muss alles erst fotografiert werden.« Dann gab er den Befehl, ein Zelt aufzubauen.

»Okay, okay.« Lottie stand auf. »Immer schön locker bleiben«, fügte sie flüsternd hinzu.

Als McGlynn sich ihr näherte, wich sie ihm aus und folgte Boyd zurück zur Vorderseite des Hauses.

»Wir müssen mit Emma sprechen«, sagte sie.

»Mach mal langsam«, erwiderte Boyd.

»Das mache ich, wenn ich herausfinde, wer die alte Frau umgebracht hat.«

VIER

Emma Russells Haar hing lang und schlaff über ihren
Schultern. Lottie beobachtete, wie Emmas Augen ihr durch
eine schlichte Brille folgten. Hinter dem Stuhl, auf dem das
Mädchen saß, stand eine Frau.

»Bernie Kelly«, sagte die Frau. »Bitte, setzen Sie sich.«

»Danke, dass Sie sich um Emma gekümmert haben«, sagte
Lottie und setzte sich auf die Couch. Dann stellte sie sich und
Boyd vor und sagte: »Ich weise Ihnen so bald wie möglich eine
Opferbetreuerin zu. Ist es okay für Sie, wenn wir kurz mitein-
ander reden, Emma?«

Emma setzte sich in ihrem Sessel auf, ließ die Arme
zwischen den jeansbekleideten Beinen hängen und spielte mit
einem Taschentuch zwischen den Fingern. Sie nickte.

Das Wohnzimmer war klein und vollgestopft mit Möbeln
und Nippes. In der offenen Feuerstelle loderte ein Kohlen-
feuer, und Lottie kam es vor, als würde seine Hitze die Wände
über ihnen zusammenziehen. Ein Öldiffusor trug wenig zur
Linderung des Rauchgeruchs bei.

»Mir ist klar, dass das ein furchtbarer Schock für Sie
gewesen sein muss«, setzte sie an, »aber es ist wichtig, dass wir

so bald wie möglich mit Ihnen sprechen.«

»Okay«, flüsterte Emma.

»Kennen Sie eine Frau namens Tessa Ball?«, fragte Lottie.

In den letzten fünfzehn Minuten hatten sie das Opfer anhand des in der Handtasche gefundenen Führerscheins eindeutig identifizieren können. Und die Nummernschilder bewiesen, dass das Auto in der Einfahrt ihr gehörte.

»Sie ist meine Granny«, sagte Emma und hob den Kopf.

»Ihre Granny?« Lottie drehte den Kopf zu Boyd. Der drückte den Rücken durch.

»O mein Gott!«, stieß Emma aus. »Dann war sie das, oder? Da auf dem ... Küchenboden. Wer macht denn so was?«

»Mein aufrichtiges Beileid. Das wusste ich nicht«, sagte Lottie und gab sich im Geiste selbst einen Tritt. »Können Sie mir sagen, was Sie gesehen haben?«

»Ich ... ich weiß es nicht.« Tränen liefen über Emmas Wangen. Sie nahm die Brille ab und wischte das Glas mit einem Stück des zerrissenen Taschentuchs ab. Dann schüttelte sie Bernies Hand von ihrer Schulter.

»Sind Sie sicher, dass Sie gerade mit uns reden können? Es tut mir leid, wenn wir unhöflich wirken, aber wir müssen sofort handeln.« Lottie spürte, wie Boyd ihr in die Rippen stieß. Sie wollte ihm ausweichen, aber dafür war kein Platz.

»Sie müssen meine Mum finden.«

»Unsere Leute sind bereits dabei. Haben Sie irgendeine Idee, wo sie sein könnte?«

»Nein, keine Ahnung.«

»Okay. Emma, ich brauche Ihre Hilfe, um herauszufinden, was passiert ist.«

Emma sah mit großen Augen auf. »Ich weiß gar nichts.«

»Erzählen Sie von dem Abend. Von Anfang an.«

»Muss das jetzt sein?«, fragte Bernie und legte ihre Hand wieder locker auf Emmas Schulter.

»Ich tue alles in meiner Macht Stehende, um herauszufinden, was mit Ihrer Großmutter passiert ist, und um Ihre Mutter zu finden«, sagte Lottie an Emma gerichtet. »Vielleicht erinnern Sie sich an etwas, was Sie für belanglos halten, uns aber helfen könnte. Geht das?« Sie legte den Kopf schief und versuchte, die Augen des Mädchens zu sehen.

Emma sprach stockend. »Ich bin direkt nach der Schule nach Hause und in mein Zimmer. Hab meine Hausaufgaben gemacht. Gegen fünf Uhr habe ich gehört, wie Mum von der Arbeit gekommen ist. So um sechs hat sie mich zum Abendessen gerufen. Es gab Lasagne. Das Fertigzeug. Schmeckte furchtbar, aber ihr zuliebe habe ich sie gegessen. Dann hat sie gesagt, dass sie an ihrem blöden Kurs arbeiten muss. Ich habe die Andeutung verstanden, Kaffee gekocht und saß ein paar Minuten im Wohnzimmer, bis Natasha mich angerufen hat und ich hierhergekommen bin. Wir haben ferngesehen. Mehr habe ich nicht gemacht.«

»Um wie viel Uhr bist du nach Hause gegangen?«, fragte Lottie und warf Boyd einen Blick zu, um sich zu vergewissern, dass er Notizen machte.

»Mum hat gesagt, ich soll um neun zu Hause sein, aber ich glaube, es war eher nach halb zehn, als ich wieder da war. Normalerweise ist es okay, wenn ich ein bisschen zu spät komme, solange sie weiß, wo ich bin. Ich konnte meinen Schlüssel nicht finden. Was nie ein Problem war, denn Mum ist nachts immer zu Hause ...« Emma verstummte und schaute zu Lottie auf. »Wo ist sie?«

»Das versuchen wir herauszufinden«, sagte Boyd.

»Warum suchen Sie sie nicht, sondern sitzen hier rum und stellen mir dumme Fragen?« Emma ließ den Kopf hängen. »Tut mir leid.«

»Ich weiß, dass Sie das sehr mitnimmt, Emma.« Lottie streckte die Hand aus und strich über die des Mädchens.

Emma hielt sie fest. »Bitte, finden Sie meine Mum.«

Lottie drückte ihre Hand und sagte: »Es ist schwierig, ich

weiß, aber können Sie mir sagen, was Sie getan haben, als Sie vor Ihrem Haus standen?«

Emma zog die Hand weg, schniefte und rieb sich die Nase. »Ich habe an der Tür geklingelt. Ohne Erfolg. Dann bin ich ums Haus gegangen. Hab durch das Fenster in der oberen Hälfte der Tür geguckt. Und da ... da habe ich ...«

»Sie machen das gut«, sagte Boyd.

»Nein, mache ich nicht! Was wissen Sie schon? Es war furchtbar. Eine Frau so zu sehen – auf dem Küchenboden. Und jetzt sagen Sie mir, dass das meine Granny war. Wer hat ihr das angetan? Wer hat sie umgebracht? Und wo ist meine Mum?«

Ja, wo nur?, dachte Lottie.

»Also sind Sie nicht reingegangen?«, fragte Boyd.

»Sind Sie taub oder was? Ich hatte keinen Schlüssel. Ich konnte nicht reingehen.« Emma funkelte ihn böse an. »Ich habe die ... Leiche auf dem Boden gesehen. Sonst niemanden. Es hat geregnet und war dunkel. Also bin ich zurück zu Natasha gerannt. Von dort aus habe ich den Notruf gewählt.«

»Warum haben Sie nicht von vor Ihrem eigenen Haus aus angerufen?«, fragte Boyd.

»Hab nicht nachgedacht. Ich hatte Angst. Ich bin einfach gerannt.« Das Taschentuch zerfiel zu Konfetti und flatterte auf den Teppich mit Blumenmuster.

»Als Sie hinter dem Haus waren, haben Sie da wirklich nichts gesehen? Nichts auf dem Boden?«, fragte Lottie.

»Es war dunkel. Ich habe nichts gesehen.«

»Ich weiß, Sie hatten keinen Schlüssel, aber haben Sie es an der Hintertür probiert? Überprüft, ob sie abgeschlossen war?«

»N... Nein. Ich habe nicht nachgedacht. Ich bin davon ausgegangen, dass sie abgeschlossen war, habe es aber nicht überprüft. O Gott, vielleicht hat Granny noch gelebt und ich hätte sie retten können!« Emma zog die Beine an die Brust, schlang die Arme darum und schluchzte.

»Sie konnten nichts mehr für sie tun, Emma«, sagte Lottie

tröstend. »Sie haben genau das Richtige getan, als Sie den Ort des Geschehens verlassen haben.« Jetzt habe ich ihr noch mehr Angst gemacht, dachte sie. Verwirrte Augen starrten sie an. Wenn die Zerbrechlichkeit des Geistes des Mädchens ihren Körper widerspiegelte, war sie kurz davor, zusammenzubrechen.

»Hat er womöglich auf mich gewartet?«

»Nein. Er war weg. Aber wir brauchen Ihre Fingerabdrücke und DNA. Nur um Sie aus den Ermittlungen auszuschließen.«

Emmas Augen weiteten sich voller Angst. »Warum brauchen Sie meine DNA? Ich habe nichts getan.«

»Das ist die Standardvorgehensweise«, erklärte Lottie und lenkte dann ein: »Im Moment aber sollten Sie sich lieber ausruhen.«

»Wie kann ich mich ausruhen, wenn ich vor meinem inneren Auge immerzu ...«

Bernie Kelly beugte sich vor und drückte den Ellbogen des Mädchens. »Versuch, dir nicht zu viele Sorgen zu machen.«

»Ich weiß, dass das nicht einfach ist, Emma«, sagte Lottie. »Deshalb danke ich Ihnen, dass Sie mit uns gesprochen haben. Sie waren uns eine große Hilfe. Hier ist meine Visitenkarte mit meiner Telefonnummer. Rufen Sie mich an, wenn Ihnen noch irgendetwas einfällt.«

»Finden Sie einfach nur meine Mum«, sagte das Mädchen schluchzend.

An der Tür drehte sich Lottie noch einmal um. »Ihren Dad. Wann haben Sie ihn das letzte Mal gesehen?«

Emma schaute auf. Die Verwirrung war ihr deutlich anzusehen. »Meinen Dad? Sie glauben doch nicht etwa, dass er das getan hat?«

»Keineswegs. Aber wir müssen allen Spuren nachgehen. Wo könnten wir ihn finden?«

Emma schüttelte den Kopf und zuckte mit den Achseln.

»Ich habe keine Ahnung, wo er ist.« Lottie wechselte einen Blick mit Boyd. Sie wollte Emma unbedingt weiter befragen, doch dann tauchte ein anderes Mädchen in der Tür auf. Lottie nahm an, dass es sich bei dem großen, schlaksigen Teenager mit dem roten Haar, das zu einem Pferdeschwanz zusammengebunden war, um Natasha handelte.

Bernie Kelly führte die beiden Detectives zur Haustür. »Ich fürchte, Emma braucht etwas Ruhe, finden Sie nicht auch, Inspector?«

»Ja, natürlich. Aber wenn sie sich noch an etwas erinnert, melden Sie sich bitte sofort bei mir.« Lottie reichte ihr ebenfalls eine Visitenkarte. »Wie ich schon sagte, lasse ich Ihnen eine Opferbetreuerin zuweisen, die sich um sie kümmert«, fügte sie hinzu.

»Das wird nicht nötig sein. Ich kümmere mich um sie. Das tue ich sowieso die meiste Zeit.«

»Wie meinen Sie das?« Lottie zog die Kapuze auf, um sich vor dem heftigen Regen zu schützen.

»Die arme Emma. Wenn sie nicht in der Schule ist oder im Hotel arbeitet, ist sie hier bei Natasha. Ich glaube nicht, dass es Marian gut geht, seit ... Sie wissen schon ...«

»Ich weiß es nicht.«

»Seit dieser Sache mit Arthur.«

»Sie meinen die einstweilige Verfügung?« Lottie überlegte, wohin dieses Gespräch wohl führte.

»Ja, und die anderen Sachen.«

»Mrs Kelly, können wir noch mal reingehen und weiterreden?«

»Ich sollte wirklich nach den Mädchen sehen. Und habe schon zu viel gesagt.« Mit diesen Worten drehte Bernie Kelly sich um und wollte wieder ins Haus gehen. Lottie fasste sie am Arm und hielt sie so auf.

»Sie haben nicht annähernd genug gesagt. Emmas Großmutter wurde ermordet, ihre Mutter ist verschwunden und wir haben keine Ahnung, wo sich Arthur Russell aufhält. Wissen Sie, wo Marian sein könnte?«

»Nein, tut mir leid.«

»Ich kann wirklich jeden Hinweis gebrauchen.«

»Ich weiß gar nichts.« Sie machte Anstalten, die Tür zu schließen. Kurz hatte Lottie den Impuls, ihren Fuß in den Spalt zu schieben, beschloss jedoch, lieber morgen mit ihr zu sprechen.

»Sie wissen viel mehr, als Sie vielleicht denken. Bitte rufen Sie morgen früh im Revier an, damit ich eine vollständige Aussage aufnehmen kann. Passt Ihnen zehn Uhr?«

»Ich muss bei den Mädchen bleiben.«

»Die Opferbetreuerin wird dann hier sein. Morgen Vormittag. Zehn Uhr. Bis dann.«

FÜNF

Lottie schlich die Treppe hinauf und lauschte. Kein einziges Geräusch. Zum Glück. Sie huschte in ihr Zimmer und zog die Tür zu. Ohne ihre Jacke auszuziehen, ließ sie sich auf das Bett fallen und atmete erschöpft auf. Nach einem eiligen Treffen in der Dienststelle, um ein Einsatzteam zusammenzustellen, hatte sie die Schicht beendet und Boyd hatte sie nach Hause gebracht. Alles war vorbereitet, damit sie am Morgen die Ermittlungen aufnehmen konnten, während die ganze Nacht hindurch nach Marian Russell gesucht wurde.

Sie riss die Augen auf. Ihr Kopf wollte einfach keine Ruhe geben. Hoffentlich fand die Spurensicherung etwas, worauf sie aufbauen konnten, aber ihre oberste Priorität bestand darin, Marian Russell und ihren Mann ausfindig zu machen. Dann bekam sie vielleicht eine bessere Vorstellung davon, was in diesem Haus vorgegangen war.

»Scheiße«, sagte sie und stand auf. Ihre Jacke war klatschnass. Sie zog sie aus und bemerkte den feuchten Fleck auf ihrer Bettdecke. »Das hat mir gerade noch gefehlt.«

Lottie griff nach dem Argos-Katalog auf Adams Bettseite und warf ihn gegen den Schrank. Das Gewicht des Buchs verlieh ihr das Gefühl, dass jemand neben ihr im Bett lag. Das Gefühl, nicht allein zu sein. Manchmal waren es die kleinen Dinge, die halfen. Sie klopfte die Bettdecke auf und drehte sie um, sodass der nasse Fleck jetzt unten und auf Adams Seite war. Er hätte nichts dagegen. Er war tot. Als sie den Katalog zurücklegen wollte, hielt sie inne. Vier Jahre der Trauer waren genug. Mit angehaltenem Atem schob sie das Buch unter das Bett. Zwar waren vier Jahre in mancher Hinsicht eine lange Zeit, aber das Leben, das sie mit Adam geführt hatte, war ihr noch so frisch im Gedächtnis, als wäre es gestern gewesen. Ein Schleier der Einsamkeit legte sich auf ihre Schultern, als sie aus den feuchten Klamotten stieg, sich ein altes T-Shirt über den Kopf zog und ins Bett ging.

Das Schreien aus dem Zimmer nebenan verriet ihr, dass Katies Baby wach war. »Nicht schon wieder«, flüsterte Lottie in Richtung Decke.

Sie hörte Katie in ihrem Zimmer hin- und herlaufen bei dem Versuch, den kleinen Louis zu beruhigen. Sollte sie aufstehen, um ihr zu helfen? Nein. Katie war fest entschlossen, sich selbst um ihr Baby zu kümmern.

Der Wecker zeigte 3.45 Uhr. Lottie tippte sich mit den Fingerspitzen gegen die Stirn und wollte Schlaf in ihr Gehirn zwingen. Ohne Erfolg.

Sie setzte sich auf.

Ohne das Licht einzuschalten, öffnete sie den Nachttisch und tastete nach der Flasche. Ein paar Schlückchen würden nicht schaden. Und dann konnte sie besser schlafen. Reine Medizin. Jawoll.

Nach zwei Paracetamol und noch ein paar weiteren Schluck war sie bald fest eingeschlafen.

———

Er beobachtete, wie die hochgewachsene Ermittlerin aus dem Auto stieg und ihr Haus betrat, ohne das Licht anzuschalten. Der andere Detective fuhr weg. Er wartete fünf Minuten.

In einem Schlafzimmer im Obergeschoss ging das Licht an und ein Schatten bewegte sich hinter den Jalousien.

Er wartete weitere fünf Minuten, dann rief er an.

So wie er es in den letzten zehn Monaten jede Nacht getan hatte.

Als er zufrieden war, startete er den Motor und fuhr davon.

MITTE DER SIEBZIGERJAHRE
DAS KIND

Sie haben mich hier reingebracht und den Schlüssel weggeworfen.

Die Wände reden mit mir und ich habe keine Stimme, um mich an dem Gespräch zu beteiligen.

Ich weiß nicht, wie lange ich schon hier bin. Du?

Die Stimme in der Wand sagt jetzt nichts.

Weißt du, wie lange ich schon hier bin?

Stille.

Meine kleinen Finger tun weh.

Ich gucke mir das Gewand an, das sie mir angezogen haben.

Ich will meinen Zwilling.

Ich will meine eigenen Klamotten.

Die sind alle im Feuer verbrannt.

Welches Feuer?

Das deine Mutter gelegt hat, oder vielleicht warst du es?

Ich habe nichts getan.

Niemand antwortet mir!

Sind die Stimmen, die ich höre, nur in meinem Kopf?

Ich fange an zu weinen. Große Kinder weinen nicht.

Aber ich bin nur ein kleines Kind.
Kleine Kinder sollten gesehen und nicht gehört werden.
Ich will meine Mummy ...
Oder doch nicht?

TAG ZWEI

SECHS

Ein neuer Tag. Dieselbe alte Scheiße. Lotties Kopf schmerzte und ihr Mund fühlte sich an, als hätte etwas über Nacht darin geschlafen. Sie erspähte die leere Wodkaflasche, die wie eine weggeworfene Puppe neben ihr auf dem Bett lag.

Mit müden Gliedmaßen schleppte sie sich in die Dusche und vermied es, ihr Gesicht im Spiegel zu betrachten. Da sie den Temperaturregler in die falsche Richtung drehte, wurde ihr Körper plötzlich von eiskaltem Wasser malträtiert.

»Verfluchte Scheiße!«

Sie drehte den Regler in die richtige Richtung und drückte sich in der kleinen Glaskabine in die Ecke, bis das Wasser, das aus dem Duschkopf kam, warm war. Dann stellte sie sich unter den Strahl, schloss die Augen und atmete aus, dass das Wasser von ihrer Nase spritzte. Da ihr etwas schwindelig war, stützte sie sich mit den Handflächen an die glitschige Fliesenwand und ließ das Wasser auf ihre Wirbelsäule prasseln.

Das habe ich so was von verdient, dachte sie. Ich bin so blöd. Blöd, blöd, blöd.

Als sie genug Energie hatte, wusch sie sich die Haare mit Shampoo und trug anschließend eine Spülung auf und spülte sie aus. Dann trat sie aus der warmen Duschkabine in das kalte Badezimmer.

Kein Handtuch weit und breit.

Sie huschte in ihr Zimmer, um eines zu holen, und schlug sich dabei den Zeh am Türpfosten an.

Und so begann ihr Tag.

———

Vor der Tür zur Leichenhalle, die allgemein Totenhaus genannt wurde, nahm Lottie die Kapuze ab und fuhr sich mit den Fingern durchs Haar. Ihr Kopf pochte wie verrückt, aber sie musste sich zusammenreißen. Ihr war vollkommen klar, dass ein einziger Ausrutscher zu einer unaufhaltsamen Abwärtsspirale führen konnte. Und wollte sie wirklich wieder in diesem Kaninchenbau verschwinden? Aber ein Schluck könnte den Schmerz lindern. Oder eine Tablette, wenn sie eine hatte.

In der Nacht hatte es beständig weitergeregnet, und auch auf den vierzig Kilometern nach Tullamore, wo die Rechtsmedizinerin ihren Arbeitsplatz hatte, war der Regen die ganze Zeit über auf ihre Windschutzscheibe geprasselt. Sie rauschte ins Gebäude und eilte den eiskalten Flur entlang, in dem der Geruch nach Desinfektionsmitteln den des Todes übertünchte.

Jane Dore hatte bereits mit der Obduktion begonnen und ging um den Stahltisch herum, auf dem sich die Leiche der über siebzig Jahre alten Tessa Ball befand.

»Guten Morgen, Detective Inspector.« Die Stimme der Rechtsmedizinerin war scharf und professionell. »Ich mache hier weiter, wenn es Ihnen nichts ausmacht.«

»Tun Sie sich keinen Zwang an«, sagte Lottie, schlüpfte in einen Einweganzug und nahm auf einem hohen Hocker neben einer Theke aus Edelstahl Platz. Jane Dore und ihr Team arbeiteten nach einer festgelegten Routine. Betrachten, betasten, penetrieren, Proben entnehmen, Befunde diktieren.

Der Raum schien sich um die eigene Achse zu drehen, und Lottie fragte schnell: »Gibt es eine eindeutige Todesursache? Ich gehe davon aus, dass es Mord war.«

Jane Dore drehte sich um und schaute sie erstaunt an. »Sie und ich wissen beide, dass ich in meinem Beruf von nichts ausgehen kann. Ich lasse mir von der Leiche ihre Geschichte erzählen. Allein damit kann ich arbeiten.«

»Ich weiß, aber ich habe es etwas eilig und muss noch zu einem Team-Meeting, insofern würde es mir helfen, wenn Sie ...« Lottie verstummte. Sie war sich bewusst, dass sie lallte. Jane Dores Blick durchbohrte sie.

»Gehen Sie, wenn Sie wollen ... Ich schicke Ihnen meine Ergebnisse per E-Mail.« Mit diesen Worten drehte sie sich um und setzte ihre Untersuchung fort.

»Stumpfe Gewalteinwirkung?«, fragte Lottie vorsichtig. »Das haben Sie gestern Abend gesagt.«

Jane seufzte und ging zu ihr. »Okay. Es ist nicht zu übersehen, dass Sie mit Ihren Gedanken woanders sind. Ich verstehe, dass Sie es eilig haben, aber ich arbeite nicht so gut unter Druck. Immerhin habe ich Mrs Balls Obduktion priorisiert, damit Sie etwas haben, womit Sie arbeiten können.«

»Danke, Jane. Ich weiß das wirklich zu schätzen, aber mir geht es nicht so gut und ...«

»Die Todesursache wird höchstwahrscheinlich eine stumpfe Gewalteinwirkung am Kopf sein. Zufrieden?«

»Danke. Irgendein Hinweis auf die Tatwaffe?«

»Wie ich gestern Abend bereits andeutete, wurde etwas Hartes mit abgerundeten Kanten mit großer Kraft verwendet. Ein einziger Schlag. Der hat sie entweder getötet oder einen massiven Schlaganfall verursacht. Aber das weiß ich erst später.«

»Könnte es der Baseballschläger gewesen sein, den wir am Tatort gefunden haben?«

Jane schaute sie aufmerksam an. Lottie wusste, dass sie die

Rechtsmedizinerin nicht verärgern durfte. Sie brauchte Jane und ihre Einschätzung. Inoffiziell, sozusagen. Doch wenn sie hierblieb, während Jane die Leiche aufschnitt, würde sie mehr als nur ihre Freundschaft gefährden. Ihr Mageninhalt kroch bereits die Speiseröhre hoch.

»Danke«, sagte sie und machte sich auf den Weg zur Tür. »Nur noch eine Sache. Wurde sie vergewaltigt?«

»Ich habe zwar noch keinen Abstrich gemacht, halte es aber nicht für wahrscheinlich. Mein vorläufiger Bericht liegt heute Nachmittag vor.«

Nach einem letzten Blick auf die gelbliche Leiche flüchtete Lottie aus dem Sektionssaal. Ihr einziger Trost, als sie wieder in den strömenden Regen trat, war, dass sie sich nicht auf die glänzende Edelstahltheke oder den weiß gefliesten Boden übergeben hatte. Nein, sie hatte gewartet, bis sie den Parkplatz erreichte, um das zwischen zwei geparkten Fahrzeugen zu erledigen.

Nie wieder Alkohol.

SIEBEN

Der Regen ließ langsam nach und die rauchgraue Silhouette von Ragmullin tauchte aus dem Nebel auf. Auf der rechten Seite ragten die Zwillingstürme der Kathedrale in die Wolken und auf der linken die landschaftliche Missbildung Hill Point. Dort arbeitete Lotties einstige Freundin Doktor Annabelle O'Shea. Tabletten. Sie brauchte ein paar Xanax, um durch den Tag zu kommen – jeden Tag. Sie schüttelte sich, um das Verlangen loszuwerden, trat das Gaspedal durch und raste in die Stadt.

Im Büro angekommen, zog sie sich die Jacke aus, hängte sie an die überquellende Garderobe und steuerte ihren Schreibtisch an.

»Was Neues zur Obduktion von Mrs Ball?«, fragte Detective Larry Kirby.

Lottie blieb mitten im Schritt stehen und musterte den großen, stämmigen Detective, dessen drahtiges Haar in alle Richtungen abstand und der an einer E-Zigarette kaute.

»Was wollen Sie denn damit?«, fragte sie.

»Ich versuche, mir das Rauchen abzugewöhnen.« Er nahm

das Gerät aus dem Mund und ließ es in seine Hemdtasche gleiten.

»Ich habe noch keine Ergebnisse der Obduktion«, beantwortete Lottie seine Frage und zog ihren Stuhl zurück. »Ich dachte, Sie würden gerade die Nachbarn und so befragen.«

»Das habe ich auch, aber immerhin haben Sie eine Teambesprechung für zehn Uhr einberufen. Und da bin ich. Die steht doch noch, oder?«

Scheiße. In der halben Stunde, die sie für die Fahrt von Tullamore hierher gebraucht hatte, hatte sie vollkommen vergessen, warum sie eigentlich so eilig hierhergekommen war.

»Natürlich. Einsatzzentrale. Alle.« Sie schaute sich um.

Ihre Detectives starrten sie an. »Was?«

Boyd beugte sich vor. »Geht es dir gut?«

»Natürlich. Warum?«

»Du scheinst ein bisschen ... durch den Wind zu sein.«

»Ich werde euch schon zeigen, was hier durch den Wind ist.«

Die Detectives Boyd, Kirby und Lynch schlurften aus dem Büro. Lottie wartete, bis sie weg waren, bevor sie sich hinsetzte und ihre Schreibtischschublade öffnete. Sie wühlte sich durch das Chaos. Nur eine, dachte sie. Wenigstens eine halbe. Sie zog Akten und Stifte heraus und strich mit der Hand über den Boden der Schublade. Nichts. Sie zog die Lade vollständig heraus und drehte sie um. Ja! Mit Klebeband an der Unterseite befestigt fand sie eine halbe Xanax. Ihr Notbedarf. Als sie das Klebeband entfernte, zerbröckelte die Tablette. Nein, dachte sie, ich brauche dich doch! Sie schaute sich um, um sich zu vergewissern, dass sie allein war, und steckte sich die Tablette mitsamt dem Klebeband in den Mund. Mit der Zunge leckte sie jeden einzelnen Krümel ab und spuckte das Klebeband anschließend wieder aus. Als ihr Blick auf ihr Spiegelbild auf ihrem Computerbildschirm fiel, fragte sie sich, wer die irre Frau wohl sein könnte. Sie bot einen furchtbaren Anblick.

Sie stand auf, schnappte sich eine Flasche Wasser von Boyds Schreibtisch, leerte sie in einem Zug und ging in die Einsatzzentrale.

———

Die Fallbretter waren wieder aufgestellt und säumten die Wand der Einsatzzentrale. Daran hingen nebeneinander die Fotos der toten Tessa Ball sowie ein Bild der vermissten Marian Russell, das sie vom Handy ihrer Tochter Emma ausgedruckt hatten.

»Wissen wir, ob was von dem Blut am Tatort von Marian Russell stammt?«, fragte Kirby.

»Wir sind hier im wahren Leben, nicht bei *CSI*«, antwortete Lottie. »Es wird Tage dauern, bis uns die Analyse vorliegt. Die Spurensicherung ist heute noch den ganzen Vormittag am Tatort.« Sie heftete Fotos von Russells Küche an die Fallbretter.

»Sieht aus, als hätte sich jemand heftig gewehrt«, bemerkte Kirby.

Lottie drehte sich um, um ihn zurechtzuweisen, doch stattdessen sagte sie: »Tessa Ball. Stumpfe Gewalteinwirkung am Hinterkopf. Marian Russell. Zuletzt gesehen von ihrer Tochter Emma um achtzehn Uhr dreißig.« Sie tippte auf Marians Foto. »Wir müssen noch versuchen, ein besseres Foto von ihr zu kriegen.«

»Hat Marian ihre Mutter getötet und ist aus der Stadt geflohen? Oder war Tessa Ball zur falschen Zeit am falschen Ort?«, fragte Boyd.

»Wir können nur mit den Fakten arbeiten, die uns vorliegen. Tessa Ball lebte allein, auf der anderen Seite der Stadt, in den St. Declan's Apartments. Kein Handy in der Handtasche. Ein Portemonnaie mit fünfundfünfzig Euro in Scheinen und etwas Kleingeld. Schlüssel und Lesebrille im Etui. Ein Gebetbuch mit ein paar Totenzetteln sowie ein Rosenkranz.«

»Eine Bibelfanatikerin«, sagte Kirby.

Lottie schloss die Augen, zählte bis drei und fuhr fort. »Einer der Schlüssel passt zum vor dem Haus geparkten Auto, und wir können davon ausgehen, dass der andere Schlüssel zu ihrer Wohnung gehört. Die wir später durchsuchen. Außerdem müssen wir ihre letzten bekannten Schritte zurückverfolgen.«

Boyd meldete sich zu Wort. »Der Bericht von McGlynn ist gerade reingekommen. Die Spurensicherung hat im Auto ein Handy gefunden.«

»Gut. Lassen Sie die Daten analysieren.«

»Wird erledigt.«

»Was hatte Emma zu sagen?«, fragte Detective Maria Lynch. »Sie war letzte Nacht ausgesprochen aufgelöst. Ein Transkript meiner Befragung kriegt ihr später.« Lottie schaute zu Boyd und lächelte, um ihn daran zu erinnern, dass er die Notizen abtippen musste. Er nickte.

»Ist die Opferbetreuerin bei ihr?«, fragte Lynch.

»Schön, dass Sie fragen. Die reguläre Opferbetreuerin ist krank, deshalb wollte ich vorschlagen, dass Sie vielleicht für sie einspringen könnten, Detective Lynch.«

»Oh, nein. Ich bin zwar entsprechend geschult, habe aber viel zu viel zu tun.« Lynch blätterte durch die Akten, die auf ihrem Schoß lagen.

»Würden Sie bitte für heute einspringen? Emma ist bei den Kellys zu Hause. Sie könnten dort vorbeischauen, wenn wir hier fertig sind, und mal gucken, was Sie noch aus ihr herausbekommen können.«

Lynch spielte an ihrem Pferdeschwanz herum. Sie war kein bisschen glücklich. Pech gehabt, dachte Lottie. Sie vertraute Lynch nicht. Der Grund dafür lag lange Zeit zurück und sie wollte nicht darüber nachdenken. Zumindest nicht jetzt.

»Also abgemacht«, sagte Lottie. »Haben wir eine Adresse von Arthur Russell?«

»Er übernachtet in einem Bed and Breakfast«, berichtete

Boyd. »Ich habe mit der Inhaberin telefoniert. Im Moment ist er dort.«

»Dann fahren wir mal hin und reden ein Wort mit ihm.«

»Es ist unwahrscheinlich, dass er etwas mit dem Mord zu tun hatte.« Boyd schon wieder.

»Warum?« Konnte er nicht einfach den Mund halten und sie weitermachen lassen?

»Das wäre nicht logisch. Wäre er es gewesen, wäre er längst weg.«

Lottie dachte kurz nach. »Wir müssen überprüfen, wo er letzte Nacht war, und dann können wir nach Mittel, Motiv und Gelegenheit gucken.«

Superintendent Corrigan betrat den Raum.

»Machen Sie ruhig weiter, Detective Inspector Parker. Lassen Sie sich von mir nicht stören.« Er lehnte sich an die Wand und verschränkte die Arme über dem mächtigen Bauch.

»Danke, Sir«, sagte Lottie und ließ den Stapel Blätter fallen, den sie in der Hand gehalten hatte. Doch sie traute sich nicht, sich zu bücken, um sie aufzusammeln. Ihr war schwindelig. Boyd wollte ihr helfen, doch sie wies ihn mit einem strengen Blick zurecht. Er setzte sich wieder hin.

»Sieht für mich nach häuslicher Gewalt aus«, sagte Corrigan.

»Der Schein kann trügen.« Hat sie das gerade wirklich zu ihrem Superintendent gesagt?

»Das weiß ich selbst«, sagte Corrigan, warf ihr einen bösen Blick zu und rieb sich die Glatze.

Vielleicht hätte sie im Bett bleiben sollen.

»Solange die Spurensicherung nicht fertig ist, können wir nur spekulieren«, sagte sie. »Die Obduktion wird gerade durchgeführt, doch die Rechtsmedizinerin hat bereits bestätigt, dass höchstwahrscheinlich eine stumpfe Gewalteinwirkung am Kopf zum Tod von Mrs Ball geführt hat.«

»Stumpfe Gewalteinwirkung? Womit?«, fragte Corrigan,

ließ die Arme fallen und ging durch den Raum auf Lottie zu. Dann zeigte er mit einem dicken Finger auf das Tatortfoto. »Zeigen Sie es mir.«

»Wir haben die potenzielle Tatwaffe vor der Hintertür gefunden, Sir.« Lottie zeigte auf das grobkörnige Foto, das in der Nacht aufgenommen worden war. »Sie wird im Moment forensisch untersucht.«

»Ein Baseballschläger. Wir sind hier in Ragmullin und nicht in Chicago. Wem gehört der Schläger?«

»Das wissen wir nicht. Noch nicht. Sir.« Lottie grub ihre Fingernägel in die Handflächen und wiederholte ein stilles Mantra. *Immer schön ruhig bleiben.*

»Sie scheinen einen Scheiß zu wissen.«

»Wir arbeiten auf Hochtouren, Sir.«

»Und trotzdem nicht schnell genug. Ich will Russell noch heute in einer Zelle haben. Und ich will, dass seine Frau gefunden wird. Kriegen Sie wenigstens *das* hin, Detective Inspector Parker?«

»Ja, Sir.«

»Dann machen Sie sich verdammt noch mal an die Arbeit.« Mit einem selbstgefälligen Schnauben straffte er die Schultern und marschierte aus der Tür.

»Was war das denn?«, fragte Boyd.

»Ein Haufen Blödsinn«, antwortete Kirby.

»Er ist der Boss«, sagte Lynch.

»Ich bin bei diesen Ermittlungen der Boss«, korrigierte ihn Lottie und hob die Hände. »Macht jemand Mrs Balls Freundinnen ausfindig und befragt sie? Kirby? Und finden Sie raus, wem dieser Baseballschläger gehört.«

Er nickte.

Ihr Handy klingelte. Es war der Empfang. »Was gibt's, Don?«, fragte Lottie.

»Im Vernehmungsraum eins wartet eine Bernie Kelly. Seit einer halben Stunde. Haben Sie sie vergessen?«

»Scheiße!« Mit dem zwischen Schulter und Ohr geklemmten Handy sammelte Lottie die Papiere ein. »Ich bin gleich da.«

Auf dem Weg aus der Einsatzzentrale rief sie: »Lynch, gehen Sie rüber zu den Kellys. Ich möchte nicht, dass Emma Russell allein gelassen wird. Boyd, du kommst mit mir.«

»Und was soll ich machen?«, fragte Kirby.

»Finden Sie Tessas Freundinnen und den Besitzer des Baseballschlägers.«

»Also darf ich nach Chicago fliegen?«

ACHT

»Es tut mir so leid, dass Sie warten mussten, Mrs Kelly.« Lottie zog sich einen Stuhl heran und nahm gegenüber von Bernie Kelly Platz, die mit verschränkten Armen dasaß. Sie sah aus wie Mitte vierzig. Eine dicke Schicht Make-up verdeckte ihre natürliche Gesichtsfarbe. Ihre Augenbrauen waren nachgezeichnet und ihre Lippen blass. Hatte sie den Lippenstift vergessen oder war das Absicht? Lottie wusste es nicht, aber sie wusste, dass sie sie gleich anschnauzen würde.

»Glauben Sie, ich habe nichts anderes zu tun und muss nirgendwo sein? Seit geschlagenen fünfunddreißig Minuten sitze ich schon hier.«

Empfangen, Ende der Durchsage. Ihr rotblondes Haar war bis zur Kopfhaut verfilzt und ihre Jacke noch dunkel vom Regen.

»Bitte entschuldigen Sie, aber wir stehen am Anfang einer Mordermittlung, da ist alles noch ein bisschen chaotisch. Sicherlich verstehen Sie das.« Lächelnd schaltete Lottie das Aufnahmegerät ein.

»Was soll das denn?« Bernie deutete mit dem Kopf in Richtung des Geräts. »Ich bin aber keine Verdächtige, oder? Brauche ich einen Anwalt? Ich bin nur hergekommen, weil Sie mich darum gebeten haben.«

»Und ich weiß es zu schätzen, dass Sie sich trotz Ihres vollen Terminkalenders die Zeit genommen haben.« Das dürfte gesessen haben, dachte Lottie. »Was können Sie mir über Marian Russell sagen?«

»Da gibt es nicht viel zu sagen.« Bernie zuckte mit den Schultern, und ihre grünen Augen strahlten Gleichgültigkeit aus. Lottie musterte Boyd aus dem Augenwinkel. Das wird hoffentlich keines der Interviews, bei denen Sie der Person jedes einzelne Wort aus der Nase ziehen musste.

»Was *können* Sie mir denn sagen?«

»Wie ich gestern Abend bereits sagte, glaube ich nicht, dass es Marian allzu gut ging.«

»Inwiefern?«

»Sie wissen schon.« Bernie tippte auf ihre Schläfe. »Hier oben.«

»Wie kommen Sie darauf?«

Bernie seufzte und senkte den Blick. »Sie hat sich zurückgezogen. Ging nicht mehr aus. Früher waren wir Freitag- und Samstagabend oft auf einen Drink im Pub. Jetzt verlässt sie das Haus nur noch, um zur Arbeit zu gehen, und wenn sie nicht bei der Arbeit ist, ist sie zu Hause. Sie reagiert noch nicht einmal mehr auf meine Anrufe.«

»Was hat Emma über ihre Mutter erzählt?«

»Emma ist manchmal ein bisschen schroff. Ich glaube nicht, dass sie versteht, dass Marian depressiv sein könnte. Sie war schon immer Daddys Liebling und gibt ihrer Mutter die Schuld an den Problemen zu Hause, nicht ihrem Vater.«

»Was für Probleme?«

»Das können Sie sicherlich den Gerichtsakten entnehmen. Marian hat Arthur verklagt und ihn aus dem Haus geworfen.«

»Die Akten werden wir uns zwar besorgen, aber es wäre

hilfreich, wenn Sie mir jetzt schon sagen könnten, was Sie wissen.«

Bernie beugte sich verschwörerisch über den Schreibtisch vor. »Er hat sie grün und blau geschlagen. Ich habe die blauen Flecken mit eigenen Augen gesehen.«

»Wie haben Sie sie gesehen?«

»Emma ist eines Abends weinend zu mir gekommen und hat erzählt, dass ihre Mummy ihren Daddy wütend gemacht hat. Sie dachte, er würde sie umbringen. Das ist das einzige Mal, dass ich sie schlecht über ihren Vater reden gehört habe.«

»Was haben Sie gemacht?«

»Hab mir mein Handy geschnappt und bin zu ihrem Haus gerannt. Die Tür stand offen. Marian lag zusammengerollt neben dem Herd, während Arthur mit einem Schürhaken in der Hand durch die Küche marschiert ist.«

»Hat er sie mit dem Schürhaken geschlagen?«

»Ich weiß nicht, womit er sie geschlagen hat, aber sie hatte furchtbare Angst. Ich habe ihm gesagt: ›Arthur Russell, verschwinde aus diesem Haus. Ich habe die Polizei gerufen.‹ Hatte ich nicht, aber vielleicht hätte ich es tun sollen.«

»Und was ist dann passiert?«

»Er hat sich umgedreht und mich angestarrt wie ein wilder Bär – nicht, dass ich jemals einen wilden Bären gesehen hätte –, und dann hat er den Schürhaken fallen lassen und ist durch die Hintertür verschwunden. Ich habe Marian auf einen Stuhl gesetzt. Sie hat nicht geblutet, hatte aber ein paar heftige Prellungen. Und wollte weder einen Arzt noch die Polizei. Stattdessen hat sie mich gebeten, Emma über Nacht bei mir zu behalten und ihre Mutter anzurufen.«

»Und was haben Sie gemacht?«

»Das, worum sie mich gebeten hat.«

»Also haben Sie den Vorfall nicht gemeldet?«

»Marian hat mich gebeten, das nicht zu tun.«

»Sie haben angegeben, dass Sie dachten, Marian sei depressiv. Wie ist Ihnen das aufgefallen, außer dass sie nicht mehr mit Ihnen ausgegangen ist?« Wenn Marian Angst vor einem aggressiven Ehemann hatte, war es verständlich, dass sie sich zurückzog, was aber nicht zwangsläufig bedeutete, dass sie depressiv war.

»Ich finde nicht, dass ich schlecht über die Toten sprechen sollte ...«

»Wir haben keine Hinweise darauf, dass Marian tot ist.«

»Ich meine ihre Mutter. Tessa Ball.«

»Was ist mit ihr?«

»Sie war eine furchtbare Nörglerin. Und mit der einstweiligen Verfügung nicht einverstanden. Sie war halt der altmodischen Ansicht, dass ›in guten wie in schlechten Zeiten‹ auch Anwendung findet, wenn die schlechten Zeiten so schlecht sind, dass man den eigenen Ehemann aussperren muss.«

»Also hat sie Marian wegen Arthur Vorwürfe gemacht?«

Bernie nickte.

»Und dennoch wollte Marian ausgerechnet sie sehen an dem Abend, als er sie zusammengeschlagen hat?«, fragte Boyd.

»Darüber habe ich mich auch gewundert. Ich glaube, Marian wollte ihrer Mutter zeigen, wie brutal Arthur war.«

»Klingt logisch«, stellte Boyd fest und runzelte die Stirn.

»Gab es noch andere Fälle von häuslicher Gewalt im Haus der Russells, an die Sie sich erinnern können?«, fragte Lottie.

Bernie seufzte und betrachtete ihre gefalteten Hände.

»Gibt es etwas, was Sie uns mitteilen sollten?«, drängte Boyd. »Seien Sie versichert, dass alles vertraulich behandelt wird.«

»Ja, klar. Bis ich es in der Zeitung oder online lese.«

»Sie sind hier, um uns zu helfen. Wir müssen Marian finden«, erklärte er. »Um dafür zu sorgen, dass sie in Sicherheit ist. Wenn Sie etwas zu sagen haben, könnte uns das helfen, sie zu finden.«

»Ich glaube, Tessa Ball hat Marian auch geschlagen«, sagte Bernie mit einem weiteren Seufzer.

Lottie tauschte einen Blick mit Boyd aus. »Wie meinen Sie das?«, fragte sie.

»Emma hat Natasha gegenüber mal was gesagt. Dass es unfair wäre, wie ihr Vater vor Gericht behandelt wurde, obwohl er im Vergleich zu ihrer Großmutter nahezu harmlos war.«

»Aber Sie haben nicht selbst gesehen, dass Mrs Ball Marian geschlagen hat?«

»Nein. Aber nach dem, was letzte Nacht passiert ist, kann ich das wohl glauben.«

»Glauben Sie, Marian hat ihre Mutter erschlagen und tot auf dem Küchenboden liegen lassen?«, fragte Lottie.

»Ich finde schon, dass es danach aussieht.«

»Haben Sie sonst noch etwas hinzuzufügen?«, fragte Boyd.

»Nein. Ich will jetzt nach Hause.« Bernie Kelly hob ihren Regenschirm vom Boden auf und schüttelte ihn.

»Natürlich«, sagte Lottie. »Ich schicke Ihnen eine Opferbetreuerin, die bei Ihnen bleibt, bis wir eine Unterkunft für Emma gefunden haben.«

Bernies Wangen wurden rot. »Ich habe doch schon gesagt, dass wir keinen Babysitter brauchen.«

»Emma braucht Schutz, bis wir ihre Mutter gefunden haben.«

»Sie sagt, dass sie nach Hause will.«

»Das geht im Moment nicht.«

»Dann kann sie bei mir bleiben, solange sie will. Und ich will keine Polizisten in meinem Haus haben.«

»Und ich muss meinen Job machen. Danke fürs Kommen.« Lottie stand auf, und die Befragung war offiziell beendet. »Bitte entschuldigen Sie noch mal, dass Sie vorhin warten mussten.«

Bernie Kelly stand ebenfalls auf. »Ich hatte eh nichts anderes vor. Außer zu Hause zu sein und mich um die Mädchen zu kümmern.«

NEUN

Der Tatorttruppkraftwagen der Garda parkte noch immer auf der Straße vor dem Haus der Russells, und Scheinwerfer warfen gelbe Lichttunnel in den grauschwarzen Himmel. Jim McGlynn stand vor der Tür und wies seinen Assistenten an, nach oben zu gehen.

»Hi, Jim, haben Sie heute Vormittag eine Teenagerin hier herumhängen sehen?«, fragte Detective Maria Lynch und hielt den Regenschirm über sie beide. »Ich war drüben bei den Kellys, aber es scheint niemand da zu sein.«

Er duckte sich weg. »Das Ding tropft mich voll. Wen suchen Sie denn?«

»Emma Russell. Die Enkelin des Opfers. Möglicherweise hatte sie eine Freundin dabei.«

»Ah, ja, ich hab tatsächlich jemanden gesehen. Gegen zehn Uhr. Wollte rein und wurde ganz schön frech.«

»Wissen Sie, wohin sie gegangen sind?«

»Ich war damit beschäftigt, hier fertig zu werden, also hab ich nichts gesagt«, antwortete McGlynn. »Gehört es zu Ihrem Job, auf die Kleine aufzupassen?«

»Ja, aber ich finde sie nirgends«, antwortete Lynch. Ein

Windstoß ergriff ihren Regenschirm und klappte ihn nach außen um.

»Dann sagen Sie besser DI Parker, dass Sie sie verloren haben, dann muss ich es nicht tun.« McGlynn kicherte in sich hinein und eilte zurück ins Haus.

»So 'ne Scheiße«, fluchte Lynch. Lottie Parker war ohnehin nicht gut auf sie zu sprechen – warum auch immer –, und jetzt das. Sie würde Emma Russell den Hals umdrehen, wenn sie sie fand.

Und dann kam ihr ein schrecklicher Gedanke.

Sie ließ den umgeklappten Regenschirm in den Graben fallen und rannte die Straße hinauf.

ZEHN

Mit dem Kopfhörer auf den Ohren klimperte Arthur Russell auf seiner Gitarre herum. Das klang immer besser. Immer mehr nach etwas, was man tatsächlich aufnehmen könnte. Er hatte noch Träume. Träumte mit seinen neunundvierzig Jahren davon, ein weltbekannter Gitarrist zu werden. So bin ich halt, dachte er. Und er würde sich auch nicht mehr ändern.

Er legte ein paar der roten Schalter um, bewegte einen Regler am Tonpult und spielte weiter. Summte die Melodie mit, die durch seinen Kopfhörer drang.

Immer noch nicht das Wahre. Laut seufzend zupfte er sich am drahtigen, grau melierten Kinnbart und schloss die Augen. Als er sie wieder öffnete, standen zwei Personen vor ihm. Er nahm den Kopfhörer ab und kratzte sich an der Glatze.

»Was wollen Sie? Wie sind Sie hier reingekommen?«

»Mr Russell? Arthur Russell?«, fragte die Frau mit den regennassen Haaren.

»Wer will das wissen?« Er stellte die Gitarre auf dem Ständer ab, verschränkte die Arme und drehte sich leicht auf dem Hocker hin und her.

»Detective Inspector Lottie Parker«, stellte sich die Frau vor.

Ihm gefiel der Klang ihrer Stimme. Tief und melodisch. Ob sie wohl singen konnte?

»Detective Sergeant Boyd«, sagte der große drahtige Mann.

Er sah gepflegter aus als die Frau. Seltsames Paar, dachte Russell.

»Das ist unbefugtes Betreten. Wie sind Sie reingekommen?«

»Ihre Vermieterin hat uns reingelassen. Schön haben Sie es hier«, sagte die Frau.

»Mrs Crumb ist eine verrückte alte Schrulle. Was wollen Sie? Ich habe nichts getan.«

»Verstoß gegen eine einstweilige Verfügung, klingelt da was bei Ihnen?« Die Stimme der Frau klang jetzt höher. Höhnischer.

»Ich war nicht in dem Haus. Noch nicht einmal in der Nähe. Fragen Sie meine Frau«, erklärte er. »Oh, oder hat die Sie etwa geschickt, um noch ein paar Euro aus mir rauszuquetschen? So ein Pech aber auch. Ich bin vollkommen pleite.«

»Wann haben Sie Ihre Frau zuletzt gesehen?«, fragte der Mann.

Der war definitiv kein Sänger, sinnierte Russell. Und was hatte das alles mit Marian zu tun?

»Meine Frau?«

»Ja, Mr Russell. Ihre Ehefrau.«

»Vor ungefähr vier Monaten habe ich sie vor Gericht gesehen. Warum fragen Sie sie das nicht selbst?«

»Das würden wir, wenn wir wüssten, wo sie ist«, antwortete die Frau.

»Versuchen Sie es doch mal bei Tesco oder zu Hause. Die einzigen zwei Orte, wo Marian hingeht.«

»An beiden ist sie nicht. Wann haben Sie Ihre Schwiegermutter zuletzt gesehen?«

»Moment mal ... Worum geht es hier?«

»Bitte beantworten Sie die Frage.«

»Nein, ich beantworte die Frage nicht. Sie haben kein Recht, hier zu sein und mir dumme Fragen zu stellen. Und jetzt verschwinden Sie, bevor ich meinen Anwalt anrufe.«

Die Frau trat einen Schritt auf ihn zu. Arthur wich nicht von der Stelle. »Es liegt in Ihrem eigenen Interesse, unsere Fragen zu beantworten«, sagte sie.

»Warum? Jedes Mal, wenn ich was mit Ihren Leuten zu tun hatte, ist es für mich verflixt teuer geworden. Sie und Ihresgleichen habe mich meine Familie gekostet. Ich kann noch nicht einmal mehr meine Tochter sehen, wenn ich nicht mindestens einen Monat vorher Bescheid sage.« Er ballte die Hände zu Fäusten und bearbeitete das Nicorette-Kaugummi kräftig mit den Zähnen. Sein Herz schlug schneller, und das Blut stieg ihm in den Kopf. Seine Knie zuckten vor Anspannung.

»Warum sind Sie so wütend?« Die Frau schon wieder – wie hieß sie noch gleich? Parker, stimmt ja. Wenn diese Schlampe mir nur einen einzigen Schritt näher kommt, haue ich ihr eine rein, dachte er. Stattdessen zuckte er mit den Schultern.

»Ich will keinen Ärger.«

»Wo waren Sie gestern Abend zwischen achtzehn und sagen wir mal elf Uhr?«

»Brauche ich einen Anwalt?«

»Kommt darauf an. Haben Sie etwas zu verbergen?«

Arthur hämmerte mit den Fäusten gegen die Oberschenkel. »Sie kommen hier rein und stellen mir all diese Fragen. Das macht mich nervös, das ist alles. Wie würden Sie sich fühlen, wenn jemand einfach so in ihren Proberaum schneien und sie so behandeln würde?«

»Ich habe keinen Proberaum«, sagte sie.

»Dachte ich mir schon.«

»Was meinen Sie damit?«

Arthur stand auf. Er war mit seiner Geduld am Ende. »Sie

sehen aus, als hätten Sie einen Stock so tief im Arsch, dass Sie im Leben nicht zu Musik chillen können. Stimmt's oder habe ich recht? Ha.«

Jetzt ist er zu weit gegangen, dachte er, als sie ihn am Hemd packte und ganz nahe zu sich zog. Er roch das Pfefferminzbonbon, das sie gelutscht hatte, um den Alkoholgeruch zu übertünchen. Eine Trinkerin also. Alle Bullen waren gleich. Alles Alkoholiker und Arschgeigen.

»Nehmen Sie sofort die Finger von mir«, befahl er.

Sie gehorchte und ihre Hand fallen, blieb jedoch dicht vor ihm stehen. »Ich nehme Sie mit aufs Revier, wo ich Ihre Aussage aufnehmen werde.«

»Was soll ich denn getan haben? Denn das weiß ich wirklich nicht.«

»Sie haben sich geweigert, unsere Fragen zu beantworten«, sagte der Mann. »Wo waren Sie gestern Abend?«

Russell nahm seine Gitarre und setzte sich wieder. »Gestern war ich in Danny's Bar arbeiten und habe gegen halb sieben mit Mrs Crumb zu Abend gegessen. Danach habe ich hier an meiner Musik gearbeitet. Und jetzt verschwinden Sie aus meiner Privatsphäre.«

Die beiden Detectives sahen sich an und überlegten, was sie jetzt tun sollten. Arschlöcher, dachte Arthur und setzte sich den Kopfhörer wieder auf. Dann drehte er sich mit dem Hocker von ihnen weg zum Schreibtisch und begann zu singen.

Als er sich wieder umdrehte, waren sie fort. Aber er wusste, so sicher, wie der Tag auf die Nacht folgt, oder wie immer der Spruch lautete, dass sie wiederkommen würden.

Er spuckte den Kaugummi aus, wühlte im Gitarrenkoffer herum, fand eine Schachtel Zigaretten und zündete sich eine an. Ihm wurde schwindelig und er wusste, dass er jetzt etwas Stärkeres als Nikotin brauchte.

»Fick dich, Marian«, schimpfte er und nahm den Kopfhörer wieder ab. »Du intrigante Schlampe.«

———

»Das ist ja mal ein echter Sonnenschein«, meinte Boyd sarkastisch und versuchte, sich im Regen eine Zigarette anzuzünden.

»Der mit seinem Holzfällerhemd und dem verfilzten Bart ... Für wen hält der sich?«, schimpfte Lottie und zog die Kapuze über den Kopf, um sich vor dem Regen zu schützen.

»Außerdem könnte er mal wieder duschen«, sagte Boyd.

»Ja? Ich habe nichts gerochen.«

»Das wundert mich nicht.«

»Wie meinst du das?«

»Lottie, du trinkst wieder. Ich bin weder blind noch dumm. Was ist denn los?«

Sein besorgter Gesichtsausdruck beunruhigte sie. Aber sie brauchte sein Mitleid nicht. Sie würde damit schon selbst fertigwerden. Wie immer.

»Kümmere dich um deinen eigenen Dreck.« Sie rannte zum Auto, stieg ein und schlug die Tür zu.

Boyd tat es ihr gleich. »Ich sage das nur einmal«, sagte er. »Ich bin da, wenn du mich brauchst.«

»Fahr schon los. Wir müssen den Papierkram zu Arthur Russell erledigen und sein sogenanntes Alibi überprüfen.«

»Dein Wunsch ist ...«

»Fahr los, Boyd.«

»Vielleicht hätten wir ihm sagen sollen, dass seine Schwiegermutter tot ist und seine Frau vermisst wird.«

»Vielleicht war es aber auch besser, dass wir das nicht getan haben. Mal sehen, was er als Nächstes macht.«

»Glaubst du, Marian hat ihre eigene Mutter getötet?«

»Das sollten wir sie selbst fragen, sobald wir sie gefunden haben.« Lottie legte die Füße auf dem Armaturenbrett ab und überlegte, woher sie neue Pillen bekommen könnte.

»Wohin?«, fragte Boyd.

»Zu Tessa Balls Wohnung.«

»Was ist mit Danny's Bar? Wegen Arthurs Alibi.«

»Das kann warten. Da können wir ja zu Mittag essen.«

»Vielleicht kriegen wir das Essen ja aufs Haus.« Boyd legte einen Gang ein.

»Du bist so ein Arsch.« Dabei hatte sie das Gleiche gedacht. »Wetten, du hast gerade das Gleiche gedacht?«, meinte Boyd.

Lottie versuchte, sich ein Lächeln zu verkneifen, scheiterte aber. Und dann musste sie sich den ganzen Weg bis zu den St. Declan's Apartments sein Gelächter anhören.

———

Lynch hörte auf, an die Tür zu klopfen, drehte sich um und sah sich plötzlich mit einer Frau mit einem Schlüssel in der Hand konfrontiert.

»Kann ich Ihnen helfen?«

»Ich bin die Opferbetreuerin und wurde vorübergehend Emma Russell zugewiesen. Wissen Sie, wo ich sie finden kann?«

»Ich habe doch der anderen schon gesagt, dass wir keine … Ach, was soll's, kommen Sie rein.« Die Frau schloss die Tür auf und bat sie hinein. »Ich bin Bernie Kelly.«

Lynch zog den Mantel aus und hängte ihn über mehrere andere über den Treppenpfosten. »Ich habe geklingelt und geklopft, aber niemand hat reagiert. Ich war sogar drüben bei den Russells und habe dort nach ihr gesucht. Wo ist Emma?«

»Im Bett, nehme ich an. Keine Ahnung, wie sie mit all dem fertigwerden soll.«

»Können wir nachsehen?« Lynch fasste die Frau am Arm und lenkte sie zur Treppe. »Ich möchte nur sichergehen, dass sie in Sicherheit ist.«

»Natürlich ist sie in meinem Haus in Sicherheit. Warum sollte sie nicht in Sicherheit sein?«

»Sehen Sie bitte nach.«

»Emma? Natasha? Seid ihr schon wach?« Bernie schlenderte die Treppe hinauf. Lynch wollte sich am liebsten an ihr vorbeischieben und in jedes einzelne Zimmer rennen.

»Was ist denn los, Mum?«

Natasha, nahm Lynch an. Das Mädchen erschien auf dem Treppenabsatz. Sie trug ein schwarzes T-Shirt als Nachthemd und die Haare reichten ihr zerzaust bis über die Schultern. Auf beiden Oberschenkeln prangten Tattoos von einem dunkelroten Herz mit einem durchgestochenen Dolch, von dem Blut tropfte.

»Wo ist Emma?« Lynch stieß Bernie fast von der Treppe, als sie sich an ihr vorbeidrängte.

Natasha blinzelte durch ein Auge. Das andere schien noch tief und fest zu schlafen. »Wer sind Sie?«

»Detective Maria Lynch, die Opferbetreuerin. Ich möchte zu Emma. Wo ist sie?« Sie konnte die Panik in ihrer Stimme nicht verbergen. Emmas Zimmer war leer.

»Ist sie in einem anderen Zimmer?« Ohne eine Antwort abzuwarten, überprüfte sie die anderen Räume. Alle leer. Sie zückte ihr Handy und stürmte die Treppe hinunter, vorbei an Bernie Kelly, die mit offenem Mund dastand. Noch im Laufen wählte sie Lotties Nummer.

»Hey, Sie, das ist mein Haus.«

Lynch spürte, wie jemand sie am Pferdeschwanz packte, sie herumwirbelte und angreifen wollte. Just in diesem Moment wurde die Hintertür geöffnet und eine Jugendliche kam mit einer Einkaufstüte aus Plastik in der Hand herein. Der Duft nach frisch gebackenem Brot stieg ihr in die Nase.

»Bist du Emma?« Die Jugendliche nickte.

»Wo zum Henker bist du gewesen?«, rief Lynch und legte auf, bevor Lottie den Anruf annehmen konnte.

Emma wich zurück. Tränen traten ihr in die Augen. »Ich war einkaufen.«

»Und *Sie* haben gerade eine Polizistin tätlich angegriffen«, schnauzte Lynch Bernie Kelly an.

»Das ist mein Haus! Sie können hier nicht einfach rumrennen, als ob Sie hier zu Hause wären!« Bernie marschierte an Lynch vorbei in die Küche. »Kommen Sie, wir trinken einen Tee und beruhigen uns alle wieder.«

Und das machte Lynch noch wütender.

ELF

Tessa Ball hatte in einem modernen Apartmentkomplex direkt neben dem ehemaligen St.-Declan's-Krankenhaus in einer Dreizimmerwohnung gelebt. Lottie zuckte zusammen, als ein Schauder zwischen ihren Schulterblättern hochkroch. Sie wollte nicht an ihren letzten Fall denken, der in dem stillgelegten Krankenhaus seinen Höhepunkt gefunden hatte.

»Was ist denn los?«, fragte Boyd. »Du siehst aus, als wäre dir eine Ratte übers Gesicht gekrabbelt.«

»Sehr lustig, Boyd«, sagte sie und löste den Sicherheitsgurt. »Zweiter Stock, Wohnung 6B.«

Sie versuchte zu vermeiden, in eine Pfütze zu treten, denn so schnell würden ihre Stiefel sonst nicht wieder trocken werden. Im quadratischen Foyer, das stark nach Desinfektionsmittel roch, steuerte sie den Fahrstuhl an. Auf Knopfdruck öffnete sich die Stahltür. Sie trat ein und wartete auf Boyd. Als er neben ihr stand, schloss sich die Tür und der Fahrstuhl stieg langsam zum zweiten Stock hinauf. Dort angekommen, betraten sie einen Flur, von dem mehrere Türen abgingen.

Lottie öffnete die Tür zur Wohnung mit der Nummer 6B, tastete an der Wand nach einem Lichtschalter und betätigte ihn. Sie befanden sich unmittelbar im Wohnzimmer. Die Vorhänge vor dem Fenster waren zugezogen. Der Raum war durch eine Theke, hinter der sich eine Küche im Stil einer Kombüse befand, in zwei Hälften geteilt. Auf der anderen Seite an die Theke geschoben stand ein Sofa mit Kissen mit gestrickten Bezügen. Außerdem gab es einen Sessel, und der Boden war mit einem Hochflor-Teppich mit Blumenmuster ausgelegt.

»Da fühlt man sich doch direkt in die Siebzigerjahre zurückversetzt«, sagte Lottie. »Ich dachte, die Wohnungen hier wären relativ neu?«

»Das Gebäude wurde vor ungefähr zehn Jahren gebaut, vielleicht weniger. Sie hat das wohl selbst so dekoriert.«

»Dekorieren würde ich das nicht nennen; zumindest nicht im modernen Sinne.« Sie betrachtete die Acrylgemälde an der Wand und schnupperte. »Wintergrün.«

»Um den muffigen Geruch zu überdecken oder hatte sie Muskelschmerzen?« Boyd zuckte die Achseln und nahm eine Zeitung vom Couchtisch. »Die *Irish Times* von gestern. Keine *Sun* für die Lady.« Neben der Zeitung stand ein Korb mit Wolle und Stricknadeln darin.

Lottie trat ans Fenster und zog den Brokatvorhang zurück. Viel mehr Licht brachte das nicht in den Raum. Es war einer dieser Tage, an denen es einfach nicht hell werden wollte. Eine Motte flatterte aus Dunkelheit auf den gläsernen Kronleuchter zu.

Die Küchenarbeitsplatte war sauber und die Spüle leer. Nacheinander öffnete Lottie die Mahagonitüren der Küchenschränke, holte den einen oder anderen Topf heraus und vergewisserte sich, dass darin nichts versteckt war.

»Was suchen wir?«, fragte Boyd und öffnete den Kühlschrank. »Guck auch im Gefrierfach nach«, wies Lottie ihn an. Immerhin hatte sie bei einem früheren Fall mal einen Beweis in einem Eisfach übersehen.

»Da ist noch nicht einmal Speiseeis drin.«

Sie ging den schmalen Flur entlang und öffnete die erste von drei Türen. Badezimmer. Sie durchsuchte den Spiegelschrank. Keine verschreibungspflichtigen Medikamente, nur eine Packung Paracetamol, eine braune Flasche mit Eisentonikum und eine Tube Wintergrün. Auf dem Boden der mit grünen Mosaikfliesen ausgelegten Dusche stand eine Shampooflasche. Der verchromte Haltegriff verriet Lottie, dass Tessa womöglich die Folgen ihres Alters gespürt hatte.

Hinter der nächsten Tür verbarg sich offensichtlich ein Gästezimmer. Darin befand sich ein Einzelbett, das ordentlich mit einer weißen Candlewick-Tagesdecke zugedeckt war. Der Kleiderschrank war leer, ebenso wie die Garderobenhaken. Weder auf den Schränken noch unter dem Bett befanden sich irgendwelche Kartons.

»Dann ist das hier wohl das Schlafzimmer der alten Dame«, sagte Boyd und öffnete die Tür.

Lottie verkniff sich eine sarkastische Bemerkung. Ihr Kopf pochte und sie musste so schnell wie möglich aus der stickigen Luft raus.

Mrs Balls Schlafzimmer sah exakt so aus, wie sie es erwartet hatte. Ein altes Messingbett mit einer ähnlichen Tagesdecke wie im Gästezimmer. Über dem Bett hin ein Jesus-Bild mit einer roten Glühbirne hinter dem Herzen. Lottie kniete sich hin und griff unter das Doppelbett. Sie nieste. Mrs Balls Putzfimmel hatte offensichtlich hier aufgehört. Mit den Fingern ertastete sie etwas – einen Schuhkarton. Sie zog ihn heran und wirbelte dabei eine veritable Staubwolke auf.

Währenddessen fuhr Boyd mit der Hand unter der Matratze entlang. »Nichts.«

»Ich dachte, alle alten Damen würden ihre Ersparnisse unter der Matratze aufbewahren.«

»Was ist da drinnen?« Boyd kniete sich neben sie.

Lottie schüttelte den Karton. »Er ist ziemlich leicht.«

»Willst du ihn aufmachen oder mitnehmen?«

Sie hob den Deckel und warf einen Blick in die rechteckige Schachtel, in der laut Etikett einst schwarze Pumps in der Größe vierzig untergebracht waren. Ein Bündel Briefe, mit einem Gummiband zusammengehalten. Alt und klebrig.

»Die hat seit Jahren keiner mehr angerührt«, stellte sie fest.

»Alte Erinnerungen?«

»Schlechte Erinnerungen?« Sie holte einen Beweismittelbeutel aus Kunststoff aus ihrer Handtasche und steckte die Briefe hinein.

»Willst du nicht reingucken?«

»Nicht jetzt.« Die Klaustrophobie verengte ihre Atemwege. »Ich inspiziere Schrank und Kommode. Du durchsuchst das Wohnzimmer.« Sie stand auf, um Boyd durchzulassen. Dabei bemerkte sie, dass er sorgfältig darauf bedacht war, sie nicht zu berühren. Oder bildete sie sich das nur ein?

Sie öffnete den Kleiderschrank und fuhr mit den Fingern über die Kleiderbügel. Kleider, Blusen und Mäntel aus Polyester und Wolle. Ordentlich zusammengefaltet in den Fächern lagen Hosen von Marks & Spencer. Auf dem Schrankboden befanden sich drei Paar abgetragene schwarze Schuhe. Sie schloss die Tür wieder und wandte ihre Aufmerksamkeit dem Nachttisch mit den drei Schubladen zu.

Darauf stand ein tickender Wecker, der auf sieben Uhr morgens gestellt war. Eine Lampe. Ein kleines Lederetui mit goldenem Schriftzug, der verriet, dass es aus Lourdes stammte. Darin befand sich ein Rosenkranz. Wie viele hatte sie denn noch davon? An der Seite der Kommode klebte ein laminiertes Gebet an den heiligen Antonius. Vermutlich hatte Mrs Ball es gesprochen, wenn sie abends im Bett lag. Und diese religiöse alte Dame sollte ihre erwachsene Tochter geschlagen haben? Andererseits überraschte Lottie nichts mehr.

Sie zog die oberste Schublade auf. Darin befanden sich ordentlich zwischen Plastiktrennwänden sortiert Kleingeld sowie mehrere Tablettendöschen: Aspirin, Blutdruck- und Schlaftabletten. Sie schob die Schublade wieder zu. In der darunter befanden sich Unterwäsche und Strumpfhosen und in der untersten Schublade eine Auswahl an Taschenbuchromanen.

»Mrs Ball war eine begeisterte Krimi-Leserin«, rief sie Boyd zu.

»Echt jetzt? Ich hätte sie eher für den Typ gehalten, der die Bibel liest. Und ich sehe hier keine.«

»Keine Sorge – ich habe eine gefunden.« Sie blätterte durch die Seiten aller Bücher, doch nichts fiel heraus.

Also gesellte sie sich zu Boyd im Wohnzimmer. »Hast du was?«

»Nichts.«

»Dann gucken wir die Briefe auf dem Revier durch. Der Letzte macht das Licht aus.«

»Hey, Lottie?«

»Ja?«

»Sieh dir das mal an.«

Er hockte vor einer dunklen Kommode, die zwischen Sessel und Theke gequetscht war. Sie stellte sich neben ihn.

»Ich dachte, das wäre einer der Schränke, in denen sich ein Fernseher versteckt«, sagte er und öffnete langsam die Tür.

»O mein Gott!«, stieß Lottie aus. »Das ist ganz sicher *kein* Fernseher.«

ZWÖLF

Das Brot war braun, weich und frisch, aber der Tee schwach. Lynch äußerte sich zu beidem nicht. Auf der anderen Seite des Tischs trank Emma Red Bull aus einer Dose. Die Augen hatte sie voller Sorge weit aufgerissen. Oder war es Angst?, überlegte Lynch.

»Also, wer war vorhin mit dir bei eurem Haus?«, fragte Lynch.

»Was? Ich war nur einkaufen.«

Lynch konnte sich ein Augenverdrehen nicht verkneifen. »Na ja, Natasha war es nicht, denn die lag im Bett. Raus mit der Sprache. Wer war bei dir?« Sie versuchte sich zu erinnern, ob McGlynn tatsächlich gesagt hatte, dass Emma nicht allein gewesen war. Dann fiel ihr wieder ein, dass er Emma gar nicht kannte.

»Ich muss Ihnen gar nichts sagen.«

»Du könntest uns aber helfen, deine Mutter zu finden.«

»Brauche ich einen Anwalt?«

»Einen Anwalt?« Lynch prustete. »Warum in aller Welt solltest du einen Anwalt brauchen?«

Emma zuckte mit den Schultern. »Keine Ahnung. Das sagen die im Fernsehen immer.«

Lynch beugte sich vor und faltete die Hände, um ihre Ungeduld im Zaum zu halten. Dann sagte sie: »Emma, die Sache ist ernst. Deine Granny ist tot. Deine Mum wird vermisst. Du kannst nicht einfach durch die Läden bummeln. Womöglich bist du in Gefahr!«

Dem Mädchen fielen fast die Augen hinter der Brille aus dem Kopf. »Ich will zu meinem Dad.«

»Ich finde nicht, dass Sie das arme Mädchen zu Tode erschrecken sollten«, mischte Bernie Kelly sich ein. »Sollten Sie sie nicht eher beruhigen?«

»Ich möchte nur wissen, wo du heute Vormittag warst, Emma.«

»Brot kaufen.«

»Wir haben noch genug Brot da«, meinte Bernie. »Kein Wunder, dass du so patschnass bist. Du musst dringend aus den Klamotten raus.«

»Die Läden sind aber auch weit weg, und du warst zu Fuß unterwegs. Warum bist du Brot holen gegangen, wenn ihr hier doch genug habt?«, hakte Lynch nach.

»Ich mag frisches Brot.« Emma senkte den Blick.

»Mit wem warst du unterwegs?«

»Mit niemandem.«

»Hör zu, Emma, ich merke genau, wenn ein Teenager mir Lügen auftischt.« Lynch gab sich selbst einen Tritt, weil sie Jim McGlynn nicht nach Details gefragt hatte. »Ich muss die Wahrheit wissen. Und zwar sofort.« Und danach musste sie Lottie anrufen und ihr erzählen, dass das Mädchen allein oder mit jemand anderem unterwegs gewesen war.

»Bernie, könnten Sie uns bitte zwei sehr starke Tassen Tee kochen? Das hier könnte etwas dauern.«

———

Boyd hielt vor dem Revier, um Lottie abzusetzen. Sie griff nach ihrer Tasche im Fußraum. »Bitte registriere alles, was wir aus der Wohnung mitgenommen haben. Die Briefe gehen wir später durch.«

»Soll ich die Spurensicherung in die Wohnung schicken?«, fragte Boyd bei laufendem Motor.

»Kann nicht schaden. Wobei ich nicht glaube, dass die was finden werden. Die Wohnung sah nicht so aus, als wäre seit Tessa jemand darin gewesen.«

»Was hat die alte Dame denn mit einer Pistole gemacht?«

»Gegen das Gesetz verstoßen. Immerhin hatte sie auch eine Schachtel mit Patronen. Zu ihrem Schutz? Aus Angst? Ich weiß nicht, warum sie eine Waffe hatte und woher. Aber schreib alles in den Bericht und organisiere einen ballistischen Test. Finde raus, ob sie vor Kurzem abgefeuert wurde.«

»Aber es wurde doch niemand erschossen. Vor Kurzem«, warf Boyd ein.

»Finde einfach heraus, ob sie *jemals* abgefeuert wurde.«

»Mach ich. Und wohin gehst du?«

Lottie stieg aus und setzte die Kapuze auf. »Ich brauche jetzt einen Kaffee. Und zwar einen richtigen. Nicht die Brühe aus dem Büro. Dauert nicht lange.«

»Bist du sicher, dass du nur einen Kaffee holst?«

Ohne eine Antwort schlug sie die Beifahrertür zu.

———

Das Wasser auf dem Fußweg schwappte über ihre Stiefel und durchtränkte sie. Regen tropfte von der Kapuze ihrer Jacke auf ihre Nase. Es war inzwischen Mittag, aber immer noch dunkel und nass. Bernsteinfarbenes Licht fiel aus den Schaufenstern auf die Fluten, die die Straße entlang in die mit Herbstlaub verstopften Abflüsse strömten. Der Regenschirm eines vorbeigehenden Passanten traf Lottie am Hinterkopf. Schnell flüchtete sie in das Café.

Sie gab ihre Bestellung auf und setzte sich an einen Tisch am Fenster, um über alles nachzudenken. Eigentlich war Boyd durchaus hilfreich, aber im Moment ging er ihr schrecklich auf die Nerven. Als ihr Kaffee kam, rührte sie drei Stück Zucker hinein und orderte spontan einen Windbeutel. Zwei Polizisten kamen herein, nickten zur Begrüßung und setzten sich in eine Ecknische an der gegenüberliegenden Wand. Die Männer erinnerten sie an ihren Dad. Zwar war sie bei seinem Tod – bei seinem Selbstmord – erst vier Jahre alt gewesen, doch sie erinnerte sich noch gut an seine Uniform. Oder trickste ihr Verstand sie aus? Erinnerte sie sich nur von Fotos an ihn? Sie war sich nicht sicher.

Der Kaffee war deutlich zu stark, aber sie zwang ihn hinunter. Ihre Gedanken kreisten um ihren Vater. Wie würde er wohl heute aussehen, wenn er noch leben würde? Hätte er es zum Detective geschafft? Ganz bestimmt. Inzwischen allerdings wäre er bereits im Ruhestand. Wäre er stolz auf sie? Sie rieb sich die Stirn, als könnte sie so den Kopfschmerz vertreiben, und fragte sich, wie anders ihr Leben wohl verlaufen wäre, wenn er sich nicht umgebracht hätte. Sie musste unbedingt herausfinden, warum er das getan hatte. Der Karton befand sich immer noch in ihrem Schlafzimmer. Seine Unterlagen. Die Sachen aus seinem Schreibtisch. So oft war sie den Inhalt durchgegangen, seit ihre Mutter ihn ihr vor fast fünf Monaten gegeben hatte. Sie hatte inoffizielle Ermittlungen durchgeführt, doch niemand, mit dem sie gesprochen hatte, konnte sich an irgendetwas erinnern. Selektive Amnesie? Sie wusste es nicht. Es war zum Verrücktwerden.

Scheppernd stellte sie die Tasse ab und schob den unangetasteten Windbeutel von sich. Ihr Magen konnte gerade mal Flüssigkeit vertragen.

Ihr Handy klingelte. Lynch.

DREIZEHN

Vor dem Café steckte Lottie das Handy wieder in die Tasche.

Lynch hatte nur eine Aufgabe gehabt – eine einzige gottverdammte Aufgabe –, und die hatte sie vermasselt. Emma hatte das Haus verlassen und Lynch hatte keine Ahnung, wo das Mädchen gewesen sein könnte. Lottie zog ihre Kapuze über den Kopf und ging in Richtung Revier. Eigentlich war es dunkel genug, dass die Straßenlaternen angehen sollten, taten sie aber nicht. Sie schaute hinauf zu den Turmspitzen der Kathedrale, die auf sie herabzublicken schienen – zwei Augen, die vor dem drohenden Unheil warnten.

Sie hörte eine Sirene, die die Straße entlang auf sie zu kam. Boyd. Direkt vor ihr hielt er mit dem Auto an, und sie musste zurückspringen, um nicht von dem Spritzwasser der Straße besudelt zu werden.

»Steig ein«, rief er und stieß die Beifahrertür auf. Lottie tat, wie ihr geheißen. »Wozu die Eile?«

»Marian Russell wurde gefunden.«

»Wie? Wo? Geht es ihr gut?«

»Stell nicht so viele Fragen.«

»Okay, dann eine nach der anderen.« Lottie hielt einen Finger hoch. »Lebt sie?«

»Weiß ich nicht.«

Zwei Finger. »Wo war sie?«

»Weiß ich nicht.«

Sie ließ das mit den Fingern wieder. »Wohin zum Teufel fahren wir?«

»Ins Krankenhaus.«

»Ich brauche mehr Informationen.«

»Sie wurde vor dem Eingang des Krankenhauses gefunden. Am Handgelenk trägt sie ein Notfallarmband, weil sie Diabetikerin ist. Auf dem steht ihr Name. Und der Wachmann war geistesgegenwärtig genug, uns anzurufen.«

»Also lebt sie.«

»Als der Anruf reinkam, war dem so. Jetzt bin ich mir nicht so sicher.«

»Boyd, lass das.«

»Ich weiß nicht, was los ist«, sagte er. »Uns wurde gesagt, dass sie in die Notaufnahme gebracht wurde und die sich um sie kümmern. Es klang ernst.«

Er parkte das Auto direkt vor der Notaufnahme. Lottie sprang als Erste heraus und rannte zur Drehtür des Krankenhauses.

»Komm schon«, rief sie dem leblosen Glas zu, während Boyd sich hinter sie zwängte.

»Wo lang?«, fragte er.

»Mir nach«, antwortete sie.

»Detective Inspector Lottie Parker«, rief sie in die Gegensprechanlage der Notaufnahme. »Machen Sie auf.« Zischend öffnete sich die automatische Tür nach innen.

Liegen mit Patienten darauf säumten die Wände des Flurs. Lottie stürmte an ihnen vorbei und schnappte sich eine vorbeikommende Krankenschwester.

»Wo finde ich Marian Russell?«

»Da muss ich nachsehen. Setzen Sie sich«, antwortete die Krankenschwester.

»Ich muss sie finden. Sofort.«

»Wie gesagt, da muss ich nachsehen. Beruhigen Sie sich.«

Lottie holte tief Luft. »Bitte«, keuchte sie und zwang sich zu einem Lächeln.

»Wir sollten warten.« Boyd führte Lottie in einen Empfangsbereich.

Die Krankenschwester blickte auf einen Computerbildschirm, tippte etwas in die Tastatur und sagte: »Sie wurde untersucht und zur Operation nach oben gebracht.«

»Also lebt sie.« Lottie atmete erleichtert aus.

»Zumindest war dem so, als sie hier weggebracht wurde«, sagte die Schwester. »Und jetzt entschuldigen Sie mich bitte, wir haben heute viel zu tun.«

Lottie hörte sie kaum. Sie drehte sich um, rannte aus der Notaufnahme und studierte den Lageplan an der Wand.

»Dritter Stock«, verkündete sie und lief zum Treppenhaus.

Im dritten Stock angekommen, war Lotties erster Gedanke, dass der Fahrstuhl die bessere Option gewesen wäre. Aber jetzt war es zu spät. Mit dem Hintern an die Wand gelehnt beugte sie sich vor und versuchte angestrengt, wieder zu Atem zu kommen. Boyd lief im Kreis herum. Bei ihm war noch nicht einmal die Frisur durcheinander, und er atmete normal.

»Drück den Summer.« Lottie wischte sich den Speichel vom Kinn.

»Du musst endlich das Rauchen aufgeben«, meinte er.

»Ich rauche nicht.«

Theatralisch holte Boyd seine Zigarettenschachtel aus der Tasche und zählte den Inhalt durch. Lottie riss sie ihm aus der Hand und steckte sie ein, als sich die Stationstür öffnete.

»Wir sind wegen Marian Russell hier«, sagte Lottie.

»Gehören Sie zur Familie?« Die Krankenschwester überprüfte eine Liste auf dem Klemmbrett in ihrer Hand.

»Wir sind von der Polizei.« Sie zeigten ihre Ausweise.

»Sie ist in der Chirurgie. Wenn Sie mir Ihre Daten hierlassen, rufe ich Sie an, sobald sie …«

»Hören Sie«, unterbrach sie Lottie, »es handelt sich um eine Mordermittlung.«

»Sie ist nicht tot«, meinte die Schwester.

»Ich weiß, aber ihre Mutter ist es und wir müssen dringend mit Mrs Russell sprechen.«

»Ich glaube nicht, dass sie in nächster Zukunft in der Lage sein wird, mit irgendjemandem zu sprechen.«

»Können Sie uns sagen, welche Verletzungen sie hat?«, fragte Boyd.

Die Schwester machte Anstalten, die Tür zu schließen. »Ich habe Ihnen doch gesagt, Mrs Russell wird gerade operiert. Das ist alles, was ich Ihnen im Moment sagen kann.«

Lottie steckte ihren Fuß in die Tür. »Welche Verletzungen hat sie?«

»Detective …«

»Detective Inspector Parker«, sagte Lottie und präsentierte erneut ihren Ausweis.

Schließlich gab die Krankenschwester nach. »Sie hat schwere Kopfverletzungen. Und ihre Zunge wurde herausgeschnitten. Tut mir leid, aber ich muss zurück.«

Lottie nahm ihren Fuß weg und ließ die Tür zufallen. Sie schaute zu Boyd. Der stand mit offenem Mund an die Wand gelehnt und rieb sich das Kinn.

Beide sagten kein Wort.

Und wenn Marian Russell nicht sprechen konnte, was bedeutete das für ihre Ermittlungen?

VIERZEHN

»Ich brauche dringend eine Zigarette.« Lottie trat vor der Eingangstür des Krankenhauses von einem Fuß auf den anderen.

»Das ist ein Nichtrauchergelände.«

»Und du parkst direkt vor der Notaufnahme. Gib mir eine Zigarette oder ich schreie.«

Boyd tastete seine Taschen ab. »Die hast du doch.«

Sie wühlte in ihrer Handtasche herum, fand die Packung und reichte sie ihm. Er zündete zwei Glimmstängel an und gab ihr einen. Sie inhalierte zu schnell und musste husten.

»Für jemanden, der nicht raucht, hast du einen ganz ordentlichen Raucherhusten.«

»Mir ist schlecht. Die haben ihr die Zunge herausgeschnitten, die Zunge! Erst wird ihre Mutter ermordet, und dann verschwindet Marian und taucht furchtbar zugerichtet im Krankenhaus auf.«

»Wo war sie? Wer hat die festgehalten? Warum?«

»Eins nach dem anderen.« Lottie blies einen Ring aus blauem Qualm aus. »Bring Arthur Russell auf die Dienststelle. Wir müssen ihn noch mal befragen.«

»Okay.«

»Und rede mit der- oder demjenigen, die oder der Marian gefunden hat. Überprüfe die Videoüberwachung, um zu sehen, ob sie abgelegt wurde oder sich allein hergeschleppt hat.«

»Ich ruf Kirby an.« Er zog sein Handy aus der Tasche.

»Ich möchte, dass ein bewaffneter Polizist ihr Zimmer bewacht. Also, sofern sie die Operation überlebt.«

»Ich mache eine Liste, sobald ich wieder im Revier bin.«

»Beordere sofort jemanden her.« Lottie hielt inne, um Luft zu holen. »Und kontaktiere Lynch. Emma Russell muss rund um die Uhr bewacht werden.«

»Wird erledigt.«

»Niemand darf die Station betreten oder verlassen.«

Boyd nickte.

»Und jetzt müssen wir zurück zum Haus der Russells und es von oben bis unten durchsuchen«, fügte Lottie hinzu.

»Aber die Spurensicherung war doch den ganzen Vormittag da.«

»Die haben nach Beweisen für einen häuslichen Streit gesucht, der überhandgenommen hat. Aber es geht um etwas viel Größeres.« Sie drehte sich um und wollte zum Auto gehen. »O nein! Nicht das auch noch.«

Cathal Moroney, Kriminalkorrespondent des nationalen Fernsehsenders, lief auf sie zu.

»Detective Inspector Parker, ich bin so froh, Sie erwischt zu haben«, keuchte er und blieb neben ihr stehen.

»Ich nicht so, und ich gebe auch keinen Kommentar, egal wie die Frage lautet.«

»Nur ganz schnell.« Er kämpfte mit einem übergroßen Regenschirm, während er seinen Kameramann mit einer Handbewegung anwies, aus dem Van mit der Satellitenschüssel auf dem Dach auszusteigen.

Lottie funkelte ihn böse an. »Gehen Sie mir aus dem Weg,

Moroney.« Sie versuchte, an ihm vorbeizugehen, doch der Kameramann hielt sie davon ab.

»Nur ganz kurz«, beharrte der Reporter. Seine weißen Zähne strahlten. Ob die wohl echt waren?, fragte sich Lottie.

»Ich habe Ihnen nichts zu sagen. Sie erhalten eine Pressemitteilung wie alle anderen. Und jetzt lassen Sie mich durch.«

»Ich habe ein bisschen Ermittlungsarbeit geleistet, und die Ergebnisse könnten für Sie interessant sein.«

Lottie spürte ihr Handy in ihrer Tasche vibrieren.

»Tut mir leid, da muss ich rangehen.« Sie nahm das Handy aus der Tasche, wedelte damit vor seinem Gesicht herum und warf dann einen Blick auf das Display. Ihre Tochter Katie. Sie entfernte sich außer Hörweite des Reporters.

»Was gibt es denn?«, zischte sie. »Ich bin beschäftigt.«

»Wo ist das Infacol, Mum? Louis hört einfach nicht auf zu weinen, und Granny hat gesagt, er hat Blähungen.«

»Mein Gott, Katie. Ich stecke bis zum Hals mit einer Mordermittlung und du suchst Infacol?«

»Das hast du ihm gestern gegeben. Wo hast du es dann hingetan?«

Lottie überlegte und lehnte sich gegen den Parkscheinautomaten. Regen strömte in ihren Ärmel und auf das Handy. Infacol. Wo hatte sie es hingetan?

»In den Schrank über dem Kühlschrank, glaube ich.«

»Da habe ich schon nachgeschaut.«

Lottie schaute zur Eingangstür des Krankenhauses. Ein großer, nicht gekennzeichneter Wagen der Garda raste heran. Superintendent Corrigan.

Unwillkürlich richtete sie sich auf und sagte: »Katie, ich muss auflegen. Entschuldige.«

»Mum, er braucht das Zeug!«

»Dann geh in die Apotheke und kauf welches, okay? Ich muss jetzt wirklich los.« Mit schlechtem Gewissen legte sie auf und eilte zum Haupteingang, wo Boyd versuchte, Moroney in

Schach zu halten. Hektisch schüttelte sie den Kopf und versuchte, seine Aufmerksamkeit auf das Auto des Superintendent zu lenken. Boyd schaute sie nur verständnislos an.

Moroney stellte sich ihr in den Weg und hielt ihr sein Mikrofon unter die Nase. »Detective Inspector Parker, können Sie die Öffentlichkeit informieren, ob Sie schon jemanden wegen des Mordes an Tessa Ball verhaftet haben?«

»Kein Kommentar«, sagte Lottie. »Superintendent Corrigan ist gerade eingetroffen. Bestimmt wird er mit Ihnen reden.«

»Wo ist er? Ah, ich sehe ihn. Großartig. Vielen Dank.« Moroney galoppierte davon und platschte durch die Pfützen.

Lottie bewegte sich ebenso schnell in die entgegengesetzte Richtung. Sie packte Boyd am Ellbogen und zog ihn in durch das Krankenhausfoyer und die Treppe hinauf.

»Hast du alles erledigt?«, fragte sie keuchend, während sie zwei Stufen auf einmal nahm. Nicht der schlechteste Ort, um einen Herzinfarkt zu kriegen.

»Ich versuche immer noch, Lynch zu erreichen. Zwei Polizeibeamte sind unterwegs.«

»Okay. Wir bleiben hier, bis sie da sind. Wir können Marian Russell keinesfalls allein lassen.«

»Sie wird gerade operiert«, erinnerte sie Boyd. »Im Moment geht sie nirgendwo hin.«

»Ja, aber ich will nicht riskieren, dass ihr noch etwas zustößt.«

»Das verstehe ich, aber könntest du bitte langsam machen?«

Sie blieb auf der obersten Stufe stehen, keuchte, rang um Atem und fasste sich ans Herz. Ein junger Mann stieß die Schwingtür auf und fragte: »Alles in Ordnung, Missus?«

»Alles bestens«, blaffte Lottie.

Ein uniformierter Garda und ein Detective trafen ein. Lottie postierte sie mit klaren Anweisungen vor die Intensivstation.

»Niemand kommt ohne meine Erlaubnis herein.«

»Und was ist mit den Ärzten und dem Pflegepersonal?«, fragte Boyd.

»Besorgen Sie eine Liste mit Ausweisfotos von allen, die auf der Intensivstation arbeiten. Nur die dürfen rein. Verstanden?«

Die beiden Männer nickten und nahmen ihre Positionen ein.

Bevor sie ging, informierte sich Lottie über Marian Russells Zustand. Nicht gut.

»Boyd?«, fragte sie.

»Ja?«

»Ich brauche einen Drink.«

FÜNFZEHN

Bei Danny's brannte Licht. Silbern schimmerten die Flaschen hinter der Theke. Lottie schob sich auf einen hohen Hocker und Boyd nahm neben ihr Platz. Sie ließ ihre Tasche auf den Boden fallen und hoffte zu spät, dass sie geschlossen war. Dann schlüpfte sie aus der nassen Jacke und zog den Reißverschluss ihres schwarzen Hoodies herunter. Am liebsten hätte sie sich die Kapuze über den Kopf gezogen, fürchtete jedoch, dann rausgeworfen zu werden.

»Deine Sachen liegen überall auf dem Boden verstreut.« Boyd beugte sich nach unten, um ihre Habseligkeiten aufzusammeln.

»Einen doppelten Wodka«, bestellte sie durch die zusammengebissenen Zähne. Der Barkeeper schaute sie nur gelangweilt an und trocknete weiter das Glas in seiner Hand ab.

»Sie will keinen Wodka«, sagte Boyd und schlug beim Aufstehen mit dem Kopf gegen die Unterseite der Theke. »Ein Mineralwasser.«

»Wir sind hier in einer Bar, Boyd. Hier trinkt man Alkohol.«

Der Barkeeper trat einen Schritt zurück und stellte das Glas ab. »Was soll es denn nun sein?«, fragte er und stemmte die nun unbeschäftigten Hände in die Hüften.

»Zwei Wodka«, antwortete Lottie.

Mit einem hörbaren Seufzer stimmte Boyd nickend zu. »Wie wär's mit einem Sandwich? Ich bin am Verhungern.«

»Mir ist schlecht«, sagte Lottie.

»Kotz mich bloß nicht an«, meinte Boyd.

»Ihre Zunge, Boyd. Ihre Zunge!«

»Sprich nicht so laut!«

»*Sie* kann jetzt gar nicht mehr sprechen.«

»Aber vielleicht kann sie aufschreiben, was mit ihr passiert ist.«

»Der Arzt meinte, es könnte eine Woche dauern, bis sie aus dem künstlichen Koma rausgeholt werden kann.«

Die Tür ging auf und ein Windstoß brachte einen Schwall Regen herein. Der Barkeeper stellte die Drinks auf den Tresen. Lottie starrte auf die klare Flüssigkeit um die Eiswürfel herum. Sie ließ ihre Finger am Glas auf und ab gleiten.

»Ist das alles?«, fragte der Barkeeper.

»Kennen Sie Arthur Russell?«, fragte sie.

»Der arbeitet hier. Wieso fragen Sie?«

»Reine Neugierde. Hat er gestern hier gearbeitet?«

»Ja. Aber heute hat er frei. Vielleicht erwischen Sie ihn später. An manchen Abenden macht er hier Musik.«

»Um wie viel Uhr hatte er Feierabend?«

»Gestern? Mal nachdenken. Meine Schicht fing um halb sieben an, also müsste er ungefähr um die Zeit fertig gewesen sein.«

»Ist er sofort gegangen?«

»Manchmal trinkt er einen, bevor er geht. Warum?«

Meine Güte, dachte Lottie, warum müssen Barkeeper immer so viele Fragen stellen? »Können Sie es für mich rausfinden?«

»Können Sie ihn nicht selbst fragen?«

»Klar. Vielen Dank.« Sie hob ihr Glas und der Barkeeper ging weg. »Macht Wodka eine Fahne?«

»Das solltest du selbst wissen. Immerhin trinkst du genug davon«, antwortete Boyd.

Lottie drehte sich auf dem Barhocker herum und schaute ihn böse an. »Nimm das zurück.«

»Tut mir leid.«

»Leck mich, Boyd.« Sie stand auf, kippte den Drink hinunter, nahm ihre Tasche und ihren Mantel und stapfte hinaus in den Regen.

———

Im Büro hatten alle schlechte Laune, und das miese Wetter machte die allgemeine Stimmung nicht besser. Lotties Haar klebte am Kopf, doch sie hatte nicht die Energie, in die Umkleidekabine zu gehen und einen Föhn zu suchen. Ihr Pullover war am Kragen feucht und ihre Jeans klebte an ihren Beinen.

»Morgen habe ich sicherlich eine Erkältung«, murmelte sie.

»Hast du was gesagt?«, fragte Boyd beim Hereinkommen und hängte seinen Mantel auf.

»Hast du etwas über die Waffe aus Tessa Balls Haus herausgefunden?«, fragte sie, bevor er den Streit weiterführen konnte, den sie in der Kneipe geführt hatten.

Er überprüfte seinen Computer. »Die ist immer noch bei den ballistischen Tests.«

»Und die Briefe, die ich unter dem Bett gefunden habe; hast du von denen Kopien?«

»In der Einsatzzentrale. Bin gleich wieder da.« Boyd verließ das Büro und Lottie holte tief Luft.

Sie konnte es überhaupt nicht leiden, mit ihm zu streiten, aber war ihm denn nicht klar, wie sehr er sie verletzt hatte? Ein Blick auf die Uhr verriet ihr, dass es noch eine ganze Weile dauerte, bis sie Feierabend machen und sich ins Bett verkriechen konnte. Sie brauchte eine Tablette. Irgendetwas, damit sich ihr Gehirn beruhigte und ihre Hände aufhörten zu zittern. Sie dachte an ihre Freundin Dr Annabelle O'Shea, mit der sie sich vor zehn Monaten zerstritten hatte. Seitdem waren sie sich ein paar Mal auf der Straße begegnet, hatten aber kein Wort miteinander gewechselt. Vielleicht war es jetzt an der Zeit, sich zu versöhnen.

»Hier sind sie«, sagte Boyd und riss Lottie aus ihrem Tagtraum.

Sie nahm ihm die Fotokopien ab und blätterte sie durch. Dabei bemerkte sie, dass sie nicht datiert waren. Und es gab keine Briefumschläge.

»Die sind alle nicht unterschrieben.«

»Das ist mir auch aufgefallen.«

»Wer schickt denn einen Brief ab, ohne ihn zu unterschreiben?«

»Anonyme Briefe sind meist entweder eine Drohung oder eine Beschwerde. Wie wäre es, wenn du sie durchliest und feststellst, worum es sich handelt?«

»Das versuche ich gerade.«

»Ich gebe auf.« Boyd drehte sich um und verließ das Büro.

Die Blätter in ihren Händen waren zerknittert. Lottie strich sie glatt und bemerkte, dass sie selbst sie zerknittert hatte. Dann fing sie an, den ersten Brief zu lesen. Es handelte sich offensichtlich um einen Liebesbrief. Kurz, aber herzlich.

Boyd erschien wieder in der Tür. »Arthur Russell ist jetzt hier und bereit, eine freiwillige Aussage zu tätigen. Willst du ihn befragen?«

Sie legte die Briefe in einen Ordner und verstaute ihn in der Schublade.

»Hat er einen Anwalt dabei?«

»Ja.«

»Mist.«

———

Wie immer war die Luft im Vernehmungsraum stickig. Arthur Russell hatte inzwischen geduscht und sich saubere Sachen angezogen. Lottie konnte Weichspüler riechen und fragte sich, ob seine Vermieterin neben dem Kochen auch die Wäsche für ihn erledigte.

»Ihre Schwiegermutter Tessa Ball ist tot«, sagte sie, nachdem sie die Formalitäten erledigt hatten.

Er nickte und schien nicht überrascht. »Davon habe ich schon gehört. Und wenn Sie mich fragen, ist es nicht schade um sie. Seit ich Marian kenne, hat sie uns Steine in den Weg gelegt.«

Russell schien sich in dem einschüchternden Raum nicht unwohl zu fühlen. Muss an der Anwesenheit seines Anwalts liegen, dachte Lottie.

»Sie mochten Ihre Schwiegermutter nicht besonders?«

»Ich habe sie gehasst. Was nicht heißt, dass ich sie getötet habe.«

Sie warf Boyd einen Blick zu. Der zuckte nur mit den Achseln. Sie wandte ihre Aufmerksamkeit Russell zu.

»Wo waren Sie gestern Abend zwischen halb sieben und elf Uhr?«

»Das habe ich Ihnen heute Vormittag schon gesagt, als Sie mich beim Musikmachen gestört haben.«

»Bitte sagen Sie es noch mal, für die Tonbandaufnahme.«

»Ich habe die alte Schachtel nicht getötet.«

»Das hat auch niemand behauptet. Wir sammeln nur Beweise.«

»Was für Beweise? Ich habe Ihnen doch schon gesagt, dass ich nichts getan habe.«

Russell rieb sich mit einer Hand den Kopf und zupfte mit der anderen an seinem Bart. Die Sorgenfalten um seine Augen wurden tiefer. Langsam begriff er den Ernst seiner Lage, dachte Lottie. Gut so.

»Ihre Frau ...«, setzte sie an.

»Moment mal«, sagte Russell und hob die Hand. »Was für Beweise?«

Er schlug auf den Tisch, sprang auf und stieß den Stuhl so heftig zurück, dass er gegen die Wand krachte. Sein Anwalt legte ihm eine Hand auf den Arm. Russell schüttelte sie ab. Lottie tippte mit ihrem Zeigefinger auf den Tisch, bis er sich seufzend wieder hinsetzte, wobei er böse in die Runde blickte wie ein in die Enge getriebener Bulle.

»Ihre Frau liegt im Krankenhaus«, beendete Lottie ihren Satz. »Wussten Sie das?«

Erneut schlug Russell mit der Faust auf den Tisch. »Nein. Was hat sie denn? Trauer?«

»Mr Russell, bitte.«

»Vielleicht hat *sie* ja die alte Frau getötet.« Er lehnte sich zurück und verschränkte die Arme vor der Brust. Ein selbstgefälliges Grinsen breitete sich auf seinem Gesicht aus.

»Besitzen Sie einen Baseballschläger, Mr Russell?«, fragte Lottie schnell. Sie hatte seine Posen wirklich satt.

Sein Blick huschte unstetig im Raum herum. Der Anwalt nickte, um ihm zu signalisieren, dass er antworten durfte.

»Ja. Besitze ich.« Unsicherheit flackerte in seinen Augen auf. »Das ist ja wohl kein Verbrechen, oder?«

»Nicht, wenn er zum Sport verwendet wird. Wobei es in Ragmullin nicht viele Möglichkeiten gibt, um Baseball zu spielen, oder?«

»Ich habe ihn für Emma gekauft. Vor ungefähr fünf Jahren, als ich in den Staaten war. Seitdem stand er zu Hause im Schuppen ... bei ihr zu Hause. Ich habe ihn seit Jahren nicht angerührt, und sie vermutlich auch nicht.«

»Interessant.« Lottie überlegte, ob Emma ihre Großmutter mit dem Schläger hätte erschlagen können. Sie bezweifelte, dass das schmächtige Mädchen die Kraft dazu hatte, würde aber lieber bei Jane nachfragen.

Russells Augen waren voller Argwohn. »Warum bin ich hier? Ich habe Tessa nichts getan.«

»Und was ist mit Ihrer Frau? Haben Sie ihr jemals was getan?«

Russell sog seine Unterlippe ein und schwieg. Barthaare verfingen sich zwischen seinen Zähnen.

»Mr Russell? Verweigern Sie die Antwort?«

»Sie hat mich aus dem Haus geworfen und sich eine einstweilige Verfügung besorgt. Fragen Sie mich deshalb, ob ich sie geschlagen habe?«

»Haben Sie Widerspruch eingelegt?«

»Natürlich. Die Frau ist doch verrückt. Nimmt Drogen und so. Wenn Sie die Wahrheit wissen wollen, sie hat damit angefangen, mich zu schlagen. Aber niemand hat mir geglaubt.«

Boyd grunzte verächtlich.

»Ich glaube, Sie sind gestern Abend zu Marians Haus gegangen, haben Ihre Schwiegermutter ermordet, und dann haben Sie Ihre Frau entführt und sie furchtbar verletzt«, sagte Lottie.

Erneut sprang Russell auf. »Was zum Teufel?«

»Setzen Sie sich. Sofort«, befahl Lottie mit rauer Stimme.

Der Anwalt packte Russell am Hemdsärmel und zog ihn zurück auf den Stuhl.

»Wo ist Emma?«, fragte Russell heftig kopfschüttelnd.

»Sie haben gar nicht gefragt, was mit Marian passiert ist. Weil Sie es bereits wissen?«

»Mir gefällt ihr Ton nicht«, sagte Russell. »Und ich habe Ihnen schon gesagt, dass ich seit Monaten nicht einmal in der Nähe dieses Hauses war. Ich habe nichts getan.«

Die bedrückende Atmosphäre in dem kleinen Raum zehrte an Lotties Nerven. Am liebsten hätte sie über den Tisch gegriffen und ein Geständnis aus Russell herausgeprügelt.

Doch das durfte sie nicht; immerhin war sein Anwalt anwesend. Also versuchte sie, den Frust, der ihre Brust verkrampfte, durch tiefe Atemzüge loszuwerden.

»Mr Russell, bitte erzählen Sie mir von sich und Ihrer Frau. Was für eine Beziehung hatten Sie? Wie haben Sie auf die Trennung reagiert?«

Arthur Russell beugte sich vor, faltete die Hände, senkte den Kopf, als würde er sich ergeben, und murmelte vor sich hin.

»Wechselhaft, so würde ich sie beschreiben. Wir haben recht jung geheiratet. Dann bekamen wir Emma, und die war jeden Streit wert. Das Mädchen ist das Licht meines Lebens. Also, wenn ich sie mal sehen darf. Marian ist eine Zicke. Durch und durch. Genau wie ihre Mutter.«

Lottie dachte an ihre eigene Mutter und hoffte, dass der Apfel manchmal doch weit vom Stamm fiel.

»Zurück zu gestern Abend. Was haben Sie da gemacht?«

»Erstens war ich noch nicht einmal in der Nähe des Hauses. Zweitens weiß ich nicht, was mit Tessa passiert ist, und drittens habe ich keine Ahnung, wovon Sie sprechen, wenn Sie sagen, dass Marian entführt und verletzt wurde.«

»Wir möchten wissen, was Sie gestern gemacht haben«, wiederholte Boyd und rutschte auf seinem Stuhl herum. Offensichtlich ging ihm der Verdächtige mächtig auf den Zeiger.

»Sie sind ganz schön hartnäckig, das muss ich Ihnen lassen«, meinte Russell.

»Mr Russell ...«, setzte Boyd an.

»Okay, okay.« Er hob entwaffnend die Hände. »Ich bin aufgestanden. Habe gefrühstückt. Um zehn bin ich zur Arbeit, und da war ich bis sieben.«

»Sie arbeiten in Danny's Bar, richtig?«, fragte Lottie.

»Richtig. Vormittags fülle ich die Vorräte auf und danach mache ich meine Schicht hinter der Theke. An manchen Abenden spiele ich dort auch Musik. Hauptsächlich an den Wochenenden.«

»Ich nehme an, gestern Abend haben Sie nicht gespielt?«, fragte Lottie, denn wenn dem so gewesen wäre, hätte er das bereits als Alibi angeboten und der Blödmann von Barkeeper hätte es erwähnt.

»Nein, leider nicht. Nach meiner Schicht bin ich einfach wieder nach Hause. Meine Vermieterin kann bestätigen, dass ich gegen halb acht zu Abend gegessen habe.«

»Und?«

»Dann bin ich in meinen Musikraum und habe Musik gemacht, bis ich mich in die Falle gehauen habe. Irgendwie habe ich das alles schon mal gesagt.«

»Das ist fürs Protokoll. Um wie viel Uhr sind Sie zu Bett gegangen?«

»Weiß nicht genau. So gegen eins.«

»Also kann niemand bestätigen, wo Sie nach halb acht waren?«

»Meine Vermieterin.«

»Als meine Detectives Mrs Crumb befragt haben, meinte sie, sie habe Sie zuletzt um sieben Uhr fünfundvierzig gesehen, als Sie mit dem Abendessen fertig waren. Danach nicht mehr.«

Russell hob den Kopf. »Also sitze ich in der Tinte.« Tränen traten ihm in die Augen, und zum ersten Mal, seit sie den Vernehmungsraum betreten hatte, spürte Lottie, dass etwas anderes als Wut von ihm ausging. Verzweiflung?

»Wir brauchen eine DNA-Probe von Ihnen. Ist das okay?«

Russell warf seinem Anwalt einen Blick zu. Der nickte.

»Ist wohl okay.« Er lachte freudlos. »Vermutlich sähe ich schuldig aus, wenn ich dem nicht zustimmen würde.«

»Sehr schön«, meinte Lottie und klappte ihren Notizblock zu. »Dann entnehmen wir einen Wangenabstrich. Was haben Sie heute Vormittag gemacht, nachdem wir bei Ihnen waren?«

»Ich habe weiter Musik gemacht. Den ganzen Tag. Und dann kam wieder einer von Ihren Leuten an und ich habe mich bereit erklärt, hierher zu kommen.«

»Na gut, dann wäre das alles für den Moment. Sie können jetzt gehen, aber verlassen Sie nicht die Stadt. Wir haben später noch weitere Fragen.« Lottie war klar, dass sie nicht genug Beweise hatten, um ihn festzuhalten.

Sie stand auf und warf Boyd einen wissenden Blick zu. Wenn Russell bereit war, kampflos eine DNA-Probe abzugeben, bedeutete das dann auch, dass er unschuldig war?

»Wo ist Emma?«, fragte Russell.

»Sie ist bei Nachbarn.«

»Bei wem?«

»Tut mir leid, diese Informationen darf ich Ihnen nicht geben.«

»In unserer Straße gibt es nur eine Nachbarin, und diese Kelly ist dumm wie Bohnenstroh.«

»Ihrer Ansicht nach hat wohl jeder psychische Probleme, Mr Russell. Ich fange an zu glauben, dass Sie derjenige mit dem Problem sind.« Lottie öffnete die Tür.

»Darf ich meine Tochter sehen?«

»Es tut mir leid, Mr Russell, aber im Moment ist die Antwort nein.«

SECHZEHN

»Kirby?«, rief Lottie, als sie zurück ins Büro eilte. »Wo ist Kirby, wenn ich ihn brauche?«

Er steckte seinen Kopf in die Tür. »Sie suchen mich?«

»Ja, in der Tat. Können Sie heute Abend eine Extraschicht einlegen?«

»Kann ich, aber wenn Sie mich bitten möchten, einen Teenager zu babysitten, mach ich das ganz bestimmt nicht.« Er setzte sich und schob seine E-Zigarette in die obere Tasche seines Hemdes.

»Ich hatte einen Scheißtag und brauche Sie, nur für diese eine Sache. Meine Güte!«

»Hey Boss, beruhigen Sie sich.«

Sie schlug auf den Schreibtisch. »Sagen Sie mir nicht, dass ich mich beruhigen soll!«

»Ich frage Gilly. Die ist entsprechend qualifiziert und kann das übernehmen.«

»Garda O'Donoghue und Sie sind *befreundet*, oder?« Lottie starrte Kirby an, der errötete. »Okay. Fragen Sie sie.«

»Wird erledigt.« Kirby war sichtlich erleichtert, dass der Kelch an ihm vorübergegangen war.

Lottie setzte sich. Atmen. Ihr Telefon klingelte. Lynch. »Ich habe jemanden, der Sie ablösen kann«, verkündete sie und nahm damit Lynchs Frage vorweg.

»Vielen Dank.«

»Haben Sie etwas aus Emma herausbekommen?«

»Sie und Natasha bleiben bei ihrer Geschichte, dass sie den ganzen Abend genetflixt haben. Heute Morgen hat Emma das Haus verlassen. Sie behauptet, frisches Brot eingekauft zu haben, aber Jim McGlynn glaubt, dass sie versucht hat, in ihr Haus zu kommen.«

»Ist er sich sicher?«

»Nein, ich habe versucht, ihn anzurufen, um nachzuhaken, aber er geht nicht ran.«

»Ich versuche es später selbst. Emma darf nicht allein bleiben, bis wir herausgefunden haben, was los ist.«

»Ich kümmere mich drum. Wer löst mich ab?«

»O'Donoghue«, antwortete Lottie, drückte die Daumen und hoffte, dass Kirby seine Freundin überreden konnte. Doppelschichten waren zwar nicht zu empfehlen, aber bis die offizielle Opferbetreuerin wieder gesund war, ging es nicht anders.

»Ich bleibe, bis sie hier ist. Aber Inspector: Morgen mache ich das nicht wieder.«

»Tun Sie einfach, worum ich gebeten habe.« Lottie legte auf.

Sie dachte an die Befragung von Arthur Russell und konnte sich nicht entscheiden, ob er log, um seinen Arsch zu retten, oder ob er unschuldig war und Marian als die böse Hexe hinstellte, um seine Tochter sehen zu dürfen. Genervt und ohne Ideen, die aus dem Nichts in ihrem Kopf auftauchten, erledigte sie ein Telefonat.

Dann schnappte sie sich ihre Jacke und eilte zur Tür.

———

Der Regen hatte inzwischen etwas nachgelassen und tanzte im Lichtkegel der Straßenlaternen umher.

Sie lief einfach los, konnte sich im Moment nicht erinnern, wo sie ihr Auto abgestellt hatte. Sie biss sich auf die Unterlippe und versuchte, sich zusammenzureißen. Sich jedwedem Feind zu stellen, der sich in dieser elenden Nacht da draußen befand. Jemand hatte Tessa Ball ermordet. Jemand hatte einer Frau die Zunge herausgeschnitten und sie sterbend vor dem Eingang eines Krankenhauses abgelegt. Jemand sendete eine Botschaft, klar und deutlich. Das einzige Problem war, dass sie keine Ahnung hatte, wer dieser Jemand war oder für wen die Botschaft war.

Ein Auto fuhr von hinten an sie heran und bespritzte sie mit Wasser. »Idiot!«, rief sie.

Boyd kurbelte das Fenster herunter. »Steig ein, du Verrückte.«

»Ich brauche frische Luft.« Sie ging weiter.

»Steig ein, Lottie.« Er fuhr im Schritttempo neben ihr her.

Sie blieb stehen, atmete ein, schaute gen Himmel und atmete aus.

»Na gut. Du darfst mich mitnehmen«, sagte sie und öffnete die Beifahrertür.

SIEBZEHN

»Na, wen haben wir denn da!« Annabelle O'Shea umarmte Lottie zur Begrüßung. »Ich hab dich so vermisst.«

»Hi, Annabelle.«

»Gib mir das nasse Ding. Du holst dir noch den Tod.« Sie nahm Lottie die Jacke ab. »Deine ... ähm ... Stiefel lässt du am besten an der Tür.«

Lottie blickte auf ihre durchnässten Uggs und fragte sich, ob ihre Socken wohl vorzeigbar genug waren, um darin auf Annabelles makellosem Fliesenboden herumzulaufen. Sie zog die Stiefel aus und bemerkte, dass ihre Socken nass waren. Egal, dachte sie und folgte ihrer Freundin durch den Flur, auf dem sie feuchte Fußspuren hinterließ.

»Möchtest du etwas trinken?«, fragte Annabelle. »Oh, sorry, völlig vergessen, du trinkst nicht. Eine Tasse Tee?« Sie griff nach dem Kessel und füllte Wasser hinein.

»Tee wäre toll«, sagte Lottie, ohne ihre Freundin zu korrigieren. Seit ihrem Streit im Januar hatte sie Annabelle kaum gesehen, und seitdem hatte sie die Ermittlungen zu einer entsetzlichen Mordserie geleitet. Am Abend der Trauerfeier für die Opfer hatte sie eine Flasche Wein geleert. Da hatte es angefangen. Inzwischen versuchte sie, ihr Trinken zu kontrollieren, es geheim zu halten. Was nicht einfach war in einem Haus mit drei Teenagern und einem Baby.

Lottie saß an der Frühstückstheke aus schwarzem Granit und bewunderte, wie gut sich diese in die Einrichtung einfügte. Alles passte zusammen. Das hätte sie sich denken können. Dr Annabelle O'Shea war der Inbegriff des Designer-Chic.

Der Edelstahlkessel auf dem Herd begann zu pfeifen. Annabelle stöckelte mit ihren lächerlich hochhackigen Stiefeln über den schwarz-weiß gefliesten Boden und stellte schwarze Tassen auf den Tisch.

»Wo sind denn die anderen?«, fragte Lottie.

»Die Zwillinge haben außerschulische Lerngruppen. Cian arbeitet oben. Er entwickelt ein neues Spiel oder ... Ich weiß gar nicht genau, was er da oben macht.«

Cian war Annabelles Ehemann, und Lottie mochte ihn nicht wirklich. Sie war sich nicht sicher, ob das an dem Bild lag, das Annabelle von ihm malte, oder ob sie ihn ganz einfach nicht mochte. Sie spürte, dass Cian O'Shea zu schön war, um wahr zu sein. Ein Mann, dessen Lächeln es nie schaffte, seine Augen zu erreichen.

»Wie sind denn die Prüfungen der Zwillinge gelaufen?«, fragte Lottie und bereute es sofort. Jetzt würde sie Annabelle von Chloes Prüfungen erzählen müssen.

»Nur Einser, bei beiden. Ist das nicht fantastisch?«

»Absolut«, bestätigte Lottie. »Sie sind sehr klug.«

»Wie hat Chloe abgeschnitten?«

»Gar nicht mal so schlecht! In Anbetracht all dessen, was passiert ist.«

»Was ist denn passiert?«

Lebte Annabelle hinterm Mond? Lottie hatte gedacht, dass jeder wüsste, was letzten Mai in Ragmullin passiert war. Aber vielleicht wollte sie nur diplomatisch sein.

»Nicht wichtig. Jetzt ist es vorbei.« Lottie krempelte die

Ärmel ihres marineblauen Shirts hoch. In der Küche war es stickig. Annabelle schenkte den Tee ein, setzte sich und schaute Lottie erwartungsvoll an.

Es war lange her, seit sie das letzte Mal richtig miteinander geredet hatten. Aber vorhin hatte Lottie das Telefon gezückt und Annabelle angerufen. Hatte ihren Stolz und alles andere hinuntergeschluckt. Sie brauchte gerade etwas Wichtigeres als ihren Stolz.

»Oh, wie dumm von mir«, rief Annabelle aus. »Du bist ja Granny geworden! Herzlichen Glückwunsch! Junge oder Mädchen?«

Das weißt du ganz genau, dachte Lottie. »Ein Junge. Louis. Drei Wochen ist er inzwischen alt. Ich mache mir allerdings Sorgen um Katie. Sie hat Schwierigkeiten mit ihrer neuen Mutterrolle und lässt sich nicht von mir helfen.«

»Wenn sie eine postnatale Depression hat, muss sie ihren Arzt aufsuchen. Oder sag ihr, sie soll mich anrufen.«

»Ich bin mir nicht sicher, ob sie das tun wird, aber ich werde versuchen, mit ihr darüber zu sprechen.«

Lottie wusste, dass Katie sich einbildete, dass sie, weil sie im August zwanzig Jahre alt geworden war und damit kein Teenager mehr war, jetzt Superkräfte hatte. Aber Lottie wollte nicht mit Annabelle über dieses Thema reden. Das würde sie heute Abend mit Katie tun.

»Du bist so still«, bemerkte Annabelle. »Wie kann ich dir helfen?«

»Ich weiß nicht so recht«, begann Lottie. »Es ist so heiß hier drin.«

»Ach ja? Ist mir gar nicht aufgefallen.« Annabelle, deren blondes Haar offen über die Schultern hing, trug einen schwarzen Rollkragenpullover und hautenge Bluejeans. Ihre kniehohen Lederstiefel rundeten den Look ab. Lottie wusste nicht, ob sie in ihren vertrauten alten Klamotten neidisch sein oder sich mit ihr freuen sollte.

»Was macht deine Arbeit?«, fragte sie.

»Es ist nicht mehr so viel los wie früher. Nicht, seitdem in den Medien stand, dass im Gebäude neben der Praxis ein Bordell betrieben wurde. Da ist es auch unerheblich, dass es in Windeseile wieder verschwunden ist.«

Lottie fing den wissenden Blick ihrer Freundin auf, wollte aber nichts zugeben. »Hast du Milch?«, fragte sie.

Annabelle sprang auf, holte einen Krug aus dem Kühlschrank und setzte sich wieder. »Wie geht's deiner Mutter?«, fragte sie.

Lottie hielt mit dem Krug in der Hand inne und starrte Annabelle an. Nach einem Moment sagte sie: »Es geht ihr gut. Warum? Weißt du etwas?«

»Ich bin zwar ihre Ärztin, wollte aber nur höflich sein.«

»Es geht ihr gut.« Lottie nippte an ihrem Tee. Stille breitete sich aus, die nur von der leisen Musik unterbrochen wurde, die irgendwo aus den Tiefen des Hauses drang. »Triffst du dich noch mit Tom Rickard?«, fragte sie flüsternd.

»Nein ... Warum fragst du das?« Auch Annabelle hatte ihre Stimme gesenkt. Sie schaute sich verstohlen um und stand dann auf, um die Tür zum Flur zu schließen. »Mein Gott, was ist denn in dich gefahren, Lottie? Monatelang habe ich dich nicht gesehen, und dann kommst du in mein Haus und fragst nach meinem ehemaligen Liebhaber. Das ist schon alles schlimm genug. Mach mal halblang.« Sie sprach durch ihre zusammengebissenen Zähne.

»Entspann dich. War nur so eine Frage. Du weißt doch, dass sein Sohn mit Katie zusammen war und Tom der Großvater des Babys ist.«

»Ich bin vielleicht blond, aber dumm bin ich nicht.«

»Ich finde, dass er von Louis wissen sollte«, sagte Lottie.

»Das Letzte, was ich gehört habe, war, dass Tom ins Ausland gezogen ist, und ich habe keine Ahnung, wo Melanie ist.«

»So was dachte ich mir schon. Ich bin ein- oder zweimal an ihrem Haus vorbeigefahren und habe das Zu-verkaufen-Schild gesehen. Allerdings hätte ich nicht gedacht, dass sie das Land verlassen haben.«

»Du hättest doch sicher in ein paar Datenbanken gucken und so herausfinden können, wo sie hin sind?«

»Dachte, ich frage erst dich.«

Annabelle warf den Kopf zurück und lachte. »Du bist merkwürdig, Lottie. Gott, ich hab dich vermisst. Noch Tee?«

»Nein, danke.« Lottie umklammerte die Tasse mit beiden Händen. »Das ist noch was, was ich dich fragen wollte.«

»Schieß los.«

Bevor sie noch ein Wort sagen konnte, wurde die Tür schwungvoll geöffnet. »Da hat jemand Fußabdrücke auf dem Flurboden hinterlassen und ich dachte, ich hätte dir gesagt, dass du die Tür ... Oh, ich wusste nicht, dass du Besuch hast.«

»Entschuldige«, sagte Annabelle und griff nach einem Geschirrtuch. »Lottie hat die Tür wohl zugemacht, als sie reinkam.« Sie wischte den tadellos sauberen Tresen ab.

Lottie stand auf. »Hi, Cian. Ich wollte gerade gehen.«

Cian O'Shea, einen Meter neunzig groß, musste den Kopf unter der kunstvollen Beleuchtung einziehen, die von der Decke hing. Er streckte eine Hand aus und schüttelte die von Lottie kräftig. Dann hauchte er ihr einen Kuss auf ihre Wange.

»Lange nicht gesehen«, sagte er. »Was führt dich hierher?«

»Nur mal wieder quatschen.« Seine Augen sahen viel dunkler aus, als sie sie in Erinnerung hatte, und hatten blaugraue Ringe darunter.

»Schön, dich zu sehen«, sagte er.

Lottie bezweifelte die Aufrichtigkeit seiner Worte. Es war die Art, wie er sie ansah, als er das sagte. Sie warf Annabelle einen Blick zu, die mit dem Tuch in der Hand erstarrt war und sah, wie Cian sie ansah. Bizarr.

»Ich will euer Geschnatter nicht weiter stören.« Er machte

auf seinen braunen Lederslippern kehrt, verließ die Küche und ging wieder die Treppe hinauf, wobei er die Tür weit offen ließ.

»Beachte ihn gar nicht.« Annabelle strich sich hektisch das Haar zurück und steckte es mit einer großen Klammer fest. »Er ist überarbeitet.«

Als ihre Freundin die Tassen wegräumte, sagte Lottie: »Ist alles in Ordnung?«

»Klar, warum nicht?« Annabelle trocknete sich die Hände ab, überprüfte einen Topf, der auf dem Herd kochte, und führte dann Lottie zurück zu ihren Stiefeln an der Haustür.

»Weiß Cian von Tom?«

»Pst!« Annabelle legte einen Finger an die Lippen, öffnete die Tür und schob Lottie über die Schwelle. »Ja, er weiß es, aber er muss ja nicht unnötig daran erinnert werden. Wir sehen uns in der Stadt. Bald. Auf einen Kaffee?«

»Ja, klar«, sagte Lottie, die in ihren nassen Socken und mit den Stiefeln in der Hand dastand.

Die Tür ging zu, bevor sie die Frage stellen konnte, für die sie eigentlich gekommen war.

———

»Was wollte *die* denn?«

»Cian, du weißt genau, dass sie Lottie heißt.«

»Klingt für mich immer wie ein Hundename. Wo bleibt das Abendessen?«

»Ist in zehn Minuten fertig.«

Annabelle ging wieder an den Herd. Sie hasste es, wenn Cian diese Launen hatte, die ihr immer häufiger vorzukommen schienen. Seit er von ihrer Affäre mit dem Projektentwickler Tom Rickard erfahren hatte, machte er ihr das Leben zur Hölle. Dabei war es nicht einmal ihre erste Affäre gewesen – nur die erste, von der er erfahren hatte. Sie hätte ihn schon längst verlassen, wenn nicht die Zwillinge wären.

Mit dem Rücken zu ihm überprüfte sie den Topf, rührte das Gemüse um und starrte ausdruckslos in die wirbelnde Brühe. Sie wusste, dass ihr indiskretes Verhalten mit Rickard Cians Zorn auf ein neues Niveau gehoben hatte, und um ihrer Vernunft willen hatte sie sich bewusst für ihre Ehe entschieden. Sie wollte, dass sie funktionierte. Aber all ihre Bemühungen schienen zu scheitern. Und zwar richtig.

Sie legte den Deckel wieder auf den Topf und drehte die Temperatur herunter. Hinter sich hörte sie, wie Cian mit dem Kehrbesen über den Küchenboden fegte. Bevor sie sich's versah, schlug er ihr die Beine weg und sie landete flach auf den schwarz-weißen Fliesen. Ihr Mann stand über ihr. Sie schützte ihr Gesicht mit den Armen, während er mit dem Besenstiel auf ihre Beine einschlug.

»Nicht, hör auf, bitte!«, flehte sie.

»Du bist eine Schlampe«, knurrte er. »Machst die Beine breit für jeden Abschaum, und dann verweigerst du dich mir im Bett.« Er griff nach unten und löste ihr Haar. Dann wickelte er die langen blonden Strähnen um seine Hand und zog sie hoch. »Und dann bringst du auch noch deine Freundin, die Polizistin, hierher, um herumzuschnüffeln. Wofür?«

»Du bist doch verrückt«, spie sie aus.

»Ich bin vollkommen klar im Kopf. Ich will nur das, was mir gehört. Mir!«

Als er ihr Haar losließ, sank sie gegen den Schrank. Ihre Beine gaben einfach nach. Sie konnte das alles nicht mehr länger ertragen. Sie würde ihn verlassen müssen.

»Und wo ist deine Lottie-Freundin jetzt? Wau, wau.«

»Cian, wir müssen reden.« Sie hob die Hände, um ihn zu beschwichtigen. Annabelle hatte noch nie in ihrem Leben um etwas gebettelt, aber jetzt bettelte sie vielleicht um ihr Leben. Sie schüttelte das Zittern ab, das ihre Wirbelsäule hinaufraste. Ignorierte den Schmerz in ihren Beinen. Ihr Mann war vielleicht ein Macho mit einem Kehrbesen in der Hand, aber wenn sie ihm die Scheidungspapiere vor die Nase knallte, würde sie sehen, wie er wirklich drauf war.

»Reden? Jetzt willst du reden?« Er lachte höhnisch auf, packte sie am Kinn und hielt sie an der Kehle fest. Sie spürte, wie er mit der anderen Hand den Reißverschluss ihrer Jeans öffnete.

»Was soll das denn? Lass mich los, Cian!«

»Halt den Mund!« Mit einem Tritt spreizte er ihre Beine und drückte seinen Körper gegen ihren.

»Ich hasse dich«, zischte sie. Sie wehrte sich heftig, war ihm jedoch nicht gewachsen. Er drückte ihren Körper auf den Granitboden und zerrte an ihrer Jeans. Als er sie nicht herunterbekam, ließ er von ihr ab und rammte ihr den Bürstenstiel in den Bauch. Sie krümmte sich vor Schmerzen und spürte, wie das Holz anschließend auf ihren Rücken krachte. Voller Schmerz biss sie sich auf die Zunge. Blut sickerte seitlich aus ihrem Mund. Sie würde nicht weinen. Er konnte sie schlagen und verspotten, aber bei Gott, sie würde nicht zulassen, dass er sie weinen sah.

Der Kessel auf dem Herd pfiff. Sie drehte sich auf dem Boden um und sah Cian über ihr stehen, den Kessel in der Hand, aus dem Dampf des kochenden Wassers wie eine Wolke aufstieg. Sie rollte sich zu einer Kugel zusammen und streckte flehend die Hände aus.

»Nein! Cian ... nein!«

ACHTZEHN

»Irgendetwas stimmt nicht bei den O'Sheas«, sagte Lottie.

»Wie kommst du darauf?« Boyd trommelte mit den Fingern auf dem Lenkrad herum.

»Cian war so ... komisch. Er war immer komisch, aber diesmal war es anders.«

»Komisch im Sinne von lustig?«

»Nein, eher im Sinne von gruselig. Fahren wir jetzt los oder willst du erst eine Band gründen?«

»Ich denke darüber nach«, sagte Boyd.

»Warum hat er darauf bestanden, dass die Tür offen bleibt?«

»Wer?«

»Annabelles Ehemann.«

»Welche Tür?«

»Wir waren in der Küche«, erzählte Lottie. »Annabelle hat die Tür zugemacht, als ich sie nach Tom Rickard gefragt habe. Dann ist Cian die Treppe hinuntergestürmt und hat gemeckert, weil die Tür zu war.«

»Vielleicht hört er gerne zu, wie seine Frau mit Freundinnen schnattert?«

»Was auch immer es ist, ich glaube, in diesem Haus stimmt etwas nicht.«

»Du musst dir schon um genug Sachen Sorgen machen, da solltest du dich nicht auch noch in das Leben anderer Leute einmischen.«

»So war das nicht gemeint. Oh, du hörst mir nicht einmal zu.«

»Komm schon, Lottie. Du und ich kennen Annabelle O'Shea beide. Die lässt sich von niemandem sagen, was sie tun soll. Auch nicht von ihrem Mann. Also lass stecken.«

Aber Lottie musste immerzu an Annabelles Gesichtsausdruck denken. »Sie hatte Angst. Warum hat sie mir die Schuld dafür gegeben, dass die Tür zu war? Das war glatt gelogen. Warum?«

»Warum hast du sie nicht gefragt?«

»Ich kam nicht dazu. Sie hat mich aus dem Haus geschoben, als ob es in Flammen stünde.«

»Wenn dich das so sehr beschäftigt, dann ruf sie doch an oder schau in ihrer Praxis vorbei.«

»Vielleicht mache ich das tatsächlich.«

Sie fing Boyds Blick auf; er schaute sie mit weit aufgerissenen Augen warnend an.

»Wenn ich es mir recht überlege«, sagte er, »misch dich lieber nicht ein.«

»Ich sagte vielleicht. Und jetzt lass uns endlich losfahren.«

»Können wir unterwegs ...«

»Was zu essen holen? Nein. Ich muss nach Hause.«

Bevor sie den Sicherheitsgurt anlegen konnte, war er auch schon auf der Main Street und sauste zurück in Richtung Stadt.

———

Der Geruch nach angebranntem Toast begrüßte sie, als sie durch ihre Haustür trat. Immerhin war der Rauchmelder nicht losgegangen.

»Was ist denn hier los?«, rief sie, ließ ihre Tasche fallen und zog den Toaster aus der Steckdose. Dann wedelte sie mit einem Geschirrtuch herum, um den Rauch zu vertreiben. Vielleicht brauchte der Rauchmelder eine neue Batterie. Das müsste sie später überprüfen.

In der Küche befanden sich jede Menge Leute. Chloe saß am Tisch und guckte in ihr Handy. Katie schaukelte Baby Louis in seinem Baby-Körbchen. Zur Abwechslung weinte er mal nicht. Lottie drückte ihm einen Kuss auf und widmete sich dann der Beseitigung der Unordnung aus Brot, Messern, Butter und Flaschen auf der Arbeitsplatte.

»Katie, du musst hier aufräumen, wenn du ein Fläschchen gemacht hast. Und für wen war die hier gedacht?« Sie hielt die verkohlte Scheibe Brot hoch. Keine Antwort. Aus dem Mülleimer stieg der Gestank schmutziger Windeln auf. »Ich hab dir doch gesagt, dass du die Windeln in den Mülleimer draußen werfen sollst.« Immer noch keine Antwort.

Der Sterilisator musste gereinigt werden. Die Packung mit der Babymilch war fast leer. »Warst du einkaufen?«

»Mum! Wann hätte ich das denn machen sollen? Ich war den ganzen Tag mit Louis beschäftigt. Und sprich bitte leise. Er ist gerade erst eingeschlafen.«

»Du hättest ihn in den Kinderwagen legen und mit ihm einkaufen gehen können.«

»Ist dir aufgefallen, dass es da draußen regnet?«

Lottie trat vor der Tür zum Hauswirtschaftsraum auf einen Haufen Kehricht und ging hinein, um Handbesen und Kehrschaufel zu holen. Der Waschkorb quoll über mit Babykleidung und Handtüchern. Sie belud die Maschine und schaltete sie ein.

»Wo ist Sean?«

»Drüben bei Niall«, antwortete Katie.

Lottie freute sich, dass ihr vierzehnjähriger Sohn wieder

mit Freunden unterwegs war. Er hatte viel durchgemacht, aber die Therapie schien zu helfen. Sie schaute zu Chloe. In ihrem Fall war sie sich immer noch nicht sicher, ob ihre Tochter auf dem Weg der Besserung war. Ihre Selbstverletzungen hatten im Mai einen kritischen Punkt erreicht, bevor Lottie klargeworden war, was vor sich ging. Chloe hatte ihr versichert, dass es ihr besser ging, aber trotzdem versuchte Lottie hin und wieder, einen Blick auf die Arme des Mädchens zu erhaschen. Es schien keine neuen Schnitte zu geben, aber es gab auch viele Körperstellen, die sie nicht sehen konnte. Also musste sie Chloes Worten glauben und gleichzeitig auf Anzeichen achten.

Sie seufzte, weil sie wusste, dass sie nun einen Vortrag halten musste. Die Kinder mussten Verantwortung im Haushalt übernehmen. Sie konnten nicht von ihr erwarten, dass sie alles tat, nachdem sie den ganzen Tag bei der Arbeit war. Gerade als sie den Mund öffnen wollte, um ihre Rede zu beginnen, fing das Baby an zu schreien.

»Siehst du, was du angestellt hast?« Katie sprang auf und griff nach einem Fläschchen.

»Was?« Lottie stand in der Mitte des Raums und streckte die Hände zur Decke.

———

Baby Louis spuckte Milch auf seine Kleidung, seine Bettdecke, auf Katie und den Boden.

»Gib ihn mir.« Lottie nahm ihrer Tochter das weinende Kind ab, zog ihn aus, wechselte ihm die Windel und steckte ihn in saubere Sachen. Anschließend knuddelte und tröstete sie ihn, und als er ruhig war, gab sie ihn Katie zurück.

»Im Wohnzimmer ist es still, füttere ihn dort«, schlug Lottie vor. Nachdem Katie mit Louis aus der Küche verschwunden war, fühlte es sich an, als hätten zehn Leute den Raum verlassen. Lottie fegte den Boden und wandte dann ihre Aufmerksamkeit Chloe zu, die in ihr Handy lächelte. Bei der Gelegenheit fiel ihr auf, wie lange es her war, seit sie Annabelles Zwillinge gesehen hatte. Früher, was vielleicht gar nicht so lange her war, wenn sie so darüber nachdachte, hatten sich die beiden Familien nahegestanden. Die Kinder hatten sie zusammengeführt – durch gemeinsame Aktivitäten wie Hurling, Schauspiel, Ballett und Kunst. Unvermittelt musste Lottie an Adam denken. Wie stolz er auf die Leistungen seiner Kinder gewesen war.

»Was ist auf deinem Handy so Interessantes?«, fragte sie.

»Ich checke nur Kram für mein Geschichtsprojekt«, antwortete Chloe. Lottie konnte weit und breit kein Schulbuch entdecken.

»Worum geht es in dem Projekt?«

»Um Geschichte.«

»Schon viel geschafft?«

»Tierisch viel«, behauptete Chloe und steckte ihr Handy ein.

»Was soll ich zum Abendessen kochen?«, fragte Lottie.

»Irgendwas Schnelles«, schlug Chloe vor. »Ich sterbe vor Hunger.«

———

Das Pfannengericht, das Lottie zusammengeworfen hatte, war kaum genießbar. Sean kam mit seinem Freund Niall nach Hause und verschwand mit ihm in seinem Zimmer. Katie nahm Louis mit in ihres und Chloe behauptete, aufgrund ihrer Hausaufgaben in ihr Reich verschwinden zu müssen. Es war halb neun, als Lottie die Küche halbwegs aufgeräumt und für sich allein hatte. Sie setzte sich in den Küchensessel und lauschte der Stille.

Plötzlich klingelte es, ein Schlüssel wurde in das Schloss gesteckt und die Haustür geöffnet. Ihre Mutter. Rose Fitzpatrick. Mit ihren fünfundsiebzig Jahren war sie eigentlich recht munter und voller Energie. Heute Abend jedoch sah sie aus wie ein begossener Pudel.

»Hallo, Mutter«, begrüßte Lottie sie. »Wie sieht's aus? Gibt's was Neues?«

»Alles wie immer.« Rose legte den Regenschirm in die Spüle und zog ihren tropfnassen Mantel aus. »Heute konnte ich nicht lange bleiben. Ich hatte meinen Strickkurs.«

»Sehr schön.« Lottie wollte sich nicht unterhalten. Sie brauchte fünf Minuten für sich. Fünf Minuten Ruhe und Frieden.

»Eine der Frauen in der Gruppe hat erzählt, Tessa Ball wäre letzte Nacht ermordet worden.«

»Das ist richtig.«

»Bei sich zu Hause?«

»Nein, im Haus ihrer Tochter. Marian Russell.«

»Da bin ich aber erleichtert.«

»Warum das denn?« Bitte lass sie keinen Tee wollen, dachte Lottie.

»Ich koche uns erstmal einen Tee.« Rose füllte den Wasserkocher und schaltete ihn ein. »Ich dachte, sie wäre bei sich zu Hause getötet worden. Sie hat allein gewohnt. Ich hatte einfach Angst, dass der Mörder es auf ältere Menschen abgesehen haben könnte.«

»Kanntest du sie gut?«

»Die Küche sieht ja aus!« Rose fing an, Becher unter fließendem Wasser auszuspülen. »Machen die Mädchen denn überhaupt nichts? Ich komme morgen früh für ein paar Stunden vorbei. Außerdem ist mir aufgefallen, dass die Waschmaschine nicht läuft, dabei sieht sie voll aus.«

Lottie sprang auf. »Die habe ich ganz vergessen. Ich habe die Sachen von Louis reingetan.«

Im Hauswirtschaftsraum stieß sie einen tiefen Seufzer aus. Warum fühlte sie sich in Gegenwart ihrer Mutter immer so unzulänglich? Kaum zwei Minuten hatte das Gespräch bisher gedauert, und schon ging es los. Sie schaufelte die frisch gewaschene Kleidung in den Wäschekorb und hängte sie anschließend auf den Ständer.

Als sie wieder in die Küche kam, saß Rose vor zwei Tassen Tee und einem Milchkarton am Tisch.

»Also kanntest du Tessa gut?«, fragte Lottie erneut.

Rose nippte an ihrem Tee. Schließlich sagte sie: »Nein. Absolut nicht. Nur durch die Strickgruppe. Sie hat sich in mehreren religiösen Vereinen engagiert. Eine eucharistische Predigerin war sie. Etwas doppelzüngig, wenn du mich fragst.«

»Warum?«

»Das hätte ich nicht sagen sollen.« Rose spielte mit dem Henkel der Tasse.

»Mutter?«

»Nun, sie war recht widersprüchlich.«

Lottie biss sich auf die Zunge. Mit demselben Wort könnte man ihre Mutter beschreiben.

»War sie gewalttätig?«

»Gewalttätig? Nein«, sagte Rose. »Ich meine, ich weiß nicht viel über sie ...«

»Weißt du, ob sie jemals irgendwas gearbeitet hat?«

Rose schaute sich in der Küche um, bevor sie ihren Blick wieder auf ihre Tasse Tee heftete. »Ich glaube, früher war sie Anwältin oder so.«

Überrascht zog Lottie eine Augenbraue hoch. »Das wusste ich nicht.«

»Das Problem mit dir, Lottie, ist, dass du denkst, wir älteren Leute waren immer alt und haben nie gearbeitet.«

»Das denke ich absolut nicht. Du zum Beispiel warst eine ausgezeichnete Hebamme«, sagte Lottie. »Früher.«

»Wie laufen deine Ermittlungen?«

»Es könnte häusliche Gewalt sein. Ihre Tochter Marian Russell wurde vermisst.«

»Wurde? Ist sie wieder aufgetaucht?«

Lottie überlegte, wie viel sie sagen konnte, und kam zu dem Schluss, je weniger ihre Mutter wusste, desto besser.

»Inzwischen ja.«

Rose starrte ausdruckslos auf ihren Tee. »Vielleicht ist etwas aus Tessas Vergangenheit zurückgekehrt, das sie verfolgt hat.«

»Was ...« Lottie hielt inne und dachte einen Moment darüber nach, was ihre Mutter gerade gesagt hatte. Könnte es das sein? Nein. Arthur Russell war ihr Hauptverdächtiger. Seine Frau lag mehr tot als lebendig im Krankenhaus. Hier hatte sie es mit häuslicher Gewalt zu tun, die außer Kontrolle geraten war. »Daran hatte ich nicht gedacht.«

»Nein? Du denkst nie nach, oder? Du musst einen Gang zurückschalten und dich um deine Kinder und deinen kleinen Enkel kümmern. Immerhin trägst du Verantwortung.«

Lottie zuckte zusammen. Das würde sie nicht auf sich sitzen lassen.

»Ich habe einen Job. Ich bin der einzige Ernährer in dieser Familie. Gerade du solltest das verstehen. Schließlich musstest du nach dem Tod von Dad arbeiten, um Essen für mich und Eddie auf den Tisch zu bringen.«

Rose stand auf, spülte ihre Tasse und trocknete sie ab. Dann stellte sie sie in den Schrank und sagte, ohne sich umzudrehen: »Ich weiß, wie es enden kann, Lottie. Das ist alles, was ich dazu sage.«

»Enden? Was meinst du damit? Dass eines meiner Kinder so aus dem Ruder läuft wie Eddie? Nein, ganz bestimmt nicht.«

»Ich sehe die Anzeichen. Schau, was mit Katie passiert ist. Schau, was mit Chloe passiert ist. Und Sean. Muss ich noch mehr sagen? Denk an deine Familie und stell sie an erste Stelle.« Rose faltete das Geschirrtuch immer wieder zusammen, bis sie ein ordentliches Quadrat hatte. Sie legte es auf den Tresen.

Als sie zu ihrer starken, unnachgiebigen Mutter aufblickte,

sah Lottie ganz kurz ein Bild ihrer selbst, wie sie in dreißig Jahren dort stand. Sie schaute weg, starrte auf ihre Hände und bemerkte, dass sie ihre Fingernägel so fest in ihre Handflächen gegraben hatte, dass sie eingekerbte Halbmonde hinterlassen hatten. Sie würde sich nicht von ihrer Mutter schikanieren lassen. Nein. Sie konnte sich wehren.

»Mutter«, setzte sie an, aber als sie aufsah, war Rose verschwunden.

Lottie ging zum Tresen, nahm das Geschirrtuch und faltete es auseinander. Dann knüllte sie es zusammen, schleuderte es durch die Küche und sank auf die Knie. Tief durchatmen. Eins, zwei, drei. Sie musste sich wieder unter Kontrolle kriegen. Sie brauchte Raum und Zeit. Und einen Drink.

»Was machst du da, Mum? Beten?«, fragte Chloe, als sie in die Küche kam. »Ich habe Hunger. Gibt's noch was anderes zu essen?«

———

Mit dem Handy am Ohr ging er zu seinem Auto am Ende der Windmill Road. »Sie ist zu Hause. Ihre Mutter ist gerade gegangen.«

Er hörte zu und nahm weitere Anweisungen entgegen.

»Okay. Ich folge der alten Frau, um sicherzugehen, dass sie zu sich nach Hause geht. Soll ich anschließend die Überwachung hier fortsetzen?«

Er wartete die Antwort ab und sagte dann: »Klar, kein Problem.«

Er klappte das Wegwerfhandy zu, steckte es in die Tasche und holte seinen Autoschlüssel heraus. Dann kletterte er hinters Steuer, stapelte die Fast-Food-Verpackungen ineinander, legte den Gang ein und fuhr Rose Fitzpatrick hinterher.

NEUNZEHN

Alexis legte ihr Handy auf den Schreibtisch. Mit einem frisch manikürten Nagel erweckte sie ihren Computer mit einem Tastendruck zum Leben und klickte mit der Maus auf den Bildschirm. Bilder in vier verschiedenen Feldern erschienen darauf. Eines blieb schwarz, eines war ihr eigenes Spiegelbild. Sie rümpfte verärgert ihre Meryl-Streep-Nase und strich sich über ihr leicht gelocktes graues Haar, das hinten kurz geschnitten war und an der Stirn eine ordentliche Haartolle hatte.

Warum funktionierte die eine Kamera nicht? Sie drückte eine Taste des Tischtelefons und fragte nach. Nach ein paar Sekunden hellte sich das Quadrat auf und das, was sie ursprünglich erwartet hatte, erschien. In ihrer Welt war alles in Ordnung, oder das wäre es, wenn die Leute aufhören würden, in der Vergangenheit herumzuwühlen.

Zufrieden mit dem, was sie gesehen hatte, schaltete sie den Computer aus, nahm ihr Handy und ging zum Fenster. Es war ein teures Büro, von dem aus man einen herrlichen Blick auf Lower Manhattan hatte. Image war für jemanden in ihrer Position alles. Und sie konnte es sich leisten. An ihrer Reflexion in der Glasscheibe vorbei beobachtete sie, wie die Lichter am späten Nachmittag angingen und die Arbeiter sich auf den Heimweg machten.

Sie wandte sich ab und griff nach ihrem langen schwarzen Mantel. Sie zog ihn über ihr schwarzes Designer-Jerseykleid und band den Gürtel fest zu. Sie mochte Schwarz. Es hob ihre beste Eigenschaft hervor – ihre tintenblauen Augen. Vor sich hin lächelnd nahm sie ihre Handtasche. Sie wusste, dass manche Leute sie schwarze Witwe nannten. Dabei war sie nie verheiratet gewesen, geschweige denn verwitwet, aber vermutlich war sie tatsächlich ein bisschen wie die Spinne. Dunkel und gefährlich.

Das Licht ließ sie an. Ihre Sekretärin würde es ausschalten. Alexis wusste, dass die junge Frau Ehrfurcht vor ihr hatte; sehr wahrscheinlich dachte sie, dass jemand im Alter von sechsundsechzig Jahren in Rente gehen und sich wie andere Leute in ihrem Alter einem Buchclub oder gar einem Strickclub anschließen sollte.

Sie grinste. Sie kannte eine Frau, die nie wieder in einen Strickclub gehen würde.

ZWANZIG

Als Rose Fitzpatrick ihr Haus betrat, war es darin stockdunkel. Sie betätigte den Lichtschalter. Nichts. Sie öffnete die Schublade im Flurtisch. Ihre Finger stießen auf die kleine Taschenlampe und sie schaltete sie ein. Der Sicherungskasten befand sich über ihrem Kopf. Sie holte einen Stuhl aus der Küche und kletterte darauf, um die Sicherungen zu inspizieren. Die für die Lichter war rausgesprungen. Sie legte sie wieder ein, und umgehend wurde es im Flur hell.

Sie warf die Taschenlampe zurück in die Schublade, schloss die Haustür hinter sich und brachte den Stuhl zurück in die Küche. Dann schaltete sie den Herd ein, rührte die Suppe im großen Topf Suppe um und wartete darauf, dass sie kochte. So langsam wurde sie der nächtlichen Suppengänge für die Obdachlosen überdrüssig. Ich bin zu alt für diesen Spaß, dachte sie. Aber dann war da Mrs Murtagh, die das Projekt ins Leben gerufen hatte, und die war über achtzig und an Alzheimer erkrankt.

Als die Suppe kochte, schaltete sie den Herd herunter und holte zwei Stück Hähnchenbrust aus dem Kühlschrank. Sie legte sie auf ein Backblech und schob es in den Ofen. Wenn sie wieder zurückkam, würde sie sich aus einer davon ein Sandwich machen. Die andere war für das morgige Abendessen. Erst jetzt merkte sie, dass sie vergessen hatte, ihren Mantel auszuziehen. Sie ließ ihn von den Schultern fallen, und als sie ihn im Flur an einem Haken hängte, glaubte sie draußen Autoscheinwerfer zu sehen, die durch die v-förmige Glasscheibe in der Haustür hereinblitzten. Nachdenklich schaute sie zum Sicherungskasten. War jemand in ihrem Haus gewesen?

Das Licht draußen verschwand und sie ging zurück in die Küche und dachte an Tessa Ball. Sie hatte Tessa vor Jahren gekannt, als ihr Ehemann Peter Fitzpatrick noch gelebt hatte. Aber das war so lange her, dass es nichts mit Tessas Tod zu tun haben konnte. Nein, die arme Tessa hatte wohl einen Einbrecher im Haus ihrer Tochter überrascht. So wird's gewesen sein.

Sie füllte Thermobehälter mit Suppe. Als sie damit fertig war, bestrich sie zwei Scheiben Brot mit Butter, um ihr Hähnchensandwich zuzubereiten.

Sie öffnete die Ofentür und starrte auf das rohe Fleisch. Sie hatte vergessen, den Ofen einzuschalten.

Nicht zum ersten Mal fragte sich Rose Fitzpatrick, ob sie vielleicht den Verstand verlor.

EINUNDZWANZIG

Emma rollte sich an der Wand zusammen und stopfte sich die Faust in den Mund, um ihr Schluchzen zu unterdrücken. Was hatte dieser Albtraum nur zu bedeuten? Wer könnte ihrer Granny das angetan haben? Und jetzt sagte die Polizei, ihre Mum sei im Krankenhaus. Warum konnte sie sie nicht besuchen? Ihr Magen schmerzte und ihre Augen fühlten sich an, als hätte jemand Sand hineingeworfen. Sie wollte zu ihrem Dad. Und sie wollte nach Hause. Aber das war nicht möglich, hatte die Kriminalbeamtin gesagt. Ihre bescheuerte Mutter hatte ihr Leben zerstört. Mal wieder.

Sie hörte, wie die Haustür geöffnet wurde. Stimmen im Flur. Dann fiel die Tür zu. Vielleicht war die Kriminalbeamtin gegangen. Sie kroch aus dem Bett und schlich zur Treppe. Eine junge Frau in Polizeiuniform kam ihr entgegen.

»Wer sind Sie?«, fragte Emma.

»Hi, Emma. Ich bin zu deinem Schutz hier.«

»Sie können gleich wieder gehen. Ich kann gut auf mich selbst aufpassen.« Emma drehte sich um und wollte wieder in ihr Zimmer gehen.

»Tut mir leid, aber ich fürchte, du wirst mich für den Rest

der Nacht aushalten müssen.« Die Polizistin lungerte noch kurz im Flur herum, dann sagte sie: »Ich bin unten, wenn du etwas brauchst oder reden möchtest.«

»Ich möchte nicht mit Ihnen reden. Lassen Sie mich in Ruhe.«

Emma warf sich auf ihr Bett, legte das Kissen auf ihr Gesicht und lauschte den gedämpften Schritten, die die Treppe wieder hinuntergingen. Ihre Granny war tot, ihre Mutter vermutlich auch bald, und ihr Dad würde wegen Mordes verurteilt werden. Ihr Leben ging den Bach herunter. Und das schnell. Zu schnell.

Sie musste wirklich mit ihrem Dad sprechen.

Da gab es etwas, was er erfahren musste.

ZWEIUNDZWANZIG

Als alle Welt bereits schlief, lief Lottie immer noch in ihrem Schlafzimmer auf und ab. Drei Schritte in die eine Richtung, drei Schritte in die andere. Sie könnte ein anderes Zimmer gebrauchen. In einem Haus wie in dem von Annabelle hätte sie jede Menge Platz zum Nachdenken.

Sie trat ans Fenster und blickte auf die Straße hinunter. Regen fiel in grauen Bahnen auf den Boden. Sie könnte eine Runde joggen gehen. Sich die Spinnweben aus dem Gehirn waschen. So ein Quatsch, wies sie sich selbst zurecht und dachte an Tessa Ball. Warum kam ihr der Name so bekannt vor? Ihre Mutter hatte die Frau gekannt. Nun, das war nichts Besonderes. Rose Fitzpatrick kannte in Ragmullin jeden über sechzig.

Sie lehnte sich an die Wand, hielt sich mit einer Hand am Vorhang fest und trank mit der anderen aus dem Wodkaglas. Heimliches Trinken. Sie war wieder an diesem Punkt angekommen, und das gefiel ihr gar nicht. Aber sie konnte auch nichts dagegen tun. Da fiel ihr Blick auf den Karton, der schräg unter ihrem Bett hervorragte, und sie stellte das Glas auf das Fenstersims und kniete sich hin. Sie zog den Karton heraus und hob den Deckel an. Akten, Fotos, Notizbücher. Die Pfeife ihres Vaters. Sie hielt sie sich unter die Nase. Sie roch abgestanden und muffig und weckte keinerlei Erinnerungen an den Geruch seines Tabaks. Sie hätte jedem gehören können.

Mit den Fingerspitzen strich sie über eine kleine, quadratische, handgefertigte Holzkiste mit verrosteten Scharnieren. Sie wusste, was sich darin befand, öffnete sie aber trotzdem. Zwei Döschen mit Fliegenfischerhaken. Auch diese hatte ihr Vater mit seinen eigenen Händen erschaffen. Er hätte sich gut mit Adam verstanden. Beide hatten gern geangelt. Sie schloss die Kiste und griff nach einem alten Notizbuch. Dann lehnte sie sich an die Schranktür, griff nach dem Glas auf dem Fenstersims und fing bei Seite eins an.

Sie hatte es in letzter Zeit so oft gelesen, dass sie die Worte fast auswendig kannte. Die Notizen ihres Vaters zu seinen Fällen. Die alle gelöst waren, soweit sie das bei ihren verdeckten Ermittlungen hatte herausfinden können. Hatte sie den Namen von Tessa Ball vielleicht in diesem Notizbuch gelesen? Irgendwo musste es gewesen sein, und vermutlich in einem belanglosen Kontext, denn sonst hätte sie ihn sich gemerkt.

Und dann, nachdem sie über die Hälfte des Notizbuch durchgeblättert hatte, fand sie ihn. Belfield und Ball, Anwälte. Hautstraße. Ragmullin. In der ordentlichen Handschrift ihres Vaters. In der Mitte einer Seite, über einem Satz, zwischen zwei blauen Linien. Sie las den Text drum herum noch einmal durch. Die Namen der Anwälte standen in keinem Zusammenhang dort. Warum hatte ihr Vater sie hier aufgeschrieben? Hatte er vielleicht an seinem Schreibtisch gesessen und telefoniert und nach dem Erstbesten gegriffen, um sie als Gedächtnisstütze zu notieren? Sie hatte keine Ahnung.

Sie trank noch einen Schluck und schloss die Augen. In den letzten Monaten hatte sie Fragen gestellt. Alte Menschen in Pflegeheimen befragt. Leute, die früher mit ihrem Dad zusammengearbeitet hatten. Und nun war Tessa Ball gewaltsam zu Tode gekommen und ihrer Tochter Marian Russell war die Zunge herausgeschnitten worden. Vielleicht hatte das nichts mit ihrem Dad zu tun, aber Lottie musste sich durchaus die Frage stellen, ob sie mit ihren privaten Ermittlungen zum Tod ihres Vaters in ein Wespennest gestochen hatte.

————

Detective Maria Lynch löste ihren Pferdeschwanz und ließ das Haar auf die Schultern fallen. Sie saß in ihrem Auto vor ihrem Haus. Bis auf das Licht im Flur war darin alles dunkel. Ben brachte die Kinder normalerweise früh ins Bett, und wenn sie nicht zu Hause war, zog er sich danach entweder mit Arbeit oder einem Buch ins Bett zurück.

Sie steckte ihr Handy in die Tasche, zog den Schlüssel aus dem Zündschloss und dachte über Lottie Parker nach. Bei den letzten beiden großen Mordfällen, in denen sie gemeinsam ermittelt hatten, waren Lottie mehrere Fehleinschätzungen unterlaufen. Und Lynch war nicht gern Teil eines Teams, das Fehler machte.

Okay, am Ende war alles gut gelaufen und sie hatten die Mörder geschnappt, aber machten die positiven Ergebnisse den Weg dorthin wieder wett?

Bei diesem Fall handelte es sich wahrscheinlich um häusliche Gewalt, die eskaliert ist, aber Lottie Parker war angeschlagen. Und Lynch wusste, dass dies zu Fehlern führen würde. Vielleicht war es an der Zeit, mit Superintendent Corrigan zu reden. Eines war sicher: Sie würde nicht mit Lottie Parkers Schiff untergehen.

————

Nach seinem abendlichen Training auf dem Indoor Bike hüpfte Boyd kurz unter die Dusche. Sobald der Regen aufhörte, wann immer das sein mochte, würde er draußen auf seinem Rennrad fahren. Über den Asphalt rasen und dabei den Stress von der Arbeit loswerden.

Lottie Parker war wieder so weit. Er hatte Angst um sie, wenn sie in diesem Zustand war. Sie wusste nie, wann sie aufhören sollte. Er rechnete fast damit, sie zusammengerollt vor seiner Tür vorzufinden oder dass sein Telefon klingelte und sie ihn zusammenhanglos volllaberte.

Er zog sich ein weißes T-Shirt und eine ausgebeulte Jogginghose an, setzte sich auf das Sofa, griff nach seinem Handy und scrollte zu Lotties Namen. Er wollte mit ihr reden. Nur um sicherzugehen, dass sie nüchtern war. Aber vielleicht schlief sie ja schon. Er las die Uhrzeit vom Handydisplay ab. 22.22 Uhr. Nie im Leben schlief Lottie Parker um diese Zeit.

Die Wände seiner Wohnung schienen immer näher zu kommen. Er zog sich Turnschuhe an und nahm eine Jacke vom Garderobenständer.

Es gab nur einen Ort, zu dem Boyd zu dieser nächtlichen Stunde so angezogen hingehen konnte.

DREIUNDZWANZIG

Lottie öffnete die Tür und trat zur Seite, um Boyd hereinzulassen.

»Wie siehst du denn aus!«, lachte sie. Doch als sie die Sorgenfalten auf seinem Gesicht bemerkte, fügte sie hinzu: »Stimmt was nicht?«

»Ich brauche einen Drink«, sagte er.

»Du musst noch fahren.«

»Einer wird mich schon nicht umbringen.« Er hängte seine Jacke über den Stapel anderer Mäntel auf den Treppenpfosten.

Sie führte ihn in die Küche, füllte den Wasserkocher und schaltete ihn ein.

»Warte hier«, sagte sie.

»Wo gehst du hin?« Er lehnte sich gegen den Kühlschrank, und sie bemerkte, wie sein Blick ihre Beine auf und ab wanderte.

»Mir was anziehen.«

»Das musst du nicht. Mir gefällt die Aussicht.«

Sie stupste ihn an die Schulter und ging zur Tür. Zum Glück hatte sie nur ein einziges Glas getrunken. »Bin gleich wieder da.«

Ein paar Minuten später kehrte sie in einem Hoodie, einer Pyjamahose und mit einem Stapel Papiere in der Hand zurück.

»Was ist das?«, fragte Boyd und reichte ihr eine Tasse Tee. »Die Sachen meines Vaters. Ich will dir etwas zeigen.«

Sie setzten sich an den Tisch und sie schob ihm das Notizbuch hin. »Siehst du die Zeile da?« Sie deutete mit dem Finger darauf.

»Belfield und Ball, Anwälte. Okay. Willst du ein Testament machen?«

»Belfield und Ball.« Lottie betonte jedes Wort. »Du checkst es nicht, oder?«

»Ball«, sagte er. »Hat der irgendwas mit unserer Tessa zu tun?«

»Na ja, meine Mutter hat mir erzählt, dass sie früher Anwältin war.« Sie stellte ihre Tasse ab. »Wieso bist du eigentlich hier?«

Boyd nippte an seinem Tee. »Hab dich vermisst.«

»Red keinen Unsinn.«

»Wenn diese Anwältin oder dieser Anwalt namens Ball Tessa war oder eine Verwandte oder ein Verwandter von ihr, hat das dann einen Einfluss darauf, was mit ihr oder deinem Vater passiert ist, nur weil der Name in seinem Notizbuch steht?«

»Ich weiß es nicht. Beantworte doch einfach meine Frage. Wieso bist du hier?« Als Lottie seinen Gesichtsausdruck bemerkte, wünschte sie, sie könnte ihre Worte zurücknehmen.

»Ich wollte nur mit dir reden, das ist alles.«

Lottie biss sich in die Innenseite ihrer Wange. »Du meinst, du wolltest überprüfen, ob ich getrunken habe. Boyd, ich brauche keinen Aufpasser.« Ihr Blick fiel auf ihr Hochzeitsfoto an der Wand. Wenn Adam noch leben würde, wäre sie nicht in dieser Situation. Sie vermisste ihn, aber sie musste loslassen. Sie konnte mit den Erinnerungen leben, aber nicht mit dem Geist.

»Tut mir leid«, sagte Boyd.

»Und wenn wir eh gerade privat werden: Du musst die Sache mit Jackie klären.«

»Ich möchte nicht über meine Ex-Frau sprechen.«

»Du musst die Scheidung einreichen.«

»Schluss damit. Zurück zum Thema.« Boyd betrachtete die Fotos von der Autopsie, die Lottie ihm gegeben hatte. »Er wurde definitiv erschossen. Wie erträgst du es bloß, dir das anzusehen?«

»Alkohol hilft«, witzelte sie.

»Hatte er Schmauchspuren an den Händen?«

Sie reichte ihm die nächste Seite.

»Alles andere als schlüssig«, stellte er beim Überfliegen des Berichts fest.

»Ich hätte echt gern Zugriff auf den vollständigen Bericht der Rechtsmedizin«, sagte sie.

»Frag doch Jane Dore. Das ist zwar alles lange her, aber vielleicht gibt es irgendwo im Totenhaus noch Aufzeichnungen.«

»Ja, daran habe ich auch gedacht.« Sie sammelte die Blätter ein und stopfte sie in den Ordner.

Boyd nahm ihn ihr ab, legte die Blätter ordentlich zusammen und gab ihn ihr zurück.

»Ich wusste doch, dass du für irgendetwas gut bist«, meinte sie. »Willst du noch einen Tee?«

»Ich muss nach Hause.«

»Du bist einsam.«

»Und du etwa nicht?«

»Dann sind wir halt beide einsam.«

Sie wollte über den Tisch greifen und ihn festhalten. Er sah so verloren aus. Doch dann fiel ihr Blick wieder auf das Foto an der Wand, und sie musste dem Drang widerstehen, es umzudrehen oder abzunehmen.

»Was ist das hier denn?« Boyd hielt einem Stapel Zeitungsausschnitte hoch, der mit einer Papierklemme zusammengehalten wurde.

»Artikel zu Gerichtsprozessen, über Sportveranstaltungen, solche Sachen«, antwortete sie. »Alle ungefähr ein Jahr vor dem Tod meines Dads datiert. Ich bin sie wohl hundert Mal durchgegangen.«

»*The Irish Press*«, sagte Boyd. »Das ist ja wie eine Zeitreise in die Vergangenheit. Und die *Midland Tribune*. Bring sie morgen mit und wir machen Kopien. Dann können wir sie durchgehen, ohne die Originale zu beschädigen.«

»Ich wüsste nicht, was das bringen solle.«

»Das weiß man nie, bis man was findet. Vielleicht sollten wir auch in die Archive der Lokalzeitung gucken«, schlug Boyd vor. »Vielleicht wurde über den Tod deines Vaters berichtet.«

»Gute Idee.«

»Oder wir reden mit dem alten Willie ›The Buzz‹ Flynn. Der hat früher bei der Zeitung gearbeitet. Kirby kennt ihn, und vielleicht kannte der deinen Vater.«

Lottie schloss die Augen und versuchte, das Bild ihres Vaters heraufzubeschwören. Aber alles, was sie sehen konnte, waren die Fotos des Rechtsmediziners. Sie hörte, wie sich Boyd bewegte. Als sie sich umdrehte, stand er neben ihrem Stuhl. Sie betrachtete sein Gesicht und suchte nach einem Zeichen. Aber er sah einfach nur ernst aus.

»Danke für den Tee. Und für die Gesellschaft.« Er legte ihr einen Arm um die Schulter. »Du bist eine tolle Freundin. Das bedeutet mir sehr viel.«

Eine Freundin? Ach, verflixt. Eigentlich war sie diejenige gewesen, die ihn auf Distanz gehalten hatte, und jetzt benahm sie sich hier wie ein liebestoller Teenager. Sie musste sich dringend wieder einkriegen.

»Ich muss los«, sagte er und hauchte ihr einen Kuss auf die Stirn.

In diesem Moment hätte sie die Hand ausstrecken und ihn

bis zum Morgen festhalten können. Aber sie saß einfach regungslos da. Nicht einmal ein Lid flatterte, bis er weg war.

Sie hörte, wie er seine Jacke anzog und die Tür leise hinter sich schloss.

Sie saß in der Küche, lauschte dem Regen, schaute in das Licht, das von den dunklen Fenstern reflektiert wurde, nippte an ihrem kalten Tee, wünschte, es wäre Alkohol, und blätterte durch die Akte auf dem Tisch. Als alle Seiten wieder durcheinander waren, fühlte sie sich etwas wohler. Nur ein kleines bisschen.

Und sie wusste, dass sie Hilfe brauchte.

MITTE DER SIEBZIGERJAHRE

DAS KIND

Ich werde in den kleinen quadratischen Raum geschubst. Dann wird die Tür hinter mir abgeschlossen, und das Herz in meiner zitternden Brust schlägt schneller. Auf dem Bett liegt eine Frau. Sie steckt in einem cremefarbenen Ding, das wie ein Pullover aussieht, dessen Ärmel über der Brust gekreuzt und auf dem Rücken zusammengebunden sind. Aber es ist kein Pullover.

Mit kleinen Schritten gehe ich auf sie zu, immer ein Fuß nach dem anderen. Langsam. Die Schultern der Frau auf dem Bett zucken. Als ich nahe genug bin, um die Hand auszustrecken und sie zu berühren, schreit sie und springt auf wie eine Katze. Ich wimmere und ziehe mich zurück.

»Also hat sie dich nicht mitgenommen! Ha! Dachte ich mir schon. Wer will auch eine Kreatur wie dich? Niemand. Absolut niemand.« Sie krümmt sich vor Lachen und fällt vom Bett auf den eiskalten Betonboden.

Ich stelle mich vor die Tür und schreie.

»Lass mich raus! Bitte!«

Meine winzigen Fäuste hämmern gegen die Tür, aber meine Stimme hallt an den Steinwänden wider und hängt in der Luft wie an Spinnweben.

Niemand kommt.

»Es war ein Unfall«, sagt die Frau. »Oh, ich weiß, sie behaupten, ich hätte das Haus absichtlich angezündet. Aber warum sollte ich das tun? Ich hatte doch euch beide. Und ich habe versucht, euch zu lieben, du undankbare Göre.«

Auf dem Hintern rutscht sie näher an mich heran und knurrt wie ein tollwütiger Hund. Wie ein verzweifelter angeketteter Hund, der zu entkommen versucht. Sie ist überhaupt nicht wie meine Mutter. Obwohl ich weiß, dass sie meine Mutter ist.

Ich schreie noch einmal. Drehe mein Gesicht zur Tür, um den Schaum nicht sehen zu müssen, der aus ihrem Mund quillt.

»Ich will zurück in mein Bett. Bitte ...«

»Ich will zurück in mein Bett«, äfft die Frau mich nach und bekommt dann einen kräftigen Hustenanfall. »Komm her und hilf mir, Mausi. Mach die Schnallen auf. Du weißt doch, wie das geht, oder? Ich hab dir das doch schon mal gezeigt, oder? Mit den Schnallen an deinen Schuhen.«

Mein Wimmern wird zum Schluchzen.

»Bitte ... Ich will nach Hause.«

»Der Raum ist schallisoliert. Niemand kann dich hören, mein kleines Baby. Nur ich.«

»Ich w-will nach Hause.«

»Das hier ist jetzt dein Zuhause. Und vielleicht beende ich, was ich angefangen habe. Vielleicht töte ich dich diesmal wirklich.«

Wieder dieses kehlige Lachen. Mehr Schaum. Ein Gurgeln. Abgehacktes Atmen.

Ich starre auf die Stahltür, ohne mich umzudrehen.

Bleibe mit dem Gesicht zur Tür stehen, bis jemand kommt und sie öffnet.

Vierundzwanzig Stunden später.

TAG DREI

VIERUNDZWANZIG

Die Uhr an der alten weiß getünchten Wand zeigte den Männern, dass es fünf Uhr morgens war.

»Sie sind gleich hier«, sagte der ältere Mann.

»Ich bin ein bisschen nervös«, antwortete der jüngere. »Das ist eine merkwürdige Uhrzeit für ein Treffen.«

»Nimm einen Zug hiervon. Ich hab ihn extra stark gemacht.«

»Mach ich. Warum sonst machen wir das hier, wenn wir das Produkt nicht testen können?«

»Gleich geht's dir dufte.«

»Hoffentlich merkt das niemand.« Der junge Mann nahm einen tiefen Zug und ließ das vertraute Gefühl durch seine Adern fließen. Dann nahm er zwei weitere Züge und schaute zu, wie sich die Tüte zwischen seinen blutverschmierten Fingern in Rauch auflöste. »Wir haben getan, was wir tun sollten. Ich versteh nicht, wozu dieses Treffen gut sein soll.«

»Hältst du jetzt endlich die Klappe?«

»Aber die alte Frau. Das war so nicht geplant, oder?«

»Ich kann mir schon vorstellen, dass das die ganze Zeit der Plan war. Aber egal, lebendig können wir sie ja nicht wieder machen! Und überhaupt war sie alt genug, um den Löffel abzugeben, also hör auf damit.«

Der junge Mann lachte nervös. Worauf hatte er sich da nur eingelassen? Sobald man drin ist, gibt es kein Zurück mehr; das hatte ihm sein Kumpel gesagt. Trotzdem hatte er noch nie zuvor Gewalt angewendet. Das mussten die Drogen sein. Nicht er. Jemand anderes hatte von seinem Körper Besitz ergriffen. Ein Außerirdischer. Ja, das war es. Ein großer grüner Außerirdischer. »Worüber lachst du, Volltrottel?«, herrschte der ältere Mann ihn an.

Der junge Mann lachte weiter. Nach einer Weile stimmte der andere Mann mit ein. Sie lachten so laut, dass sie nicht hörten, wie die Tür geöffnet wurde, und sie hörten auch nicht, wie die Gestalt in schwarzer Kleidung hereinkam, mit einem Messer fest in der einen Hand und einem Kanister Benzin in der anderen.

FÜNFUNDZWANZIG

Emma konnte keinen Regen hören. Das Haus war vollkommen still. Umständlich kniete sie sich hin und spähte durch den Schlitz zwischen den Vorhängen. Weit in der Ferne stieg eine Rauchwolke auf und grauer Nebel schwebte dicht über der Erde.

Sie wünschte, sie könnte raus und spazieren gehen, damit der Frühnebel ihre Brille beschlagen und sie in den Pfützen platschen konnte. Aber sie war keine fünf mehr und steckte in Natashas Haus fest.

Sie setzte sich wieder auf das Bett, zog die Bettdecke bis ans Kinn hoch und dachte an die Streitereien zurück, die sie mit ihrer Mutter gehabt hatte. Über ihren Dad und ihre Granny. Diese Frau konnte ganz schön laut schreien. Und sie dachte an die Streitereien, die sie mit angehört hatte. Die Worte, die sich in den vier Wänden gegenseitig an den Kopf geworfen wurden. Worte, die durch Ziegel und Mörtel gedrungen und sich in ihrem Gehirn festgesetzt hatten.

Seit Tessa in eine eigene Wohnung gezogen und Daddy weggegangen war, war es in ihrem Zuhause viel ruhiger geworden. Dennoch verspürte Emma einen stechenden Schmerz im Herzen, wenn sie daran dachte, was ihr bevorstand.

Ein weiterer Tag mit Natasha und ihrer Mutter und natürlich mit der Polizei, die sie bewachte. Warum musste sie hierbleiben? Sie fühlte sich absolut sicher.

Erneut stiegen ihr Tränen in die Augen. Sie zog sich die Bettdecke über den Kopf und ließ ihnen freien Lauf.

SECHSUNDZWANZIG

Der Morgen brach an, und es regnete zur Abwechslung mal nicht. Zum ersten Mal seit über einer Woche. Dennoch hingen schwere graue Wolken am Himmel, und Lottie entging auch nicht der Nebel um die Turmspitzen der Kathedrale herum.

»Annabelle, ich nerve dich nur ungern, aber könntest du mich heute einschieben?«

»Ich hätte Zeit, bevor die Praxis aufmacht. Also jetzt. Kannst du innerhalb der nächsten fünf Minuten hier sein?«

»Klar! Stehe schon vor der Tür.«

Sie steckte ihr Handy ein, öffnete die Tür und betrat das Gebäude. Die Dame am Empfang nickte ihr freundlich zu, und Lottie ging in Annabelles Praxis.

»Was ist dir denn passiert?«, fragte sie.

»Oh, das?« Annabelle versteckte ihre verbundene Hand auf den Schoß unter den Schreibtisch. »Ich hab einen Kessel mit kochendem Wasser umgestoßen.«

»Alles gut bei dir?«

»Ja. Genug von mir. Setz dich und sag mir, was los ist.«

Lottie zog die Jacke aus und hängte sie über die Stuhllehne.

»Ich frage nur ungern, weil ich weiß, dass du das nicht tun willst, aber ...«

»Aber was? Mein Terminkalender für den Rest des Tages ist voll, also beeil dich lieber.«

Lottie holte tief Luft und sagte: »Es ist so. Ich ... ich trinke wieder. Erst seit ein paar Monaten. Ich versuche aufzuhören. Aber das ist schwer, Annabelle. Furchtbar schwer.«

»Du hast doch schon mal aufgehört.«

»Ich weiß, aber diesmal ist es schlimmer. Ich brauche etwas, um den Druck loszuwerden.«

»Und du willst, dass ich dir das verschreibe?«

»Nur für ein oder zwei Wochen. Bis ich mir den Alkohol abgewöhnt habe.«

»Du weißt so gut wie ich, dass es nicht hilfreich ist, Alkohol durch Betäubungsmittel zu ersetzen.«

»Ich bin nicht süchtig. Ich brauche einfach nur ein paar Xanax. Um mich durch die erste schwere Zeit zu bringen.«

»Was du brauchst, ist ein Entzug.«

»Ich bin keine Alkoholikerin!« Lottie verschränkte die Arme und verzog angewidert das Gesicht. Nein, sie war keine Alkoholikerin. Sie konnte einfach nur nicht ohne Alkohol funktionieren. Das war ein himmelweiter Unterschied.

Das Tischtelefon summte.

»Ich habe einen Patienten.« Annabelle griff nach einem Stift. »Wider besseres Wissen ist hier ein Rezept für eine Woche. Eine am Tag. Fünfundzwanzig Milligramm. Okay?«

»Kannst du fünfzig draus machen?«

»Nein.«

»Oder zwei Wochen?«

»Lottie, du brauchst Hilfe. Professionelle Hilfe.«

»Du bist doch professionell. Deshalb bin ich hier.«

»Du gibst wohl nicht auf.«

»Niemals.«

Lottie sah zu, wie Annabelle mit ihrer bandagierten Hand versuchte, das Rezept auszustellen. Ihre andere Hand, mit der sie den Zettel festhielt, zitterte.

»Was ist denn los, Annabelle?«

Die Ärztin hob den Kopf. Unter ihren Augen schimmerten dunkle Ringe unter dem Make-up hervor.

»Los? Mit mir ist gar nichts los.«

»Wenn du dir das nur lange genug einredest, glaubst du es irgendwann selbst. Ich bin die Expertin für diese Hypothese.«

»Ehrlich, es alles ist in Ordnung.«

Lottie nahm das Rezept, faltete es zusammen und steckte es in die Tasche, bevor Annabelle ihre Meinung ändern konnte. »Du hast ja meine Nummer. Wenn du mal reden willst. Egal worüber. Okay?«

»Bis vor ein paar Tagen hast du praktisch gar nicht mit mir geredet.«

»Ich bin immer deine Freundin, auch wenn wir uns streiten. Also ruf mich an, wenn du mich brauchst.«

Annabelle nickte. Wenn Lottie es nicht besser wüsste, hätte sie schwören können, dass ihre Freundin kurz davor war, in Tränen auszubrechen.

»Bist du sicher, dass alles in Ordnung ist? Mit dir und Cian?«

»Warum sollte da irgendetwas nicht in Ordnung sein?«

Lottie lachte und nahm damit die Spannung aus der Unterhaltung. Auch Annabelle lachte. Sie wussten beide, dass mit Cian schon lange nichts mehr in Ordnung war. Daher Annabelles zahlreiche Affären. »Vielleicht könnten wir irgendwann mal zusammen Abendessen gehen.«

»Erst hörst du auf zu trinken und kommst wieder in Ordnung.«

Lottie zog ihre Jacke an. An der Tür drehte sie sich noch einmal um.

»Komm du auch in Ordnung.«

Draußen angekommen platzten die Wolken auf und es regnete Bindfäden.

SIEBENUNDZWANZIG

Das Cottage in Dolanstown, ein paar Kilometer von Ragmullin entfernt, war eine schwelende Ruine. Wasser aus Feuerwehrschläuchen floss die mit Schlaglöchern übersäte Straße hinunter und setzte sich in Pfützen auf dem mit Blättern verstopften Ablauf ab.

»Weißt du, wie lange es nun schon regnet?«, fragte Kirby und stieg aus dem Auto. Er riss die Hosenbeine hoch, damit sie nicht nass wurden, und knöpfte den Mantel zu.

»Seit einer Woche«, antwortete Lynch.

Er schloss das Auto per Knopfdruck ab, tastete seine Taschen ab und fand die E-Zigarette. Er fummelte daran herum und versuchte, sie zum Laufen zu bringen. »So ein Mistding.«

»Versuch's doch mal mit einem Pfefferminzbonbon oder mit Kaugummi«, schlug Lynch vor.

Als sie endlich anging, inhalierte er und blies weißen Dampf aus, bevor er das Metallröhrchen wieder in der Tasche versenkte.

»Warum hast du Gilly heute Morgen eigentlich nicht beim Dienst im Haus der Kellys abgelöst?«

»Echt jetzt, Kirby? Weil es ein beschissener Job ist. Und sie jung genug ist, um den ganzen Tag an ihrem Handy rumdaddeln zu können.« Lynch warf ihm einen Blick zu. »Musste sie deshalb gestern Abend ein Date mit dir absagen oder was?«

»Oder was.«

Sie lachte. »Du lernst es nie.«

Kirby versuchte, mit Lynchs kurzen, schnellen Schritten mitzuhalten. Sie blieben neben einem Feuerwehrauto stehen und machten sich ein Bild vom Ort des Geschehens.

»Riechst du das?«, fragte er und schnupperte in die Luft.

»Ich rieche Verbranntes. Holz, Rauch, Plastik und ...«

Sie schauten einander an.

»Cannabis«, sagten sie einstimmig.

Kirby kratzte sich an seinem buschigen feuchten Haar. »Illegaler Anbau?«

Lynch nickte. »Gut möglich.«

Sie näherten sich einem kleinen, dünnen Mann mit Schirmmütze. Kirby warf einen Blick auf sein Namensschild aus Messing und stellte sich vor.

»Also, Chief Cox, was haben wir hier?«

»Einstöckiges Cottage aus den Fünfzigerjahren. Das Dach stürzt jeden Moment ein.«

»Irgendwelche Opfer?«

»Eine tote und eine schwer verletzte Person, die tot sein sollte, aber irgendwie noch lebt.«

»Männlich oder weiblich?«

»Beide männlich. Der Tote liegt direkt innen vor der Hintertür des Hauses. Mehr als verkohlte Knochen ist allerdings nicht von ihm übrig.«

»Wo ist der Mann, der überlebt hat?«, fragte Kirby.

Chief Cox deutete auf den Krankenwagen, der gerade den Motor startete und die Sirene aufheulen ließ. Mit blinkenden Lichtern setzte er sich in Bewegung.

Kirby rannte los. »Halt! Warten Sie!«

Der Krankenwagen hielt an. Kirby lehnte sich gegen die

Tür und atmete keuchend ein und aus. »Ich muss mit dem Patienten sprechen.«

Der Sanitäter ließ das Fenster herunter und steckte seinen Kopf hindurch. »Wer sind Sie?«

»Detective Larry Kirby.«

»Tut mir leid, aber wenn ich jetzt nicht losfahre, können Sie nur noch mit einer Leiche sprechen.«

Kirby dachte kurz nach und gab sich dann geschlagen. »In welches Krankenhaus fahren Sie?«

»Das nächste ist in Ragmullin, wobei er womöglich nach Dublin geflogen werden muss. Er hat schwere Verbrennungen und keine Finger.« Er legte den Gang ein.

»Keine Finger? Sind die verbrannt?«

»Eher mit einer Säge abgetrennt.«

Der Krankenwagen fuhr mit Blaulicht und Sirene davon, und Kirby ging wieder zurück zu Lynch. Die zuckte nur mit den Schultern. Chief Cox gesellte sich zu ihnen.

»Wann können wir uns umsehen?«, fragte Lynch.

»Es wird ein paar Stunden dauern, bis wir das Cottage als sicher einstufen. Wie gesagt, das Dach stürzt jeden Moment ein. Die Bausubstanz ist stark angegriffen. Aber das Feuer ist aus.«

»Irgendeine Ahnung, was die Brandursache sein könnte?« Kirby zog wieder an seiner E-Zigarette und betrachtete die Rauchschwaden, die vom Haus aufstiegen.

»Der Schaden ist erheblich. Entweder stand ein Gasofen ungeschützt an der Tür oder jemand hat Benzin durch den Briefkasten gegossen. Zum jetzigen Zeitpunkt ist das allerdings nur eine Vermutung.«

»Also so was wie ein Molotowcocktail? Himmel. Wer hat hier gewohnt? Wissen Sie das?«

»Keine Ahnung.«

»Wer hat den Brand gemeldet?«

»Ein Nachbar. Wohnt einen Kilometer oder so die Straße

hinauf. Der hat heute Morgen gesehen, wie die Flammen in den Himmel schlugen. Am besten sprechen Sie selbst mit ihm. Wie gesagt, es wird noch Stunden dauern, bis jemand die Ruine betreten kann.«

»Danke, Chief«, sagte Kirby. »Ich stelle jemanden als Wache auf.«

»Das ist der Nachbar, der da drüben.«

Ein Mann in grüner Wachsjacke und Jeans, die in schlammbedeckten Gummistiefeln steckten, lehnte an einem alten Land Rover. Dabei kaute er am Ende einer dicken Zigarre.

»Ein Kerl nach meinem Geschmack«, meinte Kirby. »Lynch, ruf die Spurensicherung. Die brauchen wir hier draußen.« Er deutete auf das Auto in der Einfahrt. »Und versuch herauszufinden, wem das Auto gehört.«

Er lief auf den Nachbarn zu und präsentierte seinen Ausweis. »Detective Kirby«, sagte er.

»Mick O'Dowd.« Mit einer von der Arbeit rauen Hand schob er seine Schiebermütze hoch und die andere hielt er Kirby zum Schütteln hin.

Sein Gesicht war von Wut verzerrt. Kirby schätzte ihn auf um die Siebzig. Buschige Augenbrauen mit herausstehenden grauen Strähnen und die Nase eines langjährigen Whiskytrinkers. Seine Wangen waren übersät mit geplatzten Äderchen.

»Sie haben das Feuer heute Morgen bemerkt?«

»Jepp. Auf dem Weg zu meinen Kühen irgendwann gegen Viertel nach fünf. Das war das reinste Feuerwerk. Hat mich mit meiner Arbeit um Stunden zurückgeworfen. Die Kühe sind immer noch nicht gemolken.«

War er deshalb so wütend?

»Haben Sie vorher etwas gehört?«, fragte Kirby.

»So was wie eine Explosion?«

»Genau.« Kirby griff nach seiner E-Zigarette und zog kräftig daran.

»Nein. Nicht das Geringste.«

Kirby seufzte und stieß dabei die Dampfwolke aus.

»Wissen Sie, wer da gewohnt hat?«, fragte er und machte eine Kopfbewegung in Richtung des schwelenden Gebäudes.

»Die Hütte war immer vermietet. Der eigentliche Besitzer ist in die Staaten gezogen, das muss jetzt vierzig Jahre her sein.«

»Das ist eine ganz schön lange Zeit, um eine Immobilie zu vermieten.«

»Geht mich nichts an. Ich habe genug eigene Sorgen, als dass ich mich um andere kümmern würde.«

»Sie wissen nicht zufällig, wer der Immobilienmakler ist?« O'Dowd rieb sich nachdenklich das Kinn. »Nein. Keine Ahnung.«

Kirby seufzte ernüchtert. »Hier ist meine Karte. Wir brauchen noch eine formelle Aussage. Und wenn Ihnen noch etwas einfällt, rufen Sie mich bitte an.«

»Ich habe Ihnen alles gesagt, was ich weiß. Und jetzt habe ich zu tun.« O'Dowd drehte sich zu seinem Land Rover um.

»Sind Sie sicher, dass Sie keine Ahnung haben, wer diese Männer waren?« Kirby blieb hartnäckig.

»Würde ich es Ihnen nicht sagen, wenn ich es wüsste?« O'Dowd griff in eine Tasche seiner Jacke. »Das hier könnte Ihnen gefallen.«

Kirby lächelte und nickte erwartungsvoll. O'Dowd drehte die Zigarre in seiner Hand um und steckte sie Kirby unvermittelt in den Mund. Dann reichte er ihm ein Plastikfeuerzeug, stieg in den Land Rover und fuhr davon.

Mit der Zigarre zwischen den Zähnen und aus dem Mund waberndem Rauch ging Kirby zurück zu Lynch.

»Ein toller Mann, allerdings hat er ein klitzekleines Aggressionsproblem.«

»Wie kommst du darauf?«, fragte Lynch.

»Ich hatte den Eindruck, dass es ihn mächtig in den Fingern

juckt, dem Nächstbesten, der ihm blöd kommt, eine reinzuschlagen.«

»Vermutlich ist er schlicht ein viel beschäftigter Landwirt, der es gar nicht mag, wenn man ihm bei seiner morgendlichen Arbeit unterbricht.«

»Du weißt eine Menge über Landwirtschaft, was?« Kirby drückte die Zigarre zwischen zwei dicken Fingern aus und steckte sie vorsichtig in seine Jackentasche.

»Ich dachte, du hättest das Rauchen aufgegeben?« Lynch musterte ihn misstrauisch.

»Das habe ich auch. Ein paar Züge dann und wann schaden nicht.« Kirby stampfte zurück zum Auto.

»Wir sollten machen, dass wir ins Krankenhaus kommen, bevor uns der Kerl wegstirbt.«

»Ich habe mir die Leiche angesehen«, verkündete Lynch.

»Ist sie tot?«

»Meine Güte, Kirby.« Sie ging zur anderen Seite des Autos. »Der Mann ist verbrannt. Hast du denn gar kein Mitgefühl?«

»Oh, davon habe ich sogar eine ganze Menge. Hast du irgendwelche Spuren von dem Cannabis gefunden, das wir gerochen haben?«

»Im Garten steht ein Betonschuppen. Aber nach dem Regen und den Löscharbeiten ist das alles ein einziger Sumpf. Die uniformierten Polizisten müssen hierbleiben, und dann müssen wir auf die Freigabe der Spurensicherung warten, bevor wir alles durchsuchen können.«

»Wir? Du spielst doch für den Rest des Tages Opferbetreuerin.«

»Nicht, wenn ich es verhindern kann.« Schwungvoll zog Lynch die Tür hinter sich zu.

ACHTUNDZWANZIG

Beim Blick in ihr altes Büro, das eines Tages ihr neues Domizil werden sollte, stellte Lottie fest, dass es gestrichen worden war. Endlich! An der Wand stand eine Leiter und mitten im Raum neben ihrem alten Schreibtisch ein mit Farbe bespritzter Tapeziertisch. Jetzt fehlten nur noch neue Möbel und jede Menge Aktenschränke. Sie hatte es satt, ständig über Kartons mit Aktenordnern zu stolpern. Alles in Auftrag, hatte man ihr gesagt. Dann hätte sie wieder ihren eigenen Raum, in dem sie ungestört nachdenken konnte. Aber immer noch keine Tür. Die Pläne sahen eine aus Glas vor. Ob es zu spät war, eine solide Tür zu bestellen? Vorerst steckte sie mit den drei Vollpfosten fest, wie Katie ihre Kollegen mal genannt hatte.

Als sie ihre Jacke aufhängte, bemerkte sie, dass ihre die einzige am Garderobenständer war. Merkwürdig, dachte sie, dass noch niemand hier war. Vorsichtig bahnte sie sich ihren Weg zwischen den Aktenstapeln auf dem Boden hindurch. Dann schaltete sie den Fotokopierer ein und kopierte die empfindlichen Zeitungsausschnitte aus dem Karton ihres Vaters. Jeweils zwei Exemplare; eines für sich und eines für Boyd. Immerhin hatte er seine Hilfe angeboten, oder? Als sie fertig war, legte sie einen Stapel auf seinen Schreibtisch und verstaute den anderen in ihrer großen, vollgestopften Handtasche. Sie würde sie sich ansehen, wenn sie Zeit hatte. Falls sie jemals Zeit hatte. Die Originale packte sie in ihre Schreibtischschublade. Dann öffnete sie die Tüte von der Apotheke, die sie auf dem Weg von Annabelle abgeholt hatte, und seufzte beim Anblick der Tablettenschachteln darin erleichtert auf.

Boyd kam herein, hängte seine Jacke auf und setzte sich wortlos an den Schreibtisch. Keine Chance, jetzt eine Tablette einzuwerfen. Vielleicht später.

Beim Verfassen des Berichts über die gestrigen Aktivitäten konnte sich Lottie nicht konzentrieren. Als sie einen Blick über ihren Computermonitor hinweg warf, sah sie, wie Boyd einen Stapel Blätter ordentlich zusammenklopfte und in einen Ordner auf seinem Schreibtisch legte. Als er mit seinem Werk zufrieden war, nahm er eine Packung Desinfektionstücher aus seiner Schublade und wischte die Tastatur ab.

»Was soll das denn, Boyd? Was ist denn los mit dir?«

Er blickte auf, und dem überraschten Ausdruck in seinen Augen zufolge hatte er sie gerade erst bemerkt.

»Los? Nichts. Warum?«

»Du bist voll auf Zwangsstörungsmodus. Irgendwas ist los.«

»Wo sind Lynch und Kirby?«

Offensichtlich wollte er das Thema wechseln, und sie ließ es zu. »Das würde ich auch gern wissen.«

Sie rief Lynch an, doch der Anruf wurde zur Mailbox weitergeleitet. Vielleicht war sie schon unterwegs, um O'Donoghue abzulösen. Sie versuchte es bei Kirby. Der ging auch nicht ran.

Sie verließ das Büro und schaute in die Einsatzzentrale. Darin war es so ruhig wie auf einem Friedhof um Mitternacht. Dann steckte sie den Kopf in ein paar der anderen Büros. »Hat jemand von euch heute Morgen Lynch oder Kirby gesehen?«

»Vielleicht sind sie bei dem Hausbrand«, meinte ein Garda.

»Hausbrand? Ich weiß nichts von einem Hausbrand. Was zum Teufel machen die da? Ich versuche hier, eine Mordermittlung durchzuführen!« Lottie rauschte zurück in ihr Büro.

Boyd rief die Liste der jüngsten Ereignisse auf seinem Computer auf. »Hausbrand. Dolanstown. Dort sind sie. Die Ersthelfer haben die Polizei angefordert. Ein Mann ist im Haus umgekommen, ein weiterer wurde schwer verletzt. Verdacht auf Brandstiftung.«

»Das hat uns gerade noch gefehlt.« Lottie knallte einen Stapel Berichte, für deren Lektüre sie keine Zeit hatte, auf den ohnehin schon überfüllten Boden und stellte ihren Fuß darauf. Sie hatte nicht die Kapazitäten für eine Brandstiftung, Leiche hin oder her. Und sie brauchte die Aufzeichnungen der Überwachungskamera des Krankenhauses. Irgendjemand musste Marian Russell dort abgesetzt haben.

»Hier ist noch ein Ereignis.« Boyd las vom Bildschirm ab. »Heute früh wurde auf dem Parkplatz am Lough Cullion ein ausgebrannter Pkw gefunden.«

»Könnte es sich um das Auto von Marian Russell handeln?«

»Weiß ich nicht.«

»Finde es raus. Und dann trommel alle zur Teambesprechung zusammen.«

———

Nach nur einer halben Stunde befand sich das gesamte Team in der Einsatzzentrale. Nur von Superintendent Corrigan fehlte jede Spur. Gut so.

»Fangen wir mit dem Hausbrand an«, verkündete Lottie. »Kirby, bitte setzen Sie uns ins Bild.«

»Ein Cottage ist in Flammen aufgegangen. Der Chief von der Feuerwehr hält es für Brandstiftung. Ein Toter. Für die Identifizierung brauchen wir die zahnärztlichen Aufzeichnungen. Ein zweiter Mann liegt im Krankenhaus. Er hat schwere Verbrennungen und ihm fehlen ein paar Finger.«

»Ihm fehlen ein paar Finger? Bitte erklären Sie das.«

»Das ist alles, was uns gesagt wurde.«

»Glauben Sie, jemand wollte die Männer aus dem Haus absichtlich verbrennen?«, fragte Lottie.

»Schwer zu sagen, bevor die Spurensicherung fertig ist.«

»Wir vermuten, dass es sich um eine Cannabis-Plantage gehandelt haben könnte. Der süßliche Geruch war noch stärker als der nach Rauch.«

»Interessant. Vielleicht haben sie jemandem Geld geschuldet oder Stoff unterschlagen. Ich hoffe, wir haben es hier nicht mit einem Drogenkrieg zu tun. Platzieren Sie eine Wache vor dem Krankenzimmer des Verletzten. Nur für alle Fälle.«

»Noch so 'n Fall und es lohnt sich für uns, ins Krankenhaus umzuziehen«, meinte Kirby.

Lottie dachte kurz nach. »Uns liegen Berichte über einen ausgebrannten Pkw auf dem Parkplatz am Lough Cullion vor. Es könnte sich um das Auto von Marian handeln. Später wissen wir mehr.«

»Oder es könnte von dem Dreckskerl benutzt worden sein, der das Cottage niedergebrannt hat«, warf Lynch ein.

»Warum sind Sie nicht bei den Kellys?«, fragte Lottie. »O'Donoghue muss abgelöst werden.«

»Kann das nicht jemand anderes übernehmen?« Lynch verschränkte trotzig die Arme. »Die eigentliche Opferbetreuerin ist immer noch krankgeschrieben«, erinnerte Lottie sie und zuckte zusammen, als Lynch nach ihrer Tasche auf dem Boden griff und dabei mit dem Riemen gegen den Schreibtisch knallte. »Bitte warten Sie, bis wir hier fertig sind, aber dann müssen Sie los. Vergessen Sie nicht, dass Sie nach wie vor Teil dieses Teams sind.«

»Keine Sorge«, sagte Lynch.

»Auf Emma muss zu ihrem eigenen Schutz aufgepasst werden. Bis wir wissen, was tatsächlich mit ihrer Mutter passiert ist. Ich sehe mich noch einmal im Haus von Russell um. Boyd, komm mit. Kirby, finden Sie alles über den Hausbrand und die Bewohner heraus und untersuchen Sie das Auto. Danach können wir es einem anderen Team übergeben.«

»Wird erledigt«, sagte Kirby.

»Und erstellen Sie eine Liste mit Tessa Balls Freundinnen und Freunden und befragen Sie sie. Kennen wir inzwischen ihre letzten Aktivitäten?«

»Wir arbeiten dran.«

»Dann arbeiten Sie schneller. Ich will auch wissen, ob Tessa etwas mit den Anwälten Belfield und Ball zu tun hatte. Und fragen Sie nach, was mit der Waffe ist, die wir gestern in ihrer Wohnung gefunden haben. Führe ich Selbstgespräche?«

Boyd stand auf. »Der Bericht zu Tessa Balls Handy ist eingegangen. Die letzte Aktivität war ein Anruf, den sie in der Nacht, in der sie ermordet wurde, um 21.07 Uhr erhielt.«

»Und?«, fragte Lottie.

»Er war von Marian Russell.«

NEUNUNDZWANZIG

Die Spurensicherung hatte das gesamte Haus der Russells bereits unter die Lupe genommen und Lottie selbst hatte sich in der Nacht des Mordes darin umgesehen, aber jetzt wollte sie es sich bei Tageslicht noch einmal angucken. Es handelte sich um ein umgebautes zweistöckiges Bauernhaus. Ein schmaler Flur führte zum Anbau, in dem sich die Küche befand. Direkt vor der Küche führte eine Tür in ein anonym aussehendes rechteckiges Wohnzimmer, in dem sich eine dreiteilige Sitzgruppe aus braunem Leder sowie ein langer Couchtisch befanden.

»Minimalistisch, nicht wahr?«, stellte Lottie fest.

»Spärlich trifft es wohl eher, aber gut«, sagte Boyd und trat auf den Parkettboden aus Teakholz. Lottie ging auf den Spiegel im Eisenrahmen zu, der über dem Kamin hing. Sie betrachtete ihr Spiegelbild, drehte sich dann schnell um und nahm ein paar Taschenbücher vom Couchtisch. Romane von John Connolly. Neben den Büchern stand eine Tasse mit einem Zentimeter kaltem Kaffee darin und Pulver der Spurensicherung an der Außenseite. Ein halb aufgegessener Keks lag neben einer geöffneten Packung. Spuren eines Lebens, das jäh beendet wurde.

»Emma hat gesagt, sie wäre hier reingegangen, weil ihre

Mutter in der Küche gearbeitet hat. Und dann hat Natasha angerufen und sie zu sich nach Hause eingeladen.« Lottie öffnete die Luke des Heizofens. »Ausgesprochen sauber hier, oder?«

»Verglichen mit dem Gemetzel in der Küche, ja.«

Sie verließen das Wohnzimmer und stiegen die Treppe hinauf. Vier Zimmer. Eines davon gehörte offensichtlich Emma.

»Typisch Teenager«, meinte Lottie und schloss die Tür zum Chaos. Die Sachen des Mädchens zu durchsuchen, war unnötig. Sie hatte schon genug durchgemacht und ihr stand noch genug bevor.

Der nächste Raum war wohl ein Gästezimmer und der danach das Badezimmer. In Marians Zimmer inspizierte Lottie den Inhalt des Kleiderschranks und überprüfte die Jackentaschen. Nichts.

Die unteren beiden Schubladen der Kommode enthielten T-Shirts und Unterwäsche, und in der oberen befanden sich Halsketten aus Sterlingsilber, Colliers und passende Ohrringe.

»Ein Einbruch war es eher nicht«, stellte sie fest.

Boyd stand am Fenster und schaute hinaus. »Ein schönes Fleckchen Erde.«

Lottie schloss die Schubladen, stellte sich neben ihn ans Fenster und deutete in den Garten. »Was ist das da hinter dem Schuppen?«

»Sieht aus wie ein Öltank.«

»Glaube ich nicht. Sie verwenden Festbrennstoffe«, sagte sie und dachte an das Feuer im Wohnzimmer.

»Das ist so ein Container zum Lagern von Kohle«, sagte Boyd.

»Das prüfen wir gleich.« Lottie sah sich noch einmal im Zimmer um und ging dann auf die Knie, um unter das Bett zu schauen.

»Ist da was?«, fragte Boyd.

»Staub«, antwortete sie, stand auf und klopfte sich die Knie ab. »Hast du die Nachttische durchsucht?«

Boyd nahm ein Buch in die Hand, warf einen Blick darauf und öffnete dann eine der Türen des Schränkchens. »Ein paar Tablettenschachteln.«

»Lass mich sehen.«

»Paracetamol«, sagte er.

»Oh.« Lottie guckte in das andere Schränkchen. »Der hier ist leer. Muss Arthur gehört haben.« Sie fuhr mit den Fingern unter das Kissen und zwischen Matratze und Bettboden. Nichts.

Boyd öffnete eine Tür neben dem Kleiderschrank. »Badezimmer.« Er steckte seinen Kopf hinein. »Sauber.«

»Mein Gott, ich hoffe, ich werde nie ermordet«, stöhnte Lottie. »Du müsstest mein Haus ausräuchern, bevor du es durchsuchen kannst.«

»Hier ist nichts von Interesse«, sagte Boyd und schloss die Badezimmertür.

»Was war das für ein Buch?« Lottie ging wieder zum Nachttisch, um das Buch zu nehmen, das Boyd zuvor in der Hand gehabt hatte. »*Culpepers komplette Kräuterkunde.* Interessant. Und ein ziemlich altes Buch.«

Sie blätterte durch die Seiten. »Ganz schön kleine Schrift. Wunderschöne Pflanzenillustrationen. Warum sie das wohl hatte?«

Boyd sah ihr über die Schulter. »Für Naturheilmittel?«

»Ich tüte es ein. Vielleicht ist es relevant. Oder auch nicht«, sagte Lottie. »Jetzt überprüfen wir den Garten hinter dem Haus.«

———

Es hatte wieder angefangen zu regnen. Lottie bückte sich und öffnete die Luke des Silos. Ein paar Kohlebriketts fielen ihr vor die Füße.

»Hab ich doch gesagt«, meinte Boyd und lehnte sich an den Schuppen.

»Mach dich nützlich und gib mir den Holzklotz.«

Boyd rollte ihn zu ihr.

»Halt ihn fest. Ich will nicht runterfallen.«

Lottie trat auf den Klotz und hob den Deckel des Silos an. »Taschenlampe?«

Boyd schaltete die Taschenlampe seines Handys ein und reichte es ihr. »Lass es nicht reinfallen.«

Sie leuchtete in den Behälter und schwenkte mit dem Licht herum. »Mein Gott.«

»Was ist denn da drin?« Boyd versuchte, über die Kante zu spähen.

»Irgendwelche Pflanzen. Wir müssen die Spurensicherung zurückholen.«

»Sobald du mir mein Handy zurückgegeben hast.«

»Wir sollten uns auch im Schuppen umschauen.«

Während Boyd telefonierte, sprang Lottie vom Holzklotz, ging in den Holzschuppen und betätigte den Lichtschalter. Jede Menge Farbeimer und Werkzeuge reihten sich auf den Stahlregalen an einer Wand aneinander. An der Rückwand stapelten sich Holzscheite.

Da stand sie zwischen all den Sachen und grübelte, was es mit den Pflanzen und dem Kräuterbuch auf sich hatte. Hatte Marian Russell hier einen kleinen Nebenerwerb?

Wenn ja, wäre es durchaus möglich, dass jemand versucht hatte, sie davon abzuhalten, aber das war kein Grund, Tessa Ball zu töten. Und Kirby hat angegeben, dass sich im ausgebrannten Cottage eine Cannabis-Plantage befunden haben könnte. Interessant.

»Ich möchte, dass die Holzscheite da weggeräumt werden«,

sagte sie zu Boyd. »Vielleicht ist da was drunter. Wie lange dauert es, bis die Spurensicherung hier ist?«

»Nicht lange.«

»Gut. Damit kommen wir hoffentlich endlich mal weiter.«

»Du vielleicht, ich nicht.«

»Warte auf die Spurensicherung«, sagte Lottie. »Ich will mit Emma reden.«

———

Bei Bernie Kellys Haus angekommen, wurde sie von O'Donoghue an der Tür begrüßt.

»Gilly«, sagte Lottie. »Wo ist Detective Lynch?«

»Ich habe sie seit gestern nicht mehr gesehen, und ich muss wirklich nach Hause, duschen und mich umziehen.«

»Machen Sie nur. Ich bleibe hier, bis Sie wieder hier sind oder Lynch kommt.«

Gilly packte ihre Sachen zusammen und machte sich davon.

»Tee, Inspector?«, fragte Bernie Kelly.

»Nein, danke. Ich würde nur gern kurz mit Emma reden.« Lottie betrat das klaustrophobisch winzige Wohnzimmer.

»Machen Sie es sich bequem«, sagte Bernie mit blassen Lippen und trauriger Miene. »Ich sage ihr, dass sie runterkommen soll.«

»Ist sie immer noch im Bett?«

»Teenager.« Sie versuchte sich an einem Augenrollen. Lottie fand, dass Bernies gezupfte Augenbrauen ihr das Aussehen einer angespannten Trockenpflaume verliehen.

Emma schlenderte betont lässig herein und ließ sich auf einen Sessel fallen. Ihr Haar war ungekämmt und die Kleidung, in der sie steckte, zu klein für sie. Armes Mädchen. Sie brauchte dringend ihre eigenen Sachen, dachte Lottie.

»Wie geht es Mum?«, fragte Emma.

»Sie liegt immer noch im künstlichen Koma.«

»Ich will sie sehen.«

»Ich kann Sie hinbringen«, sagte Lottie.

»Und mein Dad? Wo ist der?«

»Er hilft uns bei unseren Ermittlungen.«

Emma sprang auf. »Warum? Er hat doch gar nichts getan!«

»Bitte setzen Sie sich, Emma.« Lottie legte eine Hand auf ihren Arm. Emma schüttelte sie ab.

»Haben Sie ihn verhaftet?«

»Nein, aber wir ziehen alle Möglichkeiten in Betracht. Ihre Großmutter wurde ermordet, und ich muss wissen, was Sie wissen.«

Emmas Augen weiteten sich. »Ich weiß gar nichts. Ich will Mum und Dad sehen. Sie haben kein Recht, mich hier einzusperren. Ich bin eine freie Bürgerin!«

»Das ist alles nur zu Ihrer Sicherheit.«

»Ja, das habe ich schon mal gehört.«

Lottie fragte sich, wieso sie das Memo nicht erhalten hatte, in dem stand, dass Teenager ältere Personen nicht mehr respektieren mussten.

»Haben Garda O'Donoghue oder Detective Lynch Ihnen von den Verletzungen Ihrer Mutter erzählt?«

Emma biss sich auf die Unterlippe. Tränen standen ihr in den Augen. Sie nickte.

»Und Sie haben keine Ahnung, wer ihr so etwas angetan haben könnte?«

Kopfschütteln. Schluchzen. »Das ist alles meine Schuld. Ich will nur Mum sehen.«

»Inwiefern ist das Ihre Schuld, Emma?«

»Ich war nicht nett zu ihr«, rief die Jugendliche. »Ich habe mich die ganze Zeit auf Dads Seite gestellt. Ich weiß, dass sie nicht die beste Mutter der Welt ist, aber sie ist meine Mum und ich habe ihr das Leben schwergemacht.«

Lottie hätte am liebsten einen Arm um sie gelegt, um sie zu

trösten, aber nach der vorherigen Zurückweisung behielt sie die Hände fest in den Taschen.

»In der Nacht, in der Ihre Granny ... gestorben ist, sind Sie sich da sicher, dass Sie im Haus nichts Ungewöhnliches gesehen haben?«

»Absolut. Da war nichts.«

»Warum sind Sie so spät nach Hause gegangen? War es normal, dass Sie spät heimgekommen sind?«

Emma zuckte mit den Schultern. »Kommt drauf an, was Natasha und ich im Fernsehen gucken.«

»Ihr habt also Netflix geschaut, ist das richtig?«

Emma zögerte und ließ ihren Blick suchend durch das Zimmer schweifen. »Ja ... Ich glaube schon.«

Lottie musterte sie genau. »*Orange is the New Black?*«

»Was?«

»Die Serie, die Sie angeschaut haben.«

»Oh, ja. Die haben wir geguckt.«

»Sind Sie sicher?«

»Ja!«

»Sie waren also ab halb sechs hier mit Natasha und Bernie, bis Sie gegen halb zehn nach Hause gegangen sind?«

»Ja. Na ja, nein.«

»Das haben Sie uns ursprünglich gesagt. Möchten Sie Ihre Aussage ändern oder etwas hinzufügen?« Lottie musterte das Mädchen aufmerksam; sie war sich sicher, dass sie über irgendwas log.

»Ich war hier, und wir haben ferngesehen. Kann ich jetzt meine Anziehsachen haben? Die von Natasha sind mir zu klein.«

Lottie wollte eigentlich weiter nachhaken, doch ihr mütterlicher Instinkt hielt sie davon ab. Sie brauchte Emmas Vertrauen. Über die seltsamen Pflanzen, die im Kohlesilo wuchsen, könnte sie sie auch später noch ausfragen.

»Ich laufe eben zu Ihnen nach Hause und hole ein paar

Klamotten. Dann fahren wir zusammen ins Krankenhaus und fragen nach, ob Sie Ihre Mutter sehen dürfen.«

Emma nickte.

»Bin gleich wieder da.«

Lottie war froh, aus dem beklemmenden Haus rauszukommen.

Außer Atem traf sie wieder bei den Russells ein. »Gerade mal fünfhundert Meter und ich bin außer Puste«, keuchte sie.

»Ich dachte, du wärst beim Babysitten«, sagte Boyd.

»Ich hol nur eben ein paar Klamotten für Emma.« Lottie schaute sich im Garten um, in dem inzwischen reges Treiben herrschte. »Was gefunden?«

»Sie fangen gleich mit der Suche an.«

»Was ist, wenn der Mord hier irgendwie mit dem Brand des Cottages zusammenhängt?«

»Vielleicht wissen wir mehr, wenn wir sehen, was da drin«, er deutete auf den Schuppen, »und im Cottage ist.«

»Vielleicht«, sagte Lottie zweifelnd.

»Ich mach mich wieder an die Arbeit«, verkündete Boyd.

Sie schaute ihm nach, drehte sich dann um und betrat das Haus. Oben in Emmas Zimmer zog sie vorsorglich ihre Schutzhandschuhe an und suchte dann nach geeigneter Kleidung. Sie entschied sich für eine Jeans, ein T-Shirt und einen Hoodie und durchwühlte anschließend die Schuhe. Nichts wirklich Passendes für schlechtes Wetter. Ein Paar blaue Nike-Sneaker waren sicherlich besser als weiße Converse. Als sie die Schuhe in eine Sporttasche steckte, die sie ganz unten im Kleiderschrank gefunden hatte, berührten ihre Finger etwas in einem der Sneaker. Erschrocken ließ sie die Treter fallen, sprang zurück und fiel auf den Hintern, so sicher war sie sich, dass es sich um eine Maus handelte.

Aber es war keine Maus. Neben dem Turnschuh auf dem Boden lag eine Geldrolle, die von einem Haargummi zusammengehalten wurde. Sie hob das Geld auf und steckte es in einen Beweismittelbeutel, den sie aus ihrer Tasche gezogen hatte. Die äußere Banknote war ein Fünfziger. Ganz schön viel Geld für einen Teenager, dachte sie. War womöglich doch Raub das Motiv gewesen? Und warum hat Emma die Scheine ganz unten in ihrem Kleiderschrank versteckt? Lottie packte den Plastikbeutel mit dem Geld in ihre Handtasche und suchte den Raum nach einer Jacke ab. Da sie keine sah, ging sie nach unten und schaute auf dem Kleiderständer im Flur nach. Dort fiel ihr ein schwarzer Herrenparka der Marke The North Face ins Auge, und sie fragte sich, ob er wohl Arthur Russell gehörte.

Als sie den Parka inspizierte, stellte sie fest, dass die Außentaschen leer waren, aber in der Brustinnentasche stießen ihre Finger auf ein sauber gefaltetes Blatt Papier. Es sah aus wie eine Quittung. Sie faltete es auseinander. Es handelte sich in der Tat um eine Quittung, die auf den Tag des Mordes datiert war. Von Danny's Bar. Arthur arbeitete dort. Als Uhrzeit war 19:04 Uhr aufgedruckt. Sie verstaute die Quittung in einen weiteren Beweismittelbeutel.

Dann nahm sie Emmas Jacke vom Haken, stopfte sie in die Sporttasche und eilte nach draußen.

»Boyd?«

Er steckte den Kopf aus der Schuppentür. »Was?«

»Im Flur hängt ein schwarzer North-Face-Parka. Lass ihn eintüten, markieren und zur forensischen Untersuchung bringen.«

»Wird erledigt«, sagte er.

Anschließend machte Lottie sich auf den Weg, um Emma auf den Besuch bei ihrer Mutter vorzubereiten. Zuerst jedoch musste die junge Dame noch ein paar Fragen beantworten.

—

Am Tor zu Bernie Kellys Haus traf sie auf Detective Maria Lynch. »Sie haben sich ja Zeit gelassen«, meinte Lottie.

»Ich hatte noch ein paar Sachen wegen des Hausbrands zu klären. O'Donoghue hat bestimmt nichts dagegen. Ab jetzt übernehme ich.«

»Ich habe sie bereits abgelöst.« Lottie hielt die Sporttasche hoch. »War gerade drüben, um frische Kleidung für Emma zu holen. Und jetzt bringe ich sie zu ihrer Mutter.«

»Halten Sie das für eine gute Idee?«

»Warum nicht? Sie will sie sehen, und das kann ich ihr nicht abschlagen. Jetzt, wo Sie hier sind, können Sie das allerdings übernehmen.«

Bernie Kelly öffnete die Tür.

»Brauchen wir jetzt schon zwei von Ihrer Sorte?«, fragte sie und verschränkte die Arme.

Lottie ging an ihr vorbei ins Haus.

»Ich will nur eben Emma das hier geben.« Das Wohnzimmer war leer. »Ist sie oben?«

Bernie schaute von Lottie zu Lynch. »Ich dachte, Sie hätten sie mit zu ihr genommen, um saubere Kleidung zu holen. Haben Sie nicht?«

»Nein.« Lottie warf einen Blick in die Küche. Dort saß Natasha am Tisch und kaute an einem verbrannten Toast. »Lynch, schauen Sie oben nach.«

Lynch rannte die Treppe hinauf und rief dann nach unten: »Hier ist niemand.«

»Wo ist sie?«, fragte Lottie hektisch.

Bernie zuckte mit den Schultern. »Als ich hier reinkam,

waren Sie beide weg. Ich bin davon ausgegangen, dass Sie sie mitgenommen haben.«

»Wo könnte sie hingegangen sein?« Lottie versuchte, die aufsteigende Panik zurückzudrücken.

»Vielleicht ist sie schon mal voraus ins Krankenhaus gefahren«, schlug Bernie vor.

»Hat sie ihr Handy dabei?« Lottie tippte Emmas Nummer ein. »Nichts. Ist wohl ausgeschaltet.« Sie drehte sich zu Lynch um. »Ist sie auf der Straße an Ihnen vorbeigegangen?«

»Zumindest habe ich sie nicht bemerkt.«

Lottie eilte wieder in die Küche und baute sich vor Natasha auf. »Wo ist Emma?«

»Hey, Moment mal, Inspector.« Bernie Kelly packte Lottie am Arm. »Kein Grund, meiner Tochter Vorwürfe zu machen.«

»Natasha.« Lottie ignorierte Bernie und beugte sich zu der zerzausten Jugendlichen hinunter. Schaute ihr in die Augen. »Wo kann sie hingegangen sein? Hat sie andere Freunde, mit denen sie rumhängt?«

Natasha schüttelte den Kopf. »Weiß ich nicht«, murmelte sie.

Lottie schaute an die Decke und schloss die Augen. Denk nach. »Lynch, gehen Sie ins Krankenhaus. Sehen Sie nach, ob sie dort ist.«

Nachdem Lynch weg war, rief Lottie Boyd an. Auch dort war Emma nicht aufgetaucht.

Sie wandte sich wieder Natasha zu. »Ich weiß, dass Sie wissen, wo sie ist, also sagen Sie es mir besser, junge Dame.«

Natasha warf ihrer Mutter einen Blick zu. »Sie hat mein Fahrrad genommen«, gestand sie. Bernies Gesicht lief rot an. »Natasha, ich habe dir doch gesagt, du sollst ...«

»Reden Sie weiter!«, schrie Lottie.

Das Mädchen machte sich im Stuhl immer kleiner. Mit Toastkrümeln an ihrem Lipgloss sagte sie: »Vermutlich ist sie bei ihrem Freund.«

Lottie holte Boyd bei Marian Russells Haus ab. Bisher hatten sie unter dem Holz im Schuppen nichts gefunden, aber die Pflanzen im Silo waren zu Testzwecken mitgenommen worden.

»Sie hat einen Freund?« Boyd legte seinen Sicherheitsgurt an, und Lottie fuhr die Straße hinunter. Die Scheibenwischer sausten über die Windschutzscheibe, um mit dem Regen Schritt zu halten.

»Natasha hat es uns verraten. Lorcan Brady. Wir müssen ihn überprüfen.«

»Von diesem Freund hätten wir früher wissen müssen.«

»Boyd. Nicht.«

»Sollte der zu dieser Tageszeit nicht in der Schule sein?«

»Er ist einundzwanzig und laut Natasha arbeitslos. Wir lassen seinen Namen später durch die PULSE-Datenbank laufen.«

»Hast du seine Telefonnummer?«

»Die hat Natasha nicht, hat sie behauptet.«

»Ist die Strecke nicht ein bisschen zu weit, um sie zu Fuß zu gehen?«, fragte Boyd und blickte die Straße entlang.

Lottie bog am Krankenhaus ab und fuhr die Friedhofsstraße entlang. »Sie hat Natashas Fahrrad genommen.«

»Dennoch ...«

»Vielleicht hat sie sich irgendwo mit ihm verabredet, und er hat sie abgeholt«, sagte sie. »Vielleicht hat er ein Auto.«

Drei Minuten später bog Lottie in die Einfahrt eines zweistöckigen Hauses. Es sah ungepflegt aus, dachte sie. Fast verlassen.

Sie stieg aus dem Auto und versenkte den Fuß im Schlamm, der zur Straße floss. Vor der Haustür lag ein träge aussehender Collie. Er bewegte sich nicht. Neben dem Haus parkte ein roter 2010er Honda Civic.

»Wenn das Auto noch tiefer gelegt wäre, müsste man es abschleppen.« Sie notierte sich das Kennzeichen, um es später zu überprüfen. »Und der Auspuff ist auch frisiert.«

»Man hört es, bevor man es sieht«, sagte Boyd.

Lottie klopfte an die Tür. Keine Klingel. Und keine Reaktion. Sie gingen zur Rückseite des Hauses. Der Hund folgte schweigend.

Auf dem Hof stapelten sich schwarze Müllsäcke. In einige davon hatte der Hund oder hatten Ratten Löcher gebissen. Teebeutel und Essensreste lagen verstreut herum. Vorsichtig bahnte Lottie sich einen Weg durch den Unrat und warf einen Blick durch das Fenster.

»Keiner zu Hause?«, fragte Boyd.

»Die Vorhänge sind zugezogen. Sieht verlassen aus.« Sie hämmerte an die Tür. Wartete. Niemand öffnete.

»Emma ist nicht hier. Ab ins Krankenhaus?«

»Ja. Lynch sollte inzwischen dort sein.«

Als sie wieder ins Auto stieg, klingelte ihr Handy. Lynch. »Emma ist nicht hier im Krankenhaus, aber ...«

»Was?«, fragte Boyd.

»Pst«, zischte Lottie.

Lynch redete immer noch. Dann sagte Lottie: »Wir sind sofort da.«

Sie legte auf und schaute Boyd an. »Ich glaube, wir haben soeben Lorcan Brady gefunden.«

»Wo?«

»Er ist eines der Brandopfer.«

———

Im Krankenhaus auf dem Flur hockte Lynch und brachte Lottie auf den neuesten Stand. Boyd lehnte an der Wand.

»Einer der Typen ist also Lorcan Brady«, wiederholte Lottie. »Aber Sie wissen noch nicht, welcher?«

Lynch nickte.

»Wie haben Sie den Namen rausbekommen?«

»Ich habe das Nummernschild des Autos, das beim Cottage gefunden wurde, durch die Datenbank laufen lassen.«

»Aber wir kommen gerade von Bradys Haus. Davor steht ein roter Honda Civic.«

»Vielleicht gehört der dem anderen Mann. Bisher konnten wir keinen der beiden identifizieren.«

»Dann lassen wir mal das Kennzeichen des Hondas überprüfen.« Lottie lief im Kreis und tippte sich mit ihrem Handy gegen den Oberschenkel. »Ist das Opfer noch bewusstlos?«

»Ja. Schwere Verbrennungen und abgehackte Finger.«

»Es könnte also Lorcan Brady sein. Vielleicht aber auch nicht.«

»Exakt.«

»Brady ist im System. Sehen Sie nach, was Sie sonst noch über ihn herausfinden können. Wird sein Zimmer noch bewacht?«

»Ja. Das von Marian auch.«

»Jetzt wird's kompliziert«, sinnierte Lottie. »Brady war der

Freund von Emma, und jetzt ist er möglicherweise entweder tot oder er hat schwere Verbrennungen.«

»Für die angebliche Beziehung hast du allerdings allein Natashas Aussage«, gab Boyd zu denken.

»Aber wenn dem so ist, könnten wir den Mord an Tessa mit dem Brand in Verbindung bringen. Ich schaue mir jetzt mal das Cottage genauer an.«

»Und was soll ich machen?«, fragte Lynch.

»Sie finden heraus, wem der Honda gehört, und lassen das verbrannte Opfer identifizieren. Und dann geben Sie eine Fahndung nach Emma Russell raus.«

»Soll ich wieder zurück zu Marian Russells Haus?«, fragte Boyd. »Nachsehen, ob die Spurensicherung was ausgegraben hat?«

»Mach das. Unsere oberste Priorität ist es, Emma zu finden. Die Kleine hatte von Anfang an ein recht sparsames Verhältnis zur Wahrheit. Gott weiß, worin sie verwickelt ist oder mit wem, aber ich will, dass sie gefunden wird.«

Ohne auf eine Antwort zu warten, drückte sich Lottie ihre Tasche an die Brust und rannte die Treppe hinunter.

ZWEIUNDDREISSIG

Es war fast vier Uhr nachmittags und der Himmel hing voller schwarzer Wolken, als Lottie beim ausgebrannten Cottage ankam.

Mit Blick auf die nasse Glut, die inzwischen mit Tatortbändern abgesperrt war, zog sie ihre Jacke bis zum Hals hoch und steckte ihr Haar in die Kapuze. Die Temperatur war deutlich gesunken und ein Ostwind zog über die trostlosen Felder.

Sie lauschte dem tosenden Wind und dem Regenwasser, das von den nackten Ästen über ihrem Kopf tropfte, und reckte und streckte sich. Sie fühlte sich, als wäre sie den ganzen Tag im Büro eingesperrt gewesen, dabei hatte sie tatsächlich die meiste Zeit draußen verbracht. Nachdem der Garda, der vor dem kleinen Eisentor Wache stand, ihren Namen abgehakt hatte, ging sie auf das Cottage zu.

Das Dach war eingestürzt, was keinen großen Unterschied machte, da die Innenräume und die persönlichen Gegenstände entweder verbrannt oder durch das Lösch- und das Regenwasser durchnässt waren. Sobald es möglich und vor allem sicher war, musste hier alles durchsucht werden. Keine leichte Aufgabe für die Leute von der Spurensicherung, dachte Lottie.

Der Bereich hinter dem Haus wurde von grellen Lampen erhellt. Sie ging dorthin. Gardaí und Spurensicherung waren damit beschäftigt, die Pflanzen, die in dem isolierten Nebengebäude gefunden worden waren, einzutüten und zu etikettieren. Gut, dass das Feuer nicht so weit gereicht hatte. Links vom Nebengebäude bemerkte sie einen Geräteschuppen aus Metall. Drei Wände standen windschief und die Vorderseite fehlte völlig. Unter dem Dach befand sich eine durchhängende Wäscheleine, an der Jeans, Jogginghosen und T-Shirts baumelten. Alles vom Rauch geschwärzt. Vor Weihnachten werden die nicht trocken sein, dachte sie und ging auf einen Mann von der Spurensicherung mit einem Klemmbrett in der Hand zu.

»Ich gehe davon aus, dass man so was nicht im Gartencenter bekommt«, sagte sie.

»Definitiv nicht«, antwortete er. »Cannabispflanzen wären dort für die üblichen Kunden auch ein bisschen zu teuer.«

»Die Bewohner hier waren nicht allzu diskret, oder?«

»Hier draußen auf dem Land kann man fast alles anbauen, ohne dass jemand was merkt. Wenn man es nicht besser weiß, sind das einfach nur Pflanzen.«

»War der Schuppen verschlossen?«

»Mit einer Kette und einem Zahlenschloss, aber nichts, was eine gute Kneifzange nicht aufkriegen könnte.«

Er drehte sich um und überprüfte den nächsten Sack mit Pflanzen, den einer seiner Kollegen zum wartenden Transporter des Kriminaltechnischen Instituts schleppte.

Lottie ging im Garten herum. Über der Hecke konnte sie Rauch sehen, der aus dem Schornstein eines Hauses in der Ferne aufstieg. Hier gab es für sie nichts zu tun, und als sie zu ihrem Auto zurückkehrte, fragte sie sich, ob Mick O'Dowd wusste, dass in der Nähe seiner grasenden Kühe noch anderes Gras gewachsen war.

———

Der Land Rover parkte schief neben dem Bauernhaus. An den Schiebefenstern hingen Gardinen, und die Eingangstür war vor langer Zeit grün gestrichen worden. Seitdem hatte das Wetter deutliche Spuren hinterlassen. Die Satellitenschüssel auf dem Schornstein knarrte unheimlich bei jedem Windstoß.

Ein großer schwarzer Hund schoss auf ihr Auto zu und rannte drum herum. Lottie machte den Motor aus, stieg aus und betete, dass der Hund Leine zog. Was er jedoch nicht tat.

»Verschwinde. Aus! Verzieh dich. Braver Hund.« Sie drehte sich im Kreis und versuchte, das Tier davon abzuhalten, an ihr hochzuspringen. Ein Rottweiler mit gelben Zähnen, aus dessen Maul der Sabber tropfte. »Lass das, Hund!«

»Was soll die ganze Aufregung?« Ein Mann bog um die Hausecke. »Sitz! Mason, Platz.«

Der Hund knurrte und warf Lottie einen längeren Blick zu, bevor er sich umdrehte und zu seinem Herrchen trollte.

»Wer sind Sie?«, fragte er und kettete das Tier an einen Haken an der Scheunenwand. Lange graue Haarsträhnen ragten unter seiner spitzen Tweedmütze hervor. Lottie schätzte ihn auf mindestens siebzig Jahre.

»Detective Inspector Lottie Parker.« Sie zückte ihren Ausweis. »Und Sie sind?«

»Ich glaube, Sie wissen bereits, wer ich bin.«

»Ihr Hund scheint mich nicht zu mögen, Mr O'Dowd. Aber ich bin nicht so übel, wenn man mich erst einmal kennengelernt hat.« Sie lächelte über ihren Versuch eines Witzes.

O'Dowds Gesicht blieb vollkommen ausdruckslos. »Ich hoffe nicht, dass Sie lange genug hierbleiben, um Sie kennenzulernen.« Er warf einen Blick auf den Ausweis und schüttelte ihr die Hand, die in seiner fast verschwand. »Womit kann ich Ihnen helfen?«

Sie versuchte, nicht zurückzuweichen, als der Wind seinen Körpergeruch in ihre Nase wehte. Er roch wie jemand, der nach dem Sex nicht geduscht hatte. Lottie schauderte und dachte, dass O'Dowd einer solchen Aktivität sicherlich schon lange nicht mehr nachgegangen war.

Mit beiden Füßen fest auf dem Boden trotzte sie dem auffrischenden Wind und sagte: »Ich war gerade in der Gegend, und da habe ich mich gefragt, ob Sie vielleicht etwas über das Cottage die Straße rauf wissen, das niedergebrannt ist.«

»Ich habe heute Morgen schon mit einem Detective gesprochen.« Er zog die Nase hoch und schüttelte den Kopf. »Reden Sie denn gar nicht miteinander?«

Er drehte sich um und ging auf eine der großen Scheunen zu.

Lottie folgte ihm. »Das schon, aber ich bin von der neugierigen Sorte und höre Dinge gern aus erster Hand. Wenn es Ihnen nichts ausmacht.«

»Es macht mir was aus. Ich bin sehr beschäftigt. Mein Tagesablauf ist eh schon durcheinander. Ich habe Kühe im Melkstall, die auf mich warten.«

»Ich will Sie gar nicht aufhalten. Machen Sie ruhig Ihre Arbeit. Ich schaue zu und Sie erzählen.«

Er ging weiter, hob eine Hand und wies ihr den Weg. »Hier brauchen Sie Gummistiefel.«

»Das ist also ein Melkschuppen?« Lottie schaute sich in der großen Scheune um. In zwei Reihen standen Kühe mit den Köpfen zwischen schmiedeeisernen Stangen und kauten Heu. Die Zitzen ihrer Euter waren mit Melkmaschinen hinter ihnen verbunden.

»Sie wollen wohl kaum einen landwirtschaftlichen Vortrag hören.« Er zog seine gewachste Jacke aus und hängte sie an einen Pfosten. Dann überprüfte er die Maschinen und zog hier und da etwas fest oder lockerte es.

Lottie blieb an der Tür stehen. »Wie viele Kühe haben Sie denn?«

»Dreißig. Früher hatte ich bis zu zweihundert. Viel Geld ist mit Milch nicht mehr zu machen, aber so habe ich immerhin was zu tun. Ich betreibe auch ein bisschen Rinderzucht. Färsen und Bullen.« Er zeigte auf eine Reihe von Tieren auf der anderen Seite des Stalls.

»Mein Gott, sind die riesig«, stieß Lottie aus und musterte die Tiere, die auf dem Spaltenboden standen. Sie schienen ebenso breit wie hoch zu sein. Dann wandte sie sich wieder den Kühen zu, die gerade gemolken wurden. »Tun diese ... Dinger den Kühen nicht weh?«

Er lachte höhnisch. »Warum fragen Sie sie nicht selbst?«

Sie verschränkte die Arme und lehnte sich an die Wand. »Vielleicht ein andermal«, meinte sie. »Erzählen Sie mir von dem Cottage. Wer hat da gewohnt?«

»Ich hab da nie jemanden gesehen. Nur ein paar Mal in der Woche ein Auto mit dickem Auspuff gehört. Haben mit quietschenden Reifen Donuts auf der Straße gedreht. Aber mich haben sie nie gestört. Ich hatte also nie einen Grund, deswegen jemanden anzurufen.«

»Bis heute Morgen.« Sie nahm die Arme herunter und ging weiter in den Stall hinein, wobei sie sich an einem der Gitterstäbe festhielt. Die Kuh neben ihr hob den Schwanz.

»Richtig. Bis heute Morgen.« O'Dowd schaute zu ihr hinüber. »An Ihrer Stelle würde ich da nicht zu nahe an der Kuh stehen bleiben.«

»Warum nicht?«, fragte Lottie und sprang dann reflexartig zur Seite, als die Scheiße aus dem Arsch der Kuh auf den strohbedeckten Boden platschte. »Okay, verstehe.«

Er lachte. In ihren Ohren klang es eher höhnisch als belustigt. Nachdem sie ihren Platz neben der Tür wieder eingenommen hatte, musste sie gegen den Lärm der Maschinen anschreien.

»Sie waren zu Hause, als Sie die Flammen gesehen haben, richtig?«

»Ich war in meinem Haus und habe mich fertig für den Tag

gemacht. Dabei habe ich aus dem Fenster geguckt. Das sah aus wie ein Mittsommernachtsfeuer da draußen.« Er deutete mit dem Kopf in Richtung Cottage. »Also bin ich in meinen Land Rover gestiegen. Die Straße raufgefahren. Und als ich gesehen habe, was da los ist, habe ich die Feuerwehr gerufen.«

»Haben Sie im Cottage oder in der Nähe jemanden bemerkt?«

»Davor stand ein Auto, aber ich konnte nicht sehen, ob im Cottage jemand war. Das Ding hat lichterloh gebrannt. Und da ich weder jung noch draufgängerisch bin, habe ich mich nicht durch das Tor gewagt.«

Lottie beobachtete, wie O'Dowd sich an der Viehreihe entlang arbeitete und dabei Stroh aufwirbelte.

»Sie sind also nicht näher herangegangen, um zu sehen, ob jemand Hilfe braucht?«, fragte sie. Die Muskeln von O'Dowds breiten Schultern spannten sich unter seinem Schottenhemd sichtlich an, bevor er zu ihr zurückmarschierte. Er klopfte sich die Hände über einem Heuhaufen ab und zog seine Jacke an. »Ich bin kein Held, Inspector.«

»Wissen Sie, wem das Cottage gehört oder wer es vermietet hat?«

»Keinen blassen Schimmer. Vielleicht über einen Immobilienmakler?«

Vor dem Scheunentor beäugte die Bestie von einem Hund Lottie misstrauisch und knurrte.

»Warum brauchen Sie so ein gefährliches Tier?«

»Ich lebe allein. Hier draußen ist es recht abgelegen. Mason dient teilweise meiner Gesellschaft und hauptsächlich meinem Schutz. Er ist ein guter Wachhund.«

Lottie wollte fragen, ob er einen Hundeführerschein hatte, wollte ihr Glück dann aber doch nicht übermäßig herausfordern.

»Jagt er denn nicht Ihr Vieh?«

»Ich habe ihn gut trainiert.« Er nahm die Kette vom Haken,

hielt sie mit einer Hand fest und zog den Hund am anderen Ende. »Sonst noch was?«

»Sie leben also alleine. Sind Sie verheiratet?«

»Nein.«

»Kinder?«

»Warum stellen Sie mir all diese Fragen?«

»Wie gesagt, ich bin nur neugierig.«

Er sah zu den Wolken hinauf, die sich am Himmel sammelten. »Ein Sturm zieht auf. Sie sollten zurück in die Stadt.«

»Was ist das?«, fragte Lottie und deutete auf drei große blaue Plastikfässer, die in der Nähe der zweiten Scheune standen.

»Propcorn.«

»Popcorn? Nehmen Sie mich auf den Arm?«

»Nicht Popcorn. Propcorn. Es ist eine Säure. Die wird mit Hafer und Gerste vermischt, für das Viehfutter. Wenn die Fässer leer sind, wasche ich sie aus und sammele Regenwasser darin.«

»Und was ist das da drüben für eine Maschine?« Sie zeigte auf ein großes Gerät mit massiven Stahlrotoren.

»Sie wollen doch einen kostenlosen Kurs in Landwirtschaft, oder?«

»Ich bin nur ...«

»Neugierig, ich weiß. Das ist ein Güllerührwerk. Sind Sie jetzt fertig? Ich bin sehr beschäftigt.« Er lockerte seinen Griff an der Kette und der Hund knurrte.

Irgendwie hatte sie ein ungutes Gefühl. Verbarg O'Dowd irgendetwas? Oder war er einfach nur ein Anwohner, der einen Brand gemeldet hatte?

»Darf ich mal Ihre Toilette benutzen?« Mit dieser List wollte sie einen kurzen Blick in das Haus erhaschen. Er trat einen Schritt auf sie zu. Der Hund umkreiste seine Beine. »Ich dekoriere gerade um. Sie können das Außenklo benutzen, wobei ich das nicht empfehlen würde.«

Er zeigte auf eine offene Tür an der Seite des Stalls. Nicht sehr einladend.

»Nein, danke. Bis zur Dienststelle halte ich es gerade noch so aus. Wir brauchen allerdings noch ihre formelle Aussage zum Brand. Das können wir jetzt gleich erledigen, wenn Sie möchten.«

»Nein, das möchte ich nicht. Ich habe Ihrem Detective schon alles gesagt.«

»Das war informell. Sie können entweder in der Dienststelle vorbeikommen, oder ich schicke Ihnen morgen jemanden her.« Lottie hatte inzwischen die Nase ganz schön voll von dem Kerl.

»Ich komme vorbei, wenn ich Zeit habe. Zufrieden?«

»Ich nehme an, Sie haben von dem Mord und der Entführung in Carnmore gehört?«

»Ja, das habe ich.«

Huschte da ein Schatten über sein Gesicht? Oder war es nur der Wind, der durch die Blätter der Bäume wehte und so das Licht brach?

»Kannten Sie Tessa Ball?«

Er senkte den Kopf und schwieg so lange, dass sie schon dachte, er wäre in Trance gefallen. Schließlich sah er unter faltigen Augenlidern auf. Tiefe Krähenfüße zeichneten sein Gesicht. »Jeder in einem gewissen Alter kannte Tessa.«

»Würden Sie mir von ihr erzählen?«

»Da gibt es nichts zu erzählen. Sie ist tot, das ist alles.«

»Ach, kommen Sie schon. Irgendwie kann ich nicht viel über sie herausfinden.«

»Das ist auch gut so. Und jetzt lassen Sie mich gefälligst wieder an die Arbeit gehen.«

»Haben Sie Ihren Bauernhof hier schon lange?« Etwas hielt sie vom Weggehen ab. Ein Windstoß schleuderte einen Stahleimer über den Hof und der Hund bellte.

O'Dowd schenkte ihm keine Beachtung. »Mein ganzes

Leben. Erst mit meinem Vater zusammen, bis er viel zu jung gestorben ist. Seitdem halte ich den Hof am Laufen.«

»Und Ihre Mutter?«

»Sie stellen ganz schön viele Fragen.«

»Das ist Teil meines Jobs.«

»Mein Stammbaum geht Sie gar nichts an. Und Sie täten gut daran, sich um Ihre eigene Familiengeschichte zu kümmern, Inspector Parker. Da ist gar nicht mal alles so rühmlich, oder?«

Lottie hatte sich gerade umgedreht, um zu ihrem Auto zu gehen. Jetzt blieb sie stehen und wandte sich halb O'Dowd zu, wobei sie spürte, wie ihr das Blut aus dem Gesicht wich. Er wusste, dass er einen Nerv getroffen hatte, denn sie sah, wie er eine Hand hob. Um sich zu entschuldigen?

»Was genau wollen Sie damit sagen?«, stieß sie aus.

»Nichts. Ist mir nur so rausgerutscht.« Er lachte. Es klang wie eine Katze, wie zerbrechendes Glas.

Sie trat dicht an ihn heran. Der Hund zog an der Kette. Es war ihr egal. Lottie baute sich vor O'Dowd auf und sagte mit einer Stimme wie ein Flüstern im Sturm: »Was wissen Sie über meine Familie?«

»Lassen wir das Thema.« Er verstärkte seinen Griff um die Kette, wickelte sie ein weiteres Mal um seine Hand und zog den Hund so näher an sein Bein. »Ich meinte ja nur, dass wir alle Leichen im Keller haben, die wir vor neugierigen Blicken schützen wollen. Sie eingeschlossen.«

Der Wind wehte in Lotties Jacke, blähte sie auf und schnitt durch sie hindurch wie eine scharfe Klinge.

»Ich würde wirklich gerne wissen, wie Sie das meinen.«

»Ich glaube, das wissen Sie sehr gut. Aber nun, wenn es Ihnen nichts ausmacht; ich habe einen anstrengenden Abend vor mir. Morgen, wenn ich in der Stadt bin, schaue ich auf dem Revier vorbei.« Er tippte an den Schirm seiner Mütze und deutete dann auf ihr Auto. »Sie sollten lieber los, bevor der Sturm sie wegweht.«

Lottie hatte immer noch das Gefühl, als hätte eine Klaue ihr Herz gegriffen, doch sie stieg in ihr Auto und fuhr rückwärts durch das Tor. Als sie sich von dem Hof entfernte, sah sie im Rückspiegel O'Dowd stehen. An einem Fenster im Obergeschoss bewegte sich der Vorhang. War das der Wind? Oder war da jemand?

Sie schüttelte den Schauder ab. Hatte er ihr gerade gedroht? Wusste er etwas über ihren Vater? Oder ging es um Eddie, ihren toten Bruder? Was auch immer es war, mit seinem Versuch, sie abzulenken, hatte er tatsächlich ihr Interesse an ihm geweckt.

Und was hatte es mit dem Feuer auf sich? Hätte nicht jeder normale Mensch versucht nachzusehen, ob sich jemand in dem brennenden Cottage befand? Und alles in seiner Macht Stehende getan, um Menschen zu retten? O'Dowd jedoch hatte tatenlos zugesehen, wie die Hütte in Flammen aufging, während darin ein Mann umkam und ein anderer nur noch mit den Fingerspitzen am Leben hing. Erneut lief ihr ein Schauder über den Rücken.

Er hatte keine Fingerspitzen mehr.

———

O'Dowd beobachtete, wie der Wagen der Ermittlerin den Hügel hinauffuhr und in Richtung Stadt verschwand. Erleichtert atmete er auf. Sie hatte das Fahrrad neben dem Haus nicht bemerkt. Er schob es in den zweiten Stall neben dem Melkschuppen. Schloss die Tür. Kettete den Hund an.

Zog seine Stiefel aus, schlug sie gegen eine Treppenstufe, kratzte den größten Teil des Kuhmists und anderen Drecks ab und ließ sie zum Trocknen stehen. Die Küche war sauber, aber leer. Als er den Flur betrat, rief er die Treppe hinauf.

»Du kannst jetzt runterkommen, Kindchen. Die Polizistin ist weg.«

Er wartete einen Moment, dann sah er, wie sie vorsichtig über das Geländer lugte.

»Du brauchst keine Angst zu haben.«

Sie schob ihre Brille wieder über die Nase und stieg mit vorsichtigen Schritten und Blicken die Treppe hinunter.

»Setz dich. Ich mach dir jetzt eine Tasse Tee«, verkündete er und setzte den Kessel auf.

DREIUNDDREISSIG

Kaum hatte Lottie die Main Street erreicht, drehte sie auch schon um und machte sich auf den Weg ins Totenhaus in Tullamore. O'Dowd hatte sie, ob absichtlich oder nicht, dazu gebracht, an ihren Vater zu denken.

Jane Dore goss kochendes Wasser über einen Kamillenteebeutel. »Also, wobei soll ich Ihnen helfen, Lottie?« Lottie umfasste den Teebecher mit beiden Händen, um ihre Finger aufzuwärmen.

»Die Leiche, die heute Morgen hereingekommen ist. Haben Sie die Obduktion schon erledigt?«

»Die liegt noch auf dem Tisch. Schwer verbrannt. Aber das Feuer war nicht die Todesursache.«

»Was?«

»Ich habe ein paar Kerben an seinen Rippen gefunden. Zwar muss ich noch weitere Tests durchführen, aber meiner Meinung nach wurde er erstochen. Er hatte keinen Rauch in der Lunge, was drauf hindeutet, dass er bereits vor Ausbruch des Feuers tot war.«

Diese Neuigkeiten musste Lottie erst einmal verdauen. Also war der Mann tatsächlich ermordet worden. Das hatte sie bereits vermutet, da dem anderen Opfer die Finger abgehackt worden waren.

»Ein Drogenkrieg«, sagte sie halb zu sich selbst. Das würde die GNDU – die Abteilung für Rauschgiftkriminalität – auf den Plan rufen. »Der allerdings ein bisschen extrem zu sein scheint für einen Schuppen voller Cannabis.«

»Ich schicke Ihnen die vorläufigen Ergebnisse morgen früh per E-Mail.«

»Wie können wir ihn identifizieren?«

»Ich habe seine Zahnabdrücke genommen. Noch heute oder morgen Vormittag sollte ich was für Sie haben.«

»Danke, Jane!« Lottie nippte an ihrem Tee und entspannte etwas. Aber nur etwas.

»Gibt es noch etwas, worüber Sie mit mir reden möchten?«

»Es geht um meinen Dad. Im Jahr neunzehnhundertfünfundsiebzig hat er angeblich Selbstmord begangen.«

»Tut mir leid.« Jane musterte sie fragend. »Sie sagten ›angeblich‹?«

»In den letzten Monaten habe ich private Ermittlungen zu seinem Tod angestellt. Seine ehemaligen Kollegen aufgespürt und ihnen Fragen gestellt. Meine Nase in das Leben alter Leute gesteckt. Aber ich komme nicht weiter.«

»Warum tun Sie das?«

»Ich versuche herauszufinden, warum Dad sich erschossen hat. Damals war ich erst vier und mein Bruder zehn.«

»Litt er an Depressionen? Stress bei der Arbeit?«

»Die Kollegen von ihm, die noch leben, behaupten, dass sie sich an nichts erinnern können. Es ist, als wollten sie nicht über ihn reden. Und meine Mutter sagt auch nichts.«

»Haben Sie mal probiert, nett mit ihr zu reden?«

Lottie lächelte. »Ja. Immerhin versuche ich schon seit Jahren herauszufinden, was passiert ist. Und vor ein paar Monaten hat sie mir einen Karton mit den Sachen meines Vaters übergeben.«

»Befanden sich darin irgendwelche Hinweise?«

»Zumindest keine, die ich verstehe. Ein paar Zeitungsausschnitte. Notizbücher. Kein Abschiedsbrief. Laut meiner Mutter gab es keinen.«

»Wurde sein Tod denn damals nicht untersucht?«

»Doch. Ich nehme an, weil er ein Garda-Sergeant war, wurde kein Aufhebens darum gemacht. Seine Vorgesetzten wollten die Sache wohl lieber vertuschen.«

»Zu welchem Ergebnis kam die Untersuchung?«, fragte Jane.

»Selbstmord mit einer tödlichen Waffe. Ich bin überrascht, dass er überhaupt ein katholisches Begräbnis bekommen hat.«

»Woher hatte er die Waffe?«

»Aus dem Waffenschrank in der Dienststelle. Er hat erst den Schlüssel und dann die Waffe gestohlen.«

»Ich gehe davon aus, dass es eine Obduktion gab. Soll ich mal einen Blick in den Bericht werfen?«

»Ja, bitte. Ich habe ein paar Fotos und eine Sterbeurkunde. Es wäre toll, wenn Sie mal nachsehen könnten, ob noch irgendwas im Archiv ist.«

Jane warf einen Blick auf die Sterbeurkunde. »Ich sehe mal, was ich tun kann.«

»Danke, Jane!«

»Versprechen kann ich nichts.«

»Ich weiß, aber ich dachte, wenn Sie einen Blick in die Akte werfen, haben Sie vielleicht eine Antwort für mich, wie auch immer sie ausfällt.«

»Wo hat er es getan?« Kühl und professionell. Janes Distanziertheit ließ Lottie zusammenzucken.

»Im Geräteschuppen an der hinteren Seite unseres Gartens.«

»Meiner Erfahrung nach führt ein Polizist, der Selbstmord begeht, die Tat am häufigsten an seinem Arbeitsplatz aus. Ungewöhnlich, dass er seiner Familie das antut.«

»Genau das war auch mein Gedanke.«

»Ich spekuliere hier nur, Lottie.«

»Ich weiß. Alles, was Sie mir sagen können, hilft mir weiter.«

»Sie wollen wirklich wissen, warum er das getan hat?«

»Wenn er es getan hat«, sagte Lottie.

»Ich befasse mich ausschließlich mit Fakten und Beweisen. Ich gucke mal ins Archiv.« Jane nippte an ihrem Tee. »Wer hat seine Leiche gefunden?«

Lottie schwieg für einen Moment. Ein Bild huschte vor ihrem inneren Auge vorbei. Ein Erinnerungsfetzen? Nein, damals war sie viel zu jung gewesen.

»Mein Bruder Eddie. Laut meiner Mutter hat das Erlebnis seine Persönlichkeit verändert. Er ist in der psychiatrischen Einrichtung St. Angela's gelandet, wo er ermordet wurde.«

»Das ist eine ganz schön traurige Familiengeschichte, die Sie da haben, Lottie.«

»Ich weiß. Schade, dass meine Mutter mir nicht weiterhelfen möchte.«

»Ich bin mir sicher, dass wenn Sie sich mit ihr hinsetzen und ihr erzählen, wie sich die ganze Sache auf Sie ausgewirkt hat, sie mit Ihnen reden wird.«

»Da kennen Sie meine Mutter schlecht«, meinte Lottie mit einem resignierten Lächeln.

»Immerhin hat sie Ihnen den Karton mit Erinnerungsstücken gegeben, oder?«

»Nach Jahren des Bettelns um Antworten war das alles, was sie für mich hatte. Und ich weiß immer noch nicht, was sie dazu bewogen hat, ihn mir zu geben.«

»Vermutlich der Tod Ihres Bruders.« Jane räumte beide Teebecher vom Tisch. »Sprechen Sie mit ihr über die Tage und Wochen vor dem Tod Ihres Vaters. Wenn irgendjemand sie zum Reden bringen kann, Lottie Parker, dann Sie.« Sie rutschte vom Hocker und stellte die Becher in die Spüle.

»Danke, Jane!« Lottie drückte ihre Handtasche an sich.

»Was den Selbstmord Ihres Vaters angeht, kann ich Ihnen nichts versprechen, aber das vorläufige Ergebnis habe ich morgen früh.«

»Das vorläufige Ergebnis?« Lottie drehte sich mit zusammengezogenen Brauen zu ihr um.

»Zu der verbrannten Leiche.«

»Ach so.«

Lottie verließ Jane und das Totenhaus und wurde auf dem Weg zum Parkhaus fast umgeweht. Der Sturm war da.

Im Büro war es ruhig, als Lottie aus Tullamore zurückkam, nachdem ihr Auto auf der Autobahn ganz schön durchgeschüttelt worden war. Sie hatte das Gefühl, als wäre ein Hurrikan durch ihr Hirn gefegt, und sie musste Kirby unbedingt nach seinem Eindruck von Mick O'Dowd fragen.

An ihrem Schreibtisch tippte sie schnell einen Bericht über ihr Gespräch mit dem Bauern in den Computer, wobei sie seine Andeutungen über ihre Familie ausließ. Der Kopierer war stumm, die Telefone ungewöhnlich leise, und keiner ihrer Detectives war in der Nähe. Die befanden sich hoffentlich auf der Suche nach Emma Russell, dachte sie. Wenn Emma nicht in Lorcan Bradys Haus war und Brady entweder der Mann im Krankenhaus oder der auf Jane Dores Seziertisch war, wo war sie dann?

Als sie ihre Schublade öffnete und die Zeitungsausschnitte ihres Vaters darin sah, fiel Lottie ein, dass sie noch Tessa Balls Briefe durchgehen musste. Nachdem sie einen Teil des Durcheinanders von ihrem Schreibtisch beseitigt hatte, fand sie die Kopien. Würden sie ihr einen Hinweis liefern, warum die alte Dame ermordet wurde?

»Die habe ich schon durchgesehen«, sagte Boyd beim Hereinkommen. Er setzte sich seitlich an seinen Schreibtisch, streckte die langen Beine aus und lehnte sich gähnend zurück.

»Natürlich hast du das.« Lottie fluchte stumm. Er war ihr immer einen Schritt voraus. »Und?«

»Und nichts.« Er krempelte die Hemdsärmel hoch. »Das sind wohl alles Liebesbriefe. Wann ist ihr Mann gestorben?«

»Woher soll ich das wissen?«

»Ich weiß es.« Boyd grinste. »Timothy Ball starb vier Jahre nach ihrer Hochzeit. Neunzehnhundertsiebzig. Herzinfarkt.«

»Dann war sie ganz schön lange Witwe.« Lottie dachte an ihre eigene Mutter, die fast genauso lange Witwe war wie Tessa. Beide hatten nicht noch mal geheiratet. Würde sie es tun?

»Aber alle Briefe sind undatiert und nicht unterschrieben«, führte Boyd weiter aus.

»Anonyme Briefe? Warum sollte sie die behalten?«

»Das können wir sie schlecht selbst fragen, oder?«

»Sehr witzig«, meinte Lottie, aber keiner von ihnen lachte. Sie überflog die Kopien. »Sie lesen sich wie Liebesbriefe. Warum sind sie nicht unterschrieben?«

»Falls ihr Mann sie findet?«

»Aber sie könnten nach seinem Tod geschrieben worden sein. Das ergibt keinen Sinn. Wenn wir Emma finden, können wir sie nach ihrer Großmutter fragen. Hast du was wegen Marian Russell gehört?«

»Es wird noch ein paar Tage dauern, bis sie versuchen, sie aus dem Koma zu holen. Und bevor du fragst: Der Zustand des verbrannten Mannes ist nach wie vor kritisch.«

»Eines der Brandopfer muss Lorcan Brady sein.«

»Wenn Emma mit ihm zu tun hat, könnte sie in Gefahr schweben.«

»Immer noch keine Spur von ihr?« Lottie legte die Briefe

zurück in die Akte. Boyd schüttelte den Kopf. »Sie scheint sich einfach in Luft aufgelöst zu haben.«

»Ich mache mir Sorgen! Sie hat mehrere furchtbare Schocks erlitten. Erst ihre Granny, dann ihre Mutter. Ihr Vater ist unser Hauptverdächtiger und ihr Freund könnte tot sein oder im Krankenhaus sterben.«

»Von Letzterem weiß sie aber nichts.«

»Vielleicht schon. Hoffentlich hat sie nichts mit Drogen zu tun. Oh, fast vergessen.«

Sie griff nach ihrer Tasche, legte sie auf den Schreibtisch und holte das Culpeper-Buch heraus, das sie aus Marian Russells Schlafzimmer mitgenommen hatte. Darunter befanden sich zwischen dem Chaos in ihrer Handtasche auch die beiden Beweismittelbeutel.

»Die habe ich im Haus gefunden, als ich Emma was zum Anziehen geholt habe.«

Boyd ging zu ihr und setzte sich auf die Kante ihres Schreibtischs. Er nahm die Quittung. »Danny's Bar. Der Abend des Mordes an der Großmutter. Zwei Pints Heineken. 19.04 Uhr. Verifiziert durch PIN. VISA DEBIT. Dort arbeitet Arthur Russell.«

»Vielleicht kann der Geschäftsführer der Bar in seinen Unterlagen nachsehen, ob er es war.«

»Das ist etwas weit hergeholt, aber wir können es versuchen. Vielleicht hat Arthur was getrunken, bevor er nach Hause gegangen ist.«

»Wenn er es war, dann belegt sein Parka, dass er am Tatort war. Frag auch bei der Bank nach, ob er die Kreditkartenzahlung getätigt hat.«

Boyd warf einen Blick auf die zusammengerollten Banknoten. »Und was hat es mit dem Geld auf sich?«

»Das war in einem Turnschuh ganz unten in Emmas Kleiderschrank versteckt.« Lottie steckte ihre Hände in Latexhandschuhe und nahm das Geldbündel aus dem Beweismittelbeutel.

Sie legte es auf einen Plastikordner und zählte. »Neunhundertfünfzig Euro.«

»Geld, um durchzubrennen?«

»Na ja, wenn sie durchgebrannt ist, dann offensichtlich ohne das Geld. Vielleicht ist es Drogengeld?«

»Wenn sie mit Lorcan Brady verkehrt hat, ist das durchaus möglich.«

»Er hat eine Akte?«

»Jepp!« Boyd ging zu seinem Schreibtisch zurück und rief die PULSE-Datenbank auf. »Besitz von Betäubungsmitteln. Die Menge lässt allerdings nicht darauf schließen, dass er auch damit handelt. Bewährungsstrafe. Im März.«

»Irgendwelche bekannten Komplizen?«

»Nein. Er hat sich des Besitzes von Betäubungsmitteln für schuldig bekannt. Davor oder danach war nichts. Scheint ansonsten sauber zu sein.«

»Nicht sauber genug. Wissen wir inzwischen, wem das Auto gehört, das vor Bradys Haus stand? Sein eigenes Auto stand ja wohl vor dem ausgebrannten Cottage.«

»Kirby weiß mehr darüber.«

»Wo ist der eigentlich?« Lottie ging zu Kirbys Schreibtisch, schaute sich um und griff nach einem Computerausdruck. »Registriert auf Lorcan Brady. Der Kerl hat also zwei Autos auf seinen Namen. Da hat er wohl noch andere Einnahmen neben der Sozialhilfe.«

»Der hatte seine Finger wohl in mehreren Sachen, würde ich sagen«, meinte Boyd.

»Jetzt hat er gar keine Finger mehr«, sagte Lottie. »Jane meinte, die Leiche im Cottage wurde erstochen und ist nicht durch das Feuer gestorben. Das lässt das Ganze in einem anderen Licht erscheinen.«

»Die Sache muss irgendwas mit Drogen zu tun haben.«

»Sieht so aus. Aber jemanden wegen eines Gartenhäuschens voll Cannabis-Pflanzen ermorden? Glaube ich nicht.«

»Also kommen die Jungs von der Drogenabteilung her«, sagte Boyd.

»Corrigan wird uns bis zum Anschlag in den Arsch kriechen.«

»Und denen auch.«

»Ich muss über all das nachdenken. Morgen früh findet als Erstes ein Meeting des Einsatzteams statt. Wir müssen herausfinden, was genau es mit diesem gottlosen Durcheinander auf sich hat.« Sie stand auf und griff nach ihrer Jacke. »Ich gehe nach Hause.«

»Und ich stelle weitere Nachforschungen an. Mal gucken, was ich herausfinden kann.«

»Frag mal bei der Drogenabteilung nach. Vielleicht hatten die ja Lorcan Brady auf dem Radar.«

»Und Arthur Russell? Soll ich ihn noch mal zur Vernehmung herbestellen?«

»Ja. Der Parka und die Quittung sind neue Beweise. Mal gucken, was er dazu zu sagen hat.«

»Ich hole Kirby dazu. Genieß den Rest deines Abends«, sagte Boyd, ohne aufzusehen.

Sie antwortete nicht und ließ ihn einfach mit den gluckernden Heizkörpern zurück, die für die Nacht abkühlen.

FÜNFUNDDREISSIG

Es war dunkel und die Kirchturmuhr schlug gerade sieben, als Lottie nach draußen trat. Dort wurde sie fast wegblasen und hielt sich am Geländer fest, bevor sie um das Garda-Gebäude herum auf den Parkplatz ging, um ihr Auto zu holen.

»Da sind Sie ja.«

Lottie stöhnte. »Sie schon wieder.«

Cathal Moroney schloss zu ihr auf und kämpfte dabei mit seinem übergroßen Regenschirm.

»Nur ein Wort im Vertrauen«, schrie er gegen den Wind. »Bitte.«

»Sie können so viel Bitte oder Danke sagen oder mir den Allerwertesten küssen, wie Sie wollen, aber ich sagte nichts zu irgendetwas.« Sie presste die Lippen zusammen und suchte in ihrer Tasche nach dem Autoschlüssel.

»Die Sache hat mit Drogen zu tun, stimmt's?«

»Kein Kommentar.«

»Ich habe gehört, dass Lorcan Brady darin verwickelt ist.«

»Woher wissen Sie das?« Scheiße.

»Hab ich also recht!«, rief er triumphierend aus, als ein Windstoß seinen Regenschirm ergriff.

Lottie drehte sich um und bohrte ihm einen Finger in die Brust. »Sie wissen gar nichts, solange sie keinen offiziellen Kommentar haben. Kapiert?«

»Ich will doch nur mit Ihnen darüber reden. Wissen Sie, ich führe meine eigenen Ermittlungen über Drogen auf dem Land durch und glaube ...«

»Das reicht jetzt, Moroney.« Endlich stießen ihre Finger ganz unten in der Tasche auf den Schlüssel. Sie hielt ihn hoch und deutete damit aufs Tor. »Das ist Privateigentum, und wenn Sie nicht verhaftet werden wollen, würde ich Ihnen raten, die Biege zu machen. Sofort.«

»Sie machen einen großen Fehler, Inspector.« Moroney packte den Regenschirm mit beiden Händen. »Wenn Sie das erkannt haben, kommen Sie vorbei und reden Sie mit mir. Ich habe viele Informationen, die Sie interessieren könnten. Historisches Zeug. Denken Sie darüber nach.«

Lottie beugte sich vor, um ihr Auto aufzuschließen. Vielleicht sollte sie tatsächlich mit dem Journalisten sprechen. Herausfinden, was er wusste. Wenn er überhaupt etwas wusste. Als sie sich jedoch umdrehte, rannte er gerade seinem Regenschirm nach durch das Tor.

Dann halt nicht, dachte sie. Doch auf dem stürmischen Weg nach Hause durch die verlassenen Straßen fragte sie sich, ob es vielleicht dumm gewesen war, nicht auf ihn zu hören. Aber wie ihre Mutter zu sagen pflegte: »Kommt Zeit, kommt Rat.«

SECHSUNDDREISSIG

Arthur Russell setzte sich schwerfällig mit dem Gesicht zu den beiden Detectives auf den Stahlstuhl und hörte zu, wie sie die Formalitäten erledigten und mit dem Aufnahmegerät herumspielten.

»Irgendeine Chance, hier eine anständige Tasse Tee zu kriegen?«, fragte er. »Ich bin freiwillig und ohne meinen Anwalt hergekommen. Das Mindeste, was Sie tun können, ist, mir einen Tee anzubieten.«

»Möchten Sie, dass wir Ihren Anwalt anrufen?«

»Tee mit zwei Stück Zucker wäre großartig.« Er brauchte Futter für seinen Blutkreislauf, damit er sich konzentrieren konnte. Der Anwalt hatte ihm bisher herzlich wenig Gutes gebracht. Also hielt er einfach die Ohren offen und den Mund geschlossen.

Der dickere Detective mit den buschigen Haaren, Kirby hieß er wohl, kehrte mit dem Tee zurück. Russell nippte genüsslich daran, obwohl er in einem Pappbecher war. Wenigstens war er heiß. Der Zucker stieg ihm ins Gehirn. Das waren aber mehr als zwei Stück, dachte er. Diese Männer wollten ihn wirklich wach haben.

»Haben Sie eine Ahnung, wo Ihre Tochter ist?«

Damit hatte er nicht gerechnet. »Wovon reden Sie?

Haben Sie mir nicht gesagt, dass sie im Haus der Kellys ist?«

»Das war sie. Von dort ist sie aber anscheinend weggelaufen. Haben Sie sie gesehen?«

Russell wollte aufstehen, doch der stämmige Detective drückte ihm mit einer Hand auf der Schulter wieder herunter. »Was ist denn hier los? Wo ist Emma? Ich gehe jetzt. Ich muss nach meiner Tochter suchen.«

»Bleiben Sie sitzen, Mr Russell. Wissen Sie, wo sie sein könnte?«

Arthur hyperventilierte nun und versuchte, die Worte über die Zunge zu bekommen.

»Versuchen Sie es in meinem Studio ... Musikraum. Manchmal kommt sie vorbei und hört mir beim Musikmachen zu. Ich war gerade bei der Arbeit und bin direkt hierhergekommen, als Sie angerufen haben. Vielleicht ist sie dort.«

»Das haben wir bereits überprüft. Da ist sie nicht. Sie ist mit Natashas Fahrrad unterwegs und laut Natasha möglicherweise zu ihrem Freund gefahren. Wissen Sie davon?«

»Emma hat keinen Freund.«

»Sind Sie sicher?«

Er strich sich wütend mit der Hand über den Kopf und versuchte nachzudenken. Nein, er hatte Emma nie jemanden erwähnen hören. »Wie heißt er?«

»Lorcan Brady. Sagt Ihnen der Name etwas?«

»Nein, ich glaube nicht.« Sein Gehirn war zu müde, um zu funktionieren. Lorcan Brady? Den Namen hatte er wohl doch schon mal gehört, aber das würde er diesen beiden Idioten ganz bestimmt nicht auf die Nase binden.

»Gehört der Ihnen?« Boyd legte einen zusammengelegten Parka in einem Plastikbeutel auf den Tisch.

»Ich hatte mal so einen«, antwortete Russell. Er stellte den

Becher ab und zog den Beutel zu sich. »Sieht zu neu aus, um meiner zu sein. Das ist nicht meiner.«

Ein Blatt in DIN-A4-Größe wurde ihm vorgelegt. In der Mitte der Fotokopie war eine Quittung zu sehen.

»Möchten Sie Ihre Geschichte darüber, was Sie in der Nacht getan haben, in der Tessa Ball ermordet wurde, vielleicht ändern?«, fragte Boyd.

Russell schob das Blatt wieder zum Detective zurück und sagte: »Warum sollte ich? Es ist die Wahrheit.«

»Sie haben angegeben, dass Sie nach Ihrer Schicht direkt nach Hause gegangen sind. Diese Quittung hier verrät uns, dass dem nicht so war.«

Russell zupfte an seinem Bart. »Ich hab noch ein Bier getrunken, okay? Das ist kein Verbrechen.«

»Zwei Bier. Wer war bei Ihnen?«

»Niemand. Ich habe zwei auf einmal bestellt. Ist schneller so.« Er sah von einem Detective zum anderen. Er wusste, dass sie dachten, dass er log.

Der mit den buschigen Haaren lachte leise auf.

»Was ist denn daran so witzig?«, fragte Russell.

»So mach ich das manchmal auch.«

»Na, sehen Sie. Hab ich doch gesagt.«

»Bisher haben Sie allerdings nicht erwähnt, dass Sie noch was getrunken haben«, meinte Boyd. »Warum nicht?«

»Vergessen. Ist mir völlig entfallen, bis Sie mir die Quittung gezeigt haben.«

»Wir haben nun also Ihren Parka im Haus und Ihre Fingerabdrücke auf der Mordwaffe gefunden. Können Sie das erklären?«

»Mordwaffe?«

»Der Baseballschläger. Der Ihrer Tochter gehört.«

Angriff ist die beste Verteidigung, dachte Russell und sagte: »Natürlich sind meine Fingerabdrücke auf dem Baseballschläger. Ich habe ihn ja auch gekauft!«

»Und der Parka?«

»Das ist nicht meiner.«

»Der Kassenbon war in der Innentasche.«

»Ich sagte doch, das ist nicht meiner.«

»Der Kassenbon?«

»Nein, sie Trottel, der Parka.«

»Aber Sie haben angegeben, dass Sie genau so einen haben. Und der Geschäftsführer der Bar meinte, als er uns bestätigt hat, dass Sie die zwei Pints bestellt haben, dass der Parka genauso aussieht wie Ihrer.«

»Der sieht vielleicht aus wie meiner, ist er aber nicht. Schauen Sie sich doch einfach in meiner Bude um. Da werden Sie meinen Parka schon finden. Der ist älter als der da und nass von all dem Regen. Also habe ich ihn dort aufgehängt.«

»Ich habe hier eine Liste all Ihrer Gegenstände in Ihrem Zimmer im B & B. Da ist kein Parka dabei.«

»Das ist doch Blödsinn.«

»Das ist eine Tatsache.«

»Sie können mich mal.« Russell verschränkte die Arme und lehnte sich in seinem Stuhl zurück. Dick und Doof würden ihm den Mord an Tessa ganz bestimmt nicht anhängen. »Ich hab zwar echt oft daran gedacht, der alten Schachtel das Licht auszublasen, habe es aber nicht getan.«

»Also geben Sie zu, dass Sie Mordgedanken hatten?« Der mit den buschigen Haaren war jetzt hellwach.

»Im Moment würde ich am liebsten Sie beide ermorden. Wollen Sie mich dafür verhaften?«

»Geben Sie zu, am Abend des Mordes bei Danny's etwas getrunken zu haben?«

»Ja.«

»Alleine?«

»Ja.«

»Und Sie besitzen einen schwarzen Parka der Marke The North Face?«

»Ohne meinen Anwalt sag ich gar nichts mehr.«

»Danke, Mr Russell.«

»Kann ich jetzt gehen?«

»Nein, tut mir leid. Jetzt rufen wir Ihren Anwalt an, denn jetzt, da wir diese neuen Beweise haben, nehmen wir Sie im Zusammenhang mit dem Mord an Tessa Ball fest. Wenn Sie uns also nicht endlich etwas erzählen, womit wir etwas anfangen können, bleiben Sie eine ganze Weile hier.«

Arthur musterte die beiden Detectives, die nun das Aufnahmegerät ausschalteten, die CD versiegelten und taten, was sie sonst so zu tun hatten. Er trank den Tee aus, strich mit den Fingern über den Boden des Bechers und leckte den Zucker ab.

Als er aus dem Vernehmungsraum geführt wurde, um auf seinen Anwalt zu warten, fiel sein Blick auf den Plastikbeutel mit dem Parka darin. Arthur Russell wusste, dass er heute Nacht nicht schlafen würde. Und das hatte nichts mit dem Zucker im Tee zu tun.

SIEBENUNDDREISSIG

Annabelle O'Shea holte tief Luft und schüttelte das ungute Gefühl einer Vorahnung ab, bevor sie die Haustür öffnete. Ihre Hand pochte und ihre Beine taten so weh, als hätte sie einen Marathon hinter sich.

Sie steckte den Kopf durch die Wohnzimmertür. Ihre siebzehnjährigen Zwillinge Pearse und Bronagh sahen sich im Fernsehen ein US-Basketballspiel an. Von Schulbüchern war weit und breit keine Spur. Stattdessen lagen zwei Tüten Popcorn offen auf dem Couchtisch. Hoffentlich räumten sie hier auf, bevor Cian nach unten kam.

»Hi, Mom«, begrüßte Bronagh sie und winkte mit der Hand, ohne sich umzudrehen.

»Du kommst aber spät nach Hause«, sagte Pearse und stand auf.

Annabelle umarmte ihren Sohn, der sofort begann, den Couchtisch aufzuräumen. Dann zerzauste sie die langen Haare ihrer Tochter. »Warum geht ihr beide nicht auf eure Zimmer und macht euch an die Hausaufgaben?«

Die Zwillinge griffen nach ihren Schultaschen, schalteten

den Fernseher aus und verschwanden die Treppe hinauf. Annabelle machte sich auf den Weg in die Küche.

Sie war blitzsauber. Cian hatte ganze Arbeit geleistet. Sie seufzte. So war er nach jedem seiner Ausbrüche. Zerknirscht. Dann dachte er, das Geschehene wiedergutmachen zu können, indem er das Haus putzte. Der Duft von Zitrusfrüchten stieg ihr in die Nase und trieb ihr Tränen in die Augen.

Einen Moment lang wünschte sie, er wäre tot. Nein, das durfte sie nicht denken. Sie dachte an Lottie Parker, die sich als Witwe durchkämpfte, dabei drei Teenager und ein Enkelkind großzog und sich zu allem Überfluss noch mit einer zänkischen Mutter herumschlug, die ihr nur half, wenn sie gerade Lust dazu hatte. Gegen sie bin ich ein Glückskind, sagte sich Annabelle.

Sie stellte ihre Handtasche und die Plastiktüte mit den Lebensmitteln, die sie aus dem Auto getragen hatte, auf dem Tisch ab, zog einen Stuhl heran und setzte sich. Wartete darauf, dass Cian die Treppe herunterkam und sein Abendessen verlangte. Seine Tätigkeiten im Haushalt erstreckten sich nicht auf das Kochen. Eigentlich hätte sie Lust, etwas liefern zu lassen. Chinesisch. Vielleicht indisch. Das wäre schön. Wenn Cian nach gestern noch auf dem Reuetrip war, stimmte er vielleicht zu. Aber in letzter Zeit waren seine Ausbrüche häufiger und seine Reue war weniger echt geworden. Seit er von ihrer Affäre mit Tom Rickard wusste, hatte er sich in etwas verwandelt, das eher an ein Tier als an einen Menschen erinnerte. Hatten seine Wut und die Gewalt schon immer unter der Oberfläche gebrodelt? War sie zu sehr in ihrer eigenen Welt gefangen gewesen, um es zu bemerken?

Plötzlich stand er in der Tür. Kein Lächeln. Er ballte die Hände zur Faust und entspannte sie wieder. Immer wieder. Sie machte sich auf einen weiteren Gewaltausbruch gefasst und betete, dass er verbaler Natur sein würde. Wenn die Kinder im Haus waren, würde er es nicht wagen, sie anzufassen.

»Du bist spät dran.« Seine Stimme war eher ein geflüstertes Knurren.

»In der Praxis war heute viel los. Bei dem ständigen Regen haben alle eine Erkältung. Nicht dass ich gegen eine Erkältung etwas verschreiben könnte. Was sie aber nicht davon abhält, mir die Bude einzurennen.« Sie hielt seinem Blick stand. Dunkle unerschütterliche Augen starrten sie an. Sie wusste, dass sie zu viel redete. »Hattest du einen produktiven Tag?«, fragte sie.

»Was glaubst du denn?« Er schloss die Tür hinter sich.

Annabelle schloss die Augen. Sie war hundemüde und ihre verbrannte Hand pochte vor Schmerz.

»Schau mich an«, befahl er.

Sie spürte, wie seine Finger ihr Kinn anhoben, und ihre Augen flogen auf.

»Cian. Lass das. Du tust mir weh.« Sie versuchte, seine Hand von ihrem Gesicht wegzuschieben. Er hielt ihr Kinn fester. »Du machst mir noch einen blauen Fleck«, murmelte sie durch die geschürzten Lippen.

»Ich möchte, dass du mir von deinem Tag erzählst. Von jeder einzelnen Minute. Und wehe, du lässt was aus. Ich merke es, wenn du lügst.«

Seit er von ihrer Affäre erfahren hatte, kontrollierte er sie, als wäre sie eine Schwerverbrecherin und er ein Detektiv. Da ihr nichts anderes übrig blieb, zählte sie auf, was sie den ganzen Tag über gemacht hatte. Nur Lotties Besuch ließ sie weg. Davon musste Cian nichts wissen.

Der Schlag auf den Hinterkopf traf sie unvorbereitet.

»Du lügst«, zischte er, seine Lippen nah an ihrem Ohr.

»Ich sage dir die Wahrheit. Ich öffne den Terminkalender auf meinem Laptop, dann kannst du das selber nachprüfen.«

»Ich kenne deinen Terminkalender. Er ist mit meinem verknüpft.«

Annabelle versuchte, normal zu atmen. Er war zu nah. Sie hätte wissen müssen, dass ein Computer-Geek wie ihr Mann

Zugriff auf alle ihre Daten hatte. Aber Lottie stand nicht im Terminkalender. Sie war ohne Termin aufgetaucht. Cian konnte unmöglich von ihr wissen. »Dann weißt du doch, wer den ganzen Tag ein- und ausgegangen ist.«

»Lottie Parker. Warum hast du die nicht erwähnt?«

Er ließ ihr Kinn los.

Annabelle verkniff es sich, ihr schmerzendes Gesicht mit der Hand zu berühren. »Ich muss Abendessen machen. Es sei denn, du möchtest etwas liefern lassen?«

»Versuch ja nicht, das Thema zu wechseln. Ich habe dich etwas gefragt.«

Wie konnte er von Lottie wissen? War er ihr gefolgt?

»Sie stand nicht in meinem Terminkalender, weil sie einfach so aufgetaucht ist. Noch vor der Praxisöffnung. Wo ist das Problem?« Sei mutig, sprach sie sich zu.

»Ich sage dir, wo das Problem ist. Du bist eine verlogene, betrügerische Hure. Und ich habe jetzt die Kontrolle über dein Leben. Nicht du. Wenn du irgendetwas tust, und sei es nur eine Kleinigkeit, ohne es mir zu sagen, bekommst du die beiden da oben nie wieder zu Gesicht.« Er schaute drohend zur Decke.

»Ich verstehe.«

Seine Hände umklammerten ihre Schultern und seine Finger bohrten sich bis zu ihren Knochen. Dann legten sie sich um ihren Hals und zogen sich mit jeder Bewegung fester zusammen. Sie wagte nicht zu atmen. Sie versuchte, ihn durch Anstarren dazu zu bringen, wegzusehen, musste jedoch blinzeln. Ihre Kehle wurde eng und sie konnte nicht schlucken. Seine Finger drückten immer fester zu. Ihre Beine wurden weich und ihre Knie gaben nach.

Dann, just in dem Moment, als sie glaubte, ohnmächtig zu werden, ließ der Druck nach und er nahm seine Hände weg.

Anschließend legte er seine Lippen an ihr Ohr, sog unsanft an ihrem Ohrläppchen und biss zu. Sie erschrak, schaffte es aber, einen Schrei zu unterdrücken.

»Ich beobachte jede deiner Bewegungen«, höhnte er. »Jede. Einzelne. Bewegung.«

Er ließ sie los und sie brach zusammen. Sie stützte sich am Tisch ab und rang nach Luft. Als sie hörte, wie sich die Tür hinter ihm schloss, rannte sie zur Spüle und erbrach sich darin.

————

Er betrat sein Arbeitszimmer und schloss die Tür hinter sich ab.

»Schlampe! Blöde Schlampe«, schimpfte er und setzte sich an seinen Computer. Er hatte vier Bildschirme. Einen für die Arbeit, einen zum Spielen, einen, um die im ganzen Haus verteilten Webcams zu überprüfen, und einen für die Webcam in ihrem Büro.

Er überprüfte ihr Handy. Nur das Übliche. Er war sich sicher, dass sie keinen Liebhaber hatte, doch diesmal überließ er nichts dem Zufall. Nicht nachdem dieser Bastard Rickard sie sich unter den Nagel gerissen hatte.

Nein, Cian O'Shea überließ nichts dem Zufall.

Er schaltete einen Bildschirm ein, klickte auf einen Ordner und rief die Fotos auf.

»Dafür wirst du bezahlen«, sagte er.

Aber zuerst musste er Lottie Parker loswerden.

ACHTUNDDREISSIG

Sie war etwas früher als sonst zu Hause. Machte keinen Unterschied. Das Haus war immer noch dasselbe. Ihre Familie war immer noch dieselbe.

»Mum?«, rief Sean die Treppe hinunter. »Kennst du dich mit Fotosynthese aus?«

»Frag Chloe oder Katie.«

»Die wollen mir nicht helfen und die Hausaufgaben müssen bis morgen fertig sein.«

Lottie lehnte sich an die Tür. Schloss die Augen. Holte tief Luft.

»Tut mir leid, Sean. Von Fotosynthese habe ich keine Ahnung.«

Ein Schrei des Babys verriet ihr, dass es sich im Wohnzimmer befand. Sie steckte den Kopf durch die Tür. Katie lag schlafend auf dem Boden und der kleine Louis in eine Decke gewickelt in ihrer Armbeuge.

Lottie nahm ihren Enkel hoch, ohne ihre Tochter zu wecken. Sie drückte den kleinen Jungen an ihre Brust und trug ihn in die Küche. Dort schaltete sie die elektrische Heizung ein und warf einen Blick auf die Uhr. Wo Chloe wohl sein mochte?

Neben dem Sterilisator fand sie eine volle Flasche Babynahrung, nahm sie, setzte sich in den Sessel und fütterte Louis. Vielleicht konnte das Knurren ihres eigenen Magens ihn beruhigen.

Während Louis an der Flasche sog, dachte Lottie, wie weit diese Gelassenheit doch von dem hektischen Tag entfernt war, den sie hinter sich hatte. Work-Life-Balance. War das nicht das, was das Management proklamierte? Sie bezweifelte, dass auch nur einer der Anzugträger aus dem obersten Stockwerk so ein Leben führte wie sie. Und dann waren da Moroney mit seiner Gier nach einer Story und ihre Mutter, die sich immer noch weigerte, ihr etwas über den Tod ihres Vaters zu erzählen.

Die blauen Augen ihres Enkels fielen zu, und Lottie bewunderte seine langen Wimpern. Ihre Gedanken wanderten zu Jason Rickard, dem Vater des Kindes. Tom und Melanie hatten ein Recht darauf, von ihrem Enkelkind zu erfahren. Sie musste mit Katie darüber reden. Bald. Vielleicht morgen.

»Kochst du heute was zu Abend?« Sean trat durch die Küchentür, wobei er fast mit dem Kopf an den Rahmen stieß. Wenn er noch weiter wuchs, würde sie das Dach anheben müssen. Sie lächelte. War es das Baby, das sie so entspannte?

»Ich füttere ihn noch eben fertig und mach dann was.«

»Ich kann auch was aus der Tiefkühltruhe holen«, bot er an.

Vermutlich war das für ihn einfacher, als seine Hausaufgaben zu machen.

Sean verschwand in den Hauswirtschaftsraum und kehrte mit einer Tiefkühlpizza und einer Tüte Ofenpommes zurück.

»Welcher Schalter ist für den Ofen?«

———

Sean machte genug Essen für alle. Dann kam Chloe nach Hause. Wütend stampfte sie die Treppe hinauf und knallte ihre Zimmertür hinter sich zu.

»Ärger mit dem anderen Geschlecht?«, mutmaßte Sean und verschwand in sein eigenes Zimmer.

Lottie nahm sich vor, Chloe nach Emma zu fragen. Die beiden waren früher miteinander befreundet gewesen, obwohl Emma eine Schulklasse über Chloe war. Andererseits: Wollte sie ihre Tochter wirklich wieder in einen Fall hineinziehen? Nein, lieber nicht, vor allem nicht nach den Erfahrungen vom letzten Mal.

Katie setzte Louis in seinen Buggy und schob ihn den Flur auf und ab, um ihn zum Einschlafen zu bringen.

Boyd rief an, um zu sagen, dass sie gerade die Festnahme von Arthur Russell vorbereiten würden. Gut. Dann würden sie den Fall Tessa Ball hoffentlich bald abschließen.

Lottie beschloss, dass es an der Zeit war, ein ernsthaftes Gespräch mit ihrer Mutter zu führen, ließ ihre Kinder zurück und machte sich auf den Weg durch den Sturm.

———

Rose rührte die Suppe im Topf auf dem Herd um.

»Kannst du dich nicht mal fünf Minuten hinsetzen?«, bat Lottie und versuchte, ihr vom Sturm zerzaustes Haar glattzustreichen. In den zehn Sekunden, die sie vom Auto bis zur Tür gerannt war, hätte sie fast einen auf Mary Poppins gemacht.

»Ich kann genauso gut im Stehen sprechen, Missy.«

Das würde nicht einfach werden. Sie würde betteln müssen. »Mutter, bitte. Das ist wichtig. Ich muss mit dir reden.«

»Mach nur. Ich hör zu.« Rose Fitzpatrick stellte Lotties Geduld gehörig auf die Probe.

»Ich habe mit absolut jedem geredet, den ich finden konnte, der mit Dad zusammengearbeitet hat.«

»Na, das war sicherlich aufschlussreich. Alles alte Knacker.«

Lottie lächelte in sich hinein. Niemals würde ihre Mutter zugeben, dass sie selbst alt war.

»Ich verstehe einfach nicht, warum er ... warum er es im Schuppen getan hat. Hier, zu Hause.«

»Dein Vater war in den letzten Monaten nicht er selbst. Auf der Arbeit lief es nicht gut. Es wurde ihm alles zu viel.«

»Aber einen Revolver vom Revier stehlen und ihn mit nach Hause nehmen? Warum hat er es nicht in der Kaserne oder draußen am See getan? Irgendwo, nur nicht hier!«

»Lottie, genau aus diesem Grund wollte ich nicht, dass du Nachforschungen anstellst. Am Ende hast du mehr Fragen als Antworten.«

Lottie zwirbelte eine Ecke des Leinentischtuchs um ihren Finger und sagte: »Das ergibt keinen Sinn. Und dann gab es auch noch keinen Abschiedsbrief. Warum nicht?«

Rose drehte sich mit der Schöpfkelle in der Hand um. Die Suppe tropfte auf den Boden. »Du machst das Tischtuch kaputt.«

Lottie ließ das Tuch los und wollte ihre Mutter auf die tropfende Kelle aufmerksam machen, hielt sich aber zurück.

»Ich habe dir doch den Karton mit den Unterlagen gegeben. Da ist alles drin.« Rose fuchtelte mit der Kelle herum.

»Da muss noch mehr sein.«

»Du weißt nie, wann du aufhören musst, junge Dame.«

»Jung? Ich fühle mich tatsächlich ziemlich alt. Kann ich mich noch mal auf dem Dachboden umsehen?«

»Nein!« Rose knallte die Suppenkelle auf den Tisch. Orangefarbene Flüssigkeit spritzte über das weiße Leinen und in Lotties Gesicht.

Sie sprang auf und griff ihre Mutter am Arm. »Bitte setz dich.«

»Was habe ich gerade getan?« Rose ließ die Suppenkelle fallen und setzte sich auf einen Stuhl. Sie sah plötzlich sehr alt aus.

»Ist alles in Ordnung?«, fragte Lottie. »Du siehst nicht gut aus.«

»Mir geht es gut.«

»Du solltest wirklich aufhören, jede Nacht auf den Beinen zu sein. Wie ich hörte, will die Gesundheitsbehörde sowieso härter durchgreifen. Irgendwas von wegen Registrierung der Suppenküche als Wohltätigkeitsorganisation.«

»Es ist keine Suppenküche. Wir verteilen einfach nur Suppe. Das ist was ganz anderes.«

»Das ist das Gleiche ...«

»Nein, Lottie. Ich mach das gerne.«

»Geh wenigstens zum Arzt. Bei diesem schlechten Wetter brauchst du vielleicht Vitamine.«

»Ich brauche keine Vitamine. Ich muss mich beschäftigen. Mein Gehirn aktiv halten.«

Lottie seufzte. Heute Abend würde sie keinen Streit mit Rose gewinnen. Sie wechselte das Thema. »Hattest du heute deine Strickgruppe?«

»Wir haben den Rosenkranz für Tessa gebetet.«

»Hat irgendjemand eine Ahnung, warum jemand sie umgebracht haben könnte?«

»Nein, aber ...«

»Aber was?« Lottie beugte sich nun interessiert vor. Im Kopf machte sie sich eine Notiz, nachzusehen, ob Kirby die Mitglieder der Strickgruppe befragt hatte.

Rose stand auf und hielt die Schöpfkelle unter fließendes Wasser. »Ich weiß auch nicht. Es ist nur so ein Gefühl. Wusstest du, dass das Haus Tessa gehört hat, bevor sie es Marian überschrieben hat und in ihre Wohnung gezogen ist?«

»Dem werde ich nachgehen.«

Die Suppe kochte über. Ohne ihre Mutter darauf aufmerksam zu machen, ging Lottie zum Herd und schaltete ihn aus. »Ich glaube, die ist fertig«, sagte sie.

»Ist wohl so.«

»Bist du sicher, dass es dir gut geht?«

»Warum auch nicht? Mit mir ist alles in Ordnung.«

»Und darf ich wirklich nicht mal rauf auf den ...«

»Nein, Lottie. Lass es gut sein.«

Sie würde ein anderes Mal wiederkommen, wenn ihre Mutter nicht zu Hause war.

Als sie ging, ließ ihre Mutter immer noch Wasser über die Kelle laufen und auf den Boden spritzen, und Lottie war sich sicher, dass mit Rose Fitzpatrick irgendetwas nicht stimmte.

———

Rose drehte den Wasserhahn zu und betrachtete die Überschwemmung, die sie angerichtet hatte. Das passte gar nicht zu ihr. Ganz und gar nicht. Sie wischte den Boden mit dem Mopp trocken, nahm das Tischtuch ab und öffnete die Waschmaschine. Die Trommel war bereits halb voll. Sie überprüfte die Schublade. Darin befand sich noch Waschmittel. Also hatte sie vergessen, die Maschine einzuschalten.

Seufzend gab sie das Tischtuch in die Trommel, schloss die Tür, wählte das Programm und schaltete die Maschine ein.

Was hatte sie sonst noch tun wollen? Lotties Worte wirbelten in ihrem Kopf herum wie die Wäsche in der Waschmaschine. Sie setzte sich an den Küchentisch und versuchte, sich das Gespräch ins Gedächtnis zu rufen. Ach ja, der Dachboden.

Sie griff nach der Stange über der Wohnzimmertür und zog damit die Dachbodentreppe hinunter. Sie stieg hinauf, knipste das Licht an und schaute sich auf dem Dachboden um. Überall lagen Kisten und Papiere herum. Sie hielt inne und überlegte. Eigentlich hielt sie ihren Dachboden immer in perfekter Ordnung. Verstaute alle Sachen in Regalen und markierte sie mit Etiketten, damit sie stets wusste, wo was war.

Jetzt jedoch herrschte hier ein heilloses Durcheinander.

War sie das gewesen? Oder Lottie, als sie nicht zu Hause war?

Aber wenn es Lottie gewesen war, hätte sie definitiv kein solches Chaos hinterlassen.

Ein Schauder lief ihr über den Rücken. Sie konnte sich nicht bewegen. Der Wind heulte durch die Ziegel und den Kamin hinunter. Es klang, als würde das Dach gleich abheben.

Mit einem letzten Blick auf die herumliegenden Erinnerungsstücke knipste sie das Licht wieder aus und stieg vorsichtig die Treppe hinab. Hatte sie dieses Durcheinander verursacht und konnte sich nun nicht mehr daran erinnern? Und wenn ja, wonach hatte sie gesucht? Beide Fragen konnte sie beim besten Willen nicht beantworten.

Emma lag zitternd unter der rauen Decke und versuchte, nicht zu weinen. Weinen war sinnlos. Ihre Großmutter war tot, ihre Mutter lag im Koma und ihr Dad war ein Mordverdächtiger. Und das war alles ihre Schuld. Sie hätte nie auf die großen Ideen und den Kleinstadttratsch hören sollen. Manche Leute waren einfach schlechter Umgang. Das wusste sie jetzt. Das war alles viel zu weit gegangen. Zu viel war vertuscht worden. Und jetzt hatte ihre Familie den viel zu hohen Preis dafür bezahlt.

Sie hörte ihn unten herumwerkeln und das Abendessen zubereiten. Sie hatte keinen Hunger. Konnte nichts essen. Würde nichts essen. Wollte sterben. Es geschah ihr nur recht, wenn sie starb. Warum war sie überhaupt hierhergekommen? Weil man ihr gesagt hatte, dass Mick O'Dowd der Mann sei, an den sie sich wenden könne, wenn ihrer Familie etwas zustieß – wenn sie jemals in Schwierigkeiten steckte. Er würde sie beschützen. O mein Gott! Sie kannte ihn nicht einmal. Er könnte sie vergewaltigen und ermorden und ihre Leiche in seine Güllegrube werfen, und niemand würde jemals davon erfahren. Warum war sie hierhergekommen? War das der größte Fehler ihres Lebens?

Sie griff nach ihrem Handy und überlegte, die SIM-Karte und den Akku wieder einzulegen. Wenn sie das tat, konnte es geortet werden. Musste sie diesen Anruf wirklich tätigen? Sie musste jemandem erzählen, was sie belauscht hatte, was sie gesehen hatte. Konnte sie noch einen Tag warten?

Ein Windstoß ließ das Glas im Fensterrahmen erzittern. Dosen und Eimer flogen scheppernd über den Hof. Der Hund heulte. Sie hörte O'Dowd genauso laut pfeifen wie der Sturm.

Was sollte sie tun?

Sie zog sich die Decke über den Kopf. Der muffige Geruch verriet ihr, dass es Jahre her war, seit sie das letzte Mal aus dem Wäscheschrank geholt worden war. Sie lag in der Dunkelheit und lauschte dem Sturm, der draußen wütete.

Sie vermisste ihre Mutter.

Sie wollte zu ihrem Vater.

Emma Russell hatte furchtbare Angst. Nicht vor dem Sturm, sondern vor dem, was als Nächstes passieren könnte.

VIERZIG

Wind und Regen peitschten gegen die Fensterscheibe. Lottie lag wach. Durch die geöffneten Vorhänge starrte sie hinaus auf den Sturm.

Sie sehnte sich nach den Armen eines Mannes. Sie sehnte sich nach einem Drink. Sie sehnte sich danach, in die Besinnungslosigkeit zu entfliehen.

Das Glas in ihrer Hand zitterte. Sie trank die klare Flüssigkeit aus und schenkte sich, immer noch im Dunkeln, noch einen Drink aus der Flasche ein, die auf der anderen Seite des Bettes lag.

Irgendetwas stimmte mit ihrer Mutter nicht. Das war schon immer so, aber jetzt war es schlimmer als sonst. Lag es daran, dass Lottie wegen des Selbstmords ihres Vaters herumschnüffelte? Aber in den wenigen Tagen seit dem Mord an Tessa Ball schien sich Roses Zustand verschlechtert zu haben. Wusste sie etwas? Was hatte sie über Tessas Vergangenheit gesagt?

Als der Alkohol durch ihre Adern floss, spürte Lottie eine leichte Entspannung in ihrem Kopf. Sie stellte erst das Glas ab, dann die Flasche, und schlief beim Heulen des Sturms ein.

EINUNDVIERZIG

Alexis skypte nicht gern. Sie mochte es nicht, wenn man sie sehen konnte. Und ehrlich gesagt wollte sie die anderen auch nicht sehen. Sie stand neben ihrem schwarzen Schreibtisch mit Glasplatte und klickte auf die Taste *Verbinden*.

»Mach's kurz«, befahl sie.

»Es läuft alles gut ...«

»Ich höre ein Aber. Raus mit der Sprache.« Alexis wollte keine *Abers*. *Abers* bedeuteten nur neue Probleme. Sie ging vom Schreibtisch weg und blickte hinaus auf die Skyline von Lower Manhattan am Nachmittag.

Am anderen Ende der Leitung blieb es still. Fast schon dachte sie, die andere Person hätte aufgelegt, doch dann hörte Alexis ein Räuspern.

»Das ist richtig. Es gibt ein Aber. Allerdings nichts, was wir auf unserer Seite nicht lösen könnten.«

»Ich warte.«

»Das hat mit dem anderen Problem zu tun.«

Alexis wusste, was gemeint war.

»Fahren Sie fort.«

»Nun, ich habe auf dem Dachboden der alten Dame das

gefunden, was Sie wollten, aber die Rechtsmedizinerin hat auf die Obduktionsakte zugegriffen.«

»Die Originalakte?«

»Ja, Ma'am.«

Alexis hasste diese Anrede. Sie war für absolut niemanden eine Ma'am.

»Können Sie sie vernichten?«, fragte sie.

»Erst, wenn ich sie von ihr habe.«

»Ihr?«

»Der Rechtsmedizinerin.«

Alexis überlegte, ob in der Akte irgendetwas stand, was eine Wiederaufnahme des Falls rechtfertigen würde. Dieses Risiko konnte sie nicht eingehen.

»Besorgen Sie die Akte. Und rufen Sie mich erst wieder an, wenn Sie sie haben.« Sie ging zurück zu ihrem Schreibtisch und beendete das Gespräch.

Sie musste zu einer Dinnerparty. Eine Möglichkeit, um sich von ihren Sorgen wegen der Ereignisse in Ragmullin abzulenken. Sie hatte sich schon einmal um alles gekümmert und würde es wieder tun. Nicht einmal Detective Inspector Lottie Parker würde sie aufhalten.

ENDE DER SIEBZIGERJAHRE
DAS KIND

Ich weiß nicht, wie alt ich bin, und sie sagen es mir nicht. Aber ich weiß, dass ich jung bin. Ein Kind. Sie nennen mich ›das Kind‹.

Warum sind hier alle so alt?

Sie schlurfen in ihren verschlissenen Pantoffeln herum. Ziehen sie aus. Kratzen mit den Fingernägeln die Farbe von den Wänden. Schlagen mit dem Kopf gegen die eisernen Heizkörper. Blut fließt aus Wunden und Geschwüren.

Und dann der Lärm.

Brüllen und Schreien. Merken sie denn nicht, dass da niemand ist, der sie hört? Niemand, der sich um sie kümmert. Wir sind zusammen allein.

Heute muss ich in der Waschküche arbeiten.

Hier ist es so heiß, dass ich fürchte, ich sterbe.

Die Decken sind so hoch, und ich fühle mich so klein. Vielleicht bin ich ein Zwerg.

Die Wäsche.

Stinkende, vollgeschissene Laken und Handtücher. Hunderte. Hoch aufgestapelt in Körben auf Rollwagen.

Bei dem Gestank dreht sich mein leerer Magen um. Ich

würge, stecke mir die Faust in den Mund, um nicht erbrechen zu müssen. Der Schlag gegen meinen Hinterkopf schleudert mich seitlich auf den Stapel Laken auf dem Boden. Wenn ich nicht aufpasse, lande ich auch in der Waschmaschine.

Ich schlüpfe wieder in meine etwa fünf Nummern zu großen Pantoffeln, schaufele die schmutzige Wäsche aus dem Korb und werfe sie auf den Boden. Anschließend schleppe ich sie zur Waschmaschine.

Ich glaube, ich werde ohnmächtig. Es ist zu warm hier drinnen. Heiß und stickig. Schweißperlen tropfen von meiner blassen Nasenspitze. Ich wische sie weg. Ich muss hier schnell fertig werden, damit ich wieder ins Bett gehen kann.

Ich höre die Stimmen.

Rufen.

Sie flüstern einen Namen, den ich nicht kenne.

Dann rufen sie einen Namen, den ich kenne.

»Carrie«, sagen sie. »Wo ist Carrie?«

Und das frage ich mich auch.

Wo ist Carrie?

Es ist ihre Schuld, dass ich hierhergebracht wurde. Ihre Schuld, dass ich hier zurückgelassen wurde. Ihre Schuld, dass sie mich alle vergessen haben. Carrie, die Schlampe.

TAG VIER

Der Farbgeruch war verflogen, aber nun roch es in Superintendent Corrigans Büro nach neuen Möbeln. Die Tatsache, dass es halb acht Uhr morgens war und er sie zu sich bestellt hatte, bevor sie auch nur ihre Jacke ausziehen konnte, besserte Lotties Laune nicht wirklich. Seine auch nicht, dachte sie.

»Setzen Sie sich«, befahl er.

Sie setzte sich. Was war los? Unauffällig legte sie ihre Hand vor den Mund, atmete aus und schnüffelte. Sie roch nicht nach Alkohol. Gut.

»Wo verdammt noch mal waren Sie gestern Morgen um acht Uhr?«

»Hier, Sir.« Der Blick, den er ihr über den Rand seiner Brille hinweg zuwarf, gefiel ihr gar nicht.

Er wedelte mit einem dicken Finger vor ihr herum. »Denken Sie verdammt sorgfältig nach, bevor Sie antworten, Detective Inspector Parker.«

Lottie saß stocksteif da. Wovon redete er gerade? Gestern Morgen? Schien eine Ewigkeit her zu sein. Sie dachte scharf nach. Gestern hatte sie mit Boyd an dem Fall gearbeitet. Mit

Emma geredet. Marian Russels Haus durchsucht. Emma verloren. War zu Lorcan Bradys Haus gerufen worden. Und vor all dem ... war sie bei Annabelle in der Praxis gewesen. Aber das konnte er doch unmöglich meinen?

»Ich ... Ich ... verstehe nicht, Sir.«

»Dann will ich Ihnen mal auf die Sprünge helfen, Detective Inspector Parker. Sie waren in der Praxis von Dr O'Shea. Erinnern Sie sich jetzt?«

Lottie schluckte. Soweit sie wusste, war es kein Verbrechen, zum Arzt zu gehen. »Das war privat, Sir. Annabelle ist eine Freundin von mir.«

»Reden Sie weiter.«

»Ich musste sie etwas wegen Louis fragen.« Schnell. Denk nach. Sie dachte sich so schnell eine Geschichte aus, wie die Worte ihren Mund verließen. »Das ist mein Enkel.«

»Ich weiß, wer Louis ist!«

Gleich explodiert er, dachte sie. Sein Kahlkopf lief rot an, seine Wangen ebenfalls, und die Augen hinter seine Brille fielen fast aus seinem Schädel. Mit einem silbernen Stift klopfte er auf ein Blatt Papier. Immer lauter.

»Sie lügen. Letzte Chance. Warum waren Sie ...«

»Okay, okay, Sir.« Lottie hielt ihre Hände hoch. »Ich war bei meiner Ärztin, weil es mir nicht gut ging. Ich dachte, ich kriege die Grippe.«

»Grippe? Wollen Sie mich verarschen?!«

Sie konnte spüren, wie sich sein Blick durch sie hindurch bohrte. »Sir, worum geht es hier?«

»Ich sage Ihnen, worum es geht«, schimpfte er. »Ich habe hier eine E-Mail, die allem widerspricht, was Sie gerade gesagt haben. Also, sagen Sie mir jetzt endlich die Wahrheit?«

Lottie spürte, wie Schweiß auf ihrer Stirn ausbrach. Ihr T-Shirt klebte an ihre Wirbelsäule. Wenn sie vorher keine Grippe hatte, jetzt vielleicht schon. »Wollen Sie nur dasitzen mit zugeklebtem Mund oder rücken Sie jetzt endlich mit der Sprache raus?«, brüllte er.

Langsam schüttelte sie den Kopf. »Ich habe keine Ahnung, was in der E-Mail steht, Sir. Worum geht es?«

»Es geht um alles! Um Sie! Sie wissen schon, dass Sie mir von gesundheitlichen Problemen berichten müssen, wenn Sie welche haben? Und dann entscheide ich, ob Sie in der Lage sind, einen so wichtigen Fall zu bearbeiten wie den vorliegenden.«

Scheiße. »Ich war bei Annabelle, weil ich ... ich ...«

»Reden Sie weiter.«

Sie entschied sich für etwas, was der Wahrheit nahekam, und sagte: »Ich brauchte etwas, um besser mit allem fertigzuwerden. Zu Hause. Seit das Baby da ist, ist alles ein bisschen schwierig und ...«

»Ihre Familiengeschichte interessiert mich nicht«, unterbrach sie Corrigan und knallte ihr ein Blatt Papier vor die Nase. »Diese E-Mail behauptet, dass Sie alkohol- und medikamentensüchtig sind.«

»Wie bitte?« Lottie sprang so schnell auf, dass sie den Stuhl umwarf. Sie griff nach dem Blatt, doch Corrigan tat das Gleiche, sodass es in der Mitte durchriss.

»Wer hat Ihnen die geschickt? Anonym, wette ich.« Sie schaute auf den Papierfetzen in ihrer Hand.

»Ja, aber ich wollte von Ihnen hören, ob da etwas Wahres dran ist.«

Sie stellte den Stuhl wieder hin und sackte darauf zusammen.

»Trinken Sie wieder, Detective Inspector Parker?«, fragte er. Seine Stimme war viel zu weich, um beruhigend zu sein. Gefährlich.

»Jeder trinkt doch hin und wieder.« Blöde Antwort, das wusste sie selbst. Sie zerbrach sich den Kopf, um einen Ausweg zu finden. Das einzig Positive war, dass die E-Mail keinen

Absender hatte. Im Allgemeinen wurde anonymen E-Mails keine Beachtung geschenkt. Andererseits war das hier persönlich. Scheiße.

Corrigan nahm seine Brille ab, rieb sich das schlechte Auge, das in den letzten Monaten leicht besser geworden war, und setzte dann die Brille wieder auf. »Manchmal machen Sie Sachen, die mich in den Wahnsinn treiben«, sagte er. »Irgendwann bringen Sie mich noch in ein frühes Grab.«

»Tut mir leid, Sir, aber das ist bösartige Verleumdung. Löschen Sie den Mist einfach.«

»Mach ich. Aber zuerst muss ich mir ein Bild von Ihrem Geisteszustand machen. Ihre Arbeit hat in den letzten Monaten nicht die Anforderungen erfüllt. Sie sind mit Ihrem Papierkram im Verzug.«

»Ich weiß. Es tut mir leid, Sir.«

»Und Sie haben ein paar alte Leute mit dem Geschwafel über den Selbstmord Ihres Vaters verärgert. Der ist vierzig Jahre her. Lassen Sie es gut sein.«

»Ja, Sir.«

Corrigan lehnte sich in seinem Stuhl zurück. »Also wollen Sie behaupten, dass am Inhalt dieser E-Mail nichts dran ist?«

»Ja, Sir.« Sie drückte sich selbst die Daumen.

Er seufzte. »Ich fürchte, Sie haben ein Problem, Detective Inspector Parker. Ein verdammt großes Problem. Wenn Sie nur einen falschen Schritt machen, erfahre ich davon. Verstanden?«

Sie nickte und presste die Lippen zu einer dünnen Linie zusammen. Überlegte. Wer zum Teufel hatte diese E-Mail geschickt?

»Kann ich eine Kopie der E-Mail haben, Sir?«

»Wozu?«

»Ich würde gerne nachforschen, wer solch falsche Anschuldigungen gegen mich erhebt.«

»Sie werden gar nichts nachforschen. Das mache ich selbst.

Sie bleiben einfach auf dem rechten Weg und tun, was Sie tun sollen.«

»Ja, Sir.«

Sie machte, dass sie aus seinem Büro kam, bevor er noch etwas sagen konnte. Nachdem sie die Tür hinter sich zugezogen hatte, lehnte sie sich dagegen.

Hatte Annabelle sie womöglich verpfiffen? Nein. Das würde ihre Schweigepflicht als Ärztin verletzen. Sie hatte keinen Termin gehabt, war einfach dort aufgetaucht. War ihr jemand gefolgt? Aber woher wusste die- oder derjenige dann von den Tabletten? Und vom Alkohol? Boyd. Nein. Boyd würde sie niemals so hintergehen. Es war definitiv nicht Boyd.

Aber es musste er sein, dachte sie und fuhr sich mit der Hand durch das Haar.

»Boyd, du … du Arschloch.«

———

Vor der Teambesprechung stellte Lottie ihn vor der Einsatzzentrale zur Rede.

»Herzlichen Dank auch«, zischte sie durch ihre zusammengebissenen Zähne. Breitbeinig stand sie da, die Hände in den Taschen ihrer Jeans zu Fäusten geballt. Im Licht der Neonröhre konnte sie die funkelnden haselnussbraunen Sprenkel in seinen Augen erkennen.

»Wovon redest du?«, fragte Boyd und spannte den Kiefer an. »Hast du was genommen? Du siehst genauso abgedreht aus wie das Wetter.«

»Wage es nicht, Boyd. Fang gar nicht erst damit an. Irgendjemand hat Corrigan eine anonyme E-Mail geschickt, in der es um mich geht, und das werde ich nicht einfach so hinnehmen. Verstanden?«

Seine Augen hörten auf zu funkeln. »Glaubst du echt, ich würde so etwas tun?«

Scheiße. Du bist auf dem Holzweg, Parker. Sie ergriff seine Hand.

»Tut mir leid. Ich bin völlig fertig. Wer tut mir denn so etwas an?«

Er zog seine Hand zurück. »Ich war es jedenfalls nicht.« Mit diesen Worten macht er auf dem Absatz kehrt, öffnete die Tür zur Einsatzzentrale und verschwand hindurch.

Lottie hingegen lehnte sich erschöpft an die Wand, rieb sich die Augen und versuchte, den Schmerz zu vertreiben, der in ihrem Kopf zu explodieren drohte. Sie nahm einen Blister aus ihrer Jeanstasche, drückte eine Tablette heraus und schluckte sie trocken herunter. Jetzt musste sie sich ihrem Team stellen, von dem ein Mitglied möglicherweise meuterte.

DREIUNDVIERZIG

Lottie stand vor den Falltafeln und sagte: »Heute ist der Tag, an dem wir Emma Russell finden und ihrem Vater Arthur Russell den Mord an seiner Schwiegermutter Tessa Ball und die schwere Körperverletzung an seiner Frau Marian hieb- und stichfest nachweisen. Und dann schließen wir den Fall! Richtig?«

Ein wenig begeistertes Murmeln ging durch die Anwesenden. Maria Lynch saß mit ihrem Handy in der Hand da und schrieb eine Textnachricht. Kirby kippelte auf seinem Stuhl und zog an seiner E-Zigarette. Lottie war sich nicht sicher, ob das in Innenräumen erlaubt war, aber jetzt war nicht der richtige Zeitpunkt, um sich mit ihm anzulegen. Der Rest der Detectives und der uniformierten Gardaí war ebenso unmotiviert. Und Boyd starrte wütend vor sich hin.

»Ein bisschen mehr Enthusiasmus, bitte. Wir müssen zwei Morde aufklären, und das schaffen wir nicht, indem wir bei der Arbeit schlafen.«

»Zwei?« Lynch blickte auf und steckte ihr Handy ein. Endlich zeigte sie Engagement.

Sie deutete auf Tessa Balls Foto. Nicht auf das, auf dem sie tot war, sondern auf ihr Führerscheinfoto, auf dem sie wie ein Mensch aussah. Die beiden Bilder hingen nebeneinander an der Tafel.

»Okay. Was wir bisher haben: Tessa Ball, sechsundsiebzig Jahre alt. Rechtsanwältin im Ruhestand. Hat ihr Haus vor fünf Monaten ihrer Tochter Marian Russell überschrieben. Bis dahin hatte Tessa selbst darin gewohnt. Ist dann in eine Wohnung neben dem ehemaligen St. Declan's Hospital gezogen.«

Kirby rutschte unruhig auf seinem Stuhl herum. Sie alle wussten noch sehr genau, was im letzten Mai in den korrodierten Mauern von St. Declan's passiert war.

Lottie beschrieb die Einzelheiten des Mordes an Tessa und schloss mit den Worten: »Todesursache war stumpfe Gewalteinwirkung am Hinterkopf, die zu einem Hirnaneurysma führte. Bei der Mordwaffe handelt es sich vermutlich um einen Baseballschläger, der vor der Hintertür gefunden wurde. Darauf wurden Spuren von Tessas DNA gefunden sowie Fingerabdrücke, die wir Marian und Arthur Russell und ihrer Tochter Emma zuordnen konnten. Nach Aussagen von Russell hat er den Schläger vor etwa fünf Jahren als Geschenk für Emma gekauft ...«

»Seltsames Geschenk für ein junges Mädchen«, warf Boyd ein.

Lottie ignorierte seinen Kommentar und fuhr fort. »Andere Fingerabdrücke oder andere DNA wurden darauf nicht gefunden. Entweder hat der Mörder Handschuhe getragen, oder es ist jemand, der im Haus ein- und ausgeht.«

»Oder die Mörderin«, sagte Boyd.

»Ihr wisst, was ich meine.« Lottie blätterte durch die Seiten auf dem Schreibtisch vor ihr.

»Motiv?«, drängte Boyd.

»Dazu komme ich gleich. Arthur Russell ist unser Hauptverdächtiger. Er hatte sowohl die Gelegenheit als auch ein Motiv. Marian hatte eine einstweilige Verfügung gegen ihn.«

»Er befindet sich derzeit im polizeilichen Gewahrsam«, sagte Boyd. »Wir haben ihn gestern Abend festgenommen, nachdem endlich sein Anwalt da war. Superintendent Corrigan hat seinen Aufenthalt um weitere sechs Stunden verlängert.«

»Okay, wir müssen schnell arbeiten, denn wenn diese Zeit abgelaufen ist, muss Corrigan die Verlängerung um weitere zwölf Stunden beim Chief Superintendent beantragen. Danach gibt es nur noch Anklage oder Freilassung. Wir brauchen mehr Beweise. In der Mordnacht ist Marian aus ihrem Haus verschwunden. Am nächsten Tag wurde sie vor dem Krankenhaus aus einem Auto geworfen. Sie wurde verprügelt und ihr wurde die Zunge herausgeschnitten. Im Moment liegt sie im künstlichen Koma. Was sagt die Videoüberwachung vom Krankenhaus, Kirby?«

»Die habe ich mit den Sicherheitsleuten überprüft. Bei dem Wagen handelte es sich um einen blauen Toyota. Das Kennzeichen war deutlich genug zu sehen, um es als das Auto von Marian Russell zu identifizieren.«

»Ist eine andere Person zu sehen?«

»Marian wurde vom Rücksitz geworfen, insofern müssen zwei Personen beteiligt gewesen sein. Beide trugen Hoodies und Sturmhauben. Also keine Möglichkeit festzustellen, um wen es sich handelt. Noch nicht einmal, ob die Personen männlich oder weiblich sind.«

»Fragen Sie bei der Technik nach, ob die die Aufnahmen verbessern können.«

»Bin schon dabei.«

»Wie wurde die Zunge herausgeschnitten?«, fragte Lynch. Mehrere Personen im Raum stöhnten. Lottie holte Luft, blätterte weiter und fand den Arztbericht. Ihr Magen zog sich zusammen, als sie ihn las. »Möglicherweise mit einer kleinen Gartenschere.«

»Wie haben die die Schere überhaupt in ihren Mund bekommen?«, fragte Kirby und legte die Hand vors Gesicht, als wollte er seine eigene Zunge schützen.

»Scheren, die zum Beschneiden von Sträuchern und anderen Pflanzen verwendet werden, sind größer als gewöhnliche Haushaltsscheren. Und Marian war geschlagen worden, also war sie zum Zeitpunkt der Verstümmelung möglicherweise bewusstlos.«

»Also wollten sie sie zum Schweigen bringen?«, warf Boyd ein.

»Wahrscheinlich. Vielleicht hatte sie vor, jemandem etwas zu erzählen, dass niemand wissen sollte. Vielleicht war das so eine Art Warnung für andere.«

»Oder vielleicht waren das schlicht und ergreifend Sadisten«, sagte Boyd.

»Und wir haben keine Ahnung, wo sie für die Stunden, die sie vermisst wurde, festgehalten wurde?«, fragte Kirby.

»Noch nicht«, räumte Lottie ein.

»Wo auch immer es war, muss das eine blutige Angelegenheit gewesen sein«, sagte Lynch.

»Wir finden die Entführer, und damit ist der Fall abgeschlossen«, stellte Kirby fest.

»Was mich zum Brand des Cottages in Dolanstown bringt.« Lottie zeigte auf ein Foto der ausgebrannten Ruine. »Erste Ermittlungen deuten auf Benzin hin, das möglicherweise durch den Briefkasten gegossen wurde. Eine männliche Leiche wurde vor Ort geborgen und ein weiterer Mann ist noch gerade so am Leben. Der Tote ist jedoch nicht im Feuer umgekommen. Er wurde erstochen.«

»Er war schon vor dem Feuer tot«, sagte Boyd. »Ermordet.«

Lottie zählte im Stillen bis fünf. Warum unterbrach er sie ständig? Vielleicht hätte sie den Streit mit ihm nach der Teambesprechung führen sollen und nicht davor.

»Das ist die Ansicht der Rechtsmedizinerin. Der Verstorbene war das ältere der beiden Opfer, aber wir haben noch keine Identität. Dem anderen Opfer wurden die Finger der rechten Hand abgehackt. Er hat schwerste Verbrennungen davongetragen und ist auf lebenserhaltende Maßnahmen angewiesen. Wir glauben, dass es sich bei diesem Mann um Lorcan Brady handeln könnte. Im März wegen Besitzes einer Droge der Klasse C festgenommen. Bewährungsstrafe. Wir müssen zurück zu seinem Haus und es gründlich durchsuchen.«

»Vielleicht wurde Marian Russell dort festgehalten.« Schon wieder Boyd.

»Die einzige Verbindung, die wir haben, ist die Aussage von Natasha Kelly, die sagt, Brady wäre Emma Russells Freund. Unsere Leute haben sämtliche Cannabispflanzen aus einem isolierten Gebäude hinter dem Cottage mitgenommen. Wir warten immer noch auf die Freigabe zum Betreten der abgebrannten Ruine. Im Laufe des Tages wird sich entscheiden, ob der Fall auch ein Fall für die Drogenabteilung ist.

Und um die Sache noch komplizierter zu machen, ist Emma Russell aus dem Haus der Nachbarin geflüchtet, in dem sie eigentlich bleiben sollte. Laut ihrer Freundin Natasha ist Emma, wie gesagt, mit Lorcan Brady zusammen. Wir müssen herausfinden, wo Brady in der Nacht von Tessas Ermordung war und auch, ob sich Emma zu dem Zeitpunkt tatsächlich, wie behauptet, in Natashas Haus befunden hat. Ich muss noch einmal mit den Kellys sprechen. Ich habe den Verdacht, dass Emma in dieser Nacht nicht in deren Haus war. Ob um sich einfach nur mit ihrem Freund zu treffen oder um sich an kriminellen Aktivitäten zu beteiligen, müssen wir noch herausfinden.« Sie deutete auf Fotos des Geldes, das sie in Emmas Kleiderschrank gefunden hatte. »Und woher hat sie neunhundertfünfzig Euro?«

»Vielleicht hatte sie einen Teilzeitjob«, schlug Boyd vor.

Lottie ignorierte ihn geflissentlich. »Unsere Leute suchen nach ihr, und diese Suche sollten wir nun auch auf die sozialen

Medien ausweiten. Ich werde die Pressestelle bitten, eine entsprechende Erklärung abzugeben. Wir müssen sie finden.« Sie spürte, wie ihr bei dem Gedanken daran, Moroney noch mehr Munition zu liefern, die er gegen sie verwenden konnte, die Farbe aus dem Gesicht wich.

»Weiter zu Mick O'Dowd, der das Feuer im Cottage gemeldet hat. Weiß jemand etwas über ihn?«

»Er hat einen großartigen Geschmack für Zigarren«, meinte Kirby.

Lottie schüttelte den Kopf. »Ich habe gestern Nachmittag mit ihm gesprochen und werde irgendwie nicht schlau aus ihm.« Sie wollte nicht erzählen, wie sehr er sie beunruhigt hatte, und fuhr stattdessen fort: »Er hat erwähnt, von Zeit zu Zeit ein Auto mit einem lauten Auspuff gehört zu haben. Ansonsten weiß er angeblich nichts über die Bewohner des Cottages.«

»Vielleicht waren sie oft laut und haben Drogenpartys gefeiert oder so«, mutmaßte Boyd. »Dann hätte O'Dowd einen Grund gehabt, das Cottage selbst in Brand zu stecken.«

»Und warum hat er dann nie die Polizei gerufen? Das ist etwas weit hergeholt«, sagte Lottie.

»Hat er eine formelle Aussage getätigt?«, fragte Lynch.

»Macht er heute.«

»Zurück zum Motiv«, sagte Boyd. »Die einzige Verbindung zwischen dem Mord an Tessa Ball und dem Mord an dem Mann im Cottage ist Lorcan Brady. Allerdings ist die Verbindung recht schwach und basiert auf Hörensagen.«

»Das ist im Moment alles, was wir haben, abgesehen von Arthur Russell«, sagte Lottie. »Ich finde, wir sollten diese beiden Fälle getrennt voneinander betrachten. Vorerst.«

»Bescheuert.« Boyd zuckte die Achseln, verschränkte die Arme und sagte nichts mehr. Alle drehten sich zu ihm um. Lottie schäumte leise vor Wut. Er machte sie vor ihrem Team lächerlich.

»Ich finde ...«, setzte er an.

»*Ich* finde«, unterbrach ihn Lottie und wartete ab, bis er verstummte. Was er konnte, konnte sie schon lange. »Ich finde, wir sollten beide Fälle mit Vorsicht behandeln, bis wir sicher wissen, dass sie miteinander zusammenhängen. Wir müssen beweisen, dass Arthur Russell zur Tatzeit des Mordes an Tessa Ball am Tatort war. Im Haus haben wir einen Parka gefunden und ihn zur forensischen Untersuchung geschickt. Möglicherweise gehört er Arthur. Auf der Tatwaffe sind seine Fingerabdrücke. Was war das Motiv? Geld? Drogen?

Kirby, bringen Sie in Erfahrung, warum Tessa ihr Haus Marian überschrieben hat und ob dieser Grund für unsere Ermittlungen von Bedeutung ist. Wir müssen herausfinden, ob Tessa das Hauptziel war oder einfach nur das Pech hatte, zur falschen Zeit am falschen Ort gewesen zu sein. Wir wissen, dass Marian in besagter Nacht ihre Mutter angerufen hat. Freiwillig oder unter Zwang? Auf jeden Fall hat dieser Anruf Tessa dazu bewegt, vorbeizukommen.« Lottie hielt inne, um zu Atem zu kommen. »Sobald Marian aus ihrem künstlichen Koma erwacht ist, werden wir sehen, was sie uns sagen kann.«

»Sie wird nicht in der Lage sein ...«, setzte Boyd an.

»... zu reden«, unterbrach ihn Lottie. »Ich weiß. Aber schreiben kann sie sicherlich. Wurde auf ihrem Laptop oder Handy irgendetwas entdeckt?«

Kirby blätterte durch eine Akte auf seinem Knie und zog einen Ausdruck heraus. »Hier wird der Anruf zu ihrer Mutter am 21.07. bestätigt. Das war der einzige Anruf, den sie an diesem Tag getätigt hat und der nicht an Emma ging. Auch die Liste der früheren Anrufe hat nichts Relevantes ergeben. Sie scheint keinen neuen Partner gehabt zu haben.«

»Was hat sie studiert?«, fragte Lottie.

»Soziologie und Genealogie. Online-Kurse. Als der Laptop beschädigt wurde, hat auch die Festplatte gelitten, aber wir haben sie eingeschickt, um zu sehen, ob etwas gerettet werden kann.«

»Setzen Sie sich mit dem Dozenten des Kurses in Verbindung.«

»Hab ich schon. Der ist gerade im Urlaub in Australien und die Person, mit der ich gesprochen habe, war nicht allzu hilfreich. Sie dachte, den Kurs gäbe es gar nicht mehr.«

»Also eine Sackgasse.« Lottie dachte einen Moment nach. Der Fall hatte entweder mit der Familie oder Drogen zu tun. »Kirby, erkundigen Sie sich beim Grundbuchamt nach dem Eigentümer des Cottages.«

»Wird gemacht, Boss.«

»Der Strickklub. Gibt es da irgendwelche Anhaltspunkte?«

Kirby rutschte unbehaglich auf seinem Stuhl hin und her, runzelte die Stirn, legte eine Akte weg und nahm eine andere. »Eine Gruppe alter Damen, die mit Nadeln und Wolle herumfuchteln. Das ist so gar nicht mein Ding, Boss.«

Lottie lächelte. »Hatten Sie ein paar interessante Gespräche?«

»Ich weiß jetzt alles, von der Heilung einer Erkältung bis hin zum Geburtsort des Papstes.«

Alle lachten und Lottie spürte, wie sich ein Teil der Anspannung im Raum löste. »Irgendwas über Tessa?«

»Über die hat niemand ein schlechtes Wort verloren. Man könnte meinen, sie war eine Heilige.«

»Vielleicht war sie das«, warf Boyd ein.

Lottie runzelte die Stirn.

»Außer eine Frau, vielleicht«, sagte Kirby. Er fuhr mit dem Finger die Liste entlang und nahm dann sein Notizbuch aus der Brusttasche. »Hier ist es. Kitty Belfield. Sie wollte was sagen, wenn auch nicht über Tessa, sondern über das Feuer im Cottage. Sie hat gesagt, und ich zitiere: ›Es ist nicht das erste Mal, dass ein Feuer in Ragmullin eine Familie ruiniert.‹ Zitat

Ende. Dann wurde es still im Raum, alle spitzten die Ohren, und sie hat nichts mehr gesagt.«

»Belfield?« Lottie grübelte. »Belfield und Ball. So hieß mal eine Anwaltskanzlei. Sprechen Sie noch einmal mit dieser Kitty Belfield. Ohne Publikum.«

»Mach ich.« Kirby erhob sich und nahm seine E-Zigarette sowie den Stummel einer dicken Zigarre aus der Hosentasche. Dann schien er kurz abzuwägen, steckte die E-Zigarette wieder ein und verließ den Raum.

»Ist allen klar, was sie zu tun haben?«

»Klar wie Kloßbrühe«, murmelte Boyd.

»Hast du noch etwas hinzuzufügen?« Auf keinen Fall durfte Lottie die Unterstützung ihres Teams verlieren. Nicht jetzt, wo sie jemand hinter ihrem Rücken bei Superintendent Corrigan anschwärzte.

»Nein. Alles gut.«

»Auf ein Wort, Detective Boyd«, sagte Lottie, als das Team die Stühle beiseiteschob und in Richtung Tür drängte.

Als der Raum leer war, setzte sie sich auf einen der leeren Stühle und schaute zu Boyd auf, der mit den Händen in den Hosentaschen und einem Fuß an die Wand gelehnt neben der Tür herumlungerte.

»Du weißt schon, dass du dich nicht wie ein komplettes Arschloch verhalten musst«, sagte sie. »Dein Benehmen ist absolut inakzeptabel.«

Boyd sagte nichts.

Sie hasste es, sich entschuldigen zu müssen. Besonders bei Boyd. Zumal sie im Unrecht gewesen war. Aber bei einer Sache hatte sie recht. Gerade verhielt er sich unmöglich.

»Okay. Es tut mir leid, dass ich dich wegen der E-Mail beschuldigt habe. Das war absolut nicht in Ordnung von mir«, sagte sie.

Er sagte immer noch nichts.

Sie hob ihre Hände zur Decke. »Willst du, dass ich bettele?

Ich hätte dich nicht verdächtigen dürfen, so etwas getan zu haben. Ich kam gerade aus Corrigans Büro und du warst die erste Person, der ich begegnet bin, und so habe ich es an dir ausgelassen. Du warst einfach nur zur falschen Zeit am falschen Ort.« Aber sie *hatte* ihn durchaus verdächtigt. Sie spürte, wie sie rot wurde. Verflixt. Boyd kannte sie gut genug, um zu wissen, was das bedeutete. »Nimmst du meine Entschuldigung an?«

»Ich denke darüber nach.« Er stieß sich von der Wand ab und richtete sich auf. »Lottie, ich habe dich nicht hintergangen. Ich weiß nicht, wer es war, aber du musst aufpassen, denn irgendjemand wartet nur darauf, dass du einen Fehler machst.«

Lottie dachte an Maria Lynch. War das ihre Rache dafür, dass sie sie als Ersatz für die Opferbetreuerin eingesetzt hatte? Sie schaute hoch. Boyd stand nun direkt vor ihr. Und lächelte.

Gott sei Dank, dachte sie.

»Komm schon. Wir haben eine Menge Arbeit vor uns«, sagte er.

Sie lachte. »Hey! Das ist mein Spruch.«

VIERUNDVIERZIG

Der Sturm weigerte sich nachzulassen oder sich auch nur zu beruhigen, und der struppige Collie sah kalt und hungrig aus, wie er da auf der Veranda saß, als Lottie und Boyd in Lorcan Bradys Einfahrt einbogen. Überall war es nass und dunkel. Die Äste an den Bäumen rund um das Haus wippten auf und ab, wirbelten herum und krachten gegen die Dachziegel.

»Für Oktober ist das Wetter ganz schön bescheiden«, bemerkte Lottie.

»Unabhängig vom Monat ist das der reinste Winter!«

»Entspann dich mal. Du machst mich ganz depressiv.«

»Der arme Hund sieht aus, als gehörte er ins Tierheim«, sagte Boyd.

»Dort würden sie ihn einschläfern.«

»Genau.«

»Du bist ein grausamer ...«

»Sag's nicht«, unterbrach sie Boyd.

Sie stiegen aus dem Auto. Der Hund hob den Kopf, bewegte sich aber nicht von der Stelle.

»Du könntest ihn mit zu dir nach Hause nehmen. Der kleine Louis fände ihn sicherlich super.«

»Wirst du wohl aufhören?«

Lottie öffnete die Haustür mit dem Schlüssel, den sie aus den Überresten von Lorcan Bradys verbrannter Jeans gerettet hatten. Als sie die Tür nach innen aufdrückte, schob sie damit einen Stapel Post zur Seite. Mit behandschuhten Händen hob sie die Briefe auf und überflog sie.

»Nur Werbung«, sagte sie und warf den Stapel auf den Tisch im Flur, der bereits vor Müll überquoll.

»Hier drinnen riecht es ein bisschen abgestanden«, stellte Boyd fest und schnüffelte.

»Modrig«, sagte Lottie. Sie ging in das Zimmer zu ihrer Linken. Früher hatte es sich wohl mal um ein Wohnzimmer gehandelt, aber heute ähnelte es eher einer Höhle.

»Man merkt, dass seine Mutter nicht mehr da ist«, meinte Boyd.

»Die arme Frau. Vielleicht ganz gut für sie.« Lorcans Mutter war zwei Jahre zuvor an Krebs gestorben, wie sie inzwischen herausgefunden hatten. Ein Vater wurde in seiner Geburtsurkunde nicht genannt.

In der Mitte des Raums stand ein kleiner Tisch mit krummen Beinen, auf dem Unmengen leerer Bierdosen sowie eine heruntergebrannte Kerze standen.

»Igitt«, sagte Lottie beim Durchsuchen des Unrats auf dem Tisch. Chipstüten, Pommestüten, zwei halb aufgegessene Burger. Der Teppich war mit Krümeln und Dreck übersät. Auf dem Kaminsims türmten sich Fastfood-Verpackungen, und auf dem Boden lag eine Pizzaschachtel mit ein paar abgenagten Krusten darin. In den Regalen in der Ecke stapelten sich Bierdosen statt Bücher. Die Brandspuren auf den Armlehnen der Sessel deuteten darauf hin, dass sie als Aschenbecher gedient hatten.

»Keine Spur von Drogenutensilien«, sagte Boyd.

»Als ob die offen rumliegen würden«, meinte Lottie.

»Alles andere liegt offen rum.«

Sie untersuchte eines der Regale. »Boyd, siehst du irgendwo ein Aquarium?«

»Nein. Vielleicht in der Küche. Warum?«

»Weil hier jede Menge Fischfutter steht.« Sie zählte siebenundzwanzig Behälter. »Schauen wir mal in der Küche nach.«

Die Tür stand offen und Lottie wollte gerade eintreten, hielt aber mitten im Schritt inne. Sie streckt einen Arm aus, um Boyd zurückzuhalten.

»Ich glaube, wir haben soeben entdeckt, wo Marian Russell festgehalten wurde«, sagte sie.

Boyd warf einen Blick über ihre Schulter. »Mein Gott! Das sieht hier ja aus wie bei *The Walking Dead*.«

»Ruf die Spurensicherung. Ich gucke kurz oben nach.«

»Findest du nicht, wir sollten lieber warten?«

»Kannst du gerne tun. Ich muss wissen, mit was für Verrückten wir es zu tun haben.«

Boyd deutete in die Küche. »Sagt das nicht genug?«

Lottie hörte kaum, was er sagte. Sie war die Stufen bereits nach oben gegangen. Der Treppenabsatz bestand aus altem Holz, und über ihrem Kopf hing eine Glühbirne in einer behelfsmäßigen elektrischen Fassung, die wiederum an einem Querbalken befestigt war. Eine Zimmerdecke gab es nicht. Die gesamte Verkleidung war entfernt worden. Elektrische Kabel liefen entlang der Balken. Der Lichtschalter hing aufgrund fehlender Schrauben schief von der Wand. Es gab zwei Schlafzimmer und ein Badezimmer.

Lottie betrat das erste Zimmer und kam zu dem Schluss, dass es das von Lorcans Mutter gewesen sein musste. Vermutlich hatte er es seit ihrem Tod nicht einmal mehr betreten. Auf der Tagesdecke aus goldenem Satin häufte sich der Staub. Ein ockergelber Streifen, der aus der Lücke zwischen den geschlossenen Vorhängen entsprang, teilte den Raum in zwei Hälften. Sie schloss die Tür und betrat das nächste Zimmer.

Der Geruch nach ranziger, schmutziger Kleidung schlug ihr entgegen. Sie hielt sich eine behandschuhte Hand vor den Mund. Zwischen Staub und weggeworfenen Bierdosen lagen gebrauchte Kondome auf dem nackten Holzboden verstreut. Auf der Matratze lagen mehrere zusammengeknüllte schmutzige Bettlaken, und das Kopfteil aus Velours war mit Brandflecken von Zigaretten übersät. Unter dem Fenster stand eine Kommode. Lottie riss sich zusammen, ging darauf zu und erwartete jeden Augenblick, dass Ungeziefer unter dem Bett hervorkroch.

Auf der Kommode standen ungefähr sechs Dosen Axe-Deo wahllos zwischen Getränkedosen und leeren Zigarettenschachteln herum. Drei tiefe Schubladen. Sie öffnete die erste. Ein Hauch von Kotze stieg ihr in die Nase.

»Himmel hilf«, murmelte sie.

»Was?«

Lottie sprang auf und brachte dabei die Sammlung auf der Kommode zum Wackeln. »Boyd, du Arschloch. Du hast mich zu Tode erschreckt.«

»Wie das hier aussieht! Was war dieser Brady nur für ein Zeitgenosse?«

»Ein ekliger. Alles stinkt. Wie konnte Emma Russell nur mit so jemandem zusammen sein?«

»Liebe macht blind«, sagte Boyd.

»Liebe hätte lieber keinen Geruchssinn, wenn sie dieses Zimmer betritt. Ich kann mir Emma wirklich nicht in diesem Schweinestall vorstellen.«

»Was ist in den Schubladen?«

»Finden wir es heraus.« Vorsichtig schob Lottie mit behandschuhten Fingern die Unterwäsche zu Seite und suchte den Boden darunter ab. Da sie nichts fand, schloss sie die Schublade und öffnete die nächste. T-Shirts und Unterhemden. Auch die unterste Schublade hatte wenig zu bieten. »Nur Klamotten. Hey, warte mal.«

»Ist es das, was ich denke?« Boyd beugte sich über ihre Schulter.

»Wenn du dachtest, es wäre eine Tüte Heroin, dann ja.« Sie hielt sie hoch.

»Das ist ganz schön was wert.«

»Wie viel, was denkst du?«

»Das müssen mindestens dreihundert Gramm sein.«

»Lohnt es sich, dafür zu töten?«

»Da muss noch mehr sein. Ich guck mal ins Badezimmer.«

»Darin brauchst du womöglich eine Gasmaske.« Lottie öffnete ihre Handtasche, holte einen Beweismittelbeutel heraus und ließ das Heroin hineinfallen. Dann warf sie einen letzten Blick in die Schublade und schloss sie.

Als sie am Bett vorbeiging, hob sie den Lakenhaufen an. Ein lila Fetzen guckte aus all der schmutzigen Wäsche heraus. Vorsichtig zog sie daran und beförderte einen Damen-Hoodie zutage. Erst vor Kurzem hatte sie einen ähnlichen gesehen, wenn auch in einer anderen Farbe. Aber wo? Und wer hat ihn getragen? Emma Russell! War das Mädchen wirklich hier gewesen? Und hatte Sex mit Brady gehabt? Das passte so gar nicht in das Bild, das sie von ihr hatte. Aber sie hatte sich schon einmal geirrt.

»Hab noch mehr!«, rief Boyd aus dem Badezimmer.

Kopfschüttelnd faltete Lottie den Hoodie zusammen und nahm ihn mit. Boyd kroch auf Händen und Knien auf dem Badezimmerboden und hatte die avocadogrüne Plastikabdeckung von der Seite der Badewanne entfernt.

»Wow«, stieß sie aus. »Das ist aber eine ordentliche Ausbeute.« Boyd hatte drei weitere Tüten Heroin aus dem Versteck gefischt.

»Aber in Anbetracht der Geschehnisse immer noch relativ wenig, oder?«

»Lorcan Brady wurden die Finger abgehackt, Marian Russell wurde die Zunge herausgeschnitten und fast zu Tode geprügelt, und ein nicht identifizierter Mann wurde erstochen und verbrannt. Irgendwo müssen noch mehr Drogen sein.«

»Vielleicht sind sie beim Brand in der Hütte in Flammen aufgegangen?«

»Genau das sollten wir herausfinden, bevor noch jemand ermordet wird«, sagte sie.

»Wir müssen den Toten identifizieren. Vielleicht führt er uns zu seinem Mörder.« Boyd stand auf. »Guckst du eben im Spülkasten nach?«

Lottie hob den Deckel vom Toilettenspülkasten. »Nichts als Wasser. Aber ...«

»Was?«

Lottie schob den Deckel wieder auf den Spülkasten und sah sich in dem schmuddeligen Badezimmer mit dem Plastikdekor und den tristen Fliesen um. »Wenn Lorcan Brady eine große Nummer im Drogengeschäft gewesen wäre, meinst du nicht, dass er dann besser gewohnt hätte?«

»Vermutlich.«

»Die abgehackten Finger ... Ich glaube, er hat von den Großen geklaut. Und wurde erwischt. War er ein Mittelsmann oder das unterste Glied der Kette? Geht hier etwas Größeres vor sich?«

Das Rumpeln eines schweren Transporters und das Quietschen von Bremsen draußen ließen sie aufblicken. »Das müssen McGlynn und sein Team sein.«

»Bin gespannt, was er sagt, wenn er das ganze Blut in der Küche sieht.«

Lottie warf noch einen letzten Blick ins Schlafzimmer und spürte, wie sich die vertraute Kälte zwischen ihren Schulterblättern ausbreitete.

»Boyd?«

»Was?«

»Wir müssen Emma finden.«

FÜNFUNDVIERZIG

Jim McGlynn war alles andere als erfreut.

»Können Sie beide sich nicht in eine andere Abteilung verabschieden? Ich hatte Ihnen doch gesagt, dass ich mich auf eine schöne, entspannte Reise in den Ruhestand freue. Sie vermasseln diese Reise immer wieder.«

»Nicht unsere Schuld«, sagte Lottie.

McGlynn packte seine Ausrüstung aus und fotografierte den Tatort. »Wenn ich hier fertig bin, gehe ich zum Cottage. Das Betreten wurde endlich als sicher eingestuft.«

»Lassen Sie mich wissen, wenn Sie etwas finden.« An der Tür drehte sich Lottie noch mal um. »Könnte Ihr Team auch die Müllsäcke hinten durchgucken?«

McGlynn nickte. »Das sieht hier ganz schön übel aus.«

»Vielleicht waren die Täter auf Drogen«, sagte Boyd.

»Gut möglich.«

Lottie betrachtete die Blutstreifen, die die Oberfläche des auf der Seite liegenden knorrigen Holztischs zierten. Stühle waren umgeworfen worden. Die Schranktüren waren aus den Angeln gehoben und Geschirr war auf dem Boden zertrümmert worden. Überall lagen Briefumschläge und Papiere herum, und die Spüle sah aus, als hätte sie seit Monaten niemand mehr benutzt. Essensreste und zwei tote Mäuse lagen auf der Küchenarbeitsplatte herum.

»Kein Aquarium«, stellte Lottie fest. »Wozu dann das ganze Fischfutter?«

»Vielleicht hat er den Hund damit gefüttert.«

»Sagen Sie uns Bescheid, sobald sie etwas wissen«, sagte Lottie zu McGlynn und ging an Boyd vorbei in den Flur. Von einem Mitarbeiter der Spurensicherung ließ sie sich einen Beweismittelbeutel geben und legte den lila Hoodie hinein.

Als sie an dem unterwürfigen Collie vor der Haustür vorbeiging, bückte sie sich, um ihm den Kopf zu tätscheln, hielt jedoch inne. Sein Fell war voller Maden.

»Mein Gott, Boyd! Der arme Hund braucht einen Tierarzt.«

Boyd zuckte mit den Schultern. »Ich sage dem Hundefänger Bescheid.«

»Aber ...«

»Der muss eingeschläfert werden.«

Boyd fasste sie am Ellbogen und führte sie zum Auto.

Nachdem Boyd gegangen war, um das Heroin als Beweismittel zu erfassen, stand Lottie mitten im Büro und überlegte, in welche Richtung sie die Ermittlungen leiten sollte.

»Inspector Parker, in mein Büro«, sagte Superintendent Corrigan, der unvermittelt den Kopf durch die Tür steckte.

»Das wird ja langsam zur Gewohnheit«, murmelte Lottie, als er sich schon wieder entfernte.

Kirby hob den Kopf. »Zu einer ganz schön schlechten Gewohnheit.«

Lottie schlenderte den Flur entlang und betrat das Büro des

Superintendent. Das zweite Mal innerhalb weniger Stunden. Nicht gut.

»Setzen.«

»Was ist denn los, Sir?«

»Ich habe hier den detaillierten Bericht der Spurensicherung, die beim Cottage war.«

»Das ging aber schnell.«

»Wie bitte?«

»Vor gerade mal fünfzehn Minuten habe ich mit Jim McGlynn gesprochen, und er meinte, das Cottage sei gerade erst als sicher zum Betreten eingestuft worden.«

»Nicht das verdammte Cottage. Ich rede vom Schuppen dahinter, wenn Sie es so genau nehmen wollen.«

»Oh, verstehe. Tut mir leid, Sir.«

Er drückte seine Brille fester auf die Nase und las den Bericht in seiner Hand vor. »Hundertsechzig Kilogramm Cannabis mit einem potenziellen Straßenverkaufswert von drei Millionen Euro.«

»Heiliger Strohsack! Und das vor jedermanns Augen.«

»Ein Teil davon war noch beim Wachsen, aber das meiste wurde verpackt und in unter Lehm begrabenen Kisten gefunden. Sind Sie bei der Identifizierung der Opfer weitergekommen?«

»Ja, Sir. Ich vermute, dass es sich bei dem noch lebenden Mann um Lorcan Brady handelt. Er ist einundzwanzig, insofern passt er auf die Beschreibung. Ich komme gerade aus seinem Haus. Neben Spuren eines Gemetzels in der Küche haben wir eine beträchtliche Menge Heroin gefunden. Den Straßenverkaufswert wissen wir noch nicht.«

»Dann habe ich ja die richtigen Schritte eingeleitet.«

Lottie rutschte auf ihrem Sitz herum. Sie wusste, worauf das hinauslief.

Corrigan fuhr fort. »Ich habe die nationale Abteilung für Rauschgiftkriminalität informiert. Sie schicken jemanden runter, der den Fall übernimmt. Sollte morgen früh hier sein. Was bedeutet das also für Ihre Ermittlungen, Inspector?«

»Ich habe bis morgen früh, um sie abzuschließen.«

»Korrekt. Legen Sie einen Zahn zu und finden Sie das verschwundene Mädchen. Sie könnte das Bindeglied zu all dem sein.«

Lottie nickte und verließ sein Büro so schnell sie konnte. Ihr war klar, dass Emma das Bindeglied sein könnte, aber egal wie sie die Sache auch drehte und wendete, sie konnte sich nicht vorstellen, wie das Mädchen zu einem Drogenring passen sollte. Irgendetwas stimmte mit diesem Szenario nicht.

———

McGlynn kontaktierte sie, um sie darüber zu informieren, dass sich sein Stellvertreter um Bradys Haus kümmerte und er selbst im Cottage war, um die Asche zu durchsieben. Lottie schnappte sich Boyd, und gemeinsam bretterten sie nach Dolanstown. Als sie sich dem ausgebrannten Gebäude näherten, sah McGlynn in seinem weißen Schutzanzug vor dem schwarzen Hintergrund aus wie ein Gespenst.

»Kaum zu glauben, dass in dem Schuppen so viele Cannabispflanzen untergebracht waren. Was ging hier vor sich?«, fragte Lottie.

»Jemand hat versucht, zwei Männer zu ermorden, er hat es aber nur bei einem geschafft. Dann hat er das Cottage niedergebrannt, das Cannabis aber nicht mitgenommen. Das ist doch merkwürdig«, sagte Boyd.

»Wusste der Täter überhaupt von den Drogen? Was übersehen wir, Boyd?«

»Ich weiß es auch nicht, aber vielleicht findet die Spurensicherung etwas, das uns bei der Identifizierung des anderen Opfers hilft.«

Sie schlüpften in Schutzanzug und Überschuhe und zogen

Handschuhe an. Auf dem Weg zum ausgebrannten Cottage wehte der Wind Lottie fast von den Füßen. Die Leute von der Spurensicherung hatten so viel Fläche wie möglich mit Zelten bedeckt, doch mit denen spielte der Wind, als wären es Drachen.

Da die Kapuze sowieso nicht auf ihrem Kopf blieb und es in dem Schutzanzug auch viel zu heiß war, ließ Lottie ihr Haar frei fliegen. Sie betrat die verkohlte Ruine.

»Ah, die Todesengel«, sagte McGlynn durch seine Einwegmaske.

»Was ist das?« Lottie deutete auf den verbrannten Gegenstand in McGlynns Hand. Sie hatte keine Ahnung, in welchem Raum sie sich befanden. Alle Möbel und andere Gegenstände waren zerstört worden.

»Ein Knochen«, antwortete McGlynn.

»Ein Knochen?« Lottie trat einen Schritt näher.

»Von einem Menschen?«, fragte Boyd.

McGlynn antwortete nicht, steckte den Knochen in einen Beweismittelbeutel, bückte sich und hob einen weiteren auf.

»Mein Gott«, stieß Lottie aus. »Sind das ... Finger?« Ein Kloß bildete sich in ihrem Hals und sie fürchtete, sich übergeben zu müssen. Der Wind heulte durch die Löcher, wo einst Fenster das Hausinnere vor den Elementen geschützt hatten. Er klang wie eine Banshee. Eine Vorwarnung des Todes? Sie erschauderte.

»Ich sammle alles ein, kennzeichne es und untersuche es dann im Labor«, erklärte McGlynn. »Sobald ich Ergebnisse habe, teile ich sie Ihnen mit.«

»Gibt es noch mehr?«, fragte Lottie.

Die Augenbrauen des Rechtsmediziners hoben sich. Sie war froh, sein Gesicht nicht sehen zu können. Was es ausstrahlte, wusste sie auch so: Hohn.

»Schon gut, schon gut«, sagte sie. »Wir lassen Sie weitermachen.«

Als sie mit Boyd zurück zum Auto ging, verkündete das Ping ihres Handys den Eingang einer Textnachricht.

»Von wem ist die?«, fragte Boyd.

»Kirby. Rate mal, wem das Cottage gehört.«

»Ich bin nicht in der Stimmung für Ratespiele, Lottie.«

»Mick O'Dowd. So ein Lügner.«

SECHSUNDVIERZIG

Die Tür zum Melkschuppen war geschlossen, und weder der Hund noch der Land Rover von O'Dowd waren zu sehen.

»Vielleicht ist er auf dem Revier und gibt seine Aussage zu Protokoll«, meinte Boyd.

»Der Kerl ist ein Lügner«, sagte Lottie. »Ich habe ihn gefragt, ob er weiß, wem das Cottage gehört, und er hat es verneint.«

Boyd ging zur Haustür. Keine Klingel. Er betätigte den Türklopfer. »Was ist denn mit dir los?«, fragte er.

Lottie stand im Sturm mitten auf dem mit Mist bedeckten Hof.

»Ich versuche, mich daran zu erinnern, wie genau ich meine Frage formuliert habe.«

Boyd ging zu ihr. »Welche Frage?«

»Die nach dem Cottage.« Dann schlug sie sich mit der flachen Hand auf die Stirn. »Scheiße! Ich glaube, ich habe ihn gar nicht gefragt, wem es gehört. Ich habe nur gefragt, ob er weiß, wer es *gemietet* hat.«

»Aber warum hat er dir die Information nicht freiwillig

gegeben? Wollte er nicht in eine Mordermittlung verwickelt werden?«

»Er war bereits darin verwickelt. Immerhin hat er das Feuer entdeckt und gemeldet.«

»Aber wenn er etwas damit zu tun gehabt hätte«, gab Boyd zu denken, »hätte er sich ferngehalten.«

Lottie schüttelte den Kopf. »Auf mich hat er einen hinterhältigen Eindruck gemacht. Ich weiß nicht, was er im Schilde führt, aber ich werde es herausfinden.«

Boyd zuckte die Achseln und hämmerte nun mit der Faust gegen die Tür. »Niemand zu Hause«, sagte er.

Drinnen bellte ein Hund.

Lottie schüttelte ihren Frust über ihren dummen Fehler bei der Befragung von O'Dowd ab. Sie entdeckte eine Schuppentür, die aufschwang und gegen die Wand krachte, und ging darauf zu.

»Hey, wir brauchen einen Durchsuchungsbefehl, um da reinzugehen.« Boyd tauchte neben ihr auf.

»Die Tür stand offen. Das zählt als Einladung.« Sie betrat das düstere Innere und tastete nach einem Lichtschalter. Da sie keinen finden konnte, sagte sie: »Hast du eine Taschenlampe?«

Boyd öffnete die Taschenlampen-App auf seinem Handy. Ein Lichtkegel strahlte in die finsteren Tiefen. Ein Quad mit stinkenden, schmutzigen Rädern stand neben einem roten Traktor, der sich aus dem Schatten zu erheben schien.

»Ein Massey Ferguson«, sagte Boyd.

»Woher weißt du das?«, fragte Lottie.

»Steht drauf.«

Er senkte das Telefon und tauchte Lottie damit in Dunkelheit. Der Wind rüttelte an den Holzwänden. Alles um sie herum schien zu zittern. Vorsichtig ging sie tiefer in den Schuppen hinein. Boyd folgte ihr mit dem Licht.

»Was ist das?« Sie deutete auf ein Werkzeug zwischen Schaufeln und Spaten.

»Eine Sense. Wurde früher zum Mähen für die Heuernte verwendet.«

»Sieht aus wie eine gefährliche Waffe. Ob man damit Finger abhacken kann?« Lottie hob das Werkzeug hoch. »Bisschen schwer.«

Boyd inspizierte die Klinge im grellen Schein der Handylampe. »Keine Spur von Blut. Wir sollten hier nicht ohne Durchsuchungsbefehl drin sein. Das gibt doch nur Ärger.«

»Das hat mich noch nie aufgehalten.« Sie stellte die Sense dorthin zurück, woher sie sie hatte, und inspizierte die restlichen Werkzeuge. »Alles hier drin könnte als Waffe benutzt werden.«

»Das sind landwirtschaftliche Geräte. Du interpretierst da zu viel rein.«

Eine Böe pfiff unheimlich durch das marode Dach aus verzinktem Blech.

Plötzlich blieb Lottie stehen und schlug die Hand vor den Mund.

»O mein Gott«, sagte sie.

———

Als Mick O'Dowd an dem verbrannten Cottage vorbeifuhr, fragte er sich, wie lange die Polizei wohl brauchen würde, um herauszufinden, dass ihm das Haus gehörte. Nicht lange, nahm er an, jetzt, wo Tessa Ball tot war. Dadurch hatte er nicht viel Zeit, um seine Angelegenheiten zu regeln. Er hatte bereits mit der Buchhaltung begonnen und musste sie schnell wieder in Angriff nehmen.

Hundert Meter weiter bremste er den Land Rover ab, nahm den Gang heraus und zog die Handbremse. Er schaute in den Rückspiegel. Männer in weißen Anzügen scharrten sich wie Gänse in der geschwärzten Ruine. Sicherlich hatten sie das Gras im Gartenhaus inzwischen gefunden. Nicht dass es irgendetwas mit ihm zu tun hätte. Aber was würden sie sonst finden? Er musste sich beeilen.

Eine Böe schüttelte sein Fahrzeug ordentlich durch. O'Dowd schaute hinauf in den Himmel. Wenigstens befand sich sein Vieh im Stall, so musste er nicht über die durchtränkten Felder stapfen, um es hineinzutreiben.

Er zündete sich eine Zigarre an und zog zweimal daran, bevor er sie ablegte. Er wusste, was er zu tun hatte. Er löste die Handbremse und machte sich langsam auf den Heimweg.

SIEBENUNDVIERZIG

Das Licht wackelte herum, als Boyd versuchte, die Handylampe auf das zu richten, was Lottie so schockiert hatte.

»Es ist doch nur ein Fahrrad«, sagte er.

»Das ist ihres«, flüsterte Lottie.

»Wessen?«

»Emmas. Ich meine Natasha Kellys.« Sie trat näher an das rote Rennrad heran und strich mit einer behandschuhten Hand über den Lenker.

»Du hast ihr Fahrrad doch noch nie gesehen. Woher weißt du, dass das hier ihres ist?«

»Du kennst dich mit Fahrrädern aus. Also sag du's mir: Ist das ein Damen- oder ein Herrenrad?«

»Ein Damenrad. Aber das hat nichts zu bedeuten.«

»Und warum steht es in Mick O'Dowds Scheune?«

»Vielleicht gehört es seiner Mutter oder seiner Schwester oder einer Freundin. Meine Güte, Lottie, ich weiß es doch auch nicht.« Boyd fuhr sich mit der Hand durchs Haar. »Komm schon. Wir müssen von hier verschwinden.«

»Ich gehe nicht ohne das Fahrrad.«

Boyd suchte das Innere der Scheune mit seinem Handylicht ab. »Siehst du die Dinger da oben? Das sind Überwachungskameras. O'Dowd filmt uns.«

»Was? Warum hat er Kameras in einer Scheune?«

»Um seinen Traktor zu überwachen? Ich weiß es nicht, aber ich weiß, dass mir die Sache nicht gefällt.«

Die Lampe wurde schwächer. Lottie wartete einen Moment, bis sich ihre Augen wieder auf den schmalen Streifen Tageslicht fokussierten, der von der Tür hereinkam.

»Wir können das Fahrrad nicht einfach hier lassen. Es ist ein Beweisstück«, sagte sie.

»Aus einer illegalen Durchsuchung. Schalt doch mal dein Hirn ein. Wir müssen zurück in die Dienststelle und einen Durchsuchungsbefehl beantragen.«

»Und auf welcher Grundlage? Wir können ja schlecht sagen, dass wir wissen, dass es hier ist.« Boyd schaltete das Licht wieder heller, bückte sich und inspizierte die Reifen. »Die sind beide aufgepumpt und voller getrocknetem Schlamm und Dreck. Das wurde heute nicht gefahren.«

»Wenn Emma es hatte, warum ist sie dann hierhergekommen? Und wo ist sie jetzt?«

Ein schrecklicher Gedanke überkam Lottie so unvermittelt wie der Vogel, der vom Dach flog und haarscharf an ihrem Kopf vorbeisauste.

Sie kreischte. »Ich hasse Vögel. Nichts wie raus hier.«

Boyd widersprach nicht, und sie folgte ihm nach draußen. Wolken jagten wie Geschosse über den Himmel, und ein Nieselregen hatte wieder eingesetzt. Sie blickte zu den Fenstern des Haupthauses hinauf.

»Vielleicht ist sie da drinnen. Und wird gegen ihren Willen festgehalten.«

»Wenn – oder vielmehr falls – sie mit diesem Fahrrad hierhergekommen ist, sieht es so aus, als hätte sie das freiwillig getan.«

»Vielleicht ist sie diesem Verrückten aber auch direkt in die Arme geradelt. Oder er hat sie auf der Straße abgepasst.«

Boyd seufzte. »Ich glaube eher, dass du grundsätzlich und in jeder Situation das Schlimmste erwartest.«

»Todesengel. So hat McGlynn uns genannt. Und vielleicht sind wir das tatsächlich.«

Sie machte sich auf den Weg zum anderen Schuppen. Darin reihten sich auf beiden Seiten Rinder, die Hafer und Heu kauten. Sie ging den Gang entlang und warf einen Blick auf den Spaltenboden, durch den Mist und Urin sickerten. Dann schaute sie nach oben. »Da sind auch Kameras.«

»Er überwacht seine teure Herde. Das ist alles. Da ist nichts Unheimliches dran.«

Mit einem verärgerten Seufzer verließ Lottie den Schuppen, marschierte zur Hintertür des Hauses und hämmerte laut daran.

»Emma? Emma Russell, sind Sie da drinnen? Ich will nur sichergehen, dass es Ihnen gut geht, und dann bin ich auch schon wieder weg.«

Sie drückte ihr Ohr an das Holz und lauschte. »Nichts. Wir versuchen es noch einmal an der Vordertür.«

Boyd kam ihr zuvor und hämmerte so kräftig daran, wie er konnte. Versuchte es mit dem Türklopfer. Rüttelte an der Türklinke. Immer noch keine Reaktion. Nur das laute Bellen eines Hundes ließ ihn von der Tür wegschrecken.

»Mason«, sagte Lottie.

»Bis auf den Hund ist niemand hier. Und komm mir jetzt nicht mit von wegen sie wurde gefesselt oder ermordet. Wir machen einfach nur unseren Job. Besorgen wir uns einen Durchsuchungsbefehl und finden O'Dowd.«

Ein Fahrzeug nährte sich auf der Straße und Lottie drehte sich um. »Ich glaube, er hat uns gefunden.« Sie lehnte sich an die Haustür, verschränkte die Arme und wartete geduldig, bis O'Dowd seinen Wagen neben dem Haus geparkt hatte.

»Was machen Sie denn hier?« Kaum hatte er den Motor ausgeschaltet, sprang O'Dowd auch schon aus dem Auto und ließ in seiner Eile die Fahrertür offen. »Runter von meinem Grundstück. Ich habe genug von Ihnen und Ihresgleichen.« Dabei hob er die Faust, schüttelte sie und kam mit seinem Gesicht dem von Lottie sehr nahe.

»Hey, Moment mal ...«, mischte Boyd sich ein und straffte die Schultern.

»Nein, lass ihn ausreden«, unterbrach ihn Lottie. »Ich möchte hören, was er zu sagen hat.«

»Ich habe Ihnen gar nichts zu sagen. Machen Sie sich vom Acker, Sie nichtsnutzigen Störenfriede!«

»Hatten Sie ein nettes Mittagessen in der Stadt?«, stichelte Lottie mit Blick auf die Soßenspritzer um seine Mundwinkel.

O'Dowd trat einen Schritt zurück und schien sich etwas zu beruhigen.

»Was wollen Sie?«, fragte er nach einer kurzen Weile.

Eine Windböe fegte um die Hausecke und trug seine Worte davon.

»Wir brauchen noch Ihre formelle Aussage zu den Ereignissen rund um das Feuer im Cottage«, sagte Lottie.

»Und wo, glauben Sie, bin ich den halben Tag gewesen?«

»Ich habe keine Ahnung.«

»In der Stadt, auf Ihrem Revier, und dort habe ich auf jemanden gewartet, der mir zuhört.«

»Und haben sie das?«

»Was?«

»Ihnen zugehört?«

»Alles in Sack und Tüten. Wenn Sie jetzt so freundlich wären zu gehen ...«

Lottie zwang sich zu einem Lächeln. »Freundlich? Hm. Das passt so gar nicht zu mir.«

»Ich rufe die ...« O'Dowd brach mitten im Satz ab.

»Polizei?« Lottie grinste. »Oh, haben Sie ein Glück. Wir sind schon da.«

»Sie halten sich wohl für eine ganz Schlaue, was? Genau wie Ihr Vater. Und wissen Sie noch, wohin es ihn geführt hat?«

Obwohl sie sich furchtbar anstrengte, die Fassung nicht zu verlieren, erstarb das Lächeln auf Lotties Gesicht. »Mr O'Dowd, mein Kollege DS Boyd und ich würden gern ein vernünftiges Gespräch mit Ihnen führen. Wollen Sie uns nicht hereinbitten?« Sie wünschte, sie könnte das Fahrrad im Schuppen erwähnen.

O'Dowd beugte sich zu ihr vor. Sie legte einen stoischen Gesichtsausdruck auf. Boyd stand direkt hinter ihr und war bereit, bei Bedarf einzugreifen.

Speichel sammelte sich um O'Dowds Zähne, als er seine Lippen zu einem Fletschen zurückzog. »Sie haben kein Recht, mein Grundstück zu betreten«, knurrte er bedrohlich.

»Apropos Grundstück«, sagte sie, »warum haben Sie nicht erwähnt, dass das Cottage Ihnen gehört?«

Er musterte sie von oben bis unten und verzog dann den Mund zu einer hässlichen Grimasse. »Sie haben nicht danach gefragt.«

»Sie hätten es mir trotzdem sagen sollen.« Lottie fuhr sich mit der Hand durchs Haar. Er hatte eine Art, ihr das Gefühl zu geben, dass Läuse über ihre Kopfhaut krabbelten und sich an ihre Haarwurzel klammerten. »Und da Ihnen das Cottage gehört, müssen Sie doch wissen, wem Sie es vermietet haben?«

»Das habe ich Ihnen doch schon gesagt. Ich weiß es nicht.«

»Ich glaube, Sie haben ein recht differenziertes Verhältnis zur Wahrheit, Mr O'Dowd.«

»Und ich glaube, wenn Sie nicht aufpassen, sind Sie die Nächste, die sich die Dienstwaffe an die eigene Stirn drückt.«

Lottie kam die Galle hoch, doch sie schluckte sie herunter, hob die Hand und haute sie ihm so fest ins Gesicht wie sie konnte. Weil er so dicht vor ihr stand, konnte sie nicht ausholen, aber der Schlag erfüllte sie dennoch mit Genugtuung.

O'Dowd lachte so schrill wie ein Kratzen auf Glas. »Tätlicher Angriff in Kombination mit Hausfriedensbruch. Damit dürften Sie demnächst weg vom Fenster sein, Inspector.«

Boyd zog Lottie weg vom höhnisch lachenden Bauern. »Wir gehen.«

»Ich werde Anzeige gegen Sie erstatten, Inspector. Und kommen Sie bloß nicht noch mal hierher, es sei denn, Sie haben einen Durchsuchungsbefehl.«

Lottie bohrte ihre Fersen in den Boden, damit Boyd sie nicht weiter wegziehen konnte. »Erzählen Sie uns von dem F...«, begann sie.

»Lottie!« Boyd packte sie nun gewaltsam am Arm und zerrte sie zum Auto. »Das ist jetzt ist nicht der richtige Zeitpunkt. Klar?«

Lottie gab auf und ließ sich auf den Beifahrersitz fallen, nachdem Boyd die Tür geöffnet hatte. Durch die Windschutzscheibe betrachtete sie O'Dowd. Er wischte sich mit einer Hand über den Mund und über die Stoppeln auf seinem Kinn. Mit der anderen Hand hielt er sich ein Nasenloch zu und rotzte herzhaft auf den Boden, bevor er geräuschvoll den Schleim aus dem Rachen sammelte und auf die Motorhaube spuckte.

Als Boyd rückwärts aus dem Hof fuhr, öffnete Lottie die Tür, beugte sich hinaus und rief: »Sie sind ein Ignorant und ein altes Arschloch!«

Die Bremsen quietschten. Sie spürte, wie Boyd sie zurück ins Auto zog, bevor er sich über sie beugte, die Tür mit einem Knall zuzog und vom Bauernhof fuhr.

———

Vom Fenster im ersten Stock aus beobachtete Emma, wie Mick O'Dowd wütend in seinem Hof auf und ab lief. Hätte sie runterkommen und die Tür öffnen sollen, als die Detectives geklopft hatten? Aber er hatte sie angewiesen, sich nicht von der Stelle zu bewegen. Außerdem war sein tollwütiger Hund am Fuß der Treppe hinter der Haustür angekettet. Da gehe ich bestimmt nicht runter, dachte sie.

Als sie ihn unten in der Küche hörte, drückte sie sich noch dichter an die Wand und zog die alte Decke bis zum Kinn hoch. Die raue Wolle kratzte an ihrer Wange und sie wollte schreien. Warum hatte sie das nicht getan, als die Polizei hier gewesen war? Sie wusste nicht, wem sie vertrauen konnte. Aber schließlich hatte man ihr gesagt, dass sie O'Dowd vertrauen soll, oder?

»Kleines, ich packe ein paar Kartoffeln in den Topf, und gleich gibt es Abendessen. Okay?«, hörte sie ihn die Treppe hinauf rufen.

Emma nickte.

»Bist du da oben?«

Sie hörte den Hund bellen und einen Fuß auf die unterste Stufe treten.

»Ja, klar, alles gut, aber ich habe keinen Hunger«, rief sie zurück.

»Du musst was essen, Missy. Nahrung für den Körper ist Nahrung für die Seele.«

Sie hörte sein scharfes, klirrendes Lachen, als er unten wieder in die Küche ging.

Er hatte sie nicht angefasst. Keinen Finger hatte er an sie gelegt, aber jetzt hatte sie mehr Angst vor ihm als vor den Leuten, vor denen sie sich ursprünglich gefürchtet hatte.

»Ich habe hier noch ein bisschen Schreibkram zu erledigen. Würdest du mir dabei helfen, während das Abendessen kocht?« Seine Stimme drang durch die Küchendecke in ihr Zimmer.

»Ja, gleich«, sagte sie und steckte sich die Faust in den Mund, um nicht zu schreien.

Gab es überhaupt jemanden, dem sie vertrauen konnte?

ACHTUNDVIERZIG

Auf der kurzen Fahrt zurück zum Revier sagte Lottie kein Wort. Sie kochte vor Wut.

Als Boyd den Wagen auf die Main Street lenkte, konnte sie sich nicht mehr zurückhalten: »Er hätte sie zerstückeln und den Kühen oder seinem Hund zum Fraß vorwerfen können. Du hast doch die Sense gesehen und das ... dieses Rotormaschinending. Himmel, Boyd, wir brauchen dringend einen Durchsuchungsbefehl.«

»Beruhige dich.«

»Ich soll mich beruhigen? Und das sagst du mir? Nachdem mich dieser Arschkerl bedroht hat?« Sie hatte Schwierigkeiten, die Worte zu einem zusammenhängenden Satz aneinanderzureihen.

»Dein Verhalten war aber auch nicht in Ordnung. Du hättest ihn nicht schlagen dürfen, und er hatte das Recht, uns zu bitten, sein Grundstück zu verlassen.«

Mit wütend verschränkten Armen und dem Kinn auf der Brust kochte Lottie weiter vor sich hin.

»Gleich tritt Rauch aus deinen Ohren«, meinte Boyd.

»Wir brauchen von Natasha eine vollständige Beschreibung

des Fahrrads.« Lottie kramte in ihrer Tasche nach ihrem Handy, doch dann hielt sie inne. »Oder besser, wir fahren zum Haus der Kellys. Ich rede selbst mit ihr.«

»Die Beschreibung liegt auf dem Revier«, sagte er. »Und du musst Aufgaben delegieren. Du kannst nicht alles selbst machen.«

»Fahr zu den Kellys. Ich muss mit Natasha sprechen«, sagte sie abrupt.

Er fuhr um den Kreisverkehr und verließ ihn in Richtung Carnmore.

Für den Rest der kurzen Fahrt schäumte Lottie weiter. Sie dachte an ihre eigenen Kinder und wie sie sich gefühlt hatte, als erst Sean und dann Chloe verschwunden war. Es gab wirklich niemanden mehr, der Emma vermissen könnte, außer ihrem Vater, und der war womöglich ein Mörder. Sie kramte ihr Handy hervor und rief zu Hause an. Nur kurz hören, dass es ihnen gut geht, das ist alles, sagte sie sich.

***

Eine zerzaust aussehende Bernie Kelly öffnete die Tür. Das Make-up, das sie am Vortag so selbstbewusst getragen hatte, war nun verschmiert, und ihr Haar sah aus, als würden Spatzen darin nisten.

»Was wollen Sie denn schon wieder?«, fragte sie.

»Ich muss mit Natasha sprechen«, antwortete Lottie.

»Das passt jetzt gar nicht. Außerdem habe ich die Nase voll von den ständigen Störungen.«

Lottie schob sich einfach an ihr vorbei in den Flur und von dort aus in die Küche. Natasha lehnte am Rahmen der offenen Hintertür und zog an einer Zigarette. Auf dem Tisch standen die Überreste eines halb verzehrten Abendessens, auf dem Boden lag ein zerbrochener Teller und an den Tischbeinen und Bodenfliesen klebten Spaghetti und Soßenreste.

»Was ist hier denn passiert?«, fragte Lottie.

Natasha schnippte die Zigarette nach draußen, kam dann herein und schloss die Tür. Sie sah Lottie an und grinste höhnisch.

»Das geht Sie gar nichts an«, meinte sie und verschränkte trotzig die Arme.

Hinter sich hörte Lottie Bernie sagen: »Nur ein kleiner Familienstreit. Wie sie schon sagte, das geht Sie nichts an.«

»Wir wollen nur kurz mit Ihnen reden«, sagte Boyd.

Lottie hatte völlig vergessen, dass er auch da war. Als sie sich umdrehte, sah sie, dass er einen Arm um Bernie Kellys zitternde Schultern gelegt hatte. Die Frau hatte ihre schwarze Strickjacke eng um sich gezogen, und ihre Jeans war voller roter Soßenflecken.

»Sie sollten jetzt wirklich gehen«, bat Bernie. »Ich muss mit meiner Tochter allein sprechen.«

»Natasha«, sagte Lottie, »setzen Sie sich.«

»Ich stehe lieber.«

»Es ist mir egal, was zwischen Ihnen und Ihrer Mutter vorgefallen ist. Das können Sie untereinander regeln. Ich bin wegen Ihres Fahrrads hier. Welche Farbe hat es?«

»Mein Rad? Keine Ahnung. Das habe ich seit Jahren nicht mehr benutzt.«

»Ist es schwarz oder weiß? Rot oder blau?«

»Rot. Glaube ich.«

Lottie sah zu Boyd und dann zu Bernie. »Wissen Sie die Rahmennummer? Steht die vielleicht in den Versicherungsunterlagen?«

Bernie schüttelte den Kopf.

Lottie richtete ihre Aufmerksamkeit nun wieder auf Natasha und sagte: »Können Sie mir genau sagen, was Sie und Emma gemacht haben in der Nacht, in der Tessa Ball ermordet wurde?«

»Ferngesehen. Habe ich doch schon gesagt.«

»Das glaube ich Ihnen nicht.«

»Das ist nicht mein Problem!« Sie ließ die Arme herabhängen und ballte die Hände zu Fäusten.

Lottie winkte Boyd zu sich und flüsterte ihm etwas ins Ohr. Er ging zum Auto und kehrte kurz darauf mit einem großen durchsichtigen Beweismittelbeutel zurück. Er hielt ihn hoch.

»Wissen Sie, wem der gehört?«

Natasha riss die Augen auf, sagte jedoch nichts.

»Genauso einen hast du doch, Schatz«, mischte Bernie sich ein.

»Kann sein«, meinte Natasha und verzog die Lippen. Dann schaute sie langsam wieder zu Lottie. »Wo haben Sie den gefunden?«

»In Lorcan Bradys Haus. Waren Sie mal dort?«

»Ich habe doch schon gesagt, dass er Emmas Freund ist. Sicherlich ist sie bei ihm.«

»Ist sie nicht. Lorcan liegt im Krankenhaus.«

»Im Krankenhaus?«, wiederholte Bernie. »Ich dachte ... Geht es ihm gut? Was ist denn passiert?«

»Er ist in ein Feuer geraten.«

»Geht es ihm gut?«, fragte Natasha, deren jugendlicher Übermut nun wie weggewischt war.

»Nein. Absolut nicht.«

»Stirbt er?«, fragte Bernie.

»Ich bin kein Arzt«, sagte Lottie, »also kann ich diese Frage auch nicht beantworten. Aber zurück zum Hoodie. Ich muss wissen, wem er gehört.«

»Bernie betrachtete ihn von allen Seiten und sagte: »Emma hat Natashas Sachen getragen, als sie hier war. Wenn Lorcan im Krankenhaus liegt, wo könnte dann Emma Ihrer Ansicht nach sein?«

»Ich weiß es nicht«, gab Lottie zu. »Kennen Sie einen Mick O'Dowd?«

Bernie schüttelte den Kopf. »Nein, der Name sagt mir nichts.«

Lottie betrachtete die Spuren der Essensschlacht um sich herum und fragte: »Wollen Sie mir nicht doch verraten, was hier passiert ist?«

»Das ist eine Familienangelegenheit«, antwortete Bernie. »Nicht wahr, Natasha?«

Lottie beobachtete, wie Natasha versteifte. Ihr Gesicht war genauso schwer zu lesen wie das ihrer Mutter. »Klar doch.«

»Wenn Ihnen noch irgendetwas einfällt wegen des Hoodies oder Sie eine Idee haben, wo Emma sich aufhalten könnte, dann rufen Sie mich bitte an«, sagte Lottie und ging langsam hinter Boyd her aus dem Haus.

Sie wusste nicht, was sie da gerade gesehen hatte. Sie wusste nur eines: Niemand wusste aus eigener Erfahrung besser als sie, wie turbulent die Beziehung zwischen einer Mutter und ihren Kindern im Teenageralter sein konnte.

»Ich möchte eine Niederschrift von O'Dowds Aussage.« Lottie knallte einen Stapel Akten von einer Seite ihres Schreibtischs zur anderen.

Boyd kam zu ihr und machte Anstalten, den Aktenstapel zu ordnen. Sie schlug seine Hand weg.

»Lass das!«, sagte sie und schaute zu ihm auf.

»Lass du das«, sagte er. »Du machst dich nur selbst verrückt. Und uns alle anderen auch.«

»Wir müssen Arthur Russell zu Mick O'Dowd befragen«, sagte sie.

Kirby betrat das Büro mit einem Notizbuch in der Hand. »Ich habe noch mal mit Kitty Belfield gesprochen, nachdem ich eine Portion Speck mit Kohl verdrückt habe. Himmel, war das deftig.«

»Wir mussten ihn freilassen«, sagte Lynch und schaute vom Computer auf.

»Wen?«, fragten Lottie, Boyd und Kirby im Chor.

»Arthur Russell«, antwortete Lynch. »Superintendent Corrigan sagte, und ich zitiere, wir ›konnten die Teile nicht gerade genug zusammenstecken, um den Saum zu nähen‹, Zitat

Ende. Laut dem Chief Superintendent hätten wir außer Indizien nichts Neues, sagte er, also wurde er freigelassen.«

»Ach, verflixt!« Lottie sprang auf und warf dabei die Akten von ihrem Schreibtisch auf den Boden.

»Außerdem müssen wir alles an die Drogenabteilung übergeben. Pronto. Sagte der Superintendent«, fuhr Lynch fort.

Lottie schlug den Deckel des Kopierers zu, und er hörte auf zu brummen. Auf dem Weg zurück zu ihrem Schreibtisch warf sie einen Turm aus aufeinandergestapelten Aktenkisten um.

»Wer, glaubst du, hebt das jetzt wieder auf?«, fragte Boyd.

»Sorry. Mach ich später.« Sie ließ sich wieder auf ihren Stuhl fallen und stützte ihr Gesicht auf beide Hände.

Im Büro herrschte Schweigen. Alle hatten Angst zu atmen. Alle warteten auf den nächsten Ausbruch.

»Tut mir wirklich leid«, sagte Lottie. Sie holte ein paar Mal tief Luft und schaute dann auf. »Okay, Kirby. Erzählen Sie mir von Kitty Belfield.«

FÜNFZIG

Nachdem er seinen Anwalt losgeworden war, ging Arthur zu Danny's Bar. Er brauchte ein Bier. Er brauchte was zu essen. Verdammt, er brauchte einfach nur ein Bier.

Auf dem Weg die Main Street entlang stießen immer wieder nutzlose Regenschirme gegen seinen kahlen Kopf. Es schüttete wie aus Kübeln, was ihn daran erinnerte, dass die Polizei noch seinen Parka hatte. *Aber war* es überhaupt sein Parka? Er musste zurück in sein Zimmer und nachsehen. Gleich, wenn er ein Bier getrunken hatte. Vor der Tür zu Danny's blieb er stehen. Von der Friars Street schlugen ihm Sirenen und Stimmengewirr entgegen. Er starrte durch den Regen hindurch. Zwei Feuerwehrautos standen schief auf der anderen Straßenseite, und mehrere Gestalten waren gerade dabei, hektisch Schläuche zu entrollen. Überall war Wasser. Durch das heftige Gewitter war wohl der Fluss, der sich seinen Weg durch die Stadt bahnte, über die Ufer getreten.

Unvermittelt musste er an die Nacht denken, in der die alte Tessa ermordet worden war. Und an seinen Parka. Scheiße, dachte er, ich muss Emma finden.

Er verwarf den Gedanken an sein dringend benötigtes Bier und rannte die Straße hinauf.

EINUNDFÜNFZIG

Um ihn zufriedenzustellen und nachdem er den Hund nach draußen auf den Hof gebracht hatte, aß Emma das Abendessen bestehend aus Kartoffelpüree, Bohnen und einem Spiegelei. Es schmeckte nach nichts. Sie kaute einfach nur lustlos darauf herum und schluckte herunter.

»Ich muss zu den Färsen«, sagte O'Dowd. »Machst du den Abwasch?« Sie nickte.

»Und achte auf die Kameras. Man kann nicht vorsichtig genug sein. Nach allem, was passiert ist.«

Sie warf einen Blick auf den kleinen Fernseher in der Ecke neben dem Kühlschrank. Der geteilte Bildschirm zeigte das Tor, den Hof, die Scheunen und die Schuppen. Während er seine Gummistiefel anzog, zur Hintertür hinausging und nach Mason rief, räumte sie den Tisch ab.

Sie füllte Wasser in die Spüle, und weil sie kein Spülmittel finden konnte, schrubbte sie so gut sie konnte das Fett von den Töpfen. Dabei wünschte sie, sie wäre wieder zu Hause, wo sie das Geschirr ohne zu murren in die Spülmaschine räumen würde. Sie hielt die Tränen zurück, trocknete das Geschirr ab und stellte es in den Schrank. Dann fiel ihr Blick auf den Stoß

Geschäftsbücher, den er in der Mitte des Tischs aufgestapelt hatte.

Der Regen prasselte so stark gegen die quadratischen Fensterscheiben, dass sie im Rahmen klapperten. Sie tastete in ihrer Jeanstasche nach ihrem Handy und dachte an den Anruf, den sie vorhin getätigt hatte. Vielleicht hätte sie warten sollen. War es noch zu gefährlich? Sie nahm das Handy aus der Tasche, setzte sich an den Tisch und nahm die Rückseite ab. Holte erst den Akku heraus und dann die SIM-Karte. Ihre Finger zitterten so sehr vor Angst und Kälte, dass sie die Karte fallen ließ. Wo war sie hin? Mit den Augen suchte sie den Boden ab.

Nichts. Vielleicht lag sie noch auf dem Tisch. Als sie den Bereich um die Bücher herum absuchte, bemerkte sie, dass eines herausragte. Sie hob den Stapel an und zog es heraus. Es kam ihr bekannt vor. Als sie es öffnete, fiel ihr Blick auf den Namen, der auf der Umschlaginnenseite stand. Sie erschrak. Was ging hier vor sich? Wer zum Teufel war O'Dowd?

Sie nahm ihre Brille ab, putzte sie mit dem T-Shirt und setzte sie wieder auf. Anschließend nahm sie das Buch erneut zur Hand. Der Wind rüttelte an den Fenstern und der Regen klatschte wie Patronen auf das Ziegeldach. Emma saß einfach nur still da. Wartete. Lauschte. Zitterte.

Die Tür ging auf.

»Was ist das?«, rief sie, sprang vom Stuhl auf und wedelte mit dem Buch.

Sie hielt inne. Spürte, wie das Blut nicht nur aus ihrem Gesicht, sondern aus ihrem gesamten Körper wich.

Der erste Schlag warf sie rückwärts gegen den Tisch. Das Buch flog ihr aus der Hand und ihr Handy krachte zu Boden. Der zweite Schlag zersplitterte die Gläser ihrer Brille, sodass sie ihr in die Haut schnitten, und brach ihre Nase.

Den dritten Schlag spürte Emma Russell nicht. Sie war bewusstlos.

ZWEIUNDFÜNFZIG

Kirby zog sich einen Stuhl heran und setzte sich neben Lotties Schreibtisch. Am liebsten hätte sie ihn gebeten, sie in den Arm zu nehmen, einfach nur des menschlichen Kontakts wegen, konnte es sich aber verkneifen. Ein Gefühl der Einsamkeit legte sich auf ihre Schultern und sie sehnte sich nach einer ihrer Tabletten. Leider konnte sie sich gerade unmöglich unauffällig eine reinwerfen, da alle sie ansahen, als gehörte sie in die Klapse.

»Kitty Belfield«, begann Kirby und blätterte in seinem Notizbuch.

»Nur die Kurzfassung«, bat Lottie.

»Ihr Ehemann Stan Belfield war Partner von Tessa Ball in der Anwaltskanzlei Belfield und Ball. Das war von den Sechziger- bis Anfang der Achtzigerjahre. Neunzehnhundertzweiundachtzig wurde die Kanzlei geschlossen.«

»Okay. Worauf wollen Sie hinaus?«

»Kitty hat mir erzählt, dass die Kanzlei Anfang bis Mitte der Siebzigerjahre an einigen äußerst umstrittenen Fällen beteiligt war. Mit einem hat sich Tessa ganz besonders befasst. Laut Kitty hatte Tessa ein recht ungesundes Interesse an dem Fall und hat Stan aus allen Treffen und Beratungen ausgeschlossen.«

»Was war das für ein Fall?«

»Dazu konnte oder wollte Kitty keine Details sagen. Immerhin ist sie inzwischen um die neunzig Jahre alt. Erst auf mein Drängen hin konnte sie sich daran erinnern, dass es um eine Mutter ging, die wohl versucht hat, ihr Haus mit ihren zwei Kindern daran niederzubrennen. Sie wurde daraufhin in die Nervenanstalt St. Declan's zwangseingewiesen. Offenbar wurden neunzehnhundertsechsundsiebzig bei einem Einbruch alle Unterlagen zu diesem Fall aus der Kanzlei gestohlen. Sonst wurde nichts mitgenommen. Es wurde auch nichts durchwühlt. Anscheinend wusste der Einbrecher, wo er suchen musste. Interessant, was?«

»Noch mal: Worauf wollen Sie hinaus?«

»Alles deutet auf Tessa hin, oder? Immerhin hat sie den Fall bearbeitet. Sie wusste, wo all die Akten aufbewahrt wurden. Sie muss etwas mit dem Einbruch zu tun gehabt haben.«

»Ich verstehe nicht, was ein Vorfall im Jahre neunzehnhundertsechsundsiebzig mit Tessas Ermordung vierzig Jahre später zu tun haben soll.«

Kirby schnaubte verächtlich. »Nun ja. Ich hielt es für wichtig.«

»Wurde die Akte jemals gefunden?«

»Nein.«

»Wer war die Frau, die versucht hat, ihre Kinder zu töten?«

Kirby fuhr mit dem Finger über seine Notizen. »Carrie King.«

»Okay«, sagte Lottie. »Das könnte uns in ein Labyrinth führen. Und da wir dafür nicht genug Leute haben, stellen wir diese Spur erstmal zurück und warten ab, was sich so entwickelt.«

»Okay, Boss.« Kirby stand auf und rollte seinen Stuhl resigniert zurück zu seinem eigenen Schreibtisch.

»Wo ist die Niederschrift der Aussage, die O'Dowd heute abgegeben hat?«

Boyd tippte auf seinen Computer herum. »Das ist seltsam.«

»Was ist seltsam?«, fragte Lottie. Sie vergewisserte sich, dass keiner ihrer Kollegen hinsah, holte unauffällig eine Tablette aus ihrer Tasche und schluckte sie schnell herunter. Bleib ruhig, befahl sie sich.

»Dazu gibt es nichts im System.« Boyd drehte sich um. »Lynch? Haben Sie O'Dowds Aussage aufgenommen?«

»Nein.«

»Kirby?«

»Ich auch nicht. Aber ich frag mal beim Empfang nach.« Er nahm den Hörer. Kurz darauf verkündete er: »Der Kollege hat keine Aufzeichnungen darüber, dass O'Dowd überhaupt hier war.«

Lottie schob ihren Stuhl zurück und stand auf.

»Na toll. Ganz, ganz toll«, schimpfte sie. »Kirby, wie haben Sie herausgefunden, dass O'Dowd das Cottage gehört?«

»Ich hab einfach ins Grundbuch geguckt.«

»Und wir wissen nicht, wer es gemietet hat?«

»Von den Immobilienmaklern in der Stadt weiß niemand was. Und ich habe sogar bei denen im Umkreis nachgefragt.«

»Warten Sie mal«, sagte Lottie. Sie ging zu ihm und setzte sich auf die Kante von Kirbys Schreibtisch. »Haben Sie eine Kopie des Grundbucheintrags oder der Urkunde?«

»Klar, Moment.«

Lottie atmete tief durch und schaute zu, wie Kirbys klobige Finger auf die Tasten hämmerten. Er klickte auf ein Dokument.

»Drucken Sie es aus.«

»Erledigt.«

Lottie nahm das Blatt aus dem Drucker. »Boyd, sieh dir das an. Willst du wissen, wem das Cottage vor O'Dowd gehört hat?«

»Oh. Wow.«

Sie nahm ihre Tasche und hängte sich die Jacke über den Arm. »Kirby, beantragen Sie einen Durchsuchungsbefehl für Mick O'Dowds Haus mitsamt den Ländereien. Boyd, du kommst mit. Wir müssen noch mal mit O'Dowd sprechen. Und dieses Mal sagt er gefälligst die Wahrheit.«

DREIUNDFÜNFZIG

Der Wagen schlingerte hin und her, als Boyd versuchte, den mit Wasser gefüllten Schlaglöchern entlang der düsteren Landstraße auszuweichen. Wolken so schwarz wie Ebenholz jagten einander über den sternenlosen Himmel. Sintflutartiger Regen prasselte so heftig gegen die Windschutzscheibe, dass die Scheibenwischer nicht mithalten konnten.

»Ich hätte Gummistiefel mitnehmen sollen«, murmelte Lottie.

»Das wäre für dich durchaus eine Sprosse auf der Modeleiter nach oben.« Boyd kämpfte mit dem Lenkrad.

»O'Dowds Hof wird der reinste Swimmingpool sein.«

»Eher eine Güllegrube.«

»Hey, da ist die Kurve.«

»Ich kann nichts sehen. Halt dich fest.«

Lottie drückte ihre Füße auf den Boden, als Boyd scharf nach rechts abbog. Sie wurde seitwärts an die Tür geschleudert, und ihr Sicherheitsgurt drückte an ihrer Schulter. »Mach mal halblang. Natürlich müssen wir uns beeilen, aber dennoch würde ich gern lebend ankommen.«

»Da brennt nirgendwo Licht«, stellte Boyd fest und brachte

den Wagen mit quietschenden Reifen auf O'Dowds Hof zum Stehen.

»Der Land Rover steht da. Dann schauen wir mal nach!« Sie schloss den Reißverschluss ihrer Jacke und stieg aus dem Auto. Boyd schaltete die Scheinwerfer aus, und plötzlich befanden sie sich in vollkommener Dunkelheit.

»Kannst du die nicht anlassen?«

»Ich habe Taschenlampen.«

Er holte zwei aus dem Kofferraum. Lottie nahm ihm eine ab, überprüfte die Funktion und folgte dem Lichtkegel bis zur Haustür. Dort angekommen, betätigte sie den Türklopfer, leuchtete mit der Taschenlampe durch die Glasscheibe und wurde von der Reflexion geblendet.

»Ich dachte gerade, ich hätte einen Geist gesehen«, sagte sie an Boyd gewandt, doch der war nirgends zu sehen. »Boyd? Wo bist du? Der Hund könnte frei rumlaufen. Komm zurück!« Hektisch leuchtete sie in der Gegend herum.

»Er läuft nicht frei rum.« Der Wind trug seine Stimme um die Hausecke herum in Lotties Ohren. »Er ist verletzt.«

»Was? Wie?« Sie rannte los, trat in Pfützen, wurde vom Wind gegen die Giebelseite gedrückt und stolperte über den sich in der Hocke befindlichen Boyd.

»Autsch«, rief sie aus.

Sie lag auf dem Rücken auf dem glitschigen Boden voller Mist und versuchte, sich mit den Ellbogen abzustützen, rutschte jedoch immer wieder aus.

»Lottie? Ist alles ok? Gib mir deine Hand.«

»Wo ist die verdammte Taschenlampe?« Sie schaffte es, sich hinzuknien. Boyd leuchtet auf den Hof vor ihnen, und da sah sie den Hund. »O mein Gott! Was ist passiert?«

»Der arme Kerl ist tot.«

Sie schlug die Hand vor den Mund und sagte: »Der Köter war zwar ganz schön fies, aber das hat er nicht verdient.«

»O'Dowd hat doch wohl kaum seinen eigenen Hund getötet«, mutmaßte Boyd und hob ihre Taschenlampe auf.

Lottie griff nach Boyds Hand und ließ sich von ihm auf die Füße ziehen. Die Wärme seiner Finger konnte jedoch nichts gegen den Schauder ausrichten, der sie durchfuhr.

»Das ist nicht gut«, stellte sie fest und entzog sich seinem Griff.

»Wir sollten bei Tageslicht wiederkommen.«

Ein starker Windstoß schleuderte eine Blechdose über den Hof.

»Warte kurz. Wir versuchen es erst an der Hintertür. Gib mir die Taschenlampe.« Lottie nahm sie ihm ab, führte Boyd zur Hintertür und klopfte an.

»Das ist doch zwecklos«, nörgelte Boyd.

Die Glasscheibe in der Tür schepperte. »Wir kommen morgen früh wieder. Jetzt ruf erstmal einen Streifenwagen, der hier Wache steht.«

»Wofür?«

»Falls O'Dowd zurückkommt.«

»Aber sein Auto ist hier.«

»Aber er nicht, und sein Hund ist tot. Ich schaue kurz nach, ob das Fahrrad noch im Schuppen steht.«

Noch zittrig von ihrem Sturz folgte Lottie dem Lichtkegel, den ihre Taschenlampe warf. Der Regen hielt unvermindert an. Neben der Schuppentür tropfte Wasser in eines der blauen Plastikfässer. Drinnen ragte der Traktor wie ein drohendes Ungeheuer auf. Keine Spur vom Quad. Keine Spur vom ...

»Boyd. Schnell. Komm her.«

Sie spürte, wie er direkt neben ihrer Schulter auftauchte. Fühlte seinen Atem an ihrem Hals.

»Das Fahrrad ist weg«, stellte er fest.

»Du hast es mich vorhin ja nicht mitnehmen lassen. Es war der Beweis, dass Emma hier war«, sagte sie mit fester Stimme. Die Tablette wirkte und hielt sie davon ab, ihn anzuschreien.

Boyd antwortete in einem ebenso ausgeglichenen Ton. »Du weißt doch, dass wir es nicht einfach mitnehmen durften. Dafür brauchen wir einen Durchsuchungsbefehl.«

Sie drehte sich um. Er stand so nahe bei ihr, dass sie im Licht der Taschenlampe in seiner Hand die Poren seiner Haut sehen konnte. Um sie herum tanzten Schatten umher. Das verzinkte Dach hob und senkte sich mit der Kraft des draußen tobenden Sturms. Irgendetwas heulte in der Ferne, und ein gewaltiges Knirschen mit einem anschließenden Krachen deutete darauf hin, dass ein Baum umgestürzt war. Lottie zuckte zusammen und trat einen Schritt auf Boyd zu. Er schlang beide Arme um sie. War ihr zu nahe. Aber sie wollte seine Nähe spüren. Wollte sich sicher fühlen. Sie lehnte sich an ihn und rieb ihre Wange an seine. Nur ganz kurz. Atmete seinen Duft ein.

Und dann sprach er und zerstörte fast den Moment. Fast.

»Du bist müde. Und klitschnass. Es war ein langer Tag. Du musst nach Hause.« Er fuhr ihr mit den Fingern durch das triefend nasse Haar.

»Hast ja recht«, sagte sie. »Wie üblich. Gehen wir.« Doch sie bewegte sich nicht. Konnte sich nicht bewegen.

Er ließ die Taschenlampe sinken. Sein Mund legte sich auf ihren. Ihre Lippen streiften sich sanft, schnell, und in ihr regte sich etwas. Etwas, das so lange geschlummert hatte, dass sie es kaum wiedererkannte.

»Nein, Boyd. Tu mir das nicht an!«

»Soll ich aufhören?«

»Nein.«

Seine Hände glitten um ihren Rücken und drückten ihren Körper fest an seinen. Sie spürte, dass er es auch spürte. Die Sehnsucht. Das Verlangen. Wie auch immer man es nannte ... sie wollte es. Ihre mit Schlamm bedeckte Hand hob sich automatisch, legte sich um seinen Nacken und zog ihn zu ihren Lippen herunter.

Ein weiteres lautes Krachen ließ sie beide aufschrecken. Der Sturm hatte es geschafft, das Dach von den Dachsparren zu heben und es hoch in den schwarzen Himmel und über das Feld zu schleudern. Regen strömte ungehindert herein.

»Die Götter haben schlechte Laune«, meinte Boyd und lachte angespannt auf. Dann leuchtete er mit der Taschenlampe in den Himmel. »Ohne das Dach gehen alle Geräte von O'Dowd hier drinnen kaputt.«

»Geschieht dem Mistkerl recht.« Lottie ging betont bedächtig um den Traktor herum. Ihr gesamter Körper kribbelte immer noch. »Das Fallrohr hat mit dem Dach die Biege gemacht«, stellte sie im Vorbeigehen mit Blick auf das Plastikfass fest.

Ein Blitz durchzuckte den Himmel und erleuchtete den Hof. Unvermittelt blieb sie stehen. Die Wärme, die eben noch durch ihren Körper geflossen war, verflog, und ihr Blut gefror in den Adern.

Sie ging einen Schritt zurück und flüsterte: »Boyd! Da drin. Da ... ist was.« Sie deutete auf das Fass. »Ich ... Ich hab da etwas gesehen.«

»Wahrscheinlich nur eine ersoffene Ratte.«

Er leuchtete mit seiner Taschenlampe auf das Wasser in dem Fass, das einst O'Dowds Propcorn beherbergt hatte. Lotties Blick folgte dem Strahl. Dann spürte sie, wie ihre Knie nachgaben. Sie schrie auf, rang nach Luft und schluckte die aufsteigende Magensäure wieder runter.

Dann wagte sie einen zweiten Blick.

Eine Haarsträhne kräuselte sich um zwei offene Augen, die sie aus den Tiefen des wässrigen Grabes anschauten.

Es war keine ersoffene Ratte.

Lottie schrie erneut.

VIERUNDFÜNFZIG

Der Mann umrundete das Auto. Der Regen trommelte auf seinen Kopf.

Er musste einen Anruf erledigen. Einen sehr schwierigen Anruf. Und er war sich alles andere als sicher, wie seine Nachricht ankommen würde. Er tippte auf die Nummer. Regenwasser traf auf sein iPhone-Display. Kein Signal. Gut ... oder nicht?

Als er die Sirenen hörte, die sich ihm näherten, drehte er sich um. Das Heulen schien mit dem Sturm zu konkurrieren, der inzwischen seinen Höhepunkt erreicht hatte.

Er schaute den Streifenwagen hinterher, bis sie hinter dem Hügel verschwunden waren, und beschloss, dass der Anruf warten konnte. Er stieg in sein Auto und folgte den Lichtern in die Nacht.

Er wusste, wohin sie unterwegs waren.

FÜNFUNDFÜNFZIG

Selbst mit Boyds Mantel über ihren Schultern zitterte Lottie weiter. Ihre Jeans legte sich wie eine feuchte Hülle um ihre Beine, das Haar klebte an ihrer Kopfhaut. Sie ballte die Fäuste und schlug sie sich gegen den Kopf.

»Sie war hier, Boyd. Die ganze Zeit. Allmächtiger Gott, das ist alles meine Schuld.«

»Das bringt doch nichts, Lottie.«

»Es hätte aber was gebracht. Wir waren hier. Vorhin. Wir haben das Fahrrad gesehen. Wir hätten ins Haus gehen sollen.« Sie blickte ihm direkt in die Augen. Das haselnussbraune Funkeln war schwarz geworden. »Lass mich allein.«

Ohne zu antworten, zuckte Boyd die Achseln und führte die Spurensicherung in den Stall. Lottie hingegen sackte auf der Türschwelle zusammen. Sie schaute hinauf in den Himmel und ließ Regen und Tränen der Hilflosigkeit über ihr Gesicht laufen. Die Leute von der Spurensicherung wuselten in weißen Anzügen um das Fass herum, in dessen Wasser die Leiche von Emma Russell schwamm.

Am Himmel waren keine Sterne zu sehen, nur Regentropfen, die wie Patronen durch die Dunkelheit schossen. Der Sturm heulte wie eine Banshee, die die Toten willkommen heißt, und Äste knirschten und knackten und fielen zu Boden. Das Vieh im anderen Stall brüllte laut und anhaltend. Ein weiterer Blitz erhellte den Himmel, gefolgt von einem Donnerschlag.

Scheinwerfer wurden aufgestellt, und als sie dort einsam auf der nassen Stufe saß, dachte Lottie, wie surreal diese Nacht geworden war. Ein siebzehnjähriges Mädchen war unter Wasser getaucht worden, bis es ertrunken war. Ohne Mitgefühl oder Mitleid. Ohne Gebet oder Buße. Ohne Reue oder Schuld. Einfach in ein Fass gesteckt, während Regen auf ihren Körper fiel und Wasser in ihre Lungen drang, bis sie ihren letzten Atemzug tat und ihr Leben einfach ausgelöscht worden war.

Lottie spürte ihr Gehirn in ihrem Schädel rattern. Eine plötzliche Bewegung lenkte ihre Aufmerksamkeit auf ihre Füße. Da saß ein kleiner Vogel, dessen Flügel so stark durchnässt waren, dass er wahrscheinlich nicht mehr fliegen konnte. Sein winziger Körper zitterte. Er konnte nicht mehr. Genauso wenig wie sie. Sie zwang sich zu begreifen, was geschehen war. Wer war dieses Monster, mit dem sie es zu tun hatten? Eines war sicher: Lorcan Brady und sein Partner hatten nichts mit Emmas Tod zu tun. Brady lag im Krankenhaus und der namenlose Mann war bereits tot. Wer also dann? Hatte O'Dowd das Mädchen getötet? Das schien am wahrscheinlichsten. Alles deutete auf ihn hin. Das Fahrrad im Schuppen. Die Tatsache, dass er verschwunden war. Die Lügen, die er erzählt und die Wahrheit, die er verschwiegen hatte.

Warum hatte Emmas Großmutter Tessa Ball O'Dowd das Cottage überschrieben? Wie ist es überhaupt in ihren Besitz gekommen? Und wer war der Mann, der vor Ausbruch des Feuers erstochen worden war? Warum war Emma hierhergekommen? Warum war sie tot? Warum?

Als sie Boyds Anwesenheit spürte, blickte Lottie auf. Mit den Lichtern und dem Regen im Hintergrund stand er da wie ein müder griechischer Gott. Der Rauch seiner Zigarette waberte um seinen Kopf und verschwand in die kalte Nachtluft.

»Willst du auch eine?«, fragte er.

»Ja, bitte«, flüsterte sie.

Er ging neben ihr in die Hocke und zündete eine Zigarette für sie an.

Reifen bretterten hörbar durch das Wasser, und sie sahen einander an. Lottie erhob sich mühevoll. Eine Autotür schlug zu und schwere Schritte folgten.

»Was zum Teufel geht hier vor?«, brüllte Superintendent Corrigan gegen den Sturm an.

»Wir haben Emma Russell gefunden. Ertrunken«, antwortete Boyd.

»Ertrunken? Was ist passiert?«

»Sie steckt in einem Fass, in dem sich ursprünglich Propcorn befunden hat, Sir«, berichtete Boyd. »Das ist eine Säure, die für Tierfutter verwendet wird. Man mischt sie ...«

»Schon gut, schon gut. Was hat sie hier draußen gemacht?« Corrigan deutete auf die Scheune, vor der reges Treiben herrschte.

»Das muss ich noch herausfinden, Sir«, antwortete Lottie. Sie warf die Zigarette weg, schob die Hände in die feuchten Taschen und erwartete eine Tirade.

»Finden Sie es schnell heraus.« Corrigan stampfte auf das Team der Spurensicherung zu.

Boyd atmete auf. »Da sind wir gerade noch mal davongekommen.«

»Beschrei es nicht.« Lottie beobachtete, wie der Superintendent sich mit McGlynn unterhielt. Dann kam er umgehend zurück.

»Morgen früh. Erste Handlung. In mein Büro.« Mit diesen Worten eilte er zurück zu seinem Auto.

Jane Dore traf ein und zog sich unter einem riesigen Regenschirm um, der von einer Garda gehalten wurde. Lottie nickte der Rechtsmedizinerin zur Begrüßung zu und ging mit Boyd zum Fass, um dabei zuzusehen, wie die Leute von der Spurensicherung die Leiche des Teenagers bargen.

Ein Mann mit einer Trage und einem Leichensack wartete in der dachlosen Scheune, während unaufhörlich Regen auf ihn niederprasselte.

Boyd fasste Lottie am Ellbogen. Sie schüttelte ihn ab.

»Mir geht es gut. Ich habe schon mal die eine oder andere Leiche gesehen.«

Das Fass lag jetzt auf der Seite und das Wasser leerte sich schnell, bis nur noch Emmas vollständig bekleideter Körper darin verblieb.

Lottie ertappte McGlynn dabei, wie er sie über seinen Mundschutz hinweg anstarrte. Smaragdgrüne Augen, die durch den Tatort, der sich ihm bot, getrübt waren. Genau wie ihre eigenen, nahm sie an. Zusammen mit einem Kollegen zog er Emma vorsichtig aus dem Plastikfass und auf eine Teflonfolie.

Lottie trat näher heran und sah auf sie hinab. Die offenen Augen des Mädchens schienen sie anzustarren, sie zu fragen, warum sie es im Stich gelassen hatte. Warum sie es nicht gerettet hatte. Auf Nase und Stirn waren Kratzer zu sehen.

»Zur Todesursache kann ich erst nach der Obduktion etwas sagen«, verkündete Jane und kam damit Lotties Frage zuvor. Sie begutachtete die Leiche. »Vollständig bekleidet. Jeans, T-Shirt und Pullover.« Ihre Finger tasteten unter die nasse Wolle und Baumwolle und suchten sorgfältig nach Wunden.

»Ich nehme an, dass sie ertrunken ist«, sagte Lottie.

»Sie wissen ja, was ich von Annahmen halte«, entgegnete Jane.

Lottie seufzte. »Sagen Sie mir Bescheid, wenn Sie die Ergebnisse haben.«

»Natürlich.«

»Du hast mir keine Chance gegeben«, flüsterte Lottie und streckte die Hand aus, um eine Haarsträhne aus Emmas totenstarrem Gesicht zu wischen.

McGlynn warf ihr einen warnenden Blick zu, doch Lottie hatte sich bereits abgewandt.

SECHSUNDFÜNFZIG

Nachdem sie Boyd losgeschickt hatte, um Arthur Russell über den Tod seiner Tochter zu informieren und seinen Aufenthaltsort seit seiner Freilassung aus dem Polizeigewahrsam zu überprüfen, beobachtete Lottie, wie zwei Mitarbeiter der Spurensicherung in O'Dowds Küche potenzielle Beweise akribisch identifizierten, eintüteten und markierten. Emmas zerbrochene Brille. Ihr Handy mit dem zersprungenen Display. SIM-Karte und Akku, die beide aus dem Handy entfernt worden waren. Das waren die einzigen Spuren für ihren Aufenthalt, die sie hinterlassen hatte.

Und Geschäftsbücher. Lottie trat näher heran und schlug eines der Bücher mit einem behandschuhten Finger auf. Spalten über Spalten mit Wörtern und Zahlen. Sie sagten ihr nichts. Ein anderes Buch enthielt eine Liste des durchnummerierten Viehbestands. Wer fütterte jetzt die Färsen und molk O'Dowds Kühe?, fragte sie sich. Wenn er nicht zurückkam. Wenn er das Mädchen ermordet hatte. Wenn ...

Als sie die Seiten durchblätterte, traf sie das Licht der Erkenntnis. Sie kannte diese Handschrift.

»Geben Sie mir einen Beweismittelbeutel«, sagte sie.

Nachdem das Bestandsbuch versiegelt war, schaute sie sich noch einmal um. Sie war sich sicher, dass Emma hier angegriffen worden war. Der Überwachungsmonitor lag zertrümmert auf dem Boden.

»Gibt es irgendwelche Aufnahmen?«, fragte sie den Mann von der Spurensicherung, der gerade die Arbeitsplatte nach Fingerabdrücken untersuchte.

»Ich habe noch keine entdeckt. Aber wenn ich welche finde, sage ich Ihnen Bescheid.«

»Tun Sie das. Danke.«

Sie hatte genug gesehen. Mit dem Beweismittelbeutel unter dem Arm verließ sie das Haus und fragte sich, warum Emma hier gewesen war und welche Rolle Mick O'Dowd in dem ganzen traurigen Schlamassel spielte. Bald, so hoffte sie, würde Marian Russell ihnen Antworten geben können.

———

Vor dem Haus sprang Lynch aus einem Streifenwagen, tauchte unter dem Tatortband hindurch und schloss sich Lottie an.

»Zuerst die gute oder die schlechte Nachricht?«, fragte sie.

»Das ist gerade nicht die passende Zeit für Spielchen«, wies Lottie sie zurecht und schob den Beweismittelbeutel unter ihre Jacke, um ihn vor dem Regen zu schützen. »Ich muss nach Hause zu meinen Kindern.«

»Ich wollte nur den Schock etwas abmildern«, meinte Lynch.

»Okay«, gab Lottie nach. »Dann erst die gute Nachricht.«

Lynch atmete tief ein und aus. »Der Mann, von dem wir vermuten, dass er Lorcan Brady ist, konnte vom Beatmungsgerät genommen werden, er kann aber im Moment noch nicht sprechen.«

»Das ist die gute Nachricht?«

»Ja, Boss. Jetzt die schlechte?«

»Na gut. Schießen Sie los. Der heutige Tag kann wohl kaum noch schlechter werden.«

»Marian Russell ist vor einer halben Stunde gestorben.«

———

»Inspektor Parker?«

Cathal Moroney tauchte hinter einem weißen Transporter mit einer Satellitenschüssel auf dem Dach auf. Er kam nicht weiter als bis zum Tor. Zwei Gardaí hinderten ihn daran, in den Bereich hinter dem Tatortband zu gelangen.

»Können Sie kommentieren, was Ihrer Meinung nach hier passiert ist?«

»Wollen Sie wirklich meine Meinung wissen?« Lottie drückte den Beweismittelbeutel unter ihrer Jacke fest an sich und ging auf den Reporter zu, wobei sie darauf achtete, nicht in den Pfützen auszurutschen.

Moroney hielt ihr das Mikrofon unter die Nase. »Ja, bitte. Handelt es sich um Mord? An der Jugendlichen, die Ihnen entwischt ist?«

Lottie stellte sich ganz nahe vor ihn, machte Anstalten, ihn mit dem Finger in die Brust zu stupsen, und sagte: »Sie sind das Allerletzte. Wie können Sie nur morgens in den Spiegel schauen?«

Moroney packte ihre Hand, bevor sie ihn berühren konnte.

»Detective Inspector Parker, ich lasse das nur dieses eine Mal durchgehen und führe Ihr Verhalten auf den Schock zurück, weil Sie Schreckliches gesehen haben. Ich möchte allerdings darauf hinweisen, dass ich Sie wegen tätlichen Angriffs anzeigen könnte.«

Lottie sagte nichts. Er hatte nicht ganz unrecht.

»Also kein Kommentar?«

Sie nickte, duckte sich unter dem Absperrband hindurch und ging auf den Streifenwagen zu, aus dem Lynch gestiegen war. Bevor sie ihn erreichen konnte, spürte sie, wie Moroney sie am Ärmel zupfte.

»Kommen Sie morgen ins Joyce-Hotel. So gegen halb ein Uhr mittags. Es gibt etwas, das Sie wissen müssen.«

Sie schüttelte seine Hand ab und öffnete die Autotür.

»Vergessen Sie's nicht«, sagte er.

»Und wenn doch, werden Sie mich sicherlich daran erinnern.«

Sie stieg in den Wagen und schlug die Tür hinter sich zu. Sie hatte Besseres zu tun, als sich morgen mit dem Arschloch von Cathal Moroney zu treffen. Mit zurückgelehntem Kopf schloss sie die Augen. Vor sich konnte sie immer noch Emma Russell sehen, die sie anstarrte. Und dann dachte sie an ihre Kinder. Es war ein langer, erbarmungsloser Tag gewesen.

———

Sein Parka hatte die ganze Zeit dort gelegen. Zusammengeknüllt unter seinem Notenpult. Oder hatte er zwei davon? Er konnte sich nicht erinnern. Himmel hilf, er musste dringend weniger kiffen. Er konnte nicht mehr unterscheiden, was real war und was eingebildet.

Die Gitarre war ihm auch kein Trost. Lustlos zupfte er an einer Saite herum und stellte das Instrument dann seufzend zurück auf den Ständer. Er schaute sich in seinem Zufluchtsort um und spürte, wie die Wände in seine Seele eindrangen.

Wo sollte er mit seiner Suche nach Emma beginnen?

Vielleicht sollte er eben rüber ins Krankenhaus rennen und Marian das Leben aus dem Leib schütteln. Herausfinden, was sie zu sagen hatte. Die Hexe. Mit ihren Kräutern und ihren Zaubersprüchen und all dem Kram. Die meiste Zeit war er sich sicher, dass sie verrückt war, manchmal war er davon überzeugt, dass sie einfach nur traurig war.

Ein Klopfen riss ihn aus seiner Träumerei. Bevor er sich bewegen konnte, schwang die Tür nach innen auf und Arthur Russells traurige kleine Welt wurde erneut auf den Kopf gestellt.

SIEBENUNDFÜNFZIG

Der junge Garda parkte den Streifenwagen auf dem Polizeigelände. Lottie brauchte einen Moment, um zu begreifen, wo sie war. Ein heftiges Klopfen am Fenster ließ sie aufschrecken.

»Was zum ...?«

Ein Gesicht spähte zu ihr herein. Das Licht an der Wand strahlte ihn von hinten an. Benommen stieg sie aus dem Auto.

Eine Hand wurde ihr entgegengestreckt. Sie sah erst darauf und dann hoch in das Gesicht. Niemand, den sie kannte. Aus dem schwarzen Haar schloss sie, dass er wahrscheinlich jünger war als sie. Selbst in dem schwachen Licht konnte sie sehen, dass seine Haut dunkel war. Gebräunt? Die Farbe seiner Augen konnte sie nicht ausmachen. Jedenfalls nicht hier. Als er einen Schritt zurücktrat, damit sie die Autotür schließen konnte, bemerkte sie, dass er gut einen Kopf größer war als sie und Schultern so breit wie eine Tür hatte. Er grinste, und schon bevor er seinen Mund öffnete, wusste sie, dass er vor Arroganz nur so triefte.

»David«, stellte er sich vor. »Detective Inspector David McMahon. Nationale Abteilung für Rauschgiftkriminalität.

Uns wurde von Dublin Castle angeordnet, hier das Kommando zu übernehmen. Sie müssen Detective Inspector Parker sein.«

Das Kommando übernehmen? So ein arrogantes Arschloch, dachte sie. »Sie können übernehmen, was Sie wollen, aber was die Mordfälle angeht, behalte ich die Leitung. Auch, was den neuen angeht.«

»Neuen was?«

»Mord.« Lottie schob sich an ihm vorbei die Stufen hinauf und durch die Tür. Eigentlich wollte sie ihm Letztere vor der Nase zuschlagen, aber das Scharnier war sehr schwerfällig. Also ließ sie ihn im Regen stehen. Mit offenem Mund, wie sie wusste, ohne hinzusehen.

———

»Ich übernehme dann mal dieses Büro.«

Er betrat den Raum, der mal ihr neues Büro werden sollte, der aber noch nicht fertig war und auch keine Tür hatte.

»Ganz bestimmt nicht. Das ist meines.«

»Sieht nicht so aus, als wäre es schon belegt. Passt schon.« Er marschierte hinein, zog seinen Mantel aus und schüttelte ihn aus. Regenwasser spritzte über den neuen beigefarbenen Teppich. Dann schob er die Leiter von einer Wand an die andere und betrachtete den Tapeziertisch.

Sie warf das Bestandsbuch, das sie aus O'Dowds Haus mitgenommen hatte, auf ihren Schreibtisch und ließ sich auf ihren Stuhl fallen.

»Krieg ich auch einen Stuhl und einen Computer?«, fragte er.

»Sie können sich wieder nach Dublin verpissen«, murmelte sie leise.

»Was sagten Sie, bitte?«

»Sie können mit Superintendent Corrigan darüber sprechen.«

»Mach ich.«

Seine Stimme war tief. Ein Bariton. Oder war es ein Bass? Himmel, sie war so fertig, dass sie jederzeit in Tränen ausbrechen könnte.

»Ich hatte Sie erst morgen erwartet«, meinte sie.

Er nahm an Boyds Schreibtisch Platz. Am liebsten hätte sie ihn angeschrien, dass er seinen Hintern vom Stuhl ihres Freundes entfernen soll, aber ihr fehlte die Energie.

»Nachdem das Brandopfer identifiziert wurde, wusste ich, dass Ihnen das nötige Fachwissen fehlt, um den Fall weiterzuverfolgen«, sagte er.

»Wovon reden Sie? Lorcan Brady ist ein Kleinganove, der es wohl kaum wert ist, dass Sie sich den Abend verderben lassen.«

»Lorcan Brady? Nein, den Grünschnabel meine ich nicht.«

»Wen denn dann?«

Aber sie wusste es. Und McMahon hatte es schon vor ihr erfahren. Der erstochene und verbrannte Mann war anhand seiner Zähne identifiziert worden. Und wenn ein Detective Inspector aus seinem gemütlichen Büro in Dublin hierherbeordert worden war, während draußen ein biblischer Sturm tobte, musste es sich um einen dicken Fisch handeln.

»Jerome Quinn«, antwortete er.

»Einer der Quinns?«

»Der zweitgrößte Drogenclan des Landes. Jerome hat sich vor ein paar Jahren mit seinem Halbbruder zerstritten und ist anschließend von unserem Radar verschwunden. Interessanterweise hat er höchstwahrscheinlich die ganze Zeit direkt vor Ihren Augen hier in Ragmullin gelebt.«

»Er ist uns nie aufgefallen.«

»Und dabei hat er hier Cannabis angebaut, oder?«

Lottie konnte den Vorwurf in seinem Tonfall hören. Und dabei wusste er noch gar nichts von dem Heroin, das sie in Bradys Haus gefunden hatten.

»Ganz zu schweigen von dem Heroin in Bradys Haus.«

Verflixt. Da ihr keine passende Antwort einfiel, sagte sie nichts.

»Sie sehen müde aus«, meinte er. »Ich checke jetzt in mein Hotel ein, und morgen früh legen wir los. Das sollte ein klarer Fall sein. Im Handumdrehen bin ich wieder verschwunden.«

Sie spürte, wie ihre Hand sich hob, nach einer Haarsträhne griff und sie um einen Finger zwirbelte. Ein natürlicher Reflex.

Vielleicht war er gar nicht so übel.

»Als erste Handlung allerdings will ich hier drin einen Computer haben.« Mit diesen Worten griff er nach seinem Mantel und war durch die Tür verschwunden, bevor ihr eine passende Antwort einfallen konnte.

»Was war das denn?«, fragte sie ihre vier Wände. Ihr Telefon piepte. Katie.

»Als du vorhin angerufen hast, wollte ich dich noch fragen, ob du was fürs Abendessen einkaufen könntest. Und eine Packung Babymilch für Louis. Oh, und wenn du schon dabei bist, vielleicht noch eine Packung Windeln. Danke. Du bist die Beste!«

»Aber klar doch«, sagte Lottie, doch ihre Tochter hatte bereits aufgelegt. Sie beugte sich vor und bettete ihren Kopf auf den Schreibtisch. Dass sie eingeschlafen war, bemerkte sie erst, als ihr jemand auf die Schulter klopfte.

»Geh nach Hause, Lottie«, sagte Boyd.

Sie reckte und streckte sich und ihr Blick fiel auf das Bestandsbuch im Beweismittelbeutel. »Das musst du dir ansehen.«

»Morgen«, sagte er. »Keine Spur von Arthur Russell im B & B oder bei Danny's, übrigens. Seit seiner Freilassung hat ihn niemand mehr gesehen.«

»Scheiße! Er hat ja wohl kaum seine eigene Tochter getötet?«

»Möglich ist alles.«

»Ob er wohl weiß, dass Marian tot ist?«

»Ich habe keine Ahnung.«

»Rekapitulieren wir.« Sie setzte sich so aufrecht, wie es ihre müde Wirbelsäule zuließ. »Tessa Ball ist tot. Marian Russell, ihre Tochter, ist tot. Marians Tochter Emma ist tot. Drei Mitglieder einer Familie. Wer hat von ihrem Tod profitiert? Was ist das Motiv? Und wer hatte ein Motiv? Arthur? O'Dowd? Ich kapier's nicht.«

»Lottie?«

»Ja?«

»Das kann bis morgen warten. Geh nach Hause.«

»Wo sind denn alle hin?«

»Immer noch bei O'Dowd. Nach ihm und nach Arthur Russell läuft eine Fahndung. Alle sind unterwegs auf der Suche, aber der Sturm legt ihnen immer wieder Steine in den Weg. Und Bäume. Die ganze Stadt ist überflutet. Der Fluss ist über die Ufer getreten. Ich musste einen erheblichen Umweg fahren, um hierher zu kommen.«

Lottie sprang auf.

»Hoffentlich ist meinem Haus nichts passiert.« Der Fluss führte direkt an ihrem Grundstück vorbei. Dann fiel ihr Katies Anruf wieder ein. Die hätte doch sicherlich erwähnt, wenn das Haus unter Wasser stünde? Andererseits …

»Gehst du mit mir einkaufen, Boyd? Allein fehlt mir die Energie.«

»Bitte?«

»Bitte.«

»Für dich tue ich doch alles.«

ACHTUNDFÜNFZIG

Jeden Abend war es das Gleiche. Vorsichtig bewegte sie sich auf Zehenspitzen, als wäre der Boden mit spitzen Glasscherben bedeckt. Doch sosehr sie sich auch bemühte, irgendetwas ließ ihn jedes Mal ausrasten.

Heute Abend, so schwor Annabelle, würde es anders sein.

Jede einzelne Oberfläche im Haus glänzte. Die Arbeitsflächen waren makellos. Vom Boden konnte man essen, und das hatte sie in der Tat einmal getan. Mit seinem Schuh auf ihrem Nacken. Es musste einen Weg aus dieser Hölle geben. Sie könnte in ein Hotel gehen. Aber da würde er sie finden. Außerdem musste sie ihre Praxis am Laufen halten. Und die Zwillinge behalten.

Ihr Leben mit Cian war immer langweilig gewesen, und sie erinnerte sich nicht mehr, warum sie ihn geheiratet hatte. Früher hatte sie die Lücke mit Affären gefüllt, aber ihre desaströse Liaison mit Tom Rickard hatte das Fass für Cian zum Überlaufen gebracht. Irgendetwas war in ihm zerbrochen, als er es herausfand. Der Mann, den sie vor zwanzig Jahren geheiratet und den sie zu kennen geglaubt hatte, hatte sich innerhalb weniger Wochen in einen rasenden Kontrollfreak verwandelt.

Das war alles ihre Schuld, hatte er gesagt. Sie war diejenige, die in den Betten anderer Männer geschlafen hatte, diejenige, die sich von anderen Männern hatte vögeln lassen. Sie war diejenige, die ihren Mann unzählige Male belogen hatte. Sie war wertlos. Also verdiente sie jede einzelne Ohrfeige, die er ihr verpasste, und jede einzelne Demütigung, die er ihr an den Kopf warf. Oder etwa nicht?

Nein, diese Behandlung verdiente sie nicht, sagte sie sich. Annabelle O'Shea würde sich ihren Wert nicht nehmen lassen. Sie musste etwas tun.

Routiniert legte sie das verbrannte Handgelenk frei, trug Salbe auf und versorge die nässende Wunde mit einem sauberen Verband. Eigentlich sollte sie bereits verheilt sein. War sie aber nicht. Sie hinkte zum Herd und rührte stoisch den Eintopf um.

Die Zwillinge waren in ihren Zimmern und machten Hausaufgaben. Aus Cians Arbeitszimmer kam kein Geräusch. Wenn sie so darüber nachdachte, hatte sie nichts mehr von ihm gehört, seit sie von der Arbeit nach Hause gekommen war. Sie warf einen Blick auf die Uhr. Normalerweise kam er um diese Zeit in die Küche, um nach ihr zu sehen und sie zu beschimpfen.

Aber heute Abend herrschte Stille.

Sie hörte auf mit dem Umrühren und lauschte angestrengt. Sie hörte Bronagh, die eine Melodie mitsang. Pearse, der mit dem Fuß auf den Boden stampfte. Aber keinen einzigen Ton aus Cians Arbeitszimmer.

Sie öffnete die Hintertür und spähte durch den Regen auf das offene Garagentor. Sein Auto war weg. Sie fragte nie, wohin er ging oder was er tat, denn es war ihr egal. Immerhin verschaffte er ihr durch seine Abwesenheit ein paar Stunden Ruhe. Aber dass er so früh am Abend ausging, war ungewöhnlich. Es war erst 19:05 Uhr.

Sie schlüpfte aus ihren Stiefeln und stieg in ihren Calvin-Klein-Socken die Treppe hinauf. Vor seinem Arbeitszimmer hielt sie den Atem an und wartete. Lauschte. Nichts. Erleichtert atmete sie aus und legte die Hand auf die Türklinke. Und dann bemerkte sie das Nummernpad an der Tür. Wann hatte er das dort angebracht?

Was trieb Cian in seinem Arbeitszimmer, das es rechtfertigte, seine eigene Familie auszusperren? Sie drückte die Türklinke herunter. Abgeschlossen. Mit einem resignierten Seufzer drehte sie sich um und wollte gerade die Treppe wieder hinunterzugehen, als sie über das Heulen des Sturms hinweg ein Auto in die Einfahrt biegen und in die Garage fahren hörte.

Schnell rannte sie die Treppe hinunter und in die Küche, wo sie in aller Seelenruhe den Eintopf umrührte, als er hereinkam. Kein Wort. Kein Blick. Sie hob erst den Kopf, weil sie die eisige Kälte spürte, als er hinter sie trat, seinen Arm um ihre Taille legte und ihren Körper in einer groben Umarmung an seinen drückte. Der Geruch nach Feuchtigkeit und Abgestandenheit stieg von seiner Kleidung auf, als seine Finger begannen, sie zu befummeln.

Ihr langer Hals, der seine Berührungen einst so sehr genossen hatte, erstarrte, als seine kalten Lippen Annabelle an ihrer empfindlichsten Stelle trafen. Er sie dorthin biss, wo es niemand sehen konnte. Mit aufeinandergepressten Lippen ließ sie es geschehen, zwang sich, nicht zu reagieren, bis sie allein war und den Schmerz zulassen konnte.

Seine Hand bewegte sich nun zur Vorderseite ihres Körpers und wanderte unter den Bund ihrer Jeans, spielte mit der Spitze ihres Höschens, drang mit einem Finger in sie ein. Sie stieß die Luft aus und hoffte, dass er das nicht als Erregung interpretieren würde. Tat er nicht. Ohne ein Wort gesagt zu haben, zog er den Finger aus ihr heraus und verpasste ihr einen Schlag in die Kniekehlen. Sie knickte ein, fiel jedoch nicht hin. Mit dem Kochlöffel immer noch in der Hand über dem Topf ließ er sie zurück. Mit gespitzten Ohren lauschte sie, wie er sein

Arbeitszimmer betrat und die Tür hinter sich schloss. Dann sank sie langsam zu Boden.

Sie wischte ihre Tränen weg und fasste einen Entschluss. So konnte es nicht weitergehen.

Zwillinge hin oder her, Cian musste gehen. Wenn er nicht ging, würde sie gehen. Schlussendlich.

Aber zuerst musste sie herausfinden, was ihrem Mann so wertvoll war, dass er es hinter der verschlossenen Tür in seinem Arbeitszimmer aufbewahrte.

NEUNUNDFÜNFZIG

Lottie unterdrückte den Drang, vor ihrer Haustür umzudrehen und direkt wieder zu gehen. Es war, als würde man mit drei Erwachsenen zusammenleben, die sich wie Zweijährige aufführten. Sie verdrängten sie aus ihrer Fünf-Zimmer-Doppelhaushälfte und ließen sie jeden Abend nach der Arbeit die komplette Hausarbeit erledigen. Aber sie liebte sie. Und sie brauchte sie mehr, als sie ahnten. Sie erhellten ihren Tag und halfen, die Dunkelheit ihres Jobs vor ihrer Haustür zu lassen.

An diesem Abend jedoch brauchte sie einen Drink. Nein, dachte sie. Noch nicht.

Sie hievte die Tüte mit den Lebensmitteln in die Küche und verstaute die Vorräte in den Schränken. Anscheinend war ihre Mutter heute nicht da gewesen. In der Küche herrschte ein heilloses Chaos. Arbeiten, den Haushalt führen, auf die Kinder aufpassen ... Das wurde ihr alles zu viel. Sie lehnte den Kopf gegen die Schranktür und knallte eine Dose Bohnen auf die Arbeitsplatte, ohne den Krach zu hören, den sie verursachte. Und noch mal.

»Mum!« Katie kam in die Küche gerauscht. »Was machst

du da? Du hast Louis aufgeweckt! Jetzt muss ich ihn wieder eine Stunde lang wiegen, damit er wieder einschläft!«

»Ich habe dir doch gesagt, dass du ihm gar nicht erst angewöhnen sollst, in den Schlaf gewogen zu werden.«

»Ich bin so müde ... Ich tu alles, Hauptsache, er schläft.«

Lottie schob ein Glas Currysoße und zwei Tütensuppen in den Schrank. Darin waren schon drei Suppen. Sie prüfte das Mindesthaltbarkeitsdatum. Vor zwei Jahre abgelaufen. Verflixt.

»Hörst du mir überhaupt zu, Mum?«

Lottie drehte sich um. Ihre Augen wurden glasig, und ohne zu wissen, was sie tat, schleuderte sie die Tütensuppen auf den Boden.

»Himmel, Mum. Lass das. Was ist denn los mit dir?«

Lottie schaute ihre Tochter blinzelnd an. »Katie?«

»Ich hole Chloe.« Katie rannte aus der Küche.

Ein schwarzer Schatten legte sich über Lotties Augen. Sie klammerte sich an die Arbeitsplatte, aber ihre Beine klappten unter ihr einfach weg und sie fiel auf den Hintern. Auf dem Boden sitzend legte sie den Kopf in den Nacken und rang nach Luft. Konnte nicht atmen.

»Katie ...«

Atme, ermahnte sie sich selbst. Atme. Tot nützte sie ihren Kindern nichts. Unfähig, Luft in die Lunge zu bekommen, sah sie schwarze Sterne vor ihren Augen tanzen. Dann Dunkelheit.

———

Als sie die Augen öffnete, wusste sie einen Moment lang nicht, wo sie war. Sie zog die Beine unter sich und kniete sich hin. Endlich konnte sie wieder atmen. Ihre Hände. Was war das an ihren Händen? Sie schaute sich um. Ein ominöses Pulver bedecke den Boden. Die Suppentüten waren aufgeplatzt, und der Inhalt hatte sich überall verteilt. Hatte sie das getan? Natürlich hatte sie. Sie war verrückt! Völlig durchgedreht.

In diesem Moment war es ihr egal, wie viele Vorsätze sie gefasst hatte. Sie brauchte einen Drink.

Katie stürzte mit Louis auf dem Arm herein.

»Mum, irgendwas stimmt mit dir nicht. Bist du betrunken?«

»Nein, ich bin nur erschöpft.«

»Ich ertrag es nicht mehr, hier zu wohnen. Ist dir das klar? Ich muss von hier weg. Und es ist mir egal, was du sagst. Ich muss raus aus diesem Haus.«

»Sei nicht albern. Wo willst du denn hin? Du hast doch gar kein Geld. Und es regnet.« Lottie fragte sich, wer da redete. Das konnte doch unmöglich sie selbst sein?

»Mein Sohn hat einen Großvater.«

»Was? Tom Rickard? Sei nicht albern, Katie.«

»Mum, wir müssen reden.« Katie setzte sich an den Tisch.

Lottie schleppte sich zu ihr und ließ sich auf einen Stuhl sinken. »Tom Rickard weiß nichts von Louis.«

»Ich habe ihn aufgespürt. Und ihm eine E-Mail geschickt. Und er will seinen Enkel sehen. Und da du mit uns allen hier eh überfordert bist, fliege ich mit Louis für ein paar Wochen zu ihm.«

»Nach allem, was ich für dich und den kleinen Louis getan habe? Ich habe mir solche Sorgen um dich gemacht. Da kannst du doch nicht einfach aufstehen und gehen!«

»Es ist doch nur für ein paar Wochen. Und noch steht auch nichts fest. Bisher haben wir einfach nur ein paar E-Mails ausgetauscht.«

»Louis ist noch zu klein.«

»Nein, ist er nicht. Ich habe bereits einen Pass für ihn beantragt.«

»Das kannst du doch nicht machen.«

»Klar kann ich. Habe ich schon. Mum, wir brauchen eine Pause voneinander. Ich brauche ein paar Wochen Abstand. Und du brauchst den Freiraum auch.«

Lottie spürte, wie sich ihr Mund öffnete und schloss. Es

kamen keine Worte heraus. Noch vor ein paar Minuten hatte sie sich praktisch aus dem Haus gewünscht, und jetzt wusste sie nicht, was los war. Pass auf, was du dir wünschst. Ja. Klar.

SECHZIG

Boyd stand auf der Türschwelle.

»Bittest du mich nun herein oder was?«

»Oder was«, sagte Lottie und öffnete die Tür weiter.

»Regnet es da drin?«

»Ich habe gerade geduscht. Komm rein.«

Er drückte ihr eine braune Papiertüte mit einer Plastikfla-sche darin in die Hand, legte seine Jacke ab und steuerte auf direktem Weg die Küchen an. »Irgendetwas riecht hier gut.«

»Du bist ein beschissener Lügner. Das Abendessen ist längst vorbei. Eine Fünf-Minuten-Terrine könnte ich bieten.«

»Ich lasse mich lieber erschießen als vergiften«, meinte er und setzte sich an den Tisch.

»Mach's dir ruhig bequem.« Lottie zog die Flasche aus der Tüte. »Cola light? Gibt's bei Tesco keinen Wein mehr?«

»Hier wird getrunken, was auf den Tisch kommt.«

»Eine nette Laune hast du da mitgebracht.«

»Das sagt die Richtige.«

»Wieso bist du hier?«

»Ich ... Lottie, mach mal halblang. Ich bin einfach vorbeigekommen, um zu sehen, wie es dir geht. Nach dem heutigen Tag, du weißt schon ...«

»Mir geht's super.« Sie kaute auf der Innenseite ihrer Lippe herum. Die Richtung, die das Gespräch nahm, gefiel ihr gar nicht.

»Da hat Katie aber ... Scheiße!«

Mit der Flasche Cola in der einen Hand und einem Glas in der anderen starrte Lottie ihn mit offenem Mund an. Damit hatte sie nicht gerechnet. »Bitte was? Komm schon, Boyd. Was wolltest du sagen?«

»Gar nichts weiter. Katie hat mich angerufen und meinte, du hättest einen Nervenzusammenbruch. Ob ich kommen würde, um mit dir zu reden.«

»Grundgütiger.« Sie reichte ihm das Glas. »Du hättest Wein mitbringen sollen.«

»Danke.« Er spielte mit dem Glas in seiner Hand herum.

Sie schenkte sich selbst ebenfalls ein Glas ein. Dann klingelte ihr Handy. Sie warf einen Blick auf das Display. Las den Namen auf dem Display.

»Willst du nicht rangehen?«, fragte er.

»Das ist nur Annabelle. Soll mir aufs Band sprechen. Ich nehme an, Katie hat sie auch angerufen. Vermutlich will sie sich nur vergewissern, dass ich keine Überdosis genommen habe.«

»Sei nicht so abwertend. Wir machen uns Sorgen um dich. Manchmal kommt man an einen Punkt, an dem man sich eingestehen muss, dass man Hilfe braucht, und wenn sie einem angeboten wird, sollte man sie auch annehmen.«

»Es ist also Dr Phil, der an meinem Tisch sitzt, nicht mein Freund Boyd.«

»Ich bin dein Freund. Verstehst du nicht, Lottie? Du hattest heute einen beschissenen Tag, eine beschissene Woche, und du musst darüber reden. Den Kopf in den Sand zu stecken, bringt nichts.«

Sie nippten an ihrem jeweiligen Glas, während Louis im anderen Zimmer wimmerte, Katie ihn zu beruhigen versuchte und der Regen gegen die Fensterscheiben prasselte.

»Ich weiß nicht, was mit mir los ist. Niemand versteht mich«, sagte Lottie.

»Probier's aus.«

Sie hielt den Blick gesenkt und ließ die Cola im Glas kreisen.

»Boyd, ich ertrinke. So fühlt es sich zumindest an. Ich habe dieses Gefühl in mir, genau hier.« Sie haute sich mit der Faust auf die Brust. »Es frisst mich auf. Ich fühle mich so egoistisch. Ich kann niemanden lieben. Nicht einmal meine Kinder. Und weißt du, warum?«

»Sag es mir.« Seinem Gesicht war die Sorge deutlich anzusehen, und seine Augen waren voller unausgesprochener Worte.

»Ich habe Angst«, sagte sie und senkte den Blick, um ihn nicht mehr ansehen zu müssen. »Angst, sie zu verlieren. Weil ich sie so sehr liebe. Und ich will sie nicht verlieren. Nicht meine Kinder. O Gott, wenn ihnen oder dem kleinen Louis etwas zustoßen würde, würde ich mich in den Lough Cullion stürzen. Verstehst du das?«

»Ich verstehe, dass du deine Kinder und Louis liebst. Du liebst sie so sehr, dass du Angst hast, es ihnen zu zeigen. Du denkst, wenn du zeigst, wie wichtig sie dir sind, du verletzt wirst oder sie verletzt. Aber so ist das Leben, Lottie. Wir werden alle verletzt. Aber wir sind erwachsen. Wir kommen damit zurecht. Oder? Du hast Adam geliebt, dann ist er gestorben. Und das ist dein einziges Problem. Du weißt nicht, wie du mit den Schuldgefühlen umgehen sollst.«

»Schuld?«

»Vielleicht sind es keine Schuldgefühle. Vielleicht ist es Angst. Ich bin zwar nicht Dr Phil, aber ich glaube, du wirst so aufgefressen von der Angst, alles zu verlieren, was du liebst, dass du alle von dir wegstößt. Da ist so was wie eine hohe Mauer, wie ein Kraftfeld um dich herum, und jede einzelne Person, die dir wichtig ist, wird abgewiesen. Du musst es durchbrechen, Lottie, oder es wird dich brechen.«

Sie lächelte schwach. »Danke, Boyd. Du hast genau das in Worte gefasst, was ich fühle.« Sie wusste, dass er recht hatte. Ihre Verlustängste führten dazu, dass sie auch ihn von sich fernhielt. »Aber reden wir nicht mehr über mich. Ich komm schon klar.«

Eine Weile schwiegen sie beide.

»Ich verstehe einfach nicht, warum Emma getötet wurde«, sagte er schließlich. Seine Worte brachten eine Eiseskälte in den Raum, die sich auf Lotties Schultern legte.

»Vielleicht hat sie etwas gesehen oder gewusst«, meinte sie. »Ich vermute, dass wir in der Nacht, in der Tessa ermordet wurde, etwas übersehen haben. Morgen früh gehen wir noch mal alle Beweise durch. Ich komme nicht zur Ruhe, ehe der Fall gelöst ist.«

»Halt. Stopp. Mach dich nicht fertig. Wer auch immer sie getötet hat, wollte die ganze Familie auslöschen. Der Mörder verfolgt einen Plan, und ich glaube nicht, dass du oder sonst jemand ihn hätte aufhalten können.«

»Aber warum? Wir müssen der Sache auf den Grund gehen.«

Die Haustür wurde geöffnet und geschlossen.

»Na, wen haben wir denn da ... Boyd, stimmt's?«

»Hallo, Mrs Fitzpatrick.« Boyd stand auf und schüttelte ihr die Hand.

Rose legte ihren Regenschirm in der Spüle ab, zog ihren Regenmantel aus und reichte ihn Boyd, damit er ihn im Flur aufhängen konnte. »Ein furchtbares Wetter ist das da draußen.«

»Warum gehst du dann raus?«, fragte Lottie, ohne Boyds warnenden Blick hinter dem Rücken ihrer Mutter zu beachten.

»Ich wollte nur mal vorbeikommen, um zu sehen, ob alles in Ordnung ist.«

Hatte Katie etwa ihre Mutter angerufen? Sie würde dem Mädchen den Hals umdrehen.

»Alles in bester Ordnung. Warum auch nicht?«

»Ich habe von der Sache mit diesem armen Kind gehört. Der Enkelin von Tessa Ball. Ganz, ganz furchtbar, das alles.«

»Möchten Sie eine Tasse Tee?«, bot Boyd an.

Lottie starrte ihn an. Es war ihr Haus!

»Sicher, warum nicht?«

Während Boyd den Wasserkocher füllte, fragte Lottie: »Hast du schon gehört, dass Marian Russell heute auch gestorben ist?«

Rose erblasste. »Nein, das habe ich nicht gehört.«

»Bist du sicher, dass du mir nichts über Tessa und ihre Familie erzählen kannst?«

»Ja, da bin ich mir sicher.«

»Sie war in den Siebziger- und Achtzigerjahren Anwältin. Hatten du oder Dad etwas mit ihr zu tun?«

Lottie betrachtete ihre Mutter sehr genau. Roses Hand zitterte leicht, aber ihr Blick war geradeaus gerichtet. Unerschütterlich.

»Ich kann mich nicht erinnern, dass wir etwas mit ihr zu tun hatten.«

»Dads Testament vielleicht?«

»Nein. Du weißt doch, dass er alles mir hinterlassen hat. Und wenn ich nicht mehr bin, gehört alles dir.«

»Und was ist mit Mick O'Dowd? Kennst du den?«

Rose schüttelte den Kopf. »Ich glaube nicht. Warum? Was hat er angestellt?«

»Das weiß ich noch nicht. Womöglich war er mal mit Tessa zusammen.«

»Das bezweifle ich. Sie hatte überhaupt keine Zeit für jemand anderen als ihre Tochter Marian. Hat das Mädchen total verzogen und damit wohl den so frühen Verlust ihres Mannes kompensiert.«

Lottie überlegte, ob sie auf etwas anspielen wollte, wusste jedoch nicht, auf was. Rose war still. Zu still. Lottie musterte ihre Mutter ganz genau. Sie schien in ihrer eigenen Welt verloren zu sein. Auf ihren Augen lag ein Tränenfilm.

»Mutter, was ist denn los? Ist alles in Ordnung?«

Rose schüttelte Lotties Hand ab und stand auf. »Ich gehe jetzt lieber nach Hause. Du befindest dich ja in guten Händen.«

»Aber das Wasser kocht gleich«, sagte Boyd.

Rose lächelte. Boyd verstand es, ihre Mutter auf seine Seite zu ziehen.

»Ein andermal.«

An der Tür drehte Rose sich noch einmal um. »Mick O'Dowd? Der war zu seiner Zeit ein echter Frauenheld, sofern wir beide denselben Mann meinen.«

»Mein Mick O'Dowd wohnt draußen bei Dolanstown«, sagte Lottie.

»Ja, genau den meine ich auch.«

»Wir glauben, dass er Emma getötet haben könnte«, sagte Boyd.

»Emma? Der würde er kein Haar krümmen.«

»Warum nicht? Kannte er sie? Sie wurde in seinem Bauernhaus getötet. Er ist einer unserer Verdächtigen.«

»Niemals würde er Mädchen etwas antun. Da solltet ihr lieber woanders suchen.« Rose trat hinaus in den Regen, öffnete ihren Regenschirm und schloss ihn dann wieder, bevor der Wind ihn erfassen konnte.

»Wie genau meinst du das?«, fragte Lottie ihre Mutter.

»Soll ich Sie fahren?«, bot Boyd an.

»Ich bin mit dem Auto hier.« Mit diesen Worten verschwand Rose auf die Straße.

Lottie starrte Boyd an, während es ins Haus regnete.

»Mach die Tür zu«, sagte Boyd.

In der Küche saßen sie beide am Tisch und verdauten, was Rose Fitzpatrick gesagt hatte.

»Zuerst wusste sie nichts, dann wusste sie sehr viel. Ich blicke überhaupt nicht mehr durch bei ihr.«

»Könnte Mick O'Dowd der Verfasser von Tessas Liebesbriefen gewesen sein?«, fragte Boyd.

»Es ist alles ganz schön abgedreht. Und ich glaube wirklich, dass es meiner Mutter nicht gut geht. Ist dir aufgefallen, wie blass sie ist?«

»Vielleicht ist sie ein bisschen dünn geworden.«

»Ich rede mal mit Annabelle darüber und vereinbare einen Termin für sie.«

»Hat Annabelle dir denn eine Nachricht hinterlassen?«

»Ich habe noch nicht nachgeschaut. Wenn es wichtig ist, ruft sie noch mal an, aber wie ich sie kenne ...«

»Lottie? Nicht nur deine Mutter könnte einen Termin beim Arzt gebrauchen, sondern du auch.«

»Komm mir nicht schon wieder so. Trink deine Cola aus, und dann gehe ich ins Bett.«

Boyd trank sein Glas leer, und Lottie nahm es ihm ab und stellte es in die Spüle. »Wir sehen uns morgen früh.«

Er stand auf und ging zur Tür. »Weißt du, wenn das stimmt, was deine Mutter angedeutet hat, dann könnte Marian Russell die Tochter von Tessa und O'Dowd gewesen sein.«

»Solche Spekulationen bringen uns nicht weiter. Selbst wenn dem so war, welche Relevanz hat das für unsere aktuellen Mordfälle?«

»Vielleicht keine. Aber vielleicht ...«

»Oder vielleicht doch. Zum jetzigen Zeitpunkt wissen wir es nicht. Gute Nacht, Boyd.« Sie umarmte ihn kurz.

Chloe kam die Treppe herunter. »Ich habe morgen früh einen Termin bei meinem Therapeuten. Aber keine Sorge, ich kann da alleine hin.«

»Bis dann«, sagte Boyd mit einem Augenzwinkern.

»Tschüss«, sagte Chloe.

Lottie schloss die Haustür ab und schaltete das Wohnzimmerlicht aus.

»Hey, ich wollte noch eine Runde fernsehen«, sagte Chloe.

»Bleib nicht wieder die halbe Nacht auf«, warnte Lottie, als ihre Tochter im Flur an ihr vorbeiging und die Augen verdrehte, wie nur Teenager es können.

Lotties Herz setzte für einen Moment aus. Eine andere Teenagerin in Ragmullin würde nie wieder die Augen verdrehen. Sie streckte die Hand aus und berührte Chloes Arm. Ihre Tochter blieb stehen. »Geht es dir jetzt besser, Mum?«

Lottie nahm ihr mittleres Kind fest in beide Arme und wurde zurück umarmt. Als sie sich von ihr löste, hielt sie Chloe auf Armeslänge von sich und sagte: »Wenn ich bei meiner Familie bin, geht es mir immer gut.«

»Gut. Du hast uns vorhin Angst gemacht. Du bist eine gute Mum, wenn auch manchmal etwas verrückt.«

»Danke dafür, Chloe.«

»Immer wieder gern. Kann ich jetzt fernsehen?«

»Und dir geht es auch gut?«

Chloe schob ihre Ärmel hoch. Lottie schluckte beim Anblick der alten Narben, die sich über ihre Arme zogen. Aber es waren keine frischen Schnittwunden dabei. »Es geht mir gut. Und ich weiß, dass ich mit meinem Therapeuten oder mit dir reden muss, wenn es mir jemals wieder so schlecht geht.«

»Und Sean und Katie? Geht es ihnen gut?«

»Mum, das musst du sie schon selbst fragen.«

Lottie drückte Chloe noch einmal an sich und schaute dann ihrer wunderschönen und intelligenten Tochter hinterher, die sich erhobenen Kopfes ins Wohnzimmer zurückzog.

Ja, sie musste wirklich mit Sean und Katie reden. Aber zuerst musste sie schlafen.

EINUNDSECHZIG

Alexis saß am Kopfende des langen Tischs, von wo aus sie die sitzenden Gäste sehen konnte. Sie reihten sich der Länge nach aneinander, acht auf jeder Seite. Sechzehn der einflussreichsten Personen der New Yorker Computerspielindustrie. Der Platz am anderen Ende des Tischs blieb leer. Wie schon in den letzten Wochen.

Aber ihr Kind würde zurückkommen. Sobald alles geklärt war.

Es war eine wichtige Zeit. Eine arbeitsreiche Zeit. Sie musste unbedingt das Chaos in Ragmullin in Ordnung bringen. Ein Chaos, das nun die Welt bedrohte, die sie ihr Leben lang aufgebaut hatte. Ein Chaos, vor dem sie vor vierzig Jahren geflohen war, in der Hoffnung, es für immer hinter sich zu lassen. Sie hätte wissen müssen, dass der Tod eines unbedeutenden Garda-Sergeants im Jahr neunzehnhundertfünfundsiebzig eines Tages wieder Thema werden würde, dass Leichen aus Kellern steigen und an ihre Tür klopfen würden. Knochen waren ausgegraben worden, und das bereitete ihr ernsthafte Sorgen.

Nicht dass sein Tod viel mit ihr zu tun gehabt hätte. Nein,

es war das, was im Jahr zuvor geschehen war, was ihr so große Sorgen bereitete. Der Fund der Knochen des Jungen im vergangenen Januar, so wusste Alexis, war das Einzige, was die alte Frau dazu bringen könnte zu enthüllen, was sie möglicherweise seit Jahren vermutete. Und Alexis musste alle Eventualitäten unter Kontrolle haben. Pläne wurden geschmiedet. Aber wie sich herausstellte, war ihr in den Rücken gefallen worden. Und jetzt musste sie unter allen Umständen verhindern, dass ihr Kind es jemals herausfand.

Während die Personen um sie herum Gespräche führten und lachten, blendete Alexis alles aus und überlegte, welche nächsten Schritte sie unternehmen musste.

Diesmal würde die Vergangenheit begraben bleiben.

Sie konnte es nicht riskieren, das Kind zu verlieren.

Einmal war genug.

Sie würde dafür sorgen, dass das nicht noch einmal passierte.

DIE ACHTZIGERJAHRE
DAS KIND

So nennen sie mich. Das Kind.

Wissen sie denn nicht, dass ich einen Namen habe? Ich hatte einmal einen. Das ist jedoch so lange her, dass ich mich nicht einmal mehr daran erinnern kann.

Das ist jetzt auch egal. Ich kann sein, wer oder was auch immer ich sein möchte.

Ich arbeite jetzt auf der Farm. Der Farm? Lachhaft. Schon wenn ich es sage, muss ich lachen. Eigentlich ist es nur ein Stück Land innerhalb der hohen Mauern, die die Anstalt umgeben. Ja, inzwischen kann ich es eine Anstalt nennen. Denn es ist eine Anstalt. Hier bin ich ausgesetzt worden. Und höchstwahrscheinlich werde ich innerhalb dieser Mauern auch sterben.

Aber heute bin ich draußen.

Johnny Joe zeigt mir, wie man Kräuter sät. Heilkräuter, behauptet er. Zu schade, dass er sie nicht selbst einnimmt. Der verrückte alte Mann mit seinen krummen braunen Fingern und dem Raucherhusten.

Ich denke nicht mehr oft an meine Mutter. Die Stimmen haben aufgehört, ihren Namen zu rufen. Vielleicht ist sie tot. Oder vielleicht wurde sie entlassen. Warum haben sie mich nicht entlassen? Haben denn alle vergessen, dass ich hier bin? Einmal habe ich eine Krankenschwester gefragt, wann ich nach Hause darf. Sie lachte und verwuschelte mir das Haar.

»Du kannst nie wieder nach Hause.«

»Warum nicht?«

»Dein Zuhause ist abgebrannt, du verrücktes Kind.«

»Ich bin nicht verrückt. Nicht so wie die anderen. Ich will hier raus.«

»Der einzige Weg, hier rauszukommen, Kind, ist, wenn die Person, die dich hier abgeliefert hat, zurückkommt und dich rausholt.«

»Warum ist sie nicht zurückgekommen?«

»Ich glaube, sie hat vergessen, dass es dich gibt.«

Mit diesen Worten ging sie davon.

An dieses Gespräch muss ich denken, während ich ein weiteres Samenkorn in die knorrigen alten Hände von Johnny Joe lege. Ich beobachte, wie sich seine Finger über die kleine Lebensquelle legen, bevor er sie auf die trockene Erde fallen lässt. Ich gebe Lehm über den Samen und steche dann mit dem Finger ein Loch in die Erde des nächsten Topfs, für das nächste Samenkorn. Diesen Vorgang wiederholen wir sechshundertfünfundsechzig Mal. Dann beginne ich zu weinen.

Er schaut mich an. Das Weiße seiner Augen ist ganz gelb. Er nimmt meine Hand und führt sie an seine Lippen. Ich fürchte, dass er mir die Finger abbeißt, doch er haucht nur einen sanften Kuss auf die Spitzen.

»Hier drinnen wird nicht geweint, Kind. Die Zeit zum Weinen ist vorbei. Der Teufel ist überall um uns herum. Weinen wird ihn nicht fernhalten. Er ist in deiner Seele. Und jetzt zurück an die Arbeit.«

Ich gebe ihm das letzte Samenkorn. »Sechshundertsechsundsechzig.«

TAG FÜNF

ZWEIUNDSECHZIG

Der Morgen erwachte mit einem sepiafarbenen Himmel und tief stehenden Wolken, die neuen Regen bringen sollten. Der Sturm hatte sich in der Nacht gelegt, aber er hatte eine Spur der Verwüstung hinterlassen.

Lottie war vor allen anderen in der Dienststelle. Selbst von McMahon war keine Spur. Auf ihrem Handy las sie die neuesten Nachrichten.

In den Midlands war das Ackerland überschwemmt. Flüsse waren über die Ufer getreten. Zu Ragmullin gab es einen Sonderbericht. Cathal Moroney mit seinen viel zu weißen Zähnen. Das untere Ende der Stadt versank im Wasser des Flusses. Das Stadion, in dem sonst Windhundrennen veranstaltet wurden, glich einem See. Bis auf Weiteres waren alle Rennen abgesagt. In einem Video war zu sehen, wie schmutziges, braunes Wasser an Careys Elektrogeschäft vorbeiströmte. Direkt hinter der Tür schwamm eine Waschmaschine in einer riesigen Plastiktüte vor sich hin. Die Stadtverwaltung hatte eine Warnung herausgegeben, dass Leitungswasser vor dem Gebrauch abgekocht werden sollte, weil der See Lough Cullion, der für die Trinkwasserversorgung genutzt wurde, durch

Abwässer der umliegenden Bauernhöfe verunreinigt worden war.

Sie fragte sich, in welchem Zustand sich der Hof von Mick O'Dowd wohl heute Morgen befand. Und wohin war er verschwunden? Könnte er Emma getötet haben? War sie mit ihm verwandt?

Sie nahm den Hörer und rief Jane Dore an, um sich nach Emmas Obduktion zu erkundigen.

»Die mache ich später. Heute noch, hoffe ich. Marian Russells Leichnam ist auch hier. Todesursache ist eine Sepsis infolge der Wunden. Ich schicke Ihnen die vorläufigen Ergebnisse, sobald ich sie habe.«

Lottie legte auf. Marians Tod würde offiziell als Mord eingestuft werden. Drei Opfer aus einer Familie. Handelte es sich um denselben Mörder?

Könnte es sein, dass in der Stadt mehr als ein Psycho am Werk war? Hoffentlich nicht.

Kirby kam schlurfend mit dem Mantel über dem Arm herein und grunzte: »Guten Morgen, Boss. Ziemliches Chaos da draußen nach dem Sturm.«

»Hier drinnen herrscht auch ein ziemliches Chaos«, sagte Lottie. »Schicken Sie alle in die Einsatzzentrale, sobald sie da sind. Wir müssen das Ganze in den Griff bekommen.«

»Was in den Griff bekommen?«

Lottie blickte auf. Detective Inspector David McMahon stand in der Tür. Sein dunkler Haarschopf glänzte, so nass war er.

»Sir«, sagte sie, nahm eine Akte und verließ eilig den Raum. Warum hatte sie ihn Sir genannt? Er hatte den gleichen Dienstgrad wie sie. Reiß dich zusammen, Lottie, schalt sie sich selbst.

An den Falltafeln hängte sie das Foto von Emma Russell nun auf die Seite der Opfer zu denen ihrer Mutter und ihrer Großmutter. Dann legte sie den linken Arm um ihre eigene Taille, stützte den rechten Ellbogen auf ihr linkes Handgelenk und betrachtete die Bilder. Der verbrannte Mann hatte jetzt einen Namen. Jerome Quinn.

»Der fällt aus der Reihe«, sagte sie laut.

»Vielleicht ist er aber auch das Bindeglied, das alles zusammenhält.«

Sie hatte McMahon nicht den Raum betreten hören. Jetzt stand er neben ihr, groß und arrogant. So ein Arschloch.

»Welche Beweise haben Sie für Ihre Theorie?«, fragte sie.

»Ich könnte Ihnen dieselbe Frage stellen«, antwortete er.

Boyd, Kirby und Lynch gesellten sich zu ihnen und setzten sich zu ein paar anderen müde aussehenden Detectives. Das dürfte interessant werden, dachte Lottie, als McMahon sich gemeinsam mit ihr mit dem Gesicht zur Truppe stellte.

»Wollen Sie sich selbst vorstellen?«, fragte sie.

Er knöpfte das Jackett seines Anzugs über dem eng anliegenden Hemd zu und trat einen Schritt vor, sodass Lottie in seinem Schatten stand.

»Ich bin Detective Inspector David McMahon. Und bitte nennen Sie mich nicht Big Mac oder so etwas in der

Art. Ich reagiere nur auf Sir oder David.« Sein Lächeln erinnerte Lottie an Cathal Moroney, dessen Grinsen genauso falsch war wie seine weißen Zähne. Während David noch redete, löste Lottie ihre Arme, ließ sie locker herunterhängen und drückte den Rücken durch. So versuchte sie, ebenso groß wie er zu erscheinen, wenn sie sich schon nicht so wichtigmachen konnte wie er.

»Ich bin von der nationalen Abteilung für Rauschmittelkriminalität. Da im Rahmen Ihrer Ermittlungen zum Mord an Tessa Ball eine beträchtliche Menge an Drogen entdeckt wurde, fällt diese Ermittlung nun in meinen Zuständigkeitsbereich.«

»Hey, einen Moment mal!« Lottie zuckte sichtlich zusammen und griff nach seinem Ärmel, ließ ihre Hand dann aber schnell wieder fallen, als er sie von oben herab anblickte.

»Entschuldigung. Wir behalten uns das Recht vor, die Ermittlungen gemeinsam mit Ihnen durchzuführen. Ich glaube, da steckt mehr dahinter als nur ein Drogendelikt.«

McMahon drehte sich langsam um und deutete mit dem Finger auf das Foto des verbrannten Mannes.

»Jerome Quinn«, sagte er. »Rechte Hand seines Halbbruders Henry ›Hammer‹ Quinn. Ist Ihnen allen jetzt klar, mit wem wir es zu tun haben?«

Seine Frage wurde mit allgemeinem Murmeln quittiert. Er fuhr fort: »Wir haben vermutet, dass er eine langjährige Freundin hatte, er hat aber nie geheiratet. Allerdings hatte er wohl jede Menge Bimbos.«

»Bimbos! Ach, kommen Sie, Sie wissen doch, dass Sie so etwas nicht sagen dürfen«, sagte Lottie.

»Sie wissen, was ich meine. Betthäschen, die ein bisschen mitmischen wollen. Hier und da ein Freifick und so.«

Lottie runzelte die Stirn.

»Jerome ist vor über fünfzehn Monaten verschwunden und untergetaucht«, fuhr McMahon fort.

»In Ragmullin?«, fragte Boyd.

»Von dieser Stadt aus operiert ein kriminelles Element. Jemand wurde gierig. Und die Familie Russell war mittendrin.«

»Vielleicht haben die Morde aber auch gar nichts mit den Drogen zu tun«, meinte Lottie, nachdem niemand aus ihrem Team etwas sagte.

McMahon knöpfte sein Jackett auf, steckte die Hände in die Hosentaschen und stolzierte im Raum umher. »Marian wurde die Zunge herausgeschnitten. Ihre Tochter war mit dem Kleinkriminellen Lorcan Brady liiert. Wollte Marian quatschen? Und wollte sie jemand daran hindern?«

»Moment mal.« Boyd war von seinem Stuhl aufgestanden. »Wir wissen nur vom Hörensagen, dass Emma Russell mit Lorcan Brady zusammen war.«

»Aber haben Sie nicht verstecktes Bargeld in ihrem Zimmer

gefunden, Inspector?«, fragte McMahon, ohne Boyd anzusehen. »Haben Sie nicht einen Hoodie gefunden, den sie möglicherweise getragen hat?«

»Das stimmt, aber ...«, setzte Lottie an.

»Wurde ihre Leiche nicht ein paar Kilometer von dem Cottage entfernt gefunden, in dem Brady und Quinn verbrannt wurden?«

»Ja, aber ...«

»Haben Sie beim Haus der Russels nicht versteckte, noch nicht identifizierte Pflanzen entdeckt?«

Lottie nickte.

»Dann ist die Sache ja wohl klar.«

»Blödsinn«, schimpfte Kirby und schob sich seine E-Zigarette zwischen die Lippen.

Lottie schloss die Augen in Erwartung einer arroganten Tirade. Zählte. Es herrschte Totenstille. Als sie bei neunzehn war, erhob McMahon die Stimme.

»Haben Sie eine bessere Hypothese zu bieten, Detective Kirby?«

Als Lottie die Augen öffnete, war McMahons Anzugjackett wieder zugeknöpft und er stand am anderen Ende der Falltafeln.

»Nehmen wir mal an, ich teile Ihre Ansicht«, sagte sie, »was ich nicht tue. Aber wenn dem so wäre: Warum wurde dann Tessa Ball getötet?«

»Falscher Ort, falsche Zeit«, war seine Antwort.

»Blödsinn!«, kam diesmal von Boyd.

»Dann legen Sie mal los«, sagte McMahon und verschränkte die Arme. Lottie wagte es nicht, den Kopf zu drehen, konnte sich jedoch das höhnische Grinsen auf seinem glatt rasierten Gesicht lebhaft vorstellen.

»Gerne«, sagte Boyd und stolzierte im Raum herum, wobei er offensichtlich McMahon nachäffte. »Marian Russell hat ihre Mutter Tessa in der Nacht von deren Ermordung um

21.07 Uhr angerufen. Soweit wir wissen, ist Emma um 18.30 Uhr zu ihrer Freundin Natasha gegangen und irgendwann nach 22.30 Uhr wieder nach Hause gekommen. Wir können davon ausgehen, dass Marian jemanden, den sie kannte, ins Haus gelassen hat, da es keine Anzeichen für ein gewaltsames Eindringen gab. Wer auch immer diese Person war, wollte, dass Tessa hinzukam. Das war der Grund für das Telefonat. Wir können davon ausgehen, dass es sich bei dieser Person um Arthur Russell handelte, der für den betreffenden Abend ab 19.30 Uhr kein Alibi hat – ein typischer Fall von eskalierter häuslicher Gewalt.«

»Nehmen wir mal an, Sie haben recht«, sagte McMahon. »Tessa wurde aufgelauert und ermordet. Marian wurde in ihrem eigenen Auto zum Haus von Lorcan Brady gebracht. Dort wurde sie gefoltert und verstümmelt. Am nächsten Tag wurde sie vor dem Krankenhaus aus dem Auto gestoßen. Es wurde bestätigt, dass das betreffende Auto am selben Morgen am Lough Cullion ausgebrannt aufgefunden wurde, an dem Lorcan Brady und Jerome Quinn in einem Cottage außerhalb von Ragmullin gefoltert und verbrannt wurden.«

»Das Cottage gehörte früher Tessa Ball«, sagte Lottie. Es war an der Zeit, die Ermittlungen wieder in die eigene Hand zu nehmen.

»Und ein Krimineller hat es gemietet.«

»Sie hat es Mick O'Dowd überschrieben.«

»Der Landwirt, auf dessen Grundstück Tessas Enkelin ermordet aufgefunden wurde. Da er das Cottage Quinn vermietet hat, könnte er ebenfalls in den Drogenring verwickelt sein.«

Dagegen konnte Lottie nichts vorbringen. Was nicht bedeutete, dass sie ihm zustimmte. »Die Suche nach O'Dowd läuft noch. Wenn wir ihn finden, kriegen wir auch Antworten.«

»Sofern er noch lebt, versteht sich.«

»Natürlich lebt er noch.«

»Bisher ist es Ihnen nur mäßig gelungen, Verdächtige und Zeugen am Leben zu halten. Wo, glauben Sie, könnte sich dieser O'Dowd aufhalten? Sein Land Rover steht noch auf dem Hof, soviel ich informiert bin.«

»Aber das Quad ist weg«, sagte Lottie.

»Nicht gerade ein ideales Fluchtfahrzeug, oder?«

»Vielleicht hat er ...«

»Das reicht jetzt!«

Superintendent Corrigan stellte sich zu Lottie und McMahon auf die Frontseite des Raums. Lottie hatte gar nicht bemerkt, wie er hereingekommen war.

Corrigan schüttelte McMahon die Hand und klopfte ihm auf den Rücken. »Schön, Sie bei uns zu haben.«

Dieser verlogene Mistkerl! Lottie setzte ein Lächeln auf und mied sorgfältig Boyds Blick.

»Schön, hier zu sein, Superintendent. Mehr als ein paar Stunden werde ich für das Lösen dieses Falls nicht brauchen. Als erste Handlung nach diesem Meeting spreche ich mit Lorcan Brady.«

»Brady kann nicht ...« Lottie beendete den Satz nicht. Hatte man ihr schon wieder etwas vorenthalten?

»Ich wurde vorhin informiert, dass er bereit ist, sich mit mir zu unterhalten«, sagte McMahon.

»Ich finde, dass ich diejenige sein sollte, die ...«

»Großartig«, unterbrach sie Superintendent Corrigan.

»Dann machen Sie sich mal auf den Weg, David, während ich mich noch kurz mit meinem Team bespreche.«

Lottie bemerkte, wie es McMahon dämmerte. Er war mit seinen eigenen Waffen geschlagen worden. Sie konnte sich ein Grinsen nicht verkneifen, während sie beobachtete, wie der Kollege aus Dublin Corrigan die Hand schüttelte und den Raum verließ.

»Schließen Sie die verdammte Tür«, befahl Corrigan, kaum dass McMahon weg war.

»Mit Vergnügen«, sagte Kirby und erhob sich schwerfällig aus seinem Stuhl.

»Und jetzt will ich ein vollständiges Update von der Leiterin der Ermittlungen. Inspector Parker, das sind Sie, nur für den Fall, dass dieser Blender aus Dublin Ihr Gehirn vernebelt hat. Sie haben zehn Minuten Zeit, um sich mit Ihrem Team zu beraten. Dann möchte ich Sie in meinem Büro sehen. Mit Antworten. Verstanden?«

»Ja, Sir.«

DREIUNDSECHZIG

Nachdem die beiden Männer verschwunden waren, breitete sich spürbare Entspannung aus. Lottie kam es vor, als stießen selbst die vier Wände einen erleichterten Seufzer aus. Die gesamte Stimmung hob sich. Wenn auch nur kurzfristig.

»Ich möchte nicht, dass die Sache hier auch nur einen Tag länger dauert als unbedingt notwendig. Ich möchte, dass Arthur Russell und Mick O'Dowd gefunden werden. Wie weit sind wir da?«

Lynch setzte sich aufrecht hin. »Jeder einzelne Garda im Distrikt ist mobilisiert, und im ganzen Land wird nach den beiden gefahndet. Gleich nach dem Auffinden von Emmas Leiche haben wir Kontrollpunkte errichtet. Alle Flug- und Seehäfen wissen Bescheid. Alle halten Ausschau.«

»Und welche Antworten haben wir in Bezug auf unsere allgemeinen Ermittlungen?«

»Soeben habe ich eine Abschrift der Daten erhalten, die von der Festplatte in Marian Russells Laptop gerettet werden konnten«, berichtete Lynch. »Sie bekommen eine Zusammenfassung, sobald ich die Daten gesichtet habe.«

»Gut. Kirby, Sie sehen aus, als hätten Sie etwas für mich. Schießen Sie los.«

Kirby grinste und Lottie musste zurücklächeln, obwohl sie ihm am liebsten gesagt hätte, dass er dringend mal wieder zum Friseur musste.

»Die Knochen, die gestern im Cottage gefunden wurden ...«

»Sind Bradys fehlende Finger?«

»Exakt, Boss.«

»Was ist mit der Waffe, die wir in Tessas Wohnung gefunden haben?«, fragte Lottie, um schnell zum nächsten Thema überzugehen. »Hat sich die Ballistik dazu schon geäußert?«

Kirby rutschte auf seinem Stuhl von einer Pobacke zur anderen.

»Raus damit«, forderte Lottie ihn auf.

»Das wird Ihnen nicht gefallen.«

»Das überlassen Sie bitte mir.« Ihr Handy in ihrer Jeanstasche vibrierte. Sie ignorierte es und erwartete Kirbys Neuigkeiten, die ihr angeblich nicht gefallen würden.

»Der Revolver ist von Webley and Scott. Er wurde in den Siebzigerjahren von der Sicherheitspolizei verwendet.«

»Von der Sicherheitspolizei?«, fragte Lottie. »Und wie ist er dann in Tessa Balls Besitz gelangt?«

»Keine Ahnung«, sagte Kirby. »Aber das Seltsame ist ...«

»Ja?«

Kirby holte tief Luft, dann platzte es aus ihm heraus: »Die Ballistik hat ergeben, dass die Patronen darin mit der eines Selbstmords vor vielen Jahren übereinstimmen.«

Lotties nächste Frage blieb ihr auf der Zunge hängen. Sie wusste, worauf er hinauswollte. Also formulierte sie eine andere Frage.

»Sie wollen mir also sagen, dass die Waffe, die wir neulich

in der Wohnung eines Mordopfers gefunden haben, dieselbe Waffe ist, mit der sich mein Vater vor vierzig Jahren erschossen hat?«

Kirby biss sich auf die Lippe und nickte mit seinem buschigen Haarschopf.

»Das ist …«, stammelte Boyd. »Das ist das Absurdeste, was ich seit … das ich jemals gehört habe.«

Lottie ging im Raum umher und grübelte, was das eben Gehörte bedeuten könnte. Hatte Tessa ihren Vater gekannt? Wie war sie an die Waffe gekommen? In allen Berichten, die sie bisher im Rahmen ihrer eigenen privaten Ermittlungen gelesen hatte, hieß es, Peter Fitzpatrick habe die Waffe aus einem Sicherheitsschrank im Garda-Revier gestohlen. Sie schlug sich mit den Fäusten gegen die Stirn. Allerdings hatte sie nirgends gelesen, was danach mit der Waffe passiert war. Auch eine Verbindung zu Tessa Ball hatte sie nirgends entdeckt. Oder doch? Denk nach, Lottie, feuerte sie sich selbst an. Denk nach. Und plötzlich fiel es ihr ein. Das Notizbuch ihres Vaters. Der Name der Anwaltskanzlei, der mitten auf die Seite gekritzelt worden war.

»O mein Gott«, stieß sie aus.

»Was ist los?«, fragte Boyd.

»Erinnerst du dich an das Notizbuch, das ich dir gezeigt habe? Darin stand ›Belfield und Ball‹ in der Handschrift meines Vaters. Was um Himmels willen bedeutet das?«

»Moment mal«, sagte Boyd. »Ziehen wir keine voreiligen Schlüsse. Das war in den Siebzigerjahren vermutlich die einzige Anwaltskanzlei in Ragmullin. Dein Vater war Sergeant bei der Garda. Da wird er jede Woche was mit Gerichten zu tun gehabt haben, insofern ist es nicht ungewöhnlich, dass er sich die Namen notiert hat.«

»Und warum hatte dann Tessa die Waffe?«

»Vermutlich hat das gar nichts mit unseren laufenden

Ermittlungen zu tun«, gab Lynch zu denken. »Nur ein merkwürdiger Zufall.«

»Ich mag keine Zufälle«, fauchte Lottie. »Weder merkwürdige noch sonst welche.«

»Und dann sind da noch die Akten, die aus der Kanzlei Belfield und Ball gestohlen wurden. Akten, mit denen Tessa zu tun hatte«, sagte Kirby und kratzte sich mit dem Ende seiner E-Zigarette am Kopf.

»Ich räume ein, dass das vielleicht nichts mit den Morden zu tun hat«, sagte Lottie, »aber ich werde dennoch mal selbst mit Kitty Belfield sprechen und vielleicht auch mit diesem alten Journalisten, Buzz Flynn. Vielleicht erinnert er sich noch an etwas aus seiner Zeit bei der Zeitung. Sie kennen ihn doch, Kirby; könnten Sie ihm Bescheid sagen, dass ich bei ihm vorbeischaue?«

Kirby nickte.

»Meinen Sie, ich sollte Bernie und Natasha Kelly über Emmas Tod informieren?«, fragte Lynch.

»Die habe ich ganz vergessen. Boyd und ich schauen später bei ihnen vorbei. Ich bin mir sicher, dass sie bereits Bescheid wissen, aber ein formeller Besuch kann nicht schaden, um mit der Sache abzuschließen.« Nach einer kurzen Pause fügte Lottie hinzu: »Ich frage mich, was Lorcan Brady zu all dem zu sagen hat.«

»Das wird uns unser neuer Freund aus Dublin sicherlich sagen, wenn er wieder da ist«, meinte Boyd.

»Eine Sache noch«, sagte Kirby und blätterte durch McGlynns Bericht. »Bradys Haus.«

Lottie drehte sich zu ihm. »Das Blut in der Küche stammt von Marian Russell?«

»Bestätigt. Ich meine allerdings die Müllsäcke, die wir hinter dem Haus gefunden haben. Wie sich herausstellte, enthielten sie entscheidende Beweisstücke.«

»Blutverschmierte Kleidung?«

»Ja. Sie wurde zur DNA-Analyse geschickt.«

»Sagen Sie mir Bescheid, sobald Sie was wissen.«

»Das ist noch nicht alles ...« Kirby zögerte. »Zwischen dem Müll wurde auch Marians Zunge gefunden.«

VIERUNDSECHZIG

In ihrem Büro versuchte Lottie, ihren rumorenden Magen so gut es ging zu beruhigen.

»Soll ich dir einen Kaffee holen?«, bot Boyd an.

»Nein, danke, ich fürchte, dann muss ich kotzen. Diese Mistkerle. Warum haben sie sie gefoltert? Warum haben sie sie nicht einfach getötet und fertig? Irgendetwas passt hier nicht zusammen, Boyd.«

»Apropos zusammenpassen, was ist mit dem Bestandsbuch, das du aus O'Dowds Haus mitgenommen hast?«

Lottie streifte Schutzhandschuhe über, legte eine Plastikfolie auf ihren Schreibtisch und zog das Bestandsbuch aus dem Beweismittelbeutel. Dann nahm sie die Kopien der Briefe, die sie in Tessas Wohnung gefunden hatte, aus der Schublade. Sie legte sie neben das Bestandsbuch und deutete auf die Handschrift.

»Fällt dir was auf?«

Boyd setzte sich auf die Schreibtischkante und beugte sich über ihre Schulter. Sein Mund befand sich direkt neben ihrem Ohr, als er sagte: »Die Schrift sieht ganz schön ähnlich aus.«

»Nicht nur ähnlich. Das ist dieselbe Handschrift.« Sie

drehte sich um und blickte ihm in die Augen. Die haselnussbraunen Sprenkel darin tanzten. »Ist das das fehlende Glied?«

»Vielleicht ist es ein weiteres Glied, aber ich fürchte, wir haben noch nicht die ganze Kette.« Lottie nahm den Brief, der ganz oben auf dem Stapel lag. Keine Unterschrift.

Kein Datum. Sie las laut vor:

Meine Liebste,

ich weiß, dass wir nicht zusammen sein können, aber ich möchte, dass du weißt, dass ich jeden Tag an dich denke. Andere haben entschieden, dass wir uns trennen sollen. Nicht ich. Das musst du mir glauben. Wenn es nach mir ginge, wären wir zusammen. Du verdienst es, geliebt zu werden. Und ich würde dich mit Liebe überschütten. So gerne würde ich das tun. Aber es soll leider nicht sein. Ich schreibe dir wieder, sobald ich kann.

Bitte glaube mir, dass ich dich wirklich liebe und dich immer lieben werde.

»Das war's«, sagte sie. »Die anderen Briefe klingen genauso.«

Boyd nahm einen weiteren Brief vom Stapel. »Wenn wir also die Handschrift analysieren lassen und den zeitlichen Ablauf berücksichtigen, können wir dann mit Sicherheit sagen, dass Mick O'Dowd diese Briefe geschrieben hat?«

»Ich glaube schon.« Lottie legte die Briefe zurück in den Ordner. Dann klappte sie das Bestandsbuch zu und steckte es wieder in den Beweismittelbeutel. »Aber sie lesen sich irgendwie ... seltsam, wie Kirby sagen würde. Findest du nicht?«

»Wir haben keine Ahnung, worum es bei dieser Trennung ging. Vielleicht hat ihr Mann damals noch gelebt.«

»Er ist recht früh nach der Heirat verstorben, insofern war Tessa wieder frei. Irgendetwas stimmt mit den Briefen nicht. Ich weiß nur nicht, was.«

»Wir wissen, dass es zwischen Tessa und O'Dowd eine Verbindung gab. Immerhin hat sie ihm das Cottage verkauft oder geschenkt.«

»Sie war Anwältin. Vielleicht ist sie als Vermittlerin zwischen O'Dowd und jemand anderem aufgetreten.«

»Aber sie hat die Briefe behalten. Und sie nicht weitergeschickt.«

»Ja.« Lottie strich sich mit der Hand über den pochenden Kopf. »Und dieser Revolver … Ich muss mit Buzz Flynn reden. Mal sehen, ob er mir sagen kann, worin mein Vater verwickelt gewesen sein könnte.«

»Du hast recht. Reporter wissen oft mehr als die Polizei. Ich überprüfe so lange, ob unsere beiden Vermissten inzwischen irgendwo gesichtet wurden.«

»Mach das. Einer von ihnen muss ein Mörder sein.«

»Oder beide?«

»Außerdem müssen wir in Erfahrung bringen, was McMahon aus Brady herausbekommen hat. Oder noch besser: Wir reden selbst mit Brady.«

Als sie nach ihrer Jacke griff, vibrierte ihr Handy. Der rote Kreis auf dem Display zeigte ihr an, dass sie zuvor irgendwann eine Sprachnachricht erhalten hatte. Sie sollte Annabelle zurückrufen. Sie nahm den Anruf entgegen.

»Hi, Jane. Irgendwelche Neuigkeiten zu Emmas Obduktion?«

»Können Sie kurz vorbeikommen? Es gibt da etwas, was Sie wissen sollten.«

»Ich wollte gerade los, um jemanden zu befragen, kann aber vorher zu Ihnen, wenn es so wichtig ist.«

»Ist es.«

»Dann bin ich in einer halben Stunde da.«

FÜNFUNDSECHZIG

Der Himmel war wieder in sein vertrautes Grau getaucht. Regen prasselte gegen die Windschutzscheibe, als Lottie über die Autobahn fuhr und den Wolken nachjagte.

Das Totenhaus schien kälter als sonst zu sein, was, wie Lottie fand, den Geruch darin verstärkte, und sie konnte das Gefühl des Unbehagens, das hinter ihren Augen aufstieg, nicht abschütteln. Auf den Seziertischen lagen zwei Leichen. Zugedeckt. Gut, dachte sie und war froh, dass sie nicht in die verängstigten, toten Augen der jungen Emma sehen musste.

»Kommen Sie in mein Büro. Ich muss mit Ihnen unter vier Augen sprechen«, sagte Jane. Sonst war niemand da, und sie hatte sich noch nicht umgezogen. Warum die Verzögerung?, fragte sich Lottie.

Jane führte Lottie in das vollgestopfte Büro. Lottie zog ihre Jacke aus und hängte sie über eine Stuhllehne. Jane setzte sich ihr gegenüber und klammerte ihre Hände so fest aneinander, als könnten sie sich von den Handgelenken lösen, wenn sie sie losließ. Ihr Gesicht, das sonst wie feinstes Porzellan aussah, ähnelte heute eher einem rissigen Keramikbecher.

»Kaffee?«, bot sie an.

Lottie schüttelte den Kopf. »Nein, danke. Sie sehen schlimm aus. Ist etwas passiert?«

»Hier wurde eingebrochen«, sagte Jane, und ihre Stimme war kaum lauter als ein Flüstern. »Letzte Nacht.«

»Das ist ja furchtbar!«, rief Lottie aus und dachte an all die Beweise, die möglicherweise kompromittiert worden waren. »Erzählen Sie.«

»Der Alarm ist deaktiviert und alle Überwachungskameras sind entweder zerstört oder abgedeckt worden. Ich war heute Morgen um halb acht als Erste hier ...«

»Wurde etwas mitgenommen? Beweise beschädigt oder manipuliert?«

»Soweit wir das feststellen konnten, wurden weder Beweise noch Leichen in Mitleidenschaft gezogen. Dennoch könnte der Einbruch die Beweismittelkette unterbrochen haben, was Einfluss auf die Überprüfung der Proben haben könnte. Abgesehen von den Überwachungskameras wurde nichts beschädigt. Ich habe die Gardaí in Tullamore gerufen, die ausgezeichnete Arbeit geleistet haben.«

»Wurde alles protokolliert und gemeldet?«

»Natürlich.«

»Warum wurde dann eingebrochen, wenn nichts mitgenommen wurde?«

Jane zog eine große Ledertasche unter ihrem Schreibtisch hervor. Mit zitternden Händen holte sie einen dicken grünen Ordner heraus. »Den habe ich gestern Abend mit nach Hause genommen. Was, wenn sie es darauf abgesehen hatten?«

Lottie runzelte die Stirn. »Was ist das?«

»Die Obduktionsakte Ihres Vaters und alle relevanten Untersuchungsunterlagen.«

Lottie spürte, wie ihr die Kinnlade herunterfiel. Sie blinzelte, lehnte sich vor und ergriff Janes Hand. »Sie haben sie? Nach all den Jahren? Warum sollte es Ihrer Ansicht nach jemand darauf abgesehen haben?«

Jane schob die Akte über den Tisch und sagte: »Ich habe mir eine Kopie gemacht und wollte sie zurücklegen, bevor jemand merkt, dass ich sie überhaupt hatte. Aber natürlich habe ich irgendwo in einem Computersystem einen Alarm ausgelöst.«

»Das ist also eine Kopie?«

»Nein, das ist das Original. Ich habe die Kopie gestern gemacht, hatte aber noch keine Zeit, die Originalakte zurückzulegen. Also habe ich sie mit nach Hause genommen, um sie mir durchzulesen. Und vielleicht dachte ich irgendwo in den Tiefen meines Gehirns, dass sie bei mir sicherer wäre.« Sie schloss die Umhängetasche und legte ihre Hände darauf. »Die Kopie lag hier, auf meinem Schreibtisch. Und sie ist das Einzige, was fehlt.«

»O Gott. Das tut mir alles so leid.«

»Es ist nicht Ihre Schuld. Ich habe über absolut korrekte Kanäle auf die Akte zugegriffen und hatte keinen Grund zu der Vermutung, dass ich damit einen Alarm auslösen könnte. Aber Lottie, das könnte bedeuten, dass Sie recht hatten mit Ihrem Verdacht, dass beim Tod Ihres Vaters nicht alles mit rechten Dingen zuging.«

»Ich weiß. Und ich entschuldige mich dafür, Sie in eine unangenehme Lage gebracht zu haben. Haben Sie der Polizei von der fehlenden Akte erzählt?«

»Ich weiß nicht warum, aber nein, habe ich nicht. Immerhin habe ich ja noch das Original.«

Lottie legte eine schützende Hand auf die Akte. Endlich würde sie Antworten bekommen. Oder hatte sie die Büchse der Pandora geöffnet? »Sie sagten, Sie hätten sie gestern Abend gelesen.«

»Habe ich.«

»Ist Ihnen irgendetwas Seltsames bezüglich seines Todes aufgefallen?«

»Ich glaube, Ihr Vater hat sich tatsächlich umgebracht.«

Lottie sackte auf dem Stuhl zusammen und Tränen stiegen ihr in die Augen. Wütend wischte sie sie weg.

Jane fuhr fort: »Ich glaube aber, er hat es unter Zwang getan. Ich habe die Obduktionsfotos genau studiert und Anzeichen von übermäßigem Druck auf seinen Brustkorb gefunden. Außerdem waren seltsame Einkerbungen auf seiner Brust zu erkennen. Womöglich war er an einen Stuhl gefesselt. Ich glaube, jemand hat ihn gezwungen, den Abzug zu betätigen. Anschließend wurden die Fesseln gelöst.«

Lottie sog ihre Unterlippe ein und versuchte verzweifelt, nicht zu weinen. Sie hatte die ganze Zeit recht gehabt. All die Jahre hatte sie mit dem Gedanken gekämpft, dass ihr Vater sie nicht genug geliebt hatte, um leben zu wollen.

»Danke, Jane«, flüsterte sie. »Vielen, vielen Dank.« Sie spürte Janes Hand auf ihrer.

»Lottie, Sie müssen jetzt loslassen. Verfolgen Sie die Sache nicht weiter. Sie werden keine Antworten finden. Sie werden nur immer weiter leiden.«

»Aber verstehen Sie denn nicht? Mein Vater wurde ermordet! Ich muss herausfinden, warum, und dann muss ich den Täter vor Gericht bringen.« Erneut fragte sie sich, wie Tessa Ball an die Waffe gekommen war, die ihren Vater getötet hatte.

»Wer auch immer es war, ist inzwischen wahrscheinlich bereits tot«, sagte die Rechtsmedizinerin.

»Irgendjemand weiß es, Jane. Irgendjemand irgendwo weiß es. Warum sonst hätte jemand die Akte stehlen sollen?«

SECHSUNDSECHZIG

Wieder in Ragmullin fuhr Lottie durch die überfluteten Straßen und parkte vor der Wohnung von Willie ›The Buzz‹ Flynn. Buzz führte sie in ein ausgesprochen unordentliches Wohnzimmer. Im Kamin loderte ein elektrisches Feuer, und ein Gasofen in der Mitte des Raums verbreitete eine gefährliche Wärme. Sie suchte eine Möglichkeit, ihre Jacke abzulegen, aber nirgendwo war Platz. Das Zimmer war bis unter die Decke vollgestopft mit Erinnerungsstücken an den verstorbenen Sänger Joe Dolan. Der alte Mann mit dem Gehgestell deutete auf einen wertvollen Gegenstand nach dem anderen und erzählte die Geschichte dazu.

»Hier habe ich auch ein paar Videos, auf denen Joe singt. Ich lege mal eines ein.« Buzz zog eine Videokassette aus einem Bücherregal.

Lottie legte eine Hand auf seinen Arm. »Nicht jetzt, wenn es Ihnen nichts ausmacht. Ich habe es etwas eilig und möchte Ihnen gerne ein paar Fragen stellen. Über Ihre Zeit bei der *Midland Tribune*.«

Er lachte heiser. »Ich bin schon seit einer halben Ewigkeit

im Ruhestand. Was will eine hübsche junge Dame wie Sie denn über die alten Zeiten wissen?«

»Da bin ich mir selber nicht so ganz sicher, um ehrlich zu sein.«

»Fangen Sie am Anfang an.« Er ließ seinen mageren Körper in einen Sessel sinken, auf dem sich bereits ein Bündel Zeitungen befand.

Als Lottie sich umsah, erspähte sie einen Hocker mit einem ausgefransten Ledersitz. Sie zog ihn zu sich heran und setzte sich vorsichtig darauf, wobei sie nur hoffen konnte, dass die krummen Beine nicht unter ihrem Gewicht nachgeben würden.

»Haben Sie von dem Mord an Tessa Ball gehört?«, fragte sie.

»In dieser Stadt geht nichts vor sich, ohne dass Buzz davon erfährt.« Er tippte sich mit einem dünnen Finger an die Nase. Seine Haut war fast durchsichtig.

»Erzählen Sie mir von ihr.«

»Ich kannte sie überhaupt nicht. Jedenfalls nicht in letzter Zeit. Früher war sie Rechtsanwältin. Zu einer Zeit, als es noch nicht viele berufstätige Frauen gab. Nicht wie heutzutage. Sie war eine ausgesprochen resolute Person.«

»Wie meinen Sie das?«

»Sie hatte einen gewissen Ruf.«

»Einen Ruf? Keinen guten?«

»Kommt darauf an, was Sie unter gut verstehen.« Er lehnte sich im Sessel zurück, und die Zeitungen unter ihm raschelten, als er sich mehr Platz verschaffte. »Soweit ich mich erinnern kann, war Tessa Ball ziemlich gut darin, Fälle vor dem Bezirksgericht zu gewinnen. Sie hat sich hauptsächlich mit Fällen befasst, die heute unter das Familienrecht fallen. Damals gab es einen solchen Begriff noch nicht.«

»Was waren das für Fälle?«

»Vater gegen Sohn, Bruder gegen Bruder – wem welches

Land gehört. Ehefrauen schlagende Ehemänner – häusliche Gewalt. Solche Sachen. Das ist schon lange her und mein Gedächtnis ist nicht mehr das, was es einmal war.«

»Sie machen das gut«, ermutigte ihn Lottie. »Gibt es einen besonderen Fall, an den Sie sich erinnern können?«

Er schloss die Augen. Sie dachte schon, er wäre eingenickt, als er plötzlich zu sprechen begann. »Kein Fall. Nein. Ein kleiner Skandal, könnte man sagen. Sie hat das aber geregelt. O ja, Tessa war die richtige Frau, um Dinge zu regeln.«

»Was für ein Skandal? Finde ich darüber etwas in den Zeitungsarchiven?«

»Nein, sicher nicht, weil darüber nicht berichtet wurde. Das wurde alles vertuscht und verheimlicht. Ha! Dabei wusste jeder Hund auf der Straße davon.«

»Können Sie sich an Einzelheiten erinnern?« Lottie fragte sich, was sie hier tat. Die unzuverlässigen Erinnerungsfetzen dieses alten Mannes hatten sicherlich nichts mit ihrer Ermittlung zu tun. Sie wollte Antworten, zu denen sie nicht einmal die Fragen kannte.

»Lassen Sie mich nachdenken«, sagte er und verschränkte die Finger. »Es war die Zeit der IRA-Bombenanschläge in Dublin. Das können Sie in diesem Google-Ding nachschlagen, das man heutzutage verwendet. Zweiundsiebzig oder dreiundsiebzig, glaube ich. Das war überall in der Presse. Gott, das war eine Zeit, in der überall die Sicherheitspolizei auftauchte. Wie wilder Efeu. Eine furchtbare Zeit war das. Wirklich furchtbar.«

»Ich war damals noch ein Kind«, sagte Lottie. »Was war das für eine Sache, in die Tessa verwickelt war?«

»Da war eine Frau von hier ... Carrie ... Den Nachnamen weiß ich nicht mehr. Nur den Namen Carrie weiß ich noch, gab es da nicht mal einen Horrorfilm, der so hieß?«

»Ja.«

»Nun, diese Carrie war selbst der reinste Horror. Ein echtes Weibsbild. Voll auf Drogen und Alkohol. Und zwar richtig. Das kam wohl von Woodstock oder so, das hat sie auf solche bekloppten Ideen gebracht. Ein Hippie. Genau das war sie. Wilde Klamotten in allen Farben unter der Sonne, verfilzte Haare ... Wie nennt man das? Dreadlocks? Genau die hatte sie.«

»Was ist mit ihr passiert?«

»Das weiß ich nicht mehr.«

»Mr Flynn, worauf wollen Sie hinaus?«

»Buzz. Nennen Sie mich Buzz. Auf einen anderen Namen höre ich gar nicht mehr.«

»Sie haben gerade von dieser Carrie erzählt«, sagte Lottie. »Ich weiß, was ich gerade erzählt habe. Noch bin ich nicht senil.«

»Tut mir leid. Bitte fahren Sie fort.«

»Sie hat herumgehurt. Jeder, der ihr ein paar Shillings oder einen Tropfen Whiskey gab, war ihr willkommen. Sie wissen, was ich meine?«

»Ich denke schon.«

»Hat sich ein paar Mal einen Braten in die Röhre schieben lassen.« Erneut tippte er sich an die Nase.

»Sie war mehr als einmal schwanger?« Worauf wollte er hinaus?

»Es ging das Gerücht um, dass der junge Mick O'Dowd und sogar ein paar der Polizisten aus dem hiesigen Revier regelmäßige Besucher bei ihr waren.«

Lottie spürte, wie sich ihr Magen erst verkrampfte und dann umdrehte. Scheiße, das war nicht das, was sie erwartet hatte. »Wirklich? Wissen Sie irgendwelche konkreten Namen?«

»Nein. Das wurde alles vertuscht«, antwortete er. »Die Sache ist die. Die Gerüchteküche brodelte, dass Carrie ein Kind bekommen hatte, von dem jedoch jede Spur fehlte. An einem Tag war sie schwanger, und am nächsten nicht mehr. Ich habe keine Ahnung, was da los war. Ein paar Monate später hatte die Frau schon wieder einen anderen Braten in der Röhre.

Damals gab es ja noch keine Antibabypille. Erst, als die Frauen im Zug nach Belfast fuhren, um dort für ihr Recht auf Empfängnisverhütung zu protestieren ...«

»Erzählen Sie weiter«, forderte Lottie ihn auf.

»Es heißt, dass Tessa Ball das Kind aufgenommen und es als ihr eigenes aufgezogen hat. Aber ich weiß nicht, ob das wahr oder nur ein Gerücht war. Und das Beste daran: Gerade mal zwei Jahre danach war die Frau schon wieder schwanger. Wie ein Karnickel. Entschuldigung. Ich wollte nicht vulgär werden.«

»Warten Sie kurz. Sie glauben, Tessa hat dieser Frau ein Kind abgenommen?«

»Gerüchte, nichts weiter. Soll ich weitererzählen?«

»Ja, bitte.« Für einen Mann in seinem Alter hat er doch noch ein ganz gutes Gedächtnis, dachte Lottie. Vielleicht hatte er sich das alles aber auch nur ausgedacht, weil er gerade jemanden hatte, der ihm zuhörte.

»Als Nächstes bekam sie Zwillinge. Und das ist das wirklich Interessante an der Sache. Beide Würmchen wurden ihr weggenommen und bei einer Pflegemutter untergebracht, während Carrie ins St. Declan's gesteckt wurde. Ein oder zwei Jahre später war sie wieder draußen. Und das war Tessa Balls Verdienst. Sie hat für ihre Entlassung gesorgt, so hieß es. Und Carrie hat die Zwillinge zurückbekommen.«

»Und was ist dann passiert?«

»Sie hat ihr eigenes Haus in Brand gesteckt. Diese verrückte Hexe.«

»Mein Gott. Sind die Kinder tot?« Lottie war jetzt überzeugt, dass es sich um dieselbe Carrie handelte, die Kirby erwähnt hatte.

»Ich weiß gar nicht genau, was mit ihnen passiert ist, wobei ich gehört habe, dass eines von ihnen in eine Pflegefamilie gekommen ist.«

»Und Carrie? Ist sie tot?«

»Nein. Das Böse kann man nicht töten. Sagt man das nicht so? Sie ist wieder in der Anstalt gelandet. Und jetzt, wo ich so darüber nachdenke ... Eines der Kinder wurde bei ihr untergebracht, bis sie ihm ein Zuhause finden konnten.«

»Lässt sich das irgendwie bestätigen? Über das Archiv von St. Declan's vielleicht?«

»Die Anstalt ist schon vor Jahren geschlossen wurden. Wurde damals von der Gesundheitsbehörde geführt. Wie heißt die jetzt?«

»HSE. Gesundheitsdienst.«

»Komischer Name für dasselbe Ding. Da sollten Sie es versuchen.«

»Sie glauben also, Tessa Ball war an allem beteiligt, was mit Carrie und ihren Kindern zu tun hatte?«

»So ging damals das Gerücht. Und dann wurden ausgerechnet die betreffenden Akten aus der Anwaltskanzlei gestohlen. Damit sind alle Beweise für ihre angebliche Beteiligung verschwunden.«

»Ich muss sagen, Buzz, Sie haben ein großartiges Gedächtnis. Dass Sie sich nach so langer Zeit an all das erinnern können!«

»Ich hab doch gesagt, ich bin noch nicht senil. Aber erst durch den Mord an Tessa neulich und das Gespräch mit Ihnen jetzt ist mir das alles wieder eingefallen. Heute ist alles ganz anders. Heute würde so etwas nicht mehr passieren. Ganz sicher nicht.«

Lottie dachte einen Moment nach. Vielleicht waren die Morde, obwohl sie mit Drogenkriminalität in Verbindung gebracht wurden, tatsächlich tief in der Vergangenheit verwurzelt. Hatte Rose recht gehabt mit ihrer beiläufigen Bemerkung über Tessas Vergangenheit, die sie heimgesucht hatte? Tessa war tot. Ihre Tochter und deren Tochter waren tot. Wer noch wurde von dieser Vergangenheit heimgesucht?

Mit Beinen wie Wackelpudding stand sie auf. »Vielen Dank, Buzz. Sie waren eine große Hilfe! Ich finde alleine raus.«

»Dann bleiben hier nur noch Joe und ich.« Er kämpfte seinen alten Körper aus dem Sessel und schob eine Kassette in den VHS-Rekorder. »Donnerstags gehe ich ins Seniorenzentrum, ansonsten bin ich immer zu Hause. Rufen Sie an oder kommen Sie vorbei. Nächstes Mal setzte ich uns auch einen Tee auf.«

Als Lottie nach draußen trat, wo die Wolken sich mal wieder entleerten, vibrierte das Handy in ihrer Tasche.

Mist. Moroney.

SIEBENUNDSECHZIG

Das Joyce-Hotel befand sich seit über hundertfünfzig Jahren im Zentrum von Ragmullin. Nach mehreren Umgestaltungen und Namensänderungen war es derzeit nach dem irischen Schriftsteller benannt, der angeblich einmal eine Nacht in diesem Haus verbracht hatte. Als Lottie die Lounge-Bar betrat, dauerte es einige Sekunden, bis sich ihre Augen an das dunkle Innere gewöhnt hatten.

»Hier drüben, Inspector.«

Sie blinzelte und drehte sich auf ihren Absätzen um. Cathal Moroney saß in einem roten Velourssessel bei einem Pint Guinness. Ein künstliches Kohlefeuer verbrannte Gas in einem Kamin mit blockiertem Schornstein.

»Danke, dass Sie gekommen sind. Darf ich Ihnen etwas zu trinken bestellen?« Er wischte sich Schaum von der Oberlippe.

»Eine Tasse Tee wäre nett.«

Während er den Barkeeper heranwinkte, nahm Lottie gegenüber dem Reporter Platz und bedauerte, keinen doppelten Wodka geordert zu haben. Aber wenn es um Moroney ging, musste sie bei klarem Verstand bleiben. Sie zog ihre Jacke aus, legte sie zusammen und klemmte sie zwischen die Eisenbeine des kleinen runden Tischs.

»Sie faszinieren mich, Inspector.«

»Das beruht nicht auf Gegenseitigkeit.« Sie rutschte auf ihrem Stuhl herum und neigte leicht den Kopf, um seinen Blicken auszuweichen.

»Freunde?« Er streckte eine Hand aus.

»Im Leben nicht.« Sie verschränkte die Arme. Das würde unangenehm werden. Der Barkeeper kam mit einer Kanne Tee. Ohne zu warten, bis er gezogen hatte, goss Lottie die schwache Flüssigkeit in eine Tasse. Wenigstens würde die ihre Hände wärmen. »Worüber wollen Sie mit mir reden?«

»Kein Small Talk? Sie kommen gleich zur Sache?«

»Was soll das, Moroney, Sie wissen doch ganz genau, wie beschäftigt ich bin. Also raus mit der Sprache.«

Er nippte an seinem Guinness. Langsam. Lottie verlor die Geduld und stand auf.

»Ich kann auch wieder gehen.«

»Sie sollten sich aber lieber setzen«, erwiderte er und knallte sein Glas auf den Tisch. »Es geht um die Verbindung zwischen den Drogen und den Morden, in denen Sie gerade ermitteln. Und vielleicht auch um Ihre privaten Ermittlungen zum Tod Ihres Vaters.«

Lottie, die gerade nach ihrer Jacke greifen wollte, hielt inne, hob den Kopf und starrte den Reporter an. Wenn er nicht so eitel wäre, würde sie vielleicht sogar so weit gehen, zuzugeben, dass er gut aussah. Seine Zähne säuberte er vermutlich mit Zahnseide und seine Haare waren gefärbt. Seine Stirn hatte offensichtlich eine Botox-Behandlung erfahren, damit er im Fernsehen ein besseres Bild abgab. Trotzdem waren seine grünen Augen blutunterlaufen, wahrscheinlich vom nächtlichen Whiskeytrinken allein in einer Einzimmerwohnung, und seine Hemdknöpfe spannten über dem Bauch.

Sie setzte sich wieder hin. »Ich höre.«

»Für nichts gibt's nichts«, sagte er und verzog die Lippen zu einem wissenden Grinsen.

»Das dachte ich mir schon.«

»Ich will wissen, was es mit den Toten auf sich hat, die im Zusammenhang mit den Drogenfunden stehen.«

»Was meinen Sie damit?« Gar nichts würde sie ihm verraten.

»Ich glaube, dass das organisierte Verbrechen bei den Morden an Ball und Russell die Finger im Spiel hat. Ich arbeite seit Jahren an einer Story und glaube, das hier ist der Höhepunkt. Ich will involviert werden.«

»Sie haben sie doch nicht alle.« Lottie schenkte sich noch einen Tee ein, jetzt, wo er lange genug gezogen hatte.

Ein Kellner kam mit einem Teller Essen auf einem Tablett an den Tisch. »Mr Moroney, Sie haben Hühnchen, Kartoffelbrei, Gemüse und Soße bestellt. Richtig?«

»Richtig. Stellen Sie ihn hier ab.« Moroney machte auf dem Tisch Platz. »Haben Sie auch Hunger, Inspector? Kann ich Ihnen etwas bestellen?«

»Nein, danke«, antwortete Lottie. Ihr Magen knurrte aus Protest. Sie sah zu, wie Moroney die Gabel in das Hähnchen stach, es sich in den Mund stopfte und mit seinen weißen Veneers darauf herumkaute. Ihr wurde klar, dass sie ihm noch nie außerhalb seiner konfrontativen Berichterstattung begegnet war. Aber er könnte Informationen haben, die ihr helfen könnten, also musste sie sein ekelhaftes Essen ertragen, zumindest für ein paar Minuten.

»Mein Vater«, sagte sie. »Wie kommen Sie darauf, dass ich seinen Tod untersuche?«

Er tippte sich mit der Gabel seitlich an die Nase und hinterließ dabei einen Soßenklecks.

»Es ist mein Job, solche Sachen zu wissen. Was springt für mich dabei heraus?«

Lottie nippte an der Teetasse und hielt den Henkel fest in

der Hand. Sie musste herausfinden, was er wusste. Wenn er etwas wusste. Sie fasste einen Entschluss.

»Wenn Sie mir sagen, was Sie wissen, werde ich versuchen, Sie zuerst über alles zu informieren, was wir bei unseren Mordermittlungen herausfinden. Vor allen anderen Medien. Ich kann nichts versprechen, aber ich werde mein Bestes versuchen.«

»Das reicht mir nicht.«

»Auf Wiedersehen, Mr Moroney.« Sie stellte ihre Tasse auf die Untertasse und wollte erneut aufstehen.

»Nein ... setzen Sie sich hin.« Moroney fuchtelte mit der Hand herum, die das Messer hielt. Widerwillig nahm Lottie ihren Platz wieder ein. Kauend sagte er: »Mein Vater hat als Reporter bei der lokalen *Tribune* angefangen. Hat sich an den Druckerpressen mit der schwarzen Tinte die Finger wund gearbeitet. Aber irgendwann hat ihm das verdammte Ding gehört. Zum Glück hat er nicht mehr miterlebt, wie sein Lebenswerk von einem digitalen Unternehmen übernommen wurde.«

»Und was hat das zu tun mit ...«

»Mein Vater war ein äußerst akribischer Reporter. Diese Akribie hat er auch nie verloren, obwohl ihm die Zeitung einen Haufen Ärger bereitet hat. Er hat immer Akten über alles und jeden geführt und aufbewahrt.«

»Sind die inzwischen digitalisiert?«

»Größtenteils, aber nicht die, die ich meine.«

»Ich kann Ihnen nicht folgen, Mr Moroney.«

»Nennen Sie mich Cathal. Darf ich Sie Lottie nennen?«

»Nein, dürfen Sie nicht, *Mister Moroney*.«

»Sie sind aber ein schwieriger Fall.« Er griff nach seinem Glas und leerte es in einem Zug. Dann signalisierte er dem Barkeeper, noch mal das Gleiche zu wollen, lehnte sich zurück und verschränkte die Arme. Messer und Gabel hatte er auf beide Seiten des Tellers abgelegt. Boyd würde durchdrehen, wenn er das sähe, dachte Lottie und lächelte.

»Sie haben ein sehr schönes Lächeln«, sagte er.

Ihr Lächeln verschwand und sie runzelte die Stirn.

»Wo war ich stehengeblieben?«, fragte er.

»Bei Ihrem Vater und seinen Akten.«

»Als ich noch ein Kind war, sprach er immer von dieser einen Story, die er aufgedeckt hatte, aber nicht drucken konnte. Ich weiß noch, dass er dann sehr wütend wurde. Meine Mutter hat ihn immer zusammengeschissen, dass er nicht in meiner Anwesenheit darüber reden soll. Er hat dann hektisch an seiner Pfeife gezogen und Papiere auf dem Schreibtisch herumgeworfen, der im Wohnzimmer in einer Ecke stand. Einmal habe ich mitbekommen, wie er über zwei Kinder gesprochen hat. Und dabei ist es mir kalt den Rücken heruntergelaufen.«

»Was hat er denn gesagt?« Lottie interessierte sich nicht im Geringsten für Moroneys Kindheitserinnerungen, aber irgendetwas sagte ihr, dass sie ihm noch ein paar Minuten Zeit lassen sollte. Zumal das, was er bisher gesagt hatte, mit dem übereinstimmte, was Buzz ihr erzählt hatte.

»Er sagte: ›Diese kleinen Kinder haben nicht verdient, was ihnen passiert ist, und Sergeant Fitzpatrick auch nicht.‹ Diese Worte habe ich ihn viele Male sagen hören.«

Lottie rutschte an die Stuhlkante und umklammerte mit den Händen die Armlehnen. »Welche Kinder? Wer war das?«

»Damals wusste ich es nicht, aber jetzt schon.«

»Und sie hatten etwas mit meinem Vater zu tun?«

»Er hat ihn und die Kinder im selben Satz erwähnt.«

»Wie können Sie sich daran erinnern? Sie waren doch selbst noch ein Kind!«

»Ich wusste, dass Sie fragen würden. Deshalb müssen Sie auch unbedingt die Akte sehen, die ich in den Sachen meines Vaters gefunden habe. Er ist vor fünf Jahren an einem Herzinfarkt gestorben. Davor litt er an Demenz. Aber selbst in seinen geistigen Ausschweifungen hat er immer wieder diese Kinder erwähnt. Und dass er die Story nicht drucken durfte.«

»Woher wissen Sie das?«

»Sein Originalartikel befindet sich in meinem Besitz. Dem beigefügt ist ein förmlicher Brief des Commissioners der Garda, in dem er droht, die Zeitung zu schließen, wenn die Story jemals das Licht der Welt erblicken sollte.«

»Mein Gott!« Lottie lehnte sich auf ihrem Stuhl zurück und fuhr sich mit der Hand durchs Haar. »Hatte die Story mit diesen Kindern oder dem Selbstmord meines Vaters zu tun?«

»Beides.«

»Ist Ihnen klar, was Sie da in der Hand haben, Mr Moroney?«

»Absolut. Und ich gehe davon aus, Sie vermuten, dass Ihr Vater keinen Selbstmord begangen hat. Zumindest nicht freiwillig.«

Der Barkeeper kam mit Moroneys Drink und räumte Teller und Besteck ab.

»Wie meinen Sie das?«, fragte Lottie, nachdem er wieder weg war.

»Haben wir einen Deal?«, fragte Moroney.

Sie sagte nichts, sah den Reporter nur nachdenklich an, wie er mit dem Glas in der Hand auf halbem Weg zu den Lippen innehielt. Konnte sie wirklich ihren Job riskieren, indem sie Superintendent Corrigan hinterging? Vielleicht konnte sie Moroney mit belanglosen Informationen füttern. Irgendetwas, was sowieso an die Öffentlichkeit gelangen sollte.

»Und speisen Sie mich bloß nicht mit Quatschinfos ab«, sagte er, als hätte er ihre Gedanken gelesen.

»Deal.« Das könnte sie zwar ihren Job kosten, aber immerhin hatte sie ihr ganzes Leben damit verbracht, herauszufinden, warum ihr Vater sich umgebracht hatte. In den letzten vier Monaten ausgesprochen aktiv und dennoch erfolglos. Und heute schien alles wie geschmolzene Lava auf sie zuzufließen. »Wann kann ich die Akte sehen? Haben Sie sie dabei?«

»Sie halten mich wohl für dumm, sollten mich aber nicht

unterschätzen. An dieser Drogenstory habe ich jahrelang gesessen. Was können Sie mir über die Morde sagen?«

Lottie überlegte krampfhaft, wie viele Informationen sie dem Fernsehreporter realistischerweise weitergeben konnte, ohne dass die undichte Stelle zu ihr zurückverfolgt werden konnte. Nicht viel. Sie würde bluffen müssen.

»Ich suche zusammen, was ich habe, und bereite ein Dokument für Sie vor«, versprach sie.

Er holte ein Notizbuch und einen Stift aus seiner Brusttasche, kritzelte etwas hinein und riss dann die Seite heraus. »Das ist meine Adresse. Kommen Sie morgen Abend vorbei. Sagen wir gegen acht. So habe ich genug Zeit, um eine Kopie der Akte meines Vaters anzufertigen. Und wenn Sie nicht mit handfesten Informationen ankommen, mit etwas Konkretem, das ich verwenden kann, ist unser Deal hinfällig. Ist das klar?«

»Klar«, bestätigte Lottie und wünschte, sie hätte Boyd bei sich, um sich zu vergewissern, dass sie das Richtige tat.

Irgendwie wusste sie, was er sagen würde: »Beruflicher Selbstmord.«

ACHTUNDSECHZIG

Lottie holte Boyd bei der Dienststelle ab, und sie fuhren los, um Bernie und Natasha Kelly darüber zu informieren, was mit Emma Russell passiert war. Obwohl die beiden nicht mit dem Opfer verwandt waren, fühlte Lottie sich ihnen gegenüber verpflichtet. Sie hatte beschlossen, Boyd lieber nichts von ihrem Gespräch mit Moroney zu erzählen. Was man nicht weiß, macht einen nicht heiß, pflegte ihre Mutter stets zu sagen.

Die Haustür stand offen, und Regen drang hinein und durchnässte den Flurteppich. Bei dem Auto in der Einfahrt standen der Kofferraum und alle vier Türen offen.

»Was zur ...«, setzte Boyd an.

Lottie schob sich an ihm vorbei und betrat das Haus.

»Was ist denn hier los, Bernie?« Sie streckte eine Hand aus, um die Frau aufzuhalten, die mit einem Stapel Kleidung unter dem Arm unterwegs zur Tür war.

»Ich verschwinde aus diesem Loch von einer Stadt, das ist hier los.«

»Warum?«

Bernie lachte hysterisch auf. »Warum? Hat der Regen da draußen Ihren letzten Funken Verstand weggeschwemmt oder was? Die beste Freundin meiner Tochter und deren Familie wurden ermordet, und Sie fragen mich, warum wir verschwinden? Weil wir nicht die nächsten Opfer sein wollen, deshalb!«

»Legen Sie die Sachen mal für einen Moment weg.« Lottie nahm Bernie die Kleidung ab und legte sie auf die Couch, die bereits voller Kartons und Kisten stand. Sie bemerkte, dass alle Dekoartikel aus dem Zimmer verschwunden waren. In der Küche hörte sie Geschirr und Besteck klappern. Sie warf einen Blick durch die Tür. Natasha war gerade dabei, Küchenutensilien in eine Plastikkiste zu verpacken. Einen Gegenstand nach dem anderen, wie in Trance. Als Lottie sich umdrehte, saß Bernie auf einem Sessel mit Boyd auf der Armlehne daneben.

»Das mit Emma tut mir sehr leid«, begann Lottie und stellte sich vor den leeren Kamin. »Jedes einzelne Mitglied unserer Abteilung arbeitet mit Hochdruck daran, den Mörder zu finden.«

»Das wurde mir bereits gesagt.«

»Wie meinen Sie das?«

»Sie sind nicht die Erste, die uns heute einen Besuch abstattet. Ein hochnäsiges Arschloch von Detective Inspector war bereits hier.«

Wäre sie nicht so wütend gewesen, hätte Lottie gelacht. Bernie hatte McMahon sehr treffend charakterisiert.

»Leider hat es DI McMahon versäumt, uns gegenüber zu erwähnen, dass er hierherkommen würde.«

»Er war wohl auf einer Art Ein-Mann-Mission unterwegs.« Bernie schien sich etwas beruhigt zu haben.

Lottie fuhr fort. »Wie lange wohnen Sie schon hier?«

»Wieso wollen Sie das wissen?«

»Ich weiß, dass wir das Thema schon einmal hatten, aber ich muss wirklich wissen, wie gut Sie die Familie Russell kannten. Wer bei ihnen ein- und ausging. Ob Sie sich an irgendwelche ungewöhnlichen Autos oder Personen erinnern können. In dieser Gegend gibt es nur Ihre beiden Häuser. Sie wohnen hier sehr abgelegen, insofern bin ich mir sicher, dass Sie bemerkt hätten, wenn dort irgendwelche merkwürdigen Leute rumhingen.«

»Also verdächtigen Sie Arthur nicht mehr?«

»Bis wir den Täter haben, ist jeder verdächtig.«

»Auch Natasha und ich?«

»Ich habe doch nur gefragt, ob Sie etwas gesehen haben …«

»Ich weiß, was Sie gefragt haben. Und nein. Mir ist nichts aufgefallen. Glauben Sie wirklich, ich hätte nicht schon längst was gesagt, wenn dem so wäre?«

»Haben Sie Arthur in letzter Zeit gesehen?«

»Nein.«

»Kann ich kurz mit Natasha sprechen? Unter vier Augen?«

»Nein. Sie ist noch keine achtzehn, insofern habe ich das Recht, dabei zu sein. Was wollen Sie denn von ihr wissen?«

Lottie ignorierte die Frage und sagte: »Wo wollen Sie denn hin, Bernie? Haben Sie irgendwo Familie?«

»Familie? Huh. Natasha ist die einzige Familie, die ich brauche. Ich muss sie beschützen. Nach allem, was in den letzten Tagen passiert ist, ist das Mädchen völlig durch den Wind. Wir müssen von hier verschwinden. Verstehen Sie das nicht? Sind Sie Mutter?«

»Ja, das bin ich«, antwortete Lottie. Wenn auch keine gute, dachte sie, und ihr gestriger Zusammenbruch schoss ihr durch den Kopf.

»Dann können Sie doch verstehen, dass ich meine Tochter vor all den schrecklichen Ereignissen beschützen muss?«

»Das verstehe ich absolut. Aber ich glaube nicht, dass Weglaufen gegen Erinnerungen hilft. Natasha wird die Narben mitnehmen, wohin auch immer sie geht. Bleiben Sie hier. Besorgen Sie Hilfe, für Ihre Tochter und für sich selbst. Sie sind zu aufgewühlt, um irgendwohin zu fahren.«

Bernie seufzte und schien sich zu entspannen, doch dann sprang sie unvermittelt auf und brachte Boyd dabei so aus dem

Gleichgewicht, dass er fast auf den Boden fiel. Sie griff nach dem Kleiderstapel, den Lottie auf dem Sofa abgelegt hatte, ließ ihn dann jedoch gleich wieder fallen.

»Ich weiß überhaupt nicht mehr, was ich jetzt machen soll«, stieß sie aus und sank auf die Knie.

Natasha kam aus der Küche gerannt und starrte sie mit angespanntem Kiefer und einer pochenden Ader in ihrem Hals an. »Was haben Sie getan? Warum ist sie jetzt so fertig?«

Der Tonfall der Jugendlichen ließ Lottie zusammenzucken. Nicht zum ersten Mal fragte sie sich, wie Emma sich eigentlich mit Natasha verstanden hatte. Doch Emma konnte sie nicht mehr fragen, und um Natasha diese Frage zu stellen, war jetzt nicht der richtige Zeitpunkt.

»Ich finde, Sie sollten hierbleiben, bis alles geklärt ist«, sagte Boyd mit sanfter, ruhiger Stimme und legte eine Hand auf Bernies Schulter. Überrascht beobachtete Lottie, wie die Frau ihrerseits die Hand hob und Boyd über die langen Finger strich. Bevor sie etwas dazu sagen konnte, sprang Natasha auf die beiden zu und stieß ihn weg.

»Wagen Sie es nicht, meine Mutter anzufassen! Lassen Sie uns in Ruhe!« Sie schlang die Arme um Bernie.

»Sie sollten jetzt gehen«, sagte diese. »Vielleicht bleiben wir doch noch ein paar Tage.« Sie ließ sich von Natasha in die Küche führen.

Nachdem sie die Tür hinter sich geschlossen hatten, wechselte Lottie einen Blick mit Boyd.

»Bevor wieder was dazwischen kommt«, sagte sie, »fahren wir sofort ins Krankenhaus, um nachzusehen, ob Mr Brady etwas zu sagen hat.«

Und so überließen sie die Kellys sich selbst.

NEUNUNDSECHZIG

Sie zeigten dem Wachmann vor der Krankenstation ihre Ausweise und meldeten sich an.

Lottie hatte schon einmal ein Verbrennungsopfer von Nahem gesehen, aber auf den Anblick, der sich ihr bot, war sie nicht vorbereitet gewesen.

»Ach du Scheiße, Boyd, der sieht ja schlimm aus.«

»Das ist die Untertreibung des Jahrhunderts.«

»Diese Menge an Schläuchen und Maschinen, die einen Mann am Leben erhalten soll, könnte eine kleine Fabrik ein Jahr lang betreiben.«

Ein Stöhnen vom Bett ließ sie aufschrecken. Sie trat näher an den Mann heran und nahm sich einen Stuhl mit, entschied dann aber, lieber zu stehen. Boyd hingegen setzte sich hin und holte sein Notizbuch heraus.

»Lorcan, ich bin Detective Inspector Lottie Parker. Das ist mein Kollege Detective Sergeant Boyd. Wir möchten Ihnen gern ein paar Fragen stellen.«

»Seine Stimmbänder sind beschädigt«, sagte eine Krankenschwester, die den Raum mit einem Infusionsbeutel in der Hand betrat. »Sie müssen sich ganz nahe an ihn heranlehnen, wenn Sie ihn hören wollen. Wobei ich bezweifle, dass Sie irgendetwas verstehen werden. Ihr Kollege vorhin ist unverrichteter Dinge abgezogen. Er konnte kein einziges Wort verstehen. Andererseits habe ich ihm auch den Tipp mit dem Heranlehnen nicht gegeben.«

»Vielen Dank«, sagte Lottie.

»Klingeln Sie einfach, wenn Sie fertig sind, dann komme ich wieder«, sagte die Schwester.

Als sie allein waren, tat Lottie, was die Krankenschwester geraten hatte, und ging neben dem bandagierten Brady in die Hocke.

»Lorcan, ich würde gerne wissen, wer hinter der Ermordung von Tessa Ball und der Folterung von Marian Russell steckt.«

Brady stöhnte. Ein Gurgeln entrann seiner Kehle und ein Keuchen kam über seine verkohlten Lippen.

»Hast du das verstanden, Boyd?« Lottie blickte um sich. Sie hatte nicht die geringste Ahnung, was der Verletzte gesagt hatte.

»Nein.«

»Ich weiß, dass Sie nur in kleinere Drogengeschäfte verwickelt waren, Lorcan.« Automatisch kreuzte sie ob der Lüge ihre Finger. »Die interessieren mich gar nicht. Ich halte Sie für einen zu netten Kerl, als dass Sie einen Mord begehen würden. Können Sie mir irgendetwas sagen, das mir dabei helfen könnte herauszufinden, wer hinter all dem steckt?«

Die geschwollenen Augenlider flackerten, öffneten sich jedoch nicht. Seine blasigen Lippen spannten leicht. Oje, dachte sie, tot wäre er wäre besser dran. Dann bemerkte sie seine Hand, aus deren Verband eine Kanüle ragte. Die Hand, an der nur noch Daumen und Zeigefinger übrig geblieben waren. Die Hand zuckte.

»Das ist doch zwecklos«, meinte sie und wandte sich wieder Boyd zu.

Dann erstarrte sie plötzlich, als sie spürte, wie der Mann nach ihrer Hand griff.

»Sie haben mich fast zu Tode erschreckt, Lorcan«, sagte sie. Als sie begriff, dass er wollte, dass sie näher kam, hockte sie sich auf den Rand des Bettes und hielt ihr Ohr an das, was von seinem Mund übrig war. »Wer steckt hinter den Morden, Lorcan?«

Seine Stimme war infolge der Verbrennungen brüchig, aber sie konnte ein Wort heraushören.

»Wuinnie.«

»Quinnie?« Sie schaute zu Boyd. »Ich glaube, er meint Jerome Quinn.« Sie lehnte sich näher an den Verletzten. »Wer hat Ihnen das angetan?«

»Wuinnie.«

Er ließ ihre Hand los, und die Maschinen fingen wild an zu piepen. Lottie bedeutete Boyd, dass sie besser gehen sollten.

»Aus dem kriegen wir nichts mehr raus. Jedenfalls nicht heute.«

Die Krankenschwester stürmte in das Zimmer. »Sie müssen jetzt gehen.« Sie fummelte an den Schaltern der Maschine herum, bis im Raum wieder die relative Ruhe eines monotonen Summens herrschte.

Lottie wartete, bis Boyd sein Notizbuch eingesteckt hatte, und folgte ihm dann hinaus.

»Er kann nicht Jerome Quinn meinen«, sagte Boyd, als sie auf den Aufzug warteten. »Der wurde erstochen und ist verbrannt. Er muss den Halbbruder meinen, Hammer Quinn.«

Der Aufzug kam an, die Tür ging auf, und Lottie trat in Gedanken versunken ein. »Brady ist so schwer verletzt, dass er im Grunde auch etwas völlig anderes gesagt haben könnte.«

Die Tür schloss sich und der Aufzug fuhr nach unten. »Mal sehen, was McMahon zu berichten hat.«

———

Lottie hielt McMahon für einen Mann, der es gewohnt war zu bekommen, was er wollte, wann er es wollte. Er saß in seinem Büro, oder vielmehr ihrem Büro, auf einem neuen Ledersessel hinter einem Schreibtisch mit einem Laptop darauf.

»Ich war bei Lorcan Brady«, erzählte sie. Er warf ihr einen Blick unter seinem schwarzen Pony hindurch zu.

»Ich dachte, ich hätte deutlich gesagt, dass ich mit Lorcan Brady reden würde«, sagte er.

»Und, wie ist das Gespräch gelaufen?« Sie stand in der Tür.

Er rutschte auf seinem Stuhl so heftig hin und her, dass das Leder unter ihm quietschte. »Ich konnte kein einziges Wort aus ihm herausbekommen.«

»Glauben Sie, Jerome Quinns Halbbruder Hammer hat etwas mit der Sache zu tun?«, preschte sie vor.

»Natürlich hat er das.«

»Aber warum gerade jetzt? Warum hat er bis diese Woche gewartet, um ihn zu töten? Er muss doch die ganze Zeit gewusst haben, wo er war.«

»Ist Ihnen vielleicht mal der Gedanke gekommen, dass Marian möglicherweise geredet hat, bevor ihr die Zunge herausgeschnitten wurde?«

Lottie spürte, wie sich ihr Magen zusammenzog, als sie daran dachte, was die Frau erlitten haben musste. Ihre Zunge war in einem der schwarzen Müllsäcke gefunden worden, weggeworfen wie ein Stück verrotteter Abfall.

»Und wo ist das ganze Geld geblieben? Wir haben nur neunhundertfünfzig Euro gefunden«, sagte sie. »Und ich habe Zweifel, dass es sich um Drogengeld handelt.«

»Wahrscheinlich auf Offshore-Konten. Das finde ich schon raus.«

»Da bin ich mir sicher«, meinte Lottie. »Außerdem würde ich gerne wissen, was Sie heute Morgen bei den Kellys zu suchen hatten.«

»Ich dachte eigentlich, das wäre offensichtlich.«

Lottie ballte die Hände zu Fäusten. Wie schafften es diese Arschlöcher mit Autorität nur immer wieder, ihr das Gefühl der Unzulänglichkeit zu geben? Sie drückte den Rücken durch und versuchte, wichtig zu wirken. »Ich weiß ja, dass sie Nachbarn waren, aber ...«

»Sie waren die einzigen Nachbarn in der kompletten Straße«, unterbrach er sie. »Also waren sie die perfekteste Anlaufstelle, um Informationen zu bekommen.«

»Und? Haben Sie?« Die perfekteste? Wo zum Teufel war der denn zur Schule gegangen?

»Was?«

»Informationen bekommen?« Meine Güte, war der Kerl doof. »Ich muss ein paar Details bestätigen.«

»Hören Sie, DI McMahon. Ich bin die leitende Ermittlerin und habe das Recht zu wissen, was Sie wissen.«

»Wohl eher das Gegenteil. Wenn Sie mir also nichts Nützliches mitzuteilen haben, lassen Sie mich in Ruhe weiterarbeiten. Was Sie im Übrigen auch tun sollten.«

»Ich sehe mir mal an, was Lynch über die Daten auf Marians Festplatte herausgefunden hat.«

»Nicht nötig«, meinte er. »Das habe ich bereits getan. Nichts von Interesse. Verschwenden Sie nicht Ihre Zeit.«

»Es ist mein Job, ob es Ihnen gefällt oder nicht.«

»Ich will nicht arrogant klingen, aber Sie gehen zu weit, Inspector. Passen Sie auf, wem Sie auf die Füße treten.«

Wenn es in ihrem Büro eine Tür geben würde, sie hätte sie kräftig zugeknallt.

SIEBZIG

Lynch band sich einen Pferdeschwanz, löste ihn wieder und zwirbelte an ihren Haaren herum.

»Sie sehen gestresst aus«, sagte Lottie.

»Das bin ich auch. Ich habe den ganzen Vormittag versucht herauszufinden, woran Marian gearbeitet hat. Aber es ist, als würde man versuchen, ein Puzzle zusammenzusetzen, das einfach nur aus blauem Himmel besteht.«

»Immerhin ist er nicht schwarz und voller Wolken«, meinte Boyd.

Zwei Augenpaare starrten ihn finster an.

»Okay. Ich guck dann mal wieder, was Kirby so macht«, sagte er.

»Er wollte noch mal zum Grundbuchamt, um herauszufinden, ob Tessa noch mehr Immobilien hatte. Du könntest zum Gesundheitsamt und um Herausgabe der Aufzeichnungen über St. Declan's aus den Siebzigerjahren bitten.«

»Was hat das mit unserem Fall zu tun?«

»Boyd, könntest du bitte einfach tun, was ich dir sage, ohne alles infrage zu stellen?«

»Könnte ich und werde ich, ich würde aber dennoch gerne

wissen, warum. Okay, okay. Ich gehe ja schon.« Vor sich hin murmelnd verließ er das Büro.

»Was wollten Sie gerade sagen?« Lottie zog ihren Stuhl näher zu Lynch hinan, wohl wissend, dass McMahon in ihrem zukünftigen Büro saß. Von dort aus konnte er sie gut sehen, aber hoffentlich nicht hören.

Lynch deutete auf den Ausdruck. »Das hängt alles mit dem Kurs zusammen, den sie belegt hatte. Nichts davon hat mit Drogen zu tun. Es sei denn, man zählt die vielen, vielen Seiten über Kräuter und Pflanzen mit.«

»Auf ihrem Nachttisch habe ich ein Kräuterbuch gefunden. Warten Sie kurz.« Lottie eilte an ihren Schreibtisch und nahm das Buch heraus. Der Schutzumschlag hatte Risse und Verfärbungen, und die Innenseiten waren verblasst.

»Das ist aber ganz schön klein gedruckt«, meinte Lynch.

Lottie setzte sich wieder zu ihr. »*Culpepers komplette Kräuterkunde*. Vielleicht hat sie sich für dieses Thema interessiert. Haben Sie schon etwas zu den Pflanzen aus dem Silo gehört?«

»*Hypericum perforatum*.«

»Was?«

»Johanniskraut. Das ist eine Heilpflanze. Wurde früher zur Behandlung von Depressionen verkauft, ist aber inzwischen vom Markt genommen worden.«

Lottie fuhr mit ihrem Finger über das Inhaltsverzeichnis und fand Johanniskraut. Mit Bleistift unterstrichen. Interessant.

»Im Silo hat Marian wohl versucht, den natürlichen Lebensraum der Pflanzen nachzuahmen – schattige Wälder. Hier steht, dass es für die Behandlung von Melancholie und Wahnsinn eingesetzt werden kann. Das könnte ich auch gebrauchen.« Sie klappte das Buch zu. »Steht im Bericht sonst noch was?«

»Sie hat sich wohl an ihrem Stammbaum versucht. Wir

haben allerdings nur ihre Word-Dokumente. Toll wäre es, wenn wir an ihren Internetverlauf kämen.«

»Haben wir Zugang zu ihren E-Mails?«

»Ich kann mal nachfragen, wenn Sie glauben, dass uns die weiterhelfen.«

»Es wäre schon gut zu wissen, ob sie mit jemandem in Kontakt stand und mit wem. Wie weit ist sie mit dem Stammbaum gekommen?«

»Nicht weit. Nur Arthurs Familie, ihre Ehe mit ihm und dann Emma.«

»Und wir haben immer noch keine Ahnung, wo er ist«, meinte Lottie. »Und was hatte sie auf ihrer Seite des Stammbaums?«

»Noch weniger«, antwortete Lynch. »Nur ihre Eltern – Tessa und Timothy Ball. Aber sehen Sie mal hier.«

Lottie warf einen Blick auf das Blatt, das Lynch in der Hand hielt. »Ich habe nicht den ganzen Tag Zeit.«

»Neben den Namen von Tessa hat sie was in Klammern geschrieben. O'Dowd.«

»Wie bitte?« Lottie nahm ihr das Blatt ab, überzeugte sich selbst und runzelte die Stirn. Stand das da, weil Marian herausgefunden hatte, dass Tessa eine Affäre mit Mick O'Dowd gehabt hatte? Oder waren Tessa und Mick irgendwie miteinander verwandt? Cousin und Cousine? Bruder und Schwester? Aber hätten die Leute im Ort das nicht gewusst? Vielleicht erklärte das, warum Emma zu O'Dowd geflohen war. Oder nicht? »Das ist ausgesprochen verwirrend. Irgendwelche anderen Theorien?«

»Nein.«

»Sie haben ganze Arbeit geleistet, Lynch.«

»Ich hab mir auch ein Bein dafür ausgerissen.«

»Suchen Sie weiter. Vielleicht finden Sie noch was.«

»Mach ich, ich bezweifele allerdings, dass wir so herausfinden, wer Tessa und ihre Familie getötet hat. Wenn Sie mich fragen ...«

»Ja?«

»Ich neige dazu, mich der Hypothese von Inspector McMahon anzuschließen: Wir haben es hier mit einem Drogenkrieg zu tun.«

Klar tun Sie das, dachte Lottie. »Wir müssen alle Möglichkeiten in Betracht ziehen. Lassen Sie ihn und seine Kumpanen mit der Drogensache weitermachen, und wir kümmern uns um unsere Morde. Verstanden?«

Lottie rollte ihren Stuhl zurück an ihren Schreibtisch und stellte fest, dass sie immer mehr wie Superintendent Corrigan klang.

———

Das E-Mail-Symbol auf ihrem Computer blinkte auf. Lottie öffnete den vorläufigen Obduktionsbericht zu Emma Russell. Beim Überfliegen des Dokuments blieb ihr Blick an der Todesursache hängen.

»Boyd!«

»Du musst nicht schreien, ich sitze dir direkt gegenüber.«

»Als Todesursache wird Asphyxie durch Aspiration von Flüssigkeit in der Lunge angegeben. Emma wurde ertränkt. Und Jane hat Platzwunden gefunden, die darauf hindeuten, dass ihr die Brille ins Gesicht geschlagen wurde, und außerdem eine Prellung auf der Schädelrückseite. Ob Letztere von einem Sturz herrührt oder von einem Schlag mit einem noch unbekannten Gegenstand, konnte nicht festgestellt werden.«

»Das arme Mädchen. Also hat sie jemand zusammengeschlagen und dann lebendig in das Wasserfass geworfen.«

»Von O'Dowd wurde immer noch nichts gesehen oder gehört?«

»Nein.«

Lottie berichtete Boyd von den Daten von Marians Laptop. »Waren Tessa und O'Dowd also miteinander verwandt?«, überlegte sie laut.

»Ich überprüfe mal ihre Geburtsurkunden«, bot er an.

»Wir müssen anfangen, das Warum zu suchen, nicht nach dem Wie. Wir wissen, was passiert ist, und größtenteils auch, wie es passiert ist. Aber wir haben keine Ahnung warum.«

»Vielleicht hat es doch was mit den Drogen zu tun?«

»Daran kann McMahon arbeiten. Aller Wahrscheinlichkeit nach spielen Drogen irgendeine Rolle. Meiner Ansicht nach allerdings keine große.«

»Also, wo fangen wir an?«

Sie wollte Boyd von ihrem Gespräch mit Buzz Flynn erzählen, war sich jedoch nicht sicher, wie er reagieren würde.

»Wie ist Tessa an die Waffe gekommen?«

»Was?«, fragte Boyd.

»Nichts.«

»Du hast die Waffe erwähnt.«

»Ich denke nur laut nach. Warum hatte Tessa sie in ihrer Wohnung? Die alte Dame, die Kirby befragt hat, schien sie zu kennen. Kitty Belfield. Mal sehen, ob sie zu Hause ist. Vielleicht hat sie ein paar Antworten.« Lottie hob ihre Jacke vom Boden auf und ging zur Tür.

»Kirby hat doch schon mit ihr gesprochen«, warf Boyd ein.

Mit einem Arm im Ärmel der Jacke drehte sie sich um. »Kommst du jetzt mit oder was?«

»Ich schätze schon.«

Die Fahrt zum Farranstown House bot einen Blick auf das aufgewühlte schwarze Wasser des Lough Cullion in der Ferne.

Als sie aus dem Auto stieg, hielt sich Lottie am Dach fest, um nicht davongeweht zu werden. Die nassen Kieselsteine knirschten unter ihren Stiefeln, als sie vor Boyd die Tür des Landhauses aus dem achtzehnten Jahrhundert erreichte. Sie zog an dem abgenutzten Stück Schnur und läutete so die alte Messingglocke.

»So lebt also die andere Hälfte«, flüsterte Boyd, als sie auf der rissigen Betonstufe standen und sich vor dem Unwetter schützten.

»Sieht ein bisschen traurig aus«, sagte Lottie und zog erneut an der Schnur.

»Ich komme ja schon.« Die Tür schwang nach innen auf, und vor ihnen stand eine Frau, die so stark vornübergebeugt war, dass ihr Kopf fast ihre Knie berührte. »Die jungen Leute heutzutage haben einfach keine Geduld. Nicht das kleinste bisschen Geduld.«

Lottie musste sich den Impuls verkneifen, sich herunterzubeugen, um mit der alten Frau auf Augenhöhe zu kommen, und stellte sich und Boyd vor.

»Könnten wir bitte kurz mit Ihnen reden, Mrs Belfield?«

»Mein Name ist Kitty. Und wo ist dieser nette junge Mann, der neulich hier war? Haben Sie ihn nicht mitgebracht?«

»Er ist beschäftigt«, antwortete Lottie. Offensichtlich meinte sie Kirby.

»Na dann, kommen Sie herein. Er mochte meinen Speck mit Kohl so gerne und war ein ganz hervorragender Gesprächspartner. So jemanden findet man heutzutage kaum noch. Bitte entschuldigen Sie, dass es hier drinnen so kalt ist. Normalerweise mache ich das Feuer nicht vor sieben an.« Sie führte die beiden ins Haus.

Drinnen war es kälter als draußen. Vom großen schmucklosen Eingangsbereich mit Steinfußboden ging es direkt in ein geräumiges Wohnzimmer mit hoher Decke.

An den Wänden hingen Wandteppiche, die Schlachten aus längst vergangenen Zeiten darstellten, und die mit Alabaster verkleidete Decke schien unter dem Gewicht der oberen Ebene zu knarren. Zwei ehemals mit schwarzem Leder bezogene, aber inzwischen nackte Sofas waren die einzigen Möbelstücke vor dem riesigen gusseisernen Kamin. Auf dem Rost lagen ein paar Holzscheite, zwischen denen aufgerollte Zeitungsblätter herausragten.

»Setzen Sie sich«, sagte Kitty. »Ich kann Sie gar nicht sehen, wenn Sie stehen. Die Skoliose der Wirbelsäule hat mich verkrüppelt. Tee werde ich Ihnen keinen anbieten, weil es keine Teezeit ist, also sagen Sie, was Sie zu sagen haben.«

»Es geht um Tessa Ball«, begann Lottie.

»Na, ums Wetter geht es wohl kaum, junge Dame. Was möchten Sie über Tessa wissen, was Sie nicht schon von Ihrem Freund Larry gehört haben?«

»Larry?« Boyd runzelte die Stirn.

»Kirby«, flüsterte Lottie.

»Ein reizender Mann, der bei der Damenwelt bestimmt ganz vortrefflich ankommt.«

»Da haben Sie absolut recht«, bestätigte Boyd.

»Um auf Tessa zurückzukommen«, mischte Lottie sich ein, »wir wissen, dass sie mit Ihrem Mann zusammengearbeitet hat. Gab es irgendetwas, in das sie verwickelt gewesen sein könnte, das zu ihrer Ermordung geführt haben könnte?«

»Als Anwältin hatte Tessa mit vielen einfachen Leuten zu tun, aber auch mit zwielichtigen Gestalten. Sicherlich gibt es eine ganze Reihe von Leuten da draußen, die nur zu froh darüber sind, dass sie ins Gras gebissen hat.«

»Die Akten, die aus der Kanzlei gestohlen wurden. Sie haben Detective ... Larry erzählt, dass es sich um Akten über den Fall einer Frau namens Carrie King handelte, die versucht hat, ihr Haus abzubrennen. Können Sie mir dazu noch etwas sagen?«

Kitty rümpfte die Nase und verschränkte die Arme so gut sie konnte um ihren gekrümmten Körper. »Das hätte ich gar nicht erzählen dürfen. Die Worte haben meinen Mund verlassen, bevor ich wusste, was ich da sage. Er ist wirklich sehr entwaffnend, dieser junge Mann.«

»Wir würden die Geschichte wirklich sehr gerne hören.«

»Es gibt keine Geschichte.«

»Erzählen Sie mir von der Kanzlei Ihres Mannes.« Lottie versuchte, Kitty abzulenken, bevor sie völlig dichtmachte.

»Ich durfte noch nicht einmal in die Nähe seiner Kanzlei. Meine Aufgabe war es, mich um diese Monstrosität von Haus zu kümmern. Die hat ein dankbarer Mandant meinem Mann vererbt, ist es denn zu fassen. Damals waren Immobilien noch eine harte Währung. Mit was für Leuten er und Tessa zu tun hatten, weiß ich nicht, aber sicherlich waren auch kriminelle Elemente dabei.«

»Und Carrie King. Worum ging es da?«

Kitty schien zu zögern. Das Gesicht der alten Frau war nicht einfach zu erkennen.

»Darüber weiß ich nichts. Tessa hat sich darum gekümmert. Und Stan machte auf mich den Eindruck, dass er sich darüber geärgert hat. Aber er hat Tessa das Kommando überlassen.«

»Die gestohlenen Akten. Ich vermute, es wurden keine Kopien aufbewahrt?«

»Sie vermuten richtig, Inspector.«

»Und niemand wurde festgenommen.«

»Absolut niemand.«

»Wissen Sie, warum Tessa eine Waffe im Haus hatte?«

»Eine Waffe?« Die alte Dame schlug die Hand vor die Brust und krallte die Finger in ihre Nylonbluse.

Lottie fuhr fort. »Es handelte sich um einen alten Revolver von Webley and Scott. Diese Waffen wurden in den Siebzigerjahren hauptsächlich von der Sicherheitspolizei verwendet. Und von der IRA, sofern diese welche in die Finger bekommen konnten.«

»Aber das ist eine ganz andere Geschichte«, sagte Boyd.

»Tessa«, sagte Kitty, »war nicht immer freundlich und nett. Sie war knallhart. Als Frau ihrer Zeit voraus, wenn ich ein Klischee zitieren darf. Heute wäre Sie vermutlich Präsidentin geworden. Eine korrupte Präsidentin, aber eine Präsidentin.«

»Korrupt? Inwiefern?«

»Sie steckte mit einem Polizisten unter einer Decke. Ihr Bruder hielt ihn für einen Casanova. Er endete als Stallbursche auf einem bankrotten Bauernhof.«

»Bruder?« Lottie hörte den kalten Wind durch den Schornstein heulen und die Zeitung im Kamin rascheln. Eine Rußwolke fiel auf den abgewetzten Teppich zu ihren Füßen.

»Nun, es hieß, es waren Bruder und Schwester, aber wenn Sie mich fragen, war da mehr zwischen den Beiden. Sie standen sich deutlich näher, als es für Geschwister angebracht wäre.«

»Meinen Sie Mick O'Dowd?«, fragte Boyd.

»Genau den. Einmal ist seine Hand unter mein Kleid gewandert. Das war aber auch das erste und letzte Mal, dass er das getan hat.« Kitty zog ihren plissierten Tweedrock über ihre Knie.

»Tessa besaß mehrere Immobilien und hat O'Dowd ein Cottage überschrieben. Wussten Sie davon?«

»Nein. Aber wie gesagt, Immobilien waren damals eine Währung.«

»Wir können Mick O'Dowd nicht finden. Haben Sie eine Idee, wo er sich verstecken könnte?«, fragte Lottie.

»Woher sollte ich das wissen?« Kitty schnaubte empört und rümpfte ihre ohnehin schon gerunzelte Nase. Endlich konnte Lottie ihr Gesicht sehen und bemerkte, dass die Augen der alten Frau einen kalten Blauton hatten.

»Es war nur eine Frage.«

»Aber dass Tessa Marian bekommen hat, war richtig seltsam«, fuhr Kitty fort.

»Seltsam inwiefern?« Lottie beugte sich vor, da die alte Frau nun verschwörerisch flüsterte: »Das Kind war O'Dowd wie aus dem Gesicht geschnitten. Irgendetwas lief da zwischen den beiden, das können Sie mir glauben.«

»Aber ...« Lottie redete nicht weiter, sondern versuchte, ihre Gedanken zu ordnen. »Ich dachte, O'Dowd hätte eine Beziehung mit Carrie King gehabt.«

»O'Dowd hatte mit jeder Frau eine Beziehung, die die Beine für ihn breitgemacht hat. Bitte verzeihen Sie den vulgären Ausdruck, aber das ist nun mal die Wahrheit.«

»Was wissen Sie noch über Carrie King?« Lottie war gespannt, ob Kittys Erinnerungen mit denen von Buzz Flynn übereinstimmten.

»Carrie war eine verlorene Seele, Gott sei ihr gnädig.« Kitty schüttelte den Kopf und starrte in den Kamin. »Sie hat sich selbst missbraucht und zugelassen, dass andere sie missbrauchen. Irgendwann ist sie in eine Anstalt gesperrt worden. Aber sie war nicht verrückt. Nein, Carrie war einfach nur traurig. Freitags, wenn die Männer ihren Lohn abholten, stand sie immer vor dem Postamt und bettelte um Pennys für einen Drink. Irgendwann ist sie dann als Prostituierte geendet, das arme Ding.«

»Woher kam sie? War sie aus Ragmullin?«

»Woher soll ich das wissen? Nur Gott weiß, woher Carrie stammte. Eines Tages kam sie hier an, wahrscheinlich mit dem Zug aus Dublin. Woher sie auch kam, Ragmullin hat sie nicht willkommen geheißen.« Kittys Stimme klang nun belegt.

»Sie scheinen große Sympathie für sie gehegt zu haben. Haben Sie mal irgendwie versucht, ihr zu helfen?«, fragte Boyd. Lottie warf ihm einen Blick zu, der ihn anwies, die Klappe zu halten. Er zuckte nur mit den Achseln.

»Carrie war nicht mehr zu helfen.«

»Sie kannten sie persönlich?«

»Ich kannte sie nicht, bin ihr aber einmal begegnet. Da ist sie auf Händen und Knien die Allee da draußen entlanggekrochen. Und das bei einem Wetter wie heute.« Kitty starrte aus dem Fenster. »Ein furchtbares Gewitter war das damals. An Halloween. Das Jahr weiß ich nicht mehr. Den ganzen Schnickschnack, wie man ihn heutzutage hat, gab es da noch gar nicht. Der einzige Kürbis, den wir kannten, war die Steckrübe. Und an dem Tag sah Carrie aus wie eine Steckrübe. Kurz davor, ein Baby zu gebären.«

»Warum ist sie hierhergekommen?«

Kitty drehte sich zu ihr und hob den Kopf so weit, wie es ihr möglich war. Lottie zuckte zusammen. Ihr Blick sprühte förmlich Gift.

»Woher sollte ich das wissen?«, fuhr die alte Frau sie an. »Sie ist mir praktisch in die Arme gefallen, als ich die Haustür geöffnet habe. Ist den ganzen Weg aus der Stadt gelaufen. Über drei Kilometer im Regen. Es ist mir schleierhaft, wie sie es geschafft hat, nach der Strapaze nicht an einer Lungenentzündung zu sterben. Ich habe sie ins Haus gehievt – damals war ich vierzig Jahre jünger als heute und konnte noch gerade stehen –, auf das Sofa gelegt, auf dem Sie im Moment sitzen, und Teewasser aufgesetzt. Ich dachte, sie wäre betrunken oder high. Vielleicht auch beides. Sie hat die ganze Zeit vor sich hin gebrabbelt. Ich weiß gar nicht mehr, was, aber jeder Satz enthielt die Wörter ›Tessa‹ und ›Schlampe‹. Ich habe Stan angerufen und ihn gebeten, sofort nach Hause zu kommen.«

Kitty verstummte und Lottie versuchte, sich das Geschehene vorzustellen. Sie war sich sicher, dass es mit etwas sehr Finsterem zu tun hatte.

»Stan hat stattdessen Tessa geschickt«, fuhr Kitty nach einer Weile fort. »Diese Schreie. Das Kreischen, das diese junge Frau ausgestoßen hat, als sie Tessa hier hereinkommen sah. Ich kann Ihnen sagen, das höre ich immer noch, wenn ich nachts ins Bett gehe. Die Lichter haben geflackert und das Feuer im Kamin ist fast erloschen. Es war, als wäre der Teufel höchstselbst in mein Haus eingedrungen und alle Bewohner der Hölle waren ihm auf den Fersen.«

»Jesses«, sagte Boyd.

»Nein, an jenem Abend war weder Jesus noch Gott hier. Nur das Böse. Ich kann Ihnen sagen … Carrie hatte furchtbare Angst vor Tessa Ball. Sie war so verängstigt, dass sie sich vom Sofa erhob, zum Feuer kroch und versucht hat, sich hineinzuwerfen.«

Lottie hing förmlich an Kittys Lippen. »Und was hat Tessa gemacht?«

»Tessa war so kaltherzig, dass es ein Wunder ist, dass sie das Feuer nicht allein mit ihren Worten löschen konnte. Sie ist da hingegangen«, Kitty deutete auf den Kamin, »hat den Schürhaken hochgehoben und gedroht, das Baby aus Carries Bauch herauszuprügeln, wenn sie nicht sofort aufstand.«

Lottie versuchte sich vorzustellen, wie sich die damals fünfunddreißigjährige Tessa Ball in die dämonische Person verwandelte, die Kitty gerade beschrieb. Das war dieselbe Frau, die Jahre später ein Gebet zum Heiligen Antonius an die Seite ihres Nachttischs geheftet und eine Bibel neben dem Bett liegen hatte. »Haben Sie versucht, ihr zu helfen?«

»Ich war genauso verängstigt wie die arme Carrie. Ich habe ihr hochgeholfen, die Babys guckten schon fast raus. Sie hat geschrien und Tessa hat sie in ihr Auto gezerrt. Das war das letzte Mal, dass ich sie gesehen habe.«

»Als besorgte Bürgerin hätten Sie diesen Vorfall doch sicherlich den Behörden melden sollen, oder?«

»Behörden? Junge Dame, das war Anfang der Siebziger-jahre. Jeder hatte irgendjemanden in der Tasche. Die Priester und Nonnen hatten das Sagen. Die Polizei war genauso korrupt wie die Kirche und die Gesundheitsbehörde hatte ihre betrüge-rischen Finger in so ziemlich allen Organisationen. Carrie war ein Fall für ein Mutter-Kind-Heim oder die Anstalt. Ich weiß nicht, welches Übel das kleinere war, aber sie landete in der Anstalt.«

»Ich habe gehört, dass sie freigelassen und wieder einge-wiesen wurde, nachdem sie versucht hat, ihr Haus anzuzünden.«

»Mmm ... Das habe ich auch gehört. Aber die Geschichte dahinter kenne ich nicht.« Sie verschränkte die Arme, rümpfte die Nase und verzog den Mund zu einer geraden Linie. »Ich weiß nur, dass als Stan an jenem Tag nach Hause kam und ich ihm erzählt habe, was passiert ist, er gesagt hat, dass ich das alles ganz schnell wieder vergessen soll. Wiederhole es niemals in Gegenwart eines Sünders, hat er gesagt. Und das habe ich auch nicht. Ihnen erzähle ich es jetzt nur, weil Stan nichts mehr davon erfahren kann und Tessa inzwischen auch tot ist. Und Sie sind keine Sünderin, oder, Inspector? Also habe ich auch nichts Verbotenes getan.«

Kitty beugte sich vor und stand mithilfe eines Gehstocks auf, war aber immer noch sehr gekrümmt. Ob die alte Dame womöglich mit ihrer Gesundheit bezahlt hatte, weil sie der jungen Frau, die an ihre Tür gekommen war, um Zuflucht zu finden, nicht geholfen hatte?, fragte sich Lottie.

»Ich verstehe immer noch nicht, warum Carrie bei dem Unwetter, das Sie beschrieben haben, den weiten Weg hierhergekommen ist. Was hat sie dazu bewogen?«

»Ich stelle mir diese Frage ziemlich oft. Und die einzige Antwort darauf, die mir einfällt, gefällt mir nicht.«

»Und was ist das für eine Antwort?«

»Dass mein Stan vielleicht einer der Männer war, die sie ausgenutzt haben.«

»Ganz bestimmt nicht«, versicherte ihr Lottie.

»Die ganze Stadt war voller Geheimnisse. Offener Geheimnisse. Die Leute wussten alles und sagten nichts.«

Lottie wusste nur zu gut, wie die Stadt funktionierte. Und es gefiel ihr kein bisschen.

»Carrie hat mir an jenem Tag leidgetan«, erzählte Kitty mit brüchiger Stimme. »Vor allem wegen ihrer Hilflosigkeit, aber auch wegen ihrer Angst. Aber wie sagt man so schön? Wie man sich bettet, so liegt man, auch wenn es sich um ein Bett in einer Gummizelle in der Anstalt handelt.«

»Ich habe gehört, dass eines ihrer Kinder mit ihr in der Anstalt untergebracht wurde. Ich hätte nicht gedacht, dass es so etwas überhaupt gab.«

»Davon weiß ich nichts.« Kitty zitterte und hielt sich am Kaminsims fest. »Aber das waren andere Zeiten. Damals wurden ungewollte Kinder einfach irgendwohin gebracht, wo auch immer Erwachsene sie haben wollten.«

Lottie streckte ihre Hand aus, um die alte Frau zu stützen, doch sie lehnte ihre Hilfe ab und zündete das Zeitungspapier im Kamin mit einem langen Kaminfeuerzeug an. Umgehend schossen Funken und Flammen in die Höhe. Ein heftiger Windstoß ließ noch mehr Ruß den Schornstein herunterrieseln und schien das Haus in seinen Grundmauern zu erschüttern.

Sollte sie die Frage stellen oder es lieber sein lassen? Aber es würde ewig an ihr nagen, wenn sie jetzt nicht fragte.

»Eine Sache noch«, sagte sie. »Sie haben erwähnt, dass Tessa mit einem Polizisten unter einer Decke steckte. Worin waren die beiden verwickelt?«

»Da muss ich nachdenken.« Kitty hob den Schürhaken auf, stieß ihn in den Kamin und schob die Holzscheite zusammen. »Sie haben Carries Leben schlussendlich mit ihren Unterschriften besiegelt.«

Lottie hielt einen Moment den Atem an, stieß ihn dann aus und fragte: »Wie hieß der Polizist?«

»Detective Inspector Parker, wollen Sie wirklich, dass ich diese Frage beantworte?« Zwei kristallklare Augen schauten sie warnend an.

»Ja«, sagte Lottie.

»Ich glaube, Sie kennen die Antwort bereits«, sagte Kitty und stellte den Schürhaken zurück in den Ständer für das Kaminbesteck. »Manchmal ist Wissen schlimmer als Nichtwissen. Verstehen Sie das?«

»Ich weiß es nicht, Kitty. Ehrlich gesagt weiß ich gar nichts mehr.«

»Nun, meine Liebe, ich glaube, ich habe alles gesagt, was ich zu sagen hatte. Ich begleite Sie hinaus.«

ZWEIUNDSIEBZIG

Detective Larry Kirby sog heftig an seiner E-Zigarette und wünschte, er hätte nie mit dem Dampfen angefangen. Eine Zigarre, eine schöne fette kubanische. Die wäre jetzt toll. Er musste an Mick O'Dowd denken, wie der ihm am Morgen des Feuers eine gegeben hatte.

»Weißt du, Lynch«, sagte er, »ich habe nachgedacht.«

»Weißt du, Kirby«, sagte sie, »Nachdenken ist gefährlich.«

»Dieser Mick O'Dowd. Ich werde überhaupt nicht schlau aus ihm. Wenn er etwas mit dem Feuer oder den dort gefundenen Drogen zu tun gehabt hätte, wäre er zu dem Zeitpunkt dann nicht lieber fünfhundert Kilometer weit weg gewesen, anstatt uns zu rufen und auf uns zu warten, obwohl sein einziges Alibi sein Vieh war?«

»Dann hatte er wohl nichts damit zu tun.«

»Aber dann wurde Emma auf seinem Hof getötet, und er ist verschwunden.« Er nahm einen tiefen Zug aus seiner E-Zigarette und blies den Dampf durch die Nasenlöcher. Als er bemerkte, dass Lynch ihn mit einer hochgezogenen Augenbraue ansah, meinte er: »Wehe, du sagst mir jetzt, dass ich mit dem Dampfen aufhören soll.«

»Das hatte ich gar nicht vor. Ich hoffe nur, Superintendent Corrigan kommt nicht gleich rein«, entgegnete Lynch. »Zurück zu Emma. Wenn sie freiwillig zu O'Dowd gegangen ist, dann weil sie dachte, dort wäre es sicher. Es muss also eine Verbindung zwischen Emmas Familie und O'Dowd geben, doch das Einzige, was ich bisher gefunden habe, ist sein Name in Klammern neben dem von Tessa in Marians Stammbaum.«

»Das und die Tatsache, dass sein Cottage zuvor Tessa Ball gehört hat. Warte kurz.« Kirby stand auf und wühlte in den Akten auf seinem Schreibtisch herum. Da er nicht fand, wonach er suchte, fing er an, auf seine Tastatur herumzutippen. »Hier ist es.«

»Hier ist was?«

»Hier ist eine Karte zusammen mit der Flurstücksnummer des Cottages.«

Er ging zum Kopierer, der gleichzeitig als Drucker diente. »Mach schon. Mach schon!« Er tippte mit dem Fuß auf den Boden, als ob das den Druckvorgang beschleunigen würde. »Hier.«

Er legte die Seiten einer Übersichtskarte der Grundstücke auf seinem Schreibtisch aus. Lynch stellte sich neben ihn und betrachtete das Werk.

»Das ist die Flurstücksnummer des Cottages.« Er deutete auf das Grundstück, auf dem sich das Cottage befand. »Und das da ist O'Dowds Hof. Wir können davon ausgehen, dass er ihm gehört. Warum also hat Tessa ihm das Stück Land mit dem Cottage übertragen?«

»Vielleicht, weil es neben seinem war, sie Geld brauchte und er expandieren wollte?«

»Er hat aber nicht expandiert. Stattdessen ist ein Drogenbaron aus Dublin dort eingezogen und hat Cannabis angebaut.«

»Vielleicht hatte er die Nase voll von der Landwirtschaft und wollte was Neues anfangen.«

»Das würde bedeuten, dass er von den illegalen Aktivitäten

wusste. Aber warum hat er das Feuer dann nicht jemand anderes melden lassen? Das ist es, was mich wundert.«

»Er hat es gemeldet, weil er nicht wusste, was dort vor sich ging. Vielleicht hat Tessa weiter über das Cottage verfügt.«

»Und ihn als Sündenbock benutzt?«

»Ja. Guck doch mal nach, wem der Hof vor O'Dowd vorher gehört hat.«

»Das steht hier nicht. Dafür muss ich zum Grundbuchamt. Wobei ... Ganz kleiner Moment eben, Lynch.«

»Was machst du denn jetzt?«

Kirby öffnete die Karte auf seinem Bildschirm und vergrößerte einen Ausschnitt. »Okay«, sagte er, »das da ist Lough Cullion. Richtig?«

»Richtig«, bestätigte Lynch und beugte sich vor.

»Und da ist Dolanstown, da der Hof von O'Dowd, da das Cottage.«

»Richtig.«

»Und das auf der anderen Seite ist Carnmore.«

»Ich glaube, ich verstehe, worauf du hinauswillst.«

»Marian und Arthur Russell haben in Carnmore gewohnt. Und deren Grundstück grenzt auf der Rückseite an Dolanstown. Wegen der neuen Straße ist diese Seite nicht erschlossen, aber die Grundstücke liegen direkt aneinander.«

»Was ist das?« Mit einem Stift deutete Lynch auf ein Quadrat am Rande von Carnmore.

»Ein großes Haus?« Er zoomte heran. »Verflixt.« In einem neuen Tab öffnete er Google Maps. »Geht doch.« Er gab Carnmore in die Suchleiste ein. »Okay. Das hier ist die Stelle. Es handelt sich in der Tat um ein Haus.«

»Farranstown House«, las Lynch vom Bildschirm ab.

»Das kenne ich«, rief Kirby aus. »Da ruf ich mal lieber den Boss an.«

»Ich bin der Boss.« McMahon betrat das Büro. Die Ärmel

seines völlig durchnässten Mantels tropften. »Was haben Sie mir zu berichten?«

»Bei allem Respekt, Sir«, sagte Kirby, »das hat nichts mit den Drogen zu tun. Wir haben nur ein bisschen nachgeforscht, wem welche Ländereien gehören. Nichts, womit Sie sich befassen müssen.«

»Das nenne ich Befehlsverweigerung. Ich möchte, dass Sie mich jetzt sofort darüber informieren, was Sie wissen.«

DREIUNDSIEBZIG

Die Fenster waren so alt wie das Haus selbst.

Kitty lehnte an der Fensterbank, drückte ihr Gesicht gegen die Scheibe und blickte hinaus auf das Rot, das die Dunkelheit färbte, bis die Rücklichter des Autos am Ende der Einfahrt verschwanden. Als sich der schwarze Schleier der Nacht wieder gesenkt hatte, zog sie sich ins Wohnzimmer zurück. Das Feuer hatte Mühe, auf die Holzscheite überzugreifen, aber die Kälte störte sie nicht genug, um sich weiter damit zu befassen.

Mithilfe ihres Stocks verließ sie das Zimmer und humpelte den Flur entlang in die Küche. In der Dunkelheit fand sie aus dem Gedächtnis und durch Tasten das Telefon, das an der Wand neben der verriegelten Tür hing, die in den alten Keller führte.

Sie hob den Hörer, drückte die Kurzwahltaste und wartete darauf, dass auf der anderen Seite jemand ranging.

»Ich kann nicht mehr für dich lügen. Ich fürchte, just in diesem Moment landet der Prophet des Untergangs auf deinen Schultern. Es tut mir leid.«

Dann legte sie auf, ohne eine Antwort abzuwarten.

Noch im Dunkeln schob sie den Riegel der Kellertür zur

Seite, betätigte den Lichtschalter und starrte die Treppe hinunter. Würde sie es hinunterschaffen, ohne zu fallen? Aber sie musste zerstören, was sich dort unten befand. Den einzigen Beweis, mit dem die Polizei sich auf alles einen Reim machen konnte.

Ihre Wirbelsäule schmerzte noch mehr als ihre Knie. Nach unten würde sie es vermutlich schaffen, aber auch wieder nach oben? Wenn nicht, gab es niemanden, der nach ihr suchen würde.

Sie schaltete das Licht wieder aus und verriegelte die Tür.

»Ein andermal«, sagte sie und hörte ihre Stimme von den eiskalten Wänden widerhallen.

Lottie betrat das Großraumbüro, dicht gefolgt von Boyd.

Sie ahnte, dass es zu einem Kompetenzgerangel kommen würde, als sie sagte: »DI McMahon, Sie sind genau der Mann, den ich gerade sprechen wollte.«

Er deutete auf das Büro ohne Tür, und sie folgte ihm.

»Was wollen Sie?«, sagte McMahon und versuchte noch nicht einmal, Freundlichkeit zu heucheln.

»Ich hätte gerne ein Update über Ihren Teil der Ermittlungen«, sagte Lottie.

»Ich muss Ihnen gar nichts sagen.«

»Das sehe ich anders.«

»Detective Inspector Parker, erst Ihr Detective da draußen, ich meine den, der dringend mal zum Friseur sollte …«

»Kirby?«

»Genau der. Erst beleidigt der meine Intelligenz, und jetzt stoßen Sie in dasselbe Horn.«

»In Dublin haben Sie wohl ein netteres Team, oder?«

»Tatsächlich werde ich dort mit dem allergrößten Respekt behandelt.«

»Dann verpissen Sie sich doch wieder dorthin zurück.«
Jetzt gab es kein Zurück mehr.

»Was ... was haben Sie gerade gesagt?«

»Ich sagte, dann ver...«

»Das reicht jetzt!« Er sprang von seinem Stuhl auf und trat ausgesprochen nahe an sie heran. »Ich verlange sofort eine Entschuldigung oder ich melde Sie Ihrem Superintendent.«

»Tun Sie das. Bitte fragen Sie Superintendent Corrigan bei der Gelegenheit, wann hier endlich fertig renoviert ist. Ich würde mein eigenes Büro gern wieder beziehen.«

Lottie spürte den warmen Luftzug im Rücken, als McMahon an ihr vorbei aus dem türlosen Raum und durch das Großraumbüro zum Refugium Corrigans rauschte.

»Das hast du ja toll hinbekommen«, spottete Boyd.

»Komm mir bloß nicht so«, sagte Lottie.

»Darf ich kurz um Ihre Aufmerksamkeit bitten?« Kirby tippte auf seiner Tastatur herum.

»Schießen Sie los.«

Lottie zog ihren Stuhl heran, rollte damit neben Kirby und zwang sich dazu, sich darauf zu konzentrieren, was er ihr zu zeigen hatte. Denn eigentlich überschlugen sich die Gedanken in ihrem Kopf. Sie hatte sich von McMahon reizen lassen und überreagiert. Aber sie konnte das Bild, das Kitty Belfield ihr ins Gehirn gepflanzt hatte, nicht abschütteln. Die furchtbare Angst der schwangeren Carrie King vor Tessa Ball. Hatte die Vergangenheit Tessa eingeholt? Wo war Carrie King jetzt, sofern sie noch am Leben war? Wo waren ihre Kinder? Und glaubte Lottie überhaupt auch nur die Hälfte von dem, was Kitty erzählt hatte?

»Was haben wir hier?«

Er deutete mit der Spitze seines Kugelschreibers auf den Bildschirm und sagte: »Das ist O'Dowds Hof. Das kleine Quadrat hier ist das Cottage.«

»Wie viele Hektar hat der Hof?«

»Laut Grundbuch sind es hundert. Aber das wollte ich Ihnen gar nicht zeigen.«

»Ich warte.« Lottie beugte sich vor, und Boyd spähte über ihre Schulter.

»Das hier ist Farranstown House«, sagte Kirby.

»Wo?«, fragte Lottie und zog die Stirn kraus.

Mit einem Klick auf die Maus zoomte er heran. »Farranstown House liegt auf einem Flurstück in der Größe von zweihundert Hektar, das bis zum Ufer des Lough Cullion reicht. Können Sie mir folgen?«

»Ich denke schon«, sagte Lottie.

»Hier auf dem Grundstück auf der anderen Seite des Farranstown House hat Tessa Ball gewohnt, bis sie das Haus ihrer Tochter Marian Russell überschrieben hat.«

»Verstehe ich Sie richtig?«, fragte Lottie und hob die Hand, um Kirby kurz zu unterbrechen. »Es ist möglich, dass das gesamte Land mal Teil des Farranstown-Anwesens war?«

»Korrekt.«

»Und wir haben nicht gemerkt, wie nahe die Grundstücke von Russell und O'Dowd beieinander liegen, weil sie von zwei unterschiedlichen Straßen erschlossen sind.« Jetzt dämmerte es Lottie.

»Das haben wir nie auf dem Schirm gehabt«, sagte Boyd.

»Wenn all dieses Land früher zum Farranstown-Anwesen gehörte, wann wurde es dann aufgeteilt und verkauft?«

»Spielt das für unsere Ermittlungen überhaupt eine Rolle?«, fragte Boyd.

»Abgesehen von der Spur mit den Drogen, die McMahon verfolgt«, sagte Lottie, »sind wir bisher auf nichts anderes gestoßen. Vielleicht liefert uns das hier einen perfekteren Ansatz.«

»Perfekt kann man nicht steigern.«

»Nicht jetzt, Boyd.«

»Ich komme sowieso nicht mehr mit«, meinte Boyd, streckte sich und ging zu seinem Schreibtisch.

Lottie winkte ihn zu sich zurück. »Wem auch immer Farranstown gehört hat, dem gehörte auch das ganze Land. Und jetzt besitzt Mick O'Dowd hundert Hektar und das abgebrannte Cottage. Auf dem Teil des Grundstücks auf der anderen Seite des Farranstown Houses stehen zwei Häuser. Eines davon gehörte ursprünglich Tessa Ball, und zuletzt wohnte Marian darin. In dem anderen wohnt Bernie Kelly mit ihrer Tochter. Kirby, ist das Haus Bernies Eigentum oder hat sie es gemietet?«

»Das finde ich raus«, sagte er. »Inwiefern ist das relevant?«

»Wir wissen, dass Tessa das Cottage Mick O'Dowd überschrieben hat. Was, wenn ihr auch das Land auf der anderen Seite gehört hat?« Lottie deutete auf den Bildschirm. »Wie käme eine Kleinstadtanwältin an solch ein Vermögen?«

»Kitty Belfield hat uns erzählt, dass ihr Mann das Farranstown House geerbt hat«, sagte Boyd.

»Richtig. Wenn den Belfields das gesamte Grundstück gehört hat, von welcher Größe reden wir dann? Fast vierhundert Hektar? Das ist ganz schön viel Land für ...«

»... einen Kleinstadtanwalt«, sagte Boyd.

»O'Dowd hat Kirby erzählt, dass die Familie, der sein Bauernhof ursprünglich gehört hat, vor vierzig Jahren nach Amerika ausgewandert ist ...« Lottie brach mitten im Satz ab. »Das war ungefähr zu der Zeit, als das ganze Drama um Carrie King passiert ist.«

»Wer ist Carrie King?«, fragte Lynch.

»Das weiß ich noch nicht so genau, habe aber vor, es herauszufinden«, sagte Lottie, schob ihren Stuhl zurück und stand auf. »Graben Sie alles aus, was Sie über dieses Land finden können. Gehen Sie so weit wie möglich zurück. Ich will von jedem einzelnen Grashalm wissen, wer ihn besessen, verkauft, verpachtet oder vererbt hat.«

»Ich fürchte, Kitty Belfields Geschichte hat dir ein wenig zugesetzt«, sagte Boyd.

»Das hat sie auch. Besorgst du mir eine Liste aller Patienten von St. Declan's aus den letzten vierzig Jahren? Ich will wissen, was mit Carrie King passiert ist.«

»Du jagst einem Schatten hinterher«, meinte er.

»Das mag sein, aber ich muss ihn einholen, bevor noch jemand stirbt.«

»Und was soll uns das bringen?«, fragte Boyd und ordnete seine Stifte auf seinem Schreibtisch. »Wir haben eine direkte Verbindung zu einer Dubliner Drogenbande, und ich soll Patienten aus einer Klapsmühle finden, die vermutlich schon längst tot sind?«

Lottie fuhr herum. »Es gibt keinen einzigen Hinweis darauf, dass Marian Russell oder ihre Tochter irgendetwas mit Drogen zu tun hatte.«

»Ein Hoodie, den Emma möglicherweise getragen hat, wurde in Lorcan Bradys Haus gefunden«, warf Boyd ein. »Und eben dieser Lorcan Brady ist zusammen mit Jerome Quinn verbrannt. Und Marian Russell wurde die Zunge herausgeschnitten. Das alles deutet durchaus auf eine kriminelle Beteiligung an ... an irgendetwas hin.«

»Boyd, manchmal redest du kompletten Blödsinn. Finde heraus, ob es was Neues zur Fahndung nach O'Dowd und Arthur Russell gibt.« Als sie nach ihrer Tasche und Jacke griff, hörte sie Superintendent Corrigans Schritte im Flur näherkommen. »Und gib mir Deckung. Ich bin dann mal weg.«

»Wohin?«

»Land gucken.«

Sie rauschte zur Tür hinaus, ignorierte Corrigan, der ihr nachbrüllte, und floh die Treppe hinunter und aus dem Revier.

Einem Impuls folgend fuhr Lottie zum Hof von O'Dowd. Sie hatte überhaupt keine Lust, sich von Corrigan eine Abreibung verpassen zu lassen. McMahon hatte mit Sicherheit ein ausreichend düsteres Bild gezeichnet, das sie nicht auch noch verschlimmern wollte. Sie brauchte Luft und Zeit, um den Kopf freizubekommen. Sie griff nach ihrer Tasche, um nach einer Tablette zu suchen, und musste an Annabelle denken. Sobald sie hier fertig war, würde sie sie anrufen, um nachzufragen, warum sie mit ihr hatte telefonieren wollen. Sie warf die Tasche wieder auf den Beifahrersitz.

Der Wind hatte das Tatortband am Eingangstor weggeweht; es hing nun im kahlen Geäst eines Baumes. Sie parkte das Auto und stieg vorsichtig aus, um in keine der zahlreichen schlammigen Pfützen zu treten. Dann lauschte sie und kam zu dem Schluss, dass die einzig vernehmbaren Geräusche vom Regen und vom Wind stammten, der über die kargen Felder fegte. Das Haus stand da wie ein verlorenes Stück aus einem Museum. Die Vorhänge vor den grauen Fenstern waren zugezogen, das Mauerwerk schwarz vom Regen, die Tür fest verschlossen gegen die Elemente und Eindringlinge. Wobei es für Letzteres zu spät war.

Sie ging um die Hausecke herum und überlegte, inwiefern Emma mit O'Dowd verwandt war. Das musste der Grund sein, aus dem sie hierhergekommen war. Und wo zum Teufel war er?

Auf der Rückseite des Gebäudes betrachtete sie die Scheunen und Schuppen. Die Leute von der Spurensicherung hatten ihre Arbeit beendet und waren gegangen, wobei sie Spuren hinterlassen hatten, die für das geschulte Auge leicht zu erkennen waren.

Sie warf einen Blick in den Melkschuppen, in dem sich jedoch kein Vieh mehr befand. Die Melkmaschinen standen untätig herum. Sie musste dran denken, wie sie hier gestanden hatte, während O'Dowd mit seinen Tieren beschäftigt war und seine Wut nicht hatte verbergen können. Warum hatte sie nicht tiefer gebohrt? Irgendwie war der O'Dowd, den sie kennengelernt hatte, nur schwer mit seiner jüngeren Version in Einklang zu bringen, von der ihr erzählt worden war. Hatten seine Tändelei mit Carrie King und ihr anschließendes Schicksal etwas damit zu tun, dass er sich in ein einsames Leben mit seinen Tieren zurückgezogen hatte?

»Die wurden alle verkauft.«

Lottie fuhr herum, und ihr Herz setzte kurz aus. »Was zum ...« Sie trat einen Schritt zurück, als die massige Gestalt von McMahon aus dem Schatten auftauchte und am offenen Scheunentor stehen blieb. Sie hatte sein Auto gar nicht kommen hören. »Was machen Sie denn hier?«

»Dasselbe wie Sie, vermute ich mal«, sagte er. »Ich versuche herauszufinden, was die junge Emma hierhergeführt hat.«

»Ich dachte, Sie wären davon überzeugt, dass alles mit Drogen zu tun hat?« Sie wich nicht von der Stelle.

Er trat näher und stützte sich mit einem Arm auf das Geländer. »Das ist meine Theorie, aber die einzige Sache, die nicht dazu passt, ist Emma.«

»Sache? Sie sind ein kaltherziger Scheißkerl.«

»Sie wissen, was ich meine.«

Sie ging auf ihn zu und beschloss, sich mit ihm anzulegen. »Wenn Emma eine Beziehung mit Lorcan Brady hatte, was ich bezweifle, dann haben Sie doch ein Bindeglied.«

»Das sieht zwar so aus, aber das glaube ich nicht.«

»Ich auch nicht«, räumte Lottie ein.

»Wollen wir mal das Haus inspizieren?«, schlug er vor. »Hier drinnen bekomme ich Gänsehaut.«

Lottie bemerkte, wie er den Spaltenboden betrachtete. »Sie sind nicht vom Land, oder?«

»Stadtmensch, durch und durch.« Er lächelte.

Lottie war nicht dumm. Sein Lächeln war eindeutig aufgesetzt. Trotz ihrer Bedenken ging sie voraus zur Hintertür und kramte in ihrer Handtasche nach dem Beweismittelbeutel, in dem sich der Schlüssel befand. Sie steckte ihn ins Schloss und schaute über die Schulter. McMahon war in der Zwischenzeit in Richtung des anderen Stalls gegangen.

»Kommen Sie?«, rief sie ihm zu.

»Was zum Teufel ist das?« Er zeigte auf die große Maschine mit Rotoren.

»Ein Güllerührwerk«, wiederholte sie, was sie von O'Dowd gelernt hatte.

»Und wozu braucht man das?«

»Zum Umrühren von Gülle.«

Er folgte ihr in die Küche.

Der Monitor für die Überwachungskameras fehlte, ebenso die Geschäftsbücher. Dunkelbraune Flecken auf Tisch und Boden waren eingekreist und nummeriert worden. Sie zeugten von dem Grauen, das Emma erlebt hatte, bevor sie gewaltsam in das Fass getaucht und ertränkt worden war.

»Hatte der Mörder Hilfe?«, überlegte Lottie laut. »Wenn Emma hier niedergeschlagen wurde, war sie totes Gewicht. Sie musste nach draußen getragen und dann in das Fass gesteckt worden sein.«

»Wie groß ist O'Dowd?«

Lottie dachte einen Moment nach und erinnerte sich an seine breiten Schultern – ein Mann, der es gewohnt war, Tiere und Futtermittel zu schleppen.

»Er ist Landwirt. Hat allein gearbeitet. Er machte einen recht starken und relativ fitten Eindruck, trotz seines Alters. Dennoch kann ich mir nicht vorstellen, dass er Emma getötet hat.«

»Warum nicht?«

»Sie ist hierhergekommen, weil ihre Großmutter ermordet worden war und ihre Mutter im Krankenhaus im Koma lag. Und in dieser Situation ist sie nicht zu ihrem Vater gerannt, sondern zu O'Dowd. Warum?«

»Vielleicht war das für den Fall der Fälle vorab so vereinbart?«

»Vielleicht. Aber welche Gefahr hat sie denn dargestellt, dass es gerechtfertigt war, sie umzubringen?«

»Vielleicht wusste sie etwas, wie ihre Mutter, und wollte es ausplaudern.«

»Dann müssen wir herausfinden, was dieses Etwas war.«

Lottie drehte sich um und stellte fest, dass McMahon sich seines Mantels entledigt hatte, am Tisch saß und mit den Fingern auf dem gemaserten Holz trommelte. Obwohl das Haus gründlich durchsucht worden war, verspürte sie das Bedürfnis, etwas zu tun. Also öffnete und schloss sie eine Schranktür nach der anderen.

»Sie werden nichts finden«, sagte er. Tipp, tipp, tipp, machten seine Finger.

»Man kann nie wissen.« Er ging ihr ganz gehörig auf die Nerven. Sie trat einen Schritt zurück und stellte sich bildlich vor, wie es hier ausgesehen haben könnte, kurz bevor Emma niedergeschlagen worden war.

Das Geschirr vom Abendessen war gespült. Die Abtropf-
fläche trocken gewischt. Die Geschäftsbücher lagen auf dem
Tisch, ihre Brille und ihr Handy auf dem Boden. Der Boden.
Lottie kniete sich hin, legte sich flach auf den Bauch und sah
sich um.

»Was in drei Teufels …«, setzte McMahon an.

»Pst.«

Eine ganze Horde von Menschen war durch das Haus
gegangen. Alles war abgesucht, Fingerabdrücke waren abgenommen, DNA war gesammelt worden. Aber vielleicht war
etwas übersehen worden. Wie ein Raubtier kroch Lottie auf
dem Bauch mit ausgestreckten Armen auf den Küchenschrank
mit der Spüle zu. Zwischen Schrank und Boden klaffte eine
Lücke von etwa zehn Zentimetern. Sie streckte die Hände aus,
griff in den Spalt und stieß an einen Gegenstand. Mit zwei
Fingern versuchte sie, ihn zu fassen zu kriegen und herauszuziehen.

»Das ist ein Buch.«

»Bestimmt nur wieder eines von O'Dowds Geschäftsbü-
chern. Hat der Mann denn noch nie was von Computern
gehört?«

Sie hörte, wie McMahon den Stuhl zurückschob und
aufstand. Seine Schritte hallten auf dem Steinboden wider. Ein
eisiger Schauer wanderte von ihrem Schädel den Nacken
hinunter. Sollte McMahon ihr ihre Feindseligkeiten heim-
zahlen wollen, war das jetzt die Gelegenheit. Reiß dich zusammen, Parker. Ihre Finger bekamen einen Zipfel des Buchs zu
fassen und sie zog es aus dem Spalt heraus. Dann blies sie den
Staub aus ihren Nasenlöchern, hob das Buch auf und kniete
sich hin.

»Scheiß die Wand an«, stieß sie aus.

»Das würde ich lieber lassen.«

Lottie fuhr herum. Boyd stand mit einer Zigarette zwischen
den Fingern an den Türrahmen gelehnt.

Er nickte McMahon zu.

Lottie stand auf, klopfte sich den Dreck von der Kleidung und schenkte sich die Frage, warum Boyd ihr gefolgt war. Sie war einfach nur froh, dass er es getan hatte.

»Was haben Sie gefunden?« McMahon schaute ihr über die Schulter.

»Ein altes Buch.«

»Das lag da vermutlich schon, als die Küche vor hundert Jahren eingebaut wurde. Ich sehe Sie beide in der Dienststelle, wenn Sie hoffentlich mehr darüber wissen, was Emma mit der ganzen Sache zu tun hatte. Ich will den Fall so schnell wie möglich abschließen.«

»Ich auch, damit Sie so schnell wie möglich wieder von hier verschwinden«, stieß Lottie durch die zusammengebissenen Zähne aus. Aus der Wucht, mit der er die Tür hinter sich zuknallte, schloss sie, dass er sie gehört hatte.

»Kennst du die schwarze Liste, die das Management führt?«, fragte Boyd. »Dein Name dürfte in leuchtend roten Buchstaben ganz oben stehen.«

»Es ist das gleiche Buch«, sagte Lottie.

»Welches Buch?«

»Hast du einen Beweismittelbeutel?«

»Draußen, im Kofferraum. Warum?«

»Egal. Inzwischen ist es sowieso kontaminiert.« Sie legte das gebundene Buch auf den Tisch, stellte es auf die Seite und las den goldenen Schriftzug auf dem braunen Leinenrücken. *»Culpepers komplette Kräuterheilkunde.* Das hat Marian auch.«

»Sieht aber anders aus.«

»Weil es keinen Schutzumschlag hat.« Sie blätterte durch die alten Seiten. Einige zeigten farbige Illustrationen von Pflanzen und die Schriftart war ausgesprochen klein.

»Sieh dir das an, Boyd.«

In der rechten oberen Ecke der Seite mit dem Inhaltsverzeichnis stand mit inzwischen verblasster blauer Tinte in Handschrift geschrieben: *Carrie King*.

Arthur Russell saß auf einem Felsbrocken am Ufer des Lough Cullion und ließ seinen Blick über den dunklen Horizont streifen. Dann blickte er hinter sich den Hügel hinauf zu dem großen alten Haus.

Nur in einem Fenster brannte Licht. Er konnte keine Schatten ausmachen, aber er wusste, dass sie dort oben war und auf die Weite ihres einst immensen Vermögens blickte. Marian hatte ihm die Geschichte erzählt, aber er hatte ihr nicht geglaubt. Wann war das gewesen? Damals, als sie ihr bescheuertes Studium begonnen hatte. Er hatte geglaubt, sie hätte sich das alles ausgedacht. Aber jetzt, nach allem, was passiert war, hatte er den Verdacht, dass sie die Wahrheit gesagt hatte. Er sollte zur Polizei gehen und es melden. Oder?

Sie verdächtigten ihn sowieso schon, Tessa ermordet und möglicherweise Marian verstümmelt und getötet zu haben. Wenn das alles gewesen wäre, hätte er es ihnen vielleicht gesagt. Aber dann war Cathal Moroney vor seiner Tür aufgetaucht und hatte eine Stellungnahme zum Mord an Emma verlangt. Seiner Tochter. Seiner wunderschönen Prinzessin, die ihm von Marian und Tessa weggenommen worden war. Seinem kleinen Schatz. Seinem Grund zu leben. Und jetzt war sie nicht mehr da. Er leerte die Bierdose und öffnete eine weitere.

Die schwarzen Wellen auf dem meist ruhigen See, der nun von starken Regentropfen gesprenkelt wurde, wirbelten einen wütenden weißen Schaum auf und schwappten auf seine Füße am steinigen Ufer. Der Bootsschuppen zu seiner Linken erschien wie ein Leichentuch in der Dunkelheit und lockte ihn mit einem wässrigen Finger.

Seine Tränen vermischten sich mit den dicken Regentropfen, als er aufstand, seine Gitarre in ihrem Lederkoffer höher auf seine Schulter hievte und den ersten Schritt ins Wasser wagte. Der zweite Schritt war schwieriger. Der dritte fast unmöglich. Als er aufhörte zu zählen, wirbelte das Wasser um seine Taille und zerrte an ihm. Er ging weiter.

Annabelle ließ ihr Handy von einer Hand in die andere gleiten. Warum hatte Lottie gestern Abend nicht zurückgerufen? Wenn sie ihre Tabletten bräuchte, stünde sie sofort auf der Matte.

Cian war ausgegangen. Mal wieder. Sein üblicher nächtlicher Streifzug. Hoffentlich hatte er eine andere Frau, mit der er durchbrennen und für immer verschwinden würde. Gott stehe ihr bei, wenn sie den wahren Cian kennenlernte. Annabelle bedauerte nur, dass sie sich nicht für Tom Rickard entschieden hatte, als sie die Gelegenheit dazu gehabt hatte.

Sie ging den Flur auf und ab, spähte immer wieder die Treppe hinauf und wusste, dass sie herausfinden musste, was sich hinter der verschlossenen Tür verbarg. Ohne an die Konsequenzen zu denken, rannte sie die Treppe hinauf. Sie würde einfach jede erdenkliche Zahlenkombination ausprobieren. Vielleicht erwischte sie ja die richtige.

Auf dem obersten Treppenabsatz angekommen, erstarrte sie. Die Tür zu Cians Arbeitszimmer stand einen Spalt offen. Ein echter Glücksfall? Nein. Dafür war Cian zu vorsichtig. Andererseits war er in großer Eile verschwunden. War er wirklich ausgegangen? Sie spürte, wie ihr Herzschlag in ihren

Ohren widerhallte. Schnell eilte sie wieder die Treppe hinunter. Sie überprüfte die Küche, das Wohnzimmer und den Hauswirtschaftsraum. Als sie die Hintertür öffnete, konnte sie sehen, dass die Garage offen und leer war. Er befand sich definitiv nicht im Haus. Und die Zwillinge waren in der Lerngruppe.

Sie ging die Treppe wieder hinauf. Stand wieder vor der offenen Tür des Arbeitszimmers ihres Mannes.

Sie zwang ihre Füße, sich vorwärtszubewegen. Stupste mit dem Zeigefinger gegen die Tür. Wartete, als sie sich nach innen weiter öffnete.

Beim Anblick, der sich ihr bot, stockten ihr der Atem und der Herzschlag. Sie trat einen Schritt in das Arbeitszimmer und achtete sorgfältig darauf, dass die Tür nicht hinter ihr zufiel und sie einsperrte. Sie biss sich auf die Lippe und schlang ihre Arme um den Oberkörper. Seit Monaten war sie nicht mehr hier drinnen gewesen und hatte Computer, Monitor und Lampen erwartet. Aber nicht in dem Maße, wie sie jetzt vor sich sah.

»Was ist das?«, flüsterte sie.

»Meins«, sagte Cian hinter ihr, und die Tür fiel ins Schloss.

Annabelle wirbelte herum. Ihre Augen weiteten sich vor Schreck.

»Es tut mir leid ... die ... die Tür war offen.«

»Es war ein Test, du bescheuerte Kuh. Ein Test, um zu sehen, ob du meine Privatsphäre respektierst. Und weißt du was? Na? Ich verrat's dir. Du hast ihn nicht bestanden!«

Seine geballte Faust traf sie nicht ins Gesicht. Cian O'Shea war nicht dumm. Stattdessen landete sie in ihrer Magengrube. Sie krümmte sich und fiel auf die Knie.

»Cian, nein ... nein. Ich habe nichts gesehen. Ehrlich.« Hustend rollte sie sich zu einer Kugel zusammen, als er mit seinem gestiefelten Fuß ausholte und ihr gegen die Kniescheibe trat.

Sie spürte seinen Atem an ihrem Ohr, als er sich neben sie hockte.

»Hier gibt es nichts zu sehen. Nur meine Arbeit. Das ist alles, was mir wichtig ist auf dieser Welt. Meine Kinder und das hier. Nicht du. Verstehst du?«

Als er ihr ins Ohrläppchen biss und den Ohrstecker herauszog, schrie sie wieder auf. »Bitte hör auf.«

»Du stolzierst durch die Stadt, die ach so wichtige Frau Doktor, die in Papas Fußstapfen getreten ist. Aber innerhalb der Mauern dieses Hauses gehörst du mir. Und du weißt, dass ich deine Telefonate überwache, also sag mir jetzt gefälligst, warum du gestern Abend diese Schlampe von Parker angerufen hast! Und wehe, du streitest das ab. Ich weiß es.«

»Ich habe nicht mit ihr gesprochen. Sie ist nicht rangegangen.«

»Das war nicht die Frage! Die Frage war, warum du sie verdammt noch mal angerufen hast!«

»Ich ... Es tut mir leid.«

»Nicht so sehr wie gleich.«

Sie spürte, wie sich seine Finger fester um ihr verbranntes Handgelenk legten, wie die Brandblase aufplatzte und der Schmerz ihren Arm hinauf und über ihre Brust schoss. »Ich wünschte, ich wäre tot«, rief sie.

»Pass auf, was du dir wünschst.«

Ein hoher Piepton ertönte über ihrem Kopf und ein Bildschirm erwachte zum Leben.

»Raus mit dir«, sagte er und zog sie an ihrem verletzten Handgelenk auf die Beine.

Sie blickte in seine wahnsinnigen Augen, bevor er die Tür öffnete und sie nach draußen schob. Als sich die Tür schloss, hörte sie ihn sagen: »Einen Augenblick, bitte, ich will nur gerade den Hund loswerden.«

———

Alexis ging in ihrem Büro auf und ab und tippte mit einem manikürten Fingernagel gegen ihre Hüfte.

»Wer war das?«, fragte sie und bemühte sich, ihr Temperament zu zügeln. Sie hatte die Nase voll von Telefonaten. Lästige Personen, die sich in alles einmischten, was sie zu tun versuchte. Aber dieser eine Anruf war wichtig.

»Nichts, worüber Sie sich sorgen müssten.«

»Ich weiß, dass Sie keinen Hund haben. Und ich habe Sie was gefragt!«

»Nur meine Frau. Jetzt ist sie weg. Keine Sorge!«

»Ich bezahle Sie gut, damit ich mir keine Sorgen machen muss. Und ich habe deutlich darauf bestanden, dass absolut niemand etwas erfährt.«

»Es weiß auch niemand was. Das garantiere ich Ihnen. Sie hat nichts gehört. Wollen Sie nun auf den aktuellen Stand gebracht werden?«

Sie hörte sein keuchendes Atmen in der Leitung und griff nach einer Zigarette. Beim Anzünden achtete sie darauf, nicht zu nahe am Rauchmelder zu stehen. Sie inhalierte kräftig, stieß den Rauch durch die Nasenlöcher aus und entspannte sich langsam.

»Bitte sagen Sie mir, dass die alte Frau keine Bedrohung mehr darstellt.«

»Ich fürchte, Sie müssen sich um ganz andere Sachen Sorgen machen. Jemand anderes ist in Besitz einer potenziell belastenden Akte.«

»Warum erzählen Sie mir das? Gehen Sie los und besorgen Sie mir das Ding!«

»So einfach ist das nicht.«

»Sie sind der Computerfreak. Sie finden schon einen Weg.«

»Es handelt sich um eine haptische Version, die schon vor Jahren händisch zusammengestellt wurde. Und immerhin habe ich Ihnen schon die Obduktionsakte besorgt, oder?«

»Ich wusste nicht, dass noch eine andere Akte existiert. Was steht drin?«

»Das weiß ich nicht, und ich kann auch nicht einfach wieder einbrechen und sie mitnehmen. Der Technikkram liegt mir eher.«

»Sie müssen sie holen.«

»Nein. Das kann ich nicht. Und dabei bleibt es.«

Ihre Schritte wurden langsamer und das Tippen ihrer Finger gegen ihr schwarzes Jerseykleid von Michael Kors nachdrücklicher. Vor dem lebensgroßen Porträt an der Stirnwand blieb sie stehen und ließ ihre Hand langsam über die Ölfurchen gleiten, die der Pinsel hinterlassen hatte. Die Interpretation eines Künstlers vom einzigen Menschen, den sie liebte. Sie ließ ihre Hand erst auf dem gemalten Kinn, dann auf Augen verweilen und lächelte. »Ich werde nicht zulassen, dass jemand aus der Vergangenheit dir etwas tut.«

»Was?«

»Ich habe nicht mit Ihnen gesprochen.« Sie ging zu ihrem Schreibtisch, setzte sich auf den Stuhl dahinter und sagte: »Jetzt aber schon.«

Sie konnte sehen, wie der Mann von der Kamera zurückwich. War er erschrocken? Gleich würde sie ihm einen echten Schock versetzen.

»Besorgen Sie mir diese Akte. Tun Sie, was immer dafür nötig ist! Und sorgen Sie dafür, dass es keine weiteren bösen Überraschungen gibt, die nur darauf warten, in meine Welt einzudringen. Verstanden?«

»Aber ...«

»Kein Aber! Oder wollen Sie, dass ich meine eine Million Dollar wieder aus Ihrer armseligen Firma abziehe? Denn das werde ich. Und Ihre lieben Zwillinge – Sie wollen doch nicht riskieren, dass ihnen etwas zustößt. Oder doch? Also heben Sie Ihren faulen Arsch aus dem Stuhl und besorgen Sie mir die Akte.«

Sie wartete, während er nach einer passenden Antwort suchte. Aber sie wusste, dass es keine gab. Geld regiert die Welt, und im Moment tat ihr Geld genau das.

»Wagen Sie es nicht, meine Kinder zu bedrohen.«

»Oh, das war keine Drohung. Das war ein Versprechen.« Sie streckte einen Finger aus, tippte auf den Monitor, und sein Bild füllte nun den gesamten Bildschirm. »Kleiner Mann, Sie haben keine Ahnung, mit wem Sie es zu tun haben.«

»Wie haben Sie mich gerade genannt?«

»Tun Sie, was ich Ihnen sage. Immerhin bezahle ich Sie dafür – und das nicht zu knapp. Und ich will diese Akte. Und dabei bleibt es.«

Sie drückte auf die Tastatur und der Bildschirm wurde schwarz, wodurch ihr Schreibtischplatz in Dunkelheit getaucht wurde. Dann lehnte sie sich in ihrem Stuhl zurück, zog an ihrer Zigarette und schloss die Augen.

ACHTUNDSIEBZIG

Als sie mit dem Abendessen fertig waren, blieb Sean am Tisch sitzen.

»Mum, geht es dir gut?«

»Alles bestens, Sean. Aber wie geht es dir?«

»Ganz großartig, ehrlich. Aber du …«

»Es ist nur dieser Fall, an dem ich arbeite. Der macht mich fertig.«

»Chloe hat erzählt, dass eine Mitschülerin von ihr ermordet wurde. Macht dich das so fertig?«

Lottie lächelte schwach, streckte eine Hand aus und legte sie auf die ihres Sohnes. »Ja, genau das macht mich so fertig, weil ich keine Ahnung habe, warum sie ermordet wurde. Und das ist furchtbar traurig.«

»Es ist nicht deine Schuld, Mum.«

»Ich hätte besser auf sie aufpassen sollen.« Wobei sie sich durchaus auch mehr um ihre eigene Familie kümmern sollte.

»Wusstest du, dass sie in Gefahr war?«, fragte Sean.

»Nachdem zuvor ihre Großmutter getötet worden ist … Nun ja, da hätte ich sorgfältiger sein müssen.«

»Ah, Mum. Mach dich deswegen nicht fertig. Du kannst

dich nicht immer um alles kümmern. Du bist auch nur ein Mensch und kannst nicht immer für jeden da sein.«

»Sean, manchmal sagst du sehr kluge Sachen ...« Genau wie sein Vater.

»Aber?«

»Aber du musst deine Hausaufgaben machen. Und du sollst nicht so viel Computer spielen. Das ist nicht gut fürs Gehirn.«

»Ich habe ein echt tolles Spiel, Mum. Würde dir gefallen. Ein bisschen wie GTA, aber es spielt in Irland. Mit Polizei und so.«

»Na, hoffentlich komme ich nicht darin vor.«

Sean lächelte. »Jetzt, wo du's sagst ... ich finde schon.«

»Wie meinst du das?«

»Es gibt da diese eine Polizistin, die ist eine echte Nervensäge. Genau wie du.«

Lottie lachte. »Sean Parker, nimmt das sofort zurück.«

»Sie sieht sogar aus wie du. Das ist echt komisch. Da denk ich mir nichts weiter, spiele so vor mich hin, und dann sieht die eine Polizistin aus wie meine Mum. Willst du auch mal?«

»Vielleicht sollte ich zuerst ein echtes Verbrechen aufklären. Auf jetzt. Mach deine Hausaufgaben und versuch zur Abwechslung mal, früh schlafen zu gehen.«

»Tu ich das nicht immer?«

Sean stand auf, schlang unvermittelt die Arme um Lottie und drückte ihr einen Kuss auf die Wange. »Pass auf dich auf, Mum. Ich will dich nicht auch noch verlieren.«

Sie sagte nichts. Saß nur da und starrte die Tür an, die sich langsam schloss, nachdem ihr Sohn die Küche verlassen hatte. Wann war er so groß geworden? Er war jetzt schon so groß wie sein Vater, und dabei war er erst vierzehn. Ihr tapferer, starker Sohn. Wurde seinem Vater immer ähnlicher.

Lottie verschränkte ihre Finger und blickte auf sie hinunter. Lang und fleckig. Waren sie wie die ihres Vaters? War *sie* wie ihr Vater? Wie war er wirklich gewesen? Was trieb einen Familienvater dazu, den Abzug einer Waffe zu betätigen und sein eigenes Leben und das seiner Familie zu zerstören? Seine Tat hatte indirekt den Tod ihres Bruders Eddie verursacht. Worin war Peter Fitzpatrick verwickelt gewesen, dass sein Leben so ein blutiges Ende genommen hatte?

Ihre Kehle fühlte sich trocken an und sie sehnte sich nach einem Drink. Nein. Sie musste an ihre Kinder und ihren Enkel denken. Sie konnte sich nicht selbst zerstören, wie ihr Vater es getan hatte. Die Geschichte dürfte sich nicht wiederholen.

Kurzentschlossen schob sie ihren Stuhl zurück und lief hinauf in ihr Schlafzimmer. Sie öffnete ihren Nachttisch und nahm die Wodkaflasche heraus. Dann ging sie wieder nach unten in die Küche, schraubte den Deckel ab und sah zu, wie die klare Flüssigkeit im Abfluss verschwand. Als sie sich umdrehte, stand Katie in der Tür mit dem kleinen Louis auf dem Arm. Hinter ihr stand Chloe. Beide lächelten.

Es war vor allem dieses Lächeln, das Lottie Hoffnung für die Zukunft ihrer Familie gab. Sie nahm Katie den kleinen Louis ab und sog seinen Babygeruch ein. Sie spürte die weichen Ballen seiner Handflächen unter ihren Fingern, und links und rechts von ihr standen Katie und Chloe und umarmten ihre Mutter.

NEUNUNDSIEBZIG

Ein Haus zu beobachten, war in der Realität nicht so spannend, wie er es sich vorgestellt hatte. Er verfolgte die Schlüsselfiguren nun schon seit über zehn Monaten und konnte sich immer noch nicht daran gewöhnen. Konnte sich nicht daran gewöhnen, benutzt zu werden. Er parkte sein Auto einen Kilometer entfernt und ging durch das Gelände, das er sich zuvor auf Google Maps angeguckt hatte. Die Taschenlampe seines Handys beleuchtete seine Schritte, und er achtete darauf, den Lichtstrahl nach unten zu richten, um keine Nachtschwärmer auf sich aufmerksam zu machen. Wobei beim aktuellen Dauerregen nicht viele unterwegs waren.

Er kletterte über die Mauer an der Rückseite und ließ sich mühelos in den Garten hinab. Im Haus brannte kein Licht. Alle waren bereits im Bett. Langsam ging er um eine Hausecke herum. Das Trommeln des Regens übertönte seine Schritte. Keine Alarmanlage. Das hatte er zwar schon gewusst, aber es war immer besser, sich zu vergewissern. Wieder an der Hintertür überprüfte er, wie das Schloss funktionierte, zog dann einen kleinen Werkzeugsatz aus seiner Brieftasche und machte sich an die Arbeit.

Er kannte den Grundriss des Hauses. Die Zeichnungen waren online einzusehen, als Anlage zum Bauantrag des Bauträgers von vor sieben Jahren. Das war der einfache Teil gewesen. Seine Augen gewöhnten sich an das schwache Licht. Er wartete ab, bis sie sich mithilfe der rot leuchtenden Ziffern auf der Herduhr fokussieren konnten. Lauschte. Das Plätschern des Wassers in den Heizkörpern, die sich für die Nacht herunterregulierten. Das Knacken des Holzes der Möbel. Das Rauschen des Windes an der Hintertür. Erneut vergewisserte er sich, dass die Jalousien heruntergelassen waren und sich im Obergeschoss niemand bewegte. Dann schaltete er die Taschenlampe wieder ein.

Der Anblick des gedeckten Frühstückstischs ließ ihn erschaudern.

In diesem Haus lebten Kinder.

Kurz dachte er daran, einfach wieder zu gehen.

Konnte er einfach wieder gehen?

Nein. Nicht jetzt.

Zu viel stand auf dem Spiel.

Ohne Zeit zu verlieren, öffnete er die Küchentür und betrat den Rest des Hauses.

ENDE DER ACHTZIGERJAHRE
DAS KIND

Ich habe keine Vorstellung von Zeit.

Ich habe keine Ahnung, wie alt ich bin.

Ich weiß, dass Johnny-Joe gestorben ist.

Sie sagen, er wäre an einer Überdosis gestorben, weil er die Samen, die er pflanzen sollte, gegessen hat. Ha.

Sechshundertsechsundsechzig. Johnny-Joes Lieblingszahl. Nie weniger und nie mehr. Jedes Mal, wenn ich mich verzählt habe, hat er gemeckert. Oh, was ist mir das auf die Nerven gegangen. Jedes Mal, wenn ich mit ihm in den Garten gehen musste. Und deshalb habe ich der Sache ein Ende gesetzt. Und ihm alle sechshundertsechsundsechzig Samenkörner in den alten gelben Rachen geschoben. Einen nach dem verdammten anderen. Und jetzt will ich diese Zahl nie wieder hören. Er hat sich auch nicht wirklich gewehrt. Ich habe einfach behauptet, der Teufel hätte gesagt, dass er sie essen muss. Johnny-Joe. Ha!

Heute bekomme ich Besuch. In all der Zeit, die ich schon hier bin, wie lange auch immer das sein mag, ist nicht ein einziges Mal jemand gekommen, um mich zu sehen. Ich habe keine Ahnung, was es mit diesem Besucher auf sich hat. Hat sich womöglich doch noch jemand an mich erinnert? Manchmal muss ich an den anderen Teil von mir denken, den sie nicht weggesperrt haben. Oder vielleicht haben sie das. Irgendwo anders.

Mein Kopf tut weh, als die Krankenschwester die Bluse eng um meine Brust zieht und zuknöpft. Eine hässlich gelbe Prasse mit weißen Gänseblümchen. Gänseblümchen! Ich hasse Gänseblümchen fast so sehr, wie ich Johnny-Joe und seine Samen gehasst habe. Gegen die Schlaghose hingegen habe ich nichts, obwohl sie etwas zu eng ist.

Ich werde auf die andere Seite dieser Irrenanstalt gebracht. Dort blättert die Farbe nicht von den Wänden und es stinkt auch nicht so erbärmlich. Dort ist alles frisch gestrichen und geputzt. Dort zeigt sich alles von seiner besten Seite. Ich verlasse meine Station mit all dem Geschrei und Gekreische und werde einen endlos langen, breiten Flur mit einem Dutzend hoher Türen, die hinter mir aufgemacht und wieder verschlossen werden, entlanggeführt, bis ich schließlich in einen Raum mit drei Stühlen und einem kleinen quadratischen Tisch lande. Die Fenster sind hoch und gewölbt. Die Farbe an den Wänden ist gelb. Wie meine Bluse. Igitt.

Ich ziehe meine Socken hoch, die mir in die Schuhe gerutscht sind, und zupfe an dem Gummiband, bis es reißt und die Socke wieder um meinen Knöchel sinkt. Das Gleiche mache ich mit der anderen. Meine Haare wurden ganz kurz abgeschnitten und glatt gekämmt. Schnell fahre ich mit den Fingern hindurch und schüttele kräftig den Kopf, bis ich mir sicher sein kann, dass jedes einzelne Haar absteht. Erst dann bin ich zufrieden. Ich werde nicht bei ihrem Spiel mitspielen. Ich plane mein eigenes Spiel.

Als die Frau hereinkommt, bleibt mir die Luft weg und die Worte, die ich gerade noch herausschreien wollte, ersterben in meiner Brust. Irgendwo in den dunklen Winkeln meines Gehirns erinnere ich mich an sie. Meine Mutter? Nein, das ist nicht meine Mutter. Das ist die, die uns damals hierhergebracht hat. Die hat die Papiere unterzeichnet und ist dann weggegangen. Zusammen mit einem Mann in Uniform.

Plötzlich fällt mir alles so schnell wieder ein, dass mir der Kopf schwirrt. Der Mann ist heute nicht dabei, aber damals war er bei ihr. Und er war sauer, oder? Ich schließe die Augen und versuche, mich zu erinnern. Damals war ich noch ganz klein. Er hat irgendwas geschrien, dass die Pflegemutter uns beide hätte nehmen sollen. Jetzt weiß ich es wieder. Der Anblick der Frau hat all diese Erinnerungen in mir geweckt, wie sie damals mit dem Mann hier war. Und ich spüre, wie sich noch ein anderes Gefühl in meiner Seele festsetzt. Es ist dasselbe Gefühl, das mich dazu gebracht hat, bis sechshundertsechsundsechzig zu zählen, während ich Johnny-Joe die elenden kleinen Samenkörner in die Kehle stopfte.

»Du bist jetzt sechzehn.« Ihre Stimme ist hoch und kalt. »Du hast wahrscheinlich gedacht, ich hätte dich vergessen. Und ich bin heute gekommen, um dir zu sagen, dass du hierbleiben wirst, bis du einundzwanzig bist. Das dürfte das richtige Alter sein, um dich wieder in die Welt hinauszulassen. Also, wenn ich in der Zwischenzeit nicht sterbe.«

Sie lacht in einer schrillen, hohen Tonlage, die mir ein Loch in den Kopf bohrt. Am liebsten würde ich ihr ein Loch in den Kopf bohren.

»Benimm dich, und dann komme ich zurück und hole dich raus. Nur noch ein paar Jahre. Das ist alles.«

Sie hat sich noch nicht einmal hingesetzt. Die ganze Zeit steht sie. Mit einer schwarze Lederhandtasche fest unter dem Arm. Die Sonne kommt hinter einer Wolke hervor und scheint durch das Buntglas an der oberen Seite des Fensters, sodass ihre Strahlen in einer Vielzahl von Farben leuchten.

Sie öffnet ihre Tasche, holt ein Buch heraus und hält es mir hin. Soll ich es nehmen oder sie es halten lassen, bis ihr Arm schwächer wird und sie es wieder in ihre Tasche stecken muss?

Ich gehe einen Schritt auf sie zu. Sie weicht einen Schritt zurück.

Ich lächle. Ich weiß, dass mein Lächeln auf andere Angst einflößend wirkt. Sie verzieht den Mund. Ich glaube, gleich schreit sie. Doch sie tut es nicht. Ihre Augen scheinen geblendet von dem Licht, das durch das Fenster kommt. Ich könnte mich auf sie stürzen und ihr die Zunge herausbeißen und sie auf die ekelhaften gelben Wände spucken. Und niemand würde es hören, bis es zu spät wäre.

Das würde ich gerne tun. Wirklich gerne.

Aber ich will auch hier raus.

Und wenn das bedeutet, weitere fünf Jahre zu warten, bis sie wiederkommt, dann lächele ich sie so lange weiter an, bis sie geht.

Ich nehme ihr das Buch aus der Hand und streiche dabei mit meinen Fingern leicht über ihre Haut.

Sie zittert, als hätte ich ihr einen Eiszapfen ins Herz gestoßen.

Sie dreht sich um und geht zur Tür. Ihre Mission ist erfüllt.

»Wo ist mein Zwilling?« Das sind die ersten Worte, die ich seit Jahren laut ausgesprochen habe. Der Klang meiner Stimme macht sogar mir Angst.

»Das brauchst du nicht zu wissen.«

Sie öffnet die Tür und entflieht in ihre Welt, während ich gerade zu weiteren fünf Jahren in meiner verurteilt wurde.

Aber ich bin geduldig.

Ich kann warten.

TAG SECHS

»Das Wetter scheint ja nicht besser zu werden«, meinte Boyd, als Lottie ihn auf den Stufen zum Revier anrempelte.

Sie tippte den Code für die Innentür ein, und zusammen stiegen sie die Treppe zum Büro hinauf.

»Die Sandsäcke am Fluss halten nicht mehr lange«, sagte sie und hängte ihre Jacke auf. Keine Spur von McMahon in ihrem Büro.

»Ich dachte, der ist eh schon über die Ufer getreten?«

»Im Stadtzentrum, ja. Oben in der Nähe meines Hauses ist es noch nicht so weit; und da hat der Stadtrat Sandsäcke legen lassen. Und ich fürchte, die machen demnächst schlapp.«

»Immer dieses Wetter!« McMahon betrat in großen Schritten das Büro und schüttelte seinen Mantel so heftig aus, dass sich Tropfen über Schreibtische und Papierkram verteilten. »Ich habe das Gejammer der Leute so satt.«

»Dann hören Sie nicht hin. Warum gehen Sie dann nicht ...«

»Lottie!«, rief Boyd und blickte sie mit seinen haselnussbraunen Augen warnend quer durch das Büro an.

»Ich wollte gerade sagen, warum gehen Sie dann nicht und

holen sich eine Tasse heißen Kaffee?« Sie versuchte, die Augen zu verdrehen, aber Boyds Lachen zufolge hatte sie damit etwas komplett anderes erreicht als beabsichtigt.

»Gute Idee«, sagte McMahon. »Zwei Stück Zucker. Ich mag's süß.«

»Ich wollte Ihnen damit keinen ...«

»Ich mach schon«, warf Boyd ein.

Lottie folgte ihm in die provisorische Küche.

»Ist es nicht unglaublich, dass wir bisher immer noch nichts von O'Dowd und von Arthur Russell gesehen oder gehört haben?«, meinte Boyd.

»Ich finde es unglaublich, dass Corrigan mich nach McMahons gestriger Beschwerde nicht zu sich bestellt hat«, entgegnete Lottie.

»Ich glaube, unser Superintendent ist auf deiner Seite.«

»Das bin ich. Im Moment.« Corrigan steckte seinen Kopf in den winzigen Raum. »Aber wenn Sie den Fall nicht bald lösen und dieser arrogante Arsch wieder nach Dublin verschwindet, werfe ich höchstselbst das Handtuch.«

Lottie blickte Boyd an, und gemeinsam brachen sie in Gelächter aus. Sie spürte, wie die Anspannung von ihren Schultern wich, als Corrigan den Flur entlang davonstapfte und vor sich hin murmelte, dass er eine Pressemitteilung fertigstellen müsse.

Mit den Kaffeebechern in der Hand gingen sie zurück ins Büro. Lottie hatte gerade mal einen Schluck getrunken, als Kirby hereinstürmte.

»Wir haben einen Notruf in Gaddstown«, berichtete er keuchend. »Ich habe einen Trupp losgeschickt, der dem Krankenwagen folgt. Eine Nachbarin hat angerufen, weil Blut unter der Hintertür eines Hauses herauslief.«

»Wo in Gaddstown?«, fragte Lottie und hob sich halb von ihrem Stuhl.

»Treetops Nummer 2. Warum?«

Ihre Kehle wurde staubtrocken und sie fürchtete, ihre Beine würden nachgeben. Mit einer Hand klammerte sie sich an die Kante ihres Schreibtischs, während sie mit der anderen durch den Haufen Papierkram wühlte. Akten fielen zu Boden.

»Was soll das denn?« Boyd sprang auf und sammelte die Papiere wieder ein. »Was suchst du überhaupt?«

Lottie hielt eine aus einem Notizbuch herausgerissene Seite hoch. »Treetops Nummer 2«, flüsterte sie.

»Und?« Boyd legte die Akten auf ihren Schreibtisch. »Was soll damit sein?«

»Das ist die Adresse von Cathal Moroney.«

EINUNDACHTZIG

Die Rettungskräfte hatten ein Absperrband an den Pfeilern des Hauses angebracht. Ein Krankenwagen war hinter einem Ford Focus geparkt. Davor ein Personentransporter.

Lottie warf einen Blick in den Siebensitzer. Auf dem Rücksitz waren zwei Kindersitze festgeschnallt.

»Ist Moroney verheiratet?«, fragte sie Boyd und merkte, wie wenig sie über den Reporter wusste.

»Das finden wir sicherlich gleich raus.«

Der uniformierte Garda vor der Haustür hob die Hand. »Wir warten auf die Spurensicherung, Inspector.«

»Ich muss mir selbst einen Eindruck verschaffen«, sagte Lottie. Boyd ging zurück zum Auto und holte die Schutzkleidung heraus. »Wie sieht's da drinnen aus?«

»Schlimm. Sehr schlimm.«

»Wer hat die Tür aufgebrochen?«

»Mein Kollege.« Er deutete auf einen Mann, der an einem Baum lehnte. Sein Gesicht war grüner als jedes Blatt, das einst die Zweige geziert hatte. »Er ist rein und war wieder raus, bevor ich auch nur bis zur Küche kam. Dann haben wir sofort Verstärkung und die Spurensicherung angefordert, den Tatort gesichert und gewartet.«

Lottie zog sich eilig Overall, Überschuhe, Handschuhe und Mundschutz an. Der Garda blieb neben der Haustür stehen, während sie durch die beschädigte Eingangstür trat.

Der vertraute metallische Geruch nach Blut wehte ihr entgegen. Rechts von ihr führte eine Treppe in den ersten Stock, links stand eine Tür offen. Sie spähte hinein. Das Wohnzimmer. Ein Kamin mit Asche darin, eine Couchgarnitur mit Blumenmuster, strategisch verteilte Kissen. In der Ecke eine Plastikkiste mit Spielzeug.

»Ich habe ein mulmiges Gefühl dabei, Lottie«, sagte Boyd. Sie zitterte. »Ich auch.«

Sie verließen das Wohnzimmer und gingen den Flur entlang zur Küche. Modern, offen, mit einer Insel in der Mitte. Der Tisch war für das Frühstück gedeckt. Eine Packung Orangensaft. Ohne Fruchtstückchen. Eine Schachtel mit Choco Krispies und eine mit Müsli. Zwei Keramikbecher. Zwei Plastikbecher. Einer hellblau. Einer rosa. Zwei Plastikschüsseln. Eine hellblau. Eine rosa.

Am Schrank unter der Spüle lehnte eine Frau mit langen schwarzen Haaren, die an ihrer Kopfhaut klebten. Blut war in Streifen über ihr Gesicht und ihren Hals gelaufen und hatte den Stoff ihres weißen Baumwollnachthemds durchtränkt. Ihre Augen waren geschlossen. Sie sah aus wie eine Puppe, die ein unvorsichtiges Kind hatte fallen lassen. Ihre Beine waren gespreizt, und ihre Hände lagen auf beiden Seiten des Körpers mit den Flächen nach oben. Ihr Blut war bis zur Hintertür und unter dieser hindurch geflossen und dort vom Nachbarn entdeckt worden.

»Wo sind die Kinder, Boyd? Wo ist Moroney?«, fragte Lottie, wohl wissend, dass die Antwort auf eine oder beide dieser Fragen hinter der Küchentheke lag.

Sie betrat die seidenmatten cremefarbenen Bodenfliesen. »McGlynn wird dir den Kopf abreißen«, warnte Boyd.

Sie ging um die Kücheninsel herum, hielt den Atem an und schloss fast die Augen.

Dann atmete sie hörbar aus. »Es ist Moroney.«

Der Mann, den sie als ihren Erzfeind betrachtet hatte, lag rücklings auf dem Boden mit einem Messer in seinem Bauch, um dessen schwarzen Griff er eine Hand gelegt hatte. Hatte er versucht, es herauszuziehen, oder hatte er sich erstochen? Sein Gesicht war übel zugerichtet, und sein Mund stand offen. Sein einst strahlendes Lächeln war nicht mehr da.

»Vielleicht ein Familiendrama«, schlug Boyd vor.

Lottie schaute sich hektisch um und griff nach Boyds ausgestreckter Hand. »Wo sind die Kinder?«

Sie lief zurück zum Garda an der Haustür. »Haben Sie oben nachgesehen?«

»Nein, Inspector. Ich habe auf Sie und die Spurensicherung gewartet.«

»Sie haben nicht überprüft, ob Kinder im Haus sind? Grundgütiger!« Sie drehte sich um und rannte die Treppe hinauf, wobei sie jeweils zwei Stufen auf einmal nahm.

»Lottie, warte!«, rief Boyd.

»Vielleicht sind sie noch am Leben«, rief sie über ihre Schulter hinweg nach hinten.

Oben angekommen, boten sich ihr mehrere Türen. Mit behandschuhten Fingern stupste sie die erste auf. Das Badezimmer.

»Da ist keine Blutspur«, sagte Boyd.

»Und was willst du damit sagen?«

»Wenn Moroney ausgerastet wäre und erst seine Familie und dann sich selbst getötet hätte, wäre hier überall Blut.«

»Halt die Klappe.«

Die nächste Tür stand sperrangelweit offen. Das Elternschlafzimmer. Die Bettdecke war zurückgeworfen und das

Laken zerknittert, als wären die Bewohner gerade aus dem Bett gesprungen. Sie würden nie wieder hineinklettern, dachte sie.

An der nächsten Tür stand in blauen Plastikbuchstaben der Name JAKE und auf der Tür daneben mit rosa Lettern ANNIE.

»O mein Gott, Boyd. Ich schaff das nicht.«

Sie lehnte sich an die Wand, holte tief Luft und drückte die Tür auf. Jakes Zimmer war leer. Sie folgte Boyd in das Zimmer des kleinen Mädchens. Ebenfalls leer.

»Wo sind die Kinder?«, rief sie.

Da vernahm sie ein Wimmern aus der Zimmerecke. »Der Kleiderschrank!«

Sie rannte über den rosa Hochflorteppich, öffnete die Schiebetür, schob die auf Bügeln an der Stange hängende Kleidung beiseite und fiel auf die Knie.

»Annie? Süße, ich bin eine Freundin. Du bist jetzt in Sicherheit. Niemand wird dir wehtun.« Sie streichelte den Arm des zusammengerollten zitternden Kindes und zog ihre Maske und Kapuze herunter, um das kleine Mädchen nicht weiter zu ängstigen.

»Mama? Wo ist m-m-meine M-Mama?«

Lottie hob Annie sanft aus ihrem Versteck. Boyd beugte sich in den Schrank und suchte ihn ab. Er schüttelte den Kopf.

»Annie Liebling, wo ist dein Bruder? Wo ist Jake?« Das Kind in ihren Armen schrie jetzt.

Boyd eilte in das Zimmer des Jungen. Lottie hörte ihn Türen und Schubladen öffnen. Dann kehrte er zurück. »Er ist nicht in seinem Zimmer.«

Lärm von unten drang an Lotties Ohren. »Bringen wir die Kleine zum Krankenwagen«, sagte sie.

Am Fuß der Treppe wies sie Jim McGlynn den Weg in die Küche. Boyd ging an ihr vorbei durch die Vordertür hinaus und rief nach einem Sanitäter.

»Ich will zu meiner Mama«, heulte Annie und klammerte sich an Lotties Hals.

»Finde die Nachbarin, die die Polizei gerufen hat«, wies Lottie Boyd an.

Sie setzte sich auf die unterste Stufe, nahm eine Fleecejacke vom Geländer und wollte sie gerade dem Kind um die Schultern hängen, als ihr klarwurde, dass sie so vermutlich alle Beweise vernichten würde, die womöglich auf dem Mädchen waren. Also wartete sie lieber ab. Hatte Moroney seine Frau und dann sich selbst getötet, wie Boyd vermutet hatte? Hatte Moroney ihr nicht erst gestern erzählt, dass er seit Jahren an einer Geschichte über das organisierte Verbrechen arbeitete? Vielleicht war er der Wahrheit zu nahe gekommen und hatte beseitigt werden müssen. Aber warum hatten sie dann auch seine Frau getötet? Sie wusste nicht, wie sie hieß, hatte noch nicht einmal gewusst, dass Moroney verheiratet war und Kinder hatte. Sie hatte ihn völlig falsch eingeschätzt.

Boyd kehrte mit einer Frau zurück. Ihr Gesicht war tränenüberströmt, und das Haar hing unordentlich über ihre Schultern.

»Das ist Dee White. Jake hat bei ihrem Sohn übernachtet. Heute Morgen wollte sie ihn nach Hause bringen, aber auf ihr Klingeln hin hat niemand aufgemacht. Und als sie um das Haus herumgegangen ist ... hat sie das Blut entdeckt.«

»Und ich hatte Jake dabei! Ich habe ihn sofort auf den Arm genommen und bin mit ihm zu mir gerannt, von wo aus ich den Notruf gewählt habe. Mir war sofort klar, dass da irgendwas nicht stimmte.«

»Wie alt ist Jake?«

»Er ist fünf. Annie ist drei. Kommst du mit zu mir, Mäuschen?«

»Annie, du gehst am besten mit Dee mit«, sagte Lottie. »Da siehst du dann auch gleich Jake wieder. Ist das okay für dich?«

Das kleine Mädchen murmelte etwas und wand sich aus

Lotties Armen. Dee nahm sie hoch und Boyd führte sie zum Krankenwagen. Lottie wies einen Detective an, die beiden nicht aus den Augen zu lassen. Vielleicht hatte das kleine Mädchen etwas gesehen oder gehört. Irgendwann würden sie sie befragen müssen. Aber sie ist erst drei, dachte Lottie und wandte sich wieder der Todesküche zu.

McGlynn und sein Team arbeiteten schweigend. Es musste ein Arbeitszimmer oder ein Büro geben. Lottie versuchte es an der Tür zu ihrer Linken. Ein Hauswirtschaftsraum. Die Waschmaschine lief noch und auf dem Boden stand ein leerer Korb, der nur darauf wartete, mit Kleidung gefüllt zu werden. Kleidung, die nie wieder jemand tragen würde.

Mäntel hingen an Haken, Gummistiefel ruhten ordentlich aufgereiht darunter. Auf einem Regal stand ein Paar kleiner Fußballschuhe mit Schlamm und Gras zwischen den Stollen.

»Raus hier«, sagte McGlynn. »Sie sind durch meinen ganzen Tatort getrampelt. Das reicht jetzt.«

»Dann eben später. Wenn die Rechtsmedizinerin hier ist.«

Ohne einen Blick auf die Leichen zu werfen, ging Lottie zurück in den Flur und von dort aus ins Wohnzimmer. Hinter dem Kamin stand eine Tür offen. Bevor McGlynn oder jemand aus seinem Team sie aufhalten könnte, ging sie hindurch.

Moroneys Arbeitszimmer. Alles darin war umgekippt, bis auf den alten Schreibtisch. Bei dem hingen lediglich alle Schubladen heraus. Er sah selbst gemacht aus. Grob bearbeitete, zusammengenagelte Holzbretter. Bei einem seitlich liegenden

Aktenschrank waren die Schubladen von den Rollen gerissen und übereinander gestapelt worden. Der Inhalt lag überall verstreut herum. Die Jalousien hinter dem Schreibtisch waren heruntergelassen, aber an den Seiten drang ein wenig Licht herein. Lottie bemerkte das gerahmte Foto, das an der Wand hing. Darauf saß Moroney mit seinem üblichen Grinsen, bei dem die Zähne viel zu weiß strahlten, auf einem Chefsessel. Hinter ihm stand eine wunderschöne, schwarzhaarige Frau mit den Händen auf seinen Schultern. Es war die Frau, die nun auf dem Küchenboden lag und nicht mehr so wunderschön aussah. Auf Moroneys Schoß saßen zwei Kinder, die in die Kamera lächelten und beide Arme um seinen Hals geschlungen hatten.

Lottie kämpfte mit den Tränen. Im Stillen trauerte sie um den Mann, den sie nicht gemocht hatte, und um die Familie, von deren Existenz sie nichts gewusst hatte.

»Inspector?« Jane Dore stand im üblichen weißen Schutzanzug im Flur.

Völlig überzeugt davon, dass Moroney seine Frau nicht ermordet und sich anschließend selbst gerichtet hatte, verließ Lottie das Arbeitszimmer mit entschlossenen Schritten. Irgendjemand hatte hier nach etwas gesucht. Und sie hatte keine Ahnung, ob es gefunden worden war oder nicht. Aber sobald die Spurensicherung ihre Arbeit beendet hatte, würde sie wieder zurückkommen.

»Ein hässlicher Fall«, sagte sie.

»Sind sie das nicht alle?«, entgegnete Jane und machte sich auf den Weg in die Küche.

Außerhalb des Zelts, das vor der Haustür aufgebaut worden war, hatte sich die kalte Luft wieder in Regen verwandelt, und Lottie eilte mit gerunzelter Stirn um das Haus herum auf der Suche nach Boyd.

———

»Cathal und Lauren Moroney wurden heute Morgen zwischen fünf und sieben Uhr ermordet«, berichtete Boyd und zündete zwei Zigaretten an.

»Der Mörder war ausgesprochen vorsichtig. Immerhin hat er es geschafft, unbemerkt von Nachbarn rein- und wieder rauszukommen.« Lottie nahm ihrem Kollegen eine der Zigaretten ab.

Boyd konsultierte sein Notizbuch. »Wir haben hier die Aussage eines Mannes, der ein paar Häuser weiter wohnt. Er sagt, er hätte gegen sechs Uhr ein Auto gehört und aus seinem Schlafzimmerfenster geschaut. Es war noch ziemlich dunkel, insofern konnte er die Farbe nicht genau erkennen, aber es handelte sich definitiv um eine Limousine.«

»Das ist doch schon mal gut.«

»Besser als nichts.«

»Ich muss immerzu an das arme kleine Mädchen denken. Was hat sie gehört, das sie so verängstigt hat, dass sie sich versteckt hat?«

»Vielleicht hat der Mörder sie in den Kleiderschrank gesteckt.«

»Ich glaube nicht, dass dafür Zeit war.« Lottie zog kräftig an der Zigarette und versuchte, sie mit der anderen Hand vor dem Regen zu schützen. »Ich würde sagen, Moroney war im Schlafzimmer und hat sich gerade angezogen. Dann hat er seine Frau schreien hören oder so und hat instinktiv gehandelt. Erst hat er seine Tochter versteckt, und dann ist er die Treppe hinuntergerannt, um zu sehen, was los war.«

»Das klingt ein wenig unglaubwürdig. Immerhin hätte seine Frau ja auch schreien können, weil sie sich am Herd verbrannt hat oder so. Warum hätte er sofort denken sollen, dass Gefahr bestand?«

Lottie schaute Boyd zu, der in kleinen Kreisen auf und ab ging und dabei sorgfältig den Pfützen auf dem Boden auswich. Zigarettenrauch schwebte um ihn herum wie Nebel.

»Moroney hat zu einem Drogenring ermittelt«, sagte sie und zog ein letztes Mal an der Zigarette, ließ sie fallen und trat sie mit dem Stiefel aus.

Boyd blieb stehen. »Woher weißt du das?«

»Er hat es mir erzählt.«

Boyd stand einfach nur da.

»Was?«, fragte sie. »Schau mich nicht so an.«

»Und wie ist es dazu gekommen? Lottie, was hattest du mit Moroney vor?«

»Ich hatte nichts mit ihm vor.«

Er packte sie am Arm. Sie roch die Frische des Regens, die von seiner Kleidung aufstieg. Wasser tropfte von seinem Haar auf Wangen und Nase. Er war ihr zu nahe. Sie trat einen Schritt zurück, schüttelte den Kopf und ging weg.

»Erzähl mir lieber alles«, rief er ihr hinterher.

McMahon lief im Büro auf und ab. Er war genauso aufgebracht wie zuvor Boyd. Lottie warf ihre Tasche auf den Boden unter ihrem Schreibtisch.

»Ich glaube, Ihr Freund Henry ›Hammer‹ Quinn steckt hinter den Morden an den Moroneys«, sagte sie.

»Das ist unmöglich.« Er blieb neben ihrem Schreibtisch stehen.

»Warum? Moroney hat mir selbst gesagt, dass er zu einem Drogenring ermittelt. Irgendetwas muss er dabei gefunden haben, und dafür wurde er umgebracht.«

»Hammer war es jedenfalls nicht, denn den habe ich gestern am späten Abend verhaftet und höchstpersönlich bei ihm zu Hause abgeholt. Den Rest der Nacht hat er im Garda-Revier in der Store Street verbracht.«

»Ach, verflixt. Dann muss es ein Komplize von ihm gewesen ein«, sagte sie und biss sich auf die Lippe. Hatte sie sich geirrt? Schon wieder?

»Hammer wurde bereits ausführlich befragt. Ein paar Sachen hat er gestanden, schwört aber, Jerome seit zwei Jahren weder gesehen noch von ihm gehört zu haben. Und mit den

Morden hier in Ragmullin hat er angeblich auch nichts zu tun. Ich gebe es nur höchst ungern zu, bin jedoch geneigt, ihm zu glauben.«

»Na, da haben Sie ja eine saubere Kehrtwendung hingelegt. Sie waren doch derjenige, der gebetsmühlenartig behauptet hat, die Fälle hätten mit Drogen zu tun.« Lottie schlug mit der Handfläche so heftig auf den Schreibtisch, dass der Aktenstapel wackelte, nicht jedoch umfiel. Die ganzen Ermittlungen hatten mit dem Mord an Tessa Ball begonnen. War sie das entscheidende Bindeglied?

»Ich sage nicht, dass die Fälle nichts mit den Drogen zu tun haben. Ich sage nur, dass Hammer und seine Bande nicht dahinterstecken. Wir müssen herausfinden, wer Lorcan Brady und Jerome Quinn mit dem Heroin versorgt hat und an wen sie das Cannabis geliefert haben«, sagte er.

»Und das Fischfutter, das wir in Bradys Haus gefunden haben«, fauchte Lottie. »Setzen Sie das mit auf die Liste, wenn Sie schon dabei sind.«

»Was soll damit sein?«

»Da war kein Aquarium.«

»Damit wird Heroin verschnitten. Gestreckt. Um die Marge zu erhöhen.«

»Jetzt habe ich wirklich alles gehört.«

»Oh, das bezweifle ich.«

Lottie zog ihren Stuhl an den Schreibtisch, setzte sich, nahm die erste Akte vom Stapel und öffnete sie. Die getippten Wörter verschwammen vor ihren Augen, als sie versuchte, ihre Aufmerksamkeit von McMahon abzulenken, der in ihr Büro ging.

Ihr Telefon klingelte.

»Hi, Don«, begrüßte sie den Kollegen am Empfang.

»Hier unten ist eine Annabelle O'Shea, die mit Ihnen sprechen möchte. Ich habe ihr gesagt, dass Sie beschäftigt sind, aber sie besteht darauf.«

Sie hatte Annabelle nicht zurückgerufen. Was war denn nur so dringend? Andererseits könnte ihre Freundin gerade eine willkommene Abwechslung sein. »Führen Sie sie in den Vernehmungsraum, wenn sonst nichts frei ist. Ich bin in zwei Minuten unten.«

»Ich berufe eine Teambesprechung ein«, sagte McMahon. »In fünf Minuten in der Einsatzzentrale.«

»Ich bin beschäftigt«, wiegelte Lottie ab und machte sich aus dem Staub.

———

Wir könnten uns hier drinnen genauso gut auf dem Mars befinden, dachte Lottie, als sie den stickigen Vernehmungsraum betrat. Die Außenwelt hörte auf zu existieren, sobald man sich an den Stahltisch setzte, dessen Beine mit dem Boden verschraubt waren.

Beim Anblick ihrer Freundin stockte ihr der Atem. »Annabelle! Was ist passiert?«

»Ich muss mit dir sprechen, Lottie.«

Sie zog einen Stuhl heran und setzte sich neben die Frau, die überhaupt nicht wie die selbstbewusste Ärztin aussah, die sie den Großteil ihres Lebens gekannt hatte.

Annabelle hob eine bandagierte Hand und klemmte sich eine lose Haarsträhne hinter das Ohr, dessen Läppchen mit getrocknetem Blut bedeckt war. Mit den zitternden Fingern der anderen Hand zog sie den Rollkragenpullover am Hals herunter.

»Grundgütiger.« Lottie starrte auf die Spuren an ihrer Kehle. »Was ist denn passiert?«

»Musst du nicht das Aufnahmegerät einschalten, bevor ich etwas sage?«

»Wenn du offiziell Anzeige erstatten willst, hole ich jemanden dazu, und dann kann ich das Gespräch starten.«

Lottie saß wie erstarrt da und überlegte, ob sie ihre Freundin in den Arm nehmen oder einen Krankenwagen rufen sollte.

»Nein, ich will niemanden dabeihaben. Ich sage es dir zuerst. Dann kannst du entscheiden, was zu tun ist.«

»Dann nehme ich das Gespräch doch besser auf, nur um sicherzugehen. Vor Gericht wird die Aufnahme zwar nicht standhalten, aber wenn du keinen Zeugen dabeihaben möchtest, ist das deine Entscheidung.« Lottie betätigte den Schalter, wies sich förmlich aus und bat auch Annabelle, ihren Namen für das Band zu sagen. Eigentlich sollte sie oben sein und sich mit den Moroney-Morden befassen. Aber ihre Freundin sah so verzweifelt aus, dass die Sache wirklich ernst sein musste.

»Nun, Annabelle, erzähl mir bitte, was passiert ist. Wie ist es zu den Verletzungen gekommen?«

»Ich bin mir nicht sicher, Lottie. Es ist irgendwie privat, aber gleichzeitig habe ich solche Angst.«

»Du hast sichtbare Verletzungen an Hand, Hals und Ohr. Die müssen fotografiert werden. Wer hat dir das angetan?«

Annabelle flüsterte etwas.

Lottie sagte: »Es tut mir leid, aber für das Band musst du laut und deutlich sprechen.« Hatte sie gerade ihren Mann der Körperverletzung beschuldigt? Sie sollte Boyd dazu holen.

»Mein Mann, Cian O'Shea.« Annabelles Stimme klang jetzt sicherer. »Aber deshalb bin ich nicht hier.«

»Wenn dieser Mistkerl das getan hat, gehört er vor Gericht.«

»Lass mich bitte ausreden. Dann entscheide ich, was ich tun will.«

Lottie ergriff die Hand ihrer Freundin, schaute ihr in die Augen und sah unendliche Traurigkeit darin. Sie wusste, dass Annabelle kein Unschuldsengel war, aber nicht einmal eine ihrer Affären war eine Rechtfertigung dafür, sie zu schlagen. Und was könnte wichtiger sein, als ihren Mann wegen Körperverletzung anzuzeigen? »Sprich weiter.«

Sie wartete geduldig, während Annabelle schluckte, die Tränen zurückblinzelte und ihre Hand wegzog.

»Ich weiß, dass du Cian immer für einen guten Menschen gehalten hast. Einen ruhigen Typ. Der geduldig daneben stand, während ich gefeiert und mich durchs Leben gevögelt habe. Und vielleicht war er auch mal so, aber als er von meiner Affäre mit Tom Rickard erfuhr, hat er sich vollkommen verändert. Es war, als hätte diese Affäre sein Herz entzweigebrochen.« Sie hielt inne, schluckte, atmete tief ein und aus und fuhr fort. »Die Sticheleien konnte ich ertragen. Die bohrenden Blicke. Die Beschimpfungen. Mit all dem konnte ich fertigwerden ... dachte ich. So oft wollte ich ihn verlassen, aber die Zwillinge ... Er würde niemals zulassen, dass sie mit mir gehen. Das hat er so oft gesagt, Lottie, dass ich fürchte, er meinte mehr, als dass ich sie nicht mitnehmen darf. Kannst du mir folgen?«

Lottie dachte einen Moment nach. Das klang nicht nach dem Cian, den sie zu kennen glaubte. Aber sie hatte gespürt, dass etwas nicht stimmte, als sie neulich zu Besuch gewesen war.

»Ich kann dir folgen. Aber selbst wenn Cian dir diese schrecklichen Sachen angetan hat, glaube ich nicht, dass er seinen eigenen Kindern was tun würde.«

Annabelle lachte so manisch auf, dass Lottie zusammenzuckte. Es klang wie das Heulen eines verletzten Tieres.

»Doch, das würde er. Wenn er mich in unserer eigenen Küche vergewaltigen kann, während die Zwillinge oben in ihren Zimmern sind, dann kann er alles tun, was er verdammt noch mal will. Aber Lottie ...«

»Vergewaltigt? Oje, Annabelle! Ich hole Boyd dazu. Wir müssen das hier formell machen.«

»Lass mich bitte zuerst ausreden. Ich glaube, dass Cian in etwas sehr Dunkles verwickelt ist. In etwas Gefährliches. Er verbringt Stunden eingesperrt in seinem Arbeitszimmer, und wenn ich sage eingesperrt, dann meine ich eingesperrt. Er hat die Tür mit einem Nummernpad versehen, damit ich nicht reingehen und herumschnüffeln kann. Aber einmal bin ich drinnen gewesen. Da hat er die Tür absichtlich offengelassen, um mich zu testen. Vorher war ich nur misstrauisch, aber jetzt ... jetzt bin ich mir sicher.«

»Inwiefern sicher?«

»Er tut etwas Furchtbares. Jeden Abend verschwindet er aus dem Haus und kommt erst am Morgen zurück. Ich weiß nicht, wohin er geht, aber letzte Nacht habe ich ihn gegen vier Uhr weggehen hören. Er kam erst wieder nach Hause, als ich gerade zur Arbeit wollte. Und er war ... oh, Lottie. Er war voller Blut.«

»Was?«

»Blut.« Annabelle hielt inne. »Kann ich einen Schluck Wasser haben?«

»Klar. Und ich hole Boyd. Warte kurz.«

Sie ging zur Tür, öffnete sie und rief in den Flur, dass jemand Boyd holen und ein Glas Wasser bringen sollte. Dann setzte sie sich wieder, überprüfte das Aufnahmegerät und wartete, während Annabelle einen unsichtbaren Fleck an der Wand anstarrte.

»Du hast nach mir gerufen?« Boyd betrat den Raum mit einem Krug Wasser und ein paar Pappbechern. »Annabelle! Was ist denn mit Ihnen passiert?«

Lottie brachte ihn auf den neuesten Stand. »Ist es okay, wenn wir weitermachen, Annabelle?«

Annabelle trank ihren Wasserbecher leer und Boyd füllte ihn nach. Sie nippte daran und biss sich dann auf die Lippe, bevor sie fortfuhr.

»Cian kam klatschnass vom Regen in die Küche, und ich konnte Blut an seinen Händen sehen. Ich glaube, er hat versucht, es abzuwaschen, aber ich bin Ärztin, ich erkenne Blutspuren, wenn ich sie sehe. Ich muss wohl mit offenem Mund dagestanden haben, denn ehe ich mich's versah, verpasste er mir einen Schlag in den Magen. Ich fiel hin, und er hielt mich am Fuß fest. Ich dachte schon, dass er mir den Kopf eintritt, aber dann hat er es sich anders überlegt, mich hochgezogen und an der Kehle gepackt. Da konnte ich es an ihm riechen. Das Blut. Ich konnte es auf seiner Haut riechen.«

»Was ist dann passiert?«, fragte Lottie mit leiser und ruhiger Stimme, obwohl sie die Geschichte am liebsten aus Annabelle herausschütteln wollte.

»Er knurrte wie ein Hund und sagte, dass ich den Mund halten soll, dann müsste er mich nicht auch umbringen.«

»Dich nicht auch umbringen? Wen hat er denn umgebracht?«

»Ich weiß es nicht, aber dann habe ich im Autoradio von einem mutmaßlichen Mord draußen in Gaddstown gehört und musste herkommen. Bin ich mit einem Mörder verheiratet?«

Lottie schaute zu Boyd. Der guckte so verdattert, wie sie sich fühlte. »Und was ist dann passiert, nachdem er dir gesagt hat, dass du den Mund halten sollst?«

»Er hat sich ausgezogen, die Klamotten in die Waschmaschine gesteckt und ist dann nackt in sein Arbeitszimmer gegangen. Ohne darauf zu achten, dass die Zwillinge ihn sehen könnten. Egal wie er mit mir umgeht, anderen gegenüber bleibt er normalerweise auffällig ruhig. Aber jetzt ist er vollkommen durchgedreht. Oder wahnsinnig? Ich weiß es nicht, aber er hat mir richtig Angst eingejagt. Was hat er getan, Lottie?«

»Genau das werde ich herausfinden«, sagte Lottie. »Wo ist er jetzt?«

»Zu Hause.«

»Wo sind die Zwillinge?«

»Bei einem Freund. Ich habe gewartet, bis sie aufgestanden sind und gefrühstückt hatten. Dann habe ich sie mit einem aufgesetzten Lächeln im Gesicht rübergefahren und dort abgesetzt. Danach konnte ich einfach nicht in die Praxis gehen, also bin ich zum See gefahren und hab dort stundenlang im Auto gesessen und überlegt, was ich machen soll. Und jetzt bin ich hier.«

»Annabelle, wir holen jetzt Cian und bringen ihn zur Vernehmung hierher. Du musst deine Aussage unterschreiben. Und dann solltest du die Kinder abholen und mit ihnen für die Nacht in ein Hotel gehen.«

»Aber wenn ihr Cian hier habt, warum kann ich dann nicht nach Hause?«

»Wir müssen ihn vernehmen und herausfinden, ob wir ihn anhand von Beweisen mit einem Verbrechen in Verbindung bringen können. Außerhalb des Hauses bist du sicherer, bis wir ein klareres Bild davon haben, womit wir es zu tun haben. Habe ich deine Erlaubnis, dein Haus zu betreten?«

Annabelle fummelte einen Schlüssel aus ihrem Schlüsselbund und reichte ihn ihr. »Du brauchst auch den Alarmcode.« Sie diktierte ihn und Boyd schrieb ihn auf.

»Das ist alles meine Schuld«, sagte sie weinend. »Wäre ich treu geblieben, wäre das alles nie passiert.«

»Mach dir keine Vorwürfe! Niemand von uns weiß, was jemanden dazu bringt, sein Verhalten zu ändern. Und Cian ist für sein Verhalten selbst verantwortlich.«

VIERUNDACHTZIG

Nachdem Annabelle weg war, gingen Lottie und Boyd in die Einsatzzentrale. Keine Spur von McMahon.

»Wir haben aktualisierte Daten von Emmas Handy«, berichtete Kirby. »Sie hat einen Anruf getätigt, nachdem sie verschwunden war.«

»Nur einen? Und wen hat sie angerufen?«

»Natasha Kelly.«

»Oh. Ich dachte, sie hätte vielleicht mit ihrem Mörder telefoniert. Aber dann wollte sie wohl nur moralische Unterstützung, nehme ich an. Mädchen, halt. Wann hat sie den Anruf getätigt?«

»Um 12.05 Uhr. Er dauerte vier Minuten und drei Sekunden.«

»Sonst hat sie niemanden angerufen? Auch nicht ihren Vater vielleicht?«

»Nein. Das ist alles. Da wir das Handy vorher nicht orten konnten, nehme ich an, dass sie den Akku herausgenommen hatte.«

»Das hatten wir uns schon gedacht, da wir die SIM-Karte und den Akku getrennt vom Handy in der Küche gefunden haben.« Sie dachte einen Moment nach. »Was war so wichtig, dass Natasha die einzige Person war, bei der sich Emma sicher genug gefühlt hat, um nur mit ihr Kontakt aufzunehmen? Wir müssen Natasha Kelly befragen. Haben Sie Emmas Handydaten für die Nacht des Mordes an Tessa Ball?«

Kirby blätterte durch die Seiten. »Nichts bis zum Notruf. Und ich dachte, die Jugend von heute hängt ständig am Handy.«

»Das schon, aber sie telefonieren nur noch selten und schreiben auch keine SMS mehr«, erklärte Lottie und dachte an ihre eigenen Kinder. »Facebook, Snapchat und WhatsApp. Überprüfen Sie ihre Social-Media-Accounts. Vielleicht ergibt sich daraus etwas.«

»Wird erledigt, Boss«, sagte Kirby und kratzte sich am Kopf.

Maria Lynch meldete sich zu Wort. »Facebook habe ich bereits überprüft. Nichts Ungewöhnliches. Und einen Twitter-Account hatte sie nicht.«

»Haben Sie sich Natashas Accounts angesehen?«

»Noch nicht, mache ich aber gleich.«

»Wir haben eine neue Spur, die vielleicht ein paar Fragen zum Tod von Cathal und Lauren Moroney beantworten könnte«, erzählte Lottie.

»Endlich. Antworten.« Superintendent Corrigan rauschte herein. »Ich habe es satt, dass die Medien uns als kopflose Hühner bezeichnen. Diese Morde sind wie ein aggressiver Krebs, der sich zu schnell ausbreitet. Wir müssen dem Einhalt gebieten. Und damit meine ich heute.«

Mit diesen Worten war er fast so schnell wieder verschwunden, wie er gekommen war.

»Sie haben den Mann gehört«, sagte Lottie. »Und falls Tessas Mord etwas mit dem Landbesitz zu tun hatte, finden Sie heraus, wie vermögend sie war und wer davon profitieren würde, wenn ihre gesamte Familie ausgelöscht wird.«

»Abgesehen von O'Dowd gibt es nur noch Arthur Russell«, sagte Lynch.

»Machen Sie die beiden ausfindig. Boyd, du kommst mit mir.«

»Brauchen wir Verstärkung?«

»Erst sollten wir herausfinden, womit oder mit wem wir es zu tun haben. Okay?«

Boyd schüttelte den Kopf. »Cian O'Shea. Wer hätte das gedacht?«

»Sicherlich nicht viele«, sagte Lottie. »Wir sollten bei ihm sein, bevor er sich einen Anwalt nehmen kann.«

———

Das Haus sah heute düsterer aus, als Lottie es in Erinnerung hatte. Sie holte den Schlüssel heraus, um ihn in die Tür zu stecken.

»Der Alarmcode. Hast du ihn da?« fragte sie.

»Den hab ich im Kopf«, antwortete Boyd.

»Annabelle war sich nicht sicher, ob die Alarmanlage aktiviert ist, aber wenn die Codetastatur piept, ist dem so.«

Lottie steckte den Schlüssel in die Tür und drehte ihn. Sie betraten die schwarz-weißen rautenförmigen Fliesen und lauschten. Kein Piepton von der Codetastatur. Kein einziges Geräusch. Sie schlich in die Küche und schaute sich kurz um. Niemand da. An der Tür zum Hauswirtschaftsraum hielt sie inne. Kein Brummen von der Waschmaschine. Sie warf einen Blick hinein. Die Tür der Maschine stand offen. Leer.

»Wo hat er die Klamotten hingetan?«, flüsterte sie.

Boyd schaute hinaus auf den Garten hinter dem Haus. »In der Garage steht ein Auto. Er muss hier sein.«

Als sie sich umdrehte und gerade gehen wollte, entdeckte Lottie einen Wäschekorb auf der Arbeitsplatte. Mit Schutzhandschuhen an den Händen durchwühlte sie die Kleidung.

Mantel, Pullover, Hemd, Hose und Unterwäsche eines Mannes. »Wo sind seine Schuhe? Wir müssen die Sachen hier eintüten, sobald wir ihn gefunden haben.«

Zurück im Flur überlegte sie, ob sie vielleicht lieber einen Durchsuchungsbefehl beantragen sollten. Nein. Es wird schon gut gehen. Oben an der Treppe sah sie die Tür mit dem Nummernpad. Offen. Sie schaute zu Boyd und hob fragend eine Augenbraue. Aber dann wurde ihr klar, dass Cian sein Arbeitszimmer tagsüber nicht abschließen musste, weil seine Familie dann ja nicht im Haus war.

Mit einem Kopfnicken bedeutete sie Boyd, ihr zu folgen.

An der Tür legte sie die Hand auf ihre Waffe. Immerhin wusste sie nicht, was sie erwartete. Mit der Spitze ihres Stiefels drückte sie die Tür nach innen auf.

»Er ist nicht hier«, verkündete Boyd und sprach damit, wie so oft, das Offensichtliche aus.

»Mit dem ganzen Equipment sieht es hier drin aus wie in einem Hollywood-Studio.«

»Das ist unbefugtes Betreten.«

Lottie wirbelte herum und stieß mit Boyd zusammen.

Auf dem Treppenabsatz stand Cian O'Shea. Nackt. Mit irrem Blick.

»Ah, genau der Mann, den wir suchen«, sagte Lottie und provozierte ihn damit noch mehr.

»Raus aus meinem Haus! Sofort!«

Lottie musterte ihn von Kopf bis Fuß, konnte aber keine sichtbaren Wunden an seinem Körper erkennen. Also konzentrierte sie sich auf das Messer in seiner Hand.

»Wie wäre es, wenn du die Waffe weglegst und dir was anziehst, damit wir uns unterhalten können.«

»Ich sagte raus!«

Er betrat das Arbeitszimmer. Lottie bewegte sich nicht von der Stelle. Seine Augen waren wie die eines Raubtiers. War das derselbe Mann, der seit zwanzig Jahren mit ihrer Freundin verheiratet war? Sie erkannte ihn gar nicht wieder. Seine Mundwinkel hingen herab und sein Haar war vollkommen zerzaust.

Als Cian den Detectives näherkam, schlug Boyd zu. Das Messer fiel zu Boden, und bevor Lottie reagieren konnte, hatte Boyd dem nackten Mann Handschellen angelegt. Cian brach zusammen und begann zu weinen. »Ich wollte sie nicht töten. Das war keine Absicht.«

»Ruf die Spurensicherung an und schaff ihn hier raus«, wies Lottie Boyd an.

Boyd führte den Mann in dessen Schlafzimmer, wo er einen Bademantel fand, mit dem er sich bedecken konnte, bevor er mit ihm nach unten ging und ihn unterwegs über seine Rechte belehrte. O'Shea hatte zwei Detectives mit einer tödlichen Waffe bedroht. Allein aufgrund dieses Vorwurfs könnten sie ihn vermutlich vierundzwanzig Stunden lang festhalten. Wahrscheinlich würde er in der Zeit alles, was er gerade gesagt hatte, wieder zurücknehmen. Lottie brauchte Beweise, um Annabelles Aussage zu untermauern.

Im Arbeitszimmer hingen mehrere Bildschirme an der Wand. Und zwar solche von der breiten, flachen Art. Darunter standen zwei Computer und Laptops. Die Kabel verliefen ordentlich befestigt an den Wänden entlang. An einem Haken hing ein Kopfhörerset und vor einem Schreibtisch voller weiterer technischer Geräte stand ein Ledersessel.

Mit immer noch behandschuhtem Finger drückte Lottie die Return-Taste des einen Laptops. Ein Bildschirm erwachte zum Leben.

»Großer Gott«, sagte sie und stieß den Atem aus. In was zum Teufel war Cian O'Shea verwickelt?

Kirby und Lynch gingen gerade die Informationen durch, die sie vom Grundbuchamt erhalten hatten, als Boyds Computer den Eingang einer E-Mail anzeigte.

»Guck dir das mal an, Lynch. Könnte wichtig sein.«

Lynch ging zu Boyds Schreibtisch und tippte auf eine Taste seiner Tastatur. Kirby stellte sich neben sie. »Akten vom Gesundheitsdienst?«, fragte er.

»Das ist die Liste der Patienten von St. Declan's. Ein völlig sinnloses Unterfangen.«

»Mach sie auf«, sagte Kirby.

»Mach du doch. Ich bin kein Schnüffler.«

»Oh, was soll denn das Theater.« Kirby klickte mit einem dicken Finger auf die Maustaste und öffnete die E-Mail. »Fotos von handschriftlichen Originalen. Ich druck sie später aus, und dann soll Boyd sich darum kümmern, wenn er reinkommt.«

Er schlenderte zurück zu seinem Schreibtisch.

»Also«, sagte er, »dieses ganze Land gehörte im Jahr neunzehnhundertsiebzig Stan und Kitty Belfield.«

»Und wem hat es vor ihnen gehört?«

»Wichtig ist, wem es nach ihnen gehört hat. Ich weiß nicht

warum oder wie, aber neunzehnhundertsechsundsiebzig war dieser Teil hier, bestehend aus hundertundfünf Hektar, als Besitz von Tessa Ball eingetragen. Dieses Stück hier, wo Marian gewohnt hat, acht Hektar, lief ebenfalls auf Balls Namen. Die Belfields blieben Eigentümer des Herrenhauses und des Grundstücks, das bis zum See reicht. Alles klar bisher?«

Lynch nickte. »Ja.«

»In den letzten Jahren wurden die hundertundfünf Hektar Ackerland einschließlich des Cottages an Mick O'Dowd übertragen. Bis dahin war er nur Pächter. Aber warum? Und das Land in Carnmore mit den zwei Häusern wurde Marian Russell überschrieben. Tessa gehörte nichts mehr, außer ihrer Wohnung. Todkrank oder so war sie aber nicht, oder?«

»Zumindest hat die Obduktion nichts Entsprechendes ergeben.«

»Die Frage ist also, was eine wohlhabende ehemalige Rechtsanwältin dazu veranlasst hat, ihr gesamtes Vermögen loszuwerden«, schlussfolgerte Kirby.

»Spielt das überhaupt eine Rolle?«

»Womöglich haben die Morde etwas mit Landbesitz zu tun und nicht mit Drogen.«

»Geld«, meinte Lynch. »Die Wurzel allen Übels.«

»Darum muss sich Lottie kümmern«, sagte Kirby. »Die lassen sich aber Zeit, wieder herzukommen.«

»Wer lässt sich Zeit?«, fragte McMahon und betrat das Büro.

»Mist«, stieß Lynch aus.

SECHSUNDACHTZIG

In einem weißen Schutzoverall saß Cian O'Shea in seiner sterilen Zelle und schaute griesgrämig drein. Lottie überließ ihn seinen Gedanken und ging mit Boyd in Richtung Büro.

»Der Scheißkerl gibt ohne seinen Anwalt keinen Mucks von sich.« Boyd schlug mit jedem Schritt, den er die Treppe hinaufstieg, die Hand gegen die Wand. »Aber sobald die Spurensicherung was in den Klamotten findet, obwohl er sie gewaschen hat, kriegen wir ihn für die Moroney-Morde dran.«

»Wenn das, was Annabelle über das Blut gesagt hat, stimmt, dann finden sie ganz sicher was.«

»Außerdem sollte seine DNA im Haus der Moroneys sein. Aber warum hat er es getan?« Lottie öffnete die Hintertür, die zum Parkplatz führte. »Ich würde gerade für eine Zigarette töten. Wir haben uns eine Pause verdient.«

Boyd zündete zwei Zigaretten an und reichte Lottie eine.

Sie zog kräftig daran und blickte hinauf in den nebligen Himmel. »Hört das denn nie auf?«

»Der Regen?«

»Boyd, bitte nimm mich in den Arm. Nur kurz. Bei dem ganzen Wahnsinn um mich herum möchte ich mich gerade ein bisschen wie ein Mensch fühlen.« Sie drehte sich zu ihm um, und er senkte den Kopf und küsste sie auf die Wange, bevor er seine Arme um sie schlang.

»Du bist der menschlichste Mensch, den ich kenne«, raunte er in ihre Haare.

»Die Welt ist so voller Monster, dass ich Angst um meine Familie habe. Ich krieg Panik bei dem Gedanken, was wir als Nächstes finden.« Sie löste sich aus seiner Umarmung, zog noch einmal an ihrer Zigarette und drückte sie dann aus. »Außerdem frage ich mich, ob mein Vater etwas mit Carrie Kings Unterbringung in St. Declan's zu tun hatte.«

»Inwiefern ist das relevant?«

»Vielleicht war er auch ein Monster.« Sie schaute zu den Wolken hinauf, die sich mit einem donnernden Regenguss entluden. »Wenn er in etwas Illegales verwickelt war, hat er sich vielleicht selbst dafür gehasst.«

»Glaubst du, deshalb könnte er sich umgebracht haben?«

»Sofern er sich tatsächlich umgebracht hat.«

Boyd ließ seine Zigarettenkippe fallen. »Du wirst es vielleicht nie erfahren, und im Moment hast du genug anderes um die Ohren.« Er drückte sie noch einmal an sich. »Komm, wir gehen wieder rein, bevor wir ertrinken.«

»Wir kommen sowieso nicht weiter, bis O'Sheas Anwalt hier ist. Aber zuerst will ich mit Natasha Kelly sprechen. Sei ein Schatz und hol schon mal den Wagen.«

———

Unterwegs kamen sie an Marian Russells Haus vorbei. Geisterhaft sah es aus, wie es da im Regen stand.

»Wo könnte sich Arthur Russell verstecken?«, fragte Lottie.

»Wir haben alle seine uns bekannten Freunde vernommen. Überall gesucht. Er hat das Land nicht verlassen. Wir finden ihn schon.«

»Ich glaube nicht, dass er seine eigene Tochter getötet hat. Als wir mit ihm gesprochen haben, hatte ich den Eindruck, dass er sie wirklich liebt.«

»Man weiß nie, was Menschen zum Mord treiben kann. Schau dir nur Cian O'Shea an«, sagte Boyd.

»Welches Motiv hatte er, die Moroneys zu töten? Das würde ich gerne wissen.«

»Wir wissen nicht, dass er überhaupt jemanden getötet hat.«

»Noch nicht.«

»Glaubst du, er ist auch für die anderen Morde verantwortlich?«

»Ich weiß es nicht, Boyd. Ich weiß nicht, was ich glauben soll. Aber wir müssen wirklich Mick O'Dowd und Arthur finden.«

Er hielt vor dem Haus der Kellys an. »Kein Auto.«

»Vielleicht sind sie einkaufen«, mutmaßte Lottie. Das Haus sah so verlassen aus wie das von Marian Russell. Sie klingelte und hämmerte an die Tür, bis ihre Fingerknöchel ganz rot waren.

»Niemand da«, stellte Boyd fest.

»Hinterm Haus.« Lottie lief los und Boyd folgte ihr.

»Hier ist definitiv niemand«, sagte sie eine Minute später. »Ich dachte, sie hätten sich entschieden zu bleiben. Wo also sind sie hin? Ich muss herausfinden, warum Emma Natasha angerufen hat.«

»Beruhige dich. Die kommen schon wieder.«

»Ich habe ein ungutes Gefühl bei der Sache.«

»Du hast bei allem ein ungutes Gefühl.«

»Gib ihr Autokennzeichen durch und lass die Verkehrspolizei nach ihnen suchen. Verdammt, es gibt nicht einmal Nachbarn, die man fragen kann, wann sie das letzte Mal gesehen wurden.«

»Nun hör doch mal auf, Panik zu schieben. Weit weg können sie nicht sein.«

»Und woraus schließt du das?«

»Meine Güte!«

Lottie schaute Boyd hinterher, der zum Auto stampfte. Er lehnte sich hinein und griff nach dem Funkgerät. Sie ging erneut ums Haus, nahm die Lage des Grundstücks in Augenschein und überlegte, ob Kirby wohl zusätzliche Informationen über das Land bekommen konnte. Der Punkt kam ganz oben auf ihre To-do-Liste.

Vom Auto aus rief Boyd: »McGlynn will, dass wir zum Haus der O'Sheas kommen.«

»Wir haben die Kleidung zur Analyse geschickt«, berichtete McGlynn und ging voraus die Treppe hinauf.

»Die hat er gewaschen. Meinen Sie, es können dennoch Spuren darauf gefunden werden?«, fragte Lottie.

»Da hilft nur Daumendrücken.«

»Ich wusste gar nicht, dass Sie abergläubisch sind.«

»Detective Inspector Parker, Sie wissen absolut nichts über mich.«

»Das stimmt allerdings«, gab Lottie zu, als sie Cians Arbeitszimmer erreichten. »Also, was wollten Sie uns zeigen?«

»Das hier ist Gary. Er ist ein technisches Genie.«

Lottie nickte dem jungen Mann zu. Er trug den gleichen Schutzanzug wie sie, war aber vermutlich recht jung. In ihrer Altersgruppe gab es nicht zu viele technische Genies. »Was haben Sie gefunden, Gary?«

»Ganz schön tolle Ausstattung hier«, sagte er, und die Bewunderung in seiner Stimme war unüberhörbar. »Alles, was man für die Spieleentwicklung braucht. Ich könnte mich hier den ganzen Tag lang umsehen.«

»Gary«, wies McGlynn ihn zurecht. »Sagen Sie den Detectives, was Sie entdeckt haben.«

Der Techniker trennte sich nur ungern von seinem neuen Spielzeug. »Das Überwachungssystem ist beeindruckend. Alles ferngesteuert. Und zwar, soweit ich das sehen kann, hauptsächlich über das Mobilfunknetz.«

»Also hat er Leute über ihre Handys ausspioniert?«

»Und über die Webcams ihrer Computer.« Er tippte mit seinen behandschuhten Fingern auf eine Tastatur.

Der Bildschirm, den Lottie schon zuvor zufällig eingeschaltet hatte, erwachte zum Leben. Annabelles Praxis. Sie schaute zu Boyd.

»Hab ich doch gesagt.«

»Der Mistkerl hat sie also ausspioniert«, stellte Boyd fest.

Gary klickte mit der Maus und ein weiterer Bildschirm ging an.

»Das sieht ganz schön modern aus«, meinte Lottie.

»Es ist ein Büro. Aber sehen Sie sich mal die Spiegelung auf der Glaswand hinter dem Schreibtisch an.«

Lottie beugte sich vor und versuchte, auf dem Bild etwas zu erkennen. »Ein Wolkenkratzer?«

»Ich glaube, dieses Büro befindet sich in Manhattan.«

»Wow«, stieß Boyd aus. »Er hat jemanden in New York ausspioniert?«

»Kriegen wir die Adresse des Gebäudes raus?«, fragte Lottie.

»Das ist ein Standbild, kein Livebild. Ich habe versucht, auf den Code zuzugreifen, aber ohne Erfolg.«

Müdigkeit und Frust setzten ein, und Lottie wollte einfach nur, dass Gary auf den Punkt kam.

»Aber nun machen sie sich auf etwas gefasst.« Der Techniker klickte mit der Maus auf einen dritten Bildschirm.

»Was um ...« Lottie fiel die Kinnlade herunter. »Das ist das

Zimmer meines Sohnes.« Ungläubig betrachte sie den Bildschirm. »Wie ...«

»Er hat sich durch den Download eines Spiels in seinen Computer gehackt.«

»Aber warum hat er Sean ausspioniert?«

»Das weiß ich nicht. Vielleicht war es die einzige Möglichkeit, Zugang zu Ihrem Haus zu erhalten.«

»Warum sollte Cian O'Shea mich und meine Familie ausspionieren?«

»Und seit wann?«, fragte Boyd.

»Mehr kann ich Ihnen sagen, sobald ich richtig drin bin.«

Lottie konnte zwar nur seine Augen sehen, darin jedoch erkennen, dass der junge Mann es kaum erwarten konnte, sich mit Cian O'Sheas Projekt zu befassen. Was auch immer sein Projekt sein mochte.

»Und das sind alles Live-Feeds?«, fragte sie.

»Ja, alles Übertragungen in Echtzeit.«

»Gibt es Kopien? Aufzeichnungen? Bänder oder so?«

»Das weiß ich noch nicht.«

»Da müssen wir O'Shea aber ein paar ernste Fragen stellen.«

McGlynn reichte Lottie eine Akte. »Die war im Aktenschrank. Wissen Sie etwas darüber?«

Lottie blickte verwundert auf die Kopie, die Jane Dore vom Obduktionsbericht ihres Vaters angefertigt hatte. Für Cian mit seinem Fachwissen war es vermutlich ein Leichtes gewesen, sich in das staatliche Computersystem zu hacken und die Akte zu markieren. Aber warum? Und warum hatte er dann noch die Kopie gestohlen?

Lottie hatte das Gefühl, dass die Wände auf sie zukamen und die Geräte viel zu viel Hitze ausstrahlten. Sie drehte sich um und verließ eilig den Raum, der ihr plötzlich zu klein vorkam. Und sie selbst fühlte sich noch kleiner.

ACHTUNDACHTZIG

Am liebsten wäre Lottie nach Hause gegangen. Stattdessen schickte sie einen Techniker in ihr Haus, der Seans Computer überprüfen und nach weiteren illegalen Zugriffen suchen sollte. Ihre Knie ächzten vor Erschöpfung, aber Kirby wollte alle Mitarbeiter in der Einsatzzentrale haben. An eine der Falltafeln hatte er Landkarten geheftet.

Sie versuchte, ein Gähnen hinter dem Handrücken zu verbergen. »Legen Sie los.«

»Aus irgendeinem Grund wurde im Jahr neunzehnhundertsechsundsiebzig all dieses Land von Kitty und Stan Belfield auf Tessa Ball übertragen. Vor zwei Jahren hat Tessa dann das Farmland einschließlich des Cottages an O'Dowd und vor sechs Monaten das Land mit den Häusern der Russells und der Kellys an Marian übertragen.« Kirby lächelte triumphierend.

»Und?«, fragte Lottie.

»Warum?«

»Ich wollte Antworten, nicht noch mehr Fragen.«

»Das hier erklärt vielleicht einen Teil davon.« Lynch heftete zwei Blatt Papier neben die Karten an die Tafel. »Geburtsurkunden.«

Lottie stand auf und stellte sich neben Lynch.

»Tessa wurde als Teresa O'Dowd geboren.« Sie warf einen Blick auf die andere Urkunde und las die Namen der Eltern. »Sie war Mick O'Dowds Schwester.«

»Vielleicht erklärt das, warum sie ihm das Land überschrieben hat«, sagte Lynch.

»Damit wäre immerhin eine Frage beantwortet«, sagte Kirby.

»Aber warum erst vor zwei Jahren? Was ist damals in ihrem Leben passiert, was hat sie dazu gezwungen?«

»Das Einzige, was mir einfällt, ist, dass das Cottage damals vermietet war. Vielleicht war das also der Beginn ihrer Zusammenarbeit mit dem Drogenbaron.«

»Jerome Quinn?«

»Genau der.«

»Hat sie also versucht, sich von der Sache zu distanzieren, indem sie das Land offiziell an O'Dowd überschrieben hat?«

»Und wie passt Cian O'Shea da rein?«, fragte Boyd.

»Das wird von Minute zu Minute komplizierter.« Lottie schritt in kleinen Kreisen durch den Raum. »Wir müssen O'Dowd finden. Er ist der Einzige, der uns etwas über Tessa sagen kann.«

Sie dachte an ihre Durchsuchung von O'Dowds Haus und an das Buch, das sie unter dem Spülschrank gefunden hatte. Das mit der Inschrift darin.

»Carrie King«, sagte sie. »Sind Sie auf eine Verbindung zu ihr gestoßen?«

»Nein, bisher nicht«, antwortete Kirby.

»Nein«, bestätigte Lynch.

»Also verstehe ich das richtig.« Lottie setzte sich wieder und trommelte mit den Fingerknöcheln gegen ihre Stirn. »Das ganze Land hat einst den Belfields gehört. Stan und Tessa waren Partner in der Kanzlei. Anfang bis Mitte der Siebzigerjahre ist etwas passiert, was dazu geführt hat, dass die Belfields einen großen Teil ihres Vermögens an Tessa Ball überschreiben haben. Aber was?«

»Was wissen Sie über diese Carrie King?«, fragte Boyd.

»Sie war angeblich auf Drogen und Alkohol. Mehrere Kinder wurden ihr weggenommen, und sie selbst wurde schließlich in die Anstalt St. Declan's weggesperrt. Laut Aussage von Kitty Belfield war Tessa wesentlich darin involviert. Sie hat angedeutet, dass Mick O'Dowd mindestens eines von Carries Kindern gezeugt haben könnte, und angemerkt, dass Marian O'Dowd ganz schön ähnlich sah. Aber wenn Tessa und Mick Geschwister waren, dann ist das vielleicht der Grund für die Ähnlichkeit.«

»Oder, wie du zuerst dachtest, O'Dowd hat Marian mit Carrie King gezeugt und Tessa hat eine Geburtsurkunde gefälscht und sie als ihre eigene Tochter großgezogen.«

»Gehen wir mal einen Moment davon aus, dass es so war«, meinte Lottie. »Das erklärt immer noch nicht die ganzen Übertragungen von Ländereien. Was hätte Tessa gegen die Belfields in der Hand haben können?«

»Vielleicht hatten sie keine eigenen Kinder und haben Tessa als ihre Erbin betrachtet«, schlug Lynch vor.

»Kirby, überprüfen Sie das«, sagte Lottie. »Boyd, wir versuchen unser Glück mit Cian O'Shea.«

Sie verschwendete eine komplette Stunde mit Cian O'Shea und seinem Anwalt. Das ewige ›Kein Kommentar‹ würde sie vermutlich ein Jahr lang im Schlaf hören.

»So ein Arschloch«, schimpfte sie, als sie Cathal Moroneys Haus betraten.

»Aber er hat Angst«, wandte Boyd ein.

»Das hoffe ich doch. Wenn ich erst mit ihm fertig bin, dann ...«

»Lottie, du kannst nichts tun. Suchen wir lieber nach Beweisen.«

»Hast ja recht.«

»Was hoffst du denn zu entdecken?«

»Ich habe keine Ahnung, aber wenn es Cian O'Shea war, der eingebrochen ist und die Moroneys ermordet hat, können wir sicher sein, dass er nichts auf einem Computer gesucht hat. Er muss es auf die Akte abgesehen haben, von der Moroney mir erzählt hat.« Sie ging direkt zum Arbeitszimmer.

»Also hat es *doch* mit Drogen zu tun.«

»Wenn ich das wüsste, stünde O'Shea bereits vor einem

Richter. Leider müssen wir erst noch was finden. Ein ganz schönes Chaos hier drin.«

Lottie kniete sich hin und legte die herumliegenden Blätter sorgfältig aufeinander. Nachdem sie einen veritablen Stapel errichtet hatte, reichte sie ihn Boyd. »Mach dich mal nützlich.«

»Womit?«

»Die waren alle vorher in den Schubladen und im Aktenschrank. Also waren sie nach irgendeinem System sortiert. Und darin bist du gut.«

»Aber ich weiß nicht einmal, was das für Papiere sind!« Boyd nahm den Stapel und setzte sich auf den Stuhl am Schreibtisch.

»Benutz deinen Verstand.«

»Gibt es etwas Bestimmtes, wonach ich suchen soll?«

»Irgendetwas, was einen Mörder dazu gebracht hat, hier einzubrechen und Cathal und Lauren Moroney zu töten, während sich eines ihrer verängstigten Kinder oben versteckt hat.«

»Vielleicht war der Mord gar nicht geplant.«

»Vermutlich nicht. Wenn er gefunden hätte, wonach er gesucht hat, wäre er wohl einfach unentdeckt wieder verschwunden. Sortiere einfach die Papiere und ich gehe sie dann durch.«

Sollte sie Boyd vom Inhalt ihres Gesprächs mit Moroney erzählen? Seine Ermordung hatte sicherlich nichts mit der Story zu tun, die sein Vater in den Siebzigerjahren veröffentlichen wollte. Oder doch? Nein. Es hatte etwas mit dem Drogenring zu tun, zu dem Moroney selbst ermittelt hatte. Das musste es sein. Und wenn der Mörder nicht genug Zeit gehabt oder die Information nicht aus ihm herausbekommen hatte, dann war sie immer noch hier. Irgendwo.

»Es ist alles Zeug, über das er bereits berichtet hat«, stellte Boyd drei Stunden später fest, als er sein Werk begutachtete. Lottie kroch immer noch auf Knien durch das Meer aus Papier.

»Irgendwo hier muss es sein und ich werde es finden.«

»Du weißt nicht einmal, wonach du suchst. Lass uns für heute Schluss machen. Morgen können wir ja wiederkommen.«

»Morgen?« Lottie warf die Hände in die Luft. »Wir haben so viele Fälle, wie es Leichen gibt. Irgendwo gibt es eine Verbindung. Und Moroney war der Sache auf der Spur.« Als sie sich auf den Hintern fallen ließ, entdeckte sie die Uhr an der Wand. »Oje! Ist es wirklich schon so spät?« Sie sprang auf und verstreute in ihrer Eile Papier und Akten.

»Hey! Die habe ich gerade erst sortiert! Und ja, es ist 00:03 Uhr, Madam Inspector. Geisterstunde.«

»Ich hätte schon vor Stunden zu Hause sein sollen!« Sie eilte an Boyd vorbei ins Wohnzimmer. Als sie die Spielzeugkiste erblickte, stockte ihr der Atem. Zum Glück waren die Kinder nicht verletzt, obwohl sie psychische Schäden davontragen würden. Und sie wusste, wie schlimm die sein konnten. Als sie ihre Jacke aufhob, spürte sie das Handy in der Tasche vibrieren. Sie nahm es heraus und schaute auf das Display. Chloe.

»Hallo, Schatz. Es tut mir leid, ich bin bei der Arbeit aufgehalten worden. Ist alles in Ordnung?«

»Mom, du musst nach Hause kommen. Jetzt.«

»Was ist denn los?«

»Es geht um Katie. Du musst mit ihr reden. Der kleine Louis treibt mich und Sean in den Wahnsinn. Sean hat sogar gedroht, ihn in den Schornstein zu schieben. Das war zwar hoffentlich ein Witz, aber du solltest dich dennoch lieber beeilen.«

»Bin schon unterwegs.«

Lottie stand mit dem Handy in der Hand da und starrte den Kamin an. Dann wieder die Spielzeugkiste. Wo würde ein

Mann etwas verstecken, von dem er nicht wollte, dass es gefunden wurde? Sie machte sich über die Kiste her und holte ein Spielzeug nach dem anderen heraus. Lego, Peppa Pig, ein Feuerwehrauto, ein Polizeiauto mit Sirene, die bei Berührung laut heulte.

»Mach mal langsam, du drehst ja völlig durch«, sagte Boyd und zog sich den Mantel über.

Ihre Finger berührten ihn, bevor ihre Augen ihn registrierten. Sie griff danach. Nahm ihn an sich. Ein verblasster, brauner Manila-Umschlag. Ähnlich wie der, den sie all die Jahre in ihrer Schreibtischschublade aufbewahrt hatte, bis sie das Rätsel im vergangenen Januar gelöst hatte. Ein grünes Gummiband in der Ecke hielt die Blätter zusammen. Sie starrte es an. Strich mit der Hand über das alte Papier. Als sie spürte, dass Boyd über ihr stand, überlegte sie kurz, ob sie den Umschlag wieder unter den Spielsachen verstecken oder ihm zeigen sollte. Sie unterdrückte ein Schluchzen. Spürte seine Hand auf ihrer Schulter.

»Was ist das?«

»Die Antwort, Boyd. Ich glaube, das ist die Antwort, nach der ich gesucht habe.«

NEUNZIG

Boyd holte einen Beweismittelbeutel aus dem Auto und Lottie schob den Umschlag vorsichtig hinein. Zeit. Sie würde Zeit und Ruhe brauchen, um den Inhalt durchzugehen. Aber der Titel auf der Vorderseite war aussagekräftig genug. Es handelte sich um Moroneys Druckmittel für Verhandlungen. Aber war es auch das, wonach der Mörder gesucht hatte? Oder etwas vollkommen anderes?

Mit müden Beinen humpelte sie auf das Auto zu und nickte dem Polizisten, der das Tor mit dem Absperrband bewachte, zum Abschied zu.

»Soll ich dich nach Hause bringen oder willst du erst zum Revier und dein Auto holen?«, fragte Boyd.

»Lieber nach Hause. Dort wartet ein Streit auf mich, der geschlichtet werden möchte.« Lottie legte den Sitzgurt an.

»Möchtest du mir sagen, warum der Name deines Vaters auf dem Umschlag steht?«

»Nicht jetzt. Ich kann nicht klar denken.«

Aber sie dachte durchaus nach. Darüber, dass die Akte zur Obduktion ihres Vaters aus dem Todeshaus verschwunden war. Dass Cathal Moroney und seine Frau in ihrem eigenen Haus ermordet worden waren. Dass der Umschlag unter den Spielsachen seiner Kinder versteckt gewesen war. Heute Nacht würde sie ganz sicher kein Auge zu tun. Ihr Verstand lief auf Hochtouren.

Als Boyd vor ihrem Haus anhielt, sah sie, dass alle Lichter brannten.

»Sind die Kinder noch wach?«, fragte er.

»Wahrscheinlich bringen sie sich gerade gegenseitig um. Danke fürs Herbringen.« Sie streckte ihre Hand aus, um die Autotür zu öffnen, spürte aber, wie Boyd sie am Ärmel zurückzog.

»Sei vorsichtig«, sagte er. Seine Stimme klang so sanft wie der Regen, der auf die Windschutzscheibe plätscherte.

Lottie drehte sich zu ihm um und lächelte. »Du kennst mich doch. Ich bin immer vorsichtig.«

Sie beugte sich vor, wollte ihn auf die Wange küssen, aber er drehte den Kopf und ihre Lippen trafen sich flüchtig. Ein wohlig-warmes Gefühl durchströmte ihren gesamten Körper und machte es sich in ihrem Unterleib bequem. Sie wollte mehr. Jetzt. Um die Kälte zu vertreiben, die sich wie ein Umhang um sie gelegt hatte.

Er zerstörte den Moment, indem er sich zurückzog und durch das Fenster in den Regen schaute. Seufzend öffnete sie die Autotür, stieg hinaus auf den Bürgersteig und sah ihm dann nach, wie er davonfuhr. Mit dem Beweismittelbeutel fest an die Brust gedrückt ging sie auf ihre Haustür zu.

Der Schlag in den Nacken traf sie völlig unerwartet und schleuderte sie gegen die Tür, sodass sie mit dem Kopf gegen das wettergegerbte Holz knallte. Der Umschlag im Plastikbeutel glitt ihr aus den Fingern und fiel zu Boden. Sie sackte auf die Knie. Blut floss aus einer Wunde an ihrer Stirn. Der zweite

Schlag landete in ihren Rippen. Als eine behandschuhte Hand den Umschlag aufheben wollte, versuchte, Lottie, den Knöchel neben ihr zu fassen zu kriegen. Was, wenn er in ihr Haus eindrang? Zu ihren Kindern? Ihrem Enkel? Niemals!

Sie drehte sich um und schaute sich hektisch um. Sie war allein. Sie kämpfte sich auf die Füße. Wo war er hin? Kein Auto raste davon. War er zu Fuß entkommen? Sie schleppte sich um die Hausecke herum auf die Rasenfläche. Ihr eigenes Blut verschleierte ihr die Sicht. Als sie einen Schatten erblickte, der über die Mauer auf das Nachbargrundstück kletterte, spürte sie, wie das Adrenalin durch ihre Adern rauschte und rannte hinter ihm her. Im Laufen warf sie Tasche und Jacke ab. Könnte Boyd etwas gehört haben, als er wegfuhr? Ihre Füße bewegten sich schneller als ihr Gehirn.

Sie wischte das Blut weg, das jetzt über ihr Gesicht lief. Solange sich der Angreifer vor ihr befand, waren ihre Kinder in Sicherheit.

Über die Mauer. Um das Haus herum. Wo war er hin? Eine fledermausähnliche Gestalt kletterte den Bahndamm am Ende des Gartens hinauf. Die Eisenbahngeleise. Er war auf dem Weg zu den Gleisen. Sie hatte keine Ahnung, in welche Richtung er rannte. Sie folgte ihm einfach.

Sie hielt sich an Büschen und Sträuchern fest und kämpfte sich schlitternd und rutschend nach oben, bis sie schließlich auf den Gleisen stand. Die Glocken eines der Kirchtürme der Kathedrale läuteten zur halben Stunde. Der Regen prasselte auf sie herab und der Wind toste um sie herum. Sie konnte ihn nirgendwo sehen.

»Hey, Arschloch! Komm zurück. Komm her!«, schrie sie aus voller Kehle, aber ihre Worte wurden vom Wind davongetragen.

Als sie sich umdrehte, um zu sehen, wohin er gegangen sein könnte, verlor sie auf den nassen Stahlträgern den Halt und stürzte kopfüber die gegenüberliegende Böschung hinunter. Sie landete im hohen Gras und schrie vor Schmerz auf. Um sie herum war alles dunkel. Nur der bernsteinfarbene Schein der Straßenlaternen, der durch Wind und Regen verzerrt wurde, war hin und wieder zu sehen. Sie griff nach dem Ast eines Brombeerstrauchs, ohne zu merken, dass die Dornen ihre Haut durchbohrten, und zog sich hoch. Schmerz schoss von ihrem Knöchel aufwärts und sie taumelte. Versuchte, einen Schritt nach vorne zu gehen, und überlegte, was Boyd in dieser Situation tun würde. Zurückgehen und nach ihrer Familie sehen? Verstärkung rufen? Oder die Verfolgung fortsetzen? Verflixt, allzu viel konnte sie nicht tun, weil ihr das Blut noch mehr die Sicht raubte als der strömende Regen. Da sie den Hang nicht wieder hinaufklettern konnte, führte der einzige Weg geradeaus zur Straße. Von dort aus konnte sie nach Hause humpeln und Verstärkung anfordern.

Als sie losging und dabei ein Bein nachzog, trat plötzlich eine Gestalt aus dem hohen Gras hervor, deren Silhouette sich von den verzerrten Lichtern in der Ferne abhob. Schlank, nicht allzu groß und von Kopf bis Fuß in Schwarz gekleidet. Und wedelte mit dem Beweismittelbeutel mit Moroneys Umschlag darin herum.

»Wer sind Sie?«, schrie Lottie. »Ich will den Umschlag!«

Stille. Die Gestalt kam näher vor. Ein Schritt nach dem anderen.

Sollte sie hier schnellstens abhauen? Oder standhaft bleiben? Das Schreien des kleinen Louis in der Ferne und der Gedanke an Chloes besorgten Anruf erinnerten sie daran, dass sie nach Hause musste. Aber sie wollte auch die Wahrheit erfahren. Die Wahrheit, die Cathal Moroneys Vater vor all den Jahren nicht hatte veröffentlichen dürfen. Die Wahrheit, für die Cathal Moroney ermordet worden war. Und war es diese Wahrheit, die Tessa Ball und ihre Familie ausgelöscht hatte?

Sie haderte noch mit sich, als sie hörte, wie der Wind auffrischte und der Regen ihr das Blut von der Stirn in die

Augen spülte. Als sie wieder klar sehen konnte, bemerkte sie, dass die Gestalt nicht allein war. Eine andere Person schlitterte die Böschung hinunter und kam vor ihr zum Stehen. Bilder von ihren Kindern, ganz allein, ohne Mutter und Vater, blitzten vor ihrem inneren Auge auf und verschwanden wieder. Sie würde den kleinen Louis nicht aufwachsen sehen. Ihre Mutter hatte recht gehabt. Sie war hoffnungslos verantwortungslos.

Diesmal löschte der Schlag gegen ihren Kopf das Licht aus ihren Augen wie eine explodierende Glühbirne. Als sie in die Dunkelheit der Nacht fiel, sah sie kurz ein Messer aufblitzen, bevor ihre Knie auf das sumpfige Gras trafen. Und bevor sie bewusstlos wurde, hatte sie noch einen letzten Gedanken. Sie wusste genau, wer die Personen waren.

Das Feuer im Ofen war schon längst erloschen, als Rose Fitzpatrick zusammengesunken an ihrem Küchentisch aufwachte. Sie setzte sich auf und ließ den Blick durch die Dunkelheit schweifen. Zu viele Nächte hatte sie so gesessen. Alleine. Zu viel Zeit zum Nachdenken. Und nun dachte sie an Tessa Ball und wie sich die Frau in ihr Leben eingemischt hatte.

Sie stand auf und überprüfte, ob alle Elektrogeräte ausgeschaltet waren. Das waren sie. Zumindest verliere ich nicht ganz den Verstand, dachte sie. Draußen im dunklen Flur betrachtete sie den Sicherungskasten. Sie wusste, dass neulich jemand absichtlich ihren Strom abgeschaltet hatte, genauso wie sie wusste, dass es nicht Lottie gewesen war, die ihren Dachboden durchwühlt hatte. Alles führte in die Vergangenheit.

Hoffentlich hatten sie es nicht auch auf sie abgesehen. Wenn sie tot wäre, könnte sie ihre Enkelkinder und ihre Urenkel nicht mehr aufwachsen sehen. Sie lächelte traurig. Dann würde sie auch verpassen, wie Lottie stets mit dem Kopf voran durch ihr Leben stürmte. Vielleicht würde ihre Tochter eines Tages wieder jemanden finden. Boyd. So ein netter

Mann. Rose dachte an ihren eigenen Ehemann Peter. Der war nicht so nett gewesen.

Sie schaltete das Licht im Schlafzimmer an und zog die Vorhänge zu. Ohne sich auszuziehen, legte sie sich auf ihr einsames Doppelbett und schloss die Augen. Über vierzig Jahre lang hatte sie ihre Geheimnisse bewahrt. Aber vielleicht war es jetzt an der Zeit, sie zu lüften.

———

Alexis war sich sicher, dass etwas schiefgelaufen war. Sie wusste, dass O'Shea ihre Webcam gehackt hatte, also achtete sie darauf, auf der anderen Seite ihres Büros zu bleiben. Neben dem Gemälde.

Sie hatte alles in ihrer Macht Stehende getan, um das Kind zu schützen. Wirklich alles. Aber mit Mord hatte sie nicht gerechnet. Mit dem Finger scrollte sie durch die Nachrichten-App auf ihrem Handy. Zwei weitere Tote. Zwei Kinder waren zu Waisen geworden. Was würde jetzt mit ihnen passieren?

Unvermittelt wanderten ihre Gedanken zu längst vergangenen Zeiten. Ragmullin. Wo alles seinen Anfang genommen hatte. Wo sie einst gelebt und gewirkt und einen Plan in Gang gesetzt hatte, um wenigstens eines von Carries Kindern großziehen zu können. Um den Wahnsinn ihrer Schwester wiedergutzumachen. Eine Menge Geld hatte das gekostet. Aber immerhin hatten ihre Eltern viel davon gehabt. Jetzt hatte sie selbst mehr, als sie jemals brauchen würde. Und trotzdem brachte es ihr nichts als Ärger ein.

Ihr Handy signalisierte vibrierend einen eingehenden Anruf. Beiläufig warf sie einen Blick auf das Display und drückte ihn weg.

Sie hatte ihren eigenen Computerexperten angerufen und angeordnet, alles mit einem Virus zu infizieren, womit O'Shea zu tun gehabt hatte. Nichts konnte zu ihr zurückverfolgt werden. Sie hatte genug von Ragmullin und seinen verschrobenen Einwohnern.

Es gab jetzt einen wichtigeren Ort, an dem sie sein musste.

ENDE DER ACHTZIGERJAHRE
DAS KIND

Nach dem Besuch der Frau haben sie mich wieder in die Waschküche gesteckt. Das Buch, das sie mir gegeben hat, gefiel mir. Auf der Innenseite steht der Name meiner Mutter. Dachte sie, ich würde nach meiner Mutter kommen und Kräuter säen? Hm, das habe ich schon zu Genüge mit Johnny-Joe getan. Vielleicht treffe ich diese Frau eines Tages und gebe ihr das Buch zurück.

Ich hasse die ganze Wäsche so sehr.

Den Geruch. Den hasse ich ganz besonders. Lauter dreckiges, stinkendes Ungeziefer lebt in diesem Loch. Genau das sind sie. Alle miteinander. Sowohl die Krankenschwestern als auch die bescheuerten Verrückten, mit denen ich hier auskommen muss.

Schon wieder wird ein voller Korb geliefert. Eine Frau mit schlaffem, schiefem Gesicht schiebt ihn zu mir.

»Was glotzt du so?«, herrscht sie mich an.

»Ich versuche nur, dahinterzukommen.«

»Du bist so gemein.«

»Eine Außerirdische? Nein, aber vielleicht bist du eine dicke fette Ratte.«

»Nein! Sag das nicht. Sonst sage ich es ihnen, und dann muss du hier arbeiten, bist du stirbst.«

Ich drehe mich so schnell um, dass ich sie unvorbereitet erwische. Meine Faust trifft sie seitlich am Kopf und sie fällt mit dem Gesicht auf die Schmutzwäsche. Genau dort gehört sie hin. Ihr beschissener Arsch ragt in die Luft.

Schweiß rinnt mir über Stirn und Nase. Es ist kochend heiß hier drin.

Ich habe Lust, mich auszuziehen. Vielleicht mach ich das.

Sie stöhnt.

»Ach, halt doch die Klappe! Von deinem Gejammer kriegt man ja Kopfschmerzen.«

Ich öffne die Waschmaschine, um die Laken einzuwerfen, und dann kommt mir ein irrer Gedanke. Immerhin bin ich im Irrenhaus. Ich rolle den Korb vor die Maschine, packe die Frau bei den Knöcheln und ziehe. Die alte Kuh ist ganz schön schwer. Mehr Schweiß. Er läuft mir jetzt wie Regen über das Gesicht. Meinen Achselhöhlen sind klatschnass. Ich ziehe und zerre. Dann ziehe ich noch einmal, hebe sie an und schiebe sie rein.

»So, du hässliche Fratze. Nur ein paar Drehungen, und schon bist du blitzblank.«

Ich schließe die Tür. Drehe das Einstellrad. Drücke den Knopf. Und weg ist sie.

Im Schneidersitz setze ich mich zwischen die schmutzigen Laken und schaue zu.

Big Chief Sitting Bull.

Ja!

Ich höre jemanden lachen.

Oh, das bin ich selbst.

Ich lache weiter, bis die Maschine anhält.

Es hat etwas sehr Beruhigendes, jemanden sterben zu sehen.

TAG SIEBEN

ZWEIUNDNEUNZIG

Boyds Handy klingelte, als er aus der Dusche kam.

»Hallo, Chloe. Was gibt's?«

»Ist Mum bei dir?«

»Bei mir? Wie kommst du darauf?« Er griff nach einem Handtuch.

»Sie ist gestern Abend nicht nach Hause gekommen.«

»Klar ist sie das. Ich habe sie höchstpersönlich abgesetzt. Es war allerdings schon ganz schön spät. Fast halb eins. Sie sollte also da sein. Schau doch mal nach.« Mit dem Handy zwischen Kinn und Schulter geklemmt trocknete er sich sorgfältig ab.

»Für wie blöd hältst du mich eigentlich? Ich habe schon nachgeschaut. Nirgendwo eine Spur von ihr.«

»Beruhige dich, Chloe. Mach dir keine Sorgen. Ich komme auf dem Weg zur Arbeit bei euch vorbei. Gib mir zehn bis fünfzehn Minuten. Okay?«

»Beeil dich.«

Boyd legte auf und zog einen grauen Anzug, ein weißes Hemd und eine blaue Krawatte an. Dann fuhr er sich mit einer Hand durch die Haare, griff nach seiner Jacke und eilte zu seinem Auto.

»Wo bist du, Lottie?«, fragte er mit zusammengebissenen Zähnen.

————

Chloe öffnete die Tür. Katie und Sean standen hinter ihr.

»Bist du sicher, dass sie letzte Nacht nicht reingekommen ist?« Boyd ging hinter Chloe in die Küche. Sie warf ihm einen bösen Blick zu, und er hielt entwaffnend die Hände hoch. »Schon gut, schon gut.«

»Ich dachte, ich hätte sie an der Tür gehört, etwa zwanzig Minuten nach meinem Anruf. Aber es war wohl der Wind, denn niemand ist reingekommen. Nach ein paar Minuten bin ich sogar nach draußen gegangen, um nachzuschauen. Aber da war weit und breit niemand. Nur Regen und Wind.«

Boyd ging zurück zur Haustür. Überprüfte das Schloss. Kein Schlüssel. Suchte den Bereich um die Stufe herum ab. Nichts. Wohin ist sie, nachdem er sie abgesetzt hatte? Unvermittelt schoss ihm die Erinnerung an ihre Lippen auf seinen durch den Kopf, und er wusste sofort, dass ihr etwas zugestoßen war. Sie hatte es kaum erwarten können, nach Hause zu kommen und den Inhalt des Umschlags zu lesen, den sie von Moroney mitgenommen hatten. Aber noch viel mehr hatte sie ihre Kinder sehen wollen. Er rief Kirby an.

»Hat sich Lottie heute Morgen schon blicken lassen?«, fragte er.

»Nein«, antwortete Kirby laut und flüsterte dann weiter: »McMahon und Corrigan haben einen Riesenstreit über irgendetwas. Wir sind nicht zur Party eingeladen, weil ...«

»Nicht jetzt. Hören Sie zu. Lottie ist gestern Abend nicht nach Hause gekommen.« Er erklärte, wo sie gewesen waren. »Schicken Sie ein paar Polizisten, die auf ihre Familie aufpassen. Nur für alle Fälle.«

»Geht klar. Bin schon dabei.«

Boyd legte auf und rief Superintendent Corrigan an, um ihn über Lotties Verschwinden zu informieren. Dann kehrte er in die Küche zurück. Sean, Chloe und Katie mit Baby Louis auf dem Arm saßen schweigend am Tisch. Sie hatten jedes einzelne Wort gehört, das er am Telefon gesagt hatte.

»Ist mit meiner Mum alles gut?«, fragte Sean.

Boyd sah den hochgewachsenen Teenager an, das Ebenbild seines toten Vaters, und verspürte ein Stechen in seinem Herzen.

»Das hoffe ich.« Aber er war sich nicht sicher. Er versuchte, seine Gedanken zu ordnen. O'Shea befand sich in einer Zelle im Revier, weshalb er mit Lotties Verschwinden nichts zu tun haben konnte. Zum Aufenthaltsort von O'Dowd oder Russell hatten sie immer noch keine Informationen. Könnte einer von ihnen gestern Abend Lottie abgepasst haben? Wäre sie freiwillig mit dem einen oder anderen gegangen? Womöglich. Wenn sie dachte, dadurch die Morde aufklären zu können. Warum hatte sie ihn nicht angerufen? Nun begann er, sich um Lotties Sicherheit Sorgen zu machen. Ach, Scheiße, er machte sich um Lottie Sorgen. Punkt.

»Sobald die Gardaí hier sind, um auf euch aufzupassen, ziehe ich los und suche nach eurer Mutter. Und ihr macht euch keine Sorgen, okay?«

»Nichts ist okay«, sagte Chloe. »Geh sofort los und such nach ihr. Wir brauchen dich nicht als Babysitter. Ich rufe Granny noch mal an. Die ist innerhalb von zwei Minuten hier. Und du gehst los und machst deinen verdammten Job.«

Boyd konnte sich ein leichtes Lächeln nicht verkneifen. Chloe war ihrer Mutter so ähnlich, dass es fast unheimlich war. Ihm entging jedoch nicht, wie sie mit dem Fingernagel die Haut an ihrem Arm aufkratzte. Die frischen rosa Linien zeugten von ihrem Kummer.

Als er draußen ein Auto vorfahren hörte, eilte er hinaus.

Garda Gilly O'Donoghue sprang gerade aus dem Streifenwagen.

»Geh schon«, sagte sie und übernahm das Kommando.

Boyd sprang in sein Auto. Bevor er den Schlüssel im Zündschloss umdrehte, dachte er einen Moment lang nach. Er hatte Lottie an ihrer Haustür abgesetzt. Sie ist jedoch nicht reingegangen. Was war passiert? War sie entführt worden? Oder hatte sie jemanden bemerkt, der sich verdächtig verhielt, und seine Verfolgung aufgenommen?

Er stieg aus dem Auto und suchte erneut um die Stufen zur Haustür und den Weg dahin ab. Wenn hier etwas passiert war, hatte der Regen alles weggespült. Als er über das kleine, von Unkraut übersäte Rasenstück ging, bemerkte er mit Wasser gefüllte Vertiefungen. Seine Schritte schmatzten im Gras. Er bückte sich. Überprüfte die Stellen mit dem Finger. Fußspuren.

Er folgte ihnen und stellte fest, dass sie an der Mauer aufhörten. Vom Bürgersteig aus blickte er die Mauer zum Nachbargrundstück auf und ab und darüber hinweg. Da fiel ihm ein dunkles Bündel ins Auge. Er rannte darauf zu und hob es auf. Sofort wusste er, dass es sich um Lotties schwarze Daunenjacke und ihre Handtasche handelte. Mit den beiden Gegenständen in der Hand lief er um das Haus herum und in einen Garten. Hier konnte er deutliche Fußspuren erkennen, die den Bahndamm hinauf und zu den Bahngleisen führten. Mindestens zwei Paar.

»Boyd?«

Er drehte sich um und sah Kirby, der mit einer dicken Zigarre zwischen den Zähnen auf ihn zustürmte. »Was ist denn los?«

»Ich glaube, sie hat jemanden Verdächtiges gesehen und ist ihm gefolgt. Dort entlang.« Boyd deutete den Bahndamm hinauf.

»Oje, danach kann sie in jede Richtung gegangen sein«, sagte Kirby und steckte die Zigarre in seine Jackentasche.

»Hier«, sagte Boyd und übergab ihm Lotties Sachen. »Ich sehe mir das mal an.«

»Danach müssten Sie in die Dienststelle kommen. Ich habe neue Informationen, die Sie sich ansehen sollten.«

Boyd hielt sich an einem Busch fest, kletterte über einen kleinen Zaun und stieg den Bahndamm hinauf. An den Gleisen angekommen, schaute er sich um. Die Dächer von Ragmullin sahen aus wie eine monochrome Skizze eines alten Meisters, mit der Zeit verblasst, gezeichnet von ihrer geheimnisvollen Geschichte und in einer Flut von Morden ertrinkend. Er überquerte die Gleise und überprüfte die andere Seite. Auf dieser Seite ging der Bahndamm steil hinunter und war mit Gras und Sträuchern bewachsen. Unten führte ein kurzer Pfad zur Hauptstraße. Das Gras war stellenweise platt gedrückt. Vom Wetter? Oder war jemand in der Nacht dort heruntergerutscht? Er wünschte, er hätte ein Paar Wanderschuhe statt seiner Lederslipper an, und machte sich auf den rutschigen Abstieg. Unten angekommen stellte er fest, dass die Bewachsung nicht nur aufgrund des Regens beschädigt war. Zu seiner Linken führte der Pfad zur Hauptstraße.

Er schaute den Weg hinauf, den er gekommen war, und kam zu dem Schluss, dass er den Umweg nehmen musste. Beim Gehen hielt er den Blick auf den Boden gerichtet, aber alles, was darauf hätte hindeuten können, dass Lottie diesen Weg genommen hatte, war weggewischt.

Er hatte keine Ahnung, wo sie war.

DREIUNDNEUNZIG

Das Geräusch von Wasser, das durch ein Abflussrohr aus Kupfer tropfte, weckte Lottie.

»Aua«, stöhnte sie. »Mein Kopf.«

Als sie ihren Körper in eine sitzende Position zog, stellte sie fest, dass ihre Gliedmaßen nicht gefesselt waren. Hoch über ihr schien ein schmaler Lichtstreifen durch einen Spalt zwischen Tür und Rahmen. Wo zum Teufel war sie?

Sie hob ihre von Dornen verletzte Hand, tastete ihre Stirn ab und spürte getrocknetes Blut. Ihr Hinterkopf fühlte sich an, als hätte er eine Begegnung mit einem Stahlträger gehabt. Mit beiden Händen tastete sie ihren Körper ab, um sich zu vergewissern, dass sie keine größeren Verletzungen hatte. Keine Messerstiche. Und sie trug immer noch ihr schmutziges Hemd und die Jeans. Ihre Füße waren nackt und ihr Knöchel geschwollen. Aber nicht gefesselt. Warum nicht? Sie musste irgendwo sein, von wo aus sie nach Ansicht des Entführers nicht fliehen konnte. Aber das werden wir ja sehen, dachte sie, unterdrückte die Schmerzen und setzte sich wild entschlossen gerade hin. Auf gar keinen Fall würde sie in diesem muffigen dunklen Loch sterben.

Im fahlen Licht konnte sie erkennen, dass die Wände und der Boden aus nacktem Stein bestanden. Auf Händen und Knien krabbelte sie los. Da war ein Holztisch mit stämmigen Beinen. Könnte sie die als Waffe benutzen? Sie versuchte es, bekam sie aber nicht ab. Keine Stühle. An der gegenüberliegenden Wand standen Küchenunterschränke. Ohne Türen. Eine Arbeitsplatte darüber. Auf den Regalbrettern in den Schränken standen Dosen und Behälter. Sie steckte einen Finger in einen davon und berührte festen Lehm.

Sie nahm die Dose heraus und schaute hinein. Ein kleiner grüner Spross kämpfte in dem trockenen Stück Erde ums Leben. Zehn Dosen in fünf Schränken. Dann eine alte Waschmaschine. Ein Toplader mit heraushängendem Abwasserschlauch. Nicht perfekt, aber es würde gehen. Sie krabbelte an der Waschmaschine vorbei. Eine Holztreppe mit offener Balustrade. Sie starrte auf die Tür am oberen Ende. Hoch und unheilvoll. War sie allein im Keller eines alten Hauses? Sie versuchte sich zu erinnern, ob das Bauernhaus von O'Dowd einen Keller hatte, aber ihr Kopf war leer.

So leise wie möglich stieg sie die Stufen empor und zuckte bei jedem Schritt mit ihrem pochenden Knöchel zusammen. Versuchte, den runden Messinggriff zu drehen. Natürlich war abgeschlossen. Auf der obersten Stufe sitzend blickte sie hinunter in die Höhle, in die sie mitten in der Nacht gebracht worden war.

Sie waren zu zweit gewesen. Zwei Personen hatte es gebraucht, um sie in ein Auto zu hieven und hierher zu fahren. Sie müssen sie mit dem Schlag auf den Kopf bewusstlos gemacht haben. An mehr erinnerte sie sich nicht. Wer hatte den Umschlag gestohlen und sie dann angegriffen und entführt? Irgendwie spürte sie, dass sie das zum Zeitpunkt des Angriffs gewusst hatte. Aber das spielte im Moment keine Rolle. Alles, was zählte, war, wie sie nach Hause kam zu ...

O mein Gott. Die Kinder. Lottie presste eine Hand auf den

Mund, um einen Schrei zu unterdrücken, und spürte, wie ihr die Tränen in die Augen traten und schließlich frei liefen. Wehe, die rühren meine Kinder an, dachte sie. Dann bringe ich sie höchstpersönlich um. Sie brauchte einen Plan. Für selbstmitleidige Tränen war keine Zeit.

Sie verdrängte die Schmerzen, rutschte auf dem Hintern die Stufen hinunter, krabbelte zum Schrank und machte sich an die Arbeit.

VIERUNDNEUNZIG

Als er in der Dienststelle ankam, meldete sich Boyd bei Superintendent Corrigan, der eine distriktweite Suche nach Lottie eingeleitet hatte. Als er Corrigan wieder verließ, rief dieser McMahon an, der gerade im Krankenhaus versuchte, weitere Informationen aus Lorcan Brady herauszubekommen, dem es langsam besser ging.

Boyd zog sein Jackett aus und sagte: »Also, Kirby, was sind das für Informationen, die Sie haben?«

»Erstens müssen Sie die Ausdrucke auf Ihrem Schreibtisch überprüfen. Die Infos kamen per E-Mail rein und ich habe Lynch gebeten, sie auszudrucken, aber vergessen, es Ihnen zu sagen.«

»Gucke ich mir gleich an. Und zweitens?«

»Nachdem wir die Geburtsurkunden von Tessa und Mick bekommen hatten, hat der Boss mich gebeten herauszufinden, ob die Belfields Kinder hatten.«

»Und?«

Kirby kaute auf dem Ende seiner E-Zigarette herum und schob sie von einem Mundwinkel zum anderen, während er seinen Schreibtisch durchsuchte. »Ich habe hier die Heiratsurkunde der Belfields. Raten Sie, wie Kitty hieß, bevor sie Stan Belfield geheiratet hat.«

»O'Dowd?«

»Nein. King.«

»King?« Mit großen Schritten eilte Boyd zu Kirbys Schreibtisch und nahm ihm die Urkunde ab. »Ist sie mit Carrie King verwandt?«

Kirby hielt ein weiteres Blatt hoch. »Kitty King hat vor ihrer Hochzeit ein Kind namens Carrie geboren. Ein Bastard, wie man früher sagte.«

Boyd sagte: »Und was ist aus Carrie geworden?«

»Schauen Sie sich die Ausdrucke auf Ihrem Schreibtisch an. Das sind die Aufzeichnungen aus der Anstalt St. Declan's.«

Boyd setzte sich auf seinen Stuhl und überflog die Dokumente. Wobei er die ganze Zeit an Lottie denken musste. Hoffentlich ging es ihr gut.

»Carrie King ist den Großteil ihres Lebens im St. Declan's ein- und ausgegangen«, berichtete Kirby.

Boyd blickte auf. »Diese Aufzeichnungen hier beziehen sich nur auf die Siebzigerjahre. Woher wissen Sie, dass sie ihr ganzes Leben lang immer wieder da drinnen war?«

»Ich habe beim Gesundheitsdienst angerufen und ein paar Beziehungen spielen lassen. Daraufhin wurden mir die relevanten Seiten gemailt. Soweit ich sehen kann, war Carrie King in den sechziger Jahren in diesem Höllenloch eingesperrt, bis sie neunzehn war, und dann später noch zweimal in den Siebzigerjahren. Außerdem habe ich herausgefunden, dass sie in dem Cottage gewohnt hat, das neulich abgebrannt ist.«

»Moment. Verstehe ich das richtig?«, rekapitulierte Boyd. »Kitty Belfield war Carries Mutter. Also hat Tessa ihr geholfen, Carries sündhaftes Verhalten zu vertuschen? Wenn dem so war, wurde sie von den Belfields mit Land bezahlt. Kitty hat selbst gesagt, dass Land damals eine Währung gewesen ist.«

»Und Marian Russells Mutter war Carrie und ihr Vater war Mick O'Dowd.«

»Und somit war O'Dowd Emmas Großvater«, schlussfolgerte Boyd.

»Sieht ganz so aus«, sagte Kirby.

»Aber ihr das gesamte Land überschreiben?« Boyd kratzte sich am Kopf. »Was genau musste Tessa dafür tun?«

»Sehen Sie sich die beiden Einträge an, die ich in den Aufzeichnungen von St. Declan's markiert habe.«

Boyd blätterte die Seite um. »Carrie wurde neunzehnhundertdreiundsiebzig von Tessa Ball eingewiesen und ... Mein Gott, Kirby!«

»Ich weiß. Der Sergeant. Lotties Vater. Peter Fitzpatrick. Lesen Sie weiter.«

»Sie wurde von Peter Fitzpatrick und Kitty Belfield wieder rausgeholt. Okay, also war sie damals ein paar Monate da drinnen.«

»Ja. Dort, wo sie bereits den Großteil ihrer Kindheit verbracht hatte. Und jetzt lesen Sie weiter.«

»Im November neunzehnhundertvierundsiebzig wurde sie erneut eingewiesen. Mit Unterschrift von Tessa Ball. Von einer Entlassung steht hier nichts. Warum nicht?«

»Sie hat das Cottage mit ihren Zwillingen darin in Brand gesteckt«, antwortete Kirby.

»Wow, Kirby, das ist ja eine abgedrehte Geschichte.« Boyd lief im Büro auf und ab und zupfte sich dabei am Kinn. »Letzte Nacht haben wir in Moroneys Haus eine alte Akte gefunden. Auf dem Deckblatt stand der Name Peter Fitzpatrick. Vielleicht hat die irgendwas mit der Einweisung von Carrie King zu tun. Carrie hat Marian zur Welt gebracht. Und jetzt erzählen Sie, sie hätte danach noch Zwillinge bekommen. Was ist aus denen geworden?«

Kirby konsultierte seine Notizen. »Das weiß ich nicht. Ich

habe mich gerade erst mit meinem alten Freund Buzz Flynn unterhalten, und der hat mir erzählt, dass die beiden ungefähr ein Jahr nach ihrer ersten Entlassung aus St. Declan's geboren wurden.«

Boyd schüttelte den Kopf. »Das ist ja das reinste Minenfeld!«

»Japp.«

»Ich glaube, die Belfields dachten, weil sie so wohlhabend waren, wäre es unter ihrer Würde, Carrie in einem Mutter-Kind-Heim unterzubringen.«

»Und die Anstalt war das geringere Übel?«

»Scheint so. Sie waren bereit, ihr Hab und Gut abzutreten, um zu vertuschen, dass ein Familienmitglied dem Wahnsinn verfallen war.«

»Aber wieso?«, fragte Kirby.

»Das war Anfang der Siebzigerjahre. Damals war alles anders. Reiche Familien mochten es gar nicht, wenn ihre schmutzige Wäsche in der Öffentlichkeit gewaschen wurde.«

»Also haben sie ihre Schande in der Anstalt weggesperrt.«

»Hatte Kitty nur das eine Kind? Nur Carrie?«

»Nein«, antwortete Kirby und reichte ihm ein weiteres Blatt Papier. »Nach ihrer Hochzeit mit Stan bekam sie noch eine Tochter ...«

Die Tür wurde aufgestoßen und McMahon stürmte herein. »Brady hat gezwitschert.«

»Wir sind gerade dabei, das Rätsel zu lösen«, erklärte Boyd, ohne den Kopf zu heben.

»Das freut mich, aber das hier werden Sie hören wollen. Ich weiß, wer Tessa Ball getötet und Marian Russell entführt hat.« McMahon schob die Hände in die Hosentaschen und streckte die Brust heraus.

»Lorcan Brady und Jerome Quinn?«

»Die haben niemanden umgebracht. Sie wurden dafür

bezahlt, die beiden Frauen zu entführen. Aber die Person, die sie bezahlt hat, hat den Mord begangen.«

»Nun sagen Sie schon, wer war es?«, drängelte Boyd.

»Sie werden es nicht glauben ...«

Mit den gestapelten Dosen im Rücken und dem Schlauch strategisch nahe an ihrer Hand nahm Lottie wieder die Position ein, in der sie von ihrem Entführer zurückgelassen worden war. Sie musste nicht lange warten.

Quietschend wurde der Riegel zurückgeschoben und die Tür am oberen Ende der Treppe geöffnet. Sämtliche Härchen auf Lotties Armen stellten sich auf. Sie hatte Schmerzen, aber sie war bereit. Mit einer Hand schirmte sie ihre Augen gegen das Licht ab und erkannte die Silhouette einer schlanken Gestalt, die die Treppe herunterkam.

»Natasha.«

»Sagen Sie nichts. Seien Sie einfach still, und Ihnen wird nichts passieren.«

Lottie lachte. Sie konnte nicht anders.

»Natasha, was hast du denn mit der Sache zu tun?«

»Ich bringe Ihnen etwas zu essen, also halten Sie die Klappe und essen Sie. Sie wollen doch nicht, dass *sie* herunterkommt. Sie hat schlechte Laune, und das ist nie gut.« Sie stellte ein Tablett auf den Boden, einen Meter von Lottie entfernt.

Ohne einen Blick auf das Essen zu werfen, stand Lottie auf

und trat vorsichtig einen Schritt auf Natasha zu. Sie trug schwarze Converse, Jeans und ein langärmliges T-Shirt. Ihr Haar war zurückgebunden, und sie sah jünger aus als ihre siebzehn Jahre.

»Was wollt ihr von mir? Warum habt ihr mich hierhergebracht?« Noch ein Schritt vorwärts. Das Mädchen machte Anstalten, wieder die Treppe hinaufzugehen.

»Sie konnten uns ja nicht einfach in Ruhe lassen! Wären Sie nicht aufgetaucht, hätten wir problemlos verschwinden können. Aber Sie mussten ja unbedingt herkommen und meine Mutter verärgern. Und jetzt will sie bis zum Schluss bleiben. Und das ist Ihre Schuld.«

Bevor Lottie etwas sagen konnte, war Natasha schon durch die Tür geschlüpft und hatte den Riegel wieder vorgeschoben.

Lottie kniete sich vor das Tablett mit Toast und Tee und versuchte zu begreifen, was in der letzten Woche passiert war. Wie passte Bernie Kelly in die ganze Sache hinein? Irgendwie hatte sie immer das Gefühl gehabt, dass mit Bernie und ihrer Tochter etwas faul war. Aber die Ereignisse hatten sich dermaßen überschlagen, dass sie gar nicht dazu gekommen war zu ermitteln, ob Bernie da mit drinsteckte. Aber jetzt musste sie es herausfinden. Ihr Leben hing davon ab.

Wenn Bernie Kelly hinter den Morden an Tessa, Marian und Emma steckte, dann wusste Lottie ganz genau, wozu die Frau fähig war.

———

Nach Tee und Toast musste sie eingeschlafen sein, denn sie erwachte mit einem Ruck. Bernie Kelly saß auf der untersten Stufe und klopfte mit einem langen Messer gegen ihren Oberschenkel. Die Tür über ihr stand offen und Licht strömte herein.

»Na, ist Dornröschen aufgewacht?«, knurrte sie. »Wobei Sie nicht allzu rosig aussehen.«

»Was wollen Sie? Warum haben Sie mich entführt?« Tausend Gedanken wirbelten Lottie durch den Kopf und sie versuchte, sich aufrecht hinzusetzen.

»Ich bin Ihnen zu Moroneys Haus gefolgt. Und habe gesehen, wie Sie mit dem Umschlag wieder rausgekommen sind.«

»Ich weiß nicht, wovon Sie sprechen«, sagte Lottie. »Wo bin ich?«

»Im Keller dessen, was mein rechtmäßiges Erbe sein sollte.«

»Was?«

»Sie haben den Inhalt des Umschlags nicht gelesen, oder?«

»Dazu hatte ich keine Zeit. Schließlich haben Sie mich niedergeschlagen.«

»Ja, ich und mein süßes Mädchen. Wir sind ganz schön stark, nicht wahr?«

»Vor allem sind Sie ganz schön verrückt.«

Bernie Kelly lachte. »Ich war nicht immer verrückt, wissen Sie. Aber nachdem mich diese gierige Schlampe Tessa Ball mit meiner Mutter in die Anstalt gesperrt hatte, war ich zu einem Leben im Wahnsinn verdammt. Wenn du sie nicht schlagen kannst, verbünde dich mit ihnen an. Haben Sie diesen Spruch schon mal gehört?«

»Das habe ich, aber ich glaube, Sie wissen genau, was Sie tun, Bernie. Und zwar das Falsche. Ich bin bei der Polizei. Sie müssen mich gehen lassen. Sicherlich können wir alles klären.«

Wieder lachte sie. Lauter. Dämonischer. Die Frau stand auf, und das Licht hinter ihr umgab sie. Sie sah aus wie der Teufel, der sich aus den Flammen der Hölle erhob.

Lottie kroch vor das Arsenal, das sie aufgebaut hatte. Sie musste verhindern, dass Bernie es sah. Womöglich war es ihre einzige Hoffnung sein, lebend hier rauszukommen.

»Wir sind in Kittys Haus, stimmt's?«, fragte sie.

»Ah, man merkt, dass Sie Detective sind. Wie sind Sie darauf gekommen?«

»Es muss entweder das Haus von O'Dowd oder von Belfield sein, und da ich keinen Kuhmist rieche ...«

»Ihre Kombinierfähigkeiten sind ein bisschen primitiv. Sie hatten mich nicht durchschaut, oder? Weder Sie noch Ihr Team. Komplette Inkompetenz.«

»Was haben Sie mit Kitty Belfield gemacht?«

»Mit meiner Großmutter?«

»Was?«

»Sie haben mich schon verstanden.«

»Kitty Belfield ist Ihre Großmutter?«

»*War* trifft es wohl eher. Die alte Hexe.«

»Ich verstehe nicht ganz.«

»Soll ich es Ihnen erklären?«

Solange sie Bernie am Reden hielt, dachte Lottie, ergab sich vielleicht eine Chance, ihre provisorische Munition einzusetzen. Es wurde Zeit, dass Boyd und das Team sie aufspürten. Aber würden sie die Zusammenhänge rechtzeitig erkennen? Sie würde ihnen einfach vertrauen müssen, sagte sie sich.

»Ich hoffe, Sie haben der alten Dame nichts getan«, sagte sie.

»Dame? Ha, dass ich nicht lache.« Bernie kicherte. »Nun sehen Sie, wozu Sie mich gebracht haben!«

»Erzählen Sie mir Ihre Geschichte. Ich möchte wissen, was mit Ihnen passiert ist.«

»Ich weiß nicht, ob ich Ihnen irgendetwas erzählen will«, sagte Bernie und rümpfte die Nase. Sie ging zu der alten Waschmaschine. »Diese Maschine fasziniert mich. Sie ist so klein. Nicht so wie die, mit denen ich im Irrenhaus arbeiten musste.«

»Wie meinen Sie das?«

»Unterbrechen Sie mich nicht dauernd!« Ihre Augen mit irrem Blick funkelten im Halbdunkel. Wie kleine, lodernde

Flammen in einem weißen Gesicht. Dolche des Bösen. »Sind Sie jetzt endlich still?«, flüsterte sie mit drohendem Unterton.

Lottie nickte mit einer Hand hinter ihrem Rücken um eine Dose und der anderen um den Schlauch unter ihren Beinen. Vielleicht hatte sie nur eine Chance, und die musste sie weise nutzen. Aufmerksam beobachtete sie, wie sich Bernie auf die Arbeitsplatte setzte und die Arme verschränkte. Das Messer ließ sie dabei nicht aus der Hand. Sie schien Lottie nicht als Bedrohung zu sehen. Das würde ihr zugutekommen.

»Meine Mutter hat den größten Teil ihres jungen Lebens im St. Declan's verbracht. Dafür hat Schmiergeld die Hände gewechselt. Das ist in Ordnung. Ich kann das verstehen. Was ich aber nicht verstehen kann, ist, warum ich auch in die Anstalt gesperrt wurde. Und ich hätte nie die Wahrheit über meine verkorkste Familie herausgefunden, wenn Marian Russell nicht im Rahmen ihres Studiums beschlossen hätte, unseren Stammbaum zu erforschen. Sie war meine ältere Schwester. Oder Halbschwester, je nachdem, wer ihr Vater war. Wobei ich nie von unserer Verwandtschaft erfahren hätte, wenn sie nicht so tief gegraben hätte. Aber jetzt weiß ich es. Ich wusste es schon, bevor ich ihr die Zunge herausgeschnitten habe. Diese blöde Kuh und ihre Adoptivmutter. Tessa, die Arschgeige, hat ihren kompletten Besitz abgegeben, nur damit ich nichts davon abbekomme. Sie dachte, es würde reichen, wenn sie mir diese Bruchbude vermietet. Dabei war ich im Bunde mit einer der größten Drogenfamilien des Landes.« Sie baumelte mit den Beinen wie ein kleines Mädchen.

Lottie spürte, wie sich Teile des Puzzles langsam zusammenfügten, doch sie widerstand dem Drang, in den Detective-Modus zu fallen und Fragen zu stellen. Abwarten. Das war ihre sicherste Option.

»Aber das wussten Sie gar nicht, oder? Jerome Quinn und ich. Wir waren ein Paar. Ich habe ihn aus der Hauptstadt weggelockt, ihn hierhergebracht. In das Cottage. Das Cottage, in dem mein Zwilling und ich von unserer Mutter fast verbrannt worden wären. Da schien es mir nur richtig zu sein, es endgültig niederzubrennen.«

»Mit zwei Männern darin, einer davon Ihr Geliebter?« Lottie konnte sich nicht helfen. Sie versuchte durchaus, sich auf die Zunge zu beißen, aber es gelang ihr nicht. »Wie haben Sie das geschafft?«

»Ganz einfach. Ich habe ihr Gras manipuliert. Nach dem Kiffen verwandelten sie sich in zwei lachende Schwachköpfe. Und dann habe ich Jerome erstochen und Lorcan, der die ganze Zeit mit offenem Mund dastand, niedergeschlagen. Und da ich wusste, dass er uns bestohlen hatte, habe ihm als Form der Vergeltung seine schmierigen Finger abgehackt. Keine Ahnung, wie er das überleben konnte, aber hoffentlich nicht mehr lange.«

»Sie sind ein herzloses Miststück.«

»Ich bin das, was andere aus mir gemacht haben.«

»Was hatte Emma mit Lorcan zu tun?«

»Nichts. Es war einfach nur eine tolle Idee, Sie glauben zu lassen, er wäre Emmas Freund. Sie sind voll darauf hereingefallen. Genauso wie auf die Geschichte, dass ich in der Nacht, in der ich diesen Drachen von Tessa getötet habe, mit den beiden Mädchen zusammen gewesen bin.« Sie hielt kurz inne und fuhr dann fort. »Jerome und Lorcan haben mir dabei geholfen, Marian zu Lorcan zu bringen. Dort habe ich sie zum Sterben liegen lassen. Aber die beiden Idioten hatten Gewissensbisse und haben sie vor dem Krankenhaus abgesetzt. Damit hätten sie beinahe alles ruiniert. Aber ich finde, ich habe sie für ihre Sünden angemessen sühnen lassen.«

»Und Emma? Warum mussten Sie sie umbringen?« Lottie hatte überhaupt kein Verständnis dafür, was Bernie getan hatte, und schon gar nicht für den Mord an Emma. »Sie war doch gar keine Bedrohung für Sie.«

»Ich habe ihr Essen und eine Unterkunft gegeben, und zum

Dank ist sie zu diesem alten Mann gerannt. Zu ihrem Großvater! Wobei ich nicht glaube, dass sie wusste, wer er war. Tessa hatte ihr nur mal gesagt, dass wenn jemals etwas Schlimmes passieren sollte, er der Einzige wäre, der ihr helfen könnte. Also hat sie Natashas Fahrrad gestohlen und ist zu ihm geflohen.«

»Aber Emma konnte Ihnen doch gar nicht gefährlich werden.«

»Sind Sie dumm oder was? Sie wusste, dass ich in der besagten Nacht zur besagten Zeit nicht bei ihr und Natasha war. Ich bin wiedergekommen, als sie gerade nach Hause gehen wollte. Sie hat nichts gesagt, weil sie es nicht für wichtig hielt. Damals nicht. Aber in diesem stinkenden alten Bauernhof hatte sie ausreichend Zeit, darüber nachzudenken, und hat Natasha angerufen und sie darüber informiert, dass sie der Polizei alles sagen würde. Sie hat wohl gedacht, ich könnte etwas gesehen haben, was zur Aufklärung der Morde beitragen könnte. So ein naives Dummchen.«

Lottie versuchte zu verstehen, was sie hörte. Eines wusste sie mit Sicherheit – Bernie Kelly hatte nicht die Absicht, sie gehen zu lassen. Sonst würde sie ihre mörderische Geschichte nicht erzählen. Der monotone, kaltblütige Ton der Frau reizte jeden einzelnen Nerv ihres Körpers. Am liebsten hätte sie mit der Dose zugeschlagen und Bernie das Gesicht zerschmettert. Aber sie war zu weit weg. Du musst den richtigen Augenblick abpassen, warnte sie sich selbst.

»Und was ist mit Mick O'Dowd? Wo ist der?«, fragte sie.

»Hackfleisch, nehme ich an. Bevor wir Emma nach draußen geschleppt haben, habe ich nach ihm gesucht. Und ihn im Kuhstall gefunden. Er wollte mich mit einer Sichel angreifen, aber da habe ich *versehentlich* eine der Latten auf dem Boden weggetreten. Und so ist er in dem Loch voller Scheiße verschwunden. So ein Rührwerk ist ganz schön praktisch. Ich glaube nicht, dass auch nur ein Fingernagel von ihm intakt geblieben ist. Aus der Gülle ist er gekommen, in der Gülle soll er ruhen. Ist das nicht ein Vers aus einem Gedicht? Wenn nicht, sollte es einer sein.« Wieder lachte sie.

Lottie kämpfte gegen die aufsteigende Übelkeit an und verdrängte das Bild von O'Dowds letzten schrecklichen Momenten. »Aber vielleicht war er Ihr leiblicher Vater«, warf sie ein.

»Na und? Mir doch egal. Wenn er es war, war ich ihm offensichtlich nicht wichtig genug, um sich für mich einzusetzen und mich bei sich aufzunehmen. Niemandem war ich wichtig. Es wurde einfach nur der Leiter der Irrenanstalt bestochen, damit er mich mitsamt meiner Mutter aufnimmt. Mich. Ein Kind.« Höhnisches Schnauben.

»Was ist aus Ihrem Zwilling geworden?«

»Das weiß ich nicht. Ich weiß noch, dass ich mal eine Pflegemutter hatte. Sonst weiß ich nichts mehr, und es interessiert mich auch ehrlich gesagt nicht mehr. Hauptsache, ich bin die Hexen jetzt los.«

»Warum haben Sie Marian gefoltert?«

»Durch ihren Ahnenforschungskram wusste sie zu viel. Ich habe ja versucht, ihr eine Freundin zu sein, aber sie war nicht so, wie eine Schwester meiner Ansicht nach sein sollte. Hat sich zu viel für ihren Kräuterkram interessiert. Sie dachte, sie könnte etwas anbauen, um mir bei meinen Depressionen zu helfen, wie sie sie nannte. Und dann wollte sie mit allem, was mir als Kind passiert ist, an die Öffentlichkeit gehen. Dass ich in eine Anstalt gesperrt worden bin. Sie meinte, damit könnte ich Geld verdienen. Gott, was war die doof.«

Lottie versuchte, das Gehörte in ihrem Kopf zu sortieren. Marian wurde die Zunge herausgeschnitten, damit sie mit ihren Erkenntnissen nicht an die Öffentlichkeit gehen konnte, denn dann würde Bernies Verbindung zu den Kriminellen aufgedeckt werden. »Ihre Mutter, Carrie, hat sie sich auch für Kräuterheilkunde interessiert?«

»Woher soll ich das wissen?«

»Bei O'Dowd lag ein Buch herum, und bei Marian das gleiche. In dem Exemplar, das ich im Bauernhaus gefunden habe, stand der Name Carrie King.«

Sie beobachtete, wie Bernie von der Arbeitsplatte sprang und auf und ab ging. »Samen. Kräuter. Jetzt verstehe ich.«

»Was verstehen Sie?«

»Dann hat wohl meine Mutter Johnny-Joe in der Anstalt dazu gebracht, Kräuter zu säen. Das Buch hatte ich von Tessa bekommen und habe es Marian geschenkt. Als Friedensangebot.«

»Aber ich habe zwei Exemplare gefunden.«

»Vielleicht hat Tessa O'Dowd auch eines geschenkt. Was weiß denn ich? Spielt das überhaupt eine Rolle?«

»Im Großen und Ganzen nicht, nein.«

»Damals hielt man Carrie für verrückt, aber die eigentliche Verrückte war dieser Drachen von Kitty Belfield. Sie hat ihre eigene Tochter im Stich gelassen, damit sie einen reichen Mann heiraten konnte. Immer und immer wieder hat sie Carrie verleugnet, indem sie deren Kinder nicht anerkannte. Das ist die schlimmste Sünde von allen. Die Verleugnung.« Sie schwieg kurz. Lottie spürte die Hitze ihres Funken sprühenden Blicks auf ihr. »Sie haben gesagt, dass Sie Kinder haben. Sind die in Sicherheit? Passen Sie auf sie auf? Kümmern Sie sich gut um sie? Kitty Belfield hat nichts davon getan. Sie hat sich für uns geschämt. Für ihre Tochter und für ihre Enkelkinder. Uns alle hat sie verleugnet.«

»Woher wissen Sie so viel über die Familie?«

»Ein paar Sachen habe ich von Marian erfahren, aber ich habe auch ein paar Akten gelesen. Gleich am ersten Tag, als ich hier vor der Tür stand. Ich sehe Carrie wohl recht ähnlich, denn es war, als würde Kitty einen Geist aus der Vergangenheit erkennen. Ich habe ihr so viel Angst eingejagt, dass sie mir die Akten gezeigt hat. Offiziell wären sie bei einem Einbruch gestohlen worden, hat sie gesagt. Und schließlich hat sie mir erzählt, dass Stan und Tessa dafür gesorgt hätten, dass niemand jemals die Akten zu Gesicht bekommen würde. Ich verstehe gar nicht, warum sie sie nicht einfach verbrannt haben. Ach, verflixt, das hätte ich den Drachen fragen sollen, bevor ich sie erstickt habe. Jetzt werde ich es wohl nie erfahren. Aber wen kümmert's? Mich nicht.«

Lottie umklammerte die Dose hinter ihrem Rücken fester und biss die Zähne zusammen. Sie konnte es sich nicht leisten, das Falsche zu sagen, würde es vermutlich aber tun. Warte ab, Parker. Sobald ihre Kinder sie als vermisst gemeldet hatten, würde Boyd sie finden. Er war ausgesprochen penibel, und wenn er die Landkarten aufmerksam studierte, würde ihm sicherlich etwas auffallen. Vielleicht. Vielleicht auch nicht.

Sie schaute Bernie weiter zu, wie sie schweigend im engen Keller auf und ab marschierte. Und betete im Stillen um ein Zeichen, wann sie zuschlagen sollte.

»Wir dachten doch, er hätte Quinnie gesagt«, meinte Boyd und griff nach seiner Jacke.

»Nein, er hat definitiv Bernie gesagt«, erwiderte McMahon. »Sie steckte dahinter. Er kann nicht viel reden, aber ich bin mir sicher, dass er Bernie gesagt hat. Wo wollen Sie denn hin?«

Boyd blieb an der Tür stehen und drehte sich um. »Ich weiß es nicht.« Er ließ sich auf den nächsten Stuhl fallen und sagte: »Wir müssen nachdenken. Wo könnte Lottie sein?«

»Wenn das alles mit Rache wegen Ländereien oder einer Erbschaft zu tun hat, könnten die Belfields das Bindeglied darstellen. Meiner Ansicht nach könnte Lottie sich im Farranstown House befinden«, meinte Kirby.

»Da könnten Sie recht haben«, sagte Boyd. »Also los, gehen wir.«

»Moment mal«, warf McMahon ein. »Warum sollte Bernie DI Parker ausgerechnet dorthin bringen?«

»Haben wir eine bessere Idee?« Boyd schaute in die Gesichter von Kirby, Lynch und McMahon. Corrigan stand an der Tür.

»Nun, worauf warten Sie noch, DS Boyd«, sagte der Superintendent. »Gehen Sie los und bringen Sie Ihren Boss zurück. In einem Stück. Klar?«

»Verdammt klar, Sir.«

———

Sie muss weiterreden. Ich muss sie immer schön am Reden halten, dachte Lottie. Und obwohl die Frau ein Messer mit einer scharfen, blitzenden Klinge in der Hand hielt, verspürte sie keine Angst. Eine sanfte Ruhe breitete sich in ihrer Brust aus.

Sie hatte das Gefühl, als ob ihre Seele über ihr schwebte und ihren Körper führte. Sie würde das hinkriegen.

»Geben Sie O'Dowd die Schuld daran, was Carrie passiert ist?«, fragte sie.

»Bringen Sie mich nicht zum Kotzen. Dieses Schwein wollte nur, was er für lau kriegen konnte. Er hat meine Mutter immer und immer wieder missbraucht. Er und viele andere haben sie zerstört.«

»Soweit ich gehört habe, hat sie das ganz alleine geschafft.«

»Was meinen Sie?«

»Drogen und Alkohol. Sie hat sich selbst zerstört. O'Dowd und die anderen Männer haben ihr nur dabei geholfen, das zu tun, was sie tun wollte.«

Rechtfertigte sie damit das, was ihr eigener Vater womöglich getan hatte? Nein. Sie hatte keinerlei Beweise dafür, dass er überhaupt etwas mit Carrie King zu tun gehabt hatte. Außer vielleicht dafür, dass er Tessa dabei geholfen hat, Carrie in die Anstalt einweisen zu lassen. Vielleicht fanden sich in der Akte von Moroney Antworten.

»O'Dowd hat eine bereits psychisch kranke Frau ausgenutzt«, schimpfte Bernie. »Tessa und Kitty haben eine Todsünde begangen. Und dafür sind sie mit dem Tod bestraft worden.«

»Warum also O'Dowd töten, wenn Tessa und Kitty doch die Schuldigen waren?«

»Er stand mir im Weg.«

»Wir dachten, er wäre mit seinem Quad getürmt. Wo ist das hin?«

»Das hat Natasha über die Felder gefahren. Jetzt befindet es sich auf dem Grund von Lough Cullion.«

»Also war sie dabei, als Sie Emma getötet haben?« Meine Güte, was war diese Frau nur für ein Monster?

»Sie glauben ja wohl nicht, dass ich es geschafft habe, einen bewusstlosen Teenager ganz alleine in ein Fass zu stecken? Meine Tochter ist meine rechte Hand. Stimmt's, Mausi?«

Lottie blickte auf, als Natasha auf der obersten Stufe erschien. »Ja, Mum.«

Lottie schüttelte den Kopf. Sie konnte nicht begreifen, wie der Wahnsinn von Bernie auf ihre Tochter übergegangen sein konnte.

»Und Sie haben Cian O'Shea in Ihre Pläne eingebunden. Wie haben Sie das geschafft?«

»Wen? Der Name sagt mir gar nichts.«

»Aber ... ich dachte ... Haben Sie dann die Moroneys umgebracht?«

»Nein. Und ich habe auch niemanden damit beauftragt. Aber ich bin froh, die Akte zu haben.«

»Das verstehe ich jetzt nicht.«

Bernie blieb stehen und klopfte mit dem Messer auf die Kante der Waschmaschine. »Habe ich etwas verpasst? Sie glauben, ich hätte Moroney umgebracht? Hätte ich von der Akte gewusst, hätte ich das vielleicht getan, aber da ist mir jemand zuvorgekommen.«

Sie hörte auf zu klopfen. Lottie hielt den Atem an. War jetzt der richtige Zeitpunkt? Sie durfte kein Geräusch verursachen. Die Dose könnte auf dem Steinboden kratzen. Wie konnte sie das bewerkstelligen?

»Warum sind Sie mir gefolgt?«, fragte sie.

»Sie waren doch neulich bei uns, als wir gerade abhauen wollten. Da hatte ich den Verdacht, dass Sie mir auf der Spur sind, aber wie ich jetzt sehe, habe ich mich geirrt. Sie hatten wirklich keine Ahnung, oder?«

»Ich hatte einen Verdacht.«

»Nein, hatten Sie nicht. Gestern haben Sie wieder herumgeschnüffelt, und da habe ich beschlossen, Ihnen zu folgen, nur so aus Neugier. Ich konnte ja nicht ahnen, dass Sie eine Überraschung für mich hatten.« Sie lachte laut. »Haha, das war witzig.«

»Mum?« Natashas Stimme erklang vom oberen Ende der Treppe. Sie legte einen Schalter zu ihrer Linken um und der Keller füllte sich mit Licht.

Vorsichtig stieg sie eine Stufe herunter. Und noch eine Stufe.

»Ich glaube, wir sind hier fertig«, sagte sie.

Dritte Stufe.

Noch vier, dachte Lottie. Genug Zeit, um hinter ihrem Rücken nach der Dose zu greifen und sie zielgerichtet zu werfen?

»Was redest du da?«, fragte Bernie.

Vierte Stufe.

»Ich habe es satt, Mum. Das reicht jetzt.«

Fünfte Stufe.

»Geh wieder rauf, Natasha. Das hier solltest du nicht sehen.« Bernie drehte sich zu ihrer Tochter um.

Sechste Stufe.

»Du hast recht. Ich will nichts mehr sehen, was du tust.«

Unterste Stufe. Lotties Hand umklammerte die Dose noch fester. Sie kniete sich hin und schleuderte die Dose mit voller Wucht auf Bernie. Zu niedrig. Sie erwischte sie nur am Bein.

»Miststück!«, schrie Bernie und sprang mit dem Messer in der Hand auf sie zu.

Lottie packte den Schlauch, und als Bernie direkt vor ihr stand, schlug sie ihr damit gegen die Knöchel und versuchte, sie zu Fall zu bringen. Erfolglos. Mit einem gellenden Schrei stürzte Bernie sich auf sie und stieß mit dem Messer zu. Lottie duckte sich und warf sich zur Seite. Zu spät.

Ein Schrei durchdrang die feuchte Luft. War er aus ihrer eigenen Kehle gekommen? Sie war sich nicht sicher, aber der Schmerz, der ihren oberen Rücken durchbohrte, ließ ihr Herz in schnellen, unkontrollierbaren Schlägen klopfen. Blut wich aus ihrem Gehirn und strömte aus ihrem Körper. Sie hörte, wie sich ihr Herzschlag verlangsamte. Sterne tanzten vor ihren Augen herum. Rot, weiß ... Nein, noch nicht, dachte sie. Ich muss meine Kinder sehen. Ich muss ihnen sagen, dass ich sie liebe. Ich liebe sie ... Ich ...

Während sie auf den Steinboden sackte, sah sie, wie Natasha auf Bernies Schultern sprang. Sie hatte die Dose aufgehoben, die Lottie geworfen hatte, und schlug sie nun mit aller Wucht auf den Hinterkopf ihrer Mutter.

Der Keller war erfüllt von Schreien.

Sirenen in der Ferne.

Zuschlagende Autotüren. Schnelle Schritte. Rufe. Boyd?

Ich sterbe, dachte sie. Ihr kommt zu spät. Zu spät, Boyd ... Und dann wurde die Welt um sie herum dunkel.

Boyd stürzte durch die Tür und flog mit Kirby und Lynch hinter sich die Treppe nur so hinunter. Er eilte geradewegs auf Lottie zu und warf nur einen kurzen Seitenblick auf Natasha Kelly, die mit an die Brust gezogenen Knien auf dem Boden kauerte. Vor ihren Füßen lag ihre Mutter.

»Lottie?«, flüsterte er und drehte sie auf die Seite. Hielt sein Ohr vor ihren Mund. Hörte sie schwach atmen. »Gott sei Dank.«

Er riss sich das Hemd vom Leib und stoppte damit den Blutfluss. Dann hielt er sie in seinen Armen und wartete auf die Sanitäter. Schaute teilnahmslos zu, wie Lynch Natasha Handschellen anlegte und Kirby Bernies Puls prüfte. Dabei flogen deren Augen plötzlich auf. Erschrocken sprang Kirby zurück, zog ihr dann jedoch die Arme hinter den Rücken und legte ihr Handschellen an.

»Sie ist unter der Treppe«, heulte Natasha. »Ich glaube, sie lebt noch.«

»Halt die Klappe«, herrschte Bernie sie an.

»Wer?«, fragte Kirby.

»Kitty«, antwortete Natasha. »Mum hat gesagt, ich soll sie

da reinschieben und die Tür abschließen. Sie hat ihr Samenkörner in den Mund gestopft. Sie wollte, dass sie erstickt.«

Kirby wollte gerade die schmale Treppe hinaufgehen, musste dann jedoch ausweichen, um die beiden Sanitäter vorbeizulassen.

»Hilfe ist hier«, flüsterte Boyd Lottie ins Ohr. »Alles wird wieder gut.« Er glaubte, sie etwas murmeln zu hören, als er den Sanitätern widerwillig erlaubte, sie zu übernehmen. Hilflos sah er dabei zu, wie einer der beiden ihr eine Sauerstoffmaske anlegte und der andere Lotties Vitalwerte überprüfte.

»Kommt sie durch?«, fragte er und rang mit den Händen, ohne zu bemerken, dass sie voller Blut von Lottie waren.

»Sie hat viel Blut verloren«, antwortete der eine. »Ihre Herzfrequenz ist stark verlangsamt. Der Blutdruck zu niedrig. Wir müssen sie von hier wegbringen.«

»Worauf warten Sie dann noch?«, rief Boyd. Lottie durfte nicht sterben. Er brauchte sie. Ihre Kinder brauchten sie. Eilig half er den Sanitätern mit der Trage.

Innerhalb weniger Minuten hatten sie Lottie festgeschnallt, sie an einen Tropf gehängt und an einen Monitor angeschlossen. Dann waren sie weg.

Boyd sah sich um, presste die Lippen zusammen und versuchte, sein rasendes Herz zu beruhigen. Bitte, Herr, lass sie durchkommen.

Er half Lynch, die beiden Frauen die Treppe hinaufzubringen. »Ich brauche einen Arzt«, stöhnte Bernie.

»Sie brauchen einen Psychiater«, antwortete Boyd.

Oben an der Treppe trafen sie auf Kirby. »Ich habe noch einen Krankenwagen gerufen. Kitty Belfield ist kaum noch am Leben. Ich glaube nicht, dass sie es schaffen wird.«

»Möge sie in der Hölle schmoren«, fauchte Bernie.

»Da wird sie wohl in bester Gesellschaft sein«, meinte Boyd und schob sie durch die Tür.

ACHTUNDNEUNZIG

Superintendent Corrigan ging in der Einsatzzentrale auf und ab, als Boyd zurückkam.

»Irgendwelche Neuigkeiten?«, fragte er.

»Sie wird gerade operiert. In ein paar Stunden wissen die Ärzte mehr. Ihre Mutter und die Kinder habe ich beim Krankenhaus abgesetzt. Sie sind völlig durch den Wind.«

»Verständlich. Sie haben ja auch ganz schön was durchgemacht«, sagte Corrigan. »Ich bin froh, dass Sie rechtzeitig da waren.«

»Das war ziemlich knapp«, meinte Boyd.

»Sie sollten nach Hause gehen und sich ein frisches Hemd anziehen.«

Boyd sah an sich herunter. »Ich müsste noch eines im Spind haben.«

»Haben Sie im Farranstown House was gefunden?«

»Kirby ist gerade mit ein paar Gardaí da. Sie sollten die Akte finden, die Lottie gestohlen wurde.«

»Die Akte von Moroneys Vater?«

»Ja, Sir.«

»Und immer noch keine Spur von O'Dowd oder Arthur Russell?«

»Nein, Sir.«

»Wenn diese Kelly für all die Morde verantwortlich ist, warum haben wir dann Cian O'Shea in der Zelle?«

»Ich gehe davon aus, dass er die Moroneys getötet hat, bin aber noch dabei, Beweise zu finden, Sir.«

»Finden Sie welche, und zwar pronto. Sobald Sie ein frisches Hemd anhaben, ziehen Sie los und vernehmen Sie ihn noch mal.«

»Ja, Sir.«

Boyd stellte sich vor die Falltafeln, während Corrigan den Raum verließ. Er konnte einfach nicht erkennen, wie Cian O'Shea in die ganze Sache passte. Wenn er sich weiterhin weigerte zu sprechen, würde die Forensik die Arbeit für sie erledigen müssen.

Als er von der Umkleide aus wieder nach oben ging, kam ihm Kirby auf der Treppe entgegen.

»Gefunden!« Er hielt Moroneys Manila-Umschlag hoch.

»Sehr gut«, sagte Boyd. »Dann finden wir mal heraus, warum zwei unschuldige Menschen ihr Leben verloren haben.«

»In diesem ganzen Schlamassel haben mehr als zwei unschuldige Menschen ihr Leben verloren.«

»Kommen Sie mir nicht so, Kirby. Weil ich Sie sonst vielleicht einfach diese Treppe runterwerfe.«

Er nahm ihm die Akte ab und stürmte an Kirby vorbei, der ihm mit offenem Mund nachsah.

———

Es war schon fast dunkel, als Boyd mit dem Lesen der Akte fertig war. Er rieb sich das Kinn und lehnte sich im Stuhl zurück. Die viele Jahre zurückliegenden Ereignisse, die sich in Ragmullin

zugetragen hatten, waren an Niederträchtigkeit kaum zu über-
bieten. Unbeschreibliches war passiert, aber Paddy Moroney
hatte in seinem unveröffentlichten Bericht sein Bestes gegeben.
Boyd konnte verstehen, warum er nie gedruckt worden war.

McMahon kam ins Büro, hängte seinen Mantel auf und
stöpselte seinen Laptop aus.

»Sind Sie hier fertig, Sir?«, fragte Boyd.

»Ja. Aber ich komme für Lorcan Bradys Gerichtstermin
zurück, wobei es nach Aussage der Ärzte Monate dauern wird,
bis er überhaupt nur mit der Reha beginnen kann.«

»Hatte Brady noch etwas hinzuzufügen?«

»Das Rätsel um Arthur Russells Parka und die Quittung ist
gelöst.«

»Ja?«

»Ich habe eine Weile gebraucht, bis ich ihn verstanden
habe, aber das Wichtigste kam rüber. Bernie Kelly hat Brady am
Abend von Tessas Ermordung losgeschickt, um Arthur zu
folgen. Denn den brauchte sie als Hauptverdächtigen. Brady
hat also beobachtet, wie Russell nach der Schicht seine zwei
Pints getrunken hat. Und als er weg war, hat Brady die Quittung von der Theke geklaut und sie in den neuen Parka
gesteckt, den Bernie gekauft hat. Und nach der Tat hat sie den
im Haus an die Garderobe gehängt.«

»Perfide«, sagte Boyd. »Übrigens, Detective Inspector
Parker ist raus aus dem OP. Nur für den Fall, dass Sie das
wissen wollten.«

»Das wollte ich tatsächlich. Wenn Sie die einzelnen Punkte
miteinander verbunden hätte, wäre sie auch nicht fast umgebracht worden.«

»Hey, Moment mal.« Boyd erhob sich von seinem Stuhl
und baute sich direkt vor McMahon auf. »Hätten Sie Ihren Job
besser erledigt, hätten Sie gewusst, dass Bernie Kelly eine
Beziehung mit Jerome Quinn hatte.«

»Kein Grund, sich mit einem Vorgesetzten anzulegen,

Boyd. Zu Ihrer Information: Ihr Name ist nicht ein einziges Mal im Zusammenhang mit Quinn aufgetaucht. Also kommen Sie mal wieder runter von dem hohen Ross.«

Seufzend schüttelte Boyd den Kopf. Er war zu müde, um sich mit dem arroganten Vollidioten zu streiten. Lieber wollte er Lottie besuchen und sich mit eigenen Augen vergewissern, dass es ihr besser ging.

»Ich habe von Mr O'Sheas Anwalt gehört«, erzählte McMahon und verstaute den Laptop in einer schwarzen Nylontasche. »Er behauptet weiterhin, nie Hand an die Moroneys gelegt zu haben.«

»Das vielleicht nicht, aber sobald mir der forensische Bericht vorliegt, können wir beweisen, dass er Hand an das Messer gelegt hat, dass in Cathal Moroneys Brust steckte.«

»Haben Sie schon mal daran gedacht, Theater zu spielen?«, fragte McMahon.

»Was soll denn der Blödsinn nun schon wieder?«

»Sie scheinen sehr gerne zu reden, sobald Sie ein Publikum haben.«

Boyd machte es wie Lottie und zählte im Stillen bis zehn.

»Und nur damit Sie es wissen«, fuhr McMahon fort, »ich habe ein Team der Spurensicherung zu O'Dowds Hof geschickt. Natasha Kelly beharrt darauf, dass ihre Mutter ihn in die Güllegrube gestoßen und das Rührwerk eingeschaltet hat.«

»Sehr gut«, sagte Boyd und verkniff sich die Bemerkung, dass er am liebsten McMahon in eine Güllegrube stoßen würde. Da sah er Superintendent Corrigan mit ausgestreckter Hand das beengte Büro betreten.

»Großartige Arbeit, David. Vielen Dank, dass Sie nach Ragmullin gekommen sind. Gute Fahrt zurück nach Dublin.«

»Freut mich, dass ich helfen konnte«, antwortete McMahon, ließ Corrigans Hand los und griff nach seinem Laptop. »Sagen Sie mir Bescheid, wenn Sie vorhaben, in den Ruhestand zu gehen. Ich könnte mich dafür erwärmen, aufs

Land zu ziehen. Und ein paar Leuten aus Ihrer Truppe könnte ich durchaus was beibringen.«

»Machen Sie sich um uns mal keine Sorgen. Wir haben diesen Fall geknackt und stehen mit erhobenem Haupt da. Meine Truppe macht der Polizei hier alle Ehre. Und jetzt fahren Sie besser los, bevor das nächste Unwetter kommt. Welchen Namen trägt das aktuelle denn, Boyd?«

»Sie werden es kaum glauben«, antwortete Boyd, »aber es ist Carrie.«

»Dann überlasse ich Sie mal Ihrem Schicksal«, verkündete McMahon und schlüpfte in seinen Mantel. »Grüßen Sie Detective Inspector Parker von mir.«

Corrigan wartete, bis McMahon in den Flur verschwunden und außer Hörweite war. »So ein arrogantes Arschloch.«

»Ganz Ihrer Meinung«, sagte Boyd.

»Wenn Sie Parker besuchen, grüßen Sie sie von mir und sagen Sie ihr, dass unser Freund aus Dublin wieder zu Hause ist.«

»Das wird sie sehr freuen zu hören«, sagte Boyd, aber bei dem Gedanken daran, wie Lottie auf den Inhalt des Umschlags auf seinem Schreibtisch reagieren würde, wurde ihm ganz anders.

Es war schon spät am Abend, als Boyd endlich auf die Intensivstation durfte, um Lottie zu besuchen. Rose hatte die Kinder inzwischen nach Hause gebracht. Er stand in der Tür, den Umschlag fest in der Hand, und betrachtete die verschiedenen Maschinen mit ihren zuckenden Linien und blinkenden Zahlen. Vor nicht allzu langer Zeit hatte er selbst so dagelegen, nachdem auch er niedergestochen worden war. Er zog einen Stuhl heran, setzte sich neben ihr Bett und beobachtete, wie sich ihre Brust mit jedem Atemzug langsam hob und senkte.

»Du hattest ganz schön großes Glück«, sagte er. »Wobei du eine ganze Weile nicht mit dem Kugelstoßen anfangen kannst.«

Ihre Augenlider zuckten und öffneten sich leicht.

»Da bist du ja wieder«, begrüßte er sie.

Hinter all den Schläuchen glaubte er, ein Lächeln zu erkennen.

Er sprach weiter. »Ich habe Paddy Moroneys Akte gelesen.« Hatte da gerade eine Augenbraue gezuckt? Aber vermutlich bildete er sich das nur ein. »Ganz schön harter Tobak. Wenn es dir besser geht, musst du sie unbedingt selbst lesen. Und dir muss es bald besser gehen, also streng dich gefälligst an. Deine

Kinder sind ganz schön durch den Wind und brauchen dich. Du musst schnell wieder zu Kräften kommen.«

Einer der Monitore fing heftig an zu piepen und zerstörte die unbedarfte Ruhe im Raum.

»Was soll das denn?«

Eine Krankenschwester kam hereingerannt. »Alles gut. Nichts, worüber Sie sich Sorgen machen müssen. Mrs Parker braucht Ruhe. Sie hat sehr viel durchgemacht. Vielleicht kommen Sie lieber morgen wieder.«

»Mach ich«, sagte Boyd. »Sind Sie sicher, dass kein Grund zur Sorge besteht?« Er deutete auf das Gerät, das die Schwester inzwischen zum Verstummen gebracht hatte.

»Absolut. Sie befindet sich hier in den allerbesten Händen.«

Er fühlte sich wie in der Schule, als wäre er vom Lehrer für etwas getadelt worden, was jemand anderes getan hatte.

»Wir sehen uns morgen, Lottie.« Er drückte ihre Hand, und für den Bruchteil einer Sekunde spürte er, wie sie zurückdrückte.

Alexis lächelte den neu ernannten Captain des NYPD an. Endlich bekam er die Anerkennung, die er verdiente. An seiner Seite standen der Polizeipräsident und der Bürgermeister von New York City. Das war der schönste Augenblick ihres Lebens. Sie war so wahnsinnig stolz auf ihn. So stolz, wie eine Mutter sein sollte.

Mit dem Bürgermeister kam er auf sie zu.

»Herr Bürgermeister, ich freue mich, Sie kennenzulernen«, sagte Alexis und schüttelte seine ausgestreckte Hand.

»Gleichfalls, Ms Belfield. Wie ich höre, sind Sie eine sehr einflussreiche Frau, die Großes für die Stadt leistet. Und Ihr Sohn wird das Gleiche tun.«

»Dessen bin ich mir sicher, Herr Bürgermeister.«

Als sich die Menschenmenge nach der Zeremonie auflöste, hakte Alexis sich bei Captain Leo Belfield unter. Ihrem Sohn. Carries Sohn.

Sie hatte ihn ihrer Tochter Bernie vorgezogen. Schon als er noch ein Kleinkind war, wusste sie, dass sie etwas Großes aus ihm machen könnte. Nicht ein einziges Mal hatte sie Reue empfunden, weil sie ihrer Halbschwester den Sohn weggenommen hatte. Nicht ein einziges Mal hatte sie Reue empfunden, weil sie seine Zwillingsschwester zurückgelassen hatte. Nicht ein einziges Mal hatte sie Reue empfunden, weil sie dafür gesorgt hatte, dass Carrie hinter den kalten Mauern der Irrenanstalt gestorben war. Nicht ein einziges Mal hatte sie Reue empfunden, weil sie ihre Mutter und ihren Vater gezwungen hatte, ihr Land aufzugeben, damit sie mit Leo fliehen konnte. Nicht ein einziges Mal hatte sie Reue empfunden, weil sie Tessa gezwungen hatte, dafür zu sorgen, dass Sergeant Fitzpatrick den Mund hielt. Und nicht ein einziges Mal hatte sie Reue empfunden, weil sie diesen Computerfachmann aus Ragmullin beauftragt hatte, alle Akten zu beschaffen, die zu einer Wiederaufnahme der Ermittlungen hätten führen können.

Nicht ein einziges Mal.

Sie hatte ihrer Familie einen Dienst erwiesen. Und jetzt hatte Bernie, Leos Zwillingsschwester, die sie mit ihrer Mutter in der Anstalt zurückgelassen hatte, unwissentlich die Akteure beseitigt, die ihr und ihrem Sohn möglicherweise Schwierigkeiten hätten bereiten können. Die Tatsache, dass Bernie in eine Drogenbande verwickelt gewesen war, hatte die Sache für die irische Polizei wunderbar verkompliziert.

Allerdings waren noch nicht alle Akteure weg. Bei dem Gedanken zuckte sie zusammen. Da draußen gab es noch einen Nachkommen von Carrie, abgesehen von Leo, versteht sich, und Alexis wusste, dass sie vielleicht noch mehr Arbeit vor sich hatte, um sicherzustellen, dass diese Person auch weiterhin nichts wusste. Im Moment war sie zufrieden, dass keine Spur zu ihr selbst führte, ganz gleich, welche Geschichten O'Shea auch erzählen würde. Immerhin war sie Leiterin einer Computerfirma. Wenn sie etwas konnte, dann Spuren beseitigen.

Sie stieß einen Seufzer der Erleichterung aus und vergrub die Finger in den Stoff des Uniformärmels ihres Sohnes. Mit

Blick auf sein neues Captain-Abzeichen legte sie einen stillen Schwur ab.

Niemand würde ihm das jemals wegnehmen.

Niemand würde ihn ihr jemals wegnehmen.

Absolut niemand.

DIE NEUNZIGERJAHRE
DAS KIND

Heute komme ich hier raus. Man sollte meinen, ich würde mich freuen, nicht wahr? Aber um ehrlich zu sein, fühle ich mich irgendwie traurig. Das ist verrückt. Ha! Witzig.

Sie ist hier gestorben. Meine Mutter. Carrie. Ich weiß nicht, wann. Aber ich habe ihr Grab gesehen, das mit einem einfachen rostigen Eisenkreuz markiert ist, inmitten der vielen ähnlichen Kreuze auf dem Friedhof der Anstalt. Es ist das fünfte, wenn man reinkommt, nahe der Mauer. Johnny-Joe liegt fünfzehn Parzellen hinter ihr. Sie ist also mehrere Jahre vor ihm gestorben. Auf den Kreuzen stehen keine Jahreszahlen, nur Nummern. King, 1551. Die Nummer 666 hätte besser gepasst. Aber das interessiert mich nicht mehr.

Ich falte meine spärlichen Klamotten, packe sie in eine Baumwolltasche und verlasse die Station mit ihrem ekligen Geruch nach Pisse und den schreienden Bewohnern. Auf eine absurde Weise werde ich sie alle vermissen.

Da steht Tessa. O ja, ich weiß, wer sie ist. Ich sehe sie am Empfang, als die Krankenschwester mich durch die letzte Tür schiebt und hinter mir abschließt.

»Komm jetzt mit und sei ein braves Mädchen«, sagt Tessa.

»Ich habe alle Papiere unterschrieben und alles organisiert. Eine schöne Wohnung für dich in Dublin gefunden und einen Teilzeitjob.« Sie beugt sich zu mir und sagt mit leiser, aber strenger Stimme: »Und über diesen Teil deines Lebens darfst du niemals sprechen. Vergiss alles. Vergiss mich. Fang neu an, und alles wird sich zum Guten wenden.«

Ich grinse, was zur Folge hat, dass ihr das falsche Lächeln vergeht und sie die Stirn runzelt. Dumme Kuh. Dachte sie, ich würde mich bei ihr bedanken? Dieses Gebäude hat mich nicht zu einer Heiligen gemacht. So etwas Wundersames könnte hier gar nicht passieren. Nein, ich war vom Wahnsinn befallen und das Böse hat einen Pfahl durch meine Seele getrieben.

Ich weiß, dass sie mich verlassen wird und hofft, dass ich sie niemals finden werde. Aber das werde ich. Eines Tages. Ich kann warten. Ich bin es gewohnt zu warten.

Bevor sie sich nach ihrer geflüsterten Drohung zurückzieht, raune ich ihr ins Ohr: »Ich werde dich nie vergessen. Also bilde dir nicht ein, dass du mich jemals vergessen könntest.«

ZWEI WOCHEN SPÄTER

Lottie setzte sich im Bett auf und bedankte sich bei Chloe für Tee und Toast. Sie brachte es nichts übers Herz, ihrer Tochter zu sagen, dass sie beides nie wieder sehen, geschweige denn anrühren wollte. »Louis ist wirklich brav zurzeit«, erzählte Chloe. »Fast so als wüsste er, dass er leise sein soll, wenn du schlafen möchtest.«

»Er ist so ein toller Junge. Ihr seid alle großartige Kinder. Ich bin die glücklichste Mutter auf der Welt, weil ich euch habe. Hab ich dir schon mal gesagt, wie lieb ich dich hab?«

Chloe stöhnte. »Nur ungefähr eine Million Mal, seit du wieder zu Hause bist. Wir wissen, dass du uns lieb hast. Das wussten wir schon immer. Also bitte, bitte sag es nicht dauernd. Irgendwann ist das nur noch irgendwie peinlich.«

Lottie lächelte, streckte die Hand aus und griff nach der von Chloe. »Es tut mir so leid, dass ...«

»Schluss jetzt!«, schimpfte Chloe. »Ich will meine alte Mum zurück. Die launische, eigenwillige, hektische und chaotische Mum. Du weißt, wen ich meine?«

»Ja, ich weiß. Na gut. Kein rührseliges Zeug mehr. Versprochen.«

»Ja, klar. Sobald der nächste von uns hier reinkommt, fängst du doch eh wieder damit an.«

Lottie sah zu, wie ihre große, schöne Tochter eine Strähne ihres blonden Haars aus ihrem Gesicht strich und zur Tür ging.

Ohne sich umzudrehen, sagte Chloe: »Granny kommt gleich rein.« Dann war sie weg.

Lottie stellte das Tablett auf den Nachttisch und zuckte ob des Schmerzes im oberen Rücken zusammen. Fast zwei Wochen hatte sie im Krankenhaus bleiben müssen. Und jetzt, nach drei Tagen der Bettruhe zu Hause, konnte sie es kaum erwarten, wieder rauszukommen und zur Arbeit zu gehen. Noch ein Monat, hatte der Chirurg gesagt. Da kennt er mich aber schlecht, sinnierte Lottie. Aber jetzt musste sie sich erst Rose Fitzpatrick stellen. Dieser Gedanke war schmerzhafter als die Wunde in ihrem Rücken.

»Na, wie geht es uns heute?«, fragte Rose und ließ ein gutes Dutzend Zeitschriften auf das Bett fallen. »Ich dachte, du könntest etwas zu lesen gebrauchen.«

»Ich habe bereits reichlich Lesestoff«, meinte Lottie und deutete auf den Umschlag, der neben ihr auf dem Bett lag.

»Was ist das denn?«, fragte Rose und beugte sich vor, um einen Blick darauf zu werfen.

»Ein Artikel, der von einem Journalisten zusammengestellt wurde.«

»Über deine Heldentaten beim Fassen einer Serienmörderin?«

»Nein.« Lottie hielt es für das Beste, gleich zur Sache zu kommen. Wobei sie lieber aufgestanden wäre, um auf Augenhöhe mit Rose zu sein.

»Paddy Moroney war Besitzer der *Midland Tribune*«, begann Lottie.

»Du meinst den Vater dieses armen ermordeten Journalisten und seiner Frau. Der ist doch seit Jahren tot. Wie kommst du an seinen Artikel?«

Lottie setzte sich mühsam im Bett auf und kam ohne Umschweife zum Punkt.

»Mein Dad war ein Betrüger. Ein Sergeant, der sich schmieren ließ. Schlimm genug, dass ich mein Leben lang dachte, er hätte sich umgebracht, aber weißt du, was noch schlimmer ist? Zu wissen, dass er das Recht gebeugt und an einer Verschwörung beteiligt war, die Carrie King in die Irrenanstalt gesteckt hat. Mein Gott, die arme Frau war einfach nur alkoholsüchtig. Ich bezweifele, dass sie jemals wirklich verrückt war.«

»Das ist lange her.« Mit den Händen in den Hosentaschen stand Rose unbeholfen da und fixierte einen Punkt oberhalb von Lotties Kopf.

»Bei dir ist immer alles lange her. Ich habe nach der Wahrheit gesucht, aber du hast mich bei jedem Schritt ausgebremst. Du dachtest, wenn du mir die Kiste mit Dads Sachen gibst, dann höre ich auf. Dabei hast du mich damit nur dazu gebracht, tiefer zu graben, bis mich die schrecklichen Taten von Cian O'Shea und Bernie Kelly unerwartet zur Wahrheit geführt haben.«

Lottie beobachtete, wie ihre Mutter von einem Fuß auf den anderen trat. Wäre das hier ein normales Gespräch, würde Rose sich auf die Bettkante setzen. Aber sie vermutete, dass Rose genau wusste, worauf es hinauslief.

»Paddy Moroneys Akte enthält eine Menge unbelegter Informationen. Die meisten davon sind mir egal, aber andere nicht. Manches davon kann ich akzeptieren, was ich aber auf gar keinen Fall glauben kann, ist, dass mein Dad Carrie Kings erstes Kind gezeugt haben soll. Laut Paddys Aufzeichnungen wurde dieses Kind in unser Haus aufgenommen. Das kann doch nicht sein, oder? Es gab doch nur Eddie und mich. Oder?«

Rose senkte den Kopf. Schüttelte ihn fast unmerklich. Nein. Das konnte nicht sein. Lottie schluckte. Ihr Herz raste.

Ihre Wunde zog sich zusammen, und plötzlich fühlte sie sich sehr krank.

»Mutter? Was verschweigst du mir?«

Rose biss sich auf die Lippe und blickte zur Decke. Dann richtete sie ihren Blick wieder auf Lottie. »Ich habe dir doch gesagt, dass du die Sache auf sich beruhen lassen sollst«, flüsterte sie. Dann redete sie lauter weiter: »Wie oft habe ich dir gesagt, dass du aufhören sollst, Fragen zu stellen? Aber nein, du musstest ja unbedingt beweisen, dass du die Probleme der Welt lösen und ganz nebenbei unsere Familiengeschichte entwirren kannst. Das hier ist kein Märchen, Lottie. Es gibt kein Happy End. In unserer Welt leben echte Menschen, keine Zeichentrickfiguren. Die Toten sind nicht mehr da, und sie können ihre Taten nicht mehr erklären. Aber du kannst es ja nicht einfach gut sein lassen!«

Die Vehemenz in der Stimme ihrer Mutter erschreckte Lottie. »Wovon redest du?«

»Von der Wahrheit. Willst du sie hören? Denn jetzt ist deine einzige Chance.«

Lottie schloss die Augen und blinzelte die Tränen weg. Wollte sie die Wahrheit wissen? Ja. Konnte sie damit umgehen? Die starke Lottie konnte, aber das verwundete Tier, das sie im Moment war, eher nicht.

»Ich will sie hören.«

»Sie wird dir nicht gefallen. Letzte Warnung.«

Lottie schlug die Decke zurück und setzte sich auf die Bettkante. Den Schmerz ignorierte sie.

»Um Himmels willen, Mutter, wir sind hier nicht in einer Quiz-Show. Spuck es aus. Ich bin bereit. Was immer du zu sagen hast, habe ich vermutlich sowieso schon rausgefunden.«

Rose lehnte sich an die Wand und sagte: »Das bezweifele ich. Genau das ist ja das Problem. Bitte denke bei allem, was ich dir erzähle, immer daran: Es ist die Schuld deines Vaters. Nicht deine und auch nicht meine.« Sie schwieg.

Lottie wartete.

»Er war korrupt. Dein Vater. Hat sich schmieren lassen. Damit hattest du völlig recht. Und weißt Du, warum? Weil – und du weißt, dass ich eigentlich keine Kraftausdrücke verwende, aber in diesem Fall werde ich es tun – er ein verzweifeltes, dem Wahnsinn verfallenes Mädchen gevögelt hat. Und dabei hat er sie geschwängert. Und dann kam er weinend bei mir angekrochen, hat sich entschuldigt und gefragt, was er jetzt tun soll und wie sich das auf seine berufliche Laufbahn auswirken würde. So ein egoistischer Mistkerl. Nicht auch nur eine Sekunde hat er an die junge geschändete Frau gedacht, die er missbraucht hat.«

»Ich ... Ich glaube, mehr will ich gar nicht wissen.« Lottie schaute sich nervös in ihrem Zimmer um. Wo waren ihre Pillen? Sie brauchte eine. Oder einen Drink. Irgendetwas.

»Musst du aber. Du wolltest Antworten und bei Gott, du bekommst Antworten.«

Schweigen. Sie konnte noch nicht einmal mehr klar genug denken, um die vergehenden Sekunden zu zählen.

»Dein Vater kannte Tessa Ball durch Gerichtsverfahren und hat sich an sie gewandt, um zu erfragen, was er tun könnte. Abtreibungen waren damals noch verboten, und selbst illegale Abtreibungen waren nicht zu kriegen. Also haben sie einen Plan geschmiedet. Und wenn ich heute daran denken, wird mir schlecht.«

»Was für ein Plan?«, flüsterte Lottie.

»Sobald das Baby auf der Welt war, sollte Peter es bei sich aufnehmen. Er musste nur noch mich davon überzeugen, bei diesem Wahnsinn mitzumachen. Und so hat er mich bequatscht, die Geschichte geschönt, sich in ein gutes Licht gerückt. Mir eingeredet, dass wir der jungen Carrie etwas Gutes tun würden. Sie wäre nicht in der Lage, das Kind selbst großzuziehen. Immerhin war sie drogen- und alkoholsüchtig. Sie hat ja nicht zum Spaß ihr halbes Leben in einer Irrenanstalt verbracht! Er hat mich angefleht. Das Baby wäre doch sein Fleisch und Blut. So ein Clown.«

Lottie bemerkte, dass Tränen über Roses Wangen liefen. Hatte ihre Mutter jetzt vollkommen den Verstand verloren? Aber nein, sie sah so klar aus wie seit Monaten nicht mehr.

»Wie konntest du denn dieses Kind aufnehmen? Du hattest doch schon Eddie und mich ...«

»Genau darum geht es doch. Lottie. Verstehst du nicht? Na, komm schon, Detective Inspector Parker. Damals hatten wir dich noch nicht. Nach Eddie konnte ich keine Kinder mehr bekommen. Bei seiner Geburt gab es Komplikationen. Ich war steril. Deshalb liegen zwischen dir und Eddie sieben Jahre.«

»Ich verstehe nicht ...«

»Du warst Peters Kind, aber nicht meins.« Rose schluchzte heftig auf. »Aber ich habe dich damals geliebt und ich liebe dich heute.«

»Nein!« Lottie sprang vom Bett auf, wogegen ihr Rücken heftig protestierte. »Das ist nicht dein Ernst. Das kann nicht sein. Nein! Das kann nicht wahr sein.« Sie packte ihre Mutter an den Schultern und schaute ihr in die tränenerfüllten Augen.

»Du hast mich Charlotte genannt, nach Charlotte Brontë. Das hast du mir erzählt. Stimmt das etwa nicht? Ich bin deine und Dads Tochter. Was anderes kannst du mir nicht erzählen.«

»Es tut mir leid, aber es ist wahr. Du bist die Tochter von meinem Peter und dieser Carrie King. Tessa Ball hat ihre Kontakte spielen lassen und die Geburtsurkunde beim Stan-desamt gefälscht.«

Lottie fiel vor der Frau auf die Knie, die sie über vierzig Jahre lang Mutter genannt hatte. Aber Rose war nicht ihre rich-tige Mutter. Ihre leibliche Mutter war eine Frau, die in eine Irrenanstalt gesperrt worden und dort gestorben war.

Immer wieder schüttelte sie den Kopf. Das konnte nicht wahr sein. Nein. Demenz, das musste es sein. Annabelle würde sich mal Roses Gehirn angucken müssen. Dafür gab es Tests ... spezielle Tests, die sie durchführen konnten ...

Rose fuhr fort: »Tessa hat die Sache wie ein Damoklesschwert über den Kopf deines Vaters gehängt und später, als sie das Techtelmechtel ihres eigenen Bruders mit Carrie vertuschen wollte, gedroht, die Sache öffentlich zu machen, wenn er ihr nicht dabei half. Damals hat sie Marian als ihr eigenes Kind angenommen und eine wohlhabende Familie damit sehr glücklich gemacht. So gab es vor den Augen der Nachbarn keine Schande.«

»Das waren Babys«, rief Lottie. Ein kalter Schauer lief ihr zwischen den Schultern das Rückgrat hinab und wieder hinauf und packte schließlich mit eiskalter Hand ihren Nacken.

»Du weißt, was ich meine. Diese Leute waren aus der Oberschicht, oder zumindest hielten sie sich dafür. Sie haben alles vertuscht, was sie vertuschen konnten, aber dann waren da die Zwillinge. Wie sollten sie denn Zwillinge verbergen?«

»Und was haben sie getan? Sie mitsamt ihrer Mutter in die Klapse gesteckt?«, spöttelte Lottie.

»Nein. Die Belfields hatten eine Tochter, Alexis. Sie war ein paar Jahre jünger als Carrie und hat sich bereiterklärt, die Zwillinge aufzunehmen. Sie hat sie in Pflege genommen, vermutlich illegal, immerhin war sie jung und unverheiratet, aber dann wurde die arme Carrie mal wieder in die Anstalt gesteckt. Und diesmal wollte sie nicht stillhalten. Diesmal hat sie gedroht, an die Öffentlichkeit zu gehen. Zumindest wurde mir das so zugetragen.«

»Aber wer sollte denn einer angeblich verrückten Frau irgendetwas glauben?«

»Das Risiko wollte Kitty nicht eingehen. Also hat sie Tessa engagiert, die Peter erpresst hat, ihr zu helfen. Und so wurde Carrie aus der Anstalt entlassen, und die Belfields haben ihr das Cottage überlassen, unter der Bedingung, dass sie clean wird. Dann würde sie die Zwillinge zurückbekommen. Und das ging alles gut, bis sie wieder mit den Drogen und dem Trinken angefangen hat. Und eines Nachts hätte sie um ein Haar alles abgefackelt.«

»Also hat Alexis die Zwillinge wieder zu sich geholt?«

»Nein. Alexis war damals wohl gerade auf dem Weg nach Amerika, wo sie ein Unternehmen gründen wollte. Sie hat sich bereiterklärt, eines der Kinder mitzunehmen. Das andere, Bernie, wurde mit Carrie in die Anstalt St. Declan's gesteckt. Anfangs wohl nur vorübergehend, bis die Familie eine andere Lösung für sie gefunden hatte, aber schlussendlich ist sie einfach dort geblieben. Mit ihrer Mutter.« Rose stieß einen langen, tiefen Seufzer aus. »Ich dachte, sie wären beide da drinnen gestorben. Aber da habe ich mich wohl geirrt, was?«

Lottie war sprachlos. Sie wollte ihrer Mutter nicht glauben, aber das meiste davon hatte ohnehin in Moroneys Akte gestanden.

»Wie hast du das nur geschafft? Mich aufzunehmen? Wie konntest du nach allem, was er dir angetan hat, noch mit Dad zusammenleben?«

»Es war schwer, doch langfristig habe ich das Richtige getan. Sieh dir doch nur an, was aus dir geworden ist. Eine gute Erziehung setzt sich am Ende durch.«

»Wir sind beide Opfer dieses unsäglichen Spiels, und weißt du was? Ich bemitleide dich, Mutter. Oder wer auch immer du bist. Ich bemitleide dich für die Entscheidungen, die du getroffen hast.« Lottie lehnte sich gegen das Bett und wünschte, sie wäre stark genug, um aus der Tür zu rennen, die Treppe hinunter und hinaus auf die Straße, wo sie wie ein wildes Tier in den Nachthimmel heulen könnte. »Dads Selbstmord ... Hattest du etwas damit zu tun?«

»Wie kannst du so was nur denken? Gar nichts hatte ich damit zu tun. Immerhin war er derjenige, der die Affäre hatte, nicht ich. Er musste mit dieser Sünde leben. Denk daran, Lottie, niemand weiß, was hinter verschlossenen Türen vor sich geht. Wir alle dachten, Annabelle hätte eine perfekte Ehe geführt, und nun sieh dir an, was ihr Mann mit ihr gemacht hat.«

Annabelle, dachte Lottie. Wie es ihr wohl ging, jetzt, wo Cian wegen Doppelmordes angeklagt wurde? Sie würde sie bald mal anrufen müssen. Was das anbelangte, was ihre Mutter gerade gesagt hatte, so hatte sie immer gewusst, dass Annabelle nicht die perfekte Ehe führte, aber sie hatte geglaubt, dass Cian trotz all seiner Fehler ein guter Ehemann gewesen war. Da lagst du aber so was von daneben, Parker, schalt sie sich selbst. Die Umstände hatten Cian verändert, etwas Böses in ihm freigesetzt. Und die Umstände hatten sicherlich auch Bernie in das verwandelt, was sie geworden war. Aber im Grunde hatte Rose gerade nur in ihrer eigenen Manier versucht, das Gespräch in eine andere Richtung zu lenken.

»Hier geht es nicht um Annabelle oder Cian oder sonst irgendjemanden«, sagte Lottie und brachte sie damit wieder auf das eigentliche Thema zurück. »Hier geht es um meinen Dad.«

»Er war derjenige, der außerhalb seiner Ehe ein Kind gezeugt hat, also gib nicht mir die Schuld.«

»Aber die Stimmung zu Hause muss doch recht angespannt gewesen sein. Immerhin hast du die Tochter einer anderen Frau aufgenommen, Himmelherrgott!«

»Sie war suchtkrank. Sie konnte sich nicht um dich kümmern. Damals gab es für sie keine Hilfe, nur die Anstalt.«

Blind vor Tränen blickte Lottie an die Decke. Waren es Tränen des Frusts? Der Wut? Der Trauer? Sie hatte keine Ahnung.

»Kein Wunder, dass ich so verkorkst bin.«

»Ich dachte, wenn ich dir die Sachen deines Vaters überlasse, hätte das Ganze ein Ende. Stattdessen hast du mit dieser wahnsinnigen Hexenjagd angefangen. Und all die armen, unschuldigen Menschen haben ihr Leben gelassen, weil du dich unbedingt einmischen musstest.«

Lottie setzte sich nun wieder gerade hin. »Da liegst du falsch. Angefangen hat alles mit den Nachforschungen von Marian Russell, die ihren Stammbaum erstellen wollte.«

»Aber siehst du nicht, dass deine Schnüffelei Cian O'Shea dazu gebracht hat, dich und mich auszuspionieren? Und ob du es zugeben willst oder nicht, Lottie, das hat direkt zu den Morden an den Moroneys geführt. Also spiel hier nicht den Engel. Deinem Teil der Schuld wirst du dich stellen müssen.«

Von den harten Worten tief getroffen, beschloss Lottie, Cian O'Shea im Gefängnis zu besuchen, sobald es ihr wieder besser ging, um zu sehen, ob sie Erfolg haben würde, wo andere gescheitert waren. Sie musste wissen, wer ihn zu seinen Taten getrieben hatte.

»Ich habe genug gehört, Mu... Rose. Ich glaube, du gehst jetzt besser.«

Rose stieß sich von der Wand ab. An der Tür drehte sie sich noch einmal um. Lottie starrte die einst lebhafte Frau an, die sie ihre Mutter genannt hatte. Jetzt erschien sie nur noch halb so groß und gebrochen.

»Ich gehe jetzt«, sagte Rose. »Aber vorher bitte ich dich noch um eines. Lass die Sache jetzt auf sich beruhen. Such nicht nach weiteren Antworten. Du tust damit nur anderen Menschen weh. Menschen, die ihr Leben damit verbracht haben, vor der Sache wegzulaufen. Du musst auch an deine eigenen Kinder und deinen Enkel denken. Ganz bestimmt willst du nicht noch mehr Kummer in ihr Leben bringen.«

Lottie stand auf und zuckte vor Schmerz zusammen. Sie stellte sich so aufrecht hin, wie sie konnte.

»Nur damit du's weißt: Ich bin noch nicht fertig. Ich habe vor, mein letztes noch lebendes Halbgeschwister zu finden.«

Rose lachte trocken. »Davon gibt es noch zwei.«

»Zwei?« Lottie war verwirrt. Dann verstand sie. »Bernie Kelly kann von mir aus für den Rest ihres Lebens im Gefängnis verrotten. Ich rede von ihrem Zwilling. Ich werde herausfinden, wo diese Alexis ist, und …«

»Nein, das wirst du nicht. Gegen die kommst du nicht an. Das hat noch nicht einmal dein Vater geschafft.«

»Wie meinst du das?« Wieso nur hatte Rose immer das letzte Wort?

»Dein Vater konnte sich nicht gegen sie durchsetzen. Er war ein müder und gebrochener Mann. Der arme Idiot. Zwar hat Tessa ihn schlussendlich dazu gebracht, aber ich bin mir sicher, dass Alexis hinter ihr stand und die Fäden gezogen hat. Hast du dich denn gar nicht gewundert, woher Tessa die Waffe hatte? Die Waffe, die deinen Vater getötet hat?«

Doch, das hatte sie.

»Alexis hat im Hintergrund die Fäden gezogen und Tessa hat deinen Vater zermürbt. Sie wollte ihn davon überzeugen, dass es falsch wäre, die Wahrheit zu sagen. Er war damals ein Wrack … damals … Ich konnte es nie beweisen, dachte aber immer, dass ihn jemand gefesselt und ihm anschließend die Waffe in die Hand gedrückt und ihn gezwungen hat abzudrücken. Warum sonst lag sein Seil vor seinen Füßen auf dem Boden? Erst ist das Seil unauffällig verschwunden und nach der Untersuchung verschwand auch die Waffe. Die hat Tessa all die Jahre aufbewahrt.« Leise seufzend fügte Rose hinzu: »Schlussendlich weiß ich nicht, ob er abdrücken wollte oder nicht. Aber er hat es getan.«

Lottie spürte, wie ihre Knie schwach wurden. Sie setzte sich wieder auf das Bett und betrachtete ihre Hände. Sie hatte keine Worte mehr. Als sie aufschaute, war sie allein.

»Ich weiß nicht, wer ich bin«, flüsterte sie dem rechteckigen Lichtschein zu, der durch den Spalt der offenen Tür schien. »Wer bin ich?«

30. OKTOBER 2015

DAS KIND

Der Tag, an dem diese Frau, Tessa Ball, kam, um mich aus der Anstalt zu holen, hätte ein glücklicher Tag sein sollen. Aber das war er nicht. Damals verließ ich den einzigen Ort, den ich als Zuhause kannte.

Als sie dastand und das letzte Formular unterschrieb, war meine Seele so schwarz wie die Ledertasche, die unter ihrem Ellbogen quetschte.

Sie hätte mich in meiner eigenen Welt lassen sollen.

An jenem Tag entfesselte sie meinen Wunsch nach Rache an ihr und ihrer Familie, und rund zwanzig Jahre später hatte ich diese durchgeführt.

Jetzt bin ich glücklich! Ich habe mein Lebensziel erreicht.

Ich habe mit Menschen zusammengelebt, von denen ich wusste, dass sie mir eines Tages bei der Verwirklichung meines Plans helfen würden: den Wahnsinn auszulöschen, der mich und meine Mutter dazu verdammt hatte, nicht das Leben leben zu dürfen, auf das ich ein Recht hatte. Selbst als Natasha einige Jahre nach meiner Entlassung aus der Anstalt geboren wurde, habe ich nie an meinem Plan gezweifelt. Ganz im Gegenteil: Ich wusste, dass sie mich verstehen und mir helfen würde. Immerhin war sie mein Fleisch und Blut, und es spielte keine Rolle, dass ich nicht wusste, wer ihr Vater war. Ich würde allen, die nie daran geglaubt hatten, beweisen, wie stark unser Band war.

Was sie wohl mit Natasha gemacht haben? Vermutlich werden sie versuchen, sie als Zeugin gegen mich aufzustellen. Aber meine Tochter wird mich nicht verraten. Der Trotz, den sie im Keller gezeigt hatte, war nur Angst. Sie dachte, die Polizistin würde uns beide umbringen. Das arme Mädchen. Dabei hatte ich alles unter Kontrolle. Das habe ich immer noch.

Ich bin jetzt wieder drin. Allerdings nicht im St. Declan's; das wurde geschlossen. Es ist ein anderes St. Declan's, wobei ich nicht nach dem Namen gefragt habe.

Es ist mir auch egal. Hier soll ich bleiben, bis entschieden ist, ob ich verhandlungsfähig bin.

Ich weiß, dass ich nicht das Kind bin, das in eine Welt des Wahnsinns gestoßen wurde. Ich weiß, dass ich jede Handlung, die ich in meinem Leben unternommen habe, gut durchdacht und akribisch geplant habe. Ich weiß, dass ich nicht verrückt bin. Aber die wissen das nicht. Ich habe gelernt, viele Rollen zu spielen. Und diese ist eine, die mir zu spielen vorbestimmt war.

Das Kind einer psychisch kranken Mutter. Fast zwanzig Jahre eingesperrt, ohne einen anderen Grund als den, die Familienehre zu schützen. Da konnte ich ja nur selbst verrückt werden!

Ich blättere durch die Seiten des einzigen Buchs, das ich mitnehmen durfte, betrachte die Zeichnungen der Kräuter und frage mich, ob sie mir erlauben werden, welche auszusäen. Das würde mir gefallen. Meine Mutter Carrie wäre stolz auf mich.

EPILOG

31. OKTOBER 2015

An Boyds Tür zu klopfen, erschien ihr angebrachter, als mit dem Finger die Klingel zu drücken. Ein sanftes, zartes Klopfen. Klopf, klopf, klopf.

Sie wartete. Hinter dem Glas der Tür erschein kein Schatten. Kein Geräusch, keine Bewegung. Drinnen war alles still, während draußen die Alltagsgeräusche weitergingen.

Sie lehnte die Stirn an das kühle Glas und gestand sich ein, dass dies ein Fehler war. Als sie die Entscheidung getroffen hatte, hatte sie sich noch richtig angefühlt. Die Entscheidung war gefallen, nachdem sie über die Einsamkeit in ihrem Leben nachgedacht hatte und über die Lügen, auf denen ihr Leben aufgebaut war. Der Treibsand aus Lügen, in dem sie viel zu schnell versank.

Sie hatte eine wundervolle Familie um sich und fühlte sich dennoch einsam. Manche mochten lachen. Andere mochten sie für verrückt halten. Vielleicht war sie das. Immerhin lag ihr ein bisschen Wahnsinn im Blut. Vielleicht sollte sie den DNA-Test machen, nur zur Sicherheit. Aber nicht jetzt. Eines Tages. Vielleicht wenn Rose nicht mehr war und niemand sonst verletzt werden konnte. Vielleicht würde sie Jane dann bitten, den Test durchzuführen.

Aber nicht jetzt. Nein. Nicht jetzt.

Das Bedürfnis, von jemandem in die Arme genommen zu werden, für den sie inzwischen mehr empfand als nur Freundschaft, war übermächtig geworden. Und sie hatte ihm nachgegeben. Diesmal ohne vorher etwas getrunken zu haben. Und auch ohne sich eine Pille eingeworfen zu haben. Sie war einfach nur sie selbst. Aber er war nicht zu Hause.

Geschieht mir ganz recht, murmelte sie traurig vor sich hin und trat von der Haustür zurück. Sie zog ihre Kapuze hoch, um sich vor dem beißenden Wind zu schützen, hievte ihre Tasche auf ihre unversehrte Schulter und ging hinaus auf die Straße.

»Hey, Lottie, wo willst du so schnell hin?«

Sie blieb stehen. Drehte sich um.

Er stand an der Tür. Mit tropfenden Haaren und feuchter Haut. Wahrscheinlich kam er gerade aus der Dusche.

Warum war sie wirklich hier? Sie konnte keinen zusammenhängenden Satz formulieren, also sagte sie nichts. Stand nur da wie ein Idiot und starrte ihn an.

»Geh nicht«, sagte er und kam barfuß auf sie zu. »Komm rein.« Er streckte die Hand nach ihr aus.

Ohne zu zögern, ging sie auf ihn zu und nahm seine Hand. Und für den Moment fühlte es sich so richtig an.

Sie hatte das Gefühl, dort zu sein, wo sie hingehörte.

———

Später an diesem Abend saßen sie auf einem Felsen am steinigen Seeufer und blickten auf die Stelle, an der Arthur Russells Leiche schließlich aus dem stürmischen Wasser aufgestiegen war. Ein unschuldiger Mann, dessen Frau und Tochter aufgrund des Wahnsinns der Vergangenheit gestorben waren.

Mit welcher Leichtigkeit diese Menschen ihre Geheimnisse verborgen hatten, verblüffte Lottie immer noch.

»Wie viele andere arme Seelen wurden wegen Land, Geld und unehelichen Kindern hinter hohe Mauer gesteckt?«, fragte sie.

»Zu viele«, antwortete Boyd.

»Wer bin ich, Boyd?«

»Du bist Lottie Parker.«

»Ich bin nicht die Lottie, für die ich mich gehalten habe. Ich bin eine vollkommen andere Person.« Das letzte Blatt fiel von einem Baum, schwebte herunter und blieb zu ihren Füßen liegen.

Ein Windstoß hob es hoch und trug es ans Wasser. Sie saßen da und sahen zu, wie es auf den stürmischen See hinaustrieb.

»Ein zerbrechliches Blatt, dem Willen der Natur ausgeliefert«, sagte Lottie.

»Und das ebenso zerbrechliche menschliche Leben ist menschlicher Gier und Scham ausgeliefert«, sagte Boyd.

»Wird es jemals aufhören?«

»Das schlechte Wetter?«

»Die Lügen, Boyd, die Geheimnisse und die Lügen.«

EIN BRIEF VON PATRICIA

Hallo lieber Leserinnen und Leser,

ich möchte euch herzlich dafür danken, dass ihr meinen dritten Roman, *Das verlorene Kind,* gelesen habt.

Ich weiß es sehr zu schätzen, dass ihr eure kostbare Zeit Lottie Parker, ihrer Familie und ihrem Team gewidmet habt. Wenn euch dieser Ausflug gefallen hat, möchtet ihr Lottie vielleicht durch die gesamte Romanreihe hindurch begleiten. Euch, die ihr bereits die ersten beiden Lottie-Parker-Bücher *Die vergessenen Kinder* und *Die geraubten Mädchen* gelesen habt, danke ich für eure Unterstützung und eure Rezensionen.

Wenn ihr euch zu meinem Newsletter anmelden möchtet, um über meine Neuerscheinungen auf dem Laufenden zu bleiben, klickt bitte hier:

www.bookouture.com/bookouture-deutschland-sign-up

Eure E-Mail-Adresse wird nicht weitergegeben und ihr könnt euch jederzeit abmelden.

Alle Figuren dieser Geschichte sind frei erfunden, genau wie die Stadt Ragmullin, auch wenn Ereignisse aus meinem Leben mein Schreiben stark beeinflusst haben.

Ich frage ungern, aber wenn euch *Das verlorene Kind* gefallen hat, würde ich mich sehr über eine Rezension auf Amazon oder Goodreads freuen. Das würde mir viel bedeuten.

Die wunderbaren Rezensionen, die bisher zu meinen Büchern geschrieben wurden, motivieren mich, an mich selbst zu glauben.

Ihr könnt euch über meine Facebook-Autorenseite und meinen Twitter-Account mit mir vernetzen. Außerdem betreibe ich einen Blog (und versuche, ihn auf dem neuesten Stand zu halten).

Nochmals vielen Dank. Ich hoffe, dass wir uns im vierten Band der Reihe wiedersehen.

Alles Liebe

Patricia

DANKSAGUNGEN

Dies ist mein drittes Buch der Lottie-Parker-Reihe, das auf die Bücher *Die vergessenen Kinder* und *Die geraubten Mädchen* folgt. Jedes zu schreiben war eine andere Erfahrung für mich, da ich die ganze Zeit lerne. Und das Wichtigste, was ich gelernt habe, ist, dass meine Bücher ohne ein großartiges Team hinter mir niemals veröffentlicht worden wären und so gut laufen würden.

Der wichtigste Teil dieses Teams seid ihr, die Leser. Ihr habt meine Bücher gekauft und gelesen, so auch *Das verlorene Kind*. Eure Bewertungen geben mir die Zuversicht, weiterzuschreiben. Vielen Dank dafür.

Vielen Dank an John Quinn und Martin McCabe, die mich in polizeilichen Angelegenheiten beraten haben. Bei den meisten Dingen nehme ich mir große künstlerische Freiheit heraus, daher übernehme ich die volle Verantwortung für alles, was ich in dieser Hinsicht abgewandelt habe!

Für *Das verlorene Kind* musste ich ein paar Sachen über die Landwirtschaft lernen (obwohl meine Großeltern väterlicherseits Landwirte waren). Ich danke Michael und Veronica Daly für die hilfreiche Tour über ihren Bauernhof und dafür, dass sie mir das Rührwerk gezeigt haben. Ich hatte eine Woche lang Albträume.

Alle meine Bücher erscheinen auch als Hörbücher, daher möchte ich mich bei der Sprecherin Michele Moran dafür bedanken, dass sie mit ihrer großartigen Arbeit Lottie und meinen anderen Figuren eine Stimme verleiht. Ebenso danke ich Adam Helal von The Audiobook Producers.

Für mich ist Bookouture mehr als nur ein Verlag. Es ist eher wie eine Familie, denn alle unterstützen sich gegenseitig und stehen sich mit Rat und Tat zur Seite. So geht mir die Arbeit mit dem Text beim Schreiben und im Lektorat viel leichter von der Hand.

Helen Jenner, meine Lektorin bei *Das verlorene Kind*, dir gebührt mein Dank dafür, dass du das Schreiben dieses Romans für mich zum Erlebnis gemacht und ihm anschließend den Feinschliff verpasst hast. Auch allen anderen bei Bookouture, die an der Entstehung von *Das verlorene Kind* beteiligt waren, gilt mein Dank.

Besonders hervorheben möchte ich Kim Nash und Noelle Holten für das unglaubliche Marketing und für die Organisation der Blogtouren. Ihr enormer Fleiß (zu jeder Tages- und Nachtzeit) trägt dazu bei, dass meine Bücher wahrgenommen werden.

Vielen Dank auch an all diejenigen, die direkt an meinen Büchern arbeiten: Lauren Finger, Jen Hunt, Alex Crow, Jules McAdam, Kate Barker, Jane Selley und Tom Feltham.

Eine Sache, die ich erlebt habe, seit ich mich Bookouture angeschlossen habe, ist die enorme Unterstützung durch andere Bookouture-Autoren. Danke, Leute!

Vielen Dank an alle Blogger und Rezensenten, die *Die vergessenen Kinder*, *Die geraubten Mädchen* und natürlich *Das verlorene Kind* gelesen und rezensiert haben. Ich werde euch weiterhin etwas zu tun geben!

Meine Agentin, Ger Nichol von The Book Bureau, weiß so viel über das Buchgeschäft und ich weiß ihren Rat sehr zu schätzen. Niemals könnte ich auf Gers Engagement verzichten, die in meinem Namen mit Bookouture kommuniziert, insbesondere mit Oliver Rhodes, Lydia Vassar-Smith, Peta Nightingale und Jenny Geras, und meine Verträge aushandelt.

Testleser meiner ersten Entwürfe sind für mich sehr wichtig, und ich möchte meiner Schwester Marie Brennan dafür danken, dass sie sich die Zeit genommen hat, meine Arbeit zu lesen. Sie ist immer für mich da, wenn ich in einem schwarzen Loch versinke, um mir bei den Feinheiten zu helfen und mir das Selbstvertrauen zurückzugeben.

An abgelegene Orte zu flüchten und dort zu schreiben, ist inzwischen für mich zur Normalität geworden. Jackie Walsh, du bist großartig darin, erstens unsere Trips zu buchen und zweitens zu sagen: »Pack den Laptop ein.«

Andere im Autorenkreis, die mich beim Schreiben von *Das verlorene Kind* inspiriert und motiviert haben, sind Niamh Brennan, Grainne Daly, Louise Phillips, Vanessa O'Loughlin, Ann O'Loughlin, Liz Nugent, Arlene Hunt und Carolann Copeland.

Ich bin eine Zeit lang mit den Medien Achterbahn gefahren. Danke an alle Zeitungen und Radio- und Fernsehsendungen, die über mich berichtet haben, und insbesondere den Rechercheuren und Produzenten, die dafür gesorgt haben, dass ich ruhig blieb. Ein dickes Dankeschön an alle lokalen Medien.

Ein besonderer Dank geht an Eoin McHugh, Redmond O'Regan, Eamonn Brennan, Teresa Doran und Margaret Coyle.

Und ein riesiges Dankeschön geht an Marty Mulligan dafür, dass er mich beim Electric Picnic 2017 auf die The-Word-Bühne geladen hat. Du bist ein großartiger Mann aus Mullingar.

Ich habe immer treue Anhänger hinter mir, die mir den Rücken stärken: meine Freundinnen Antoinette und Jo, mein Bruder Gerard und meine Schwestern Marie und Catherine sowie Lily Gibney samt Familie.

Mein ganzer Stolz gilt meinen drei fantastischen Kindern Aisling, Orla und Cathal, die in ihrem jungen Leben nach dem Tod ihres Vaters Aidan viel durchmachen mussten. Sie haben immer wieder bewiesen, dass er in jedem von ihnen weiterlebt. Aidan wäre stolz darauf, wie seine Familie nach all den schwierigen Jahren ihren Weg gefunden hat. Und ich bin mir sicher, dass er Daisy und Shay nach Strich und Faden verwöhnen würde. Er leitet und beschützt uns immer noch. Geliebter Aidan, du wirst immer in meinem Herzen bleiben.

Und schließlich widme ich *Das verlorene Kind* meinen Eltern Kathleen und William Ward. Ein Handlungsstrang dieses Buchs befasst sich mit der dysfunktionalen Familie. Meine eigene Familie hingegen hat die stärksten, fleißigsten und fürsorglichsten Eltern, die man sich wünschen kann. Sie sind immer an meiner Seite und haben mir durch die dunklen Tage meines Lebens geholfen, deshalb widme ich ihnen, den wahren Eltern, dieses Buch.

www.ingramcontent.com/pod-product-compliance
Lightning Source LLC
Chambersburg PA
CBHW061338190726
48288CB00005B/1502